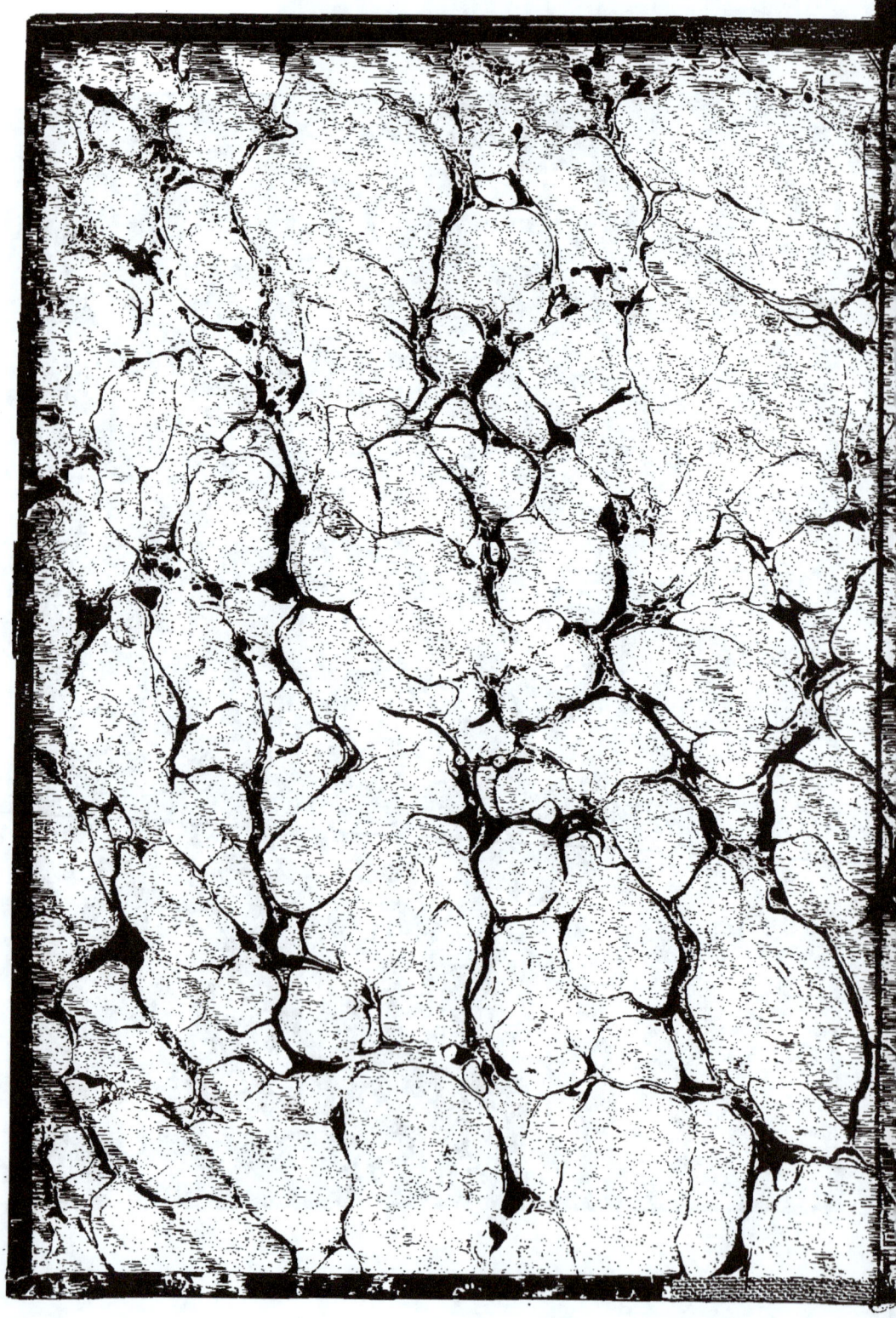

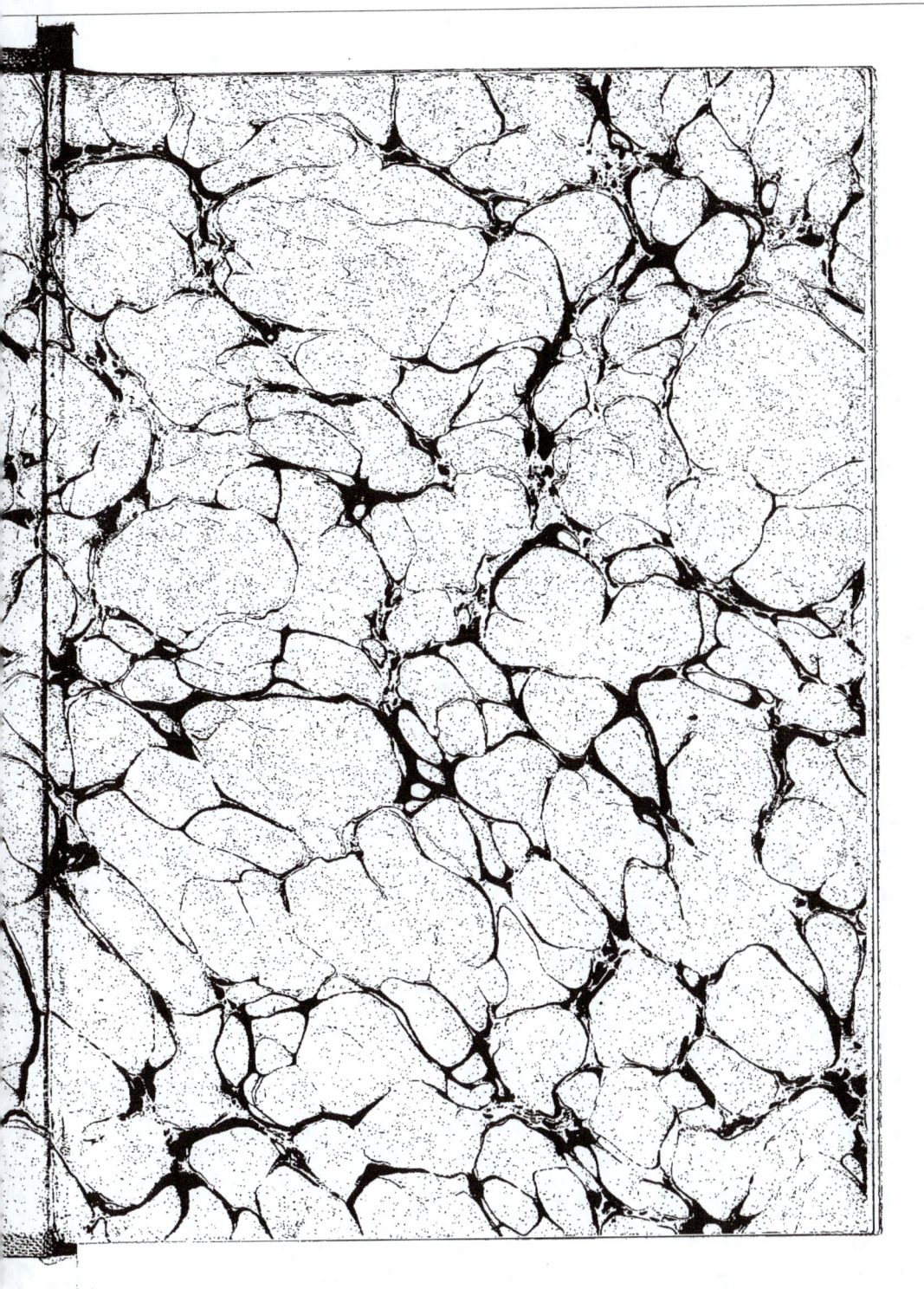

LE RÉVEIL DE L'ESPRIT ARYEN

DANS

L'ART DE LA RENAISSANCE

LE RÉVEIL DE L'ESPRIT ARYEN

DANS

L'ART DE LA RENAISSANCE

PAR

ALEXIS von FRICKEN

PARIS

LIBRAIRIE FISCHBACHER

33, RUE DE SEINE, 33

—

1905

PRÉFACE

La Renaissance des Arts en Italie, ainsi que toute manifestation historique, ne doit pas être examinée séparément en l'isolant des événements qui l'ont précédée et, qui se trouvant avec elle en rapport direct, sont, par cela même, capables d'éclaircir et en même temps de déterminer son importance. Le réveil de l'esprit aryen engendra en Italie la culture de la Renaissance, tandis qu'au-delà des Alpes il conduisit à la Réforme. La Renaissance des arts en Italie constitue une des manifestations de l'activité de l'esprit aryen, affranchi des entraves du moyen âge, activité qui s'est manifestée, à cette époque, dans d'autres branches de la vie intellectuelle des Italiens. C'est pourquoi la création de nouveaux types dans le domaine de l'art figuratif, et l'élan que celui-ci prit à ce moment en Italie, doivent être envisagés en rapport avec la marche du développement intellectuel en Italie. Il faut envisager cette transformation comme l'affranchissement du joug des idées de l'Orient sémitique, étrangères aux peuples de race aryenne, idées qui envahirent l'Occident à mesure que s'affaiblissait la culture classique, et qui sous une forme ou sous une autre prévalurent pendant tout le moyen âge.

La Renaissance des arts en Italie est incompréhensible si on néglige d'examiner les éléments qu'elle a rejetés en se tra-

4

çant de nouvelles voies. Les principes du développement artistique que détermina la Renaissance ont beaucoup de rapports avec les éléments qui dominaient dans la civilisation classique mais ces deux cultures sont séparées par l'influence d'une civilisation orientale d'un caractère essentiellement sémitique, n'ayant rien de commun ni avec le monde classique, ni avec la Renaissance. Ce contraste a existé de tout temps entre la culture aryenne et la culture sémitique.

PREMIÈRE PARTIE

I.

Les Aryens et les Sémites dans le monde antique.

LES ÉGYPTIENS.

On peut observer dans le monde antique la marche de
deux civilisations d'un caractère entièrement différent. Une de
ces civilisations est celle des Aryens occidentaux, c'est-à-dire
des Grecs, continuée par les Romains. qui pourtant, ne l'ont
pas conservée dans toute sa pureté. L'autre est celle des
peuples sémitiques, ou pour mieux dire, des Asiatiques méditerranéens, qui comprennent les Chaldéo-Babyloniens, les Assyriens, les centres de culture mois importants, qui se formèrent en Syrie, et les Égyptiens.

La première de ces civilisations, c'est-à-dire celle des
Aryens d'un caractère plus philosophique que religieux, fit son
apparition après la seconde ; à l'origine elle emprunta beaucoup
de ses éléments à cette dernière ; on peut même dire que c'est
d'elle qu'elle procède ; mais bientôt elle se créa des principes
de culture indépendante. Cette civilisation n'embrassa jamais
des pays si vastes, ni si peuplés que la culture des centres
asiatiques, mais elle progressa continuellement et ne se rap-
procha de la dernière que dans sa période de décadence. La
civilisation des Aryens méditerranéens, c'est-à-dire des Grecs
et des Romains, a eu des résultats beaucoup plus importants
que la culture asiatique dans la sphère de la vie sociale et

dans celle de la philosophie qui n'était pas entravée chez ces deux peuples, par les dogmes religieux. Leur développement ne s'arrêta pas dans les formes acquises, mais progressant continuellement chercha toujours de nouveaux sujets d'activité intellectuelle et de nouvelles formes d'organisation sociale. Cette culture aryenne brilla d'un vif éclat, quoique pendant un court espace de temps ; elle créa dans l'art les belles formes, que nous imitons encore, elle fut le modèle de la civilisation de tous les peuples aryens des siècles suivants qui s'efforcèrent toujours de s'en rapprocher en étudiant ce qui en avait subsisté, en lui demandant par de nombreux emprunts les éléments de leur développement.

La seconde de ces civilisations, c'est-à-dire celle des peuples asiatiques de la Méditerranée et des Égyptiens, d'un caractère plus religieux que philosophique, diffère presque en tous points de la culture des Aryens occidentaux du monde ancien. Contrairement à ce que nous voyons chez les Hellènes, les institutions sociales des Syriens, des Phéniciens, des Assyriens, des Chaldéo-Babyloniens et des Égyptiens, après avoir atteint un certain degré de développement se pétrifient et restent immuables pendant plusieurs siècles jusqu'à la chute de l'Etat et à la désorganisation sociale. Le trait distinctif de leur vie politique et intellectuelle c'est l'immobilité. L'activité philosophique de ces peuples, leurs idées spéculatives ne se séparèrent jamais de la religion, toujours prépondérante dans leur culture comme dans leur organisation sociale, tandis que dans la civilisation hellénique les idées religieuses occupent le second plan. En somme, malgré certains points de contact, les civilisations des Sémites, des Asiatiques méditerranées et des Égyptiens diffèrent essentiellement de la culture gréco-romaine. La partie technique et mécanique florissait surtout dans l'art de ces peuples et y prévalaient sur les préoccupations esthétiques.

Ces différences entre la civilisation des Aryens occidentaux du monde antique et celle des peuples sémitiques et des Égyptiens apparaissent encore plus clairement si on analyse leur développement, si on définit le caractère de leur vie intellectuelle et sociale, si on compare entre elles les cultures des centres asiatiques et européens de l'ancien monde.

Les Égyptiens [1]), dont le rôle a été si important dès les âges les plus reculés de l'humanité, étaient tout aussi éloignés des Grecs et des Romains par le caractère et les particularités de leur civilisation, que les Sémites et les autres peuples de l'Asie. Ce fut dans un superbe isolement datant de l'époque la plus ancienne, où l'oeil de l'investigateur réussisse à plonger que se développa la civilisation originale de la vallée du Nil.

Le trait distinctif de l'organisation sociale de l'Égypte consistait dans son union étroite avec la religion ; union plus intime encore s'il est possible que celle qu'on observe dans les grandes monarchies de l'Asie. C'est ce qui donnait à l'ordre social une sorte d'immuabilité, car tout ce qui se fonde sur la religion participe de son inflexibilité. On ne peut pas dire, cependant, que l'ancienne Égypte possédait un gouvernement théocratique, mais bien plutôt un pouvoir civil-religieux. Tout y tendait à la soumission des esprits aux règles du culte, qui étouffait la liberté de la pensée. La religion y enveloppait de liens inextricables la vie et les actes de chaque membre de la société. L'organisation générale asservissait l'esprit à une croyance aveugle aux dogmes de la religion. Dans de telles conditions la preponderance des prêtres n'avait à craindre aucune opposition et était inébranlable. Le premier, le principal sacrificateur, le chef spirituel du clerge et l'administrateur des affaires religieuses [2]) était pourtant le roi, qu'on considérait comme étant en communication immédiate avec la divinité. Dans les inscriptions on le nomme fils des dieux et leur représentant sur la terre ; après sa mort il devient dieu. Sur les monuments le roi est représenté plus grand que les personnes de sa suite, et non seulement les dignitaires et les chefs de l'armée, mais aussi les prêtres sont figurés s'inclinant devant le souverain [3]). On le voit souvent sur les bas-reliefs à côté des dieux, sans être accompagné par les prêtres ; il offre des sacrifices et consacre les temples sans le concours des sacri-

[1]) Denkmäler aus Aegypten und Aethiopien herausgegeben von R. Lepsius, Berlin 1849-58 ; Brugsch, Geschichte Aegyptens, 1877.

[2]) Weber, Allgemeine Weltgeschichte, erst. Band, Leipzig 1879.

[3]) Max Duncker, Geschichte des Alterthums, erst. Band, Leipzig 1874.

8

ficateurs. C'est le Pharaon et non le prêtre qui représente devant la divinité le pays et ses habitants ; il parle aux dieux au nom de son peuple [1]).

Les rois étaient chez les Égyptiens beaucoup plus près de la divinité que chez les autres peuples asiatiques, car selon leurs traditions religieuses, les monarques étaient les héritiers immédiats, les successeurs et les descendants des dieux dominateurs de l'Égypte ; ces derniers en quittant la terre pour s'élever dans les régions bienheureuses du ciel, leur avaient transmis le pouvoir qu'eux mêmes avaient eu sur la terre. Chez le Pharaon, selon la croyance de ses sujets, étaient réunies toutes les qualités de la divinité: puissance, sainteté, justice, sagesse. Ils étaient la manifestation et l'incarnation des dieux, leurs représentants sur la terre, et c'était afin qu'il leur fût possible d'accomplir dignement leur haut mandat, que les dieux leur communiquaient leurs qualités ; à proprement parler les dieux existaient dans les rois et par eux gouvernaient le monde. Quelquefois on représentait les souverains s'offrant à eux mêmes des sacrifices. Il faut rendre hommage au roi, même quand il est mineur, disaient les Égyptiens, car la toute puissance divine se concentre toujours en lui.

Les Pharaons en Égypte maintenaient l'ordre, punissaient ou récompensaient leurs sujets selon leurs mérites. Ils étaient ainsi non seulement le principal pouvoir social, mais aussi religieux. On considérait leurs actes comme émanant des dieux. Il arrivait pourtant quelquefois, qu'à la suite de circostances exceptionnelles, le pouvoir des prêtres grandissait, mais ce n'était que temporairement et surtout quand des dynasties étrangères s'établissaient dans le pays.

Le monarque, pourtant, n'avait pas lui non plus le droit de traiter selon son bon plaisir les affaires religieuses, mais était obligé de se conformer aux lois, instituées, selon les idées des Égyptiens, par les dieux et par là-même sacrées. Même dans sa vie privée le roi devait se soumettre à certaines règles et les prêtres exerçaient un sévère contrôle sur l'exécution des lois. Ainsi donc, si en Égypte, la caste des prêtres ne dominait

[1]) G. Maspero, Histoire Ancienne des peuples de l'Orient, Paris 1878.

pas d'une manière absolue, elle avait pourtant un grand pouvoir, même sur le monarque. Mais l'activité des prêtres ne se bornait pas au culte et aux dogmes, elle embrassait aussi les sciences, comme par exemple; l'astronomie et la médecine, de même que la littérature, l'art religieux, la musique, la poésie, en un mot toute la partie intellectuelle de la vie nationale. Les juges et les hauts dignitaires étaient choisis dans la caste des prêtres.

Quand le pouvoir royal s'arroge un caractère divin, la liberté sociale ne peut pas exister. Dans de telles circonstances la réforme religieuse doit précéder l'affranchissement social; mais en Égypte rien de pareil n'était possible, car l'activité intellectuelle du peuple, sans laquelle un tel renouvellement ne peut pas avoir lieu, était incapable de prendre un essor hardi et toutes les forces spéculatives de la nation se concentraient entre les mains des prêtres. Or ceux-ci, naturellement, étaient hostiles à toute innovation qui aurait pu amoindrir leur puissance.

Nous voyons donc, que chez les Égyptiens, durant plusieurs milliers d'années, ou pour mieux dire pendant toute la période de leur existence qui nous est connue, malgré les changements qu'ils ont subis, malgré la domination de peuples étrangers, leurs institutions sociales restèrent à peu près immuables. Ecartées par quelque cas accidentel de leur voie primitive, elles y rentrèrent toujours et jamais des principes plus indépendants ne furent adoptés. Quand le pouvoir du monarque repose sur la soumission des masses, soumission imposée par le sentiment religieux, il peut rester immuable bien des siècles. Depuis le temps où on construisait en Égypte les pyramides, l'absolutisme dans ce pays ne s'est pas modifié. Les classes inférieures de la société vivaient, pour ainsi dire, dans l'esclavage; personne ne pouvait quitter le pays sans l'autorisation du souverain. Les fonctionnaires étaient les humbles serviteurs du roi. Les faveurs les plus minimes, accordées par le monarque à un de ses sujets, sont énumérées dans son épitaphe, comme les événements les plus importants de sa vie, comme lui donnant droit à la reconnaissance éternelle de son peuple. Pour que cette organisation sociale ait pu subsister pendant tant de siècles, il fallait que le peuple eût la ferme conviction que le pouvoir auquel il était soumis émanait de la divinité. Un profond sentiment religieux pouvait seul lui faire supporter patiemment un tel joug.

Jamais il n'y eut en Égypte de soulèvement contre le monarque; personne ne doutait de ses droits; personne ne pensait à limiter ni même à discuter sa puissance. Pas de trace dans l'ancienne Égypte de ces idées, de cet esprit qui conduisirent à des institutions libérales en Grèce, à Rome, et plus tard, dans l'Europe actuelle. La soumission au roi et à toutes les ramifications de son pouvoir était le principe vital de l'Egypte antique. La nation entière resta attachée aux traditions de la première époque de sa civilisation; l'enfer et ses terribles tourments attendaient ceux qui s'éloignaient des lois religieuses — bases de l'organisation sociale.

Les Égyptiens étaient donc un peuple éminemment religieux. Hérodote dit qu'ils surpassaient tous les autres peuples dans la ferveur du culte. Toute l'existence des Égyptiens se passait, pour ainsi dire, dans des cérémonies religieuses. Leur littérature même, autant que nous la connaissons, est remplie d'idées pieuses. Toutes les facultés intellectuelles de ce peuple étaient absorbées par la religion [1]), car on ne peut proprement pas appeler philosophie cette tendance au raisonnement spéculatif qui dominait dans la caste des prêtres, mais qui était orientée vers l'élaboration de systèmes cosmogoniques, dont la signification était cachée au peuple. Dans la culture des Égyptiens il y avait certainement beaucoup d'originalité, et sans doute les représentations symboliques qui couvraient les murs de leurs temples et leurs hiéroglyphes contenaient un grand nombre d'idées pratiques. Les nombreux et puissants monarques, qui régnèrent tour à tour sur la vallée du Nil accomplirent d'immenses travaux, des constructions grandioses dont les vestiges nous étonnent encore. Les prêtres égyptiens possédaient de remarquables connaissances astronomiques et physiques; la technique avait atteint dans l'art une grande perfection; la culture de la vallée du Nil présentait, des côtés intéressants et remarquables; mais malgré tout cela les Égyp-

[1]) Victor Cousin, Histoire générale de la Philosophie, Paris 1863.

tiens n'étaient pas capables d'idées philosophiques. Durant plusieurs dizaines de siècles ils entassèrent pierre sur pierre, mais
ne développèrent aucune idée. Dans leur religion se discernent
peut-être des indices d'une philosophie naissante, mais elle ne
s'affranchit pas des entraves du dogme et ne stimule pas l'activité mentale. Les Égyptiens observaient la nature à travers
le prisme de leurs idées; jamais ils n'ont considéré le monde
extérieur sans un effroi religieux. Enfin le libre examen n'a
jamais existé chez eux.

Nulle part comme en Égypte, du moins autant que nous
sachions, ne s'est manifesté si tôt et à un si haut degré le
penchant à éterniser les événements remarquables de la vie
nationale par des monuments durables [1]. À mesure que s'or-
ganisait la vie des Égyptiens et que leurs institutions sociales
se constituaient, leur art se développait aussi, en prenant ces
formes qu'il a conservées à peu-près invariables pendant une
longue série de siècles.

Le style de l'art égyptien n'était pas à l'origine aussi raide,
aussi immuable que par la suite [2]), quand il se fut figé dans
des formes définitives se transmettant par la tradition avec
des changements à peine sensibles. La raideur a fait peu à peu
son apparition dans l'art en y portant comme le reflet de cette
immuabilité, qui caractérisaient la vie morale et sociale des
Egyptiens. Cet engourdissement ne provenait pas de la difficulté qu'ils avaient à fouiller la pierre dans laquelle sont sculptées leurs statues, granit, porphyre, diorite, ou basalte, ce qui
aurait pu empêcher les artistes de donner du mouvement aux
figures humaines qu'ils représentaient [3]), car dans la première
période de l'art égyptien nous trouvons moins de raideur et
plus de vie, avec l'emploi des mêmes matériaux.

L'art à sa naissance est une imitation, naïve de la nature; chez les Égyptiens nous apercevons clairement cette période. L'idéal du peuple commence ensuite à s'y exprimer, et

[1] Lübke, Geschichte der Plastik, ers B., Leipzig 1870.
[2] Semper, Der Stil, ers B., Frankfurt a/M. 1860.
[3] Histoire de l'art dans l'antiquité par G. Perrot et Ch. Chipiez,
T. 1ʳ, l'Égypte.

si cet idéal ne change pas l'art reste immuable. En Égypte, c'est précisément dans de telles conditions que l'art se développa, parce que les idées des Egyptiens ne changèrent pas, et leur religion limita le domaine de l'art, en consacrant ses types, et en l'obligeant à une constante répétition des mêmes formes. Sans doute, l'art égyptien se modifia jusqu'à un certain point, et prit le caractère des différentes époques, subissant l'influence des périodes de décadence ou de prospérité, de richesse ou de pauvreté, que traversait le pays, mais l'idéal en resta toujours le même; il fut créé par l'art des âges primitifs, et quand il eût produit ses types il ne changea plus, que l'exécution en fût bonne ou mauvaise.

Dans l'ancienne Égypte l'art avait surtout une tendance religieuse, ce qui le privait de liberté et d'inspiration. Dans les représentations artistiques prédominait le caractère mystique. Pour la plupart ce sont des scènes de sacrifices et d'adoration des dieux, mais même les sujets empruntés à la vie journalière, sont inspirés par les idées religieuses.

L'architecture l'emportait en Égypte sur la sculpture et la peinture, car pour se développer les arts figuratifs exigent un certain degré d'indépendance individuelle, qui n'existait pas chez les Égyptiens. Leurs monuments frappent par leur énorme masse, par leurs dimensions colossales, ou par leur quantité. On ne peut cependant pas dire que l'art égyptien impressionne seulement par l'énormité de ses productions; il nous émeut aussi par les idées de grandeur qui y sont exprimées [1]. Les statues égyptiennes se distinguent presque toujours par l'expression d'une force concentrée et maîtrisée; par un maintien tranquille et plein de dignité; par une gravité imposante; par un sérieux solennel qui n'admet la manifestation d'aucun sentiment personnel. Mais cette gravité, cette dignité sont immuables et conservent toujours le même caractère; on les obtient par l'absence complète de vie intellectuelle et personnelle. C'est pour cela qu'une représentation ne diffère nullement d'une autre.

[1] Schnaase, Geschichte d. bild. Künste, ers. Theil, 2e Auf., Düsseldorf 1866; Lübke, Geschichte der Plastik. ers. B., Leipzig 1870; G. Perrot et Ch. Chipiez, Histoire de l'art dans l'antiquité, T. 1r, l'Égypte.

Dans les bas-reliefs des Égyptiens, qui représentent des scènes domestiques, on trouve plus de mouvement et plus de vie que dans les statues. Les figures de caractère sacré, dans l'art de la plupart des peuples, sont généralement plus raides et plus engourdies que celles qui nous représentent des scènes de la vie quotidienne. Dans des sujets de ce genre les artistes égyptiens nous étonnent souvent par la vérité, la fidélité, la sincérité de leur étude de la nature dans ses moindres détails, et par l'habileté avec laquelle ils ont su la reproduire. On y remarque pourtant une imitation par trop servile. Il en est de même des statues de la première période de l'art égyptien; dans ces œuvres apparaît une certaine monotomie qui est comme le reflet de l'organisation sociale du pays. entravant l'activité des individus. De plus, si dans l'art égyptien on trouve des figures humaines peu naturelles, raides, sans mouvement, des corps qui, s'ils étaient animés ne pourraient pas vivre, car le sang n'aurait pas circulé dans de pareils membres, si de telles figures se rencontrent chez eux, ce n'est pas parce qu'ils ne savaient pas représenter la figure humaine d'une manière naturelle, mais parce que cette raideur, cet engourdissement exprimaient, selon leurs idées, la majesté, la noblesse, la dignité.

En résumé en peut dire qu'à l'exception de certains côtés d'un caractère particulier, la culture des Egyptiens se rapproche beaucoup de la civilisation des peuples asiatiques méditerranéens et s'éloigne d'autant plus de la culture des Aryens occidentaux, c'est-à-dire des Grecs et des Romains.

II.

Les centres de civilisation sémitiques et touraniens dans l'Asie Occidentale.

Dans la civilisation des Assyriens, des Chaldéo-Babyloniens, des Syro-Phéniciens, des Charthaginois nous pouvons également remarquer l'absence complète d'activité philosophique affranchie de la religion, ainsi qu'un arrêt presque complet dans le progrès du développement des institutions civiles.

14

Nous savons que la vie sociale des Chaldéo-Babyloniens et des Assyriens avait pour principe le pouvoir absolu. Chez les premiers elle avait surtout un caractère théocratique; chez les derniers prédominait l'élément guerrier. En Assyrie c'était le despotisme militaire qui régnait; toute la vie de la nation se déroulait autour du monarque et de la cour; toute action de l'autocrate, même ses plaisirs étaient considérés comme d'importantes affaires d'État. Le monarque, chez le Assyriens, était entouré de tous les attributs de la divinité [1]); il était le représentant de Dieu sur la terre, l'interprète et l'exécuteur de sa volonté. La religion était sous la direction des prêtres, mais leur humilité devant le monarque — humilité qui est exprimée par leurs attitudes sur les bas-raliefs — montre qu'eux aussi dépendaient entièrement du souverain. Nous trouvons, à la vérité, chez les Phéniciens et dans leurs colonies des républiques ayant un caractère aristocratique; mais il s'agit alors de villes florissantes par le commerce et par la navigation dont les habitants entraient en contact avec d'autres peuples et sortaient peu à peu du cercle étroit des traditions de leur race, Même dans ces républiques, pourtant, l'indépendance personnelle n'était qu'imparfaitement garantie et on n'y remarque aucune tendance à acquérir des institutions sociales plus libérales.

La fusion de deux peuples anciens — Soumirs et Accads [2]) habitants de la plaine babylonienne, le premier Sémito-Kouschite et le second Touranien, produisit une civilisation remarquable. Ils furent les inventeurs de l'écriture cunéiforme, que plus tard, non seulement les Babyloniens et les Assyriens, mais aussi les Perses et les Mèdes leur empruntèrent. À ces deux peuples les Chaldéo-Babyloniens, qui se fixèrent plus tard sur les bords du Tigre et de l'Euphrate, étaient redevables de presque toute leur civilisation.

Les Kaldi ou Chaldéens proprement dits étaient une tribu de la race accadienne. Dans le domaine du savoir les Chal-

---

[1]) Weber, Allgemeine Weltgeschichte, Leipzig 1879. Cf. Rawlinson. The five great monarchies, V. 1.
[2]) Les premières civilisations; — Études d'histoire et d'archéologie par François Lenormant, Tome I, Paris 1874. —

déo-Babyloniens obtinrent de grands résultats en cultivant les sciences exactes. Nous savons que l'astronomie florissait à Babylone et dans cette specialité se distinguaient surtout les Chaldéens. Mais ces connaissances avaient un caractère exclusif, comme en général toute la science des peuples asiatiques, et avaient des buts pratiques et positifs[1] ; elles étaient en outre entachées d'un grand nombre de superstitions, étroitement unies à la magie et à l'astrologie[2]. La littérature babylonienne, ainsi que plus tard la carthaginoise, se composait, à ce qu'il paraît, d'ouvrages qui traitaient surtout d'agriculture et d'industrie[3]. Si le peuple de race sémitique qui habitait dans la Chaldée, avait ainsi que le prouvent les inscriptions cunéiformes, une épopée, il n'avait pourtant pas de philosophie.

Chez les Phéniciens, les Assyriens et les Chaldéo-Babyloniens, surtout chez ces deux derniers peuples, nous trouvons non seulement l'architecture, mais aussi la sculpture passablement développé[4]. On y rencontre même la représentation de la figure humaine, le plus souvent sur des bas-reliefs, mais parfois aussi sous forme de statues. Nous savons que les Phéniciens cultivaient aussi la plastique et la peinture et on voit d'après la Bible qu'ils n'appréciaient pas autant la beauté que l'éclat, la splendeur, et qu'ils attribuaient plus d'importance à la richesse des matériaux qu'à la perfection des formes. Leur amour du luxe transformait leurs vaisseaux en de splendides palais[5].

Le principal mérite des Phéniciens a consisté à transmettre la culture des Chaldéo-Babyloniens, des Assyriens etc, à l'Occident, aux Hébreux et aux Grecs dans la première période de l'histoire de ces derniers. Les Phéniciens répandaient les modes, les costumes, les ornemens, les parures assyro-phéniciens, sur tous les rivages de la Méditerranée. Dans le domaine de l'art il se distinguaient surtout par la perfection de

[1] F. Lenormant. Les premières civilisations, Paris 1874.
[2] Weber. Allgemeine Weltgeschichte, ers. B.
[3] E. Renan. Journal asiatique, Avril-Mai 1859.
[4] Histoire de l'Art dans l'Antiquité par G. Perrot et Ch. Chipiez. T. II et III, Paris 1884.
[5] Prophète Ezéchiel Ch. XXVII.

la technique, et aussi par leur adresse à travailler certaines matières, comme par exemple le cuivre, l'or, le verre, l'ivoire, la pourpre etc. Ainsi que tous les Sémites, les Phéniciens avaient peu de dispositions pour la peinture et pour la sculpture. Chez eux l'art proprement dit n'a jamais atteint un grand développement, mais ils l'appliquèrent avec succès a l'industrie.

Chez les peuples asiatiques la peinture et la sculpture ne se sont jamais définitivement affranchies de l'architecture, et le plus souvent elles n'y jouent qu'un rôle d'ornementation. Les arts plastiques, en effet, expriment précisément les sentiments personnels, les côtés individuels de la vie de l'homme qui dans l'organisation sociale des peuples asiatiques n'ont jamais pris un grand développement. Le contraire se voit dans le monde hellénique, la peinture et la sculpture n'y sont plus assujetties à l'architecture, et la représentation des figures humaines dans des poses libres et dégagées peut y être considérée comme la conséquence de l'affranchissement de la personnalité. Les Chaldéo-Babyloniens et les Assyriens représentaient beaucoup mieux les animaux que l'homme. On peut s'en rendre compte très clairement en étudiant les bas-reliefs assyriens et babyloniens. Dans les monuments des Assyriens, des Chaldéo-Babyloniens, ainsi que des Égyptiens on remarque une imitation servile de la nature, dans ses moindres particularités, et on y trouve représentée une seule action, qui se déroule devant les yeux de l'artiste, sans tentative de sa part, de concentrer, par l'analyse philosophique, une série d'actions de même nature sur un seul point afin de rendre plus intelligible le caractère du sujet qu'il a voulu représenter.

Les religions des Chaldéo-Babyloniens, des Assyriens, des Syro-Phéniciens, des Carthaginois avaient un caractère voluptueux et en même temps cruel. Nous voyons dans ces culte la fusion habituelle aux peuples orientaux de la jouissance sensuelle avec l'ascétisme, la volupté unie aux macérations et une soumission passive au sort à côté des élans d'une étonnante énergie. Leur mythologie est grossière, basée sur un fanatisme farouche; les sacrifices humains étaient en usage parmi eux; ils se mutilaient pour plaire à Dieu, et la volupté était élevée à la hauteur d'un dogme [1]). Dans leur organisation sociale, ainsi que dans leur vie intellectuelle dominait l'élément religieux, excluant le libre développement philosophique.

Dans la culture de ces peuples on peut remarquer plusieurs traits généraux de la civilisation de la race sémitique. Leurs cultes ont une certaine ressemblance avec la religion judaïque. Les Assyriens, par exemple, étaient tout aussi intolérants et exclusifs que les Hébreux. Comme ces derniers ils méprisaient les croyances des peuples qu'ils avaient conquis. Enfin le type des Assyriens réprésentés sur leurs monuments se rapproche beaucoup du type sémitique [2]). Mais sous bien des rapports, pourtant, les populations de la vallée du Tigre et de l'Euphrate diffèrent de la pure race sémitique. L'ancienne culture assyrienne, par exemple, a des rapports avec la civilisation égyptienne [3]). On ne peut pas déterminer jusqu'à quel point ces populations appartenaient à la famille sémitique, mais il est indubitable qu'elles étaient mélangées d'autres races, touraniennes et peut-être même aryennes. Selon l'opinion de quelques savants [4]), on peut remarquer dans la civilisation des Chaldéo-Babyloniens des éléments de culture de la race touranienne. On est aussi d'avis [5]) que l'ancienne civilisation de Babylone présentait beaucoup de côtés originaux qui s'éloignaient du type touranien. Les Phéniciens étaient aussi mélangés d'autres races non sémitiques, et très probablement avec les anciens Égyptiens, et quelques peuplades de l'Afrique septentrionale.

Mais si les Syro-Phéniciens, les Assyriens, les Chaldéo-Babyloniens par leur religion, par le caractère de leur culture s'éloignent du type sémitique pur, ils ne s'approchent nullement pour cela du type aryen; ils forment au contraire un type asiatique distinct. On ne remarque chez eux ni facultés philosophiques, ni affranchissement de la pensée, ni effort con-

[1]) Movers, Die Phönizier, ers. B. Bonn 1841, zw. B. Berlin 1849-1850.
[2]) Histoire de l'Art dans l'Antiquité par G. Perrot et Ch. Chipiez. T. II.ᵈ
[3]) Lepsius, Einleitung zur Chronologie der Aegypter.
[4]) F. Lenorment, la Magie chez les Chaldéens, Paris 1874.
[5]) E. Renan, Journal Asiatique, 7 Série, T. II; — Histoire Générale des Langues sémitiques, 2ᵉ éd., Paris 1884.

stant pour atteindre à la liberté dans leurs institutions sociales, en un mot rien de ce qui constitue le caractère distinctif de la civilisation des Aryens méditerranéens du monde antique.

III.

Les Hébreux.

Plus remarquables par le rôle qu'ils ont joué dans l'histoire, par leur destinée, par les monuments de leur activité intellectuelle et mieux connus que les Assyriens, les Chaldéo-Babyloniens et les Syro-Phéniciens furent les peuples de race sémitique pure — les Hébreux et les Arabes. Par le caractère de leur culture et par leur religion ils sont encore plus éloignés des Aryens méditerranéens, c'est-à-dire des Grecs et des Romains, que les peuples de l'Asie que nous avons mentionnés et les Égyptiens.

Les Arabes n'appartiennent pas au monde antique; ils apparaissent dans l'histoire lorsque la culture classique était déja agonisante, mais entre eux et les Hébreux existe une si grande analogie, qu'en définissant les particularités de la civilisation des Israélites, on pense involontairement aux Arabes, qui leur ressemblent par la nature de leur esprit et par leurs tendances. Le caractère des Hébreux devient donc plus net et on peut mieux l'expliquer en étudiant les facultés intellectuelles des Arabes.

Le trait le plus caractéristique, commun à ces deux peuples, au point de vue moral est leur manque de dispositions pour l'activité philosophique, ce qui aboutit à la suprématie du principe religieux dans leur organisation sociale et dans leur développement intellectuel. La sagesse hébraïque ne peut pas être nommée philosophie [1]. Ce n'est ni le libre examen des phénomènes de la nature, ni le désir de déterminer leur origine, ni le raisonnement provoqué par l'analyse, ni l'examen des facultés hu-

[1] Semiten und Indogermanen in ihrer Beziehung zu Religion und Wissenschaft, von Rudolf Friedrich Grau, Zw., Auf., Stuttgart 1867.

maines et des relations de l'homme avec le monde extérieur qui a produit la sagesse hébraïque. Pas un des livres de l'Ancien Testament ne peut être appelé vraiment philosophique. Nous n'y trouvons aucun raisonnement spéculatif, rien que le résultat de l'expérience de la vie pratique; en un mot pas de philosophie, mais des règles religieuses et la subordination des résultats du raisonnement au mouvement du coeur et aux élans des sentiments. La sagesse de Salomon avait un caractère entièrement pratique. Dans le livre de Job et dans celui de l'Ecclésiaste on soulève de graves problèmes philosophiques sans les résoudre. La note philosophique ne vibre pas dans ces ouvrages. Les conclusions de l'Ecclésiaste sont toujours défavorables à la science et ne contiennent que des principes ascétiques. " Rien n'est nouveau sous le soleil „ .... dit l'Ecclésiaste; " je résolus en moi-même de rechercher et d'examiner avec sagesse tout ce qui se passe sous le soleil .... et j'ai trouvé que tout était vanité et affliction d'esprit; et que plus on a de science, plus on a de peine „. " Vanité des vanités; tout est vanité! „ C'est ainsi que conclut toujours l'Ecclésiaste. Ce n'est pas la philosophie, mais la piété et la crainte de Dieu qui sont le commencement et la fin, le principe et le but de la sagesse hébraïque. " La parfaite sagesse est de craindre le Seigneur [1] „. " La crainte du Seigneur est le commencement de la sagesse „ [2]). " Toute sagesse vient de Dieu [3] „. " Le commencement de la sagesse est la crainte du Seigneur [4]) „. Craindre Dieu est la racine de la sagesse [5]) „. " Combien est grand celui qui a trouvé la sagesse! mais il n'en est point au dessus de celui qui craint Dieu [6]) „.

Le système du monde expliqué par la Bible est trés simple. Dieu est le créateur de tout et la force universelle, c'est son souffle qui anime toute créature; c'est lui qui produit tous les phénomènes de la nature.

[1]) Le livre de Job. Ch. XXVIII, 28.
[2]) Psaume CX, 10.
[3]) Le Livre de Jésus fils de Sirach, Ch. I, 1.
[4]) Même livre Ch. I, 16.
[5]) Même livre Ch. I, 25.
[6]) Même livre Ch. XXV, 13.

C'est du même œil que les Israélites considèrent le savoir et les sciences qui ne sortent pas chez eux du domaine religieux. Seules les idées religieuses étaient capables de les émouvoir; le monde extérieur n'évoque chez eux que des sentimens pieux; l'univers n'est que l'accomplissement de la volonté d'un Être suprême. Les questions qui les intéressent se rapportent toujours à la religion, et ils ne s'occupent des phénomènes de la nature qu'autant que ces derniers sont en relation avec les lois de leur religion. Les Israélites n'ont pas cherché dans une investigation scientifique la solution du problème de l'existence. L'étude de la nature, comme on la pratique chez les Aryens, c'est-à-dire l'examen de ses phénomènes, libre de toute idée préconçue, les Hébreux ne la connurent jamais. Rechercher et découvrir les causes était pour eux une occupation inutile qui fatiguait vite leur esprit [1]). Les secrets de la nature, dont on fait mention dans les Livres sacrés sont soumis aux mystères de la religion [2]). ils émanent de Dieu et leur solution n'entraîne les hommes, à aucune investigation scientifique. La description des phénomènes de la nature et celle des animaux, qu'on rencontre dans quelques livres de la Bible, comme par exemple. dans le Livre da Job, n'a aucun but scientifique et sert seulement à démontrer la grandeur et l'omniscience du Créateur de l'univers. L'incompréhensibilité des lois naturelles rehausse la puissance du Très-Haut. L'homme ne doit donc pas s'efforcer d'éclaircir et d'expliquer les mystères de la nature [3]). C'est pourquoi dans les livres des Hébreux on ne trouve pas la science, mais la foi; ce sentiment entrave chez eux tout examen et toute observation approfondie. Et chez les Israélites, de tous les temps nous trouvons les mêmes idées dominantes. Si parmi eux il y eut des philosophes, c'étaient des Israélites aryanisés, comme par exemple, Spinoza. Au XVIIe siècle le Juif Cardoso, contemporain de Spinoza et qui vivait aussi à Amsterdam, a dit dans son ouvrage intitulé: Los excellencias do los Hebreos: " Notre loi est notre raison et notre

[1]) Ecclésiaste Ch. I, II, III.
[2]) Le livre de Job, Ch. XXXVIII, XXXIX, XL, XLI.
[3]) Les Proverbes de Salomon, Ch. XXX..

science. Les Juifs ne se préoccupent pas des sciences humaines, de la philosophie indéterminée, de la médecine empirique, de la chimie imaginative. Les Israélites n'ont aucun désir d'étudier l'histoire et la chronologie des autres peuples, ni l'art de gouverner les États „.

Les exceptions ne font que confirmer la règle ; ni Spinoza, ni l'autodidacte Salomon Maimon ne suffisent à prouver que les Israélites étaient un peuple à l'esprit philosophique. Les racines de la philosophie de Spinoza ont poussé dans un sol aryen ; éloigné du terrain où s'est développé son génie il n'aurait pas crée son systeme. Thorwaldsen a peut-être été le plus grand sculpteur du siècle passé, mais personne ne pourra dire pour cela que les Danois montrent généralement un grand talent pour la sculpture. Jusqu'au moment où les Israélites furent en contact avec les Grecs, on ne trouve chez eux aucune trace de ce qu'on nomme la science. Toute l'activité intellectuelle des Hébreux est donc marqué d'un caractère religieux ; leurs idées se sont concentrées dans leur vocation unique qui était de devenir le peuple élu de Dieu.

On ne peut nier aux Israélites le talent d'écrire l'histoire ; plusieurs livres de la Bible en sont des exemples, quoique leur substance ne soit qu'une narration aride des événements. La différence est grande d'ailleurs entre ces livres et les histoires écrites par les historiens aryens. Nous trouvons chez ces derniers avec la narration des événements et l'histoire du développement du peuple, des considérations et des réflexions sur les événements tandis que chez les Hébreux il n'y a qu'une sèche chronique énumérant les faits accomplis, et si on y rencontre quelques raisonnements, ils ne sont que d'un caractère religieux. L'histoire chez les Israélites, ainsi que chaque manifestation de leur vie morale, se déroule dans le domaine de la religion et ne fleurit qu'autant qu'elle s'y rattache, car en dehors de leur foi il n'y a pas chez eux de vie. L'histoire des Hébreux commence à l'élection d'Abraham. La prise de Jérusalem par Titus, qui mit fin à leur vie indépendante -- car après ce désastre ils ne font que prendre part à l'existence des autres peuples — ne mit pas fin à leur histoire, comme cela aurait en lieu chez tout autre peuple, elle n'anéantit pas leur nationalité précisément parce qu'ils vivaient d'une vie plus religieuse que sociale. Nous voyons, au contraire, que les époques du plus fervent, du plus fanatique prosélytisme coïncident chez les Israélites avec les périodes de leur asservissement. Autant le sort des Aryens diffère de celui des Sémites, autant diffère leur manière d'écrire l'histoire. Des Chroniques comme celles qu'on trouve chez les écrivains grecs depuis Hérodote, ou bien des histoires contenant des considérations philosophiques sur les événemens pareilles à celles que les peuples Aryens ont toujours écrites, les Hébreux n'en possèdent pas. Leurs livres historiques sacrés n'avaient pas un but scientifique, comme chez les Grecs et les Romains, mais uniquement religieux. L'historien juif ne rapporte pas les faits à cause de l'importance qu'ils ont en eux mêmes; il ne pense qu'au rapport que ces événemens ont avec la volonté de Dieu. C'est pourquoi les Israélites n'ont que l'Histoire Sainte, tandis que chez les Aryens méditerranéens du monde antique, chez lesquels la religion ne tenait pas la même place que chez les Sémites, l'histoire civile marche de front avec la religieuse et l'absorbe même souvent. C'est pour ces raisons que l'Ancien Testament ne peut pas être considéré comme un livre historique; ce n'est qu'une suite de réminiscences, le tableau de ce que Dieu a accordé à son peuple, l'exposé de ce qu'ont fait les Hébreux pour lui plaire ou lui obéir en différentes circonstances. Il fallait qu'on en gardât le souvenir pour comprendre les relations étroites du peuple élu avec Dieu.

En examinant l'histoire des Israélites on voit que le plus souvent ils ont eu un gouvernement despotique, qui quelquefois cependant s'est transformé en anarchie. L'organisation patriarcale est une espèce de despotisme que le chef de la famille exerce sur ses membres. Le pouvoir théocratique a aussi ce caractère absolu, car par sa nature même il n'admet qu'une soumission aveugle, ne permettant pas le raisonnement. L'anarchie de la période des Juges est suivie, chez les Israélites, par le despotisme des Rois. Le Livre des Juges finit par ces mots: " En ce temps là il n'y avait point de roi dans Israël; mais chacun faisait ce qu'il jugeait à propos [1] „. Le prophète Samuel

[1] Chapitre XXI, 24.

met le peuple d'Israël en garde contre les actes arbitraires des futurs rois [1]). Les organisations sociales des peuples voisins d'Israël, qui étaient aussi de race sémitique, avaient le même caractère. Les sacrificateurs et les prophètes des Juifs, *au nom de Dieu et de la loi établie par lui*, apparaissaient comme les défenseurs du peuple contre le despotisme cruel des rois, et en s'insurgeant contre les tyrans ils ne prétendaient jamais mettre des bornes au pouvoir royal, ni introduire des institutions libérales, mais seulement diminuer la cruauté des rois. Il faut observer, cependant [2]), que l'idée qu'avaient les Israélites de la sainteté de la nation entière, rendait sacré tout homme qui en faisait partie. C'est pourquoi chez eux, plus que chez tout autre peuple asiatique, se développa le respect pour les droits humains. Même l'esclavage avait chez les Hébreux une forme plus douce et il était moins répandu que chez beaucoup de nations du monde antique. Mais malgré tout, l'organisation sociale des Juifs [3]), qui a tellement contribué à la conservation de la religion, ne réussit pas à développer les principes de la liberté, ni même à faire des progrès dans cette voie. La vie politique n'existait pas chez les Israélites; leur loi ne contenait aucun germe de liberté. La religion constituait leur principal lien national; ils s'unirent appelés par Moïse, mus par le sentiment religieux; c'est ce sentiment qui aida les prophètes à réunir les tribus détachées d'Israël sinon pour un long espace de temps, du moins dans une voie bien tracée.

IV.

Les Arabes.

Chez une autre branche de la race sémitique, les Arabes, nous trouvons presque le même caractère de culture, la même direction d'idées, les mêmes facultés intellectuelles, que chez les Hébreux.

[1]) Chapitre VII, 9-18.
[2]) Weber, Allgemeine Weltgeschichte.
[3]) E. Renan, Journal asiatique, Avril-Mai 1859.

24

On peut dire encore plus positivement de leur organisation sociale ce que nous avons remarqué dans les institutions
civiles des Israélites; c'est-à-dire que chez eux l'anarchie succède au despotisme et le despotisme à l'anarchie. Le pouvoir illimité des Califes précédait chez les Arabes les luttes
des tribus continuellement en guerre entre elles. [1]) Le goût
pour un gouvernement républicain se trouve dans le caractère
des Arabes, mais ils sont incapables de fonder une république.
Jamais ils n'ont admis l'absorbtion de la personnalité par la
société pour constituer une association sociale fondée sur l'égalité, et à cause de cette incapacité de s'associer, ils subirent
l'anéantissement de leur volonté par un pouvoir tyrannique.
Ayant eu des périodes d'un grand bien-être matériel et possédé
une culture, sous beaucoup de rapports remarquable, les Arabes
n'ont jamais fait un seul pas en avant dans la vie sociale.
Pendant l'époque la plus brillante de leur existence il n'ont
pas essayé de se créer des institutions libérales, ni de limiter
le pouvoir despotique de leurs souverains. Le despotisme a été
beaucoup plus absolu chez les Arabes, et en général chez les
Mahométans, que chez les Hébreux. La loi de Mahomet réunit
le pouvoir religieux et le pouvoir temporel dans une seule
personne, dans le dominateur du peuple. C'est ce que nous ne
trouvons pas chez les Israélites, dont les rois étaient souvent en lutte avec les grands prêtres et les prophètes; mais
chez les deux peuples, que le pouvoir absolu fut civil ou bien
religieux, la personnalité était dans la même impossibilité de
s'affranchir. Chez les Arabes de même que dans l'organisation
sociale le despotisme touche à l'anarchie, ainsi dans la vie
privée l'indépendance la plus complète marche de pair avec la
soumission illimitée. Avec une observation exacte de certaines
lois prescrites par la religion et de cérémonies qui entravent
la vie et prennent un caractère ascétique, on voit prédominer
chez les Arabes la sensualité, permise par la loi de Mahomet.
Chez eux, comme chez les Israélites, la religion seule limite
le despotisme et l'anarchie; et la transition de l'anarchie au

[1]) Semiten und Indogermanen in ihrer Beziehung zu Religion und
Wissenschaft von Rudulf Friedrich Grau, zw. Auf., Stuttgart 1867.

despotisme s'accomplit par le moyen de la religion. Le pouvoir despotique dans le ciel et, comme conséquence, le pouvoir despotique sur la terre, ayant en même temps le caractère religieux et civil, voilà la forme de vie sociale qui à toujours satisfait le plus les Arabes. Leur Dieu est comme un Calife du Ciel, et les souverains de la terre avaient chez les Mahométans le même caractère que celui du ciel. Les Arabes en somme n'ont jamais pu comprendre l'organisation du monde autrement que par l'absolutisme illimité [1]).

Mahomet ne peut pas être considéré comme le fondateur du monothéisme chez les Arabes [2]). On sait qu'il ne fit que suivre le mouvement religieux de son temps sans le devancer. L'idée fondamentale de la religion des Arabes a toujours été le monothéisme, cependant diverses superstitions — chaque tribu avait les siennes propres — en prenant le caractère idolâtre altérèrent la pureté originelle du culte monothéiste des Arabes et se répandirent précisément à l'époque dans laquelle apparut Mahomet. Le christianisme, alors déjà organisé, s'établissait sur les frontières de la péninsule arabique et commençait à y trouver des adeptes ; c'est ce qui fit désirer aux Arabes un culte plus élevé que leurs religions primitives.

Le Coran fut le seul obstacle au pouvoir des Califes ; de même que le Pentateuque il contient des lois religieuses aussi bien que sociales. Les préceptes de Mahomet, suivis ponctuellement rendent impossible l'affranchissement de la pensée et ne permettent pas la liberté des cultes, ni des rapports ré-

---

[1]) La famille sémitique, ainsi que la famille aryenne avait pour fondement, à l'origine, le pouvoir despotique de son chef sur ses membres ; mais avec le développement de la civilisation, la femme a pu s'affranchir du mari dans la famille aryenne et devenir son égale ; l'autorité du père sur les enfants a aussi considérablement diminué. Dans la famille sémitique, au contraire, le pouvoir despotique de son chef sur la femme et sur les enfants ne diminue jamais, même pendant la période de la plus grande culture des Sémites. C'est par le progrès de la civilisation que la femme fut affranchie dans la société aryenne ; elle fut plus assujettie tout le moyen âge au pouvoir despotique de l'époux que dans les siècles suivants et surtout que de nos jours.

[2]) E. Renan, Études d'Histoire religieuse, Paris 1863.

guliers et suivis avec d'autres peuples non mahométans [1]).
Comme la Bible chez les Israélites, ainsi le Coran chez les
Arabes devient le lien social le plus fort. Mahomet et ses successeurs unirent au nom de la religion les différentes tribus
arabes, qui jusqu'alors avaient toujours été en guerre entre
elles. L'islamisme est une forme de religion si puissante que
tous les peuples qui l'adoptent reçoivent le caractère sémitique.
C'est ce qu'on peut observer chez les Perses et chez les Hindous;
mais à cette loi sont soumis surtout les peuples de race touranienne. Ainsi par exemple l'organisation sociale des Turcs est
entièrement sémitique.

La science avait certainement moins d'importance chez
les Israélites que chez les Arabes; en général ces derniers offrent un type plus raffiné, plus élevé; ils sont plus enclins à
un travail intellectuel et à des jouissances artistiques que les
Hébreux. Il faut en outre observer que les Arabes entrèrent
en contact avec des peuples qui conservaient les traditions de
la civilisation classique et purent, par conséquent, tirer profit
de ses trésors, tandis que les Israélites, dans la première période de leur développement, ne se trouvèrent pas dans une
position si favorable. Ce contact des Arabes avec la civilisation du monde antique conduisit à la formation de ce qu'on
nomme assez incorrectement la philosophie des Arabes. Il est
vrai qu'elle constitue une manifestation aussi importante qu'in-
téressante. Entre la disparition de la culture antique et le réveil de la pensée en Italie et dans les pays franco-germaniques
se trouve cette période qu'on peut appeler arabe; mais y a-t-il
beaucoup d'éléments véritablement arabes dans cette civilisation ? En ce qui concerne la philosophie on peut dire qu'elle
n'a d'arabe que la langue et que son origine est de source
étrangère [2]). Sans aucun doute, de tous les peuples barbares
apparus sur la scène du monde après la chute de l'Empire
d'Occident, les Arabes les premiers ont commencé à apprécier

[1]) E. Renan, Journal Asiatique, Avril-Mai, 1859.
[2]) E. Renan, Averroés, Paris 1866; Spiegel, Eranische Alterthumskunde, 1e B., Leipzig, 1871 — Mahomet et le Coran par Barthélemy
Saint-Hilaire, Paris 1865.

et à adopter ce qui s'était conservé de la culture classique ¹). Alors que les peuples qui envahirent l'Empire romain étaient encore plongés dans la barbarie et commençaient à peine à s'organiser, les Arabes parviennent promptement à se développer, après être entrés en contact avec les Perses et les Grecs byzantins. On voit apparaître chez eux la littérature, les arts, la philosophie, ils cultivent les sciences, surtout les mathématiques. Mais l'origine de cette civilisation, si vite éclose, ne doit pas être recherchée chez les Arabes; ses principaux agents ont été les Perses, peuple de race aryenne qui avait adopté la loi de Mahomet.

Enfermés, ainsi que les Israélites, dans un cercle restreint de lyrisme et de prophéties, les habitants de la péninsule arabique n'ont jamais eu la moindre idée de ce qu'on nomme une recherche scientifique. L'islamisme — résultat de la lutte religieuse qui s'est continuée plusieurs siècles — était dans les premiers temps de son existence complètement étranger à la philosophie et à la science. La nature même de l'esprit arabe, caractérisé par la loi religieuse de ce peuple, était hostile à la philosophie. Tant que l'islamisme resta entre les mains des Arabes, c'est-à-dire, pendant les règnes des quatre premiers Califes et sous la dynastie de Ommiades, toutes les manifestations qui se produisaient dans son sein avaient un caractère religieux. Ce caractère changea quand, vers le milieu du VIII⁰ siècle ²), avec la dynastie des Abbassides l'élément perse prit le dessus sur l'élément arabe ³).

¹) E. Vacherot, Histoire critique de l'École d'Alexandrie 3 v. Paris 1846.

²) E. Renan, Histoire Générale et Système comparé des Langues sémitiques, 4⁰ éd., Paris 1863. — L'Islamisme et la Science. Conférence faite à la Sorbonne le 29 Mars 1883, Paris.

³) L'Islamisme, en se répandant se transforma, ainsi que toutes les religions, selon la disposition d'esprit et les facultés intellectuelles des peuples qui l'adoptèrent, s'imprégnant aussi des idées religieuses qui existaient déjà. La loi de Mahomet s'altéra surtout et devint plus exclusive, plus intolérante quand elle tomba dans les mains des Tatares, des Turcs, des Berbères, quand les Turcs devinrent le peuple dominateur de l'islamisme. Nous voyons aussi que la loi de Moïse en se répandant dans le monde gréco-romain, aux siècles qui précédèrent et qui suivi-

28

Bien que conquis par les Arabes et tout en adoptant la loi de Mahomet les Perses ne perdirent pas le caractère philosophique de l'esprit, ni la tendance critique de la pensée, qui constituent la trait distinctif de tous les peuples de race aryenne. Le centre de l'islamisme se trouvait à cette époque dans le pays situé entre le Tigre et l'Euphrate, où les arts et l'industrie florissaient depuis plusieurs siècles et où subsistaient encore les traditions de la culture persane de l'époque des Sassanides — encore très florissante, peu auparavant, surtout si on la compare à celle que les Arabes apportèrent de leur désert. Quoique depuis plusieurs siècles déjà se manifestât sur la civilisation des Perses l'influence des peuples sémitiques et touraniens, avec lesquels ils étaient entrés en contact à la suite de leurs conquêtes, ils ne perdirent pas entièrement le type aryen de leur culture et parvirent à un degré de développement beaucoup plus élevé que les Arabes qui les avaient conquis. La philosophie bannie de l'Empire byzantin, sous le règne de Justinien, chercha un refuge dans les pays gouvernés par des rois perses. Les chrétiens de la secte nestorienne, très nombreux dans la partie occidentale de la Perse, cultivaient les sciences et la philosophie grecque. La médecine était exclusivement entre leurs mains. L'invasion des Mahométans retarde d'un siècle la marche de leur civilisation; mais avec la dynastie des Abbassides les Perses prirent le dessus dans le domaine intellectuel et l'époque des Sassanides sembla, pour ainsi dire, renaître. Bagdad devint le centre de cette Perse ressuscitée dans l'islamisme [1]. La langue des conquérants — l'arabe — ne

rent l'apparition du christianisme, s'éloigna beaucoup de son intolérance primitive. La secte la plus connue en Occident était la secte saducéenne, qui reniait les traditions religieuses et prenait un caractère philosophique et universel, plus en harmonie avec les idées des Aryens méditerranéens du monde antique. De même les peuples de race touranienne en adoptant une religion philosophique, d'origine aryenne, la transformèrent selon leurs idées. Ainsi, le Bouddhisme en se propageant changea à un tel point que c'est à peine si on peut le reconnaître. Son caractère philosophique, accessible seulement aux Aryens disparait complètement chez les peuples de race touranienne.

[1] Weltgeschichte von Leopold von Ranke, 5er Theil zw. Abtheilung, Leipzig 1884.

fut certainement pas évincée, non plus que la religion de Mahomet. Mais cette nouvelle civilisation s'éloigna de la pure doctrine de l'Islam et adopta des principes aryens introduits dans l'islamisme par les Perses. L'intolérance de cette religion diminua sensiblement à l'époque des Abbassides qui s'entouraient de savants persans, d'astronomes et de mathématiciens. La liberté de la pensée se développa dans leur entourage ; on commença à étudier la culture du monde antique, de l'Inde et de la Perse. Les œuvres d'Aristote, d'Euclide, de Galien, de Ptolémée et d'autres auteurs grecs et romains furent, par la volonté des Califes Abbassides, traduites en langue arabe. À cette époque il était plus facile de se procurer les oeuvres de ces savants à Bagdad ou à Kara-Amid qu'à Rome ou à Paris. Les productions de la littérature hellénique parvinrent aux peuples des pays occidentaux, au XIIᵉ siècle, dans la traduction arabe, en passant par Bagdad, Damas, Cordoue et Tolède. La civilisation de la Grèce ancienne était à cette époque l'unique source du véritable savoir. Si la culture de la Syrie et de Bagdad était alors supérieure à celle des autres pays, cela provenait de ce que les Arabes et les Perses étaient plus rapprochés des traditions de la civilisation classique que les Gallo-Francs et que les Germains.

Adoptée par les Arabes, la philosophie se manifesta chez eux exactement de la même manière que les systèmes spéculatifs indépendants dans l'Inde et en Grèce [1]). Ce ne sont à l'origine que des raisonnements philosophiques, des explications sur le culte déjà existant ou sur la religion qu'on professe ; ensuite la pensée s'émancipe, elle parvient à une position indépendante, ce qui provoque, comme on peut facilement se l'imaginer, une opposition de la part des croyants. L'indépendance de la pensée offensait parfois les fervents adeptes du Coran et les excitait à des protestations et à des violences. C'est alors qu'eurent lieu les persécutions des adeptes de la culture antique, des libres penseurs et des philosophes ; mais ces élans de ferveur religieuse ne se prolongèrent pas et les idées de tolérance eurent le dessus pendant un temps plus ou

[1]) V. Cousin, Histoire générale de la Philosophie.

moins long, contribuant ainsi à la continuation du mouvement intellectuel de l'époque des Abbassides.

Ce qu'on nomme philosophie arabe se présente donc à nous comme une réaction de l'esprit persan, c'est-à-dire aryen contre l'islamisme [1]). C'est pour cela qu'elle ne peut pas être considérée comme arabe [2]), mais plutôt comme greco-persane et surtout beaucoup plus grecque que persane. Ce furent, il est vrai, les Perses qui firent éclore la philosophie arabe, mais par la forme et la substance elle est un reflet de la philosophie grecque, avec assimilation d'éléments des littératures persane et indienne ; mais par elle même, elle ne présente rien d'original. Les philosophes arabes ne sont que les commentateurs et les traducteurs des philosophes grecs, leurs ouvrages ont au plus haut point le caractère de l'imitation. Ils n'ont ajouté au capital intellectuel de l'humanité aucune nouvelle idée, mais se sont limités à grouper et à expliquer les idées des philosophes grecs. Il n'existe aucun système philosophique arabe indépendant. La philosophie arabe n'a eu ni la germination, ni la phase de développement, qui caractérise tout produit intellectuel original. Elle n'a point de passé ; elle n'a pas d'histoire. Se développant subitement comme une plante sans racine, elle sort du péripatétisme, c'est-à-dire du système d'Aristote. Les oeuvres des philosophes arabes se suivent l'une l'autre presque sans progrès ; les idées de l'un ne provoquent pas de nouvelles idées chez un autre. Ils puisent tous à la même source et précisément au péripatétisme. La doctrine d'Aristote a une grande autorité parmi les philosophes arabes :

[1]) E. Renan, Études d'histoire religieuse, Paris 1863 : — Le Cantique des Cantiques, traduit de l'hébreu avec une étude sur le plan, l'âge et le caractère du Poème par E. Renan, Paris 1884. — De même le Suffisme, c'est-à-dire la doctrine religieuse des ordres monastiques mahométans, d'après laquelle l'homme provient de Dieu et aspire à se réunir de nouveau à lui, peut être considéré comme une protestation des principes naturalistes et panthéiste, — toujours prédominants dans les religions des peuples aryens, — contre la théologie étroite et aride de la loi de Mahomet. Nous savons que les sources du Suffisme doivent être cherchées en Perse et dans l'Inde et non chez les Arabes, et que la plus grande partie des adeptes de cette doctrine étaient des Perses.

[2]) Gustav Weil, Geschichte der Chalifen, II B., Mannheim 1848.

l'influence de son système se fait sentir dans chaque ligne de leurs ouvrages. Les principes de sa doctrine dirigent et inspirent toutes leurs idées. La philosophie des Arabes, consistant surtout dans la réunion des commentaires d'Aristote, était cependant plus ou moins subordonnée aussi aux dogmes de l'islamisme ; elle ne se développe que tant qu'elle ne se trouve pas en contradiction avec la religion de Mahomet.

Il faut pourtant observer que de tous les systèmes philosophiques de la Grèce ancienne le péripatétisme est celui qui contredit le moins la doctrine de l'Islam. Par un de ses côtés surtout ce système devait se trouver d'accord avec les idées des Mahométans, c'est-à-dire par son éloignement pour le panthéisme, qui trouva toujours peu de sympathie parmi les disciples de Mahomet. Le principe d'individualité qui existe dans le système d'Aristote prédomine aussi dans la religion et dans les idées des Arabes. Dans la philosophie d'Aristote Dieu est en dehors du monde qui n'est que sa création accidentelle et éphémère. Les philosophes arabes étant mahométans et, par conséquent éminemment monothéistes, devaient se trouver d'accord avec les principes d'individualisme dans la religion, et au contraire ils ne pouvaient sympathiser avec les idées panthéistes. C'est pour cette raison que les penseurs arabes développèrent de préférence les principes de la doctrine d'Aristote, qui devint le fondement de leur philosophie.

Mais les Arabes suivirent docilement le péripatétisme et ne cherchèrent ni appui ni arguments dans les autres systèmes philosophiques, tant que leur système préféré put s'accorder avec les dogmes de l'islamisme. Certainement cela ne fut possible que jusqu'à un certain point, car si la doctrine d'Aristote est moins en contradiction avec les dogmes de l'islamisme que tout autre système philosophique grec, beaucoup de ses données ne peuvent être conciliées avec les préceptes du Coran. C'est ce qui conduisit les philosophes arabes à puiser à d'autres sources. Le système de Platon apparaît parfois, mais vaguement, dans la philosophie arabe ; on peut y remarquer aussi les principes du néo-platonisme alexandrin, modifiés cependant par le système d'Aristote et par l'influence de l'islamisme, de sorte qu'il est difficile de les reconnaître. Le néo-platonisme

32

pénétra dans le péripatétisme par les commentaires alexandrins d'Aristote ; et les Arabes, en suivant ces versions, puisèrent en même temps aux doctrines néo-platoniciennes. Ils connurent pourtant aussi par des voies plus directes les oeuvres des Néo-platoniciens ; ces dernières étaient très répandues dans les écoles grecques de l'Empire byzantin, précisément à l'époque où les savants arabes commençaient à étudier la philosophie. Quelques uns des ouvrages de l'École d'Alexandrie furent traduits par les Arabes et parmi eux les néo-platoniciens Plotin et Proclus jouissaient d'une grande estime, surtout le premier que les philosophes arabes ont surnommé le Platon égyptien. C'est seulement au néo-platonisme qu'on peut attribuer certaines idées qu'on rencontre chez les philosophes arabes.

Le Platonisme et le Néo-platonisme entrent dans la philosophie des Arabes seulement pour suppléer à l'insuffisance du péripatétisme. Cette insuffisance apparaît précisément dans la conception de Dieu par Aristote; ne lui attribuant pas un caractère élevé il ne pouvait pas remplacer le Dieu de Mahomet. Il fallait donc — après avoir mieux connu le péripatétisme — chercher dans un autre système un Être suprême, correspondant davantage aux idées que les Sémites se faisaient de Dieu. La définition de Dieu dans la philosophie néo-platonicienne ayant, selon la doctrine de cette école, un caractère plus abstrait, plus élevé plus impénétrable, mais accessible à l'entendement humain que chez les Péripatéticiens, devait plus complètement satisfaire les penseurs arabes que l'idée de Dieu dans la philosophie d'Aristote. Possédant, en outre, une plus grande somme de mysticisme que les autres systèmes philosophiques de la Grèce, le néo-platonisme pouvait attirer les penseurs sémites, dans l'activité intellectuelle desquels, on trouve toujours une teinte de mysticisme [1]). Mais d'un autre côté le panthéisme — toujours antipathique aux Arabes — qui se manifeste aussi

[1]) Quelquefois, cependant, les idées qui se rapprochent du néo-platonisme et qu'on rencontre chez les philosophes arabes, pouvaient venir directement de l'Orient. Dans le Néo-platonisme, comme on sait, se trouvent beaucoup d'éléments empruntés aux religions et aux philosophies orientales.

d'une manière très évidente dans le Néo-platonisme devait affaiblir l'attrait qu'exerçait sur eux la doctrine de l'École d'Alexandrie. C'est pourquoi nous voyons que les penseurs arabes vont constamment du péripatétisme au néo-platonisme sans conclure de liaison stable ni avec l'un, ni avec l'autre et sans y introduire leurs propres idées. Même ces savants arabes, qui ne suivaient pas strictement les préceptes de la loi de Mahomet, comme par exemple, Averroès — le plus remarquable parmi eux — n'étaient que des commentateurs des philosophes grecs et basaient leur doctrine sur la fusion des différents systèmes de ces derniers. Il faut cependant remarquer qu'aux XI⁵ et XII⁵ siècles la philosophie arabe, éclose sur le terrain grec, parvint à quelque originalité. On doit pourtant reconnaître que les philosophes arabes ne s'affranchirent jamais de l'islamisme dans leurs systèmes au même degré que le firent les philosophes aryens de leurs religions, et si les penseurs arabes s'éloignèrent de la loi de Mahomet, ce ne fut pas de leur propre élan, mais en s'appuyant sur la philosophie classique.

La tentative de répandre parmi les Arabes des idées philosophiques resta pourtant inconnue au plus grand nombre d'entre eux ; elle ne réussit pas, n'eut pas de suite et ne se refléta nullement dans la vie intellectuelle de ce peuple. Les philosophes arabes étaient parmi leurs compatriotes comme des personnalités à part ; les Califes qui les protégeaient s'exposaient au blâme de leurs sujets. La philosophie des arabe ne pénétra pas dans leur vie sociale ; la loi de Mahomet lui opposait une barrière infranchissable. Dans l'idée que les peuples sémitiques de l'Orient se faisaient de Dieu entraient très peu de principes philosophiques. Les Arabes, comme en général les Sémites, en définissant positivement et catégoriquement les qualités de Dieu excluent de leur conception toute idée philosophique. Pour toute explication ils se contentent du Dieu créateur, dirigeant le monde directement et se manifestant aux hommes par les prophètes. Dieu chez les Sémites — et ici nous voulons parler surtout des principaux types de cette race, c'est-à-dire des Hébreux et des Arabes — ne présente aucune variété ; il n'a ni sexe, ni plusieurs personnes ; le nom de déesse leur est incompéhensible. Ils n'ont pas de mythologie; leur Dieu ressort de la nature simplement et très positivement; il n'a pas de commencement, n'engendre pas et n'a pas de pareils. Il est plus aisé d'introduire des idées philosophiques dans les religions qui contiennent sur l'essence divine des données moins définies, dans lesquelles la personnalité de Dieu ne se présente pas comme définitivement accomplie et qui font entrer dans sa nature plus de mouvement, plus de vie [1]).

Parmi les Perses mahométans la philosophie ne se répandit que parce qu'ils introduisirent dans l'Islam des éléments des religions aryennes, le transformant selon leurs idées. La légende de Mahomet, développée par les Perses, reçut chez eux ce caractère compliqué qui distingue les légendes iraniennes et indiennes. Chez les Arabes, habitants du désert, au contraire la légende de l'islamisme est extrêmement simple.

Les Arabes ont toujours été hostiles à la philosophie et quelquefois même leurs penseurs étaient exposés à des persécutions. La réaction théologique eut facilement le dessus, et au commencement du XIIIᵉ siècle le mouvement philosophique parmi les Arabes fut définitivement étouffé par le fanatisme religieux, sans laisser aucune trace. Les ouvrages philosophiques furent brûlés; les philosophes dispersés; les Arabes eux mêmes oublièrent leur existence. Ce ne fut que quelques siècles plus tard que les savants européens se souvinrent de l'existence d'une philosophie arabe. Nous voyons donc que si des idées philosophiques purent quelquefois se greffer sur la doctrine

[1]) Les peuples touraniens sont aussi incapables que les Sémites non seulement de créer, mais aussi de comprendre les systèmes métaphysiques, et c'est pour cela qu'ils se sont si facilement détachés du Bouddhisme et ont accepté la loi de Mahomet, dans laquelle la métaphysique joue un rôle si minime, tandis que la doctrine de Siddharta ou Çakya-Mouni, même altérée par les peuples à moitié barbares qui l'acceptèrent, conserva pourtant toujours une ombre d'idée philosophique. De nos jours l'Islam trouve de nombreux adhérents parmi les populations noires de l'Afrique, tandis que le christianisme ne fait parmi eux que peu de prosélytes. Cette religion qui contient des données philosophiques est difficilement comprise par les Nègres, tandis que l'islamisme, religion strictement monothéiste et pauvre d'idées philosophiques est plus accessible à des peuples peu capables d'activité intellectuelle.

chrétienne, jamais il n'en fut de même pour l'islamisme. Au lieu d'un arbre facile à entamer, les quelques disciples de la philosophie grecque se trouvèrent en présence d'une roche impénétrable. D'ailleurs la doctrine chrétienne elle même n'était pas favorable non plus au développement de la philosophie. Le christianisme sémitique, c'est-à-dire le catholicisme du moyen âge, étouffa parfois complètement la pensée philosophique, comme par exemple en Espagne. Mais le christianisme des autres pays aryens, dans lesquels cette religion ne prit pas un caractère si fanatique ni si exclusif, pouvait accepter quelques déductions philosophiques et, non seulement ne pas le condamner, mais en profiter. Quand les autorités ecclésiastiques étaient contraires aux idées philosophiques et arrêtaient leur développement elles ne parvenaient pourtant jamais à les anéantir complètement, comme cela est arrivé chez les Arabes, et nous voyons que parmi les peuples aryens la pensée philosophique ne cesse pas d'exister, même après la réaction cléricale, proteste dans des personnalités séparées, et attend pour sa complète manifestation, le moment favorable qui ne tarde jamais à se présenter.

Ce qu'on a dit de la philosophie des Arabes peut s'appliquer aussi à leur science, sans en exclure même les mathématiques qui avaient chez eux une grande importance; ce qui est parfaitement compréhensible; car cette science est fondée sur des données préconçues qu'on ne peut pas soumettre à l'analyse philosophique, à laquelle les Sémites ont toujours évité d'avoir recours. Même dans cette spécialité, l'activité des Arabes n'a pas été tout-à-fait originale; ils ont utilisé un matériel déjà préparé chez les peuples plus civilisés: chez les Grecs byzantins, chez les Perses, chez les Hindous et ils ont fait fructifier ce bien d'autrui qu'ils ont ensuite transmis aux civilisations rennaissantes des peuples latins. Nous savons, par exemple, que les Arabes adoptèrent les chiffres hindous et qu'ils ne furent pas les inventeurs, de ceux qui portent leur nom. De l'Inde aussi les Arabes reçurent les premières idées de l'algèbre, quoiqu'ils aient donné à cette science un nom arabe[1]). Certaines données philosophiques, capables par-

[1]) Histoire des Sciences Mathématiques par Guillaume Libri,

fois de former, pour ainsi dire, le squelette d'un raisonnement spéculatif, n'ont jamais pu prendre corps chez les Arabes. Au contraire, chez les Grecs, les sciences mathématiques qu'ils ont développées, comme par exemple, la géométrie, ont été appliquées par eux au raisonnement philosophique, ce qui en rendait plus facile la compréhension.

Comme les Hébreux les Arabes, par leur nature même, ne connaissent donc pas le désir de l'investigation scientifique et ils n'éprouvent pas le besoin de scruter le caractère et l'origine des choses du monde extérieur. Ils ne sont pas capables comme en général tous les Sémites, de déduire d'une série d'événements une idée qui leur soit propre et de parvenir à saisir une vue d'ensemble des phénomènes. Ainsi que chez les Hébreux les aspirations religieuses dominèrent chez eux les exigences de la science. " Dieu est grand, Dieu est tout-puissant, Dieu le sait „ voilà la réponse habituelle d'un Arabe à chaque tentative faite pour exciter son activité intellectuelle [1]). La dernière explication de tout se trouve dans le Dieu tout-puissant, existant de toute éternité, unique créateur et dominateur du monde. Par l'idée de le grandeur de Dieu, qui absorbe toutes les autres, se termine tout raisonnement, après avoir exprimé son idée l'Arabe n'arrive pas à une conclusion mais répète : " Dieu le sait „. Toute explication chez ce peuple est ainsi tellement simple que l'activité intellectuelle n'y trouve pas de place. " Dieu existe, Dieu a tout créé „, en disant cela l'Arabe a tout dit. Le dogme de la révélation est toujours opposé à la libre investigation qui peut le réfuter.

Paris 1838. — L'alambic a passé des expérimentateurs gréco-égyptiens aux Arabes, sans aucun changement notable. Ceux-ci ne sont donc pas les inventeurs de la distillation, comme on l'a affirmé trop souvent. En chimie, comme en astronomie et en médecine, les Arabes se sont bornés à reproduire les appareils et les procédés des Grecs, leurs maîtres, tout en y apportant d'ailleurs certains perfectionnements de détail. C'est à tort qu'on a fait remonter la découverte de la distillation et celle de l'alcool à Rasès ou à Abulcasim et autres savants arabes ; du moins les textes, vérifiés avec précision, n'ont fourni aucune indication de ce genre. (Revue des deux Mondes 15 Novembre 1892, La Découverte de l'alcool et de la Distillation par M. Marcelin Berthelot de l'Académie des Sciences).

[1]) E. Renan, Nouvelles études d'Histoire religieuse, 2ª éd. Paris 1884.

Le plus grand mérite des Arabes fut de conserver ce qui était resté de la civilisation classique et de le transmettre aux peuples occidentaux. Ces derniers connurent d'abord plusieurs des philosophes grecs par des traductions arabes. Mais il n'en est pas moins incontestable que la loi de Mahomet, en s'opposant aux recherches scientifiques et à la liberté civile, doit arrêter, si elle est strictement suivie, le développement de la pensée.

Les études historiques sont de même très peu développées chez les Arabes. Selon leur idée, en étudiant les temps écoulés, qui ont précédé l'islamisme, on peut ressusciter les anciennes erreurs. S'ils ont une histoire elle a toujours une teinte religieuse. Elle commence avec Mahomet, comme chez les Israélites avec Abraham, c'est-à-dire que, dans l'un et l'autre cas le point de départ est la révélation, le mouvement religieux. Jusqu'à l'Alcoran chez les Arabes il n'y a pas eu d'histoire; c'était une période de ténèbres qui n'a pas laissé d'annales. Aussitôt que passa l'époque de l'enthousiasme religieux des Arabes — époque qui ne fut pas d'une si longue durée que chez les Israélites — leur histoire cessa et il retournèrent à cet état à demi barbare, dans lequel ils étaient avant Mahomet et dont jamais plus ils ne sortirent.

Dans le domaine des arts l'activité des Hébreux, ainsi que celle des Arabes, est assez limitée; on peut même dire que ni l'un, ni l'autre de ces peuples n'a eu de dispositions ni pour la peinture, ni pour la sculpture. Leur loi religieuse en limitant ou en prohibant tout à fait les représentations d'êtres animés ne s'opposait ni à la nature, ni au développement des facultés de ces peuples; au contraire elle était pleinement d'accord avec leurs penchants et leur caractère. Ce qui le prouve c'est qu'avant même qu'ils eussent adopté des religions qui défendaient la représentation de la figure humaine, ni les Israélites ni les Arabes ne montrèrent de grandes dispositions ni pour la peinture, ni pour la sculpture.

La loi de Moïse en défendant aux Israélites la représentation de Dieu pour les éloigner de l'idolâtrie, paralysait en même temps chez eux tout art figuratif, car chez les peuples anciens celui-ci commença toujours par se consacrer, à la représentation de la divinité. Chez les Arabes cette prohibition recevait un caractère beaucoup plus définitif et exclusif. Le Musulmann ne doit pas représenter un être vivant parce qu'en le faisant il s'approprie, pour ainsi dire, la force créatrice de Dieu. Son impuissance à animer la figure qu'il a voulu représenter démontre qu'il n'a pas le droit de le faire et ce corps, disent les Mahométans, exigera de lui une âme au jour du jugement. C'est pour cela que les Musulmans n'emploient dans leur ornementation que des sentences du Coran élégamment écrites et entrelacées formant les dessins connus sous le nom d'arabesques.

Dans la composition du plan d'un édifice quelconque, dans la disposition de ses différentes parties, selon l'idée générale, les architectes arabes, que les détails occupaient beaucoup plus que l'ensemble, se sont montrés inférieurs aux architectes qui ont construit les temples, les thermes, les théâtres grecs et romains, les églises byzantines, les cathédrales gothiques, les édifices religieux et les palais de la renaissance. On ne rencontre pas dans l'architecture arabe un ensemble complet. Elle se distingue généralement par sa tendance à donner de l'importance aux détails, aux parties et à négliger l'harmonie de l'ensemble. Ils ne possèdent pas la faculté de définir et d'apprécier les relations des diverses parties, pour concourir à l'effet total. Sous ce rapport les Arabes sont tout l'opposé des Grecs. Dans leurs constructions ils ont montré un grand talent dans l'effet de détail et l'ornementation. Leur architecture peut être nommée une ornementation continuelle. C'est par ce moyen que, sans avoir laissé des constructions aussi importantes que celles des autres peuples, sans avoir atteint à l'effet architectural grandiose des constructions gréco-romaines, du moyen âge et de la renaissance, les Arabes ont réussi à créer un style d'architecture qui par son caractère fantastique et l'extrême richesse des détails produit une impression féerique et fascinatrice. L'ornementation, qui reste un art secondaire dans les autres styles, comme par exemple dans les monuments gréco-romains devient le but principal dans les constructions arabes, privées de formes fondamentales, toujours très pauvres de façade, et en général d'extérieur, en comparaison de la richesse

de l'intérieur. Dans les ornements arabes on donne libre cours
à l'imagination qui crée ses propres lois. Les draperies d'étoffes
aux couleurs vives, les tapis qui ornaient les tentes, tombant
en plis capricieux et les minces colonnes imitant les poteaux
des tentes, réminiscences de leur ancienne vie nomade, se retrouvent assez souvent dans les éléments de l'ornementation
des Arabes. Frappé par ces dessins si riches, si fantasques et
si variés le spectateur y trouve pour quelque temps une complète satisfaction et s'extasie sur cette suite ininterrompue
d'ornements qui s'étendent sur toutes les parties architecturales
jusqu'aux moins importantes, et rappellent les contes fantastiques que les Arabes aiment tant; mais à la longue l'oeil se
fatigue et cherche dans ces dentelles des lignes architecturales,
et des formes positives et substantielles qu'il n'y trouve pas
Tout cela produit l'impression d'une rêverie surexitée, plutôt
que du développement de principes sains, positifs, raisonnables
appliqués à la vie.

Une autre cause de l'aversion des Arabes pour l'art figuratif est la nature particulière de leur imagination qui les faisait passer très vite d'un objet à un second, d'un extrême à
l'autre, opération qui s'accomplit plus difficilement dans la plastique et dans la peinture que dans l'ornementation des monuments. C'est pourquoi, même si la représentation d'un être
vivant n'avait pas été défendue par la loi de Mahomet, les
Arabes n'auraient pas préféré la peinture et la sculpture à
l'architecture, parce qu'en représentant la figure humaine et
les animaux la fantaisie n'a pas la même liberté que dans les
formes architecturales et dans leur ornementation.

On peut faire au sujet des Hébreux la même observation: les pensées de ce peuple sont toujours très mobiles;
les tableaux créés par son imagination se succèdent trop rapidement l'un à l'autre pour pouvoir se fixer dans des formes
figuratives; en outre la loi de Moïse interdissait la représentation de la figure humaine par la sculpture et par la peinture.
Les Israélites à l'époque la plus brillante de leur existence
n'avaient pas d'art. Leur architecture n'était pas originale. Nous
savons que le temple de Salomon n'était qu'une imitation des
constructions assyriennes et phéniciennes et qu'il impression-

nait non par ses belles formes, mais par la quantité extraordinaire de matériaux précieux employés à se construction — procédé architectural éminemment asiatique.

Les constructions arabes, elles non plus ne sont pas entièrement originales. On sait que les premiers architectes de leurs Mosquées étaient des Byzantins, et que ce furent eux qui donnèrent à l'architecture arabe les premiers éléments qui en se développant, par la suite, formèrent un style indépendant. Quelques unes des formes caractéristiques de leurs constructions, furent trouvées par les Arabes dans les contrées qu'ils conquirent, comme par exemple l'arc qu'on nomme : " en fer de cheval „ et qu'ils trouvèrent en Syrie. Pour exercer les métiers qui n'étaient florissants ni chez les Hébreux, ni chez les Arabes, ils s'adressaient souvent aux étrangers; les Hébreux aux Phéniciens et aux peuples voisins; les Arabes aux Grecs byzantins, aux Perses, aux Syriens. Les Arabes n'apportèrent rien du désert d'où ils sont sortis, excepté la religion, le fanatisme qui les poussait aux conquêtes et une poésie lyrique. Tout ce qu'ils ont possédé c'est ensuite qu'ils l'ont acquis ; leur philosophie, leurs sciences, leur architecture, leurs métiers furent d'abord empruntés par eux aux peuples que nous venons de nommer.

Pour l'épopée et pour le drame, c'est-à-dire pour la poésie à son enfance, comme pour le genre qui fleurit le plus souvent à l'apogée d'une littérature, les Arabes, ainsi que les Hébreux, n'avaient ni penchant ni dispositions. Chez les Aryens l'épopée se développa sur un riche terrain mythologique que les Sémites ne possèdent pas ; leur passé ayant un caractère sacré, était inviolable, les poètes ne peuvent pas le présenter selon leurs idées, le transformer au gré de leur imagination. C'est ainsi que chez les Hébreux la poésie épique ne fleurit pas, bien que l'histoire d'Israël ait fourni souvent la matière d'une épopée grandiose, par exemple dans sa lutte longue et glorieuse pour l'indépendance, et possède nombre de figures héroïques propres à devenir des héros d'épopée. Les contes des Mille et une Nuits, que pendant longtemps on attribuait aux Arabes, furent empruntés par eux aux Hindous, et à une époque relativement tardive [1]).

[1]) Spiegel, Eranische Alterthumskunde, ers. B.

Le drame exige de même un terrain mythologique ou épique, et le concours de plusieurs arts; il exige une scène, des ornements plastiques, de la mimique. Tout cela manquait aux Sémites. L'absence dans leur esprit de nuances délicates, de vie intellectuelle rend leur mimique très peu compliquée. Par elle ils expriment uniquement des sentiments violents. Le "Cantique des Cantiques „. quoique l'élément lyrique y domine, contient aussi les germes du drame [1]), mais des germes incomplets et qui ne se développent pas. Dans cette production poétique, d'un caractère plutôt lyrique et idyllique que dramatique, le lien entre les scènes et les situations est faible, le développement de l'action n'est que fragmentaire et il ne satisfait pas aux exigences scéniques [2]). Dans le livre de Job il y a aussi des éléments dramatiques, car son contenu est tragique et la forme est celle du dialogue; il n'y a, cependant, pas d'action, aucun développement dramatique des événements.

Seule la poésie lyrique, qui est l'expression des sentiments personnels ou nationaux a fleuri chez les Israélites, ainsi que chez les Arabes et ils l'ont portée à un haut degré de perfection. La lyre d'Israël n'a pas cessé de chanter, et il faut avouer que certains Psaumes et certaines poésies arabes sont comparables à ce qui a été produit de meilleur dans ce genre; mais même dans la poésie lyrique les Sémites se maintiennent dans une sphère étroite. La poésie arabe, poésie du désert, est bien monotone; ses thèmes sont peu nombreux, vite epuisés et inspirés par des sentiments momentanés qui manquent de généralité; la poésie des Hébreux a exclusivement le caractère religieux et chante seulement ce qui se rapporte directement à leur croyance. Le but de leur poésie est principalement celui d'exprimer l'action du monde extérieur sur une âme pieuse, ainsi que les sentiments de tristesse et de joie inspirés, par la religion. Pourtant les Israélites sont parfois inimitables et atteignent aux régions poétiques les plus élevées. On compare avec raison la poésie des Aryens à un pays fertile entrecoupé

[1]) Weber, Allgemeine Weltgeschichte.
[2]) Le Cantique des Cantiques traduit de l'hébreu avec une étude sur le plan, l'âge et le caractère du Poème par E. Renan, Paris 1884.

de montagnes et de vallées, couvert de forêts et de lacs ; de champs et de prairies; la poésie des Arabes au contraire, au désert et à ses rares oasis.

En étudiant la culture des Arabes il est facile de remarquer qu'elle n'a qu'un type et qu'elle est très limitée. Dans les pays qu'ils ont conquis, où fleurissait déjà une civilisation qui leur était étrangère, les Arabes perdirent leur originalité et adoptèrent, autant qu'ils en furent capables, la culture de ces peuples. Une civilisation ainsi acquise n'avait aucune spontanéité et était privée de vitalité.

Nous pouvons conclure de toutes ces considérations que la culture des Arabes, supérieure à celle des Hébreux et surtout d'un caractère plus attrayant, douée de plus d'éléments poétiques et esthétiques, d'un goût artistique plus raffiné a moins d'originalité cependant. Et cette supériorité est sensible surtout dans la littérature religieuse. La loi de Mahomet n'est, en grande partie, qu'une imitation de la loi de Moïse. Quant à la philosophie arabe, elle à poussé sur le sol grec.

V.

Il est impossible de ne pas remarquer dans le caractère des Sémites un trait dominant: leur subjéctivité. Cette race est éminemment égoïste [1]). Les sentiments qui marquent violemment la personnalité: l'amour, la haine, la vengeance n'ont jamais été aussi développés chez les autres nations que chez les Sémites. Les personnalités saillantes furent toujours nombreuses chez eux; mais leur activité fut constamment consacrée à soumettre la volonté d'autrui à leur propre volonté, et ils se distinguent par leur égoisme, leur roideur, leur intolérance. Soumettant toute chose à son propre jugement, à son calcul, le Sémite aime les formules brèves et simples. C'est pourquoi les sentences ou les sages propos, les proverbes, les paraboles

[1]) Ch. Lassen, Indische Alterthumskunde 1ʳ B. Leipzig 1867. — E. Renan. Histoire générale et système comparé des Langues Sémitiques, Paris 1863.

morales sont les formes préférées des Sémites pour exprimer leurs pensées et dans ces formules ils condensent quelquefois une somme considérable d'expérience et de sens pratique. L'individualisme, qui domine dans le caractère des Sémites, n'est pas nécessairement la principale cause de leur penchant pour le monothéisme, mais il contribua certainement au développement, parmi eux, des idées monothéistes. A cause de sa subjectivité le Sémite cherche Dieu non dans la nature, mais en lui même. Sa propre personnalité étant pour lui ce qu'il y a de plus important, et concevant le monde seulement autant que celui-ci sert à ses fins et satisfait ses exigences, il cherche avec plus d'ardeur que l'Aryen l'origine de l'univers qui pour lui n'existe pas en dehors de sa propre personnalité.

Dans la poésie des Sémites leur individualisme se manifeste aussi très clairement. Chez eux, comme nous l'avons déjà vu, ne florissait que la poésie lyrique, éminemment subjective, capable d'exprimer seulement les sentiments personnels [1] et l'état d'âme du poète. Le Sémite dans sa poésie ne touche jamais à des sujets qui lui sont étrangers; il parle d'abord de lui même — épanchant les sentimens qui remplissent son âme — de son extase, de sa haine, de son amour; voilà le principal thème de ses compositions. Il ne s'éfface pas, il ne disparait pas dans sa poésie comme le poète épique derrière les faits et les héros qu'il chante, parmi lesquels il ne trouve pas de place. Le contenu du poème épique est tout un monde avec ses multiples manifestations, et c'est pour cela que le poème épique ne pouvait se développer chez les Sémites qui concentrent tout dans leur subjectivité. Chez les peuples de race aryenne, beaucoup moins individualistes que les Sémites, prédominait la poésie épique; si peu subjective que le nom du poète reste généralement inconnu, comme nous le voyons, par exemple, dans les poèmes grecs, indiens, germaniques. La subjectivité du poète disparait dans ces productions, qui expriment en vers non ses propres sentiments, mais ceux de tout un peuple. Même la poésie lyrique, éminemment subjective, a un caractère plus varié chez les peuples aryens que chez les Sémites.

[1] E. Renan, Mélanges d'Histoire et de voyages, Paris, 1878.

L'individualisme des Sémites se montre aussi très clairement dans leur organisation sociale. Comme nous l'avons déjà
dit, ou ils se soumettent le plus souvent au pouvoir despotique d'un seul ; ou bien se jettent dans l'anarchie. La première
de ces formes de gouvernement est tout aussi subjective que
la seconde. Dans l'anarchie chacun agit selon sa propre volonté sans penser aux autres, sans prendre en considération
les désirs communs, l'opinion publique, ce qui rend impossible
toute organisation sociale. Dans le gouvernement despotique
tous les membres de la société sont soumis à un seul, qui
traite avec dédain et selon son bon plaisir ceux qui lui sont
assujettis. L'individualisme, qui domine dans le caractère des
Sémites, n'est pas le résultat de leurs aspirations vers la liberté
civile, vers l'affranchissement de la personnalité du joug de la
société qui l'absorbe, mais provient plutôt du désir de se soustraire à l'autorité des lois et de se placer en dehors de leur
action. Cet individualisme ne conduit pas à admettre la liberté
d'autrui, mais seulement à vouloir soumettre autrui à son
propre pouvoir.

Une autre particularité distinctive de la nature des Sémites, ainsi que nous l'avons déjà remarqué, c'est la prépondérance dans chaque fonction de leur vie intellectuelle, du
principe religieux sur le principe philosophique. La principale
sphère de leur activité c'est la religion. On peut dire que les
peuples de race aryenne furent presque toujours sous la dépendance des Sémites quand il s'agissait de la religion ; ils
ont donné au monde les religions les plus importantes et qui
ne s'étendirent pas à un seul peuple, mais furent acceptées
par beaucoup de nations de différentes races: le Judaïsme,
l'Islamisme, le Christianisme. Le seul Bouddhisme fait exception.
Mais cette absorbtion par les idées religieuses de toute vie
intellectuelle chez les Sémites, a laissé une lacune dans leur
civilisation. Ils donnent généralement peu d'importance au développement et au savoir de l'homme, anéantis qu'ils sont par
l'idée de sa nullité devant Dieu, et considérant les sciences
comme beaucoup plus incomplètes qu'elles ne le sont effecti-
vement. C'est ce qui a rendu la science impossible chez les
Sémites, pour lesquels le monde extérieur, la nature, n'étant

pas soumise à l'investigation, n'existent pour ainsi dire, pas. Le sentiment religieux a totalement absorbé chez eux l'esprit de recherche, et les a laissés entièrement dépourvus de l'instinct scientifique. Ils sont aussi privés de la faculté de concentrer les manifestations du monde intellectuel et de saisir dans un fait caractéristique toute la série, tout le groupe d'événements analogues qu'il contient en indiquant les lois de leur production. Quand le Sémite observe quelque phénomène de la nature, au lieu de faire comme l'Aryen qui commence par l'investigation et la recherche des causes du phénomène qui l'intéresse, il va droit à l'idée de la toute puissance de Dieu, dans laquelle tout disparait. L'étonnement, qui conduit l'Aryen au savoir, devient chez le Sémite la source de l'ébahissement devant la toute puissance de Dieu. L'investigation scientifique recherche les causes d'un phénomène ; la religion attribue ce phénomène aux forces célestes, c'est-à-dire à Dieu, ce qui met fin à tout raisonnement, à toute recherche. Ainsi, parmi les peuples aryens, les classes inférieures de la société expliquent les phénomènes de la nature par le miracle ; les personnes cultivées, au contraire, ont recours à la science pour les comprendre. La différence consiste en ce que les Aryens avancent à mesure que leurs connaissances se développent et s'élargissent, tandis que les Sémites restent immobiles.

Les beautés de la nature ne frappent pas le Sémite, et il est encore moins enclin à l'imiter ou à l'idéaliser, comme le fait l'Aryen. Celui ci est, pour ainsi dire, le miroir de la nature ; il y cherche ses joies et s'efforce d'en découvrir les lois, sans s'occuper de lui même ; les beautés de la nature constituent ses jouissances ; son étude est son but, et il l'imite dans l'art. Quand le Sémite trouve dans la nature quelque chose qui le charme, tout de suite, à cause du sentiment religieux qui domine toujours en lui, il reporte sa pensée à l'idée de l'infinie beauté de Dieu qui se reflète dans sa création. Dans de telles circonstances la connaissance de l'univers, l'étude de la nature sont irréalisables et par conséquent l'art aussi est impossible. L'investigation de la nature serait pour le Sémite l'abaissement de Dieu de l'infini au fini, au limité et par cela même un sacrilège, une appropriation des droits de Dieu, qui a tout créé selon un plan connu de lui seul; tâcher de le deviner serait une impiété. C'est pour cela que la science a toujours chez les Sémites le caractère antireligieux et apparaît comme un fruit défendu. Le monde est gouverné par la volonté d'un dominateur arbitraire et incompréhensible; de ce point de vue l'ignorance devient un mérite et le désir de savoir un péché. L'inconnu, l'inconcevable a toujours pour l'homme un caractère grandiose et sacré; tout phénomène, dont on ignore l'origine, en humiliant l'homme, élève Dieu. Le principal reproche que font les Mahométans à la science européenne consiste en ce qu'elle conteste la puissance illimitée du Très-Haut, en attribuant le gouvernement du monde à l'union de différentes forces qu'on peut analyser et définir.

L'idée de la toute puissance de Dieu est si forte chez le Sémite, que rien ne l'étonne. Les doutes religieux lui sont inconnus, car la foi domine dans son raisonnement. Il n'exige aucune preuve de l'existence de Dieu et celui qui en doute ou qui la nie lui est incompréhensible; à ses yeux c'est un insensé. Chercher Dieu par le raisonnement et douter de son existence c'est du ressort des peuples aryens, qui plus ou moins unissent tous des idées philosophiques aux aspirations religieuses. Dans les livres sacrés des Sémites on ne donne aucune preuve de l'existence de Dieu, car c'est une vérité hors de cause et elle est plus évidente et plus claire pour le Sémite que pour l'Aryen sa propre existence [1]). Le Sémite ne tâche pas de prouver, comme le fait l'Aryen, son existence par le moyen de la dialectique; il n'en doute pas, précisément parce qu'il ne doute pas de l'existence de Dieu; il ne comprend pas autrement son existence que dans l'existence de Dieu.

La métaphysique, c'est-à-dire la solution de l'enigme de l'existence, la recherche des causes et des buts de la création a toujours été étrangère aux Sémites: si bien que ceux-ci ont eu de tout temps plus de dispositions pour les sciences exactes et positives que pour le raisonnement pur. Une initiative philosophique n'existe pas chez les Sémites. Si de telles idées se

[1]) R. F. Grau, Semiten und Indogermanen in ihrer Beziehung zu Religion und Wissenschaft.

manifestent parmi eux, elles ont surtout un caractère pratique et non spéculatif [1]). Ils ont spécialement développé les questions philosophiques qui pouvaient trouver une application pratique immédiate, et être utiles dans la vie. En outre, le monothéisme rigide, soumettant l'homme à un assujettissement constant, excluait tout développement de la théologie, et rendait impossible en même temps l'éclosion de la méthaphysique [2]). Les Sémites ne sont jamais parvenus à découvrir les lois des manifestations du monde intellectuel et physique, ce qui serait en effet contraire à leurs doctrines religieuses.

Les langues mêmes des Sémites ne leur permettent pas de rendre des idées métaphysiques et spéculatives. Extrêmement aptes à exprimer de la manière la plus vive et la plus poétique les sentiments, les passions, en général tout ce qui est véhément, les idiomes sémitiques n'ont pas la flexibilité des langues aryennes qui est indispensable pour rendre les déductions du raisonnement et exprimer les idées complexes. La langue arabe, qui se prête admirablement à la poésie lyrique, et même à un certain genre d'éloquence ne rend que très imparfaitement, très gauchement et sans clarté les pensées des philosophes grecs; elle se plie davantage à exprimer des idées mystiques [3]).

Un pouvoir civil se développant librement, parallèlement au pouvoir religieux, n'existait pas chez les Sémites. L'antagonisme entre ces deux pouvoirs fut parmi les peuples occidentaux au moyen âge, le point de départ du développement des institutions libérales. Si en Occident, dans cette lutte entre le pouvoir temporel et religieux, les papes eussent eu le dessus et acquis une force prépondérante, les peuples de l'Europe occidentale seraient à peu près dans le même état que le sont

---

[1]) Chwolson, Die Semitischen Völker, Berlin 1872.
[2]) Le monothéisme prédomine toujours dans les idées des savants israélites; même le panthéisme poussé par Spinoza, aux dernières limites, prend le caractère monothéiste. (Geschichte der Philosophie von Dr A. Schwegler und Dr. R. Koeber, Stuttgart, 1887).
[3]) E. Renan, L'Ecclésiaste avec une étude sur l'âge et le caractère, du livre, (Introduction) Paris 1882; — Le Livre de Job, (Préface) étude sur l'âge et le caractère du Poème, Paris 1864.

de nos jours les Mahométans. Le Sémite est surtout enclin à obéir à la loi religieuse, qu'elle apparaisse sous la forme patriarcale ou sous la forme prophétique. L'instinct religieux domine chez lui l'instinct politique. Les États sémitiques sont forts tant qu'ils se basent sur la religion, jusqu'au moment où celle-ci constitue l'âme de la société ; aussitôt que dans un État fondé par les Israélites le pouvoir temporel commença à dominer le spirituel il se désorganisa et fut envahi par les étrangers. Ainsi de même, quand chez les Arabes. s'éteignit l'enthousiasme religieux, — cause de leurs immenses conquêtes — les institutions sociales n'arrêtèrent pas l'affaiblissement de leurs forces.

La liberté de la pensée et des institutions civiles est impossible dans une société où le dogme religieux domine et gouverne la vie sociale. On peut positivement dire que presque toujours le pouvoir absolu, l'autocratie, la tyrannie se basent sur la religion, et s'ils n'en dérivent pas directement, c'est pourtant en elle qu'ils cherchent leur appui. L'autocrate procède de la divinité ou bien il est sous sa protection directe, et est élu par elle. Le pouvoir tyrannique, en s'établissant sur les ruines des institutions libérales, s'efforce toujours de s'allier au pouvoir religieux. La forme de gouvernement la plus contraire au progrès est celle qui se base sur la révélation. C'est sur ce principe que s'organisa la société chez les Sémites ; à un moindre degré, mais toujours sur les mêmes bases chez les Égyptiens, les Syro-Phéniciens, les Assyriens et les Chaldéo-Babyloniens. Bien différents furent les fondements des institutions sociales chez les Grecs et les Romains.

L'examen des principes de la civilisation des Sémites, et en général des Asiatiques méditerranéens et des Égyptiens, nous conduit à la conclusion que ces peuples ne sont pas doués par la nature de facultés philosophiques et de forces analytiques, ce qui se manifeste dans leur vie intellectuelle, ainsi que dans leur vie sociale, donnant à l'une comme à l'autre le caractère religieux. La pensée des Sémites est incapable de s'affranchir des liens de la religion, qui domine leur activité intellectuelle et l'entrave. Cette contrainte s'étend aussi à leurs institutions civiles et les rend immuables et inviolables, ce qui empêche chez eux tout développement des principes libéraux, car une certaine indépendance de l'esprit est indispensable pour parvenir à la liberté sociale. À cause de cette direction particulière de leurs facultés mentales, se formèrent toujours parmi les Sémites des religions qui entravaient leur activité intellectuelle, et en se reflétant dans leur vie, contribuèrent à augmenter l'étroitesse d'esprit de leurs adeptes.

VI.

Les Grecs.

Un caractère entièrement différent de celui que nous venons d'analyser se manifeste dans l'autre courant de civilisation du monde antique. On peut considérer les Grecs et les Romains comme les représentants de cette culture; avec cette restriction cependant que les derniers, ne constituent pas un type de civilisation aussi pur que les premiers. Contrairement à ce que nous avons observé chez les Égyptiens, les Phéniciens, les Chaldéo-Babyloniens et les Hébreux, nous voyons chez les Grecs une disposition particulière pour l'analyse et l'activité philosophique qui accompagnent chaque mouvement, chaque fonction de leur esprit.

Ce n'est pourtant que graduellement que les Grecs arrivèrent au complet développement de leurs forces intellectuelles, et nous voyons, que dans la première période de leur histoire leur culture naissante subit l'influence des Égyptiens, des Assyriens et des Chaldéo-Babyloniens. Quand les Grecs firent leur apparition dans le Péloponèse, en Attique, dans les îles de l'Archipel et sur les rivages de l'Asie Mineure, des sociétés organisées et des centres de civilisation, riches de traditions existaient déjà en Égypte en Phénicie, le long du Tigre et de l'Euphrate, où florissaient les arts, l'industrie, le commerce. Il n'est donc pas étonnant, que les Grecs, commençant à se développer et faisant les premiers pas dans la voie de la civilisation aient imité les peuples plus civilisés qu'eux mêmes avec

4

50

lesquels ils entraient en contact, et qu'ils aient reçu des éléments de culture des Assyriens, des Chaldéo-Babyloniens, des Égyptiens, des Phéniciens.

Dans plusieurs passages de l'Iliade et de l'Odyssée — davantage pourtant dans le premier de ces poèmes que dans le second — nous voyons, par exemple, les traces de l'influence de l'Orient sur la Grèce primitive. Dans les vêtements, dans les ornements, dans la coiffure, nous pouvons remarquer à cette époque chez les Grecs l'empreinte des goûts des peuples orientaux [1]). Les Phéniciens apportèrent en Grèce toutes sortes d'objets en métal, en émail, des incrustations d'ivoire, de riches vêtements, des parfums etc. Si on parle, par exemple, dans l'Iliade, d'une étoffe richement brodée, se trouvant dans la tente ou dans la maison d'un des héros; d'un vase, d'armes d'un beau travail, on mentionne que ces objets ont été vendus par un marchand syrien, ou qu'ils sont sortis d'un atelier de l'île de Chypre ou ont été apportés de Sidon [2]). Les peuples orientaux et les Égyptiens enseignèrent aux Grecs plusieurs métiers; le tissage avec dessins, le coulage et le travail des métaux, l'art de graver la pierre, le modelage de l'argile, la teinture des étoffes et même l'agriculture [3]), ou du moins le perfectionnement de ces diverses industries.

Dans la mythologie des Grecs, de même, il y a des éléments asiatiques, qui pouvaient leur être parvenus, avec les

[1]) W. Helbig, Das Homerische Epos aus den Denkmälers erläutert; archaelogische Untersuchungen, IV in-S. Leipzig 1884.

[2]) " Le fils de Pélée déposa aussitôt d'autres prix, les prix de la vitesse: c'était un cratère d'argent, artistement fait; il contenait six mesures, et n'avait pas son pareil pour la beauté, dans toute la terre; car les ingénieux Sidoniens l'avaient travaillé avec soin; des hommes de la Phénicie l'avaient emporté à travers la sombre mer, et, arrivés au port, l'avaient donné à Thoas „.
(Iliade Chant XXIII. trad. par Émile Pessonneaux).

" Elle (la reine) descendit elle-même dans la chambre odoriférante, où étaient les voiles, travaillés avec art, ouvrage des femmes sidoniennes, que Pâris, semblable aux dieux, avait amenées de Sidon, alors que, naviguant sur la vaste mer, il enleva Hélène, fille d'un père glorieux „.
(Iliade Ch. VI, trad. par Émile Pessonneaux).

[3]) Friedrich von Hellwald, Culturgeschichte in ihrer natürlichen Entwicklung bis zur Gegenwart, Augsburg 1874.

principes de la culture des peuples orientaux, par le moyen des Cappadociens, des Phéniciens, des Lydiens. On sait que l'alphabet a été emprunté par les Grecs aux Phéniciens. Surtout les productions de l'art hellénique des premiers âges, par leur aspect et par leurs formes artistiques, présentent le caractère oriental [1]). Sur les monnaies de Corinthe, d'Athènes, de l'île d'Égine au temps des premières Olympiades nous trouvons dans les types symboliques les traces des emprunts faits à l'Orient sémitique [2]). Les personnages représentés sur les anciens vases peints helléniques de style archaïque, ont plutôt le type asiatique que grec. Dans les représentations d'animaux on remarque aussi l'influence de l'art assyro-babylonien. Ce dernier style, servit, semble-t-il, de modèle, dans les temps les plus reculés, aux productions artistiques de toute l'Asie occidentale et quelques-unes de ses formes, surtout les motifs d'ornementation, passèrent probablement dans l'art hellénique par le moyen des Phéniciens, comme par exemple des fleurs, des feuilles, des ramages. C'est un fait digne de remarque qu'il existe une certaine ressemblance entre les dessins linéaires, qui ornent les vases de Ninive et ceux des vases grecs des temps primitifs, provenant de l'Attique et des îles de l'Archipel [3]).

Quelques sculptures grecques de l'époque archaïque se rapprochent beaucoup des figures représentées sur ce qu'on appelle des cylindres babyloniens. Toutes les statues grecques de la période archaïque ont le type oriental ou égyptien; on remarque aussi ce type dans les statues du fronton du temple de Minerve à Égine, actuellement à la Glyptothèque de Munich, quoique les principaux traits de la figure hellénique commencent pourtant déjà à y apparaître.

La sculpture en or et en ivoire, employée par les Grecs, est aussi d'origine orientale; le visage et les parties nues du corps étaient représentées en ivoire; parfois même, mais plus rarement, en marbre. Pour indiquer les yeux on employait une pâte coloriée, du métal, ou des pierres précieuses; pour le vê-

[1]) Lübke, Geschichte der Plastik, Leipzig, 1870-1871.
[2]) Histoire de la Grèce Ancienne par V. Duruy, T. 1, Paris 1867.
[3]) Osservazioni sopra la provenienza della decorazione geometrica. Annali dell'Istituto di Corrispondenza Archeologica, 1875.

tement on se servait de l'or ¹). Le beau marbre blanc, dont
la Grèce est si riche, fut dans la suite exclusivement employé
pour la sculpture. Le marbre de Paros était surtout préféré par les sculpteurs grecs pour leurs statues, car sa nuance
rappelait davantage que celle des autres marbres, le coloris
de la chair humaine. Employée par les Grecs, surtout dans la
période archaïque, la coloration des statues et des bas-reliefs
fut chez eux imitée des peuples de l'Asie occidentale. Cette
application de la couleur à la sculpture provenait, tant chez
les peuples asiatiques que chez les Grecs de la première période, du peu d'habilité à rendre la figure humaine par la plastique et lui donner l'aspect vivant et naturel. Dans ce cas la
couleur suppléait à l'insuffisance de la sculpture, et la peinture venait en aide, pour ainsi dire, à la plastique pour animer
sa création. Plus tard ce procédé artistique se conserva, plus
ou moins, dans l'art grec, diminuant peu à peu à mesure que
la sculpture se perfectionnait. Quand les artistes devinrent
assez habiles pour pouvoir rendre par les seules formes plastiques tout ce qu'en général elles sont capables de représenter,
la coloration ne fut plus nécessaire; mais elle se continua cependant encore çà et là par habitude, par tradition.

Les Grecs en empruntant l'art aux peuples asiatiques
imitèrent aussi leurs types; car pour eux il était plus difficile
de représenter d'après nature leurs types nationaux que de
copier les production de l'art oriental. C'est pour la même
cause que chez les peuples franco-germaniques et les Italiens,
du moyen âge, époque où l'art était encore dans l'enfance, le
type byzantin, qui ne fut abandonné qu'à l'époque de la Renaissance dominait dans les œuvres religieuses. Avec la technique des peuples orientaux parvinrent aussi aux Grecs leurs
formes artistiques; car les Asiatiques et les Égyptiens furent les
instituteurs des peuples helléniques, même pour la partie mécanique des œuvres d'art. Le même fait se produisit dans les
pays latins et germaniques au moyen âge: presque jusqu'à
l'époque de la Renaissance, en adoptant la technique, on imita
aussi les formes des œuvres byzantines.

¹) Lübke, Geschichte der Plastik, ers. B.

Dans la suite des temps, cependant, et à mesure que l'esprit du peuple hellénique s'éveille, que ses idées indépendantes se forment, dans les œuvres où les Grecs sont encore assujettis à l'imitation orientale se manifestent des éléments, purement helléniques, qui s'écartent entièrement des types asiatiques raides et engourdis, et ils créent une langue artistique propre. De cette façon, les éléments étrangers disparaissent peu à peu de l'art grec et les formes helléniques s'émancipent. C'est ce qui eut lieu aussi dans l'art de la Renaissance ; commençant par imiter le style byzantin il s'en détache graduellement et les Franco-Germains et les Italiens se créèrent des formes artistiques originales.

Cette même transformation de l'oriental à l'hellénique peut. se remarquer aussi en Grèce sur le terrain religieux. Quelques divinités helléniques, d'origine asiatique, changent avec le temps de caractère, quand les Grecs parviennent à un certain développement, et elles se transforment, en reflétant la conception de la divinité qu'ils se sont faite sous l'influence de leurs aptitudes intellectuelles, et des phénomènes de la nature.

On peut dire sans exagérer que la civilisation grecque a commencé par subir l'influence des peuples asiatiques et des Égyptiens, et que le contact avec les races orientales donna la première impulsion à la culture grecque naissante. Les germes de la civilisation furent donc empruntés par les anciens Grecs aux peuples de l'Asie ; mais à mesure que leur culture progressait elle s'éloigna de ces principes et porta des fruits bien plus abondants, bien plus précieux pour les peuples aryens, que tout ce qui avait été élaboré dans la vallée du Nil, sur les bords du Tigre et de l'Euphrate, sur les rivages asiatiques de la Méditerranée. Si les Phéniciens ont enseigné aux Grecs l'alphabet, c'est pourtant ces derniers seuls qui ont su écrire. Ce sont eux qui ont laissé à la postérité des production littéraires immortelles et non pas les Phéniciens. Les sciences, par exemple les mathématiques et l'astronomie, empruntées aux peuples asiatiques par les Grecs, perdent chez ces derniers leur caractère religieux et deviennent des connaissances profanes. Tout ce que les Grecs ont emprunté aux Sémites, et

54

qui ne correspond pas à l'essence de la culture aryenne, tombe
ou se transforme.

VII.

Nous avons pu remarquer que les peuples helléniques
dans leur vie sociale, comme dans leur vie intellectuelle, ne
restent pas immobiles dans les formes élaborées. Ils apparaissent sur la scène de l'histoire gouvernés pas des monarques,
dont le pouvoir n'a déjà plus un caractère absolu comme
celui des souverains asiatiques et égyptiens. Nous trouvons
dans l'Iliade des rois qui reçoivent cette dignité comme descendants des dieux, et qui sont les représentants sur la terre
de la justice divine, mais leur pouvoir n'est pas illimité et
n'a pas un caractère sacré et inviolable. Les institutions sociales des Grecs, quoique protégées par les dieux, n'étaient
pas sacrées et pour cette raison changeaient continuellement.
Leurs rois, au temps de l'Iliade, sont entourés par des chefs
de familles illustres, par des conseillers et compagnons d'armes.
Même l'opinion du peuple réuni a de l'influence sur les affaires
publiques. Parfois des familles illustres s'emparent du pouvoir
et gouvernent le pays. Il arrivait aussi que d'entre eux sortaient des personnalités ambitieuses, qui s'appuyant sur le
peuple, renversaient l'oligarchie et établissaient le pouvoir
tyrannique d'un seul, qui était ensuite renversé à son tour
par le peuple. Quelquefois un usurpateur adroit réussissait à
s'emparer du pouvoir et privait, pour quelque temps, les citoyens de leur liberté, mais la situation d'un tel usurpateur
n'était jamais stable en Grèce, et nous voyons dans ce pays
le progrès continuel de la liberté civile, ou au moins, un effort
incessant pour parvenir à des institutions libérales [1]). Les puissances tyranniques tombent l'une après l'autre dans les villes,
à mesure que le peuple se réveille et les institutions libérales
remplacent peu à peu le pouvoir des rois et des tyrans. En un
mot, nous ne voyons dans les républiques grecques aucun

[1]) Curtius, Griechische Geschichte, Berlin 1878.

arrêt dans une forme de gouvernement établie; mais au contraire un mouvement incessant et l'effort continuel pour s'affranchier du pouvoir absolu d'un seul ou de plusieurs et pour parvenir à des institutions fondées sur la liberté. Si on ne réussissait pas toujours à atteindre ce but, s'il y avait des haltes plus ou moins prolongées, et même des reculs, on peut pourtant dire sans exagération, que dans l'ancienne Grèce la lutte pour la liberté sociale, pour l'indépendance nationale, pour l'affranchissement de l'individualité vis-à-vis de l'État était continuelle et que dans plusieurs républiques, comme par exemple à Athènes, cette lutte finit par le triomphe de la liberté. Jamais dans les républiques grecques, excepté à Sparte, les institutions sociales n'ont pris, même aux époques de la perte de la liberté, le caractère militaire, comme cela eut lieu à Rome [1]).

Ce qui distingue depuis son origine la civilisation grecque de la culture des peuples asiatiques c'est qu'on y voit le droit commencer à prédominer sur la force, qu'on y sent la tendance à l'égalité sociale, un effort continu pour développer les institutions libérales, le respect pour la personnalité et le sentiment qu'a chaque citoyen de sa propre dignité. Les Grecs ont toujours eu une idée plus claire et plus élevée de la société et de l'État que les peuples asiatiques. En Grèce la loi était égale pour tous, et si on s'éloignait de ce principe ce n'était que temporairement. Pour la conservation de leur indépendance les petites républiques grecques, souvent entourées de peuples barbares ou ennemis, exigeaient des citoyens le sacrifice de la liberté personnelle laquelle, était pour ainsi dire, absorbée par les besoins de l'État. Mais la loi s'appesantissait d'un poids égal sur tous les citoyens sans exception. Chaque membre de la république lui appartenait sans condition et même plus qu'à sa propre famille. Mais ces institutions étant basées sur la liberté, sur l'égalité devant la loi elles ne détruisaient pas l'individualité. Le despotisme est fondé sur l'anéantissement de la personnalité devant la personnalité d'un autocrate et non sur l'anéantissement de la personnalité devant la société,

[1]) Th. Mommsen, Roemische Geschichte, zw Theil.

ou, pour mieux dire, devant l'État, dont chaque citoyen constitue une partie. Les vertus civiques des citoyens de la république élaborèrent ce respect pour la personnalité qui domina chez les Grecs aussi longtemps que dura leur indépendance. Selon leurs idées, l'État ne pouvait se fonder que sur l'égalité des citoyens devant la loi, et les institutions sociales devaient avoir en vue le bien général. Chez les peuples asiatiques, au contraire, un seul commandait, les autres obéissaient. Quelquefois, dans des cas exceptionnels, les droits des citoyens pouvaient n'être pas reconnus en Grèce, mais jamais il ne furent méprisés ou anéantis par un pouvoir tyrannique, et si cela avait lieu ce n'était du moins que temporairement et provoquait de continuelles protestations et d'énergiques oppositions de la part des citoyens.

En Asie, au contraire, le despotisme trouvait rarement de la résistance et si un tyran tombait, un autre le remplaçait, ou bien à la révolte succédait l'anarchie. Les monarchies orientales pouvaient exister; elles pouvaient agir, mais pas avancer; l'activité civique n'existait pas. Le peuple dans ces monarchies obéissait inconditionnellement au pouvoir du potentat ou du prêtre. La vie du peuple ne pouvait avoir qu'un caractère conventionnel et superficiel. Chez les anciens Grecs le pouvoir despotique renversé était rarement remplacé par un pouvoir du même caractère, ou par l'anarchie. Chaque membre de la société était persuadé, ou du moins était en voie de ce convaincre qu'il faisait partie de l'État, au gouvernement duquel il pouvait prendre part comme citoyen libre. Les affaires publiques en Grèce deviennent les affaires de chacun, l'État existe par l'activité de tous les citoyens. La liberté civile eut pour conséquence inévitable le respect du travail. Même le traitement des esclaves se distingue, dans les républiques grecques, par son humanité, car la loi les protégeait contre la cruauté de leurs maîtres.

L'organisation sociale avait chez les peuples asiatiques un caractère religieux; chez les Grecs et les Romains, au contraire-civil. Si nous comparons un État sémitique avec le gouvernement des Grecs et des Romains nous trouvons entre eux une différence essentielle dans les rapports de la religion avec l'État. Chez les Israélites la vie sociale et politique étaient toutes deux soumises à la religion; au lieu que chez les Grecs et les Romains la religion d'État était au service des institutions sociales. Quand la Judée tombe comme État, sa religion continue d'exister; tandis que chez les Grecs et les Romains le culte des dieux s'affaiblit avant la chute de leur organisation sociale. Les conquêtes des Romains étaient de caractère civil; ils organisèrent partout les institutions publiques sur le modèle de leurs propres institutions, mais n'introduisirent pas leur culte dans les pays conquis et ne meprisèrent pas les religions des peuples qu'ils avaient soumis; parfois même, dans un but politique, ils les protégeaient. Bien différentes furent les conquêtes des Arabes; elles eurent un caractère éminemment religieux et furent uniquement faites pour le triomphe et la propagation de l'Islamisme.

Le culte des anciens Grecs [1]) n'entravait nullement le développement de leur pensée ni leur liberté sociale; il ne consistait pas en un système théologique étroit, provenant d'un seul principe, mais il s'était formé parmi des groupes de peuples, des tribus séparées et il prenait un caractère différent selon les conditions dans lesquelles s'étaient élaborés les divers mythes.

Le culte hellénique se forma peu à peu, librement, sans être le produit d'un mouvement théologique, et il se répandit non seulement sous l'influence des rapports quotidiens, des cérémonies religieuses, des jeux nationaux, mais aussi grâce aux arts et à la poésie. C'est pour cela que dans l'ancienne Grèce la mythologie avait plus d'importance que le doctrine même de la croyance, et que l'idée d'orthodoxie n'existait pas chez les Hellènes.

Il ne faut chercher dans le culte des Grecs ni mystères profonds, ni symbolique compliquée, comme dans les religions asiatiques [2]) La déification des forces de la nature constituait l'essence de ce culte esthétique et de caractère joyeux. Les

[1]) Dr. E. Zeller, Die Philosophie der Griechen in ihrer geschichtlichen Entwicklung, er. Theil, vierte Auf. Leipzig 1877; Preller, Griechische Mythologie, drit. Auf., Berlin 1872.

[2]) E. Renan, Nouvelles études d'Histoire religieuse.

impressions produites par la nature se transformaient en divinités et revêtaient la forme humaine idéalisée. On attribuait
à ces dieux diverses aventures, des passions et des faiblesses
humaines. Voilà les traits principaux de la religion grecque.
Les dieux n'y étaient pas des forces universelles, car ils mettaient réciproquement des limites à leur pouvoir comme les
forces de la nature qu'ils personnifiaient, et étaient sujets à
des imperfections.

Les facultés artistiques et poétiques, dont les Grecs étaient
si richement doués, se reflétaient dans leur mythologie et
dans leurs relations avec la divinité. Les dieux étaient chez
eux plus rapprochés de l'homme et plus compréhensibles que
chez les peuples sémitiques. Les habitants de l'Olympe avaient
leurs favoris et leurs ennemis. Nous voyons dans l'Iliade les
dieux combattant les uns pour les Grecs, les autres pour les
Troyens. Ils ne possèdent ni l'omniscience, ni la toute puissance.
Ils sont de plus grande taille que l'homme et leur beauté est
plus parfaite, mais ils ont beaucoup de la nature humaine.
Dans les rapports des mortels avec les dieux de la mythologie
classique dominait plutôt la reconnaissance pour les faveurs
reçues, que la frayeur absolue devant la divinité, ressentie par
les Sémites et les Égyptiens.

L'idée d'un Dieu incompréhensible opprime généralement
l'intelligence de l'homme au lieu de l'éclairer et de provoquer
son activité, surtout chez un peuple encore dans l'enfance. Plus
un dieu est incompéhensible et plus est compliqué le mysticisme de son culte, plus sont fortes les superstitions qui se
mêlent à la foi des croyants.

Chez les Grecs on ne remarque l'existence d'aucune caste
privilégiée de prêtres [1]), intermédiaires entre les dieux et les hommes [2]). Il y avait naturellement aussi parmi eux des habitudes
religieuses, mais les prêtres ne formaient pas une classe à part;
ils étaient élus, et si, dans des cas exceptionnels, quelques
familles étaient designées pour accomplir les cérémonies du

[1]) Curtius, Griechische Geschichte, er. Band, Berlin 1878.
[2]) Nous pouvons faire la même remarque au sujet de la situation
des prêtres chez les Aryens primitifs. "Les Origines Indo-européennes
ou les Aryas primitifs par Adolphe Pictet, „ Paris 1863.

culte d'une divinité, ou présider aux mystères, c'était comme une espèce de distinction, qui ne changeait nullement leur position sociale et ne les transformait pas en directeurs du peuple. Les traditions mythologiques n'étaient pas une doctrine enseignée par les prêtres, mais une version populaire. Les poètes traitaient avec beaucoup de liberté les mythes religieux, ce qui n'offusquait ni le peuple ni les sacrificateurs. Les Grecs s'opposèrent toujours à la prépondérance du pouvoir religieux ou ne le supportèrent qu'avec impatience. La théocratie était incompatible avec les principes de la culture hellénique et ne put jamais s'établir en Grèce, où chacun, sans avoir recours aux prêtres, pouvait s'adresser aux dieux et leur offrir des sacrifices. Chez Homère, par exemple, nous voyons les chefs de l'armée faire des sacrifices pour leurs guerriers; le père les offre pour sa famille; chacun pour soi-même sans l'entremise des serviteurs de l'autel. Le mortel qui sacrifiait aux dieux était considéré comme prenant part au festin offert aux immortels. En conséquence, les prêtres ne pouvaient jamais acquérir une grande influence en Grèce; leur position était bien différente de celle qu'ils avaient dans l'Orient sémitique et chez les peuples asiatiques. Là où il n'y a pas de hiérarchie sacrée, la dogmatique est impossible, car le terrain fait défaut pour son développement et sa conservation. Les anciens Grecs n'avaient pas de livres religieux, ni de conciles, ni de dogmes bien définis et incontestables, ni un sacerdoce organisé pour être le gardien de la doctrine sacrée. Les poètes et les artistes étaient en Grèce, pour ainsi dire plus théologiens que les prêtres; chacun pouvait comprendre à sa manière la divinité et expliquer à son gré les légendes sur les immortels. Les Grecs considéraient la conscience — indépendamment de toutes les cérémonies religieuses, des formules et des présages — comme la voix des dieux que chacun était obligé de suivre.

Le culte hellénique ne contenait pas de principes ascétiques; les dieux de l'Olympe exigeaient des mortels la pureté morale et la droiture, la domination des passions, mais non la macération de la chair, ni la privation des jouissances de la vie. Les dieux grecs ne voulaient rien de ce qui entrave le libre et régulier développement de la nature physique et morale des mortels, ni la suppression, ni l'altération d'une de ses parties. Une complète harmonie spirituelle et matérielle chez l'homme était agréable aux dieux; ils n'aimaient que ce qui est sain, fort, raisonnable. Rien n'était plus désagréable aux Hellènes, plus blâmé par eux, plus incompatible avec leur nature et leurs idées, rien n'excitait autant leur aversion que l'oppression morale, ou la mutilation corporelle dans le but de plaire aux dieux; principes tout à fait opposés, on le voit à ceux des religions des peuples de l'Asie. Un beau corps qu'aucun défaut ni aucune infirmité ne dégrade était exigé par les Grecs pour servir à l'autel.

L'ancien culte grec n'avait nullement un caractère esclusif; on pouvait adorer les dieux nationaux et en même temps célébrer des cérémonies religieuses en l'honneur des dieux étrangers. On était libre aussi d'introduire des idées philosophiques dans le culte officiel, et ce fut toujours une des principales tendances des penseurs grecs. S'il y eut dans l'ancienne Grèce des persécutions religieuses elles se basèrent sur des considérations sociales car le culte officiel était intimement lié aux institutions de l'État, et on considérait les dieux comme les protecteurs de la ville et du pays. Douter de leur existence et ne pas célébrer les cérémonies de leur culte démontrait un manque de patriotisme et pouvait même paraître une trahison qui attirait sur le pays le courroux des immortels. De chaque citoyen, qui avait à coeur la prospérité de la patrie, on exigeait le respect pour les dieux protecteurs, et ceux qui refusaient aux immortels les honneurs qui leur étaient dus, ou qui s'éloignaient du culte officiel, pouvaient donc s'exposer à des persécutions, d'un caractère non pas religieux, mais social. On peut dire positivement, que les rapports individuels d'un citoyen avec la croyance de tous les autres furent plus libres chez les Grecs et les Romains que chez les peuples de l'Asie et de l'Egypte qui avaient des dogmes religieux beaucoup plus stricts et définis, maintenus par des prêtres organisés hiérarchiquement, jouissant d'une véritable prépondérance.

En examinant le culte des anciens Grecs il est impossible de ne pas arriver à cette conclusion; qu'avec son caractère

joyeux et animé, avec ses cérémonies somptueuses et capti-
vantes il était bien plus extérieur que secret, qu'il ne contenait que peu de principes mystiques et qu'on y trouvait plutôt
des formes esthétiques que des idées religieuses.

L'élément mystique, très peu considérable dans le culte
officiel des Grecs était prédominant dans leurs mystères. Ceux-ci
s'écartaient beaucoup du caractère serein et joyeux des cultes
helléniques; ils étaient en contradiction avec la conception que
les Grecs avaient de la divinité et en général, avec la nature
de leur sentiment religieux. Dans les cérémonies du culte grec
tout était lumineux, somptueux, solennel; dans les mystères,
au contraire, tout était ténébreux, secret; les formules se répétaient à voix basse; les cérémonies se célébraient à huis
clos, souvent même dans l'obscurité. Mais les mystères n'étaient
pas le produit direct du sentiment religieux des Grecs, et
leur origine ne doit pas être attribuée aux peuples helléniques.
On ne peut pas même affirmer qu'ils fussent aussi répandus
que le culte officiel.

Le sujet des mystères en Grèce [1]) avait toujours rapport
à la venue du dieu sur la terre, à ses souffrances, à sa descente aux enfers et à son retour à la vie. Le symbole de
quelques uns des mystères était la mort d'Adonis, la mutilation d'Atys et ainsi de suite; le mythe de Cérès et de Proserpine, développé dans les mystères d'Eleusis, était surtout
adapté à exprimer les croyances à l'immortalité de l'âme et
les idées sur l'existence au delà de la tombe, qui constituent
généralement l'essence des mystères: toutes les circonstances
de l'enlèvement de Proserpine par Pluton; le désespoir de Cérès
qui cherche sa fille: la joie de la déesse quand elle la retrouve
dans le monde souterrain; le retour de Proserpine sur la terre
prêtaient beaucoup au développement du symbolisme figuratif,
qui impressionnait fortement l'imagination des initiés. Ils étaient
obligés d'imiter les actions qu'on attribuait dans ce mythe
à la déesse, et par là on ranimait et excitait le sentiment de
tristesse qui se changeait ensuite en une joie délirante. La
marche de nuit à la lueur des flambeaux, les allées et les ve-

[1]) E. Renan, Études d'Histoire religieuse, Paris 1863.

nues dans les ténèbres, les frayeurs, l'agitation, l'émoi, et en suite le passage rapide à une éblouissante lumière exprimaient symboliquement l'angoisse de la déesse cherchant sa fille et se réjouissant enfin de l'avoir trouvée. Par ces scènes mystiques on développait le sentiment de la pénible position de l'âme sur cette terre et de son passage vers la félicité éternelle.

En excitant l'imagination au moyen d'une transition rapide de la tristesse à la joie, des profondes ténèbres à la lumière éblouissante, et par d'autres contrastes de ce genre, les mystères faisaient entrevoir dans les mythes une profonde signification et un caractère mystérieux. Dans leurs cérémonies tout était calculé pour frapper l'imagination. Des visions apparaissaient aux initiés; ils entendaient des voix mystérieuses et croyaient se trouver en communication directe avec la divinité. Les initiés devaient promettre de garder le secret sur tout ce qui se passait dans les mystères.

Ceux qui désiraient croire, et surtout ceux qui espéraient une vie future — idée qui est généralement si chère aux mortels et qui se trouve à la base des différentes religions et de plusieurs systèmes philosophiques — se sentaient naturellement attirés par les mystères [1]). Ils y puisaient l'espérance que l'âme est immortelle. Ce que les poètes et les philosophes exprimaient vaguement, sans clarté, était dans les mystères promis positivement. Les initiés devenaient les favoris des dieux. La dernière, définitive et complète initiation s'accomplissait au moment de la mort et par son moyen, c'est-à-dire quand commençait la vie future promise, car mourir signifiait être définitivement initié.

Les mystères avaient en Grèce, comme nous l'avons déjà dit, une origine étrangère; quelques uns se formèrent dans des temps très reculés; d'autres furent institués à leur imitation. Probablement les plus anciens de ces mystères furent légués aux Grecs par les Pélasges [2]). Un certain rapport existait entre les mystères des Grecs, les plus anciens comme les plus ré-

---

[1]) E. Havet, Le Christianisme et ses origines. 2 V., Paris 1878.
[2]) Maury, Histoire des Religions de la Grèce antique, 3 V., Paris 1857-1859.

cents, et les cultes des dieux pélasgiques. Les mystères de la
Béotie et de l'Attique provenaient de l'ancienne Thessalie. Des
emprunts, peu importants à vrai dire, furent faits, à des époques
postérieures par les organisateurs des mystères grecs au culte
égyptien. L'influence des religions asiatiques est indubitable
dans les mystères grecs; on peut même supposer que quelques-
uns d'entre eux ont une origine asiatique directe. Les Pélasges
peuvent avoir emprunté eux mêmes à l'Asie les principales cérémonies de leurs mystères que par la suite les Grecs imitèrent. Ainsi, les paroles solennelles et mystérieuses qu'on prononçait dans les mystères d'Éleusis ressemblaient beaucoup
aux formules des mystères phrygiens. Il est incontestable que
les mystères des Grecs, avaient un tout autre caractère que
leur culte officiel; ils étaient d'une tonalité entièrement différente de celle des idées religieuses du monde hellénique; leurs
cérémonies étaient en désaccord avec la culture grecque et la
contredisaient davantage que les mythes du culte national [1]);
De tout cela nous pouvons conclure à leur origine étrangère.
Les peuples asiatiques, chez lesquels la langueur se changeait
en frénésie, finirent par communiquer aux Grecs quelque chose
de cette prostration et de cette fureur au moyen des mystères.

Le principe mystique, qui apparaît dans le monde classique
avant le complet épanouissement de la culture grecque, ou au
moment de sa décadence, comme élément étranger, est celui
qui prédominait dans les mystères. Il est incontestable que
ceux-ci répandirent dans les masses populaires l'idée de la juste
rémunération des actions de cette vie après la mort, mais ce
fut au moyen du mysticisme.

Il ne faut chercher en effet dans les mystères ni des principes moraux, ni des idées philosophiques. Le symbole existait
par lui même et constituait son propre but. Ces mystères satisfaisaient les hommes enclins à croire, qui n'étaient contents
ni de leur sort, ni des déductions de la raison, un esprit investigateur qui ne peuvent satisfaire que dans certaines limites.
Les mystères étaient surtout chers à ceux qui voulaient découvrir au delà du tombeau la continuation de l'existence.

[1]) Bunsen, Dieu dans l'Histoire, 2 èd., Paris 1868.

64

Dans leurs cérémonies, dans leurs formes extérieures l'homme pouvait voir tout ce qui satisfaisait ses aspirations, tout ce qu'il cherchait, et cela non pas au moyen de la science, ni du raisonnement et de l'analyse, mais par l'inspiration religieuse. Les rites des mystères sont toujours très compliqués et abondent en cérémonies qui frappent l'imagination; mais cette richesse extérieure cache la pauvreté du contenu. Ils peuvent être comparés à de riches et somptueux rideaux derrière lesquels on ne trouve que le vide.

Les initiés aux mystères, ainsi que le disaient les écrivains grecs, n'y apprenaient rien, mais ils y avaient de vives émotions et étaient portés à un état de grande surexcitation. Ce ne furent ni les plus sages ni les plus vertueux parmi les Grecs, qui s'initièrent aux mystères et qui eurent recours à ce moyen de purification. Socrate, par exemple, s'en éloigna toujours car il était persuadé qu'on pouvait arriver à la découverte des vérités proclamées dans les mystères au moyen de l'analyse et du raisonnement. Il conseillait à ses disciples de rechercher le principe divin dans leur propre raison, plutôt que dans les symboles et les mystères, qui ne pouvaient donner à l'homme ni des idées élevées, ni la tranquillité de l'âme, et n'apprenaient ni a bien vivre, ni à bien mourir. La principale force des mystères consistait dans la promesse de la vie future, et c'est par là qu'ils consolaient ceux qui ne pouvaient se contenter des sévères conclusions de la philosophie. Les religions de plusieurs peuples asiatiques promettaient à leurs adeptes la vie future bien plus positivement que les cultes des Aryens occidentaux.

VIII.

Nous voyons généralement en Grèce que la religion a pris un très faible, développement mais nous y trouvons en même temps une grande activité dans le domaine de la philosophie, de l'art, de la poésie, de la littérature, des sciences, de la politique et de la vie sociale. La morale du monde hellénique se basait en effet sur la philosophie beaucoup plus que sur les principes religieux.

La mythologie grecque avait, comme nous l'avons déjà dit, un caractère naturaliste, c'est-à-dire, qu'elle personnifiait dans des divinités à forme humaine les forces et les phénomènes de la nature. L'action des différents phénomènes de la nature conduisit à la création des mythes. N'étant pas jalousement gardés par une caste de prêtres et n'ayant pas un caractère inviolable, comme dans les religions également naturalistes des peuples asiatiques et des Égyptiens, les mythes du culte grec furent, dans la suite, développés par les poètes et perdirent avec le temps leur vraie signification. C'est ce qui permit l'introduction dans le culte hellénique d'éléments d'un caractère peu élevé et donna une direction peu morale à tout le culte. Il faut pourtant observer, que si les dieux des Grecs et des Romains, ne se conduisaient pas toujours d'une manière irréprochable, ils apparaissaient cependant constamment comme les protecteurs de la vertu et les vengeurs du mal et de l'iniquité. Beaucoup de penseurs grecs s'efforçaient de relever les mythes du culte national, en leur donnant une signification plus morale, en les interprétant comme des allégories, auxquelles ils attribuaient des intentions philosophiques. Malgré leurs efforts, les faiblesses des dieux furent toujours mises en évidence par les poètes grecs; d'une part une telle tradition a pu contribuer à développer la liberté de la pensée en Grèce; mais d'un autre côté on ne peut pas dire que le culte des anciens Grecs contînt autant de principes moraux que d'autres religions du monde antique, même appartenant à des peuples moins civilisés que les Grecs. Il est hors de doute que dans les lois sacrées des Hébreux, des Égyptiens on trouve de très belles maximes et des principes d'une haute moralité; mais cette morale se basait sur les dogmes religieux. En Grèce, au contraire, et plus tard à Rome, s'élabora une morale philosophique; et chez les Aryens méditerranéens du monde antique nous constatons le développement indépendant d'une morale en dehors de la religion ; d'une morale qui n'était pas basée sur les dogmes, mais sur les déductions de la raison, laquelle s'adresse à la nature même de l'homme, dans le but d'y découvrir des par-

ticularités, qui en se développant peuvent conduire à des résultats favorables à sa moralité. C'est ce qui constitue le
trait distinctif de la culture des Grecs, des Romains, en général des peuples de race aryenne; eux seuls sont capables d'un
tel travail mental, quand leur développement philosophique
n'est pas entravé par la religion. On ne rencontre ni chez les
Sémites, ni chez les Touraniens, une morale indépendante de
la religion; seuls les Chinois, comme nous le verrons plus bas,
font exception à cette règle, et encore pas complètement. C'est
d'ailleurs seulement à partir de la Renaissance, que nous trouvons parmi les Aryens européens des penseurs, dont la morale
est tirée des idées philosophiques.

Dans le monde gréco-romain en effet la philosophie avait
une grande importance. De nos jours les âmes souffrantes et
tourmentées vont souvent de la philosophie à la religion; les
penseurs grecs et romains, au contraire, se trouvant dans une
pareille situation morale, allaient de la religion à la philosophie.
La cause en est évidemment que les prêtres, dans le monde
gréco-romain, étaient tout autant les serviteurs de l'autel que
des fonctionnaires de l'État; ils présidaient aux cérémonies du
culte, les célébraient, ou bien assistaient seulement à leur cé-
lébration. Ils ne donnaient aucun enseignement; à Rome, par
exemple ils ne comprenaient pas même la langue ancienne du
cérémonial, et répétaient, en célébrant des cérémonies religieuses,
des phrases, dont la signification leur était inaccessible. Le
culte officiel des Grecs et des Romains ne contenait pas un
idéal moral qui pût servir de modèle. On demandait aux dieux
ce qu'ils pouvaient donner et ôter selon leur bon vouloir, c'est-
à-dire, la vie, la richesse, la santé, en général les biens matériels; la paix de l'âme on ne la cherchait pas dans les temples, mais dans les écoles des philosophes, et on s'efforçait de
se la procurer par soi-même.

Il faut en convenir, en Grèce et par la suite à Rome, la
morale philosophique atteignit à de grands résultats et élabora
des préceptes d'un caractère très élevé. Le progrès des idées
morales et humanitaires peut toujours être constaté en Grèce
et il suit le développement de la philosophie qui pénétrait profondément dans les classes populaires, pénétration qui s'ac-

centua davantage encore au temps de Socrate [1]). La philosophie
par son essence même, tend à l'indulgence et celle-ci est le
principal fondement des rapports entre les hommes. Il serait
facile d'extraire des ouvrages grecs et latins qui sont parvenus
jusqu'à nous un recueil de préceptes moraux d'un caractère
philanthropique très élevé. Sénèque, par exemple, dans la philosophie duquel se concentre la morale développée par les penseurs qui l'ont précédé dit [2]). " Jusqu'au dernier moment de
notre vie nous ne devons pas nous épargner pour le bien commun; nous aiderons chacun, nous ferons le bien avec douceur
à nos ennemis. „ Et plus loin [3]): " Gracieux pour mes amis,
doux et facile pour mes ennemis, je serai fléchi avant d'être
prié, je courrai au-devant des demandes honnêtes. Je saurai
que ma patrie c'est le monde; que mes protecteurs ce sont
les dieux „. Dans un des ouvrages de ce même philosophe [4])
nous trouvons le précepte suivant: " Oh! qu'il est plus conforme à l'humanité de montrer à ceux qui pèchent des sentiments doux, paternels, de les ramener, au lieu de les per-
sécuter! „ Nous lisons aussi chez lui [5]). " Soyez pour vos
concitoyens ce que vous désirez que les dieux soient pour
vous. Est-ce que vous voudriez que les dieux fussent inexorables pour vous, pour vos péchés et vos fautes? „ Dans sa
lettre [6]) à Lucilius Junior gouverneur de Sicile, Sénèque dit
que nous devons traiter les esclaves comme nos frères. " Ils
sont des esclaves! dites plutôt qu'ils sont des hommes! „
" L'homme quel qu'il soi doit être sacré pour l'homme, „ écrit
ce philosophe. Nous trouvons aussi chez Sénèque les principes
suivants: " Partage ton pain avec l'affamé; fais le bien sans
orgueil; l'ingratitude ne doit pas éloigner de la charité [7]) „. Il
a aussi dit qu'il faut secourir ses ennemis d'une main tendre

[1]) Maury, Histoire des Religions de la Grèce antique.
[2]) De Otio Sapientis.
[3]) De vita beata.
[4]) De ira.
[5]) De Clementia.
[6]) Lettre 47.
[7]) De benef; De Otio Sap.

68

" Opem ferre etiam inimicis miti manu [1] „. Mais cette sentence, comme lui même le dit, ne lui appartient pas; c'est un précepte des philosophes stoïciens, qui disaient qu'il faut considérer tous les hommes comme des frères.

Ces préceptes d'une haute morale humanitaire étonnaient Tertullien, qui comme nous le savons, réfute dans ses ouvrages avec une grande force, et traite avec beaucoup de haine et d'intolérance tout ce qui n'est pas chrétien. Cet écrivain qu'on ne peut pas soupçonner d'indulgence pour les païens dit [2]): " Seneca saepe noster, „ c'est-à-dire: " Sénèque souvent des nôtres „. Le précepte de l'amour du prochain s'étendant même aux ennemis, les sentiments humanitaires en général exprimés dans beaucoup de passages des traités philosophiques de Sénèque firent même naître la supposition, que ce philosophe avait connu l'Apôtre Paul à Rome et s'était entretenu avec lui, de sorte que les principes humanitaires du Stoïcien romain devraient être considérés comme le reflet de la doctrine chrétienne. Cette supposition est parfaitement compréhensible de la part des écrivains de l'Église, qui contestent toujours au paganisme la faculté de développer une morale indépendante, et n'admettent pas, par conséquent, la possibilité d'une origine purement païenne à la philosophie de Sénèque qui contient tant de préceptes d'une moralité élevée.

Sans doute il ne suffit pas pour réfuter la supposition des rapports entre Sénèque et l'Apôtre Paul, de faire remarquer que ce philosophe, en sa qualité de lettré, appartenant à la classe la plus élevée de la société romaine devait regarder, sinon avec dédain, au moins avec indifférence, tout ce qui était étranger à la culture classique et ne pouvait guère prêter attention aux préceptes moraux d'un inconnu, selon lui sans culture et appartenant à une nation peu considérée par les Romains. Mais nous savons, d'autre part, que les religions orientales étaient très répandues à Rome au temps de Sénèque, et que surtout la religion des Juifs trouvait surtout beaucoup d'adeptes, même dans les classes élevées de la société romaine. C'est pour-

[1]) De Otio Sapientis.
[2]) De Anima.

quoi, il n'est pas impossible que Sénèque, comme philosophe, s'intéressant à toute nouvelle manifestation de l'intelligence humaine, ait vu l'Apôtre Paul prêchant librement à Rome la doctrine du Christ, malgré la surveillance à laquelle il était soumis; et cela d'autant plus que Gallion, proconsul de Corinthe en Achaie, qui refusa de juger l'Apôtre Paul [1]), que les Hébreux lui avaient conduit, était le propre frère de Sénèque. L'attention du philosophe pouvait aussi avoir été attirée sur l'Apôtre par son ami Afranius Burrhus, chef de la garde de l'empereur, auquel on confiait la surveillance des accusés qui, comme citoyens romains, avaient le droit de demander le jugement de César [2]), et étaient conduits à Rome à cette fin.

Les relations autre Sénèque et S. Paul sont pourtant contredites par ce fait, que les écrivains de l'Église, des trois premiers siècles, connaissant les ouvrages du philosophe et s'étonnant de sa morale ne l'aient pas attribuée à l'influence du christianisme, et n'aient pas mentionné la rencontre du Stoïcien avec l'Apôtre. On ne peut pas conclure des paroles de Tertullien: " Seneca saepe noster „ que ce docteur de l'Église supposa l'influence de la morale chrétienne sur le philosophe. Tertullien n'a considéré l'accord entre la morale païenne et la morale chrétienne que comme une coïncidence extraordinaire et il ne l'explique pas par les rapports que peuvent avoir eu entre eux le philosophe et l'Apôtre. Leur correspondance supposée est une de ces pieuses fraudes des chrétiens des premiers siècles et fut probablement composée au IVe siècle, plutôt à son commencement qu'à sa fin.

Ce qui réfute définitivement la supposition des rapports entre Saint Paul et Sénèque et de l'influence de la doctrine chrétienne sur sa philosophie c'est le fait qu'une grande partie des principes énoncés par lui étaient déjà contenus, non seulement dans la doctrine du fondateur de l'école stoïcienne, le Grec Zénon, qui naquit au IVe siècle avant l'ère chrétienne,

[1]) Les Actes des Apôtres Ch. XVIII.
[2]) On ne peut pourtant pas affirmer positivement qu'Afranius Burrhus remplissait cette charge quand l'Apôtre Paul fut conduit à Rome. (Friedlaender, Darstellung aus der Sittengeschichte Roms, 3 B., Leipzig 1871).

et dans les écrits d'autres adeptes de cette doctrine, mais en général dans les systèmes philosophiques et dans les ouvrages des penseurs et auteurs du monde classique, prédécesseurs de Sénèque [1]), qui vécurent avant l'apparition du christianisme. Ce qui distingue dans ce cas Sénèque des autres philosophes, c'est qu'il a réuni, énoncé et formulé ces préceptes moraux avec plus d'énergie que ses devanciers. Nous trouvons, par exemple, dans le livre de Platon: " Gorgias ou de la Rhéto-rique „ les paroles suivantes prononcées par Socrate: " com-mettre une injustice est un mal plus grand que de la souffrir;.... le plus grand de tous les maux est de commettre l'injustice „. Xénophon dit: " Aidons les misérables pour les délivrer du danger de faire le mal, „ il entend par là qu'il faut faire le bien sans examiner à qui on le fait; qu'il faut être miséricor-dieux pour la miséricorde en elle même et non dans un autre but, autrement ce ne serait plus de la miséricorde, Platon se rapproche quelquefois davantage de la doctrine chrétienne que Sénèque: " Faire du mal à qui que ce soit ne peut ja-mais être juste [2]) „. Platon dit aussi [3]), " que ce n'est pas par des formes qu'on honore les dieux; que les cérémonies n'ont de signification que quand celui qui les accomplit a la con-science pure; que l'honnête homme peut prier et faire des sa-crifices, mais que cela ne peut pas être accompli par un mé-chant. En parlant de l'amour du prochain Sénèque répète ce qu'ont dit avant lui Cicéron, Ménandre et d'autres philosophes et écrivains du monde antique. " Rien ne caractérise mieux une âme noble que la clémence et l'oubli des offenses „. " Chaque homme doit faire du bien à son prochain, quel qu'il soit, uni-quement parce qu'il est un homme semblable à lui; c'est la loi de la nature. Or cette loi de la nature est la même pour tous les hommes „.

On trouve des préceptes moraux chez les Grecs, même avant les philosophes, ce qui prouve que certains mythes, d'une

[1]) Ch. Aubertin, Sénèque et Saint Paul, ouvrage couronné par l'acad. française; 3e éd. Paris 1872.
[2]) Platon République.
[3]) Dans un des Livres " Des Lois „.

moralité peu élevée qui s'étaient introduits dans le culte des anciens Grecs, n'empêchaient pas le libre développement de principes moraux et du sentiment religieux. Dans l'Odyssée, par exemple, nous trouvons beaucoup de préceptes qui nous étonnent par leur humanité, et que la religion, même la plus élevée, n'aurait pas refusé d'accepter. Nous lisons entre autres dans ce poème, que les étrangers et les mediants sont envoyés par les dieux [1]); que ceux-ci écoutent toujours favorablement leurs prières [2]) que les mauvaises actions ne sontp asagréables aux immortels [3]). Dans les sentiments avec lesquels on reçoit les étrangers, exprimés dans l'Odyssée, transpire la crainte des dieux et en même temps la compassion pour le prochain [4]).

On peut affirmer que la philosophie du monde antique parvint, déjà avant Sénèque. à blâmer la vengeance, à avoir de la compassion pour le prochain; elle conseillait la bonté, la douceur, même envers les ennemis et exigeait qu'on leur vint en aide s'ils étaient en danger. " Ne fais pas à autrui ce que tu ne veux pas qu'on te fasse; — ne fais de mal à personne; — la bienveillance convient au juste; — il faut aimer les hommes „. De tels préceptes humanitaires et beaucoup d'autres du même caractère se trouvent dans les systèmes philosophiques, dans les ouvrages des écrivains et dans les discours des orateurs grecs et romains; mais dans le monde antique ces préceptes moraux abondent surtout parmi les citoyens de la république athénienne.

La morale sémitique si elle prend un caractère philanthropique et charitable, si elle s'élève au dessus de son niveau habituel, devient impraticable, et étant appliquée à la vie, conduit à la désorganisation de la société.

Quelques écrivains de l'Église par exemple S. Justin et Clément d'Alexandrie, hommes possédant une culture classique, ne pouvaient manquer de remarquer combien de préceptes philanthropiques, qui approchaient de la morale chrétienne,

[1]) Chant XIV, 56, 57.
[2]) Chant V, 447-448.
[3]) Chant XIV, 83, 84.
[4]) Chant XIV, 389.

étaient contenus dans les systèmes philosophiques des Grecs et des Romains et dans leurs productions littéraires; combien la compassion pour le prochain était recommandée. Les philosophes chrétiens étaient généralement disposés à expliquer ce fait par l'inspiration que les penseurs païens recevaient quelquefois d'en haut et c'était un des argumens employés par les chrétiens pour les convertir au christianisme. Saint Justin considérait Socrate comme le précurseur du Christ. Lactance, écrivain du IVe siècle, dit que la vérité était dispersée dans les divers systèmes philosophiques, mais que le christianisme a recueilli et réuni toutes ces différentes parties [1]. Saint Jean Chrisostome, ne se pose pas non plus en ennemi de la philosophie.

Les auteurs chrétiens, auxquels la culture classique était inconnue, surtout ceux d'origine juive, considéraient au contraire la philosophie comme suspecte, nuisible et attribuaient les principes moraux qu'elle contenait à l'action, sur les penseurs païens, de l'esprit malin, qui les faisait puiser des vérités dans la Sainte Écriture dans le but d'obscurcir, ou de diffamer la révélation divine.

Nous avons en conséquence le droit d'affirmer, que chez les Grecs et le Romains se développa, indépendamment de la morale basée sur la crainte des dieux, une morale philosophique, qui ne cherchait pas son appui dans la religion, mais dans la nature même de l'homme. Cette morale resta dans les limites de la philosophie, et pour cette raison ne fut naturellement accessible qu'aux classes éclairées de la société. Le christianisme répandit les principes moraux, les fit pénétrer et les généralisa dans les masses populaires. La morale philosophique pénètre difficilement dans le peuple et reste plutôt le partage de l'aristocratie du savoir, de la science. La seule religion peut répandre les principes moraux parmi les gens simples et peu éclairés, car elle s'adresse au coeur et non à la

---

[1] Même les écrivains des temps postérieurs comme, par exemple, Bossuet. (Discours sur l'Histoire universelle). ainsi que les écrivains des premiers siècles du christianisme, disent que la philosophie grecque était en quelque sorte une préparation à la connaissance de la vérité.

raison, et parfois elle a cette tendresse, cette douceur, que ne possèdent pas les sévères déductions de la raison. Les lettres de Sénèque; les raisonnemens de Cicéron; d'Epictète; les écrits de Marc-Aurèle et d'autres philosophes et écrivains du monde classique contiennent certainement une morale élevée, noble, humanitaire, d'une grande pureté, mais les préceptes de l'Evangile touchent sans aucun doute davantage le coeur d'un plus grand nombre d'hommes.

La morale chrétienne, cependant, contient inévitablement un élément exclusif et même intolérant, car elle est fondée sur la révélation, sur les dogmes qui n'admettent ni le libre examen, ni l'investigation. Cette morale, par conséquent, ne sera jamais si complète que la morale philosophique; elle ne peut ni modifier, ni élargir ses principes. Les moralistes religieux peuvent oublier les offenses, pardonner les péchés, mais non les fautes commises contre les règlements de la religion, ni le doute sur ses vérités. Dans ce dernier cas les moralistes religieux, même les plus miséricordieux, n'admettent pas le pardon et menacent le coupables de sévères punitions. L'homme d'une haute moralité, telle que la prescrit sa religion, est prêt à pardonner les offenses, à faire du bien à ses ennemis, à rendre le mal par le bien; mais selon les lois de cette même religion il doit traiter comme des adversaires, voir même condamner ceux qui ne partagent pas ses croyances religieuses; qui doutent de leur vérité, qui sont sourds à ses arguments, ou seulement faibles, dans la foi. L'homme pieux peut pardonner les offenses qui lui ont été faites, mais ne peut pas et ne doit pas pardonner les offenses commises contre la religion; il est même enclin à ne pas apprécier le bien qui serait fait sans posséder la foi [1]. Jésus-Christ qui a prononcé les sublimes paroles du Sermon sur la Montagne menace cependant des flammes éternelles ceux qui refusent de croire et qui doutent da la vérité de sa parole [2].

[1] Épitre de S. Jacques, Ch. II.
[2] Evangile selon S. Matthieu Ch. X; Ch. VIII, 12; Ch. XI, 22, 24; Ch. XII, 80, 31, 32; Ch. XIII, 42; Evangile selon S. Marc. Ch. III, 28, 29; Ev. selon S. Luc. Chap. X, 12.

74

La morale philosophique quoique sévère n'est ni si exclusive, ni si immuable. Chaque déduction philosophique est basée
sur le raisonnement et non sur des dogmes, qu'on doit accepter
sans examen; c'est pourquoi elle est soumise à l'analyse. Un système philosophique ne peut pas écarter comme hostile toute
nouvelle déduction de la raison même si elle est en contradiction directe avec sa propre essence; mais il doit analyser,
examiner et ensuite admettre, s'assimiler ou bien rejeter, toutes
les manifestations de la pensée.

Un état moral idéal serait celui dans lequel toutes les
classes de la société pourraient comprendre les principes de la
morale philosophique et les choisir comme règle de conduite.
Mais dans l'état actuel de la société, qui exclut les masses
populaires de la culture, est-il possible qu'on parvienne à un
tel résultat?

IX.

La religion chez les anciens Grecs n'entravait pas l'activité de la pensée [1]; celle-ci ne trouvant pas devant elle les
barrières des Saintes Écritures pouvait agir en pleine liberté
et n'était limitée que par elle même. Dans ce que nous connaissons de l'histoire de l'humanité, c'est chez les Grecs que
nous voyons pour la première fois cette activité indépendante
de la pensée qui créa ce qu'on nomme la science, c'est-à-dire
la réunion de connaissances ayant un même caractère, liées
entre elles et soumises à l'analyse et à la critique. Elle était
le résultat de la liberté de la pensée affranchie de la religion.

Chez plusieurs des peuples orientaux la caste des prêtres
était un centre dans lequel se concentrait le savoir de l'époque.
Ils étaient les instituteurs, parfois les souverains. Dans l'Inde
la philosophie était la prérogative des castes élevées; en Chine
— de la classe des savants. En Phénicie, en Egypte, les scien-

[1] Dr. E. Zeller, Die Philosophie der Griechen, ers Theil.

ces étaient cultivées par les prêtres et jalousement gardées par eux [1]).

Naturellement cela donnait à la science et à la philosophie un caractère exclusif et les mettait sous la dépendance de la religion, en leur interdisant d'outrepasser certaines limites; tandis qu'en Grèce la science et la philosophie étaient affranchies de la religion et cultivées par toutes les classes de la société, ce qui donna des résultats des plus importants et des plus significatifs. Le côté matériel de la vie prit chez les Égyptiens et les Phéniciens une importance beaucoup plus grande que chez les Grecs; Platon a dit que ces derniers se distinguent surtout par leurs dispositions pour les sciences, et les premiers par leur amour du gain.

Si la philosophie est pratiquée par un esprit incapable de la comprendre, elle perd ses droits et devient une science occulte, presque une religion, parfois un moyen de domination et ne donne par la liberté de la pensée; c'est ce que nous voyons chez les peuples asiatiques. Chez les Grecs, au contraire, les déductions de la philosophie étaient du ressort de tous sans exception et chacun pouvait écouter les explications des systèmes philosophiques; il ne fallait pour cela ni une préparation particulière, ni une initiation.

Si une religion, qui eût entravé la philosophie, eût été prédominante en Grèce la liberté de la pensée n'aurait pas pu y apparaître et les Grecs seraient restés au niveau des peuples asiatiques; leur activité intellectuelle n'aurait pas conduit à ces déductions de la raison, qui continuent encore à constituer le fondement des arguments spéculatifs des Aryens européens. Certes le mouvement philosophique aurait pu se manifester dans la Grèce ancienne même si la religion eut mis des entraves au développement de la pensée, car les peuples de race aryenne, qui ont atteint un certain degré de culture montrent généralement du penchant pour l'activité philosophique; mais assu-

[1] C'est ce qui arriva au moyen âge en Europe dans les couvents, avec cette seule différence, que chez les Germains et les Latins la science, dans le courant des siècles, s'est émancipée de la religion et a pris un caractère laïque, tandis qu'en Egypte et chez les peuples asiatiques la science resta aux mains des prêtres.

rément ce travail spéculatif, s'il n'avait pas eu assez de force pour s'affranchir des liens de la religion, serait tombé sous la domination de la théologie qui l'aurait arrêté [1]). Gênée dans son libre développement la pensée n'aurait pas été autre chose qu'une spéculation de caractère religieux, dans le genre des cosmogonies théologiques des peuples asiatiques. Nous pouvons facilement nous en convaincre en pensant combien un des peuples aryens les plus capables de raisonnement philosophique, le peuple hindou, malgré son antique civilisation, resta sous ce rapport bien en arrière des Grecs, précisément parce que dans l'Inde la philosophie, pour des causes exceptionnelles, que nous indiquerons plus bas n'a pu se détacher de la religion.

Dans les pays helléniques, de même qu'en Orient, la philosophie commença par être unie à la religion [2]), mais bientôt, sous l'action de l'esprit investigateur des Grecs, libéré des liens religieux, leur philosophie renia toute forme symbolique et adopta l'analyse affranchie de toute idée préconçue. Tout ce qui existe dans l'univers et tout ce qui s'y passe dépend de causes cachées à l'entendement humain. Cette idée, d'un caractère entièrement religieux et grecque par son essence, fut en même temps le premier pas fait vers le raisonnement philosophique. À ce même but conduisit l'idée prédominante dans la mythologie grecque que, même les dieux sont soumis au destin; de sorte que là religion des Hellènes contenait déjà des idées, qui avec le temps, conduisirent au développement de la philosophie grecque.

Il est indubitable que dans la philosophie hellénique primitive on remarque l'influence des systèmes spéculatifs des peuples asiatiques; et de même que les premiers éléments de l'art, la manière d'écrire, l'alphabet, les industries, la technique ont été empruntés par les Grecs aux Égyptiens et aux peuples asiatiques de la Méditerranée, ainsi dans leurs idées naissantes se reflétèrent les éléments qui dominèrent dans les facultés intellectuelles des peuples de l'Asie. Mais cette influence ne fut pas si puissante qu'on pourrait le croire au premier abord. Dans tous les cas, la philosophie des Grecs,

[1]) Dr. E. Zeller, Die Philosophie der Griechen, erst. Theil.
[2]) V. Cousin. Introduction à l'Histoire de la Philosophie, Paris 1861.

comme tout ce qu'ils empruntèrent aux centres de culture des peuples asiatiques, prit vite un caractère hellénique; elle rejeta l'élément mystique — qui est toujours mêlé au raisonnement des Asiatiques — et se basa uniquement sur le libre examen, sur les déductions de la raison. On doit aussi attribuer quelque chose aux Grecs mêmes; l'élément mystique, par exemple, qui dominait dans la philosophie hellénique à son origine, et qu'on attribue généralement à l'influence orientale, peut très bien n'avoir été que le résultat du peu de développement philosophique des Grecs de cette époque, car un tel niveau intellectuel est capable d'engendrer des idées d'un caractère mystique.

Il faut pourtant convenir, que dans la philosophie primitive des Grecs se manifestent des idées empruntées aux doctrines religieuses de l'Égypte et de l'Inde; on le remarque surtout dans le système de Pythagore. L'élément mystique y domine et il contient des prédictions, des sentences, des préceptes bien plus que des déductions de la raison. Pour comprendre cette philosophie, qu'on ne peut considérer que comme le commencement de la liberté de la pensée parmi les Hellènes, il fallait une initiation, précédée d'épreuves, comme par exemple, le silence qui devait se prolonger plusieurs années. On devait aussi faire la promesse de ne pas divulguer aux non initiés les mystères de la doctrine qu'on communiquait au moyen de symboles et de figures explicatives. Ce n'était qu'une ébauche, qu'un essai de philosophie. La période mystique de son existence, dont les systèmes philosophiques des peuples asiatiques ne sortirent jamais, fut très vite traversée par la pensée hellénique; et le système de Pythagore moitié politique, moitié religieux aurait été en désaccord avec la culture grecque à l'époque où elle devint, florissante.

Les anciens Grecs se distinguèrent toujours par une activité infatigable; par une pénétration extraordinaire dans la définition des moindres nuances de la pensée; par une aptitude remarquable pour l'analyse intellectuelle, et — conséquence naturelle — par une disposition particulière à trouver des argumens dans la polémique [1]). Les penseurs grecs, qu'ils fussent

[1]) Vacherot, Histoire critique de l'École d'Alexandrie, T. 1ᵉ.

ou non remarquables, possédaient généralement toutes ces diverses qualités. L'activité de la pensée ne cessa jamais parmi eux et de nouveaux systèmes philosophiques surgissaient continuellement. De tous le peuples anciens, les Hellènes seuls regardaient librement autour d'eux. Une investigation des manifestations de la nature qui n'était pas entravée par la crainte religieuse, le libre examen des facultés de l'homme pour déterminer sa destination et ses rapports avec le monde extérieur, voilà ce qui constituait l'essence de la philosophie hellénique de la meilleure époque.

L'affranchissement de l'esprit grec des idées mystiques et son passage à l'activité philosophique indépendante, s'accomplit définitivement dans la personne de Socrate. La pensée grecque atteignit dans sa philosophie son plus haut degré de développement. Tout en n'étant pas sceptique Socrate doutait et enseignait aux autres à douter, car le doute est le point de départ du libre raisonnement. À ceux qui écoutaient ses enseignements ce philosophe demandait compte de leurs idées, il réveillait leur esprit, les conduisait à l'analyse, les aidait à tirer des conclusions d'un raisonnement, et il fut le premier des philosophes grecs qui obligea l'homme à tourner ses regards sur lui même. Socrate ne fut pas le créateur d'un système, mais il provoqua un mouvement immense dans le domaine de la libre pensée. Tout ce qu'il affirmait il le basait sur des vérités que chacun pouvait vérifier, en prenant pour guide les conclusions de son raisonnement; tandis que les systèmes plus ou moins entachés de mysticisme de Bouddha, de Zoroastre, même de Pythagore contiennent toujours des données qu'il faut accepter inconditionnellement, presque comme des dogmes, comme une révélation.

La philosophie grecque ne resta pourtant pas longtemps à cette hauteur; dans le système de Platon, qui développa et approfondit la philosophie de son maître — Socrate, — se manifeste déjà un certain mysticisme. Il tend à la contemplation du principe divin, à son union avec lui. Dans sa doctrine on trouve le regret d'une existence meilleure et le pressentiment de la vie future. Ces idées, empruntées en partie aux mystères et développées par Platon, donnent à sa philosophie une teinte de mysticisme qui par la suite recevra un complet épanouissement dans l'école néo-platonicienne d'Alexandrie. La philosophie de Platon était plus élevée et plus lucide avant qu'il ne se fût rapproché des Pythagoriciens [1]), rapprochement qui eut lieu dans les dernières années de sa vie. C'est pourquoi on peut dire, que dans la philosophie des Hellènes, au temps de sa décadence, se reflètent, ainsi que dans leur art, les éléments de la culture de leurs voisins d'Asie.

L'affranchissement des dogmes religieux mit une différence caractéristique entre la philosophie des Grecs et les formes de la pensée des autres peuples du monde antique. Chez les Égyptiens, chez les Sémites, chez les Aryens de l'Asie, le point de départ de la philosophie fut la religion et jamais elle n'abandonna ce terrain, restant toujours soumise, tant par son essence que par sa tendance, aux dogmes religieux. Les systèmes spéculatifs de ces peuples se trouvent invariablement unis dans leurs conclusions avec la religion, apparaissent en connexion avec les aspirations religieuses. C'est pour cela que leur philosophie n'est jamais parvenue à une méthode définie et que jamais elle n'a pris un caractère scientifique, Les Grecs, au contraire, en s'affranchissant des traditions religieuses s'adressèrent directement à l'objet pour en connaître la nature au moyen de l'analyse scientifique, limitée seulement par ses propres lois. Cette même particularité distingue la philosophie grecque de la philosophie chrétienne et de celle des Arabes musulmans. Dans ces deux dernières philosophies nous ne trouvons pas la libre investigation, mais bien des entraves religieuses. Le dogmatisme de ces deux croyances mettait une limite au raisonnement.

Les Grecs, par conséquent, considéraient la nature et le monde extérieur d'un autre point de vue que les autres peuples de l'antiquité. L'Asiatique n'est pas libre devant la nature, et conséquemment, il n'est pas en état d'en comprendre les phénomènes et de les expliquer autrement que par une intervention miraculeuse; tandis que le Grec ne voit dans l'univers

[1]) Geschichte der neuen Philosophie von Kuno Fischer, er. B. München 1878.

que l'ordre naturel et régulier. En prenant sa raison pour guide il arrive à la connaissance des lois qui régissent le monde ; sa philosophie dérive de la contemplation de la nature. Celui qui croit inconditionnellement est toujours enclin à avoir recours à la révélation, et moins il la comprend, plus il est disposé à la vénérer. Dans l'existence de l'homme le Grec voit l'union de la nature avec l'esprit et dans leur équilibre l'état idéal qu'il s'efforce d'atteindre. Chez l'Asiatique, au contraire, l'idéal consistait toujours plus ou moins dans le principe ascétique, qui détruit la matière pour rehausser l'esprit, en anéantissant ainsi l'accord entre eux et produisant l'état maladif du corps, qui prive l'intelligence de la possibilité d'agir normalement, régulièrement.

X.

Dans l'art figuratif des Grecs se manifeste aussi l'indépendance de leurs vues sur la nature. Quand cet art s'est émancipé et a abandonné les formes asiatiques, son but devient de représenter l'homme dans son complet et harmonieux développement physique et intellectuel. Pas un des côtés de la nature humaine n'est sacrifié ni amoindri; aucune restriction n'est faite pour obéir à des exigences religieuses, ou sociales, comme dans l'art égyptien, assyrien et dans celui d'autres peuples asiatiques. Dans l'art hellénique la nature humaine est indépendante précisément parce que en Grèce — à l'opposé de ce qui s'est passé en Asie, où la personnalité de chacun disparaît dans la vie sociale devant l'autocrate, et dans la vie religieuse devant la divinité — l'homme agissait et se développait en pleine liberté. L'activité de son esprit n'était pas entravée par une divinité terrible, jalouse de son pouvoir, ne permettant ni l'analyse de son essence, ni la critique de sa puissance, ni l'examen de ses actions. C'est pour cela que dans l'art grec nous trouvons le libre développement des formes, vivifiées par les différents états de la vie intellectuelle de l'homme.

Si l'étude de l'histoire de l'art nous a conduits à la conclusion que chaque peuple crée son idéal du beau d'après ses facultés intellectuelles, et sous l'influence des conditions qui forment ses idées et donnent une direction à son développement moral ; si on peut dire, sans exagération. qu'autant il y a eu de centres de civilisation sur la terre, autant on pourrait énumérer de formes de l'idéal de beauté, de même on a le droit d'affirmer que l'idéal qui permet le libre développement des facultés physiques et morales de l'homme sera toujours plus élevé, toujours plus capable d'élargir notre horizon intellectuel, de purifier notre goût esthétique, que l'idéal d'un peuple qui admet comme principe l'ascétisme, et qui restreint l'activité de l'intelligence humaine pour plaire à la divinité, ou pour la satisfaction d'exigences sociales.

En Grèce l'art servait à exprimer les idées dominantes parmi les citoyens, et par suite le génie national. Ce dernier se manifestait dans les représentations des dieux. Les dogmes religieux n'étaient pas définis par une caste restreinte de prêtres, comme en Asie et en Égypte, mais par la fantaisie poétique de la nation. Elle transforma complètement les figures des dieux, que les Grecs avaient reçues des peuples asiatiques dans la période primitive de leur développement, et chez eux les Immortels devinrent des personifications des facultés les plus élevées de l'homme ; les représentants de tout ce qu'ils considéraient comme raisonnable, grand, noble et beau. Chez les Égyptiens, les Chaldéo-Babyloniens, les Assyriens l'art figuratif ne dépassa jamais les limites de la chronique, c'est-à-dire de la représentation complètement aride et sèche des événements historiques ; chez les Hellènes, au contraire, tout tend à la concentration des idées.

La beauté que l'intelligence illumine devient le type de l'art grec ; la lucidité du contenu intellectuel, la précision et la proportion des formes, la subordination des parties au tout forment les traits distinctifs de ses productions, comme aussi de la poésie grecque. Les dieux helléniques, qui selon l'imagination des Grecs avaient des formes humaines, furent représentés par les artistes comme les plus beaux parmi les hommes. De cette façon l'art hellénique prit une direction idéale.

Bien que les dieux grecs eussent depuis longtemps perdu

leur signification religieuse, ils restèrent pourtant toujours des types. Jupiter celui de la puissance, de la grandeur, du pouvoir sage et éclairé; Apollon de l'éternelle beauté; Minerve de la sagesse; Diane de la chasteté, de la pureté virginale; Vénus de la beauté sublime et du charme féminin; Hercule des exploits héroïques et de la force intelligente. Dans tout cela on voit la nature idéalisée de l'homme.

Les rapports de l'art des peuples asiatiques avec la nature étaient bien différents de ceux des Grecs. En Orient l'homme n'est pas indépendant au même degré qu'en Grèce vis-à-vis de la nature; il est lié par elle, subjugué par sa végétation luxuriante, ou par sa stérilité; parfois entièrement sous la dépendance de ses phénomènes, qui se répètent periodiquement et dont dépend en grande partie son existence, comme par exemple en Égypte. C'est pour cela que dans l'art des peuples asiatiques nous ne trouvons jamais une représentation de l'homme où il apparaisse complètement libre, complètement développé; au contraire les potentats comme leurs esclaves sont toujours représentés dans la même pose raide et souvent privée de vie; ce qui est le résultat du manque d'indépendance morale, de l'assujettissement de l'esprit. Libres dans leurs idées; indépendants devant l'univers; habitants d'une belle contrée où la nature n'affraie pas l'homme par ses phénomènes; nature modérée dans ses manifestations, mais l'excitant à l'activité, les Grecs seuls ont pu comprendre toutes les variétés du monde extérieur, ont pu représenter l'homme dans sa complète liberté et dans toute sa beauté. Dans les poses raides et engourdies des figures de l'art des peuples asiatiques se manifeste la restriction de la pensée des hommes qui ont créé un tel idéal; tandis que la liberté dans les mouvements du corps humain, représenté par les Hellènes, peut être considérée comme le reflet de l'indépendance des facultés intellectuelles. En Grèce le corps humain se développant dans des conditions climatologiques favorables et par des exercises gymnastiques, était on ne peut plus capable de démontrer l'état moral des Grecs.

Nous trouvons ainsi une immense différence dans la conception du beau et du sublime chez les Grecs et chez les peuples de l'Asie. Ces derniers n'ont jamais pu représenter la beauté sans qu'y prédomine la sensualité, la grâce effeminée; la force et l'énergie auxquelles ne concourent ni le surnaturel, ni le massif, ni le pesant; le majestueux sans raideur, sans avoir recours à des dimensions exagérées, colossales; le gracieux sans tomber dans le maniéré, dans le surchargé. Ce qui distingue surtout l'art grec de celui des peuples orientaux c'est que dans celui-là chaque visage a son caractère individuel. On ne voit pas dans les figures et dans les têtes de l'art hellénique cette monotonie que nous observons dans les monuments des Égyptiens, des Babyloniens, c'est-à-dire, de ces peuples dont les idées n'ont pu se développer indépendamment; puisque leur organisation sociale ne laissait pas de place à la liberté personnelle.

Chez les peuples asiatiques les propriétés de Dieu, sa force, son omniscience n'étaient pas exprimées par un moyen moral, c'est-à-dire, par une belle figure, ennoblie par une expression intelligente, par les belles formes du corps humain, dans leur noble simplicité, comme dans l'art classique, mais on les rendait d'une manière matérielle en ayant recours à des figures effrayantes, qui ne se trouvent pas dans la nature; à des dimensions colossales; en multipliant les membres du corps humain; comme par exemple, les bras pour représenter la force de la divinité; les yeux pour démontrer que rien ne lui est caché; ou bien en unissant, par un procédé encore plus contraire à la nature, les membres d'un homme avec ceux d'un animal pour exprimer la ruse, la perspicacité, la puissance surhumaine. Les peuples helléniques, au contraire, ne représentèrent jamais le principe divin par le monstrueux. De tels écarts ne se produisaient pas dans leur imagination; ils ne déifiaient pas les animaux et ils ne les adoraient pas. Le surnaturel n'était pas rendu chez eux par des figures contraires à la nature, et les qualités de la divinité ne s'exprimaient pas par la réunion des membres humains à ceux de l'animal. Il est vrai que dans la mythologie grecque on recontre des figures monstrueuses; mais elles sont rares et constituent un culte local, comme par exemple, l'Apollon lacédémonien représenté avec quatre bras; la Diane d'Éphèse aux cent mamelles, la Déméter de Phygalie à tête de cheval. On voit dans ces représentations l'influence asiatique, et, sans aucun doute, elles constituaient chez les Grecs l'héritage de la période primitive de leur art. La sculpture grecque emprunta aux peuples de l'Asie quelques figures fantastiques ; mais à la belle époque de l'art hellénique ces figures ne sont que secondaires, n'apparaissent que dans l'ornementation et sont ainsi reléguées au second plan. Ce sont, par exemple, les Spinx, les Harpies, les Griffons. Il faut aussi remarquer, que lorsque dans un but déterminé, les Grecs unissaient dans la même figure les membres humains à ceux d'un animal ils agissaient d'une autre façon que les Egyptiens et les Asiatiques, car on conservait à la représentation la tête de l'homme et on lui ajoutait le corps de l'animal. C'est ainsi que se formèrent les figures du Centaure, du Satyre, des Sirènes, des Harpies. etc. La partie la plus noble de l'homme, le centre de son intelligence, la source de ses pensées, de la vie intellectuelle — la tête — était ainsi maintenue. Le Minotaure de Crète constitue une exception et nous savons que son mythe, fut emprunté par les Grecs aux Égyptiens. On ne donnait donc pas en Grèce à un être humain la tête d'un animal pour gouverner ses membres, comme on le faisait en Égypte, où l'on trouve des divinités ayant la tête d'un chat ou d'un oiseau. Une tête d'homme sur un corps d'animal ne nous révolte pas autant qu'une tête d'animal sur un corps humain. Les Hellènes appréciaient trop leur intelligence pour tolérer qu'elle fût ainsi dégradée.

À la belle époque de l'art grec, les monuments artistiques exprimaient, par l'harmonie des dimensions et par les formes esthétiques, l'idée qui les inspirait. Chez les peuples asiatiques, au contraire, c'était la richesse des ornements et des matériaux même, la somptuosité de l'extérieur qui donnaient la signification morale à la création d'art, et son mérite artistique se déterminait par la valeur matérielle, par la difficulté technique du travail, par les obstacles qu'il avait fallu surmonter ; ou bien la production artistique était sortout appréciée si elle imitait servilement la nature, dans ses moindres détails, et représentait même ce qu'elle a de secondaire et d'insignifiant, tandis que le corps humain était souvent défiguré par les poses qu'on lui donnait, dans lesquelles la circulation du sang n'aurait pas pu s'effectuer, et par conséquent, la vie devenait impossible.

Dans le monde hellénique les productions plastiques étaient indépendantes et affranchies de l'architecture. Chez les Égyptiens et chez les peuples asiatiques la sculpture est subordonnée à l'architecture; elle ne peut se développer que dans certaines limites et doit subir ses lois, ce qui la prive de la liberté. C'est ce qu'on ne voit pas en Grèce, où la sculpture, servait dès l'origine à représenter la divinité, à laquelle l'architecture avait déjà préparé une demeure digne d'elle. On rencontre rarement dans l'art des peuples asiatiques des statues séparées, et elles ne sont pas placées isolément; elles ont été créées pour compléter l'architecture et pour lui permettre de se développer, ce qui est facilité par la raideur de leurs poses et par l'aspect engourdi du corps. Chez les Grecs, au contraire, la sculpture se développe librement n'étant pas soumise aux lois de l'architecture.

XI.

Les Romains.

La culture des anciens Romains, il faut en convenir, ne présente pas un type aryen aussi pur que celle des peuples helléniques. Il est hors de doute que dans la civilisation romaine primitive dominèrent des éléments de la culture étrusque. Les Étrusques ne peuvent pas être considérés, comme un peuple aryen. C'est de l'Étrurie que Rome a tiré la plupart de ses coutumes [1]: la gens, les fêtes religieuses et politiques, les présages, les augures, les noms de famille, les jeux du cirque etc. Dans les costumes des Romains et dans leur

[1] Jus Antiquum: Vegoia — Droit papirien. Les éléments du droit étrusque par Mr. Charles Casati de Casalis. " C'est la part exacte des principes du droit romain emprunté aux Étrusques dans les éléments fondamentaux du droit des personnes et du droit des choses, dans la constitution de la famille et de la propriété que Mr. Casati de Casalis

art de l'époque primitive on reconnaît aussi l'influence des Étrusques.

Durant plusieurs siècles les Romains n'ont eu d'autres édifices, d'autres représentations des dieux, d'autres ornements que ceux qui ont été exécutés pour eux par les artistes étrusques. Les Étrusques ont transmis leurs superstitions aux Romains et elles furent toujours prédominantes dans leurs idées ; c'est ce qui les distingue des Grecs.

Ce ne fut que plus tard, et à la suite de rapports plus intimes avec les colonies grecques de l'Italie méridionale, que les éléments de la culture hellénique commencèrent à dominer chez les Romains, sans conserver cependant la pureté qu'ils eurent chez les Grecs. La civilisation des Romains procède en grande partie d'emprunts faits aux Étrusques, aux Grecs et aux Sabins [1]). Les Romains furent originaux seulement sur le terrain administratif et dans tout ce qui se rapportait à la guerre et à l'armée.

À mesure que les Romains entraient en relations avec les peuples voisins, ils étaient enclins à en adopter les usages et les éléments de culture, surtout si les idées religieuses et les formes de la vie sociale de ces peuples étaient déjà définitivement établies et donnaient depuis longtemps des résultats évidents. Les Romains étaient très exclusifs et inflexibles quand il s'agissait de leurs institutions civiles et de l'armée ; mais dans le domaine intellectuel et dans tout ce qui avait rapport aux mœurs et à la religion ils étaient beaucoup plus condescendants. On peut dire qu'aucun peuple ne subit si facilement que les Romains les influences étrangères, sur le terrain intellectuel et religieux. Les idées nouvelles ont toujours attiré leur attention et excité leur curiosité ; elles exerçaient de l'influence sur eux, même si elles étaient en absolue contra-

est arrivé à déterminer. Il a reconnu que non seulement les principes qui peuvent être attribués aux Étrusques, mais que les formes mêmes des actes de la vie civile ont la même origine „ — Étude sur les peuples anciens de l'Italie et sur les cinq premiers siècles de Rome par Clovis Lamarre, Paris, 1899.

[1]) Histoire des Romains depuis les temps les plus reculés jusqu'à l'invasion des Barbares, par M. V. Duruy ; nouvelle édition, Paris 1879, 8 V.ᵉ

diction avec leurs notions et leurs croyances. C'est ainsi, par exemple, qu'influencés par le culte des Étrusques, les Romains modifièrent leurs idées sur les esprits des trépassés et leur attribuèrent, contrairement à ce qu'ils faisaient précédemment, un caractère hostile à l'homme et crurent qu'ils étaient altérés de sang et de victimes. Il s'en suivit qu'on institua à Rome, à l'imitation des Étrusques, autour du bûcher ou du tombeau du mort, des combats de gladiateurs destinés à apaiser son esprit, en lui sacrifiant du sang et des vies humaines. Cette coutume conduisit, par la suite, aux combats de gladiateurs dans l'amphithéâtre et dans les cirques, passionnément aimés par les Romains.

Nous connaissons peu la religion des Étrusques, mais ce que nous en savons suffit pour nous permettre de déterminer combien elle diffère des cultes des peuples helléniques. Au lieu de la mythologie lucide et gaie des Grecs nous trouvons chez les Étrusques un penchant pour tout ce qui est ténébreux, terrible, mystique. Ils adoraient des dieux supérieurs et des dieux inférieurs; les premiers étaient cachés à l'homme; leur nombre, même leurs noms lui étaient inconnus. Les dieux inférieurs se rapprochaient davantage des dieux des Grecs et des Romains, ou du moins furent identifiés avec eux. Le caractère ténébreux du sentiment religieux des Étrusques peupla l'enfer de Furies, de Démons, qu'ils représentèrent sur leurs monuments en leur donnant un aspect effrayant et terrible. Le sort des mortels dépendait des bons et des mauvais génies; les premiers étaient représentés dans la peinture blancs; les seconds – noirs. Le culte des Étrusques était plein de superstitions; la divination, les prédictions avaient chez eux une grande importance. Ce caractère ténébreux de la mythologie étrusque se reflète en partie dans le culte officiel des Romains.

Les rapports que les Romains eurent avec les Étrusques maintinrent leurs superstitions [1]). L'organisation civile et religieuse de ces derniers avait déjà atteint un développement assez considérable alors que Rome n'était pas encore fondée.

[1]) Gaston Boissier. La Religion romaine d'Auguste aux Antonins T. 1 Paris 1874.

Malgré les emprunts, faits par les Romains aux Étrusques, de leurs idées religieuses, leurs cultes diffèrent pourtant beaucoup de la religion de ces derniers. Bien que le culte officiel de la Rome antique n'eût pas entièrement le caractère lumineux et esthétique, qui distinguait la mythologie des Hellènes, il n'avait pourtant par les côtés sombres qui effrayaient et anéantissaient le mortel; et malgré la tendance des Romains pour les superstitions jamais leur culte n'a produit une théocratie sévère et distincte, et les principes sociaux ont toujours triomphé chez eux, même dans les limites du culte officiel, des sentiments religieux. Le culte des Romains avait en général très peu le caractère d'une religion et subissait l'influence des croyances orientales qui contenaient bien plus de ce mysticisme, toujours si attrayant pour les hommes peu cultivés. Les prêtres n'étaient pas chez eux exclusivement voués au culte; ils n'étaient pas séparés des autres citoyens; ils ne s'en distinguaient pas, mais prenaient part aux affaires de l'État et occupaient souvent différentes fonctions publiques. En Asie et en Égypte les prêtres, au contraire, se tenaient éloignés du monde, des autres hommes; ils ne partageaient pas leurs sentiments; vivaient à l'écart, renonçaient à tout ce qui est mondain et ne s'occupaient que des choses du Ciel. Les fonctions religieuses absorbaient entièrement leur personnalité; ils formaient, pour ainsi dire une milice sacrée qui avait ses règlements, sa ligne de conduite, son costume à part. En Égypte, par exemple, les sacrificateurs vivaient séparément dans les temples, se refusant à tout travail manuel et consacrant leur vie à la contemplation, au service da la divinité. Dans le Sérapéum de Memphis, il existait un vérirable couvent, ainsi que l'ont prouvé les fouilles de ces derniers temps.

On sait jusqu'à quel point la culture du peuple hellénique a eu de l'influence sur la société romaine et sur son développement. Impossible de ne pas remarquer que les principaux traits de la civilisation des Romains se modifièrent après leur contact avec les Grecs des colonies de l'Italie méridionale. Quand les Romains purent mieux connaître les Grecs dans différentes circonstances: séjours prolongés de l'armée romaine en Grèce; voyages entrepris dans ce pays, ainsi qu'à cause de la présence à Rome de savants et de philosophes grecs, la littérature, la poésie, l'art des Romains reçurent une forte empreinte héllénique à l'exception de l'architecture civile et en partie aussi de l'architecture religieuse, dans laquelle ils restèrent toujours originaux. La langue grecque devient l'idiome des savants et des classes éclairées; sa connaisance la marque indispensable d'une bonne éducation.

La philosophie grecque aussi excitait à Rome un grand intérêt. Dès le II siècle avant l'ère chrétienne elle commença à se propager parmi les Romains, acquérant chaque jour une plus grande influence [1]), malgré la désapprobation et même l'hostilité du gouvernement.

Les emprunts que les Romains faisaient aux Grecs — plus civilisés qu'eux, quoique de la même race — des éléments de leur art, de leur philosophie, en général de leur culture, n'ont pas été en effet toujours approuvés à Rome, de même que la diffusion de la philosophie grecque dans cette ville. Les véritables patriotes ne considéraient pas la philosophie grecque comme capable de mener à un but pratique; selon leur opinion elle pouvait plutôt éloigner les citoyens de l'accomplissement de leur devoir, que les porter à le remplir. On comprend facilement que pour un grand nombre de Romains, même des classes éclairées, parmi lesquelles, à cause d'un patriotisme exagéré, ne cessaient de prédominer des idées étroites sur ce qui concernait l'activité intellectuelle ne conduisant pas à une utilité immédiate, le temps employé à des raisonnements spéculatifs, capables de rendre indifférent aux affaires de la patrie, était considéré comme du temps perdu. L'éloignement que quelques Romains avaient pour la philosophie pouvait provenir aussi en partie de ce que la Grèce, était alors en décadence; beaucoup de ceux qui venaient à Rome des pays helléniques ne se distinguaient pas par une haute moralité. La prévention des Romains contre les philosophes augmenta vers la fin de la république et dans les premiers siècles de l'Empire quand ces soi-disant sages simulaient l'indigence, le cynisme, feignaient

[1]) Ludwig Friedlaender, Darstellung aus der Sittengeschichte Roms, Th. III, Leipzig. 1873.

de dédaigner la richesse et souvent n'étaient rien moins que sincères.

Malgré l'hostilité des Romains d'ancienne trempe pour la philosophie, l'opinion que celle ci montre la bonne voie pour acquérir la connaissance du bien et de la vérité, qu'elle est indispensable à tout homme éclairé, non comme une distraction, mais comme un appui moral, comme le pain quotidien de l'esprit, était cependant répandue à Rome et en général partout où pénétrait la culture classique. Des personnalités, comme Cicéron, Sénèque, Persée, Musonius Rufus, Marc-Aurèle démontrent que dans la société romaine existaient des hommes pour lesquels la philosophie constituait un besoin essentiel. Selon l'idée de Sénèque, en prenant la philosophie pour guide, on s'élève au dessus des autres mortels et on approche de la divinité.

Nous savons aussi que les philosophes eurent de l'influence sur la culture de la société romaine en qualité d'éducateurs de la jeunesse et de conseillers des adultes, de maîtres de morale dans les écoles et de harangueurs du peuple. Bien des Romains des derniers temps de la république et des premiers siècles de l'Empire recevaient dans leurs maisons un ou plusieurs philosophes — c'était pour la plupart des Grecs — non seulement comme éducateurs de leurs enfants, mais aussi pour avoir toujours auprès d'eux un homme sage et éclairé, avec lequel ils pussent raisonner et dont ils eussent les conseils dans toutes les circonstances de la vie, profitant de son expérience et de son jugement. S'ils avaient quelque chagrin le philosophe les consolait. Il devait tranquilliser les âmes et préparer à la mort. Les philosophes accomplissaient quelques unes des obligations morales que de notre temps remplissent les prêtres; ils étaient utiles surtout aux victimes de la tyrannie. On sait que beaucoup de Romains d'un caractère ferme, condamnés à mort par l'Empereur, se consolaient et se préparaient à leur fin prochaine en conversant et en s'entretenant avec les philosophes. Ainsi Julius Canus condamné à mort par Caligula discute jusqu'à son dernier moment avec un philosophe sur l'état de son âme [1]). De même Rubelius Plautus [2]) atten-

[1]) Sénèque, Tranq. An. C. 14.
[2]) Tacite A. XIV, 59.

dant d'un moment à l'autre les soldats envoyés par Néron pour le mettre à mort, et refusant de chercher le salut dans la fuite, fut soutenu dans sa courageuse détermination par les philosophes Musonius Rufus et Ceranius qui le persuadèrent de préférer la mort à une vie agitée. Thraséas [1]), au moment où il recevait l'arrêt de mort de Néron, discutait avec le philosophe cynique Démétrius sur la nature de l'âme et sur sa séparation d'avec le corps.

La grande extension que prit la philosophie grecque à Rome, dans le dernier siècle avant l'ère chrétienne, n'est pas prouvée seulement par le nombre considérable de ses adeptes et par l'apparition d'une littérature philosophique, mais aussi par la formation d'une école stoïcienne dont les principales bases furent empruntées aux Grecs, mais développées dans le sens pratique par les Romains. En effet de tous les systèmes philosophiques grecs, la doctrine des Stoïciens devait plus que toute autre satisfaire aux exigences morales des Romains; et il n'est pas étonnant que beaucoup d'esprits forts, beaucoup de caractères indépendants, et tous ceux qui désiraient la réforme des moeurs appartinssent à cette école. On peut même dire que les personnalités les plus nobles de cette époque de décadence morale étaient des adeptes de la philosophie stoïcienne. Plusieurs d'entre ces hommes ont prouvé par leurs actions, par leur vie, quelquefois par leur mort, la sincérité de leurs convictions, puisant dans la philosophie des forces pour lutter contre l'iniquité triomphante et des consolations dans le malheur, dans les persécutions, au moment de la mort. Il faut pourtant remarquer que la philosophie n'avait pas à Rome un caractère spéculatif, mais bien ce caractère moral et pratique qui distinguait l'école stoïcienne. Savoir comment on doit agir pour que ce soit conforme à la morale constituait la principale préoccupation des philosophes tels que Sénèque, Marc-Aurèle, Epictète. Les ouvrages philosophiques romains, qui sont parvenus jusqu'à nous, appartiennent presque exclusivement à l'École stoïcienne. Nous savons pourtant que la doctrine d'Épicure trouvait à Rome aussi un assez grand nombre d'adeptes.

[1]) Tacite XVI, 34.

92

La plupart des philosophes vivant à Rome, et en général en Occident, étaient des Grecs. Même les philosophes romains, comme par exemple, Cornutus, Musonius Rufus, Marc-Aurèle, Favorinus et tant d'autres écrivaient en grec.

On est généralement enclin à rapprocher les Grecs des Romains, et à supposer à ces deux peuples une civilisation de même caractère. Mais cette ressemblance n'est qu'apparente[1]) et elle provient de ce que les Romains imitèrent les Grecs dans la littérature, dans la poésie, dans les arts, et en partie aussi dans les habitudes de la vie. Mais si on examine attentivement la culture des Romains, si on analyse ses principes, on verra clairement qu'elle diffère essentiellement de la civilisation hellénique et qu'elle ne présente pas un type aryen aussi pur que cette dernière. Les Grecs apportèrent de la patrie commune à tous les peuples aryens, des éléments poétiques et spéculatifs, dans une forme beaucoup plus vivante et plus féconde que les Romains. C'est ce que nous remarquons aussi chez les anciens Hindous, et c'est ce qui peut expliquer la ressemblance qui existe jusqu'à un certain point entre la poésie et la philosophie des Indiens et des Grecs.

Les Romains se distinguent des peuples helléniques par une direction différente de l'esprit, par un tout autre caractère. Nous voyons, par exemple, que chez les Grecs, et surtout chez les Athéniens, qui ont été les représentants du type le plus complet de la civilisation hellénique, dominait la tendance à sacrifier les intérêts communs aux intérêts personnels; le bien de la nation au profit du municipe; l'avantage du municipe à celui du citoyen[2]). Les Grecs laissaient à la raison humaine une complète indépendance, un libre essor. Chez les Romains tout était plus restreint, la liberté moindre, le cadre de la vie plus étroit que, par exemple, chez les Athéniens; le fils devait obéir inconditionnellement au père, le citoyen à l'État; tout était orienté en vue de l'avantage matériel. En Grèce la personnalité n'était pas subjuguée par l'État au même degré qu'à

[1]) Geiger, Ursprung und Entwickelung der menschlichen Sprache und Vernunft, erst. B., Stuttgart 1868.
[2]) Th. Mommsen, Römische Geschichte, Th. I, Berlin 1881.

Rome. Il faut exclure ici Sparte; les institutions sociales de cette
république se rapprochant beaucoup plus de celles de Rome
que de l'organisation civile d'Athènes. Jamais les Romains ne
firent d'efforts pour affranchir leur individualité: l'État était
leur principal souci, la première pensée de chaque citoyen: il
devait travailler continuellement pour l'État; lui sacrifier sa
liberté, sa vie, prendre soin de sa prospérité. Tous avaient
l'obligation de vivre de la même manière, et si quelqu'un agissait différemment il s'éloignait par là de la société et ne servait pas ses intérêts. Avec une telle organisation sociale la
personnalité était absorbée par l'État; elle s'anéantissait en
lui, et certainement les meilleures facultés de l'homme et ses
dons naturels étaient sacrifiés.

La religion des Romains, ainsi que celle des Grecs, avait
pour fondement les phénomènes de la nature, ses forces, ses lois
personnifiés dans des allégories et des symboles. C'est pour
cela que nous trouvons une grande ressemblance entre les dieux
grecs et les dieux romains. Malgré cette analogie ces deux
cultes pourtant devinrent nationaux et furent exclusivement
ou grecs ou romains. Les Grecs personnifiaient les phénomènes
de la nature dans des images divines d'une grande beauté.
Le culte des Romains avait un but plus pratique, plus utile;
leurs dieux protégeaient les travaux, les occupations. L'État,
l'individu, la maison, l'arbre; chaque objet, chaque idée avait
son génie [1]. Tout ce qui se faisait; les travaux agricoles, les
métiers; toutes les actions de l'homme: la naissance, le mariage, tous les événements de la vie étaient mis sous la protection d'une divinité distincte. Mais en même temps les dieux
des Romains avaient un caractère plus ténébreux, plus énigmatique, plus abstrait que les dieux helléniques aux formes
sublimes, dont l'origine surnaturelle n'empêchait pas leurs rapports avec les mortels. Les Romains en s'approchant de l'autel,
en célébrant des sacrifices, ou en prononçant le nom de la divinité dans leurs prières, baissaient la tête et la couvraient
d'un voile, Les Grecs élevaient librement les yeux vers le ciel.

[1] Preller, Griechische Mythologie, Berlin 1872; — Roemische Mythologie, Berlin 1858.

Mais ni en Grèce, ni à Rome le pouvoir civil ne s'unissait au pouvoir religieux et l'organisation sociale n'avait pas le caractère théocratique. C'est le trait distinctif de ces deux religions. Jamais chez les Aryens méditerranéens du monde antique la personnalité du souverain et celle du dieu n'étaient réunies; jamais l'adoration du potentat à l'égal d'un dieu ne devint un dogme religieux comme en Égypte et chez les peuples de l'Orient sémitique. Aucune trace chez les Grecs et les Romains d'une élection divine à la royauté; leurs souverains n'avaient pas le caractère divin ; ils étaient les maîtres de la ville, du pays, mais on les considérait comme de simples mortels ; le roi, chez eux, était un citoyen comme tous les autres. La nécessité d'avoir quelqu'un à la tête de la ville, du pays, de l'armée faisait seule du citoyen un roi.

XII.

Le Mysticisme.

Nous avons déjà pu voir qu'à cause d'une disposition particulière de l'intelligence des Égyptiens, des Sémites, et en général des peuples de l'Asie méditerranéenne, les idées religieuses prédominaient dans leur culture en absorbant l'activité de leur esprit. Leur art, leurs métiers, toutes les autres branches de leur civilisation se formèrent à l'ombre de la religion, pour la religion et en même temps qu'elle; elle se fondit pour ainsi dire avec leurs institutions sociales, avec l'administration du pays. La philosophie était de même chez eux soumise à la religion ; elle était reléguée au second plan aux mains des prêtres. L'indépendance de la pensée était inconnue à ces peuples. En Asie la philosophie se présente comme quelque chose d'incommensurable, d'immense, mais en réalité ses déductions sont insignifiantes; soumise à la religion elle ne peut se développer. La première condition pour que la philosophie puisse se manifester consiste dans la liberté de l'activité intellectuelle, qui n'est pas possible avec une idée préconçue, dérivant de la révélation et qu'on ne soumet pas à l'analyse; idée que contient chaque religion.

Chez les peuples asiatiques la vérité était cachée dans un sanctuaire inaccessible aux non initiés; elle devenait un instrument de pouvoir pour une minorité appartenante à une caste à part, et par conséquent obligée de respecter et de défendre les traditions et les cérémonies qui constituaient son essence et son charme. Si on détruit l'amour désintéressé pour la vérité on porte atteinte en même temps à la philosophie, et l'absence de celle-ci est toujours favorable à l'établissement du pouvoir despotique. La langue même des peuples asiatiques n'était pas créée pour exprimer des idées philosophiques et souvent elles sont rendues symboliquement et non dans des formes claires, plutôt par des allusions que par des explications directes.

Le mysticisme domine constamment dans les idées des Égyptiens et de beaucoup de peuples asiatiques. Incapables d'une déduction philosophique ils remplacent le raisonnement par les idées mystiques, car ce n'est pas la raison, mais les élans de l'âme qui sont la source du mysticisme, et généralement il devient chez eux le commencement et la fin, l'alpha et l'oméga de leur activité intellectuelle. Le mysticisme se substitue à la réflexion par la contemplation spirituelle, par l'inspiration, par l'enthousiasme religieux. Le mystique s'adresse à sa voix intérieure et non à sa raison pour expliquer chaque phénomène qui se présente à lui dans le monde physique et moral. Le mystique explique même ce que notre raison ne peut pas comprendre. Ses affirmations sont tout à fait individuelles; il ne peut pas prouver ce qu'il affirme, ni nous persuader, ainsi que le fait le libre penseur. Il faut le croire sur parole [1]. Une dose de mysticisme est certainement contenue dans toute religion, et quand la philosophie est basée sur des idées mystiques elle se rapproche beaucoup de la religion. Le mystique religieux ainsi que le mystique philosophe devinent l'énigme de l'existence, l'origine et le but de la création par

[1] Die Welt als Wille und Vorstellung von Arthur Schopenhauer, Leipzig 1859.

la contemplation spirituelle, par l'inspiration ; tandis que le métaphysicien se base sur les déductions de la raison ; mais il faut pourtant convenir, que tout système métaphysique, dans son développement, se rapproche du mysticisme. Les arguments de la métaphysique ne se basent pas sur l'expérience, et ne sont pas le fruit d'une investigation scientifique, mais bien le résultat d'inspirations spirituelles plutôt que de déductions logiques de la pensée, et se rapprochent par la même du mysticisme. Le mystique est en rapport direct avec un Etre, ou avec des êtres supérieurs, avec Dieu, ou avec des dieux, et il cherche la vérité dans ses relations avec eux par des moyens surnaturels se supposant inspiré d'en haut, donc en possession de la perfection qui exclut tout raisonnement. Le développement des idées mystiques n'est pas entravé par leur inconséquence; le mysticisme a sa logique qui est parfois en contradiction avec la vraie logique; il fait de l'homme une nullité, ou bien il l'élève à ce qu'il considère comme la perfection. Le mystique dédaigne la raison, en général tout ce qui est humain, l'esprit aussi bien que la matière. Celle-ci, selon, sa conception devient souvent un obstacle à l'union avec l'Être suprême, et par conséquent, un principe nuisible. Cette idée conduit directement à l'ascétisme, aux macérations de la chair, au renoncement de tout ce qui est terrestre, humain, à la condamnation des déductions de la raison et par suite de la science.

L'ascétisme, qui prédomine toujours sous une forme ou sous une autre, dans les religions et dans les systèmes philosophiques des peuples asiatiques, limite la pensée, l'entrave et nuit au libre examen. La macération de la chair, en vue de se rendre la divinité favorable, marche de pair, dans les religions orientales, avec la restriction du raisonnement.

Les idées mystiques apparurent, dans la philosophie grecque, dans la première période de son développement, ainsi que dans la période de sa décadence. Elles se manifestèrent toujours avec plus de force dans les philosophies et dans les religions de quelques peuples de l'Asie et des Égyptiens. Les Sémites, ou au moins certaines branches de cette race, qui ont élaboré des religions éminemment monothéistes, n'étaient pas mystiques. La conception qu'ils avaient de Dieu et leurs rapports avec lui sont devenus si simples, si clairs qu'aucune idée étrangère n'a pu se greffer sur celle de ces relations et permettre le développement du mysticisme. Il se manifesta dans les religions sémitiques quand celles-ci furent adoptées par des peuples aryens et modifiées par eux selon la tendance et la nature de leur esprit, perdant en même temps leur caractère exclusivement monothéiste. Le penchant pour le mysticisme se développa chez les Aryens dans la période de l'obscurcissement de leur raison. L'affaiblissement des facultés intellectuelles, ainsi que leur restriction par les idées religieuses, conduisent directement au mysticisme.

Le symbolisme est la langue habituelle du mysticisme. L'homme primitif, ou, en général, peu éclairé, embarrassé de déterminer les phénomènes d'ordre intellectuel, le fait en nommant, ou en représentant des objets matériels plus compréhensibles pour lui, pris dans le monde extérieur, empruntés à la nature qui l'entoure ; car il lui est plus difficile d'exprimer des idées abstraites, qu'il comprend avec peine, par des paroles, que de les définir par un objet ayant quelque analogie avec ces idées, ou s'en rapprochant par quelques traits de sa nature soit en réalité, soit dans son imagination. Il est donc enclin à expliquer par des signes et des figures, qui reçoivent ainsi un caractère symbolique, l'idée qui l'embarrasse. Le mystique peut exprimer et communiquer ses idées sur la divinité, ses rapports mystérieux avec les puissances célestes, qui ont pour lui un caractère indéterminé et ne sont pas compréhensibles aux autres, beaucoup mieux par des allusions, des paroles, des signes, des figures symboliques, que par une explication directe. C'est pour cela que la langue habituelle du mysticisme a été de tout temps le symbolisme, qui dominait toujours chez les peuples asiatiques, et prenait de l'importance dans le monde hellénique aux époques où les idées mystiques y prenaient un plus grand développement. Dans la belle période de la philosophie grecque les conclusions de ses penseurs, basées sur l'investigation et l'analyse, n'étaient pas exprimées symboliquement. Au contraire les philosophes des peuples asiatiques, qui se sont toujours distingués par leurs tendances mystiques, exprimèrent souvent leurs idées au moyen du symbolisme.

7

Chaque religion emploie plus au moins le langage symbolique; son caractère mystérieux donne parfois à la parole une signification qu'elle n'a pas réellement. Mais quand le symbolisme outrepasse les limites religieuses et pénètre dans la vie intellectuelle du peuple c'est l'indice évident du déclin ou du peu de développement, de son intelligence. On peut remarquer la prédominance du symbolisme chez quelques peuples du monde antique, par exemple, chez les Égyptiens. Rien de pareil ne se rencontre chez les Grecs de la belle époque.

Une des conséquences de la prépondérance des idées religieuses dans la vie. des Égyptiens et des Sémites c'est l'absorbtion de toutes les facultés intellectuelles du peuple et leur concentration dans la seule forme religieuse. Dans de telles circonstances la vie intellectuelle prend une direction exclusive. L'harmonie du développement spirituel est anéantie; la manifestation de toute nouvelle forme de vie n'est pas complète ou bien elle est impossible.

La vie sociale, au sens propre, n'existait pas dans les monarchies asiatiques. Le despotisme civil ou religieux formait généralement la base de l'organisation sociale de ces États, et le changement du souverain ne conduisait jamais à une plus grande liberté, à une forme plus libérale de gouvernement Chez les Sémites, par exemple, les lois civiles sont contenues dans les lois religieuses et elles émanent d'en haut comme une révélation divine.

Les peuples touraniens, qui apparaissent dans l'histoire comme des dévastateurs, comme des fléaux eurent des instincts sociaux moins élevés que les Sémites et les Aryens. Une excitation forte et subite entraîne les Touraniens et les rallie sous un drapeau quelconque; l'affaiblissement qui suit inévitablement cette excitation les disperse. Ainsi se formèrent et s'écroulèrent les monarchies de race touranienne dont l'organisation sociale fut un despotisme presque toujours cruel.

XIII.

Les facultés philosophiques chez les différents peuples.

La civilisation des Aryens méditerranéens du monde antique, c'est-à-dire des Grecs et des Romains est basée sur d'autres principes ; son trait distinctif consiste dans ce fait, que la religion n'y a pas un caractère prépondérant et n'y entrave pas le développement des idées philosophiques. C'est pourquoi l'homme en Grèce était plus libre et pouvait analyser sans idées préconçues les principes qui gouvernaient ses actions. Une investigation intelligente, indépendante de la religion, sérieuse, sans crainte des conclusions, en un mot–philosophique, ne se trouve dans le monde antique que chez les Grecs et les Romains. Ils ont créé des systèmes philosophiques, résultats de la libre activité de la pensée. Si dans la philosophie grecque primitive se trouvent des éléments empruntés aux religions des peuples asiatiques, comme par exemple, la métempsycose de la doctrine de Pythagore, ou la pénétrabilité universelle de la divinité du système d'Héraclite, ce n'est que comme données philosophiques, soumises à l'examen, et non comme dogmes religieux.

Le libre examen des phénomènes de la nature, la définition de la substance spirituelle de l'homme, et l'analyse de ses relations avec le monde extérieur, se terminant par des déductions basées sur l'expérience et le raisonnement, et non par la soumission à la divinité ne se trouvent dans le monde antique que chez les seuls Grecs. De même c'est chez eux seulement que nous voyons l'homme et la nature envisagés non comme des émanations divines, mais comme des phénomènes naturels et étudiés comme tels, en un mot nous trouvons chez eux l'activité intellectuelle se développant et tirant librement des conclusions sans prendre en considération les croyances populaires. Chez les peuples helléniques, contrairement à ce qui a eu lieu chez les Egyptiens et les Sémites, toutes les facultés de l'homme se développent dans une complète harmonie; à la vie intellectuelle des Grecs s'unit le sentiment religieux d'un caractère poétique, et il marche de pair avec le progrès de l'esprit sans l'entraver. Seuls les penseurs de la Grèce antique ont aimé la vérité uniquement pour elle-même.

Cette tendance au raisonnement spéculatif peut être remarquée non seulement chez les Grecs et les Romains, mais chez tous les peuples de race aryenne. Déjà aux temps les plus reculés les Aryens unissaient les idées philosophiques au sentiment religieux. Ainsi, par exemple, dans un des chants du Rigvéda [1]) il est dit: " qui sait, qui peut dire d'où vient tout ce qui est créé; cela est connu seulement par celui qui du haut des cieux regarde tout ce qui est créé; et peut être lui-même ne le sait pas. „

Malgré les différentes conditions de la vie et du développement intellectuel tous les peuples de race aryenne, c'est-à-dire, les Hindous, les Perses, les Latins, les Slaves, les Germains, les Celtes, quand ils ont atteint un certain degré de culture, sont plus capables de raisonnement spéculatif que les Sémites et les peuples des autres races. Nous trouvons dans leur religion, plus ou moins, des données philosophiques et des éléments de métaphysique; tandis que les religions des peuples sémitiques sont toujours pauvres en idées spéculatives et métaphysiques, et leur forme en est très simple. Les Sémites se distinguent en général par de profondes convictions dans le domaine de la pensée; les Aryens, au contraire, par le doute, qui est la condition indispensable à l'activité de l'esprit, par conséquent au progrès. A leur tour les Sémites, plus que les peuples de race touranienne, sont capables de développer les sciences, d'apprécier leurs avantages; sont doués de goûts artistiques plus raffinés, d'un sentiment poétique plus élevé, d'un plus grand amour pour le beau; et ils ont davantage le sens politique et social.

Les Aryens avant tout dirigent leurs forces vers la connaissance du monde qui les entoure, de la nature, et ensuite

---

[1]) Siebenzig Lieder des Rigvéda übersetzt von Karl Geldner und Adolf Kaegi, mit Beiträgen von R. Roth, Tübingen 1875.

seulement vers la découverte de Dieu. Des idées philosophiques s'unissent toujours, à mesure que leur pensée se développe, à la conception de la divinité. S'appuyant sur les déductions de la raison ils prouvent ou ils réfutent l'existence de Dieu. Les peuples aryens ont toujours eu plus de penchant pour le polythéisme et pour le panthéisme que pour le monothéisme, car dans les deux premières formes religieuses il y a plus de place pour le développement des idées philosophiques que dans la dernière de ces formes. Le monothéisme, élaboré par plusieurs peuples sémitiques dans l'époque primitive de leur culture, dès les premiers pas faits dans la vie intellectuelle, est la forme religieuse la plus simple ; elle tranche ou résout toute question spéculative, et arrête par là toute activité de la pensée ; aussi n'a-t-elle jamais pu satisfaire les peuples de race aryenne. En empruntant aux Sémites une religion éminemment monothéiste, les Aryens y introduisent ordinairement des idées religieuses, qui leur sont propres, et qui permettent de développer des données spéculatives et de morceler, pour ainsi dire, la forme absolument monothéiste en y greffant des principes polythéistes. C'est ce qui a toujours eu lieu quand parmi un peuple aryen s'est répandue une religion sémitique. Nous savons que la doctrine chrétienne a été élaborée et complétée par des Aryens, et d'abord par les Grecs et les Romains, selon la nature de leurs facultés mentales et leurs tendances philosophiques. L'établissement des dogmes chrétiens s'est effectué sous l'influence de ce rapprochement des idées aryennes avec le principe sémitique, qui se trouve à la base du christianisme. Un des principaux centres de ce travail fut Alexandrie d'Egypte, qui alors était aux confins du monde aryen et du monde sémitique. On sait que le dogme de la Trinité a commencé à se former dès la seconde moitié du IIᵉ siècle à Alexandrie et s'est définitivement constitué à la fin du IVᵉ siècle [1]), c'est là que le logos de Platon contribua à former la conception du Saint-Esprit. De même, quand des sectes chrétiennes prirent naissance aux premiers siècles dans un milieu aryen, leur doctrine reçut un principe

[1]) Dans l'art chrétien le dogme de la Trinité apparaît au Vᵉ siècle pour la première fois, dans le bas-relief d'un sarcophage qui se trouve au Musée du Latran, sous la forme de trois vieillards.

102

moins absolument monothéiste et prit une teinte philosophique. On peut le dire surtout de la plus importante des sectes chrétiennes, la secte gnostique. Les Aryens donnèrent à la doctrine chrétienne cette élasticité qu'elle n'avait pas primitivement, en y introduisant leurs propres idées.

Nous savons aussi que les Perses en adoptant l'Islamisme le transformèrent, comme nous l'avons déjà vu, selon la nature de leurs idées, à l'époque des Abbassides. Le Babisme [1]), — secte qui est apparue au siècle passé en Perse — peut être considéré comme le retour de l'esprit d'un peuple aryen, du monothéisme de l'Islam vers des idées de caractère panthéiste.

Les religions panthéistes et polythéistes, capables d'adopter une plus grande somme d'idées philosophiques que le monothéisme, étaient plus conformes au caractère des Aryens; et nous voyons que les religions qui se formèrent parmi eux étaient polythéistes et panthéistes et non monothéistes.

Quelques uns des peuples sémitiques parvinrent sans aucun effort à l'idée d'un Dieu unique. Ils arrivèrent à cette conclusion non au moyen du raisonnement philosophique, mais par la contemplation des phénomènes de la nature et par l'influence exercée par celle-ci sur leurs esprits. Le désert — berceau des principales branches du tronc sémitique — a toujours été propice à l'éclosion des idées monothéistes. En séparant facilement sa personnalité de la nature, monotone et stérile, le Sémite est arrivé très promptement à cette conclusion: Dieu est le créateur de la nature, du monde. Le monothéisme des Sémites a été une de leurs premières idées claires et lucides. La nature, pour le Sémite, ne vit pas; il n'y a que lui et son Dieu qui vivent. Chez les Aryens, au contraire, la nature est animée, inspirée. Si l'analyse des noms des dieux des Aryens méditerranéens du monde antique fait découvrir dans ces noms des phénomènes et des forces de la nature, les appellations des dieux des Sémites expriment des idées de domination absolue, d'éternité, de toute puissance [2]). Les Aryens primitifs

[1]) Les Religions et les Philosophies de l'Asie centrale par Mr le Comte de Gobineau, deuxième éd. Paris, 1866.
[2]) E. Renan, Journal asiatique, Février-Mars 1859.

n'ont pas séparé si promptement que les Sémites leur personnalité de la nature; longtemps ils ont divinisé leurs propres sentiments. Leur culte était l'écho de la nature. Dans les idées religieuses des peuples de race aryenne se manifestait aussi constamment le penchant à réunir toutes leurs divinités dans un seul Dieu suprême; mais c'était plutôt un travail philosophique que théologique. Plusieurs des penseurs du monde antique marchèrent vers ce but et arrivèrent à l'idée du Dieu unique par le raisonnement philosophique, et cette idée ne prit pas alors le caractère d'une révélation, d'un dogme, mais d'une conclusion de la raison, toujours soumise à l'analyse, à la vérification, et pouvant être réfutée. Le monothéisme dogmatique comme par exemple, chez les Hébreux et les Arabes, et non philosophique comme chez les Grecs, exclut toute activité spéculative. Entre le monothéisme de Socrate et de Mahomet existe cette différence que le philosophe grec arriva à cette idée par la voie de la contemplation philosophique des phénomènes de la nature, du monde extérieur; tandis que chez le prophète arabe cette même idée surgit à l'aspect et sous l'influence de la nature du désert, dans lequel il vivait et qu'il prit pour une révélation divine. Socrate était au dessus des influences de la nature qui l'entourait et il en était affranchi par les conclusions de sa raison. Mahomet, au contraire, ne put pas se libérer de ces influences et leur resta soumis. Le monothéisme philosophique des Grecs n'anéantit pas leurs idées spéculatives; au contraire il les développa. Les peuples aryens élaborèrent le monothéisme par la philosophie, ne s'arrêtant pas à cette conception, mais continuant à méditer.

La masse du peuple, dans laquelle, — ainsi que dans toutes les classes peu eclairées — domine toujours une plus grande disposition pour les dogmes que pour les idées philosophiques, fut constamment portée — même parmi les Aryens — à adopter, quand elle vint à les connaître, les religions sémitiques qui contiennent bien moins d'idées philosophiques que les aryennes; et cela sourtout à l'époque de l'affaiblissement de la foi dans les anciens dieux. Les divinités des Aryens semblèrent trop insignifiantes aux couches peu éclairées de la société aryenne, quand elles connurent les dieux sémitiques.

L'intolérance et le fanatisme des peuples sémitiques est une conséquence directe de leur monothéisme dogmatique. Les Aryens avant d'adopter des religions sémitiques, ne connaissaient ni le prosélytisme, ni l'intolérance. Les peuples aryens conquérants, comme par exemple, les Perses et les Romains, toléraient, protégeaient, quelquefois même adoptaient les religions des peuples qu'ils soumettaient. Les Aryens, en général, n'ont pas créé des religions fanatiques, et jamais ils n'ont considéré leurs cultes comme étant d'une vérité absolue ; leurs croyances n'étaient pour eux que des convictions relatives, l'héritage des ancêtres, des races. C'est pour cela que chez eux seuls a pu se développer librement l'esprit investigateur, et l'analyse intellectuelle porter ses fruits sans obstacle. Au contraire les Sémites, qui ont fondé des religions universelles, indépendantes des peuples et des pays, excluant l'élément philosophique contenu dans les cultes aryens, devaient considérer comme imparfaites toutes les religions excepté celle qu'il professaient et qu'ils s'efforçaient de répandre. L'intolérance — conséquence de l'exclusion de toutes les religions au profit d'une seule — est ainsi la particularité de l'état d'esprit des Sémites et a été transmise par eux aux Aryens avec leurs religions. Mais même en adoptant une religion sémitique, les peuples aryens ont rarement atteint le degré d'intolérance des Sémites, précisément parce que parmi eux, domine presque toujours, un coup d'oeil philosophique plus étendu, accompagné d'une plus grande liberté de pensée. Le sentiment religieux étant plus fortement accentué chez les Sémites, et la religion recevant à cause de cela des formes déterminées et un caractère dogmatique leur pensée est entravée dans son développement.

Aux peuples sémitiques appartiennent surtout les révolutions religieuses qui se sont accomplies dans l'histoire [1]). Le progrès de la pensée n'était pas entre leurs mains. Les Aryens, au contraire, produisirent des mouvements philosophiques et se distinguèrent par leur peu de religiosité; on peut le dire surtout des Aryens européens. Excepté le Bouddhisme toutes les religions, comme Judaïsme, Christianisme, Islamisme, sont

[1]) E. Renan. Études d'Histoire religieuse.

sorties des centres sémitiques. Les Aryens se sont montrés tout à fait incapables de créer des religions et leurs cultes n'ont pas eu de force expansive, excepté, cependant, le Bouddhisme, qui en s'éloignant de sa source et étant adopté par des peuples de race touranienne perdit son caractère primordial. Les races aryennes ont principalement une disposition d'esprit qui les conduit plutôt au raisonnement philosophique qu'à la croyance inconditionnelle. L'activité de leurs facultés intellectuelles les porte à des conclusions spéculatives. C'est à cause de cela aussi que les Aryens, en ce qui concerne la religion, furent toujours soumis aux Sémites, car les idées philosophiques ne peuvent satisfaire que les classes éclairées de la société, tandis que la majorité, c'est-à-dire la partie de la population qui est privée de connaissances, cherche dans la religion toujours la solution des questions qui se présentent à son esprit. Non satisfaits de leurs cultes, les Aryens furent enclins à en emprunter aux Sémites. C'est ce que nous avons vu dans le monde antique en Grèce, où les mystères, dans lesquels se reflétaient, ainsi que nous l'avons déjà dit, les idées des religions orientales, dominaient les esprits, et aussi dans l'ancienne Rome, inondée dès les premiers temps de l'Empire et même avant cette époque par les cultes des pays asiatiques.

Cette direction philosophique, particulière à la pensée des peuples aryens, leur penchant pour l'investigation et l'analyse de tout ce qui se présente à leur esprit, de toutes les manifestations du monde moral et matériel mirent une diversité très marquée entre le développement religieux et social des Aryens et celui des peuples d'autres races. À mesure que leur civilisation avançait, par les connaissances qu'ils avaient acquises, les peuples de race aryenne modifièrent leurs religions originelles, ou celles qu'ils avaient adoptées. De cette manière s'accomplirent plusieurs réformes. Rien de semblable chez les Sémites. Par suite des changements qui s'étaient opérés dans les croyances des Aryens, leurs institutions sociales purent aussi se transformer quand elles étaient basées sur la religion. L'organisation civile des Sémites, des Egyptiens et des peuples asiatiques, au contraire, resta immuable, plusieurs siècles, ainsi que leurs croyances, dans la forme déjà élaborée, despotique

106

ou théocratique et ne se désorganisa que sous l'influence de causes extérieures, par exemple par l'anéantissement d'un État par un autre. Nous voyons que l'organisation sociale des Grecs et des Romains subissait continuellement des changements; qu'elle était pour ainsi dire toujours en travail; que constamment elle devait accepter de nouveaux principes et les élaborer. La même remarque peut être faite au sujet des peuples européens contemporains. Le développement de la liberté civile constitue invariablement le souci de toutes les branches du tronc aryen en général, et c'est pour cela que leur organisation sociale n'est jamais en repos, que leur société est constamment agitée par la solution de nouvelles questions de cet ordre. Chez les peuples non aryens nous ne voyons rien de semblable, et jamais parmi eux n'apparaissent les aspirations à une organisation sociale plus libérale.

Les Finnois et les Hongrois constituent une exception. Ces deux peuples appartiennent à la race touranienne; mais ils possèdent les facultés qui permettent un développement philosophique non basé sur le principe religieux, l'affranchissement de la pensée des entraves de la foi et le progrès dans les institutions sociales. Les Finnois, en outre, ont créé un poème épique remarquable — le Kalevala — pareil à ceux qu'on trouve chez les Aryens, mais à l'exception de ce fait, on peut expliquer le caractère aryen du développement des Finnois et des Hongrois, par leur mélange avec des peuples de race aryenne — les Finnois avec les Suédois; les Hongrois avec les peuples germaniques et slaves qui les entourent. Il est difficile, en général, de trouver un peuple de race touranienne qui soit parvenu à des institutions libérales, à un haut degré de culture, sans qu'un mélange de sang aryen ne se soit produit dans ses veines, ou bien sans que l'influence de la civilisation aryenne se soit fait sentir. De même, l'abaissement, ou seulement un arrêt dans la marche du développement d'un peuple de race aryenne se manifeste quand il y a alliage avec des peuples de race sémitique ou touranienne.

Dès que des peuples aryens s'affranchissent jusqu'à un certain point des lois religieuses il se forme parmi eux une morale qui s'appuie uniquement sur les idées philosophiques, qui en appelle à la nature même de l'homme, et cherche en elle son soutien ; c'est ce qui ne se rencontre pas, nous l'avons vu, chez les peuples non aryens. Une exception, bien qu'incomplète, est constituée par les Chinois. Chez eux s'est élaborée une morale non religieuse, dans la doctrine de Confucius, basée sur le raisonnement et non sur une révélation surnaturelle, idée tout à fait étrangère aux Chinois [1]). Les principes moraux qu'il a établis proviennent de cette source; il ne fut pas, comme nous le savons, le fondateur d'une religion, ni même d'un système philosophique; sa morale a le caractère pratique qui découle de l'expérience. La doctrine de Confucius consiste dans une réunion de préceptes moraux, politiques, administratifs, même économiques; elle ne contient pas l'analyse des phénomènes du monde extérieur et des rapports de l'homme avec la nature. Confucius établit pour principe qu'il ne faut pas rechercher l'origine des choses. Sa doctrine est exclusivement morale. Chez les penseurs grecs les préceptes moraux font partie des systèmes philosophiques; dérivent de ceux-ci; tandis que chez Confucius les enseignements moraux forment la substance de sa doctrine. On ne peut pas dire, pourtant, qu'elle ait un caractère très élevé.

La doctrine d'un autre sage chinois-Lao-Tze-ne contient pas non plus la plus minime partie de libre analyse, mais uniquement un panthéisme mystique exposé avec très peu de clarté [2]), et dans lequel on remarque les traces de l'influence de la philosophie hindoue.

Les sources de la philosophie chinoise sont, en général, les exemples des ancêtres et les lois qu'ils ont établies; elle contient surtout des observations pratiques, des règles de la vie, des conseils de sagesse, d'arides raisonnements moraux. La morale des Chinois n'est que l'observation d'un cérémonial établi et leur culte que le respect des ancêtres. La passion et le pathétique disparaissent dans le système chinois pour céder la place au calcul du devoir; la famille disparaît comme af-

[1]) Weber, Allgemeine Weltgeschichte; James Legge, Life of Confucius. London 1867; — O. Peschel, Völkerkunde, Leipzig 1875; — V. Cousin, Histoire générale de la Philosophie.
[2]) Abel Remusat, Mélanges asiatiques.

108

fection en devenant institution ¹). L'esprit des Chinois ne s'é-
lève pas plus haut. On peut dire sans exagération que leurs
regards n'ont jamais été dirigés au-dessus de la terre, et que
leur vie intellectuelle n'a pas dépassé les limites que les cultes
établis ont posées, qu'elle n'a pas outrepassé les formes et les
lois consacrées par la tradition. La liberté, l'indépendance, le
doute — conditions indispensables à toute culture véritable —
n'ont pas de place dans le développement des Chinois et sont
considérés comme des aspirations nuisibles qu'il faut maîtriser
et étouffer dans l'intérêt de l'État. Les préceptes de vertu
pratique, les principes de la vie publique et privée, d'économie
politique, d'agriculture constituent la sagesse antique glorifiée
par les Chinois. La religion n'entrave pas chez eux l'activité
intellectuelle, ni le libre examen, mais étant un peuple de race
touranienne ils se sont montrés incapables d'un raisonnement
philosophique. De même la libre investigation de la nature,
l'indépendance vis-à-vis d'elle n'ont pu conduire les Chinois plus
loin que les sciences appliquées. Dans la vie sociale ils se sont
arrêtés au despotisme patriarcal.

Une telle disposition intellectuelle et sociale des Chinois,
favorable au progrès des connaissances pratiques, de l'agriculture, de l'industrie ; à l'organisation d'une administration perfectionnée — que beaucoup de peuples aryens ne possédèrent
que très tard — fut, au contraire nuisible à l'art et à la poésie.
L'aspiration d'un vrai artiste, c'est-à-dire le désir d'incorporer
dans la nature une idée, d'animer la matière, de transporter
l'idéal dans la réalité, est entièrement inconnue aux Chinois.
C'est pour cela que nous trouvons chez eux une technique
excellente, tandis que leur art est très peu développé ; les
ornements sont très nombreux dans l'art chinois, mais la
beauté y est absente. En Chine on voit une imitation servile
de la nature, mais aucune puissance créatrice ; tous les détails
sont exécutés avec une sollicitude étroite, un timide souci de
l'exactitude, mais l'ensemble manque de vie. L'artiste doit
exécuter ses oeuvres sans consulter ses goûts personnels, sans

¹) L'Avenir de la Science ; Pensées de 1848 par E. Renan ; — Cours
de littérature dramatique, T. Iᵒ ch. XVII, Saint-Marc Girardin.

obéir à sa propre inspiration, obligé qu'il est de se conformer aux anciennes tradition. Les règlements des ouvrages artistiques sont même aussi minutieusement rédigés par l'état que les règles pour la construction d'un tuyau de cheminée, ou pour le creusement d'un canal. Le progrès de l'art dans de telles conditions est donc impossible.

Les Chinois n'ont pas d'aspirations idéales; ils se contentent de ce que leur offre la réalité journalière. Leur didactique lyrique contient surtout des sentences morales et des règles de la vie ordinaire. Les plus hautes exigences de la morale des Chinois — la modération, l'abstention de tout excès — leur servent de guide même dans la poésie; ils y évitent l'entraînement, comme dans la vie, ils s'efforcent de refréner l'agitation des sens, et c'est pour cela que le trait distinctif de leur poésie est un calme qui va jusqu'à la froideur. Un jugement sain, l'amour d'une vie régulière retiennent les Chinois des excès dans les jouissances, mais les préservent aussi de tout enthousiasme. Leur littérature n'a pas d'idéal; leur sens pratique les dirige vers le commerce, les pousse à rechercher le confort de la vie. Le formalisme, établi par la loi, et qui enveloppe comme un étui toutes les manifestations de l'existence de ce peuple, le prive de la possibilité de progresser et a causé sa torpeur intellectuelle, l'immobilité de son existence qui sont si fortes que même la conquête de la Chine par d'autres peuples n'a pu les ébranler. La culture chinoise se distingue, à cause de cela, par une tendance matérialiste, par le manque de sentiment poétique et d'instincts artistiques, et par de grandes dispositions pour les arts mécaniques et pour les sciences appliquées aux métiers.

Le développement de ce qu'on nomme, au sens propre, la philosophie est minime chez les Chinois. On ne peut donc pas affirmer qu'ils ont une morale dérivant d'un haut raisonnement spéculatif, comme les Grecs et les Romains, mais ils ont uniquement des préceptes moraux, basés sur des idées puisées à la vie pratique.

Il faut dire, que si les Aryens se développent davantage, ils le font en général plus lentement que les peuples sémitiques et touraniens. Les Égyptiens, les Sémites, les Assyriens, les Chaldéo-Babyloniens, les Chinois ont devancé les Aryens dans beaucoup d'arts mécaniques, dans tout ce qui se rapporte au confort et au bien-être de la vie, même dans le développement intellectuel; ce ne fut qu'au VII^è siècle avant l'ère chrétienne que les Aryens méditerranéens, c'est-à-dire les Grecs, parvinrent à des résultats importants dans le domaine de la pensée. Comme dans la vie de chaque individu plus son progrès intellectuel est lent, plus il est complet [1]), de même dans la vie des peuples plus le développement de l'un d'eux est lent, plus sont importants les résultats auxquels il atteint avec le temps. Les Celtes, les Germains, les Slaves, par exemple, ne se sont pas développés aussi promptement que les Arabes. Quelques unes des branches du tronc slave ne peuvent jusqu'à présent être considérées que comme à demi civilisées. Mais il faut pourtant remarquer, que même ces peuples aryens, possèdent les facultés nécessaires pour atteindre à une culture supérieure et les germes d'un développement philosophique. Même aux périodes de décadence, l'activité intellectuelle ne cesse jamais chez les Aryens, richement doués par la nature de facultés intellectuelles et d'une disposition d'esprit qui les porte à l'analyse, ce que ne possèdent pas les peuples des autres races. Le doute, les recherches continuelles distinguent tous les Aryens. Suivre la raison, selon l'idée des philosophes aryens, c'est se conformer à une loi qui n'a rien d'absolu, rien d'arbitraire, qui ne dépend ni de l'imagination, ni du sentiment.

Si la culture aryenne subit un arrêt pendant un certain temps, elle est continuée, après plusieurs siècles, par d'autres peuples de même race qui héritent de la civilisation de leurs prédécesseurs. Nous ne voyons rien de pareil parmi les peuples sémitiques; les Arabes par exemple, n'ont pas eu de succes-

---

[1]) On sait que jusqu'à l'âge de 14 ou 15 ans les Sémites se développent intellectuellement beaucoup plus vite que les Aryens, et sous beaucoup de rapports les devancent, mais ensuite le développement des premiers s'arrête et prend une forme déjà définie, tandis que les Aryens continuent à avancer et l'époque de la formation définitive de leurs idées arrive plus tard. On a même observé plusieurs fois que le crâne des Sémites prend sa forme définitive quelques années plus tôt que celui des Aryens.

seurs ; les Grecs, au contraire, ont pour héritiers les Aryens contemporains d'Europe. La culture des Égyptiens et des peuples sémitiques présente un exclusivisme très marqué ; celle des Aryens se distingue par un caractère universel et n'est pas basée sur la religion, mais sur des données philosophiques. Les Sémites parviennent quelquefois à un haut degré de civilisation, mais elle s'arrête dans les étroites limites de leur nationalité et disparaît avec le peuple qui l'a élaborée, en ne léguant que très peu à la culture des siècles suivants. C'est ce qu'on peut constater dans l'ancienne Égypte, chez les Hébreux et chez les Arabes, tandis que les conséquences de la civilisation d'un peuple aryen quelconque, profitent, plus ou moins, à tous les peuples de la même race. Les résultats de la culture des Grecs sont devenus la propriété de tous les Aryens unis entre eux beaucoup plus que ne le sont les Sémites, et ce qu'un de ces peuples n'a pas pu élaborer, le sera par un autre. Rien de semblable ne se voit chez les peuples non aryens.

L'activité intellectuelle, l'initiative, la soif de connaissances, l'aspiration vers la perfection, voilà les principaux traits du caractère d'une des branches les mieux douées, du tronc aryen, c'est-à-dire des Grecs anciens. Quelques uns des peuples non aryens se distinguent aussi par leur activité ; mais elle n'est pas égale ; elle est fiévreuse, passionnée, se manifeste après une longue apathie et alterne avec celle-ci. Les seuls Égyptiens et les Chinois constituent une exception. La marche de leur civilisation est très calme, positive, mais en même temps restreinte. L'activité des Grecs pendant une longue série de siècles fut constante, égale — conséquence des impérieuses exigences de la raison.

La culture grecque présente beaucoup de côtés brillants, étincelants et au premier coup d'oeil on pourrait la croire superficielle, en comparaison de la civilisation de quelques peuples non aryens du monde antique, par exemple des Égyptiens, dont la culture contient des principes positifs, raisonnables, stables. Mais cet éclat de la culture hellénique ne lui ôte pas son caractère sérieux. L'esprit des anciens Grecs était tout aussi profond que brillant. Ceci s'explique par les facultés des peuples aryens; facultés qui se manifestent beaucoup plus complètement chez les Grecs que chez les autres branches du tronc aryen. Il ne faut pourtant pas perdre de vue la nature au milieu de laquelle vivaient les Grecs. Elle obligeait l'homme à développer ses forces sans les opprimer, et en même temps elle ne l'accablait pas de ses bienfaits énervants et affaiblissants, ne l'affrayait pas par des phénomènes terrifiants qui étonnent et imposent. Dans cette activité, dans ce continuel exercice de ses forces, l'habitant des rivages septentrionaux de la Méditerranée concevait une idée plus définie de sa supériorité sur la nature, de sa propre importance, de sa dignité personnelle.

Chez les Aryens les lois civiles sont par elles mêmes indépendantes; tout ce qui est laïque a droit à la considération. La loi est l'expression de la volonté de tous les citoyens. Le Sémite se tient à l'écart dans sa maison qu'il cache et interdit au monde extérieur; il vit pour lui même, gardant jalousement les traditions et les croyances de sa nation.

Les formes civiles de la société aryenne changent et souvent elles s'améliorent; les anciennes, qui ont déjà fait leur temps, sont abandonnées et remplacées par des nouvelles; et s'il y a chez eux des périodes de décadence, il y a aussi la possibilité de regagner le terrain perdu et de progresser. La société sémitique ou touranienne, au contraire, s'arrête aux formes de la vie sociale, c'est-à dire patriarcale, déjà établies, et si elle les abandonne c'est pour accepter un despotisme plus complet ou bien pour tomber dans l'anarchie.

XIV.

Les Hindous.

Les tendances philosophiques des peuples aryens, leur facile compréhension des phénomènes du monde moral et physique, leur esprit lucide ont pu, sous l'influence de causes particulières, perdre leur force, tomber en décadence, ou bien se développer d'une manière irrégulière et anormale. Ainsi nous voyons, que la culture de deux peuples Aryens — les Perses et les Hindous — s'écarte du type de civilisation des autres branches de la même race, et n'est pas développée dans le même sens que celle des Grecs, des Romains et d'autres peuples aryens européens.

Le développement philosophique et intellectuel, indépendant de la religion, et qui se base non sur elle, mais sur l'observation et l'analyse, sur les libres déductions de la raison humaine; ainsi que la continuelle recherche de nouvelle formes d'institutions civiles, capables de procurer la plus grande somme de liberté possible dans la vie sociale, ces principaux traits de la culture des peuples aryens ne se trouvent ni chez les Perses, ni chez les Hindous, quoiqu'ils appartiennent à la race aryenne. Cet écart du type, que ces peuples auraient dû avoir en vertu de leur nature intellectuelle et de la disposition de leur esprit, s'explique par l'influence de causes exceptionelles sur leur vie et sur leur développement.

La branche du tronc aryen qui s'établit dans l'Inde [1]), séparée du reste du monde, isolée, abandonnée à elle même [2]), habitait sous un ciel ardent, dans un pays riche en produits qu'on obtient presque sans travail; au milieu d'une nature qui surprend et effraie l'homme par des phénomènes d'une puissance extraordinaire, plutôt qu'elle ne l'excite à l'activité. Tout est démesuré dans l'Inde, les montagnes aussi bien que les fleuves; la végétation prend des proportions gigantesques; les phénomènes de la nature, les tempêtes, les ouragans agissent avec une terrible force destructive; les forêts aux arbres géants sont peuplées d'animaux féroces. Les beautés de la nature dans l'Inde frappent l'individu, mais en même temps cette nature le subjugue par son ardeur, par sa splendeur, par l'inépuisable richesse de ses formes, et elle le conduit à la mollesse à l'enivrement, à la prostration. Dans un tel milieu, l'homme s'affaiblit, s'anéantit, redoute de manifester sa personnalité devant le monde extérieur, se prive de la possibilité d'avoir des rap-

[1]) Lassen, Indische Alterthumskunde, erst, B.
[2]) Max Müller, Introduction to the Science of Religion with two Essays on False Analogies and the Philosophy of Mythology, London 1873.

ports libres avec la nature, d'analyser ses phénomènes; aspire à disparaître dans le tout universel et devient enclin à la passivité, au repos, à la contemplation, à la rêverie, aux visions, aux fantaisies, et perd en même temps toute aptitude à saisir la réalité [1]. D'un autre côté, les phénomènes constamment alternés de la naissance, du développement et de la mort, ainsi que la grande variété du règne animal, riche en formes, et la végétation qui dans l'Inde envahit tout, éveillent chez ses habitants des idées panthéistes.

Les Hindous sont absorbés par des systèmes spéculatifs, et c'est le trait distinctif de leur vie intellectuelle. En s'abandonnant aux rêveries d'une puissante imagination, qui subjuguait leur raison, ils peuplèrent le ciel, l'air et la terre d'un nombre infini de divinités et d'âmes qui émigrent de corps en corps. Leur principale pensée c'est de deviner l'existence, l'origine et le but de la création. La vie terrestre n'a jamais attiré leur attention au même point que l'au-delà; ce qui était avant la naissance, ce qui sera après la mort. Dans l'aspiration exclusive de leur pensée vers l'existence divine et spirituelle, qu'ils considéraient comme la seule vraie, les Hindous s'éloignaient des impressions variables du monde extérieur. L'existence terrestre leur apparaissait comme un rêve qui s'évanouit et devenait pour eux un sujet de doute, tandis que la vie future était hors de doute. C'est à cause de cela qu'ils ne parvinrent pas à l'étude de la nature — principal fondement de la science. La métaphysique fut la sphère préférée de leur activité intellectuelle.

La richesse des formes de la nature dans l'Inde, excitant la fantaisie de l'homme, donnait donc à l'imagination la prépondérance sur la raison, déjà affaiblie par l'action du climat [2]. La littérature hindoue est riche en productions poétiques, dans lesquelles la fantaisie se donne pleine carrière; on écrivait des poèmes sur les sujets les plus abstraits, les plus arides. Les ouvrages en prose sont au contraire très rares chez les Hindous. Dans les poèmes des autres peuples aryens jamais l'imagination ne s'écarte autant de la réalité, ne s'abandonne à des

[1] Weber, Allgemeine Weltgeschichte.
[2] H. Th. Buckle, History of Civilisation in England, V. I, Sec. ed. London 1858.

fantaisie aussi effrénées que dans les poëmes hindous. Même les philosophes de l'Inde en traitant des questions abstraites et métaphysiques emploient des comparaisons et des métaphores. Cette prépondérance de l'imagination dans les idées des Hindous conduisit à une restriction de l'action de la raison et à la paralysie de ses forces. À cause des influences extraordinaires du climat, la philosophie ne pouvait donc pas se développer librement parmi les Aryens qui s'étaient établis dans l'Inde, et elle s'unissait au sentiment religieux. La disposition philosophique innée chez tous les peuples de race aryenne, se transforma chez les Hindous en une tranquillité d'âme contemplative et stérile. Dans la philosophie de l'Inde nous ne trouvons ni libres déductions de la raison basées sur l'observation et l'analyse, ni coup d'oeil indépendant sur le monde extérieur, comme chez les Grecs, ni étude des rapports de celui-ci avec l'homme, mais des systèmes tous métaphysiques, bien que conçus avec une grande hardiesse et parfaitement développés [1]). Sur ce terrain les Hindous parviennent aux sphères spéculatives les plus élevées, mais sur les ailes de la religion. Entre la philosophie des Grecs et celle des Hindous éclate cette différence que dans la première les systèmes métaphysiques apparaissent comme les résultats du développement de l'idée philosophique; tandis que dans la seconde le raisonnement commence par la métaphysique. Voilà pourquoi celle-ci, chez les Hindous est liée à la religion.

Dans le culte de Brahma, mais plus encore dans la doctrine de Bouddha, on trouve des préceptes moraux très élevés, basés non sur les déductions philosophiques, comme chez les Aryens méditerranéens du monde antique, mais sur les sentiments religieux unis aux idées métaphysiques. Dans l'Inde la philosophie brahmanique n'est que l'explication plus ou moins libre des livres saints. Les Védas ont toujours été la base de chaque système philosophique de l'Inde brahmanique, et en ont constitué les conclusions; toutes les facultés intellectuelles des Hindous furent constamment dirigées vers la compréhension plus ou moins complète, plus ou moins profonde des Védas.

[1]) Max Duncker, Geschichte des Alterthums, dritter B.

Le Bouddhisme — et ici nous voulons parler de son développement primitif, de sa forme la plus pure — contient beaucoup plus d'idées philosophiques et moins de dogmes que les religions des peuples sémitiques. Mais quoique le Bouddhisme soit une réforme philosophique et non une révélation, on ne peut pas le considérer comme un système philosophique. Pour celui-ci les conditions essentielles sont l'exclusion des dogmes, le mouvement et l'évolution, l'adoption et l'assimilation de tout ce qui se présente à la raison. Le Bouddhisme, au contraire, apparaît dans une forme déjà complète; il dit le dernier mot comme toute religion; on ne le voit pas continuer à se compléter, comme la philosophie, par les résultats du raisonnement et de l'analyse; au delà de ses thèses il n'y a plus aucun raisonnement. Peut-être que de toutes les religions qui existent, le Bouddhisme à son apparition fut la plus philosophique, mais malgré cela, ce n'est pas un système, nous le répétons, philosophique, mais bien une religion [1]. Dans la doctrine de Çakya-Mouni il y a des principes d'exclusivisme, de mysticisme et d'ascétisme, mais ils ne sont pas aussi fortement accentués que dans le Brahmanisme. Le Bouddhisme est bien éloigné de la philosophie de Socrate et de Platon, mais il se rapproche davantage du système de Pythagore qui confine avec la religion et qui, comme on le sait, a des affinités avec les doctrines religieuses des peuples asiatiques. Bouddha conserva la croyance brahmanique de la métempsycose, et expliqua les maux qui affligent l'humanité par les péchés commis dans la vie antérieure. Ce réformateur indien rejetant tous les dieux du brahmanisme détruisit d'un seul coup vigoureux la conception du monde brahmanique. À la place d'un ascétisme exagéré, de sacrifices et de cérémonies de purification Bouddha mit une doctrine morale qui exigeait la pureté du coeur, la simplicité, l'amour du prochain, la bienveillance envers tous les êtres humains. Il a détruit la hiérarchie des castes et l'orgueil des classes privilégiées par la doctrine de l'égalité de tous les hommes. Mais l'enseignement de Bouddha plus passif qu'actif n'élargit pas

[1] Buddhisticher Katechismus zur Einführung in die Lehre des Buddha Gáutama. Nach den Heiligen Schriften der südlichen Buddhisten zum Gebrauche für Européer von Subhádra-Biskshu. Braunschweig 1888.

l'horizon intellectuel; ce n'est pas une philosophie, mais une métaphysique, quoique d'un caractère très élevé. La conséquence logique de la doctrine de Bouddha est plus simple et plus définie que la dialectique des Brahmanes; celle-ci est plus compliquée et plus fantastique. Rien de productif, aucun progrès dans le domaine du raisonnement et de l'analyse intellectuelle ne sortit des systèmes métaphysiques du Bouddhisme et du Brahmanisme.

Nous avons pu voir que les facultés philosophiques des Hindous, communes à tous les peuples de race aryenne, ainsi que les idées religieuses lucides qu'ils apportèrent des hauts plateaux de l'Asie centrale, berceau commun de tous les Aryens, furent obscurcies et affaiblies par les conditions climatériques de l'Inde. Seulement en Europe où les manifestations de la nature sont modérées et n'énervent pas l'homme, mais l'excitent, au contraire à l'activité, l'esprit des peuples aryens a pu se développer normalement, n'étant ni opprimé, ni affaibli, ni énervé.

Débilités par l'influence du climat les Aryens de l'Inde, enclins à la passivité, devinrent indifférents aux droits politiques et conservèrent, sans grands changements la forme de gouvernement déjà établie [1]. Le manque d'énergie s'opposa donc chez les Hindous aux transformations des institutions sociales; nous voyons ainsi que dans l'Inde elles ne subirent, pendant plusieurs siècles, aucun changement, ou du moins ne se transformèrent jamais au même degré que chez les Aryens européens. Peu préoccupés de l'existence terrestre, les Hindous renonçaient facilement à la liberté dans ce monde. Les idées panthéistes, l'anéantissement de la propre personnalité dans le principe divin, la macération de la chair pour la délivrance de l'âme, les conduisirent à l'indifférence à l'égard des intérêts sociaux, leur firent considérer les institutions civiles comme chose secondaire les privèrent de la faculté d'administrer leurs propres affaires et eurent pour résultat leur asservissement. Le peuple hindou chercha des consolations aux misères de ce monde dans le do-

[1] Carrière, Die Kunst in Zusammenhang der Culturentwickelung, ers. B.

maine de la foi et de la fantaisie; dans la région des fables et des rêves; s'absorba dans ses rapports avec la divinité; oubliant ainsi le monde réel, le joug des castes, le despotisme des rois et de leurs fonctionnaires et la lourde charge des impôts.

Les conquêtes des Aryens dans le pays du Gange eurent pour conséquence la formation parmi eux de la caste des guerriers et du pouvoir despotique des rois; il resta immuable et jamais dans la suite ils ne purent s'en délivrer. Le penchant à la passivité chez les Hindous, l'orientation religieuse de leurs idées, leur préférence pour la tranquillité contemplative de l'âme au lieu de l'activité énergique aidèrent les Brahmanes, aux mains desquels se concentrait le pouvoir religieux, à soumettre à leur loi la vie intellectuelle et sociale de la nation. Les Brahmanes entravèrent l'activité du peuple, anéantirent leur liberté, tuèrent dans l'homme toute vaillance. Le développement des forces de la nation fut étouffé, par la hiérarchie immuable des castes, dans laquelle les Brahmanes avaient la première place. Ils enchaînèrent la vie de la nation par les règles infiniment compliquées du cérémonial des sacrifices et des purifications. Les phénomènes terrifiants de la nature, qui dans l'Inde effraient l'homme à tout instant, créèrent dans l'imagination des Hindous des dieux redoutables, et les Brahmanes, développant cette idée, donnèrent à l'existence de l'homme un caractère de tristesse en inculquant la croyance en de terribles tourments dans la vie future. L'ascétisme ténébreux que des divinités terribles et effrayantes ont toujours exigé, rempli de pénitences et de tortures, mortifiant la chair et ses convoitises, absorbant la pensée dans la substance divine, apparaissait dans la doctrine des Brahmanes comme le moyen le plus propre à délivrer l'âme des liens du corps, à le conduire de la pénible existence terrestre, à la patrie céleste.

En asservissant le peuple à leurs idées et en organisant à leur goût l'État et la vie sociale, les Brahmanes n'ont pas été hostiles au pouvoir absolu des rois [1]); ils ne furent pas

---

[1]) Max Duncker, Geschichte des Alterthums.

leurs adversaires, au contraire, ils élargirent et agrandirent plutôt qu'ils ne limitèrent la puissance royale et cherchèrent à réunir le trône et l'autel par des liens plus étroits. Naturellement les Brahmanes exigeaient des monarques l'observation des règles du culte, et ceux-ci devaient gouverner selon les lois religieuses, comme ils les expliquaient et les enseignaient. Le roi devait respecter les Brahmanes, mais à leur tour ils leur était indispensable le soutien du pouvoir laïque pouvant seul les mettre en état de subjuguer les autres castes; c'est pourquoi leur propre intérêt les faisait soutenir les rois et sanctifier le pouvoir absolu par l'autorité de la religion. Partie pour ces causes, partie à cause de l'assujettissement patient du peuple dont l'existence végétative n'est plus qu'une contemplation, qu'un anéantissement dans Brahma, le pouvoir des rois dans l'Inde prit peu à peu un caractère sacré comme en Égypte, et violer l'organisation sociale, reposant sur la division en castes, fut considéré comme le plus grand des crimes. On commença à regarder le monarque comme une émanation de la divinité. Le Bouddhisme par ses aspirations à l'inaction, au repos, par son désir de s'anéantir, de s'éloigner du monde terrestre comme de la source des souffrances humaines, contribua à maintenir le pouvoir absolu des rois. L'État était une théocratie qui s'appuyait sur le pouvoir temporel et en même temps un despotisme basé sur la théocratie. Nous ne remarquons ainsi dans la vie des Aryens de l'Inde aucune trace de cette aspiration vers la liberté sociale qui apparaît toujours parmi les Aryens européens, lors de leur développement si quelque cause particulière ne met pas d'obstacle à la manifestation de cette tendance.

Dans la peinture et la sculpture des Hindous se reflètent tous les traits distinctifs de leur état moral [1]). Dans leurs représentations l'énergie et la force manquent complètement et la mollesse, l'emphase, l'absence de retenue y dominent. La structure du corps humain, la construction des os et des muscles disparaissent sous l'enveloppe sensuelle. Les figures sont ternes

[1]) Lübke, Geschichte der Plastik; — Schnaase, Geschichte d. b. Künste, est. B.

120

et sous les chairs n'apparaît rien de solide. Les formes féminines sont trop exubérantes ; les contours ont trop de mollesse.
De telles figures ne peuvent être capables que de jouissances
passives, de rêves indécis ; elles n'ont pas de volonté propre
et vous regardent les paupières mi-closes rêvant ou sommeil-
lant. Un sourire indolent et stéréotypé apparaît sur leurs lèvres. Parfois, cependant, une grâce naïve anime ces figures ;
mais ni la vie morale, ni aucune idée ne les inspirent. La
réalité, l'énergie, l'animation sont absentes de l'art hindou,
comme de leur culture ; une tranquillité indolente, une uniformité typique dominent dans l'art plastique, comme dans la
vie de ce peuple. La suprême puissance divine n'était pas représentée chez les Hindous intellectuellement par l'expression
de la figure, ou par la noblesse des formes du corps et de la
pose ; mais matériellement et souvent par des attributions surnaturelles, des dimensions colossales ; en multipliant les bras
et les jambes, ou en unissant au corps humain la tête d'un
animal, comme chez les Égyptiens. Ainsi la force et la sagesse
de Brahma, de Vichnou et de Siva étaient exprimées en les représentant avec plusieurs têtes, ou plusieurs faces, et beaucoup
de bras ; l'omniscience des dieux était symbolisée par la mul-
tiplicité des yeux. Vichnou est représenté avec une tête de
lion ou de sanglier ; à un des dieux des Hindous on donne la
tête d'un éléphant, animal auquel on attribuait dans l'Inde une
grande intelligence. Une réunion aussi monstrueuse et aussi
répugnante de plusieurs têtes, de nombreux bras et jambes
dans un seul corps humain, ou bien l'union partielle du corps
d'un animal avec celui d'un homme, ce moyen défectueux de
représenter la force surhumaine, ou la sagesse divine prouve
que l'art indien n'était pas assez développé pour donner aux
traits de la figure humaine, l'expression d'une grande puissance, ni pour représenter la majesté, la grandeur, le pouvoir
des dieux par des formes proportionnelles et naturelles, et que
les idées mêmes des Hindous ne s'élevaient pas à cette hauteur.

Les religions dans lesquelles on adore des animaux ou
des figures humaines, qui n'existent pas dans la nature, ont
toujours un caractère moins élevé que les cultes où on donne
à la divinité la forme humaine. Le dieu qui a l'aspect d'un

mortel est toujours plus rapproché de celui-ce que la divinité qui revêt la figure d'un animal ou des formes qui ne sont pas dans la nature.

Les traits caractéristiques de l'art des Hindous sont les mêmes que ceux de leur poésie : la fantaisie, le surnaturel, l'exagération. L'élément fantastique, qui prédomine dans les idées des Hindous se manifeste aussi dans leurs représentations de la vie journalière et apparaît de même dans leur architecture. On y voit clairement l'influence exercée par la nature du pays si riche de formes et si propre à exciter la fantaisie. Toute aspiration artistique prend immédiatement dans les constructions des Hindous des proportions excessives, démesurées. Les représentations des dieux, de l'homme, des animaux, des plantes apparaissent dans l'ornementation des constructions de l'Inde dans un mélange chaotique, et nous trouvons dans ces éléments décoratifs autant de formes somptueuses, variées, recherchées, nombreuses, que dans la végétation de ce pays. Les ornements regorgent et accablent l'architecture de l'Inde comme sa végétation engloutit les formes autour desquelles elle se développe. L'ornementation de ces constructions se compose d'une réunion de lignes droites et recourbées, de formes convexes et plates; ou bien sans transition aucune, elles se transforment en figures d'animaux massives et lourdes. Ces motifs décoratifs prennent, quelquefois, des aspects hideux qui font frissonner comme les phénomènes de la nature de l'Inde, ou bien la sensualité, provoquée par cette même nature tropicale, se manifeste dans leurs formes.

Les temples des Hindous nous étonnent surtout par leurs dimensions, par le travail gigantesque qu'a exigé leur construction. Leur architecture est lourde, surchargée, exagérée, et en même temps elle n'est pas du tout définie. Les colonnes, par exemple sont souvent placées si près l'une de l'autre, qu'elles empêchent de voir l'ensemble, et un motif architectural prenant des dimensions immenses, ne permet pas à un autre de se développer.

XV.

Les Perses.

Les anciens Perses, qui appartiennent aussi à la race aryenne, ne présentent pas non plus toutes les particularités distinctives du développement des Aryens européens, quoiqu'ils ne s'en éloignent pas au même degré que les Hindous. Les éléments du monothéisme, contenus dans le culte dualiste des Perses, ne sont pas dépourvus d'une teinte philosophique, dans laquelle on trouve une somme plus grande d'idées spéculatives que dans les croyances des peuples sémitiques, qui sont d'un caractère absolu, et ne tolèrent ni l'analyse, ni l'investigation, où la personnalité de Dieu engloutissant tout, exclut le raisonnement. Selon la loi de Zoroastre l'homme est un guerrier toujours prêt à combattre le génie du mal, à lutter avec lui, et son activité est utile à lui même ainsi qu'à la société. Ce n'est pas la nature entière qui contient le mal; des parties seulement sont nuisibles à l'homme : les ténèbres, le désert, la sécheresse, la mort. C'est pourquoi l'homme, autant que cela lui est possible, doit vaincre l'oeuvre du mauvais principe et tirer profit de ce que la nature contient de bon. On donnait par là à l'activité de l'homme un but utile et pratique. Il devait tâcher aussi d'augmenter la sérénité de son âme et de la rendre plus noble, en chassant d'elle les côtés ténébreux, en bannissant loin de lui la tromperie et le mensonge, la paresse et l'indolence, en développant la moralité et l'amour du travail. La religion des Perses leur prescrivait une vie raisonnable et sage, la pureté du corps et de l'âme, la conservation de leurs facultés pour pouvoir lutter avec le mauvais principe et non pas la destruction de la chair pour plaire à la divinité. Dans les pays iraniens, où les terres fertiles confinent avec le désert, où les ardeurs de l'été alternent avec les chasses-neige de l'hiver, où les phénomènes physiques nuisibles ou bienfaisants pour l'homme, présentent entre eux des contrastes subits et violents, la nature devait infailliblement éveiller l'idée du bon et du mauvais principe et du passage rapide du pre-

mier au second, même dans le domaine moral de l'homme; elle
développait des êtres sains, actifs, audacieux [1]). C'est à cause
de cela que chez les Perses produire la vie, avoir soin de sa
conservation, éloigner tout ce qui peut troubler ou entraver
l'existence équivalait à servir Dieu. " Veillez, travaillez, re-
jouissez vous de l'existence, „ voilà les maximes des anciens
Perses. Ainsi le travail était considéré par eux comme principe
moral; nous trouvons la même idée chez beaucoup de peuples
aryens. On rencontre, par exemple, chez eux le proverbe: " Qui
travaille prie „. Les peuples de race sémitique et touranienne
pensent différemment; le travail n'est apprécié chez eux que
quand il procure une jouissance immédiate. Le travail, selon
leur idée, dégrade l'homme, et ils le considèrent comme une
punition. La prière et l'inaction ont plus de mérite à leurs yeux
que le travail. Les religions sémitiques, quand elles furent
adoptées par des peuples de race aryenne tinrent toujours
ceux-ci éloignés du travail, ou bien elles le firent envisager
comme moyen de mortifier la chair.

Le génie du mal et des ténèbres chez les Perses — Arhiman
— toujours nuisible à l'homme, sera vaincu par Ormuzd — le
principe du bien et de la lumière; celui-ci établira son pouvoir
sur le monde et y triomphera incontestablement.

La doctrine de Zoroastre n'exigeait de l'homme ni la contemplation stérile, ni l'ascétisme, ni l'anéantissement de sa volonté, et de sa personnalité dans le grand tout, comme chez
les Indiens, mais l'activité pratique, l'affirmation de son individualité et de sa force morale. L'inaction, l'amour du repos,
la contemplation, la passivité, le penchant pour des créations
fantastiques [2]) ne se développèrent pas dans les pays de l'Iran
comme sur les bords du Gange [3]). Les idées fondamentales des
Perses, leurs rapports avec le monde extérieur, furent toujours
pratiques et clairs et en opposition avec les macérations et
l'anéantissement de la personnalité des Hindous. Tandis que
dans l'Inde, selon la doctrine de Brahma, l'homme devait s'ef-

[1]) M. Carrière, Die Kunst in Zusammenhang der Culturentwickelung und die Ideale der Menschheit, erst. B.
[2]) Lassen, Indische Alterthumskunde, erst. B.
[3]) Spiegel, Eranische Alterthumskunde, erst. B.

forcer, au moyen de l'affranchissement de toute sensibilité, par les macérations et l'anéantissement de la conscience individuelle de retourner à cette source divine de laquelle il dérive, la doctrine de Zoroastre n'excluait que ce qui dans la nature est nuisible à l'homme, et exigeait autant que possible l'augmentation de ce qu'elle contient de bienfaisant et d'utile. Les peuples aryens ne sont pas généralement enclins à l'ascétisme ; ce furent les religions sémitiques qui l'introduisirent chez eux ; spontanément les idées ascétiques se développèrent seulement parmi les Aryens de l'Inde, sous l'influence des conditions exceptionnelles indiquées plus haut.

On peut remarquer facilement que les idées des anciens Perses étaient plus lucides, plus claires, plus equilibrées que celles des Hindous ; le premier de ces deux peuples s'éloigna moins que le second, du caractère primitif des Aryens. Le climat vivifiant des pays de l'Iran excitait à l'activité, inspirait le courage ; tandis que la nature énervante de l'Inde disposait l'homme à la rêverie, à l'inaction. Les conditions climatériques différentes dans l'Iran et dans l'Inde développèrent chez leurs habitants, quoique appartenant à la même race, des aptitudes diverses et donnèrent à leur culture une direction différente. Les traces de l'influence de la nature sur la civilisation de l'homme peuvent se remarquer dans la religion de Brahma tout autant que dans la doctrine de Zoroastre. La première contient abondamment l'élément miraculeux, mais aussi le terrible qui épouvante l'homme et l'anéantit, comme la nature même de l'Inde. Dans la seconde triomphe une idée saine et raisonnable de la vie, un sens pratique ; tout en elle est régulier et modéré ; mais le continuel souci de lutter avec le principe du mal, l'incessant effort pour le vaincre — qui dominait toujours dans les idées des anciens Perses — devaient donner à leur culture une direction uniforme, étroite, et tant soit peu religieuse ; rétrécir leur horizon intellectuel et paralyser leurs forces spéculatives.

L'organisation sociale des anciens Perses n'avait certainement pas le même caractère religieux que chez les Sémites, les Egyptiens, les Hindous ; les Mages en Perse ne jouissaient pas d'autant de considération que les prêtres sur les bords du

Nil et du Gange. La loi de Zoroastre avait une base religieuse
tout autant que sociale; mais ces deux principes étaient intimement liés entre eux et se fondaient ensemble, pour ainsi
dire. La religion des Perses contient des dogmes d'un caractère très élevé, beaucoup de préceptes moraux et plus d'idées
philosophiques que les croyances des peuples sémitiques;
malgré cela, cependant, les Mages avaient en Perse plus d'importance que les prêtres chez les Aryens méditerranéens du
monde antique. Sans le concours des Mages on ne pouvait
pas célébrer de sacrifices, et celui qui le faisait, ne devait pas
demander à Dieu des faveurs pour lui seul, mais était obligé
de prier pour tous les Perses, et surtout pour le roi. Par l'accomplissement exact de la loi sainte '), c'est-à-dire, en conservant la pureté de la pensée, des paroles et des actes,
l'homme, selon les anciens Perses, était délivré de toutes les
embûches et des pièges des mauvais esprits, et pouvait parvenir à la félicité éternelle. Cette doctrine engageait naturellement, l'homme à suivre les préceptes d'une moralité pure,
parfaite; à vivre d'une manière honnête; à agir en tout correctement; mais donnait aussi aux Mages la possibilité d'introduire dans la loi religieuse un grand nombre de préceptes,
par lesquels ils enchaînaient l'existence des peuples de l'Iran.
Le joug du formalisme religieux, qui leur était imposé, n'était
pas moins vexatoire que celui des Brahmanes et assujettissait
également le peuple aux prêtres. Les Mages interprétant l'idée
de pureté dans le sens de la propreté extérieure inventèrent
une quantité de règles pour sa conservation et beaucoup de
préceptes pour son rétablissement si elle était enfreinte. Ce
nombre infini de règlements précis et détaillés pour les purifications, les sacrifices, les prières et les cérémonies transforme la religion de Zoroastre en un pénible assujettissement
à des règles minutieuses, et défigure la doctrine morale du
sage persan; son but était d'exciter au travail, à la consoli-
dation des forces morales, à la noblesse de l'âme. Les Mages
remplacèrent ces préceptes moraux par un système compliqué
de règlements qui déterminaient par quelles pénitences et par

quelles cérémonies on se purifie des diverses transgressions qui consistaient principalement dans le contact avec des objets considérés comme impurs, par exemple avec tout ce qui a cessé de vivre, car Ormuzd a créé tout ce qui vit et non ce qui est mort. Tous ces règlements entravèrent la vie des Perses, les privant de toute liberté d'action et les remplirent d'une crainte anxieuse de se contaminer. Pour chaque action, pour chaque mouvement, pour chaque circonstance de la vie étaient établies des prières et des cérémonies, des règles de sanctification; toute l'existence était placée sous le joug d'un formalisme terrible et rigoureux.

Dans de telles conditions les facultés philosophiques innées chez tous les peuples aryens ne purent se développer chez les Perses et nous ne trouvons pas parmi eux une activité spéculative libre, indépendante de la religion, ni aucun effort pour conquérir la liberté sociale.

Les facultés éminemment aryennes des Perses furent aussi paralysées par l'influence de la culture des peuples de race sémitique et touranienne, toujours nuisibles aux Aryens. Les peuples iraniens subirent cette influence dans des temps très reculés. Dans le Zend-Avesta on voit déjà les traces de l'influence sémitique et touranienne, mais elle devint plus évidente après les conquêtes des Perses dans l'Asie occidentale. Ainsi que le remarque Hérodote, les Perses se distinguaient par la faculté de s'assimiler facilement les idées et les moeurs d'autres peuples. Ce qui eut lieu parmi les Grecs et les Romains, aux temps postérieurs à l'époque de la décadence de la culture classique, se réalisa parmi les Perses beaucoup plus tôt. Quand ils envahirent la Médie et les pays du Tigre et de l'Euphrate ils y trouvèrent une civilisation touranienne, ayant une teinte sémitique, qui existait déjà depuis plusieurs siècles très raffinée et fortement organisée par une caste dominante de prêtres. À l'origine les Perses éprouvèrent de la méfiance et du mépris pour les moeurs et la culture de ces peuples; mais ensuite — comme cela arrive généralement en pareil cas, le conquérant rude et peu civilisé fut à son tour conquis par les moeurs et les idées du vaincu mais plus cultivé que lui et possédant une plus grande somme de connaissances.

Un demi siècle après la fondation de leur Empire, les Perses furent déjà envahis par des éléments étrangers. Leurs conquêtes et les relations qui s'en suivirent avec des peuples d'une race différente — les Syriens [1]), et les Babyloniens — altérèrent la pureté primitive des mœurs des Iraniens [2]), .et donnèrent à leur civilisation une nuance sémitique. La modération originelle des Perses disparut; ils commencèrent à aimer la boisson, à s'adonner aux plaisirs sensuels; la polygamie remplaça chez eux la monogamie. Ils adoptèrent de splendides habits de pourpre et de riches ornements; des chaînes d'or, des bracelets et des boucles d'oreilles, ils se mirent à peigner avec beaucoup de soin leur barbe et leurs cheveux. L'éffémination, la mollesse remplacèrent chez eux l'esprit martial et l'humeur belliqueuse d'autrefois [3]). De nombreux serviteurs apparùrent dans leurs demeures; on commença à faire usage d'ustensiles en métaux précieux, à orner de broderies en or et en argent les tapis et les tentes. Ce luxe était inconnu des Perses avant leurs conquêtes, mais il existait déjà chez les peuples sémitiques et touraniens de l'Asie qu'ils avaient conquis. En se trouvant en contact avec ceux-ci ils adoptèrent leurs mœurs, leur mode de penser, la forme despotique de leur gouvernement, de sorte que l'indépendance individuelle, qui avait dominé chez eux fut anéantie par le pouvoir absolu d'un seul, et on donna à la puissance du souverain le caractère sacré.

Ces mêmes causes altérèrent aussi la doctrine de haute moralité de Zoroastre qui exigeait la pureté des moeurs. Comment les Perses pouvaient-ils croire au triomphe du bon principe quand le trône était occupé par un tyran comme le fils de Cirus–Cambyse? Des cultes opposés à la doctrine de Zoroastre, fanatiques, sensuels, de caractère sémitique apparurent alors chez les Perses et se mêlèrent à leur religion nationale. On commença à célébrer les rites de celle-ci avec plus de pompe qu'auparavant et on leur attibua une importance qu'ils n'avaient

[1]) Spiegel. Eranische Alterthumskunde.
[2]) Grote, History of Greece.
[3]) Max Duncker, Geschichte des Alterthums.

128

pas eu jusque là. Les Mages devinrent plus puissants ; ils transformèrent plusieurs des cérémonies religieuses d'après les changements qui s'étaient produits dans la vie et dans la croyance
des Perses. Si fort que soit l'attachement d'un peuple jeune
pour ses dieux il est bien difficile qu'il puisse résister à l'influence du culte des nations avec lequelles il vient en contact,
surtout si les cérémonies en sont somptueuses, solennelles, et
compliquées. Cette adoption par les Aryens des idées religieuses
des Sémites se répéta bien des fois et sous des formes différentes, dans les périodes de l'enfance et de la décadence de
ces peuples. On peut dire qu'en général, l'assujettissement des
Sémites et des Égyptiens par les Perses causa le même tort
à leur moralité et à leur culture qu'aux Romains, à une époque
postérieure, leurs conquêtes en Asie.

Les Perses ne représentant pas leurs dieux sous la forme
humaine leur religion n'avait recours ni à la peinture ni à
la sculpture et elle ne pouvait pas contribuer à leur développement [1]). Les temples même n'étaient pas nécessaires à leur
culte, car ils adoraient les dieux et leur sacrifiaient à ciel
ouvert et sur des hauteurs. Ce ne fut qu'après être entrés en
contact avec des peuples étrangers que les Perses commencèrent à bâtir des temples et des autels. Leur religion entièrement spirituelle, abstraite n'inspirait pas l'amour des formes.
L'architecture ils l'empruntèrent aux Assyriens et aux Babyloniens. Les architectes égyptiens et grecs travaillèrent ensuite
pour les rois perses. Mais si le culte des peuples de l'Iran ne
développait pas la peinture et la sculpture, il ne les prohibait
pourtant pas comme la religion des Sémites, et nous trouvons
en Perse un art original, indépendant, quoique n'ayant pas une
aussi grande importance que celui des Aryens de l'Inde et des
bords de la Méditerranée. Dans l'art des Perses comme dans
leurs idées il n'y a rien de barbare, rien qui soit contraire à
la nature, rien d'affreux comme chez les Hindous ; au contraire,
tout y est joyeux, lucide ; tout se rapproche de la réalité, de
la nature, tout est simple, sans exagération, mais cependant
le fini artistique que nous trouvons dans l'art grec, manque

[1]) Schnaase, Geschichte der bildenden Künste erst. B. zw. Auf. 1866.

totalement. Les Perses, comme tous les autres Aryens eurent une poésie épique très développée, et aussi une littérature dramatique bien que de moindre importance, que l'épopée.

Les facultés que seuls les peuples Aryens possèdent, c'est-à-dire de pouvoir élaborer des idées philosophiques indépendamment de la religion, de soumettre au libre examen les phénomènes de la nature, et d'aspirer à des institutions libérales dans la vie sociale, furent, donc pour ainsi dire, paralysées, par les causes que nous venons d'exposer, chez les Aryens de l'Inde et, à un moindre degré, chez les peuples de l'Iran.

XVI.

Influence de la culture sémitique sur la civilisation des peuples aryens dans le monde antique.

L'examen des principes de la civilisation des Aryens nous conduit, par conséquent, à la conclusion, que les peuples de cette race sont doués par la nature de facultés philosophiques à un plus haut degré que les Sémites et les Touraniens, et qu'ils possèdent une disposition d'esprit spéciale, qui, si elle n'est pas entravée ou affaiblie par quelques causes particulières ou par des influences extérieures comme en Perse ou dans l'Inde, les conduit à l'analyse, au doute et ne leur permet pas de s'arrêter à aucune des formes de la vie créées par eux ; que leur état intellectuel présente un travail incessant, une continuelle recherche. Nous avons aussi pu remarquer, qu'à cause des facultés particulières de l'esprit des Aryens, les religions qui surgirent parmi eux n'avaient rien d'absolu, n'excluaient pas les idées philosophiques et ne s'opposaient nullement à leur développement, qu'elles ne créèrent pas une caste de prêtres qui conservaient intacts les dogmes et mettaient des bornes au libre raisonnement. Les idées philosophiques, qui apparaissent dans chaque manifestation de l'activité intellectuelle des peuples aryens, ont empêché que rien d'immuable s'établît même dans la vie sociale, et celle-ci, ne se basant pas sur des principes religieux, était exposée à une

9

continuelle critique et par conséquent à de continuels changements. Cette tendance particulière de l'esprit des Aryens qui
les distingue des autres races, et qui provient surtout d'un
grand développement des forces intellectuelles, d'une disposition à l'analyse, à l'investigation, à l'examen et à l'explication
des causes de tout phénomène, ne s'arrêtant devant aucun
obstacle donna, ainsi que nous l'avons dit, un caractère spécial
à la vie des peuples aryens, qui étaient déjà parvenus a un
certain degré de développement. Contrairement aux Sémites
et aux Touraniens les Aryens ne se bornent pas à des déductions non soumises à l'analyse et à la critique, et par conséquent ils ne sont que peu assujettis aux dogmes et toujours
prêtés à s'en écarter, et à limiter leur action prédominante
dans les systèmes de leur raisonnement. Nous avons aussi vu
que la nature philosophique de l'esprit des peuples aryens,
leurs principes moraux trouvent un appui non dans les sentiments religieux, mais dans les déductions de la raison. On a
pu également observer que, de même que l'insuffisance des
forces spéculatives des Sémites les conduisit directement au
fanatisme religieux, ainsi les facultés intellectuelles des Aryens
les éloignèrent de l'exclusivisme et les excitèrent continuellement à unir au sentiment religieux les idées philosophiques.

La civilisation des Aryens méditerranéens du monde antique, fut donc toujours plus élevée que la culture des Égyptiens, des Sémites et des autres peuples asiatiques, et précisément parce qu'elle était plus élevée, la civilisations des Grecs
et des Romains fut plus exposée à la décadence. De même que
plus un individu, est civilisé et raffiné, plus son existence sera
compliquée et difficile, ainsi l'existence d'un peuple, la marche
de son développement seront plus pénibles, et offriront plus de
difficultés en proportion de sa plus grande civilisation et du
plus grand nombre de questions, demandant une solution, qui
se présenteront à son esprit. Le danger de décliner, de tomber
dans la désorganisation sociale sera, également, plus grand
quand ce peuple s'arrêtera dans son développement, et se mon-
trera incapable de résoudre un des problèmes moraux ou sociaux qui surgissent dans son milieu sur le chemin du progrès.
L'incapacité de résoudre la question sociale fut, par exemple,

une des causes de la décadence de Rome, et plus tard, des républiques municipales italiennes, surtout de celle de Florence. Les États européens contemporains peuvent de même se désorganiser s'ils se montrent incapables de satisfaire les exigences sociales de notre temps, et de trouver une autre forme de la propriété que celle qui existe actuellement.

La vie d'un peuple s'écoule plus tranquillement et plus facilement quand sa culture n'est pas d'une nature très élevée. L'existence des Egyptiens, par exemple, s'écoula plusieurs milliers d'années, invariable, sans secousses intérieures, sans transformations, tandis que celle des Grecs et des Romains présente une continuelle élaboration de nouvelles formes sociales, une lutte constante entre les anciennes et les nouvelles institutions civiles, un choc incessant des idées philosophiques avec les religieuses et par conséquent, une incessante agitation.

Toutes les fois, cependant, que les Aryens méditerranéens du monde antique, c'est-à-dire les Grecs et les Romains, rencontrèrent dans la marche de leurs civilisation des questions qu'ils avaient de la difficulté à résoudre, et que pour cela — ou bien comme résultat de causes extérieures, par exemple, des calamités, des guerres civiles désastreuses, des invasions d'étrangers — le progrès de leur culture, le développement de la pensée, de la liberté civile s'arrêtèrent, provoquant la désorganisation de la société et l'abaissement de ses goûts artistiques; toutes les fois aussi que les idées philosophiques furent impuissantes à remplacer la croyance dans les anciens dieux, qui s'était affaiblie, ces peuples aryens regardèrent alors vers l'Orient et donnèrent accès aux principes de la civilisation moins élevée des Sémites et d'autres Asiatiques, à leurs institutions sociales, à leurs idées religieuses et aux éléments de leur culture artistique.

Ce phénomène est parfaitement compréhensible. En Asie existaient, déjà depuis plusieurs siècles, des États dont l'organisation ne changeait pas; dont l'ordre n'était pas troublé, et où les formes de la vie intellectuelle et sociale une fois élaborées, se conservaient intactes dans leur simplicité toute une série de siècles, et où enfin la société menait une existence sans secousses, sans commotions, sans troubles sociaux.

Nous voyons en effet que les monarchies de l'Asie et de l'Egypte tombèrent par l'effet de causes extérieures, à la suite de conquêtes; les États aryens du monde antique, les républiques grecques et l'empire romain tombèrent à cause de leur désorganisation intérieure. La question sociale, ne prit jamais un caractère aigu chez les peuples de race sémitique, en Égypte et dans les grandes monarchies de l'Asie; on peut même dire qu'elle leur était entièrement inconnue, car le pouvoir despotique ou théologique décidait cette question selon son bon vouloir, en nivelant tout ce qui se présentait à lui. Les imperfections dans la forme de la propriété, les injustices dans sa distribution se corrigeaient, chez quelques peuples sémitiques, par des aumônes et des donations, prescrites par les préceptes de leur religion; mais par ce moyen on ne fait qu'éluder la question sociale et on ne la résoud pas.

L'immuabilité de l'organisation civile des monarchies asiatiques se présentait aux Aryens méditerranéens, embarrassés par des questions sociales qu'ils étaient incapables de résoudre, et inquiets du choc des nouvelles idées et des nouvelles formes d'organisation avec les anciennes, comme un argument sain, comme la solution d'une question à laquelle eux mêmes n'étaient pas en état de parvenir. Certainement, il est plus difficile pour la société de vivre avec des institutions libérales, qu'on développe graduellement, d'affranchir la personnalité de la subordination à l'État, que de se soumettre à la volonté d'un seul sans rien tenter pour s'en libérer. Les formes simples de l'organisation des peuples asiatiques, chez lesquels les questions sociales sont tranchées par le pouvoir despotique dans leur différents aspects, furent alors adoptées par les Aryens méditerranéens précisément parce qu'elles ne sont pas compliquées et qu'elles permettent d'éluder la solution d'une question difficile. Maintes fois le despotisme des monarchies asiatiques, la perte des institutions libérales, de l'indépendance de la personnalité, semblèrent aux Grecs et aux Romains le seul moyen de rendre la tranquillité à la société alarmée de la difficulté de concilier les institutions sociales, déjà existantes, avec celles réclamées par les exigences du temps. C'est ce qui fit confier le pouvoir absolu à un des citoyens, sur l'énergie et l'activité duquel on pouvait compter ; mais chez les Grecs, cependant, ce pouvoir ne fut jamais absolu au même degré que chez les peuples asiatiques. Toutes les fois, pourtant, que le despotisme s'établissait en Grèce, ou dans ses colonies de l'Italie et de la Sicile il était enclin à chercher un appui chez les Perses, alors déjà fortement imbus de principes sémitiques ; ou bien parmi des peuples de race sémitique, tâchant toujours de trouver un soutien en dehors des centres aryens.

Les questions sociales ne pouvaient certainement pas être résolues par les Aryens méditerranéens au moyen d'emprunts faits aux peuples asiatiques ; les difficultés n'étaient par là qu'éludées chez les Grecs et les Romains ; et comme partout on trouve un grand nombre d'individus disposés à éviter les difficultés plutôt qu'à les vaincre, les principes étrangers à la culture aryenne, simplifiant les formes des institutions civiques des Aryens — mais en même temps leur indiquant le chemin de la décadence — furent approuvés par eux. C'est pour cela que les idées et les principes de l'Orient sémitique inondèrent plusieurs fois la société aryenne du monde antique à l'époque de sa décadence et lui furent toujours nuisibles.

La religion n'était ni définie d'une manière exacte, ni fortement accentuée parmi les Aryens méditerranéens du monde antique, et quand leur foi aux anciens dieux s'affaiblissait, les superstitions, les mystères, le symbolisme de l'Orient sémitique et de l'Égypte envahirent leur société, reléguant au second plan la philosophie, toujours prête à occuper la place des religions qui déclinaient ; car il est plus facile de croire que de raisonner, et plus aisé aussi d'achever le développement d'une idée par l'élan mystique que par une déduction philosophique. En Grèce, aussi bien qu'à Rome, les institutions religieuses étaient intimement liées à l'organisation sociale, sans cependant la subjuguer entièrement. Les dieux étaient considérés comme les protecteurs des institutions civiles de la république et de la liberté des citoyens qui les adoraient ; la perte de celle-ci devait naturellement ébranler la foi dans les immortels ; le scepticisme et les superstitions la remplacèrent. Tandis que quelques uns cherchaient leur satisfaction dans la philosophie d'Épicure et du sceptique Pyrrhon, ou dans des systèmes philosophiques d'un caractère moins élevé, qui les avaient précédés, d'autres s'adressaient aux religions mystiques des Perses et des Égyptiens et aux cultes plus sensuels des Asiatiques. Avec les religions des peuples orientaux pénétrèrent aussi en Grèce leurs superstitions. Elles sont le produit de la frayeur involontaire devant l'inconnu, devant l'inexplicable ; de la supposition d'une influence mystérieuse de différents phénomènes de la vie et de certains objets sur la destinée de l'homme. Là où l'idée philosophique domine, les superstitions trouvent toujours moins de place ; ce ne fut qu'avant son développement ou après sa décadence qu'elles eurent de l'importance chez les peuples helléniques. Les cultes sensuels orientaux, pleins de préjugés, satisfaisaient les aspirations religieuses des Grecs de la décadence et les affranchissaient du raisonnement philosophique. Les superstitions des Romains, prises en partie chez les Etrusques dont la culture avait un caractère beaucoup plus sémitique qu'aryen — ne furent jamais complètement abandonnées par eux, bien que modifiées par leur développement philosophique.

Dans l'art figuratif des Grecs et des Romains on peut de même remarquer, à l'époque de la décadence, l'apparition d'éléments asiatiques. On voit, par exemple s'y manifester le penchant pour le colossal, pour l'exagération ; les productions artistiques commencent à être appréciées pour la valeur du matériel, pour la difficulté de leur exécution, pour la richesse et la somptuosité des ornements. Le beau simple ne plait plus ; les qualités morales, les hautes facultés de la nature humaine sont exprimées incomplètement, et non par l'expression du visage, non par le développement régulier des formes nobles du corps humain, ainsi qu'on le faisait à la belle époque de l'art grec, mais incorrectement, irrégulièrement par des dimensions exagérées, par le démesuré, l'écrasant. La beauté était représentée sensuelle, efféminée, languissante ; la force et l'énergie étaient rendues par le massif, le grossier, et sans aucun naturel ; le gracieux était exprimé par le maniéré, le surchargé. C'est ainsi que dans le monde gréco-romain, à l'époque de la décadence, sous l'influence de la culture des peuples asiatiques, la forme, l'extérieur remplacent la substance ; le mysticisme — les idées philosophiques; les mystères compliqués dans leurs rites mais pauvres par leur contenu, remplacent les sérieuses déductions de la raison et le symbolisme l'idée claire.

XVII.

Cette répercussion des principes de la culture des peuples asiatiques dans la civilisation des Aryens méditerranéens du monde antique, aux périodes de décadence, se remarque d'abord en Grèce et plus tard à Rome. Dans les pays helléniques elle s'accentua davantage à l'époque d'Alexandre. Déjà avant ce temps des indices de désorganisation sociale se montrent dans les républiques grecques; les formes de leur vie civile étaient usées et il n'y avait pas assez de vitalité dans la société pour en créer des nouvelles. Une des causes de l'établissement de la tyrannie, dans quelques républiques grecques, fut l'inégalité des fortunes, qui se produisit dans le cours des temps, à la suite du développement du commerce et de l'industrie. Les citoyens qui jouissent des mêmes droits sociaux voient avec déplaisir et hostilité la richesse de quelques uns d'entre eux, car celle-ci engendre une différence dans leur position sociale. Cela conduisit à la révolte des pauvres contre les riches. Les pauvres, pendant la lutte, se choisissaient un chef, qui oubliait souvent son origine démocratique et devenait un tyran, non seulement pour les citoyens riches, mais aussi pour les pauvres eux-mêmes. En outre, par suite de la guerre du Péloponèse, ruineuse pour tous les États helléniques, les liens religieux et sociaux s'étaient relâchés, et le développement intellectuel de la nation — devenue plus rude — s'était arrêté pendant cette lutte de Grecs contre des Grecs qui se prolongea environ trente ans. L'inimitié séculaire des partis dans les républiques grecques qui persistait avec tant d'acharnement, porta aussi ses fruits amers pendant la guerre du Péloponèse. Elle ne contribua pas peu à pervertir le sens moral dans le monde hellénique. Chaque citoyen, en gérant les affaires publiques, commença alors à agir dans son propre intérêt.

Au temps de Philippe les Grecs persistaient encore dans

les idées républicaines et s'appuyaient sur les anciennes traditions pour s'opposer aux projets ambitieux du roi Macédonien; mais quand son fils, disciple de la philosophie et de la culture grecques, conquit l'Asie et anéantit l'ennemi séculaire de la Grèce — le roi de Perse — l'opposition des Hellènes diminua considérablement. Le type démocratique qui avait tant de vitalité, qui était si favorable au développement de l'esprit hellénique, s'affaiblit chaque jour davantage et disparut enfin à l'époque d'Alexandre; avec lui s'éteignit aussi l'esprit de liberté. Nous savons que le roi macédonien, après ses victoires adopta les mœurs du peuple vaincu et devint un monarque asiatique; son gouvernement prit un caractère entièrement oriental, en partie certainement, dans un but politique. Cela s'accentua davantage après son mariage avec Roxane. Il commença alors à exiger des Grecs et des Macédoniens qu'ils se prosternassent devant lui, c'est-à-dire qu'il l'adorassent et reconnussent en lui un être surnaturel, divin. C'est ce qui offensa surtout les Grecs. Il ne donna pas l'ordre positif d'accomplir devant lui l'acte d'adoration, mais il était satisfait si on le pratiquait [1]. À la cour d'Alexandre et de ses successeurs l'étiquette consistait en un mélange d'usages asiatiques et macédoniens. Après le partage de sa monarchie, quand en Asie et en Egypte, se formèrent avec ses successeurs des États grecs despotiques, cette transformation du monde hellénique s'accomplit définitivement; et elle n'eut pas lieu seulement à cause des rapports continuels avec les peuples asiatiques. Déjà dans les siècles précédents il existait des colonies grecques dans les Gaules, en Thrace, en Italie et en Afrique; mais leurs habitants restèrent grecs parmi les barbares, n'adoptant ni leurs mœurs, ni leurs idées et conservant, au contraire, jalousement la culture hellénique. De même, les rapports des Grecs avec les peuples orientaux étaient déjà assez fréquents avant les conquêtes d'Alexandre, à cause des guerres et du commerce, mais jusqu'à la décadence de leur culture, les Grecs surent résister à l'influence asiatique et ne la subirent nullement. Ce ne fut qu'après le déclin de leur civilisation, alors qu'elle perdit

[1] Grote, History of Greece.

ses forces vitales, et devint trop faible pour rejeter ce qui lui venait de l'Orient sémitique, que ces relations des Grecs avec les peuples asiatiques devinrent dangereuses pour les mœurs et les idées des Hellènes. Ils apprirent aussi à connaître le mysticisme des Egyptiens bien longtemps avant le développement de leur philosophie, mais son influence sur les systèmes des penseurs helléniques ne se fait sentir qu'au moment de la décadence de leurs idées spéculatives. Dans la période des guerres avec les Perses la culture hellénique résista parce qu'elle avait encore une grande force vitale et pouvait rejeter toute influence des principes de civilisation qui lui étaient étrangers, et des institutions sociales des Perses. À l'epoque d'Alexandre, les conditions étaient autres et le résultat différent.

Les éléments asiatiques et helléniques, cependant, ne se fondirent jamais complètement ensemble dans la nouvelle monarchie qu'Alexandre le Grand avait fondée et ils ne produisirent rien d'original. Presque dans tous les pays qu'il conquit il laissa intactes les coutumes religieuses des peuples soumis; il fonda des colonies grecques en Asie et des villes sur les confins du monde hellénique et asiatique. Ses conquêtes n'étaient pas seulement des faits d'armes qui soumettaient des peuples, mais un moyen de répandre des principes de civilisation. La culture hellénique suivait la marche de l'armée d'Alexandre et s'établissait dans les centres de civilisation des pays conquis. La campagne d'Alexandre peut être nommée une expédition de savants; c'était la première fois qu'une armée était accompagnée d'hommes versés dans différentes sciences; de naturalistes, de chroniqueurs, de philosophes, et même d'artistes. Ce fut tout autant qu'une expédition militaire une entreprise savante. Ses résultats furent certainement très importants pour les connaissances de cette époque. La science hellénique s'enrichit par le contact des savants grecs avec des peuples de l'Asie et en apprenant à connaître de nouvelles contrées; l'horizon scientifique des Grecs s'élargit surtout en ce qui concerne la géographie, l'astronomie et les sciences naturelles. Mais, certainement, la pensée hellénique n'avait déjà plus, à la cour d'Alexandre et de ses successeurs, la liberté et l'essor hardi qu'elle avait eu dans les républiques grecques indépendantes.

Le projet d'Alexandre le Grand, qui priva les Grecs de liberté et par conséquent de vie morale et sociale — était de créer une grande monarchie en fondant ensemble le monde hellénique et le monde asiatique, pour les réunir dans la civilisation grecque ; mais cela fut tout aussi défavorable aux Hellènes qu'aux Asiatiques. Cette union apporta aux premiers les éléments de civilisation de peuples qui leur étaient inférieurs ; aux seconds des principes d'une culture étrangère qu'ils n'étaient pas en état d'adopter ; et en outre ces principes venaient du monde hellénique déjà désorganisé. Greffés sur un tronc étranger ces éléments de la civilisation grecque ne contribuèrent nullement au progrès intellectuel et moral des peuples asiatiques. Leurs mœurs, l'amour du luxe — qui cachait souvent un matérialisme grossier — la mollesse, la sensualité, en recevant le vernis du raffinement grec, devinrent encore plus attrayants et conséquemment plus dangereux [1]. La culture communiquée à un peuple incapable de se l'assimiler perd sa pureté, tandis que lui même n'en profite nullement, mais au contraire, se dépouille de sa propre originalité. La civilisation des Hellènes, leurs goûts, leurs coutumes, se répandaient sur une grande étendue mais seulement en surface, parmi des peuples de races différentes, très éloignés des Grecs par leur caractère, et ne possédant pas leurs facultés intellectuelles. Ce trésor de la civilisation classique ainsi répandu ne put donc pas enrichir les Asiatiques, mais par contre appauvrit la Grèce. Ainsi nous voyons que les Grecs, qui condamnaient dans les peuples asiatiques, les excès, l'intempérance, et se distinguaient dans tous les actes de la vie par la modération, perdirent cette qualité dès qu'ils eurent des rapport intimes avec les peuples de l'Asie [2].

C'est là où la civilisation hellénique, à sa belle époque, atteignit le point le plus élevé de son développement, c'est-à-

---

[1] Fried. von Hellwald, Culturgeschichte in ihrer natürlichen Entwicklung bis zur Gegenwart, Augsburg 1874.
[2] Grote, History of Greece.

dire à Athènes, que la désagrégation sociale s'accentua avec plus de force. Athènes surpasse même en cela les autres centres de la culture hellénique. Les citoyens de cette ville devinrent, déjà sous les successeurs immédiats d'Alexandre, les adorateurs de ceux qui les avaient asservis et surpassèrent presque dans la flatterie les Romains de la décadence. La déification de l'homme, c'est-à-dire des potentats, comme elle s'est toujours pratiquée en Asie, commença alors en Grèce, peut-être déjà même à la fin de la guerre du Péloponèse. Nous savons, par exemple, qu'au général spartiate Lysandre, vainqueur d'Athènes on dressa des autels dans les villes grecques et on offrit des sacrifices comme à un Dieu [1]). Alexandre, roi de Macédoine, fut pourtant le premier qu'on représenta comme un dieu. Chez les peuples helléniques on avait jusqu'alors humanisé les dieux; au temps de leur décadence on commença à déifier les hommes.

Les successeurs d'Alexandre, dans les monarchies qu'ils avaient fondées en Asie et en Égypte, adoptèrent les usages et les mœurs des pays qu'ils gouvernaient. La vie intellectuelle et indépendante ne pouvait se développer dans ces nouveaux États asiatiques, récemment hellénisés. Leur art conserva une technique excellente, mais il perdit l'âme qui l'animait. Les sciences, et surtout les sciences exactes: les mathématiques, la physique, la mécanique, l'astronomie, bien que protégées par quelques souverains asiatiques, et en premier lieu par les Ptolémées en Égypte, ne conduisirent qu'à des perfectionnements techniques. On peut remarquer dans l'histoire, qu'aux époques de décadence de la culture et de la vie intellectuelle, on a souvent donné la préférence aux sciences exactes, qui n'entrent pas dans le domaine de la pensée philosophique, et ne sont que le résultat de la somme de connaissances précédemment acquises. Ces sciences n'exigent pas un travail spéculatif, et étant basées sur l'expérience positive, quoique limitée, peuvent alors être cultivées avec succès et même conduire à des découvertes. Cette remarque peut être faite au sujet de l'époque

---

[1]) Plutarque, Vies des hommes illustres, traduites par Ricard, tome 2ᵈ.

alexandrine, et, en partie, peut-être aussi de notre temps. La ressemblance entre ces deux époques s'accentue encore par l'apparition, dans l'une comme dans l'autre, de systèmes philosophiques pessimistes et par l'influence toujours grandissante des idées mystiques sur les déductions de la raison.

XVIII.

L'influence des idées de l'Asie, de l'Orient sémitique se manifesta aussi dans la philosophie grecque [1]), quand à l'époque de la désagrégation du monde hellénique elle perdit sa force, son caractère élevé, ses principes vitaux, et n'étant plus cultivée par des philosophes géniaux, se perdit dans de vaines disputes dialectiques, et s'oublia dans une analyse minutieuse, perdant de vue la vraie signification des questions dans les hautes sphères de la pensée. Toutes les qualités de l'esprit grec, la sagacité, la souplesse, la lucidité, la facilité et la clarté dans l'exposition n'eurent pas le pouvoir de relever la philosophie hellénique et de la vivifier. Transportée à Alexandrie elle ne put résister à l'influence des systèmes philosophiques et des religions asiatiques. Le mysticisme ténébreux, ardent, qui constitue l'essence de la pensée de ces derniers, se répandit de plus en plus dans l'école néo-platonicienne d'Alexandrie, obscurcissant la lucidité de l'esprit hellénique et conduisit enfin à la théurgie, à la magie et aux miracles. D'après la doctrine des philosophes de l'école d'Alexandrie, la contemplation et l'extase constituaient la fin obligatoire de la vie de l'homme. Déjà dans la philosophie d'Aristote se trouve la germe de la définition de Dieu en dehors de la nature qui sera développé ensuite par l'École d'Alexandrie [2]). Le noyau de la philosophie d'Alexandrie est un mélange de l'idéalisme platonicien et du mysticisme oriental. L'idéalisme de Platon, à son apparition, ne conduisait pas au mysticisme quoiqu'il en contînt les germes. La sagesse

[1]) Vacherot, Histoire critique de l'École d'Alexandrie.
[2]) Dr. Ed. Zeller, Die Philosophie der Griechen in ihrer Geschichtlichen Entwicklung, 3 Theil.

des Grecs, et leur sens pratique modérèrent dans la philosophie de Platon la tendance à passer de l'idéalisme au mysticisme. Mais dans l'École d'Alexandrie l'idéalisme platonicien, n'étant plus entravé par d'autres systèmes philosophiques, trouve un terrain propre à sa diffusion. Dans cette École les principes mystiques de l'idéalisme de Platon ont pu se développer librement et y prendre une place prépondérante avec le concours du mysticisme des religions et des systèmes philosophiques des peuples asiatiques. La doctrine de Platon est hostile aux sentiments, parce que ce philosophe les considérait comme un obstacle à l'élévation de l'âme vers l'idéal, vers Dieu, en qui est contenu le suprême idéal. Ce côté mystique de la philosophie de Platon a été presque exclusivement développé par les philosophes de l'école d'Alexandrie [1]). Le mysticisme des peuples orientaux envahit déjà aux premiers temps de l'ère chrétienne les pays occidentaux ; mais à Alexandrie, en s'unissant avec la philosophie grecque de la décadence, il constitua un centre d'où il rayonna dans tous les pays où florissait la culture classique. On commença alors à cultiver de nouveau la philosophie de Pythagore, et tout ce qui était mystique attira, à cette époque l'attention des classes éclairées. Dans la période florissante de la culture hellénique la religion des Grecs, ne limitant pas l'activité de la raison, n'entrava nullement le développement des systèmes philosophiques, mais à l'époque de la décadence de l'esprit grec les superstitions des religions orientales inondèrent les pays helléniques et ne contribuèrent pas peu à l'abaissement de la philosophie.

De même que les principes des religions et des systèmes spéculatifs asiatiques ne se reflétèrent pas dans la philosophie grecque de la belle époque mais s'y manifestèrent dans la période de sa décadence, ainsi dans l'art hellénique, de la période classique on n'aperçoit aucune trace des éléments de l'art des peuples asiatiques qui n'apparaissent qu'avec son déclin.

Au temps de Périclès et de Phidias Athènes était le centre artistique de la Grèce, mais une génération plus tard elle se voyait déjà contester cette suprématie dans le monde hellé-

---

[1]) Kuno Fischer, Geschichte der neueren Philosophie.

nique [1]). La guerre du Péloponèse brisa les forces d'Athènes; à peine cette république commençait-elle à se relever des malheurs qui l'avaient frappée qu'elle dut lutter contre la domination macédonienne chaque jour plus menaçante.

Scopas et Praxitèle travaillaient beaucoup plus pour des étrangers que pour les Athéniens. Quelques unes seulement des œuvres de Lysippe furent placées à Athènes. On entreprenait alors dans cette ville très peu de travaux artistiques et la plus grande partie des commandes étaient faites non pas par la république, mais par des particuliers. Aux œuvres grandioses se substituaient pour ces raisons des productions insignifiantes et de petites dimensions et l'artiste devait se conformer aux caprices d'un seul et non au goût plus sûr et moins tyrannique de la masse des citoyens cultivés; et ce fut là la principale cause de la décadence de l'art en Grèce, comme elle l'a été à l'époque de la Renaissance en Italie, dans les républiques municipales.

L'amour de l'art, dont l'initiative avait été donnée par les Athéniens, se répandit, pourtant, dans tous les pays helléniques, et quand après la guerre du Péloponnèse quelques unes des villes grecques purent s'élever au-dessus des autres à la suite de succès militaires ou en raison d'autres circonstances favorables, et que leur bien-être augmenta, l'activité artistique de son côté prit de nouvelles forces et des architectes, des peintres, des sculpteurs y accoururent de toutes les parties de la Grèce. Le même fait se produisit en Macédoine quand ce royaume commença à dominer les républiques grecques; mais alors, cependant, les anciennes écoles artistiques de la Grèce cessèrent d'avoir une influence sur les nouvelles productions.

L'idéal de l'hellénisme, à la belle époque de l'art grec, consistait dans la représentation de l'homme dans le complet et harmonieux développement de ses forces physiques et morales [2]). Toute manifestation exclusive devait être évitée et toutes les

[1]) Torso, Kunst, Künstler und Kunstwerke des griechischen und römischen Alterthums von Adolf Stahr, zw. Ausg. in Zwei Theilen, Braunschweig 1878.
[2]) W. Helbig, Untersuchungen über die Campanische Wandmalerei. Leipzig 1873.

forces équilibrées. Cette harmonie fut troublée par les résultats de la guerre du Péloponnèse, qui excita l'animosité des partis et obligea les républiques grecque à des efforts convulsifs, dont il résulta parmi les citoyens une inquiétude et une agitation physiques et morales. Le sentiment de la justice fut étouffé; on excusa bien des choses dans les affaires publiques, pourvut qu'on obtint un bénéfice réel. L'égoisme commença à remplacer le sacrifice de sa personne au bien de la patrie; on recherchait les jouissances qu'on pouvait obtenir sans peine et non celles qui n'étaient que le couronnement d'un travail sensé; on tâchait de satisfaire ses passions et on leur donnait la préférence sur la raison. Cet état des esprits se refléta naturellement aussi dans l'art de cette époque. L'Aphrodite de Praxitèle n'est déjà plus la déesse du poème d'Homère [1]).

Ce fut précisément à cette époque que commencèrent à apparaître dans l'art hellénique les éléments de l'art et des goûts des peuples asiatiques, mais ils se firent surtout remarquer au temps d'Alexandre le Grand. Les Grecs adoptèrent les motifs d'ornementation, comme par exemple, les dessins des tissus des Asiatiques, car ces derniers furent toujours très habiles dans l'art de la décoration. Dans les premiers temps de la culture grecque ces emprunts, dans le domaine de l'ornementation, se faisaient gauchement et dans d'étroites limites [2]). Nous en voyons les traces, par exemple, sur les vases grecs les plus anciens; après Alexandre au contraire, on imita tout ce qui était pompeux, splendide, raffiné. Il est vrai que même au beau temps de l'art hellénique on peut remarquer l'adoption de l'ornementation asiatique. Mais, on le comprend, ce n'était qu'une influence superficielle de l'Asie sur la Grèce qu'on ne peut pas comparer à l'action effective de l'art asiatique sur l'art grec de l'époque d'Alexandre. Ce fut alors qu'apparut aussi chez les Grecs la mode des objets de luxe de provenance asiatique, des riches tentes et des splendides tapis

[1]) Henrich Brunn, Geschichte der griechischen Künstler ers. B. Stuttgard 1857.
[2]) Gottfried Semper, Der Stil 1ᵣ B. Frankfut a|M. 1860.

des habits somptueux, des objets en métaux précieux, qui parvenaient en Grèce par le commerce ou qui étaient apportés dans leurs pays par des soldats de l'armée d'Alexandre de retour d'Asie. Les emprunts que firent les Grecs au costume et aux ornements asiatiques, dans les premiers temps de leur culture, ainsi qu'à sa dernière époque peuvent être vérifiés par l'étude des peintures des vases helléniques [1]. Sur ceux de l'époque archaïque les figures sont représentées dans de riches costumes, couverts d'ornements; ces ornements disparaissent ensuite et se montrent de nouveau au temps d'Alexandre. Alors on aime aussi à représenter des cérémonies des cultes asiatiques, et les Grecs qui y apparaissent sont représentés en costume asiatique. L'art hellénique transplanté, à la suite des conquêtes d'Alexandre, sur le sol de l'Asie, ne pouvait certainement pas avoir cet équilibre idéal qui n'existait déjà plus en Grèce et qui s'était même, pour ainsi dire, fondu dans l'art des pays mi-barbares où Alexandre l'avait transporté. En Égypte sous les Ptolémées la plastique et l'architecture grecques ne pouvaient pas prendre un grand développement, car dans ce pays florissait déjà depuis plusieurs siècles, un art local indépendant. Dans d'autres parties de la monarchie démembrée d'Alexandre le Grand ce fut le contraire qui eut lieu, et surtout dans l'Asie Mineure, où depuis longtemps étaient répandus les éléments de la culture hellénique. Mais l'art grec se transforma considérablement à la cour des successeurs d'Alexandre, car il devait y satisfaire d'autres exigences que dans les républiques helléniques. Dans celles-ci l'art servait à orner la ville, à la glorifier; il satisfaisait les goûts artistiques d'un grand nombre de citoyens cultivés, et élevait l'esprit du peuple. Dans les monarchies grecques de l'Asie l'art, au contraire, n'exaltait qu'un seul potentat et se soumettait à son goût personnel, à ses caprices. Il devait glorifier sa personnalité ses exploits; servir sa vanité; satisfaire son penchant pour la pompe et le luxe, et il vivait de sa générosité, de ses largesses. L'art se fit courtisan; il devait fatalement préférer l'individuel au général et, ne pouvait pas par conséquent ne

[1] Helbig, Untersuchungen über die Campanischen Wandmalerei.

pas déchoir. A cette époque on bâtissait plus de palais que de temples et de monuments publics. D'immenses sommes et des forces artistiques considérables furent employées à la cour des successeurs d'Alexandre à des travaux tout à fait temporaires, d'un usage transitoire; à l'érection de monuments précaires, par lesquels les potentats et les puissants de ce monde faisaient devant le peuple étonné, parade de leur magnificence, parfois les sujets exprimaient, par de pareils monuments, leurs sentiments serviles envers les monarques. Ainsi par exemple, ils érigeaient des arcs de triomphe et d'autres constructions de ce genre qui servaient dans des cérémonies religieuses ou dans des solennités en l'honneur de la cour. Des constructions de ce genre apparaissent déjà du temps d'Alexandre le Grand. Le bûcher colossal sur lequel fut brûlé le corps d'Héphestion, ou bien le char funèbre d'Alexandre étaient des productions extraordinaires qui démontraient la perfection de la technique et de la mécanique de cette époque, mais en même temps aussi la décadence du goût. Le bûcher dont nous parlons coûta des sommes énormes; il était orné, en particulier, de plaques d'ivoire ornées d'incisions et de pierres précieuses. Des objets fragiles sont ornés, au temps d'Alexandre et de ses successeurs avec une richesse étonnante. L'artiste vise à l'effet; l'art se transforme en métier; ce qu'on admire ce n'est pas le beau, mais l'extraordinaire. La noble simplicité et la signification morale qui dominaient dans l'art hellénique à sa belle époque sont remplacées par le colossal des Asiatiques et par la richesse des matériaux. De nombreuses statues des monarques, des membres de leur famille, de leurs favoris apparaissent alors et le prix de la matière, qui souvent est impropre à rendre les formes plastiques, est plus apprécié que le mérite artistique de la production.

On aime surtout les ornements riches et bigarrés, avec des incrustations en pierre ou en marbre de différentes couleurs qui dans l'architecture revêtent l'intérieur et l'extérieur de l'édifice; quelquefois des portions considérables de ces constructions sont recouvertes de plaques en or ou en argent; des motifs d'ornementation dans la sculpture sont dorés; le verre colorié remplace les couleurs naturelles. Cette somptuo-

146

sité asiatique qui faisait préférer l'éclat du métal aux teintes plus modestes des couleurs, et qui se manifesta surtout au temps des successeurs d'Alexandre, tua la peinture murale. Déjà dans les tentes d'Alexandre le Grand on voyait des colonnettes en or recouvertes de pierres précieuses; on ornait de la même manière la vaisselle et les parures. On commença à cette époque à représenter en or les potentats et les puissants de ce monde, ce qui équivalait à une adulation, car jusqu'alors les métaux précieux n'avaient été employés que pour représenter la divinité. Certes, même au beau temps de l'art hellénique, ainsi que nous l'avons vu, les sculpteurs employaient l'or et d'autres métaux précieux; mais ce ne fut qu'après le déclin de l'art grec, et alors qu'il avait été transporté en Asie, que s'y manifesta la tendance purement asiatique à une ornementation riche et excessive; ornementation, qui selon les idées des peuples asiatiques constituait un des principaux mérites de la production artistique. Tandis que l'or et l'ivoire dans les mains des artistes grecs servaient à rendre les belles formes de la figure et du corps humains, car le but des Hellènes était de représenter l'idéal de la beauté, en Asie et plus tard à l'époque des successeurs d'Alexandre les artistes employaient les matériaux précieux à l'état plus ou moins brut, et uniquement pour donner à leurs productions une valeur matérielle, pour impressionner par leur prix élevé et non pas, comme en Grèce, avec l'intention d'exprimer par des formes esthétiques l'idée qui doit animer la production artistique.

On peut voir sur les statues grecques des traces de coloration, en particulier sur les bords des habits, sur les ornements, dans les yeux. On rencontre aussi des restes de dorure sur les diadèmes, sur les couronnes et sur les armures, on en voit même sur les cheveux. Quelquefois on faisait des statues en bronze avec les yeux en argent et la prunelle en émail sombre, ou en pierres précieuses [1]. Même durant la belle période de leur art les Grecs avaient recours à la peinture des édifices, des statues, des bas-reliefs [2], mais c'était une pein-

---

[1] Lübke, Geschichte der Plastik, 1.ᵉ B.
[2] Brunn, Geschichte der griechischen Künstler.

ture légère de certaines parties seulement, toujours les mêmes ;
cette coloration n'était ni si épaisse ni si bigarrée que dans
l'art assyrien ou égyptien, et elle ne nous permet pas de conclure qu'on l'employât toujours, ou que dans la période florissante de l'art grec les productions plastiques fussent entièrement coloriées et couvertes d'une couche épaisse de peinture.
Ni les monuments, ni les textes des écrivains grecs et romains
ne peuvent le prouver. On comprend que nous parlons ici de
la belle époque de l'art hellénique ; pendant la période archaïque
les productions de la sculpture étaient plus complètement coloriées, subissant l'influence alors assez marquée de l'art asiatique sur l'art grec naissant. Une coloration complète des œuvres plastiques apparaît de nouveau en Grèce dans la période
de la décadence de l'art et de l'influence asiatique. Ce furent
surtout les sculpteurs du temps des successeurs d'Alexandre
qui eurent recours à ce procédé.

Nous pouvons aussi remarquer dans l'art de cette époque
la tendance, qui a toujours dominé dans l'art des Égyptiens
et des peuples asiatiques, à représenter des figures colossales.
Selon les idées de ces derniers la signification morale d'une
production artistique se mesurait par ses dimensions. Parmi
ces peuples un lien exista toujours entre le colossal et le sentiment religieux. Ils préférèrent constamment l'immense au
proportionné, le merveilleux au normal. Dans l'art de l'Inde,
par exemple, on distinguait la représentation du dieu de celle de
l'homme par ses dimensions colossales [1]). Chez les peuples asiatiques, ainsi que nous l'avons dit, les qualités morales du dieu
étaient rendues non par l'expression de sa figure, par les formes du corps, mais en multipliant ses membres, ou en réu-
nissant des parties d'un animal à celles d'un corps humain.
La force physique surnaturelle domine la puissance morale et
intellectuelle chez les peuples peu cultivés et par conséquent
le gigantesque devient chez eux l'attribut de la divinité ; il
donne à celle-ci un caractère noble et divin qui la distingue
des mortels. On donnait même en Orient des dimensions plus
grandes aux figures de rois qu'à celles de leurs sujets, car les

[1]) Stahr, Torso.

souverains étaient considérés comme plus rapprochés des dieux et on leur rendait les honneurs divins. Les peuples asiatiques et les Égyptiens ont toujours vénéré la quantité et la grandeur ; une figure humaine de dimensions ordinaires ne leur semblait pas suffisante pour exprimer la grandeur et la force surnaturelles. Il faut aussi remarquer que tout ce qui entourait l'homme dans plusieurs pays de l'Asie — la hauteur des montagnes, la largeur des fleuves, l'immensité des steppes, la végétation exubérante, même la grandeur démesurée des bêtes fauves — tout cela l'excitait à donner à la représentation de tout ce qu'il craignait et de tout ce qu'il vénérait des dimensions colossales. Non seulement dans la sculpture et dans l'architecture, mais même dans la poésie des peuples asiatiques se manifeste le goût pour le démesuré.

Nous trouvons aussi en Grèce des représentations colossales des dieux ; ce procédé adopté, probablement, par les Hellènes dans la période primitive de leur culture et emprunté aux Asiatiques, se conserva dans l'art grec même à la meilleure époque comme un type consacré par le temps et les traditions religieuses. Les peuples qui donnent à leurs dieux l'image humaine doivent naturellement les représenter plus grands que nature. Même les héros, selon les idées des Grecs, avaient une taille plus élevée et étaient plus forts que les hommes ordinaires, mais jamais, à la belle époque de l'art hellénique, on ne donna des formes monstrueuses aux divinités. On peut signaler, même dans les dimensions colossales divers degrés. Ainsi, par exemple, la statue de Jupiter Olympien, ouvrage de Phydias, bien qu'elle eût des dimensions plus grandes que la taille ordinaire de l'homme, ne perdait pas pour cela ses mérites artistiques, car elle frappait davantage par sa beauté, par son aspect imposant et par l'expression intelligente de sa figure que par ses dimensions. Il était difficile au sculpteur de représenter d'une manière monumentale la figure humaine sans l'exagérer. Les représentations colossales du beau temps de l'art grec étaient toujours en rapport avec ce qui les entourait et répondaient aux exigences du lieu où elles étaient placées, comme par exemple, le sommet d'une colline, de sorte que généralement elles n'apparaissaient pas démesurées. Quelquefois l'architecture et l'organisation même du temple grec exigeaient dans la représentation du dieu des dimensions surhumaines. Placée au mileu du temple, ou dans une de ses grandes niches, la statue d'une des divinités de l'Olympe, qu'on devait regarder d'une certaine distance, n'aurait presque pas été aperçue, ou aurait semblé mesquine si elle avait eu des dimensions naturelles. Les formes architecturales et les dimensions du temple déterminaient la hauteur de la statue qui s'y trouvait. Mais il est bien différent de représenter un dieu de proportions plus grandes que celles de l'homme seulement pour qu'il soit en harmonie avec l'ensemble, ou de lui donner des dimensions colossales dans le but de frapper par là l'imagination du spectateur.

En Grèce on donnait des formes gigantesques seulement aux représentations des dieux, ou demi-dieux, et non à celles d'individus en général, que ce fussent par exemple, des chefs d'armée, des vainqueurs aux jeux olympiques, des poètes, des orateurs etc. Les statues — portraits de grande dimension étaient inconnues aux Grecs, et il faut bien convenir que les figures colossales des dieux n'offensent pas le goût esthétique au même degré que les représentations gigantesques de simples mortels. Mais les Grecs de l'époque classique n'exprimaient pas la puissance des immortels uniquement par la grandeur. Le pouvoir, la sagesse des dieux de la Grèce se reflétaient tout autant dans les traits de leur visage que dans les belles formes de leur corps. Une force surhumaine, mystérieuse constituait le trait distinctif des divinités de l'Égypte et de l'Asie; la sagesse des dieux n'était pas, chez ces peuples, aussi positivement déterminée que leur puissance. Celle-ci pouvait être exprimée par des dimensions colossales. Les divinités helléniques se distinguaient surtout par la sagesse; c'était leur qualité prédominante et elle ne pouvait être rendue que par l'expression du visage.

Avec le déclin de l'art hellénique nous voyons, cependant, apparaître aussi des représentations démesurées, et des figures humaines de dimensions gigantesques comme chez les Égyptiens et les Asiatiques. Nous savons, par exemple, que Dinocrate, un des meilleurs architectes du temps d'Alexandre, proposa à cet empereur de tailler le mont Athos de manière à lui donner sa figure. Ce colosse devait avoir les pieds dans la mer, et la tête dans les nues; dans une main il serait sensé tenir une ville de mille habitants, et dans l'autre une coupe d'où devait s'écouler un fleuve. Ce projet ne fut pas exécuté, mais il donne une idée de la tendance, alors dominante, à représenter des figures gigantesques.

Les immenses conquêtes d'Alexandre le Macédonien frappant l'imagination du peuple par leur extension, excitaient aussi les artistes à créer des productions colossales. Les pays lointains subjugués par lui, les grandes étendues traversées par son armée, l'énorme masse d'hommes qu'il mettait en mouvement, en un mot toute l'activité de ce potentat avait un caractère gigantesque qui enflait l'imagination des artistes, au point qu'ils cherchaient à surpasser les dimensions ordinaires, d'autant que les exploits d'Alexandre surpassaient tout ce qui avait été accompli avant lui [1]. Les œuvres d'art gigantesques frappaient les masses et glorifiaient la puissance du potentat.

Surtout dans l'art classique transporté en Égypte et dans les centres de civilisation asiatique, où existait déjà la tendance aux représentations colossales, on commença à créer des figures de dimensions monstrueses, comme par exemple, la statue du Soleil, Hélios, dans l'île de Rhodes, statue de 140 pieds de hauteur, exécutée par l'artiste grec Charès, au commencement du III⁵ siecle avant l'ère chrétienne. Une production d'une pareille dimension qu'aucune idée, qu'aucune qualité morale n'animent, ne peut pas avoir de mérite artistique. C'est alors qu'on créa à la cour des successeurs d'Alexandre des figures colossales des dieux et des représentations démesurées de leurs attributs.

C'est ainsi que l'art hellénique, transplanté dans les pays asiatiques, reçut l'empreinte des goûts des peuples parmi lesquels il apparut. Le luxe effréné des successeurs d'Alexandre eut une pernicieuse influence sur l'art grec. Ainsi qu'il arrive toujours aux époques de décadence des arts, la technique élaborée pendant plusieurs générations ne périt pas, pour quelque

[1] Carriere, Die Kunst im Zusammenhang der Kulturentwicklung 2ᵃ B.

temps encore ses qualités, mais les productions artistiques manquent d'idées ; on y voit apparaître le manque de vérité, la pose, l'affectation, le désir de produire de l'effet, d'étonner le spectateur, ainsi qu'on peut le remarquer dans les bas-reliefs de Pergame qui se trouvent maintenant au Musée de Berlin. De même plusieurs tableaux de l'école bolonaise, qui ont une certaine analogie avec les bas-reliefs de Pergame, montrent malgré la perfection de leur thechnique la décadence de l'art italien de la Renaissance, précisément parce qu'ils ne contiennent pas d'idées, sont peu sincères, maniérés et visent à l'effet.

Nous voyons donc que les idées, les mœurs, les goûts artistiques des peuples de l'Asie et des Égyptiens se manifestèrent dans les centres de civilisation grecque à l'époque du déclin intellectuel des Hellènes et de leur désagrégation sociale. Cette influence se remarque dans les idées et dans les mœurs des Grecs de l'Asie Mineure et des îles voisines, même avant le règne d'Alexandre, car ils étaient plus rapprochés des Sémites que les autres Grecs. Nous rencontrons chez les premiers ces habitudes efféminées, cette sensualité, cet amour du luxe et cette inclination pour les cultes mystiques, sanglants, cruels qui dominèrent toujours parmi les races asiatiques. L'art des Grecs de l'Asie Mineure n'eut jamais la même pureté qu'en Attique et dans le Péloponnèse. Les Phéniciens des colonies de l'Afrique méditerranéenne, et surtout ceux de Carthage ont eu la même influence nuisible sur les mœurs, la vie sociale et l'art des Grecs de Sicile que les peuples asiatiques sur la culture des Hellènes du continent.

Plus grande encore fut l'influence de la culture asiatique sur les Grecs de Chypre, et cela à cause de la position géographique de cette île, située très près des rivages sémitiques de la Méditerranée, mais aussi parce qu'un mélange de sang sémitique coulait dans les veines des Grecs qui l'habitaient. Les Cypriotes n'avaient ni penchant pour le gouvernement républicain, aristocratique ou démocratique, ni aversion pour le pouvoir d'un seul comme les Grecs d'Europe. Ils acceptèrent toujours sans résistance le pouvoir d'un monarque absolu. De même avec plus de docilité que les Grecs des autres îles et

152

de l'Asie Mineure ils supportèrent la domination étrangère, faisant partie des grandes monarchies, combattant dans les rangs de leurs dominateurs et leur payant tribut. Ils ne partageaient ni l'amour des Hellènes, pour la science ni leurs goûts esthétiques. Leur art n'avait aucun idéal [1]) ; leur culte était sensuel ; ses cérémonies étaient multiples et somptueuses. On ne voit chez eux ni l'aspiration vers le progrès, comme chez les Hellènes du continent, ni leur activité intellectuelle ; ils étaient très habiles dans l'agriculture et dans plusieurs métiers ; on peut même dire qu'en cela ils dépassèrent les Grecs européens, et ils en étaient redevables à leurs anciens rapports avec les Égyptiens et les Phéniciens. Mais là s'arrêtèrent les Cypriotes et ils ne suivirent pas les Grecs quand ceux-ci, à l'aube de leur civilisation, en prenant pour point de départ les éléments de culture des peuples asiatiques et des Égyptiens, commencèrent à chercher de nouvelles voies indépendantes dans le domaine des sciences, des arts et de la vie sociale.

XIX.

L'influence de l'Orient sémitique apparaît surtout à Rome dans le domaine religieux. Elle fut favorisée principalement par l'affaiblissement de la foi dans les anciens dieux, déjà très évident dans les derniers temps de la république. Beaucoup de causes le déterminèrent, il fut produit tout autant par la désorganisation sociale de cette époque, que par l'activité philosophique.

Les agitations politiques, qui ébranlèrent les institutions civiles de Rome et qui précédèrent la chute de la république eurent de l'influence sur la morale et sur les sentiments religieux de la société. Le culte officiel était à Rome strictement lié aux institutions sociales ; les coups portés à celles-ci étaient naturellement ressentis par celui-là. Quand les lois jusqu'alors en vigueur cessèrent d'être respectées, la foi dans les dieux

---

[1]) Histoire de l'Art dans l'Antiquité par G. Perrot et Ch. Chipiez, T. III.

qu'elles consacraient devait infailliblement chanceler. Avant Rome, mais non dans de telles proportions et d'une manière moins décisive, la Grèce vit se produire la même évolution ; l'organisation sociale y était également liée aux croyances populaires et la perte de la liberté y fit aussi chanceler la foi dans les anciens dieux, qui étaient au sommet de l'organisation sociale et la complétaient.

L'affaiblissement de la foi dans les dieux du paganisme fit disparaître à Rome la fermeté, la droiture et l'intégrité des anciens Romains. Dans la religions des ancêtres leurs descendants ne trouvaient plus de principes moraux et religieux qui pussent les guider dans la vie [1]).

Dans les classes éclairées l'analyse, la direction critique de l'esprit, les résultats du progrès dans les sphères intellectuelles minaient depuis longtemps déjà le polythéisme, de sorte que l'incrédulité devenait fréquente. Les dieux des Romains n'avaient pas le caractère impénétrable et mystérieux des dieux de l'Égypte et des peuples de l'Orient sémitique ; ils étaient plus rapprochés de l'homme, plus accessibles à son esprit et par conséquent plus exposés à son jugement.

En lisant les œuvres des auteurs romains, des derniers temps de la république, il est impossible de ne pas remarquer que la foi dans la religion de l'État était déjà fortement ébranlée et il n'est pas rare de trouver chez eux l'expression du doute sur l'existence de leurs dieux. Une force irrésistible entraînait les hommes éclairés de cette époque à des investigations au sujet de l'essence des immortels ; ils s'efforçaient de pénétrer leur mystère et de résoudre l'origine de leur puissance. Ce mouvement parvint à Rome de la Grèce, où il avait déjà produit les mêmes résultats, c'est-à-dire la perte de la croyance dans les dieux du polythéisme, avec cette seule différence que toutes les manifestations dans le domaine de la pensée avaient chez les Grecs un caractère plus élevé que chez les Romains, et que le scepticisme au sujet des puissances divines conduisit en Grèce à un plus complet affranchissement de l'esprit qu'à Rome.

[1]) Schnaase, Geschichte der Bildenden Künste, Düsseldorf 1869, zweite verbesserte und vermehrte Auflage.

154

Dans le peuple romain, qui concevait les traditions religieuses tout différemment des personnes éclairées et les acceptait aveuglément, la foi fut ébranlée par l'introduction à Rome, peu de temps après la fin des guerres puniques, du théâtre grec [1]), dans lequel les dieux de l'Olympe se soumettaient au jugement des mortels, parfois même étaient exposés aux moqueries du peuple. En Grèce ces sarcasmes étaient modérés par les traits d'esprit qui accompagnaient toute manifestation de l'activité intellectuelle des Hellènes. À Rome, toute imitation des Grecs perdait sa finesse et prenait un caractère plus grossier. Bientôt après les comédies d'Aristophane [2]), apparurent à Rome des pièces bouffones et surtout des pantomimes accompagnées de musique et de danses — mimus — dans lesquelles on mettait en scène les dieux, surtout ceux des mythes érotiques, et on y représentait les aventures amoureuses de Jupiter ou de Vénus à la grande joie du peuple.

Ce qui contribua aussi à affaiblir la foi dans les dieux du polythéisme ce fut la déification de l'homme, apparue en Grèce au temps des successeurs d'Alexandre et plus tard à Rome. Mais il est certain que la déification d'un mortel ne pouvait avoir lieu que quand le crédit des dieux de l'Olympe était déjà ébranlé. C'est dans de telles conditions seulement qu'est possible l'élévation de l'homme au niveau de la divinité, ce qui contribue encore à la rabaisser. Dans les monarchies de l'Asie et en Égypte on rendait des honneurs divins aux souverains; mais un tel culte était conforme aux idées religieuses et civiles des peuples asiatiques, selon lesquels la plus haute puissance terrestre émanait directement de la divinité, était la continuation du pouvoir divin, provenait d'en haut et avait, par conséquent, le caractère sacré. L'éloignement dans lequel les potentats asiatiques vivaient de leurs sujets, l'absolue soumission qu'ils en exigeaient, la terreur qu'inspirait leur personne, tout cela contribuait à rehausser leur caractère divin. Ce n'était qu'à genoux que leurs sujets s'approchaient d'eux, croyant voir dans les souverains des êtres supérieurs à tous les autres. Ils étaient,

[1]) Preller, Römische Mythologie zw. Auf. Berlin 1865.
[2]) Burckhardt, Die Zeit Constantin's des Grossen, Basel 1853.

adorés non seulement après la mort, mais même de leur vivant. Diodore écrit que les Égyptiens adoraient leurs rois comme des dieux, leur attribuant un principe divin. La croyance existait qu'anciennement l'Égypte était gouvernée par les dieux et que les Pharaons les remplacèrent; de là l'origine de l'adoration de ces derniers. Sur les monuments égyptiens on voit, non seulement des chefs d'armée et des gouverneurs de provinces, mais même des prêtres prosternés devant les rois. Ils se donnaient le nom de dieux bons et puissants; l'acte du couronnement les transformait en fils du soleil, et comme lui ils donnaient la vie [1]. On remarque à peu près la même chose chez les Assyriens, les Babyloniens et chez les Perses sémitisés.

Dans le monde gréco-romain, au contraire, l'adoration d'un mortel était un principe étranger, emprunté à ces peuples dont les religions et la civilisation avaient un caractère entièrement opposé à la culture des peuples classiques, et qui ne pouvait agir sur eux que comme élément dissolvant. Le culte pour les héros avait en Grèce un tout autre caractère que l'adoration des vivants. Si à l'époque héroïque les Grecs rendaient des honneurs divins à des hommes, cette adoration devait avoir un cachet de sincérité, tandis que dans la Grèce de la décadence le culte pour un mortel, en la divinité duquel personne ne pouvait croire, constituait une immense flatterie, une bassesse démesurée. En Grèce on commença à adorer les puissants et les forts après la chute d'Athènes; à Rome au temps des empereurs, c'est-à-dire, dans les périodes de décadence des vertus civiques. Les honneurs divins furent rendus déjà au Lacédémonien Lysandre, qui acheva la guerre du Péloponèse en privant les Athéniens de la liberté. Il fut honoré surtout dans les colonies grecques de l'Asie Mineure. D'après Plutarque on voit, cependant que Lysandre n'était pas considéré comme un dieu, mais digne pourtant de recevoir les honneurs divins [2]. Tout cela n'était rien en comparaison du culte rendu à Alexandre le Grand, qui fut proclamé fils de Jupiter par l'oracle

[1] Geschichte des Alterthums von Max Duncker 1. B., vierte verbesserte Auflage, Leipzig 1877.
[2] Griechische Götterlehre von F. G. Welcker, Göttingen 1857-1863.

d'Ammon. Il exigeait que ses courtisans l'adorassent à l'égal d'un dieu, et les Grecs devaient reconnaître le caractère divin du souverain ; ce principe, avait été tout à fait inconnu jusqu'alors, en Grèce [1]). Les successeurs d'Alexandre, qui partagèrent les pays conquis par lui, furent l'objet d'un culte encore plus fervent ; ainsi par exemple : Démétrius Poliorcète et son père Antigone furent adorés comme des immortels [2]) par ces mêmes Athéniens qui, quelques années auparavant avaient refusé de rendre de pareils honneurs à Alexandre le Grand. C'est plus qu'une apothéose ; ou les nomme dieux sauveurs ; on institue exprès un ordre de sacrificateurs pour les honorer comme des divinités [3]). On décrète que les portraits d'Antigone et de Démétrius seront brodés parmi ceux des autres dieux sur le voile de Minerve. Le lieu où Démétrius est descendu de son char est consacré ; on y élève un autel : " à Démétrius descendant du char „. Les députations qu'on leur expédie d'Athènes reçoivent le nom de Théories comme les ambassades religieuses qu'on envoyait à l'Apollon Pythique, ou au Jupiter Olympien. Démétrius Poliorcète est logé à l'Acropole dans le temple de Minerve, protectrice d'Athènes. La déesse elle même, le reçoit chez elle en qualité de soeur ainée [4]). Jamais, même plus tard à Rome on n'inventa des flatteries plus impudentes. Ces Athéniens dégénérés, étaient les descendants de ceux qui appréciaient si hautement la dignité de l'homme et contrairement aux peuples de l'Asie, n'adoraient que les dieux et non les mortels ; leurs ancêtres n'auraient pas été capables d'une pareille bassesse, opposée à tout ce qu'enseignaient et pratiquaient les Grecs.

Quand les Macédoniens furent remplacés en Grèce par les Romains, on commença a rendre les honneurs divins aux chefs de l'armée, par exemple, à Flamininus, à Sylla, à Lucullus. Dans les monarchies helléniques de l'Asie le cérémonial du

---

[1]) Spiegel, Eranische Alterthumskunde, 2. B, Leipzig 1871 ; A. History of Greece from the earliest period to the close of generation contemporary with Alexander the Great, by George Grote, London 1862.

[2]) Welcker, Griechische Götterlehre.

[3]) Ernest Havet, L'Hellénisme. 2 V. Paris 1873.

[4]) Plutarque, Vies des hommes illustres, trad. par Ricard.

culte qu'on rendait aux anciens rois fut amplifié par le raffinement des Grecs de la décadence, ce qui amena à construire
de nombreux temples et à instituer des sacrifices et des fêtes.
En Egypte les Ptolémées continuèrent les traditions des Pharaons. Ils établirent dans leur royaume un culte officiel pour
tous les potentats qui avaient gouverné le pays depuis Alexandre.
On prononçait des prières devant leurs images comme devant
celles des dieux. Les mêmes faits, ou à peu près, s'observent
dans les monarchies des Séleucides. Les Romains empruntèrent
probablement plusieurs formes d'apothéose à l'Égypte, à la
Syrie, à l'Asie Mineure, où les cérémonies du culte des anciens
rois de ces pays furent appliquées aux nouveaux souverains —
les empereurs romains.

Les Grecs de la décadence furent, sous ce rapport, les
éducateurs des Romains; ainsi nous savons que dans les colonies grecques de l'Italie méridionale, aux derniers siècles de
la république romaine, on rendait aux proconsuls et aux généraux de l'armée des honneurs qui ressemblaient beaucoup aux
cérémonies du culte qui se célébrait devant les images des
dieux. À Rome on suivit cet exemple en l'honneur de César
après ses victoires; tué il devint dieu; à l'endroit où son
corps fut brûlé on érigea un autel et on lui offrait des sacrifices [1]). Sans aucun doute pour plaire à Auguste ce culte se
développa plus tard encore davatange et l'autel de César fut
remplacé par un temple. Après sa victoire à Actium l'empereur Auguste devint à Rome un génie protecteur; dans les
provinces, en Asie, en Egypte, en Grèce — un dieu. A Alexandrie
on lui érigea un temple magnifique en commun avec les dieux
marins comme protecteurs de la navigation. Dans les inscriptions et sur les monnaies on peut relever des traces de cette
adoration. Dans la capitale de l'Empire, Auguste ne permit
pas qu'on lui rendît des honneurs divins, mais il ne défendit
pas aux poètes et aux flatteurs de l'appeler " divus „. Après
sa mort le sénat le proclama dieu. Tibère ne voulut pas qu'on
fît de lui un immortel, mais exigeait le strict accomplissement
des cérémonies du culte pour Auguste, de sorte que la moindre

[1]) Preller, römische Mythologie, zw. Auflage, Berlin 1865.

infraction, ou une négligence quelconque était punie de mort. Caligula se considérant comme un dieu de l'Olympe se faisait rendre les honneurs divins. Quand Lucius Vitellius, père du futur empereur Vitellius, revint de la Syrie qu'il avait gouvernée d'une manière qui n'était pas exempte de reproches, voulant apaiser le courroux de Caligula il accomplit devant lui les gestes et les mouvements que les Romains exécutaient devant les images des divinités. Claude devint dieu après sa mort, mais dans les provinces, même de son vivant, on lui érigea des temples. Il est certain que Néron exigeait, ainsi que l'avait fait Caligula, d'être adoré même à Rome. Les pays de l'Orient hellénique tâchèrent par là de lui complaire. Sur les monnaies grecques il est nommé $Z\varepsilon\upsilon\varsigma$ $E\lambda\varepsilon\upsilon\vartheta\varepsilon\varrho\sigma\varsigma$, c'est-à-dire Jupiter généreux, Apollon, Héraclius, $\Sigma\omega\tau\eta\varrho$ $\tau\eta\varsigma$ $O\eta\varkappa\sigma\upsilon\mu\varepsilon\eta\varsigma$, c'est-à-dire Sauveur du monde, etc. Les empereurs de la famille des Flaviens considéraient comme des dieux leurs prédécesseurs, mais non leur propre personne. Domitien constitue une exception ; il se croyait dieu. Nerva fut adoré après sa mort ; Trajan, qui durant sa vie ne toléra rien de pareil devint Divus après sa mort et mérita l'apothéose. Adrien ne s'opposa pas à ce que les flatteurs l'appelassent dieu. Nous savons que son favori Antinoüs, le jeune et beau Grec de Bithynie, qui se jeta dans le Nil, en se sacrifiant pour prolonger les jours de son souverain, fut par lui proclamé dieu et adoré comme tel. On lui érigea des temples et on institua des jeux en son honneur. De nombreuses statues et beaucoup de bas-reliefs nous sont parvenus représentant Antinoüs. On continua à rendre les honneurs divins — en les modifiant plus ou mois — à des mortels jusqu'à l'époque des empereurs chrétiens qui graduellement les abolirent.

En Grèce, et surtout dans la Grèce asiatique, cette adoration pour les empereurs romains était encore plus servile qu'à Rome, car dans les siècles précédents, ces pays, sous les règnes des successeurs d'Alexandre, avaient déjà été à l'école de l'humiliation.

Une pareille transformation du mortel en une divinité devait naturellement nuire à la dignité des dieux. Les écrivains des derniers siècles de la république témoignent que déjà à cette époque à Rome la foi dans les dieux commençait à chanceler. Par eux nous savons que les droits du grand sacrificateur n'étaient plus respectés, les fonds du culte étaient dilapidés et les choses sacrées perdaient leur caractère d'inviolabilité [1]). Ainsi par exemple, les bois sacrés furent pris par de riches citoyens pour agrandir leurs jardins. Cicéron raconte que de son temps un Romain opulent s'appropria un temple situé sur le mont Coelius. L'indifférence pour le culte officiel allait toujours en augmentant et l'écrivain Varron (114-26 avant l'ère chrétienne) exprime la crainte que la foi de ses concitoyens périsse bientôt, et non sous les attaques d'un ennemi du dehors, mais à cause du manque de ferveur des Romains. Lui même prenant la défense de la religion de ses pères, ne le fait pas sans réticence, et dit ouvertement qu'elle ne le satisfait pas entièrement.

Malgré cela les cérémonies du culte des dieux du polythéisme continuaient à être célébrées avec la même ponctualité. Quoique au théâtre ils fussent bafoués on leur offrait des sacrifices et en apparence on leur restait fidèle par patriotisme. Chaque Romain quelles que fussent ses convictions religieuses devait paraître pieux dès qu'il s'agissait du feu sacré de Vesta et des augures, car l'éternité et la puissance de Rome dépendaient de ces institutions religieuses. Personne n'aurait osé y toucher. L'ordre des Vestales continua à exister et le feu de Vesta à brûler à Rome à peu près un siècle après le triomphe du christianisme. Malheur à celui qui ne se montrait pas dans le temple; à celui qui n'offrait pas des sacrifices; à celui qui n'accomplissait pas les cérémonies établies; on le considérait comme mauvais patriote. Malgré cela on avait pleine liberté pour expliquer les mythes du culte officiel et ses mystères [2]). Le gouvernement, en protégeant la religion officielle, ne prenait soin que de la conservation des formes extérieures du culte; l'accomplissement des rites lui suffisait. Quand le polythéisme fut à son apogée, il puisait sa force dans les institu-

---

[1]) Gaston Boissier, La Religion Romaine d'Auguste aux Antonins, Paris 1874.
[2]) Vacherot, Histoire critique de l'École d'Alexandrie, Paris 1846.

tions civiques. À l'époque du déclin de la foi il continue à existor et se trouve à la tête des institutions de l'État, mais le pouvoir laïque conduit, en réalité, les affaires religieuses.

Les cérémonies du culte se perpétuaient à Rome, aussi parce que la religion héritée des ancêtres était liée à la vie publique, et qu'elle avait pénétré dans les mœurs. Le devoir sacré de chacun était de ne rien changer aux formes du culte. L'accomplissement exact, même minutieux des anciens rites devint une habitude qui se conserva par tradition. Le culte officiel des Romains conservait par conséquent une force apparente même quand sa vie intérieure avait déja cessé.

On peut dire qu'à cette époque le zèle pour l'accomplissement des rites sacrés augmenta plutôt qu'il ne diminua. La surveillance des autorités pour leur stricte exécution augmenta aussi, c'est ce qui arrive généralement dans de pareils cas. On se préocupe beaucoup des formes du culte quand la foi décline. Mais cet édifice, vide intérieurement, devait inévitablement s'écrouler au choc d'un mouvement religieux d'une grande force, qui se produisit en dehors de lui [1]).

XX.

Le doute sur l'existence des dieux, qu'on avait adorés jusqu'alors, n'eut pas les mêmes résultats dans les différentes classes de la société romaine. Dans les classes éclairées — et par là il faut comprendre des personnalités séparées, d'une haute culture intellectuelle — l'incrédulité prenait un caractère philosophique, et la foi affaiblie par le raisonnement et par les déductions de la science était remplacée par la philosophie. Des tentatives furent aussi faites pour la concilier avec le culte officiel, par quelques penseurs de cette époque qui, s'efforçant de trouver dans les systèmes spéculatifs un appui moral, ne rejetaient pas définitivement la foi des ancêtres, mais voulaient que la pensée eut la prépondérance sur le dogme. Ainsi Sé-

[1]) Friedlaender, Darstellung aus der Sittengeschichte Roms, Leipzig, 1873.

nèque, Marc-Aurèle, Épictète et d'autres. Cependant les hommes peu cultivés, peu instruits — et ils constituaient la grande majorité — qui ne raisonnaient pas et étaient disposés à accepter comme miraculeux tout ce qui leur était imcompréhensible, de telles gens ne pouvaient pas remplacer la foi chancelante par des idées philosophiques. Si les résultats de l'activité intellectuelle, qui se produisit parmi les classes éclairées, eussent pénétré dans les couches sans culture de la nation, ils n'auraient fait qu'ébranler la foi dans les dieux sans pouvoir la remplacer par autre chose. Les principes philosophiques, inconnus aux masses, ne pouvaient satisfaire leur besoin de croire.

Il serait faux, cependant, de supposer, que le déclin da la foi dans les dieux du polythéisme, entraîna l'anéantissement complet de tout sentiment religieux. Ce sentiment, augmentait au contraire, plutôt qu'il ne diminuait, un déplacement se produisit dans les dispositions pieuses, mais elles ne disparurent pas. Souvent aussi on ne doutait pas de l'existence des dieux de l'Olympe, mais de leur puissance et c'est pour cela qu'on cherchait d'autres divinités. À cette époque surtout on remarque une tendance à croire en de nouvelles forces terrestres et à croire même plus qu'auparavant.

L'influence des religions orientales en Grèce, aussi bien qu'à Rome, était inévitable. Il est difficile de dire quand ces croyances pénétrèrent en Grèce. Dès l'antiquité la plus reculée, entre ce dernier pays et l'Asie Mineure, eut lieu un échange d'idées religeuses [1]), surtout grâce aux rapports commerciaux. Désireux d'élargir le domaine de leurs connaissances, investigateurs par nature, curieux de toute nouveauté, les Grecs étaient enclins à connaître les cultes étrangers. Ils adoptèrent volontiers les éléments de ces religions, que les habitants des colonies grecques de l'Asie Mineure avaient empruntés aux indigènes et transmis à leur patrie. Ces cultes apparurent primitivement en Grèce sous l'aspect de mythes helléniques, ils ne changèrent pas ensuite d'apparence et conservèrent leur caractère asiatique.

[1]) Alfred Maury. Histoire des Religions de la Grèce antique, 3 volumes.

11

La diffusion des croyances des peuples de l'Orient et de l'Égypte, dans les pays helléniques, qu'on remarque déjà au VIIe siècle avant l'ère chrétienne, augmenta considérablement après que la Grèce se fut rapprochée d'une manière définitive de l'Asie, à l'époque des conquêtes d'Alexandre le Grand. Mais ce ne fut qu'après les campagnes du roi Macédonien que les dieux sensuels des Syriens et des peuples de l'Asie Mineure se montrèrent parmi ceux de l'Olympe, et quelques uns, comme par exemple Bacchus, prirent un caractère entièrement asiatique. On sait que les cultes d'Isis, d'Osiris, et de Sérapis, étaient très répandus en Grèce et dans les îles de l'Archipel pendant les règnes des successeurs d'Alexandre. Dans sa description de la Grèce, Pausanias nomme constamment des temples de dieux orientaux. Ils avaient beaucoup d'adhérents surtout dans les ports importants, comme par exemple Corinthe, tandis que dans l'intérieur du pays, où on avait peu de rapports avec les étrangers, dominaient sans opposition les dieux helléniques.

Le culte sévère et austère des Romains, et en général des peuples latins, fut adouci par les rites de la mythologie grecque plus allègre et plus animée. Cette transformation se fit sans opposition et fut presque insensible; car le polythéisme grec et le polythéisme romain avaient la même base naturaliste. Les religions orientales attirèrent l'attention surtout à Rome. Dans les derniers temps de la république cette ville ne le cédait en rien, sous le rapport du mélange des nationalités et des croyances, à Alexandrie même, où du temps des Ptolémées, à côté de la synagogue juive se trouvaient l'un près de l'autre, les temples des dieux grecs et égyptiens. À Rome lors de leur apparition, les religions étrangères ne jouirent pas d'autant de liberté qu'à Alexandrie; cependant, il était presque impossible de leur barrer le chemin de la capitale du monde. Même avant leurs conquêtes en Orient les Romains connaissaient les religions de leurs habitants. Les cultes des dieux de l'Égypte et celui de l'Astarté syrienne avaient déjà été répandus depuis longtemps sur les rivages méridionaux de la Méditerranée par les Phéniciens et les Carthaginois. Ce fut par ces derniers que les Romains eurent pour la première fois connaissance des dieux étrangers qui avaient un caractère tout

différent de celui des divinités qu'ils adoraient. Depuis la seconde guerre punique les religions de l'Orient sémitique commencèrent à pénétrer à Rome, et cette invasion augmenta
après les conquêtes de l'Asie Mineure, de l'Égypte et de la
Syrie. Isis, Sérapis, l'Astarté syrienne, la Cybèle de Pessinonte,
le dieu perse Mithras trouvent alors des adorateurs parmi les
Romains. On connaît le mot de Pétrone: " Notre pays est à
tel point encombré de divinités qu'il vous serait plus .facile
d'y trouver un dieu qu'un homme [1] „. C'était surtout le caractère mystérieux des dieux, et des déesses de l'Asie et de
l'Égypte qui attirait les Romains.

Dans les derniers temps de la république, les classes inférieures de la population avaient beaucoup changé à Rome, car
de l'Orient conquis on apportait des esclaves qui, devenant affranchis, recevaient le droit de citoyen romain. Rome fut, à
son tour conquise par les mœurs des habitans des pays qu'elle
avait subjugués. " Romain! „ dit Juvénal dans sa 3me satire,
" ce qui me révolte c'est que Rome soit devenue une ville grecque; et en outre, quels sont les Grecs que nous trouvons dans
cette boue de Rome. Depuis longtemps déjà l'Oronte fleuve de
Syrie coule dans le Tibre nous apportant la langue, les mœurs
de ce pays, ses joueurs de flûte, ses lyres aux cordes obliques,
ses tambours, etc. „.

Les cérémonies du culte des ancêtres rappelaient aux
esclaves et aux affranchis leur patrie et le temps où ils étaient
libres; c'est pour cela, on le comprend, qu'ils n'oubliaient pas
facilement la foi de leurs pères, même quand, après leur affranchissement, ils étaient devenus citoyens romains. Les esclaves
aiment à prier leurs propres dieux et non ceux qu'adorent
leurs maîtres; ils chérissent ce simulacre d'indépendance. Il
était impossible d'interdire aux étrangers établis à Rome, à
ceux qui y vivaient forcément comme à ceux qui y habitaient
volontairement — et le nombre de ces derniers était aussi très
considérable — d'adorer leurs dieux et d'accomplir les cérémonies religieuses qu'ils célébraient dans leur pays. Ils n'étaient
pas contraints, excepté pendant de courtes périodes, de le faire

[1] La Religion à Rome sous les Sévères par J. Réville, Paris 1886.

en secret, et ils devaient, naturellement, s'efforcer de répandre leurs religions. Il était très important pour ces nouveaux-venus d'acquérir la faveur des Romains, et pour cela, en partie dans un but intéressé, en partie par zèle religieux ils s'occupaient de prosélytisme, s'efforçant de se rendre propices ceux de qui pouvait dépendre leur sort.

Les Romains eux mêmes, surtout ceux qui trafiquaient, et les soldats des légions qui avaient séjourné en Orient, apportèrent à Rome des cultes étrangers. Ceux-ci apparurent d'abord dans les villes maritimes, spécialement à Ostie et à Pouzzoles où s'arrêtaient les vaisseaux qui arrivaient d'Alexandrie et de l'Orient en général. De ces ports de mer les nouvelles croyances s'introduisirent peu à peu à Rome; au commencement les rites se célébraient en secret; on prenait ensuite plus de hardiesse, et furtivement ces rites se glissaient dans le culte officiel; on leur donna même une place au Capitole. On le fit avec plus d'évidence encore au dernier siècle de la république et surtout dans sa seconde moitié. L'Olympe même fut plus tard envahi par des dieux étrangers, comme le dit Lucien.

L'emprunt que la Grèce fit aux cultes des peuples de l'Asie consista presque toujours à adopter tout ce qui est sensuel et rude dans le domaine de la religion; quoique transportés sur le terrain hellénique ces cultes perdirent en partie leur caractère orgiaque.

La société romaine était bien préparée pour recevoir de nouvelles croyances, de sorte qu'à leur apparition à Rome elles trouvèrent un terrain favorable à leur diffusion. Même si des circonstances extraordinaires n'avaient pas ébranlé la foi dans les dieux de l'Olympe, le culte gréco-romain aurait eu de la peine à résister au choc des religions orientales. Le polythéisme des Grecs et des Romains, comme toutes les religions des peuples aryens, était basé sur le naturalisme, c'est-à-dire sur la transformation des forces de le nature en divinités. Les principes théologiques de ce culte étaient soumis aux idées philosophiques, et en réalité il ne fut jamais une religion, au sens que nous donnons à ce mot, mais une réunion de traditions très variées qui ressemblaient plutôt à des légendes qu'à des dogmes. À l'époque dont nous parlons, le polythéisme gréco-romain altéré par les superstitions des foules, par les inventions des poètes; transformé par les théories métaphysiques des philosophes, ressemblait encore moins qu'auparavant à une religion. Les traits principaux du culte gréco-romain consistaient: en une idée clairement définie de la divinité et de sa personnalité; en des rapports pleins de confiance entre les dieux et le mortel; en un ensemble de rites simples, joyeux et somptueux, de cérémonies auxquelles on avait facilement accès. Dans les religions orientales, au contraire, dominait le mysticisme; elles se distinguaient par le mystère; par des cérémonies compliquées, solennelles mais peu compréhensibles, capables d'impressionner les foules ignorantes qui s'adonnent avec facilité à l'entraînement religieux; par des rapports pleins de tristesse avec la divinité enveloppée de mystère et couverte d'un voile qui ne se levait que pour les initiés; par des cérémonies mystiques; par un symbolisme obscur considéré comme une révélation divine. À beaucoup de Romains la foi de leurs pères devait sembler trop simple, trop peu énigmatique en comparaison des religions bien plus dogmatiques de l'Orient. La masse du peuple est toujours disposée à craindre ce qui est mystérieux, inconnu; à supposer derrière des formes compliquées une riche substance, et à voir du surnaturel dans tout ce qui lui est incompréhensible. C'est pourquoi les Romains ne purent pas connaître les cultes orientaux sans que cette connaissance portât préjudice au polythéisme gréco-romain. Celui-ci à son tour s'efforça de se renouveler, et pour résister à l'envahissement des cultes orientaux, prit en les imitant un caractère plus mystique; c'est ce que prouve l'importance croissante des mystères à mesure que languissait le culte gréco-romain. Son principe naturaliste fut aussi quelque peu atténué par la fantaisie poétique des Grecs. Les dieux classiques perdirent les liens qui les unissaient à la nature, dont ils personnifiaient jusqu'alors les forces. Dans les religions de l'Orient les idées fondamentales ne furent pas affaiblies par des mythes secondaires; elles conservèrent plus d'unité et présentèrent un caractère abstrait. L'Orient sémitique fut tout aussi productif, en ce qui regarde les religions, que l'Occident aryen dans le domaine de la philosophie. Tous les mouvements religieux importants vinrent de l'Orient, et les masses populaires, auxquelles les idées philosophiques ne sont pas accessibles comme les sentiments religieux étaient, dans les sociétés aryenne, portées vers les cultes sémitiques. Les idées religieuses ont toujours le dessus, dans l'organisation politique des peuples sémitiques, sur les idées sociales. On voit le contraire chez les Aryens du monde antique. Les sociétés sémitiques sont souvent fondées sur des principes théocratiques et les prêtres deviennent les administrateurs du pays, ou au moins prennent une grande part dans son gouvernement. Nous ne trouvons rien du pareil dans le monde gréco-romain. L'origine orientale d'un culte étranger, apparaissant dans l'occident aryen, peut toujours se reconnaître à la prépondérance du sacrificateur suprême, à son pouvoir qui s'étend au delà du domaine religieux.

A peine les cultes orientaux furent-ils connus à Rome qu'ils y trouvèrent de nombreux adeptes. On comprend aisément que ceux qui ont perdu la foi dans leurs dieux et qui pourtant cherchent une satisfaction à leurs aspirations religieuses, se soient tournés vers les nouveaux cultes apportés de la Perse, de l'Egypte, de la Chaldée, de la Syrie, de l'Asie Mineure, et qu'ils soient allés de Minerve et Jupiter à Isis, à Sérapis, au Mithras perse, à Astarté, à la déesse de Pessinonte ; des oracles d'Apollon aux sortilèges égyptiens et à l'astrologie des Chaldéens.

Tout ce qui est étranger attire déjà par cela seul qu'il sort de l'ordinaire ; ces cultes provenant de contrées éloignées, de l'énigmatique Orient offraient un aliment à l'imagination et faisaient supposer beaucoup de choses qui en réalité, n'existaient pas. Les hommes à la recherche d'un nouvel idéal religieux croyaient voir une foi fervente, et une perfection surhumaine dans le fanatisme des adeptes des religions orientales; dans leur piété ardente; dans la tristesse et la douleur qui se transforment en une joie effrénée, accompagnant l'accomplissement de leurs rites ; dans l'anéantissement de la personnalité devant la divinité; dans la mortification de la chair pour lui être agréable; dans l'inimitié pour le monde extérieur et dans l'extase religieuse des prêtres; dans les souffrances auxquelles ils s'exposaient; dans leur sobriété et leurs mutilations; en général, dans le complet sacrifice de leur être. Ce qui devait aussi agir fortement sur les esprits et les attirer vers les cultes orientaux c'était la promesse du pardon des péchés, faite aux néophytes après l'accomplissement de certains rites, ainsi que la communication des moyens de guérir des maladies qu'on recevait lors de l'initiation dans les mystères, mais surtout l'espoir d'arriver, en se purifiant par des épreuves, à l'immédiate et directe communication avec la divinité et à la béatitude après la mort. Le polythéisme était incapable de satisfaire cette aspiration mystique; ou, au moins, pas au même degré que beaucoup de cultes orientaux. Les religions qui promettent ouvertement et positivement une existence au delà du tombeau ont toujours eu la prépondérance sur les croyances dans lesquelles ce dogme consolant n'est pas établi avec autant de précision.

L'état moral exceptionnel dans lequel se trouvait la société romaine, aux derniers siècles de la république, contribuait à cette fermentation religieuse. Elle était fatiguée des maux qui accompagnent les guerres civiles et elle aspirait à des réformes morales. Non seulement parmi les basses classes de la société, mais aussi parmi les classes élevées existait la croyance que le monde vieilli, épuisé, approchait d'une révolution qui devait renouveler ses forces et lui donner une seconde jeunesse. De telles idées trouvent généralement un écho dans les périodes de troubles; les hommes qui sont dans le malheur sont enclin à chercher des consolations dans l'espoir d'une félicité future. L'attente inquiète et mystique de quelque chose de nouveau, d'inconnu, dominait à cette époque et faisait adopter avec empressement des religions nouvelles qu'on supposait contenir ce qu'on désirait. Plusieurs, même, se ne bornaient pas à pratiquer une des religions orientales, mais accomplissaient les rites de différents cultes et n'étaient pas satisfaits avant d'être initiés aux mystères de toutes les nouvelles religions venues à Rome de l'Orient. La preuve de l'influence qu'elles exercèrent sur l'âme romaine, et aussi de l'insuffisance du polythéisme, nous est fournie par ce fait, que les croyances des peuples occidentaux, qui avaient le même principe naturaliste que le culte officiel des Romains, quoique bien connues

168

de ceux-ci, ne furent pourtant pas adoptées par eux. Les religions des Gaulois, des Germains — des peuples de race aryenne comme les Romains — se rapprochaient à un tel point, par leurs principaux traits, du culte officiel des Romains qu'elles ne pouvaient pas avoir de succès parmi eux. En outre, ils connurent ces peuples quand ils se trouvaient dans un état mi-barbare, et les cultes raffinés de l'Asie prirent le dessus sur les religions grossières des Gaulois et des Germains. Pas un des dieux des Gaulois n'apparut à Rome; ils prirent l'aspect des divinités de l'Olympe et adoptèrent même leurs noms. En Egypte, en Syrie, dans l'Asie Mineure les dieux des vainqueurs, c'est-à-dire des Grecs et des Romains, ne remplacèrent jamais les dieux nationaux.

Avec les religions asiatiques aucun élément de civilisation ne fut apporté à Rome, mais seulement des superstitions. Leur diffusion, dans le monde gréco-romain, eut pour conséquence l'abaissement de cette culture aryenne dont nous trouvons en Grèce le type le plus complet et qui fleurit ensuite à Rome quoique sous une forme moins pure, et plutôt comme un reflet de la civilisation hellénique que comme une production indépendante de la culture romaine.

XXI.

Dans les quartiers populaires de Rome, surtout, on écoutait volontiers les propagateurs des nouvelles croyances. Les Romains des classes élevées — auxquels les institutions sociales, basées sur le culte officiel donnaient certains privilèges en fondant leurs droits sur la religion — défendaient avec zèle l'inviolabilité des dieux, même quand leur foi dans le pouvoir de ces derniers n'était pas très grande; ils étaient hostiles aux innovations, et en général à tout ce qui pouvait porter atteinte aux institutions religieuses qui devenaient, dans leurs mains un moyen de domination des plébéiens. Les patriciens regardaient, naturellement, avec méfiance les cultes qui ne dépendaient pas d'eux et qui, ayant un caractère différent du culte officiel ne pouvaient s'unir à celui-ci, quoique cette union n'eût pas été contraire à l'esprit du polythéisme. Les prêtres des familles patriciennes de Rome ne pouvaient donc pas se faire les médiateurs entre les dieux orientaux et le peuple, ainsi que cela avait lieu dans le culte officiel, ce qui devait infailliblement diminuer l'influence des patriciens.

Les classes non privilégiées de la société, au contraire, dont la position sociale était souvent peu enviable, ne pouvaient pas être très attachées à un culte qui consacrait ces institutions, ni aux dieux alliés de l'aristocratie dans cette longue lutte pour défendre leurs droits, lutte qui se prolongea pendant toute la période républicaine entre les patriciens et les plébéiens. Ceux-ci, moins liés que ceux-là par les traditions de leur vie politique avec la religion d'Etat, adoptèrent plus facilement que les patriciens les cultes non reconnus par les autorités et considérèrent ce fait comme une sorte d'affranchissement de la dépendance des patriciens. Le peuple, d'ailleurs, pauvre, peu considéré, ayant beaucoup plus de rapports que les nobles avec les étrangers qui envahissaient Rome, insouciant, se laissant facilement entraîner par la nouveauté était toujours plus disposé que les classes élevées à adorer de nouveaux dieux. Plusieurs auteurs attestent que c'était dans les quartiers de Rome habités par la plèbe mélangée, sans patrie, sans occupation définie, sans moyens d'existence, que se répandaient surtout les cultes étrangers, et que prenaient naissance tous les mouvements en leur faveur. En outre, l'adoption d'une croyance liait entre eux ses prosélytes; les religions orientales contribuaient à former des confédérations entre leurs membres, de sorte que les gens pauvres, exclus des associations civiques, entraient dans ces confréries, dans la société de personnes ayant les mêmes tendances religieuses et recevaient souvent de celles-ci quelque secours dans le besoin. Le temple romain était froid pour l'homme sans moyens d'existence et le culte officiel incapable de réchauffer son coeur.

Les écrivains de la Grèce et de Rome, comme par exemple, Platon, Plutarque, Strabon et Juvénal ont remarqué que beaucoup de femmes suivaient les cultes étrangers, parce qu'elles sont toujours disposées à accepter toute superstition. Les cérémonies du culte domestique des Romains, sévères et arides,

170

ne parlaient que très peu aux sentiments et à l'imagination ; elles n'excitaient pas, comme les rites orientaux, ces ardentes aspirations pieuses, si propres aux femmes. C'est pour cela qu'elles abandonnaient avec plus de facilité que les hommes la foi des ancêtres et qu'elles adoraient les divinités étrangères. Elles n'étaient pas seulement généreuses envers les prêtres, les devins, les diseurs de bonne aventure, envers ceux qui prédisaient l'avenir mais elles les protégeaient quand ils étaient persécutés par les autorités. Les nobles matrones d'une conduite irréprochable, suivaient les anciens usages et les traditions de la famille ; mais parmi elles il y en avait qui adoraient en secret les dieux de l'Égypte et de la Syrie. Les femmes des classes inférieures et les affranchies, qui ne se distinguaient pas par des mœurs très rigides, adoraient plus ouvertement les dieux orientaux. La mode agissait dans ce cas plus que la véritable foi. D'autre part le but était quelquefois moins honorable que le prétexte, et le bruit courait non sans raison, que les prêtres de plusieurs cultes orientaux favorisaient les intrigues amoureuses.

La société romaine ne se montra pas intolérante, pour les cultes orientaux lors de leur apparition ; intolérants n'étaient pas non plus ceux qui condamnaient leur diffusion. L'intolérance religieuse était inconnue aux Grecs et aux Romains, comme en général à tous les peuples aryens du monde antique. Ce ne fut qu'après l'adoption du christianisme que les peuples aryens, par ferveur religieuse, devinrent intolérants. De même les Perses en adoptant l'Islamisme devinrent plus intolérants qu'ils ne l'avaient été quand ils suivaient la loi de Zoroastre. Le contraire se vérifie chez les Sémites, ou au moins chez les principaux et les plus importants des peuples de cette race, dont les religions basées sur la négation et la condamnation des autres croyances, prennent un caractère exclusif et excitent leurs adeptes à l'intolérance.

Dans les centres de culture aryens du monde antique il n'y eut pas de persécutions religieuses. Même les Bràhmanes dans l'Inde, malgré leur mépris pour tous ceux qui ne partageaient pas leurs idées religieuses, ne furent pas enclins aux persécutions. Les bouddhistes hindous ne subirent jamais de persécutions comme celles que souffrirent les sectaires chez les peuples sémitiques, ou chez des Aryens sémitisés par la religion. Si à Athènes les tribunaux jugeaient des cas d'impiété, d'incrédulité, et parfois même prononçaient des condamnations à mort, ils le faisaient influencés plutôt par des raisons civiles que religieuses. On sait que Socrate fut condamné a boire la ciguë à cause de considérations sociales beaucoup plus que pour des raisons pieuses. En Grèce aussi bien qu'à Rome la raison d'Etat était supérieure dans des cas pareils, au sentiment religieux et il ne faut pas voir de fanatisme religieux dans les punitions, quelquefois cruelles, qu'on infligeait à ceux qui profanaient les choses sacrées, ou qui méprisaient le culte national. La crainte que la divinité courroucée n'envoie des calamités à tout le pays pour l'offense reçue, et qu'à cause d'un seul beaucoup ne perissent agissait fortement dans ce cas. Il fallait une victime expiatoire. Une sorte de convention existait entre les dieux du polythéisme et leurs adorateurs. En échange de certaines cérémonies, de sacrifices, la divinité protégeait le pays ; une offense ou l'infraction aux cérémonies du culte constituait, pour ainsi dire, la violation du traité et non seulement on se privait par là de la protection du dieu, mais aussi on excitait son courroux, ce qui équivalait à une calamité publique. Cela explique la sévérité des autorités dans les affaires de ce genre.

Le culte des peuples classiques, ne contenant pas un principe exclusif, les Grecs et les Romains, auxquels les luttes religieuses et le prosélytisme étaient inconnus, admettaient l'existence d'autres dieux, en dehors des leurs. Les autorités religieuses à Rome adressaient même parfois des prières et des requêtes aux dieux étrangers, et précisément aux divinités des peuples avec lesquels ils étaient en guerre. Elles leur demandaient de quitter leur résidence actuelle et de se transporter à Rome, où on leur promettait de leur rendre de plus grands honneurs que ceux qu'ils recevaient du peuple que jusqu'alors ils avaient protégé.

La révélation de nouvelles religions ne surprenait pas les Romains. Les cultes polythéistes n'étant pas divisés l'un de l'autre d'une manière décisive par un sévère système dogmatique; ils avaient entre eux des points de ressemblance, plusieurs choses en commun. Les Romains le remarquèrent, et avec le penchant propre à tous les peuples polythéistes, ils supposèrent que les nouveaux dieux qu'ils apprenaient à connaître constituaient une forme nouvelle de leurs propres divinités. Ils en étaient même tout à fait persuadés, ainsi qu'on peut le voir par les paroles de leurs auteurs: de César, de Pline et d'autres. Un pareil amalgame s'opérait surtout par le contact avec des peuples de même race que les Romains, qui avaient avec eux une source commune d'idées religieuses. En effet bien que nous voyions celles-ci se modifier dans les différentes branches de la race aryenne, elles ne perdirent pourtant pas leur type primitif ni leur caractère naturaliste, et conservèrent toujours entre elles quelque ressemblance. Quand dans les pays de l'Orient sémitique les Romains connurent des religions très différentes de la leur, dans lesquelles il était impossible de découvrir des traits communs avec leur culte, cela ne provoqua pourtant pas chez eux des sentiments hostiles. Pour celui qui n'adore pas un Dieu unique il n'y a pas de faux dieux, et il peut adorer ses propres dieux et en même temps sacrifier à d'autres. C'est dans le caractère du polythéisme. Dans les interrogatoires des chrétiens les juges leur demandaient quelquefois s'ils ne craignaient pas, en adorant un seul dieu d'exciter le courroux des autres. Selon les Romains les immortels pouvaient prendre toutes les formes, et chaque pays avait sa divinité, qui prenait soin de la prospérité des habitants. Sa puissance se mesurait par la force et le bien-être de la nation qui l'adorait. C'est pour cela qu'on n'attribuait pas à tous les dieux le même pouvoir, mais personne ne pensait à nier leur existence. La crainte superstitieuse que les Romains eurent toujours de chaque force qu'ils croyaient divine les rendit très tolérants, en fait de religion, dans les pays qu'ils avaient conquis. Ils abolissaient seulement ce qu'il y avait de cruel, d'inhumain, de révoltant dans ces cultes; par exemple les sacrifices humains; tout en suivant une sage politique, en respectant et même en protégeant les croyances des peuples soumis, ce qui facilitait beaucoup leurs conquêtes. Même dans les pays de l'Orient sémitique la prudence des Romains réussit presque toujours à éviter des luttes et des contestations au sujet des religions. La haine fondée sur le sentiment religieux, toujours si puissant, ne pouvait se manifester dans de telles conditions, et ce n'était pas de l'indifférence de la part des Romains, mais l'effet d'un sentiment pieux,. d'une conception polythéiste et en même temps un acte de sage politique.

L'intolérance religieuse de quelques peuples, comme par exemple les Israélites, qui considéraient leur religion comme la seule vraie et tous les autres cultes, tous les autres dieux comme faux apparaissait aux autorités romaines se basant sur ces principes comme une erreur dangereuse et suscitait des sentiments hostiles envers les Hébreux, sentiments qui se changeaient quelquefois en inimitié ouverte. Le christianisme de même, provoquant, pour ainsi dire, le paganisme à la lutte et ne demandant pas, comme beaucoup de cultes orientaux, une place dans le Panthéon pour son dieu, mais voulant régner inconditionnellement sur les ruines du polythéisme, excitait contre lui les Romains encore plus que la loi de Moïse. Ce n'est donc pas étonnant qu'on accusât les chrétiens d'être les ennemis du genre humain et qu'on les traitât même d'athées. Cette dernière accusation se fondait sur ce que les chrétiens adoraient non un dieu national, mais un homme crucifié.

Les peuples conquis, surtout ceux de race aryenne, avaient pour le culte officiel romain une égale tolérance et parfois même adoptaient leurs dieux, comme par exemple les Gaulois. Les Grecs et les Romains persécutaient quelquefois les religions, mais seulement quand elles devenaient une forme de manifestation de la nationalité; en abattant l'autel on croyait détruire la force du peuple qu'il protégeait. Ainsi le roi syrien Antiochus Épiphane, de la dynastie des Séleucides, devint le persécuteur de la religion hébraïque à l'époque des Macchabées, et les Romains, pour les mêmes causes, furent les ennemis de ces mêmes Israélites et persécutèrent, au 1er siècle de l'ère chrétienne, les Druides dans les Gaules et en Bretagne.

Les persécutions des chrétiens aux trois premiers siècles ne furent pas provoquées par le fanatisme religieux, mais bien plutôt par des considérations sociales et furent des mesures

purement politiques, qui probablement étaient grandement ap-
prouvées par les sacrificateurs romains, mais ne furent pas
prises à leur instigation. Les chrétiens étaient persécutés
comme ennemis de l'État, de la société, des institutions établies et de leur représentant — l'empereur — mais non comme
ennemis du culte officiel. Les autorités romaines ne voulaient
pas obliger les chrétiens à suivre le culte païen, mais seulement les forcer à renoncer au christianisme, une superstition,
à leur avis, criminelle, dangereuse, dont les adeptes étaient
considérés comme faisant partie d'une société secrète ; et pour
prouver qu'ils renonçaient à leurs erreurs on les pressait d'accomplir des cérémonies qui devaient témoigner de leur civisme,
c'est-à-dire de répandre le vin et de brûler l'encens devant
l'image de la divinité protectrice de la patrie, ou devant celle
de l'empereur, défenseur des institutions de l'État. En refusant
d'accomplir ce rite les chrétiens offensaient César, et dans des
procès de cette sorte le juge avait le droit d'appliquer la peine
qu'il voulait. Les chrétiens étaient aussi considérés ennemis de
la société romaine et de la patrie parce que leur loi leur interdisait de faire usage des armes, pendant que les barbares
débordaient sur toutes les frontières de l'Empire. Dans les
siècles suivants, bien différents étaient les exigences des peuples aryens sémitisés par le christianisme envers les Mahométans, les Hébreux, en un mot envers tous ceux qui ne pratiquaient pas leur religion.

XXII.

L'invasion des mœurs orientales à Rome.

Dans la société romaine, au moment de sa désagrégation
sociale, ne se répandirent pas seulement les cultes orientaux,
mais aussi les mœurs de l'Orient, les éléments de la culture
des peuples asiatiques et leurs goûts esthétiques. Cette influence, qu'on observe pourtant déjà à la fin de l'époque républicaine, augmente continuellement, avec un arrêt de quelques
dixaines d'années, durant la période des règnes des empereurs

philosophes de l'école stoïcienne de la dynastie des Antonins, et transforme l'Empire romain — après la translation de la capitale sur les rivages du Bosphore — en un État entièremet asiatique.

À Rome on voit, encore plus clairement que dans les ré-publiques grecques, comment lors de la désorganisation sociale des Aryens méditerranéens, les éléments des institutions civiles des peuples asiatiques commencèrent à pénétrer chez eux, et comment ils les adoptèrent. Déjà après les Gracques, quand l'incapacité de la société à resoudre la question sociale devint évidente, on put remarquer qu'elle marchait vers le despotisme, vers la destruction des institutions libérales. Ces dernières per-dirent alors leur signification et furent remplacées par le pou-voir d'un seul; ce qui arriva à l'aide du prolétariat, c'est-à-dire des citoyens pauvres exclus du gouvernement de la république, lesquels n'appréciaient plus les anciennes institutions qui ne portaient aucun remède à leur indigence. Les empereurs ro-mains se mirent alors à imiter le despotisme des potentats des grandes monarchies de l'Asie, pendant que les mœurs et les goûts des peuples asiatiques inondaient la société romaine.

L'organisation sociale de l'ancienne Rome républicaine, ré-gulière et solide se basait sur des principes qui lui étaient propres, rudes mais forts, inébranlables; voilà pourquoi les Romains, en adoptant la culture hellénique, en plaçant les dieux des Grecs au Capitole ne prirent pas d'abord en même temps les idées et les habitudes asiatiques, qui avaient déjà envahi la Grèce, quand celle-ci entra en relations plus suivies avec Rome. Ces éléments asiatiques subjuguèrent la société romaine seulement quand elle s'affaiblit et chancela. Prévoyant et comprenant l'action délétère des idées et des mœurs orien-tales sur Rome, les autorités romaines s'opposèrent au com-mencement à leur diffusion, mais elles n'étaient pas assez puis-santes pour arrêter l'invasion de tout ce qui venait d'Orient.

Déjà dans la maison d'Auguste on commença à imiter les cours asiatiques et on peut dire qu'à ce point de vue l'imi-tation augmenta continuellement sous les règnes suivants. Le cérémonial des cours orientales remplaça de plus en plus les rapports d'abord simples du chef de l'État avec ses courtisans.

Bientôt même on commença à tenir un journal dans lequel on notait tout ce que faisait le souverain, tout ce qui se passait à la cour ; avec les enfants de l'empereur on éleva, dès lors, ceux des familles nobles ; c'étaient des usages des monarchies asiatiques. Quand on priait les dieux pour le peuple et le sénat on prononçait aussi, comme cela se faisait en Perse, le nom du souverain.

À cette même époque les cultes orientaux envahirent Rome ; la conséquence en fut le mépris pour les vertus civiques, exigées par les dieux du culte officiel romain. Selon la doctrine de plusieurs religions asiatiques leurs adeptes pouvaient se purifier de leurs péchés en accomplissant certaines cérémonies, au moyen d'exorcismes, de sacrifices, ce qui les faisait s'écarter avec facilité des principes moraux et tranquillisait ensuite leur conscience ; tout cela devait inévitablement conduire à la désagrégation de la société.

Le luxe oriental, qui fit son apparition à Rome au temps des empereurs, dominait déjà en grande partie à la cour des successeurs d'Alexandre le Grand, dans les monarchies qu'ils avaient fondées, de sorte que les empereurs romains ne faisaient souvent qu'imiter — avec leur goût pour le monstrueux — les monarques mi-grecs, mi-asiatiques de l'Égypte, de la Syrie, de l'Asie Mineure. Le palais bâti par Néron était orné de motifs d'architecture entièrement dans le goût asiatique, avec de riches métaux, des pierres précieuses, des tissus bigarrés ; le désir se manifesta alors à Rome, comme chez les peuples asiatiques, de produire de l'effet, de frapper l'imagination. Le retour vers un goût plus pur dans l'art, commença après Domitien et continua jusqu'à la mort de Marc-Aurèle. Sous le règne de son fils et successeur — Commode — les cultes, les idées, les mœurs, les goûts asiatiques prirent enfin définitivement le dessus, et rompant les digues de la civilisation classique, qui les retenaient encore, envahirent Rome. On en vit aussi le reflet dans l'art. La richesse des matériaux remplaça alors la valeur artistique de la production ; on apprécia davantage la richesse que la beauté ; la difficulté de l'exécution et les obstacles surmontés furent considérés comme un mérite artistique. Tout ce qui était sensuel recontrait la faveur générale. De cette époque sont parvenues jusqu'à nous des statues en pierre de couleur — matière qui ne définit pas clairement les formes.

Dans les bas-reliefs, comme par exemple, dans ceux qui ornent l'Arc de triomphe de Septime Sévère, celui de Constantin, beaucoup de sarcophages, on remarque la même absence de caractère individuel et la répétition des mêmes poses, comme dans les bas-reliefs égyptiens et assyriens. A la même époque, on voit apparaître dans l'art romain des représentations de dimensions colossales, de même que précédemment, en Grèce, sous l'influence asiatique. C'était un des procédés de l'art oriental pour exprimer la force morale, et plus la figure était immense plus grande était l'importance qu'on lui accordait. Un des portraits de Néron, peint sur toile, avait 120 pieds de hauteur. Nous savons aussi que sa statue colossale de 110 pieds se trouvait à Rome, et qu'après la mort de cet empereur on la transforma en statue du Soleil.

La pureté du style classique disparaît de l'architecture romaine sous les ornements, et ses formes s'alourdissent. Dans la peinture on commence à négliger le dessin ; l'étude de l'anatomie est abandonnée. On exécute en général mieux la tête que le corps ; les contours de ce dernier sont lourds ou incorrects ; ce n'est que dans la draperie qu'on remarque encore les procédés du bon style.

XXIII.

L'esprit aryen s'affranchissant de l'influence sémitique.

La civilisation des Aryens méditerraneéns du monde antique fut ainsi envahie par des éléments orientaux, et perdant graduellement ses qualités primitives, finit par se transformer complètement. Le christianisme lors de son apparition à Rome prit d'abord, comme le prouvent les monuments de l'art chrétien — ainsi que nous le verrons plus loin — un caractère plutôt classique et aryen que sémitique. Nous voulons dire par là que les Aryens, appartenant à la culture classique, en adoptant le christianisme développèrent les côtés aryens de cette doctrine de préférence aux côtés sémitiques ; mais en-suite, à mesure que s'éteignait la civilisation classique, sous l'influence des idées orientales, le christianisme prit chez les Grecs et les Romains un caractère plus décidément sémitique.

Les éléments de la civilisation des peuples asiatiques et les idées religieuses sémitiques prédominaient dans l'Empire d'Orient. Un type pur et élevé de la culture aryenne, sans aucun mélange de principes étrangers, comme celui qu'on trouve en Grèce à sa belle époque, ne se présente plus désormais jusqu'à nos jours ; et si on le rencontre ce n'est que dans des individualités séparées. Les peuples jeunes, de race aryenne, qui s'établirent dans des pays de culture classique, et qui s'assi-milèrent ce qui en était resté, adoptèrent en même temps aussi les principes religieux et sociaux orientaux et sémitiques qui déjà, à cette époque, avaient envahi la société hellénique et romaine. Les Franco-Germains embrassèrent le christianisme au moment où les éléments sémitiques y étaient prédominants en Orient ainsi qu'en Occident, et comme ces peuples, encore dans l'enfance, ne possédaient pas une somme de culture essez considérable pour transformer ces principes sémitiques, ceux-ci prirent une place importante dans leur civilisation.

Mais avec le développement ultérieur de ces nouveaux peu-ples, qui commençaient à se montrer sur la scène du monde, l'esprit investigateur, la tendance au doute, propres à tous les Aryens, apparurent de nouveau et les conduisirent graduelle-ment au complet affranchissement de leur esprit. Plus un peuple de race aryenne est éloigné par sa position géographique des peuples touraniens ou sémitiques, et plus longtemps il pourra conserver les éléments d'une civilisation purement aryenne ; ainsi, par exemple les peuples de race germanique sont, sous ce rapport, très favorablement situés. La race latine se trou-vait en contact avec les Arabes ; les peuples slaves avec les Turcs et les Mongols. Le rapprochement et le mélange d'un peuple de race aryenne avec les Touraniens ou avec les Sé-mites s'opéraient toujours au détriment du développement phi-losophique et de la liberté sociale des Aryens.

Cependant, quand des causes particulières, ou l'influence de circonstances exceptionnelles produisent un arrêt dans le développement d'un peuple aryen établi en Europe, et font rétrograder sa civilisation, alors, les principes sémitiques contenus dans ses idées religieuses, c'est-à-dire dans la doctrine chrétienne, renaissent dans son milieu sous une forme ou sous une autre et prennent le dessus dans sa vie intellectuelle. Dans l'Orient sémitique, en Asie il n'existait déjà plus aucun centre de culture qui pût, dans les moments de décadence, envahir les sociétés aryennes de ses principes, ainsi que cela arriva dans le monde antique. La civilisation Arabe qui présentait un type tout à fait sémitique se développa fortement et avec beaucoup d'éclat, mais à l'époque où les Aryens européens n'avaient, pour ainsi dire, pas encore atteint leur majorité. Cette civilisation s'éteignit très vite et jamais d'autres centres de culture ne se formèrent dans l'Orient sémitique. Les éléments de la civilisation asiatique ne pouvaient donc pas se refléter dans la culture des Aryens européens, lors de son affaiblissement; mais avec la religion chrétienne pénétra, dans la civilisation de ces peuples, une certaine somme de principes sémitiques, qui dans de telles périodes prennent, pour ainsi dire, une nouvelle force.

La lutte entre l'esprit aryen qui s'éveille et les principes sémitiques greffés par le christianisme sur la civilisation des peuples aryens de l'Europe, et qui prirent le dessus dans leur vie intellectuelle, au moyen de la religion, l'effort de ces peuples aryens pour s'affranchir de ce joug, une fois parvenus à un certain degré de développement, peuvent être remarqués plusieurs fois dans l'histoire de l'Europe au moyen âge et jusqu'à notre époque. Si nous analysons les événements qui apparaissent dans l'histoire des peuples européens comme des écarts dans le cours habituel de leur vie morale; si nous examinons les idées qui surgissent parmi ces peuples et qui contredisent tout ce qui avait été adopté jusqu'alors et constituait le fondement et l'essence des systèmes spéculatifs consacrés par la tradition; si, dis-je, nous approfondissons le caractère de ces événements et de ces idées, nous nous persuaderons facilement qu'ils ne sont pas autre chose que les résultats du réveil de l'esprit aryen qui s'efforce de s'affranchir des principes sémitiques, de ces liens qui lui furent imposés dans la période de son enfance. Nous verrons aussi que ces événements et ces idées expriment les aspirations des Aryens à transformer, selon la nature de leurs nouveaux besoins intellectuels, les lois sociales et religieuses qui jusqu'alors leur avaient servi de règle.

Cette tendance à introduire des idées philosophiques dans la vie et dans les croyances; cette négation des traditions; cette liberté vis-à-vis de la nature se sont manifestées plus d'une fois, avec plus au moins de force, parmi les Aryens européens. De telles protestations de l'esprit aryen venaient quelquefois de personnalités remarquables, isolées, comme par exemple: Arnaud de Brescia (1100-1155) [1]) qui voulait réformer le clergé et faire revivre la primitive Église; Walter Lollard brûlé vif à Cologne en 1322, qui attaqua la plupart des cérémonies et des croyances de l'Église, les sacrements, la messe etc.; Wiclef (1324-1387), qui niait la transubstantiation, la nécessité de la confession, l'efficacité des indulgences etc.; Jean Huss (1373-1415), qu'on peut considérer comme le précurseur de Luther et qui embrassa les doctrines du réformateur anglais Wiclef, rejeta l'autorité du pape, attaqua les excommunications, les indulgences, le culte de la Vierge et des saints, etc. Des populations entières se soulevèrent aussi pour l'affranchissement de la pensée dans le domaine religieux. En 1115 se forma à Florence une société d'Epicuriens — on appelait ainsi les incrédules — assez puissante pour obliger les autorités à employer contre elle des forces considérables [2]). Dante a placé en Enfer parmi les incrédules beaucoup de ses contemporains les plus connus (chant X), et donné une place séparée aux Epicuriens. L'historien du XIVe siècle, Villani, dit qu'à Florence il y avait beaucoup d'Epicuriens. On voit par les vers de Pétrarque que de son temps il n'était pas rare de rencontrer des libres penseurs. La secte des Cathares, ou des Purs, qui rejetaient la domination de l'Eglise établie, la papauté, le culte extérieur, toute cérémonie religieuse et aspiraient à obtenir la liberté de conscience, était très répandue au XIIIe siècle en Lombardie et dans le Midi de la France. Les Albigeois peuvent être considérés comme les continuateurs des Cathares et

[1]) Federigo Odorici, Arnaldo da Brescia, Brescia 1861.
[2]) Perrens, Histoire de Florence temé 1[r].

comme eux voulaient retourner au christianisme évangélique. Les Vaudois, du milieu du XII⁰ siècle, avaient les mêmes aspirations ; ils attaquaient la hiérarchie ecclésiastique et demandaient la traduction des Écritures en langue vulgaire. Dans toutes ces tendances à réformer les croyances religieuses se manifesta le désir plus ou moins défini de se détacher du christianisme sémitique, c'est-à-dire du catholicisme du moyen âge.

Toutes les fois que parmi les peuples chrétiens de race aryenne se produisait au moyen âge une protestation contre les abus du clergé et que le blâme s'élevait contre sa conduite, on outre-passait les limites d'une simple désapprobation et cette protestation prenait le caractère d'une condamnation de l'Eglise établie, où se manifestait en même temps la tendance à introduire dans le catholicisme des principes d'un caractère aryen. C'est ce qui eut lieu plusieurs fois, comme nous venons de le dire, en Occident au moyen âge, et c'est ainsi que commença la Réforme. Cette protestation aryenne se prononça d'une manière définitive parmi les peuples franco-germaniques dans le protestantisme, et parmi les Italiens, dans les idées nouvelles qui ont caractérisé l'époque de la Renaissance.

Le christianisme commença à se répandre dans le monde gréco-romain à l'époque où la philosophie classique n'était pas encore complètement éteinte et c'est pourquoi il y eut une tentative pour introduire dans la nouvelle foi des principes spéculatifs aryens, sortout du système du Platon. Nous pouvons le voir, par exemple, par les écrits de Clément d'Alexandrie, de S. Augustin et d'autres auteurs chrétiens des premiers siècles, ainsi que dans la doctrine des Gnostiques. Plusieurs écrivains de l'Eglise occidentale, et parmi eux Tertullien, Arnobe, Lactance, furent ennemis de le philosophie et la considérèrent comme un savoir mensonger, ses préceptes comme contraires aux dogmes religieux et éloignant l'homme de Dieu. Pour Tertullien la philosophie était la mère de l'hérésie ; le chrétien, selon lui ne doit avoir rien de commun avec les philosophes ; il n'a pas besoin de recourir à eux puisque l'Évangile lui a annoncé la vérité. Au contraire les écrivains de l'Eglise qui étaient grecs d'origine, et parmi lesquels, plus que parmi les Romains, subsistait une tendance philosophique ¹), affirmaient que la philosophie s'accorde avec la religion. A ce groupe appartiennent Clément d'Alexandrie, le martyr Justin et bien d'autres. " Dieu „, dit Clément, " avait donné la philosophie aux Grecs, comme la loi aux Hébreux, pour qu'elle leur servît d'introduction à l'Évangile. Nécessaire aux Grecs, avant la venue de Jésus-Christ, la philosophie est utile présentement pour la direction de la piété et du culte public, pour établir les principes de la foi et pour en éclairer la démonstration „. Mais cette disposition à introduire des principes philosophiques aryens dans le christianisme cessa avec l'éclipse de la philosophie classique, et le catholicisme prit ce caractère aride et sémitique qu'il conserva pendant tout le moyen âge. Si dès le IXᵉ siècle des éléments de la dialectique d'Aristote pénétrèrent sous la forme de la scolastique dans la doctrine catholique, ils se soumirent servilement à la théologie. Des principes aryens de la philosophie classique commencèrent de nouveau à s'introduire dans la doctrine chrétienne quand le monde antique ressuscita, ou pour mieux dire, quand les peuples occidentaux firent avec lui plus ample connaissance. C'est ce que nous pouvons remarquer, par exemple, dans les ouvrages de Thomas d'Aquin, qui s'efforça de mettre d'accord la doctrine catholique et la philosophie de Platon.

Le protestantisme peut être considéré comme une des formes de l'affranchissement de l'esprit aryen du joug des influences sémitiques; il n'a pas précisément introduit des principes de la philosophie classique dans le catholicisme, mais bien une certaine liberté de la pensée dans les limites de la foi. La Réforme de Luther a consisté dans la récusation de quelques dogmes et des traditions de l'Eglise catholique, ainsi que des formes extérieures du culte; dans l'éloignement, jusqu'à

¹) Il est curieux de remarquer que jusqu'à nos jours à Naples, dont la population, ainsi que celle de toute la partie méridionale de la péninsule, contient un plus grand alliage de sang grec que celle du reste de l'Italie, les cours de philosophie à l'Université sont suivis avec plus d'assiduité, et en général l'éducation philosophique et les discussions dialectiques occupent davantage les étudiants, que dans les autres Universités italiennes. Les philosophes les plus remarquables de l'Italie: Telesio, Giordano Bruno, Campanella, Vico étaient Napolitains.

un certain point, de l'ascétisme ; dans l'adaptation de la croyance catholique romaine aux exigences de l'esprit renaissant des peuples germaniques ; dans l'affranchissement de la raison. Tout cela ne pouvait, naturellement se réaliser sans le concours d'idées philosophiques ; mais la Réforme avait son caractère propre, quoiqu'on ne puisse par nier que la connaissance de la littérature gréco-romaine et de la philosophie classique ait contribué à engendrer le protestantisme. L'étude de tout ce qui s'est conservé de la culture classique, les progrès faits dans la philologie, la connaissance des langues grecque et hébraïque conduisirent inévitablement à avoir des vues plus claires et plus exactes sur l'origine du christianisme, sur la puissance de l'Eglise catholique, et une compréhension plus droite des sources de la Bible. Le mouvement philosophique, l'éveil de l'esprit aryen parmi les peuples de race germanique commencèrent avant la Réforme à ébranler les fondements du christianisme sémitique, c'est-à-dire du catholicisme du moyen âge [1]. Mais pour la majorité, la philosophie ne pouvait remplacer la religion. Du catholicisme ébranlé sortit la Réforme, c'est-à-dire la religion chrétienne modifiée selon l'esprit aryen, mais non pas une complète émancipation de la pensée.

La Réforme est avant tout une manifestation éminemment aryenne. Il en est de même de quelques sectes tout à fait indépendantes et qui ne sont pas le produit d'influences étrangères ; sectes apparues dans ces derniers temps parmi la population rurale de la Russie. Elles ont beaucoup de ressemblance avec le protestantisme, et leur doctrine consiste de même dans l'éloignement du mysticisme, de l'ascétisme ; dans la restriction de la partie dogmatique de la religion, dans la récusation des formes extérieures du culte, de l'adoration des images, des cérémonies, et dans le développement des préceptes moraux de l'Evangile, dans la recherche des fondements de la religion au moyen du libre examen [2]. Ce phénomène, très in-

[1] Kuno Fischer, Geschichte der neueren Philosophie erst. Theil, erst. B.

[2] Revue des deux Mondes 1ʳ Janvrier 1883, Melchior de Vogüe : « Un sectaire russe ».

184

téressant, peut servir à prouver que dans la population rurale
de la Grande Russie prédomine le sang aryen.

La Réforme constitue une modification du christianisme
selon la nature de l'esprit aryen ; une réaction de l'élément
aryen contre le catholicisme qui avait été élaboré dans une
période de complète prépondérance des principes de l'Orient
sémitique parmi les Aryens, et contenait de ce fait une somme
considérable d'éléments sémitiques. La marche vers le développement, vers l'affranchissement de la pensée parmi les Aryens
européens a consisté dans une lutte plus ou moins heureuse
contre les éléments sémitiques qui dominent dans le catholicisme. Le mérite de la Réforme a été d'affranchir l'esprit des
peuples germaniques et d'appeler les masses à la vie intellectuelle. Il est facile de remarquer qu'il y a une grande différence entre l'instruction des populations rurales des pays catholiques et de celles des pays protestants, toute à l'avantage
de ces derniers. La diffusion des connaissances parmi les peuples des pays réformés doit être attribuée à ce développement
intellectuel, que le protestantisme produit. Dans les pays catholiques le niveau de la culture de la masse des habitants des
villes est supérieur à celui de la population rurale ; on ne remarque pas une si grande différence dans les pays protestants.
Parmi les catholiques, les habitants des villes, se trouvant dans
des centres de culture profitent de cet avantage ; leurs idées
s'affranchissent ; les superstitions diminuent ; l'horizon de leurs
connaissances s'élargit ; tandis que les habitants des campagnes qui vivent sous d'autres conditions, avancent bien plus
lentement sur le chemin de la civilisation. Chez les protestants
les classes rurales, recevant avec la religion un certain degré
de développement, ne se laissent pas autant devancer par la
population des villes.

En permettant l'investigation en matière de foi, la Réforme
donna l'essor au raisonnement et à la critique, et elle fut ensuite devancée par eux. Le protestantisme conduisit la philosophie sur une voie plus large, mais en lui imposant des limites. L'œuvre de la philosophie dans de telles conditions devait
s'arrêter devant les dogmes de la foi, car le protestantisme est

une religion basée sur la révélation [1]), et pour cette raison capable d'intolérance ; quoique chez les protestants elle ne soit pas
si générale que chez les catholiques, elle les conduisit pourtant
quelquefois à des actes d'un caractère extrêmement fanatique.
On sait, par exemple, que le réformateur Calvin eut lui-même
recours aux moyens employés par les inquisiteurs espagnols. Il
brûla à Genève Michel Servet, parce qu'il niait la Trinité et la
nature divine du Christ, de même que l'Italien Gentili. Il fit percer
la langue d'un fer rouge à des citoyens, qui s'opposaient à sa
morale ascétique, persécuta et exila beaucoup de Genevois qui
n'approuvaient pas ses réformes. En gouvernant Genève, Calvin
montra une intolérance digne de l'Inquisition. L'œuvre philosophique du protestantisme fut, à des siècles d'intervalle, la
même que celle du christianisme naissant : ce dernier répandit
la morale philosophique du monde classique dans les couches
inférieures de la société, où sans lui les idées philosophiques
n'auraient jamais pu parvenir, mais donna à ces préceptes moraux le caractère exclusif, qui distingue toute morale religieuse,
inévitablement soumise aux dogmes de la foi ; de même le protestantisme éveilla dans les masses populaires la vie intellectuelle, en les appelant à l'activité de l'esprit, mais limita ce
mouvement philosophique par les préceptes de la religion. On
ne peut pas appeler Luther le promoteur de la philosophie de
son époque ; en substance il était ennemi de la libre pensée et
les idées mystiques dominaient chez lui les idées philosophiques.

Luther aussi bien que Calvin s'étant opposés à la tradition
catholique et l'ayant condamnée prirent pour règle l'Ancien
Testament ; c'est pourquoi ils ont donné au protestantisme un
caractère quelque peu sémitique. Ce reproche peut être adressé
surtout à Calvin ; c'est l'esprit sémitique qui a fait de lui un
Inquisiteur. Chez les Calvinistes le pasteur du haut de la
chaire prononce les paroles suivantes de l'Ancien Testament ;
« Je suis un Dieu jaloux qui punit l'iniquité des pères sur les
enfants jusqu'à la troisième et quatrième génération de ceux
qui me haïssent „ ; précepte éminemment sémitique.

---

[1]) Ulrich von Hutten, von David Friedrich Strauss, dritte Auf. ;
Bonn 1877 ; Kuno Fischer, Geschichte der neueren Philosophie.

Les Huguenots reçurent d'ailleurs en France le surmom de Fils d'Israël.

Mais l'impulsion une fois donnée par la Réforme à la raison, celle-ci outre-passa malgré elle les limites qu'elle se proposait. Il fallut l'effort de plusieurs générations pour libérer des liens que le protestantisme imposait aux esprits la pensée de la minorité cultivée du peuple germanique; et ce ne fut qu'après cet affranchissement que commença en Allemagne l'activité philosophique indépendante, délivrée de toute entrave religieuse aussi libre qu'elle l'était en Grèce. Nous voyons ainsi que la culture aryenne, dont le type le plus pur se trouve chez les anciens Grecs, renaît chez les Aryens européens avec le triomphe de la libre pensée, et que parmi eux aussi apparaît la morale philosophique sans base religieuse qu'on trouve dans le monde antique uniquement chez les peuples de civilisation classique. Il faut pourtant remarquer qu'en Grèce, où le culte officiel ne s'opposait pas à la philosophie, la nation entière pouvait suivre le mouvement intellectuel; tandis que chez les Aryens européens, qui professent une religion ennemie de la libre pensée, le développement philosophique se trouve concentré dans des personnalités isolées. Le protestatisme est tout aussi hostile à ce mouvement philosophique que le catholicisme l'est à la Réforme. On peut dire que le protestantisme a affranchi la pensée, mais l'a immédiatement restreinte par les dogmes de la religion qui ne peuvent être soumis ni à l'examen ni à l'analyse.

Même sans la Réforme la pensée aryenne se serait affranchie dans les pays franco-germaniques par sa propre force, au moyen de la philosophie, ainsi que cela se produisit en Italie à l'époque de la Renaissance. Déjà avant le protestantisme on remarque en Allemagne un mouvement philosophique; mais ce commencement d'indépendance de l'esprit, qui a suscité la Réforme, fut aussi étouffé par elle. Cet affranchissement intellectuel aurait certainement marché plus lentement, il n'aurait pas conquis les masses populaires au même degré que la Réforme, mais il aurait pu s'accomplir même sans le secours d'une transformation religieuse, ainsi que cela eut lieu en France, quoiqu'on ne puisse pas nier à la Réforme une certaine influence sur la culture du peuple français, qui pourtant n'abandonna dans une proportion aussi grande que dans les pays germaniques, le catholicisme pour le protestantisme. Ce ne fut qu'en Espagne, où dans la lutte de sept siècles contre les Arabes pour l'indépendance, le catholicisme devenant une des formes de la manifestation de la nationalité et un des plus puissants moyens de résistance contre l'islamisme, et prenant ainsi dans le peuple espagnol une importance considérable, se montra plus fort que la Réforme et que le libre développement de la pensée.

Le protestantisme a eu ce côté préjudiciable qu'il divisa la nation germanique, armant une partie contre l'autre, suscita des guerres longues et désastreuses qui pour longtemps arrêtèrent le développement du peuple allemand et nuisirent à son bien-être matériel. La Réforme fut aussi une des causes de la réaction catholique en Italie. D'un autre côté, cependant, le protestantisme en abolissant le culte des Saints obligea l'homme à compter davantage sur ses propres forces que sur l'aide surnaturelle et sur l'intercession des protecteurs célestes, ce qui devait agir favorablement sur l'état moral de la société. Il faut reconnaître la même influence salutaire à l'abandon de la croyance au purgatoire, dont l'âme du défunt peut être délivrée, selon la foi catholique, non seulement par ses propres mérites, par les droits au paradis que lui donne une vie vertueuse sur la terre, mais grâce aux prières et aux offrandes des survivants.

La Réforme, affranchissant, en partie la pensée, était aussi favorable au développement des institutions libérales. Elle fut suivie chez les peuples germaniques de plusieurs tentatives pour conquérir des droits sociaux, et se libérer des classes privilégiées du moyen âge; c'est ce que nous montre avec évidence l'histoire de la guerre des paysans [1]). Dans l'Europe actuelle on peut aussi remarquer que c'est dans les pays réformés que les institutions libérales se développent le plus facilement et sur les bases les plus solides. Le zèle fervent

---

[1]) Wilhelm Zimmermann, Geschichte des grossen Bauernkriegs, zwei B.ᵉ, Stuttgart 1856.

du catholicisme est presque incompatible avec un complet développement des libertés sociales, pour le moins régulier et sans commotions. Chez les Aryens catholiques les institutions libres s'élaborent graduellement en raison directe de l'affaiblissement du sentiment religieux, de l'amoindrissement du pouvoir du clergé, quelquefois même du détachement du catholicisme. Une seule exception se voit dans les républiques italiennes du moyen âge, où les institutions libérales s'établirent sans qu'il y eut diminution de l'esprit religieux. Mais à l'époque de l'affranchissement des communes italiennes, commençait déjà à poindre cet esprit critique qui produisit par la suite l'activité philosophique des Italiens, et donna le premier essor à la pensée libre parmi les Aryens européens, après les ténèbres du moyen âge.

Sur l'art, la Réforme devait avoir une influence nuisible; elle condamne beaucoup de représentations religieuses, ainsi que les éléments de l'art classique [1] qui avaient été introduits dans celui de la Renaissance.

XXIV.

La culture de la Renaissance et le réveil de l'esprit aryen dans les Communes italiennes.

La culture de la Renaissance a été pour les Italiens ce que la Réforme fut pour les peuples germaniques; l'une et l'autre sont le résultat du réveil de l'esprit chez les peuples aryens.

L'affranchissement de la pensée commença en Italie plus tôt qu'en Allemagne et avant la Réforme.

Servis par des circonstances favorables, qui seront expliquées plus loin, les citoyens des communes italiennes se libérèrent peu à peu des entraves qui liaient leurs esprits. Le mou-

[1] W. Lübke, Geschichte der deutschen Renaissance, Stuttgart 1872; — Carrière, Die Kunst in Zusammenhang der Culturentwickelung und die Ideale der Menschheit, 4° B.

vement philosophique commença, dans la société italienne de cette époque, quand apparurent les premiers symptômes de l'éveil des intelligences. La disposition critique de la pensée constitue une des particularités distinctives de la Renaissance; elle se manifeste précisément par l'éloignement de la scolastique, et le penchant pour l'analyse, pour le libre examen.

La scolastique guida, pendant tout le moyen âge, les esprits des classes éclairées : elle fut, comme on le sait, l'investigation philosophique de la théologie, qui par suite des doctrines des Pères de l'Eglise, des décisions des conciles et des papes, devint un dogme et fut considérée comme inviolable. La scolastique dont le trait distinctif consiste dans l'application de la dialectique d'Aristote à la théologie, s'occupait surtout d'une exposition systématique des doctrines chrétiennes [1]), et donnait à la théologie l'apparence d'un système philosophique. Elle était comme la médiatrice entre la foi et la science; entre le dogme et la pensée. Avec une matière donnée, la scolastique devait, d'après un plan prescrit, construire un édifice philosophique. L'Eglise indique ce qu'on doit croire, et la scolastique explique pourquoi ce qu'on croit est la vérité. Les idées de l'homme doivent concorder avec sa croyance; sa foi doit lui être prouvée; c'est l'affaire de la scolastique. Elle se distingue en cela de la théologie qui l'a précédée. Selon l'opinion qui dominait au moyen âge, surtout dans la première période du développement de la scolastique, la philosophie ne pouvait que réduire la théologie en système et le développer. À l'origine, la scolastique était la servante de la théologie, ensuite son alliée et enfin un système indépendant [2]). Mais le caractère général de la scolastique c'est sa soumission à la théologie, même après son affranchissement. Dans la scolastique s'unissent la philosophie et la religion. Jusqu'à tant que cette alliance dure la période florissante de la scolastique continue; elle vit dans son véritable élément; dès que cette union cesse elle décline.

La scolastique a eu son utilité; quoique soumise à l'Eglise

[1]) Geschichte der neuren Philosophie von Kuno Fischer, 1ʳ B.
[2]) Histoire générale de la Philosophie, V. Cousin.

190

elle se forma par suite d'impulsions scientifiques et conduisit à l'activité intellectuelle. Elle commença à orienter les idées vers tout ce que jusqu'alors on avait cru aveuglément, et obligea à raisonner. S'efforçant de prouver les lois de la théologie et ses dogmes, la scolastique établit par là inconsciemment l'autorité de la raison et prépara le futur triomphe de celle-ci. Mais il n'en est pas moins vrai que dans la suite la scolastique devint l'ennemie de la libre pensée. L'action de la scolastique et celle du protestantisme sont presque identiques.

L'idée philosophique chez les Aryens européens étant à l'origine entravée par la théologie, ne parvint qu'avec peine à l'indépendance; et c'est en brisant ses liens et en se mettant souvent en contradiction avec elle qu'elle commença à se développer librement. Ce fut d'abord en Italie, au temps de la Renaissance que ce fait se produisit. La philosophie de cette époque rejeta la scolastique, et on peut la considérer comme une transition entre la scolastique et les systèmes philosophiques indépendants des temps nouveaux. La substance de la nature dans la philosophie de la Renaissance italienne, est reconnue comme indépendante et s'explique par elle même, et non par des principes théologiques.

Il est impossible de ne pas reconnaître que la philosophie classique marque de son empreinte le mouvement intellectuel en Italie, et que la philosophie de la Renaissance s'inspira de la philosophie de la Grèce antique. Quand la pensée, affranchie de la scolastique, avançait encore en Italie d'un pas chancelant, la philosophie grecque, pour ainsi dire, ressuscita pour la soutenir, la ranimer et lui inspirer l'idéal de liberté sans lequel la philosophie ne peut pas exister. La pensée au moyen âge marcha à tâtons jusqu'à ce qu'elle trouvât le chemin de la philosophie hellénique, obstrué par l'oubli où les Aryens européens avaient laissé tomber la culture classique. La connaissance de la philosophie gréco-romaine priva, peut être au commencement jusqu'à un certain point, la pensée italienne d'originalité, dans le domaine de la philosophie comme dans celui de la littérature; mais il serait difficile de ne pas convenir que le développement indépendant de l'esprit et l'éveil des forces intellectuelles en Italie à l'époque de la Renaissance,

bien que sensible avant que l'antiquité classique exerçat son
influence ou indépendamment d'elle, auraient avancé bien plus
lentement sans ces puissants facteurs.

Selon la conception des savants du moyen âge, entre le
monde païen et le monde chrétien il y avait un abîme, une
contradiction qui excluait tout accord entre eux. Le moyen
âge se distinguait par la complète ignorance de ce qui constituait l'essence de la culture gréco-romaine. La Renaissance
commença précisément par l'étude de ce qui s'était conservé
de la civilisation classique. Mais l'imitation des philosophes du
monde antique, provoquée par la connaissance plus approfondie
des ouvrages des penseurs grecs, par l'intermédiaire des Grecs
byzantins, devint par la suite productive sous l'influence de
l'esprit nouveau. Ce ne fut ni un mouvement philosophique
imité des anciens classiques, ni la découverte et l'explication
des formes de la pensée et des systèmes dans leur complète
signification, mais plutôt une manière originale de philosopher,
comme celle des classiques, et l'extraction de la philosophie
grecque et romaine du bourbier où l'avait enfoncée au moyen
âge la scolastique et qui la rendait presque méconnaissable.
On peut dire que les philosophes de la Renaissance, comme
les penseurs grecs et romains, parvirent, par leurs propres
forces et selon les exigences de leur époque, à une conception
plus originale de l'univers.

Dans l'Académie platonicienne des Médicis à Florence [1]
le principe mystique dominait encore. L'union de la foi chrétienne avec la philosophie classique était le but de cette école.
Selon Marcile Ficin — le chef de cette Académie — l'autorité
des prophètes, de la Bible, de la Révélation n'est pas suffisante pour soutenir et ranimer le christianisme parmi les fidèles et il faut, à son avis, avoir recours pour cela à la raison,
à ses hautes déductions, c'est-à-dire à la philosophie classique.
De tous les systèmes philosophiques des penseurs grecs, celui
qui satisfait le plus cette exigence c'est, sans aucun doute la

---

[1] K. Sieveking, Die Geschichte der Platonische Akademie zu Flo-
renz; — Galeotti, Saggio intorno alla vita di Marsilio Ficino, nell'Ar-
chivio Storico, 1859; — Tiraboschi, Storia della Letteratura italiana.

doctrine de Platon. C'est à cause de cela que Marcile Ficin conçut l'idée, comme lui même le dit, de baser le christianisme sur la philosophie platonicienne, et même de prouver que les doctrines chrétienne et platonicienne sont les mêmes ou du moins que la première est la conséquence logique de la seconde. Mais la philosophie platonicienne prit dans l'Académie des Médicis la forme de la philosophie néo-platonicienne d'Alexandrie avec tout son côté mystique.

Une plus grande liberté d'esprit se manifesta dans les systèmes d'autres philosophes de la Renaissance italienne. Le premier parmi ceux-ci fut Pomponazzi [1]), qui naquit à Mantoue et vécut dans le dernier quart du XVe siècle et dans le premier du XVIe. Il fut le représentant de l'esprit vivant de son époque, et on doit le considérer comme un penseur des temps nouveaux. Pomponazzi fut un adepte du système d'Aristote sans, pourtant, lui être servilement assujetti ; mais adoptant ses théories librement et éclectiquement il démontra que la philosophie d'Aristote ne peut par être mise d'accord avec les préceptes de l'Église, et que la vérité philosophique a un tout autre caractère que la vérité religieuse. C'est pourquoi on doit regarder Pomponazzi non seulement comme un commentateur, mais aussi comme un penseur indépendant. On peut dire qu'avec lui commence la philosophie de la Renaissance ; il s'éleva énergiquement contre l'autorité théologique, et, le premier, il rompit les entraves qui paralysaient la raison et l'assujettissaient à l'Église. En expliquant Aristote dans les Universités de Padoue, de Ferrare et de Bologne, Pomponazzi sut éveiller chez ses jeunes auditeurs le désir du raisonnement. Dans son ouvrage sur l'immortalité de l'âme — " De immortalitate animae „ (1516) — qui selon lui ne peut pas être prouvée par la raison, ni par la philosophie d'Aristote, mais est basée uniquement sur la foi, il se montre un penseur original et inaugure une nouvelle philosophie indépendante, en lui donnant une direction plus pratique. Dans le traité " De Incantationibus „ il montre le chemin de l'étude de la nature, et dans son ouvrage: " De fato, libero arbitrio, et praedestinatione „ donna le premier exemple de la

---

[1]) Pietro Pomponazzi per Francesco Fiorentino, Firenze 1868.

critique religieuse comme elle est pratiquée par les protestants, mais en comparant les dogmes avec les déductions de la raison. L'immortalité de l'âme, la Providence sont mises en doute, et deviennent, surtout dans l'Italie septentrionale, le sujet de vives controverses. À la cour du pape Léon X la discussion sur l'immortalité de l'âme était à la mode. Le Cardinal Bembo ne cachait pas sa sympathie pour Pomponazzi. On peut dire qu'il le sauva de l'Inquisition, et pour apaiser cette dernière, il entreprit de modifier l'ouvrage de ce philosophe. " De immortalitate animae „. Profitant de la protection de ce Cardinal, Pomponazzi put publier d'autres ouvrages; mais accusé d'hérésie il n'échappa au bûcher que par miracle.

Un autre penseur remarquable de l'époque de la Renaissance qui, de même que Pomponazzi fraya le chemin à de nouvelles recherches philosophiques fut Bernardino Telesio [1]). Il naquit en 1509 dans la ville de Cosenza en Calabre et mourut en 1588. Telesio fut le fondateur de la nouvelle philosophie naturaliste qui combattait Aristote et qui s'éloignait de l'Église, en prenant pour guide la seule nature. La physique d'Aristote ne satisfaisait pas Telesio et il entreprit de déduire ses conclusions de l'observation et de l'étude de la nature réelle et vivante, précédant ainsi Bacon. " J'ai suivi „ dit Telesio dans son ouvrage — De rerum naturae juxta propria principia — " la nature et le sentiment, rien de plus „. Rejetant toute autorité, tout ce que disent les hommes, Telesio s'adresse à la nature et l'étudie pour déterminer ses phénomènes en établissant cette règle que le raisonnement doit venir des êtres réels et non des abstractions. Il n'accepte d'autre guide que l'expérience en simplifiant les principes qui doivent dériver uniquement de l'observation des objets mêmes. Telesio fut le chef de l'Ecole philosophique naturaliste qui a eu pour centre l'Académie de Cosenza. Quelque peu développées que fussent les idées de Telesio sur la nature, on remarque pourtant déjà dans son système la connaissance des forces de la nature et de leur unité. Les préceptes religieux théologiques étaient par là écartés. Dans la philosophie de Telesio il ne s'agit déjà plus de renouveler le

---

[1]) B. Telesio di Francesco Fiorentino 2 vol. Firenze 1872.

système d'Aristote ou celui de Platon, ni de la dispute entre ces deux Ecoles ressuscitées, mais de la régénération de la nature par la raison de l'homme, de l'établissement du naturalisme qui renie tous les arguments de la philosophie transcendentale [1]). Par son système, Telesio s'attira la persécution des moines, ce qui l'obligea à quitter la société savante qu'il avait fondée à Naples, et à laquelle il avait donné son nom: Académie Télésienne; il se retira à Cosenza, où il mourut.

Si dans la philosophie de Telesio nous trouvons les germes du système de Bacon, le moine dominicain Giordano Bruno se présente à nous comme le prédécesseur de Spinoza. Poète et philosophe en même temps Bruno naquit en 1550 à Nola (Terra di Lavoro). Il a été le penseur le plus remarquable de la Renaissance et, pour ainsi dire, la personnification de cette époque si pleine de vie, si altérée de savoir [2]). L'essence de la philosophie de Bruno [3]) c'est la spiritualisation, la déification de la nature et de l'univers; en un mot, une conception panthéiste de l'univers en opposition avec la théologie chrétienne. Dieu pour Bruno constitue la suprême unité, la cause et la substance de tout. Quittant l'ordre monastique Bruno devint le propagateur de ce nouveau système philosophique entièrement original, qui rejetait la scolastique, surtout l'aristotélicienne qui admet au dessus de la nature la toute puissance de Dieu. La nature ne peut pas s'expliquer par elle même tant que, comme chez Aristote le Dieu qui est hors de la nature constitue sa force motrice et son but. Dans cette manière de contempler l'univers illimité et incommensurable, comme la divinité même, il y a beaucoup de hardiesse et d'originalité. Dans les ouvrages qu'il publia en italien à Londres, en 1584, sont déjà contenues les données d'où découle le système panthéiste de Spinoza, tandis que les idées philosophiques exprimées par Bruno, dans certains vers latins, contiennent la doctrine des monades de Leibnitz. Dans d'autres particularités du système de Bruno se trouvent des données développées plus tard par ce même philosophe

[1]) Kuno Fischer, Geschichte der neueren Philosophie, 1ᵣ B. dritt. Aufl. 1870.
[2]) Bernardino Telesio per Francesco Fiorentino, V. 2.
[3]) Kuno Fischer, Geschichte der neueren Philosophie.

allemand. Iakobi [1]) fut le premier, en Allemagne, qui apprécia les idées de Giordano Bruno et il le compare à Spinoza. Le philosophe allemand Schelling avait aussi une haute opinion de Bruno, et selon Hégel il fut l'initiateur de la philosophie du monisme [2]), c'est-à-dire qui attribue l'origine de la nature de l'univers à un seul principe. On peut dire en général que la conception de Bruno contient en germe beaucoup de thèmes féconds, qui seront ensuite développés par les philosophes des siècles postérieurs. Le système de Bruno, en complète contradiction avec les idées étroites des théologiens sur l'homme et sur la nature, lui attira les poursuites de l'Église. Vivant à l'époque de la réaction catholique en Italie et des persécutions par les puissances ecclésiastiques de la libre pensée sous toutes ses formes, Giordano Bruno ne réussit pas, ainsi que l'avaient fait Pomponazzi et Telesio, à sauver sa vie. Une des principales causes de sa condamnation fut la supposition, contenue dans son système philosophique, de la pluralité des mondes [3]), ce qui était en contradiction avec les préceptes de la théologie et ne s'accordait pas avec le dogme de la Rédemption. Accusé d'hérésie et de violation de ses voeux, livré au pape par la République de Venise, Bruno refusant de se rétracter fut brûlé à Rome, en 1600, sur la place Campo dei Fiori, où se trouve maintenant sa statue érigée par souscription.

Un contemporain de Giordano Bruno, et comme lui moine dominicain, fut Campanella, qui naquit en 1568 à Stilo en Calabre et mourut à Paris en 1639. Il avait un point de vue philosophique original et fut aussi adversaire d'Aristote dans le domaine de la philosophie naturaliste. Campanella se rapporte de Bacon et de Descartes, surtout de ce dernier, comme Bruno de Spinoza et de Leibnitz [4]). Il est impossible par exemple de ne pas convenir que dans quelques particularités de son système, surtout dans l'établissement de son " moi „, Campanella se rapproche beaucoup de Descartes. Ainsi que Telesio, Campanella vérifiait par les phénomènes de la nature ce qu'en

[1]) Ueber die Lehre des Spinoza, Breslau, 1789.
[2]) Hegel, Geschichte der Philosophie.
[3]) Domenico Berti. Vita di Giordano Bruno da Nola, Torino 1868.
[4]) Kuno Fischer, Geschichte der neueren Philosophie.

disent les hommes [1]); c'est-à-dire qu'il comparait les originaux aux copies pour se convaincre si réellement elles les rendaient avec exactitude. Campanella entreprit la transformation
de toutes les parties de la philosophie [2]). Mais son esprit était
plus véhément que fort, plus diffus que profond; il agitait les
esprits sans rien créer et se perdait dans des suppositions.
Dans ses ouvrages il s'est montré ennemi de la scolastique,
avec un penchant pour le platonisme. Ainsi que d'autres philosophes de la Renaissance Campanella fut exposé à des persécutions; accusé de trahison auprès du gouvernement espagnol, qui régnait alors sur le royaume de Naples; déclaré
sectaire et réformateur il fut jeté en prison où il resta 27 ans.

Effrayé par la diffusion de la Réforme dans les pays franco-
germaniques, le clergé catholique commença, en Italie à la fin
du XVIᵉ siècle, une persécution systématique de toute manifestation de la libre pensée. Cela, naturellement, devait nuire à
son développement, mais ne pouvait par arrêter d'un coup le
mouvement philosophique commencé à l'époque de la Renaissance, et qui était l'indice des temps nouveaux, ni empêcher
les sciences de faire des déductions contraires aux préceptes
de la théologie. Ce ne fut qu'au XVIIIᵉ siècle que la réaction
catholique prit le dessus sur la liberté de la pensée et que le
mouvement philosophique cessa en Italie, précisément à l'époque
où il avait atteint des résultats importants de l'autre côté des
Alpes.

XXV.

L'étude de la culture classique par les Italiens de la Renaissance. La Réforme et la Renaissance.

L'étude de tout ce qui s'était conservé de la culture classique par les Italiens de la Renaissance — qui constitue le
trait distinctif de cette époque — ne se borne pas au domaine
de la philosophie, mais s'étend aussi à celui de la littérature

[1]) Pietro Pomponazzi per Francesco Fiorentino.
[2]) V. Cousin, Histoire générale de la Philosophie.

et des arts. Impossible qu'il en fut autrement. En s'éveillant, l'esprit aryen des Italiens devait se sentir attiré par tout ce qui avait le caractère purement aryen dans la civilisation des Grecs et des Romains. C'est pour cela aussi que les éléments de la culture des anciens Hellènes et des Romains, ne seront jamais étrangers aux autres peuples aryens de l'Europe, parvenus à leur majorité dans le développement intellectuel; ils seront toujours compris et hautement appréciés par eux; même ils se les assimileront; toujours ils auront de l'influence sur leur civilisation et contribueront à son progrès.

L'étude de l'antiquité classique, des langues grecque et latine de notre temps, comme dans le passé, ne peut être utile qu'aux peuples de race aryenne. Dans la culture des Grecs et des Romains, et dans celle des premiers plus que dans celle des seconds, se développèrent des éléments purement aryens, sans le mélange des principes sémitiques, qui furent introduits dans la culture des Aryens européens par le christianisme, de sorte que ce n'était qu'en s'appuyant sur les éléments de civilisation des peuples classiques qu'ils pouvaient revenir à des principes purement aryens. Nous voyons que toutes les fois que des peuples aryens s'émancipent, jusqu'à un certain point, de l'influence du christianisme sémitique, ou bien quand ils modifient la religion chrétienne, en en excluant en partie les éléments sémitiques, comme cela est arrivé à l'époque de la Réforme et de la Renaissance, le désir de connaître l'antiquité classique augmente chez eux et leur admiration pour elle grandit. La culture de l'Inde et celle de la Perse étaient aussi aryennes, mais elles s'éloignent davantage de la civilisation des Aryens européens que la culture des Grecs et des Romains. Dans la civilisation des Perses il y a beaucoup d'éléments non aryens, ainsi que nous l'avons vu, et dans la culture des Hindous on trouve des principes dus à des conditions climatologiques qui modifièrent leurs idées primitives et défigurèrent la pureté de leur culture aryenne. C'est pourquoi la civilisation des Grecs et des Romains a toujours été plus sympathique aux Aryens européens, que celle des Perses et des Hindous.

La culture des Grecs et des Romains, contenant des principes qui devaient avoir de l'attrait pour les peuples de même race aryenne, contribua à leur développement, tandis qu'au contraire ces principes n'avaient pour les Sémites et les Touraniens aucune signification. L'unique exemple d'assimilation par un peuple de race non aryenne des éléments de culture classique nous le trouvons chez les Arabes ; mais ici cet emprunt, comme nous l'avons déjà dit, s'accomplit dans le domaine de la philosophie et fut tout aussi incomplet que stérile.

Il n'est donc pas étonnant, que l'étude de tout ce qui s'est conservé de la culture gréco-romaine, passionnât les Italiens de la Renaissance, excitât au plus haut point leur admiration et servît à compléter heureusement les dons de leur esprit. La Rome des Gracques et des Scipions frappait davantage l'imagination des Italiens de cette période que la Rome de S. Pierre et de S. Paul. Même quelques papes de cette époque protégèrent l'étude de l'antiquité classique et de ses monuments. Déjà au XIVᵉ siècle en Italie on admirait les auteurs grecs ; Pétrarque avait une véritable vénération pour la littérature grecque, quoiqu'il ne sût pas le grec [1]). Au siècle suivant l'attrait qu'exerçait la littérature hellénique fut doublé par la venue en Italie des savants Grecs, qui y cherchaient un asile après la prise de Constantinople par le Turcs. Ils furent très bien reçus et généreusement traités, non seulement par les souverains, mais même par les particuliers. Mais c'étaient surtout les antiquités romaines qui attiraient l'attention des Italiens, parce que la langue latine présentait beaucoup moins de difficultés que le grec. Pétrarque, Fazio degli Uberti, Poggio Bracciolini admiraient les ruines grandioses de Rome, s'inspiraient d'elles. Le sentiment de parenté avec les Grecs et les Romains, avec leur philosophie et leur art animait les artistes et les poètes de la Renaissance et donnait à toute cette époque un élan de jeunesse et de vitalité. Les humanistes purifièrent le latin des Italiens, lequel avec la langue barbare de l'Eglise du moyen âge fit désormais un frappant contraste.

La Renaissance fut ainsi pour les Italiens comme une sorte de Réforme. Mais le mouvêment philosophique, qui commença

---

[1]) Die Wiederbelebung des classischen Alterthums, oder das erste Jahrhundert des Humanismus, von Georg Voigt, zwei B. Berlin 1881

à cette époque en Italie, eut un tout autre caractère que l'affranchissement de la pensée qu'on voit se manifester alors de l'autre côté des Alpes. La Réforme fut une modification de la doctrine chrétienne, mais qui n'outre-passa point les limites de cette religion ; tandis que l'activité philosophique, commencée en Italie d'une manière indépendante, sans le concours de la transformation religieuse eut tout à fait le caractère d'un réveil philosophique et établit les bases d'un système de critique qu'aucun dogme religieux ne limitait. Aussi voyons-nous le protestantisme pénétrer plus profondément dans les classes populaires de l'Allemagne que le mouvement philosophique en Italie. Cette activité philosophique indépendante de la religion, à laquelle l'Allemagne parvint à la suite de la Réforme, commença en Italie plus tôt que dans les pays germaniques et se manifesta définitivement chez les philosophes que nous avons nommés, mais spontanément et non pas comme conséquence d'un renouvellement religieux comme en Allemagne. Malgré tout, il y a pourtant entre la Réforme et la Renaissance beaucoup de points de contact. Cette dernière conduisit aussi à des modifications dans l'idéal chrétien, elle diminua la frayeur qu'inspirait le christianisme sémitique, c'est-à-dire le catholicisme du moyen âge, et inspira l'amour de la nature. La Réforme ainsi que la Renaissance marchèrent vers le même but – vers l'affranchissement de la tyrannie dogmatique et des traditions de l'Eglise.

La Réforme des pays germaniques ne pouvait pas s'établir en Italie, car elle contenait un principe ascétique et aride, et elle était en grande partie hostile à ce que la vie offre de joyeux et d'agréable. Dans la rigidité et l'austérité des réformateurs franco-germaniques il y avait en effet un certain degré d'ascétisme, mais certainement d'un caractère différent de l'ascétisme de l'Orient sémitique ; ce n'était pas l'anéantissement définitif de la pensée, de l'analyse et de l'examen, mais quand même la restriction de certains penchants de l'homme, qui sans avilir sa nature peuvent lui procurer des moments agréables. Cet ascétisme protestant se manifesta surtout dans le calvinisme, que les Italiens connaissaient mieux que la doctrine de Luther. À l'apparition du protestantisme, les Italiens avaient déjà commencé une vie nouvelle, et s'étaient affranchis de cet ascétisme qui dominait dans le catholicisme du moyen âge. La Réforme avait, en outre, de l'autre côté des Alpes, un caractère iconoclaste, toujours antipathique aux Italiens, comme à tous les peuples méridionaux, car il contredit leur nature, leur penchant à exprimer leurs idées par la sculpture et la peinture.

Le caractère iconoclaste de la Réforme, dans les pays franco-germaniques, fut donc une des causes de son peu de diffusion en Italie, à l'époque de la Renaissance et dans les siècles suivants. Au contraire, la prohibition du culte des images, qui constitue une des bases principales du protestantisme n'allait pas contre le caractère et les penchants des peuples de l'Europe centrale, et surtout septentrionale, où la nature n'engage pas l'homme, autant qu'en Italie, à donner à ses idées une forme palpable ; où le sentiment religieux se manifeste par une demi-obscurité mystérieuse ; par des lignes architecturales qui se réunissent et s'élèvent dans la pénombre ; par des formes monochromes, et non pas par des contours clairement définis, par des espaces pleins de lumière et de couleurs, comme chez les habitants des pays méridionaux de l'Europe.

Des idées iconoclastes surgirent dans beaucoup de sectes protestantes du centre et du Nord de l'Europe ; parmi les Hussites de Bohême et les protestants de Hollande, par exemple, les iconoclastes zélés et même violents étaient nombreux. Ainsi nous voyons que dans les pays, dont la nature ne favorise pas le développement de la peinture et de la sculpture, comme par exemple le Nord de l'Europe, l'iconoclasie triompha. Les protestants de la Suède, de l'Écosse, de la Finlande sont beaucoup plus exclusifs en ce qui concerne l'art religieux que les réformés du Sud de l'Allemagne, et de la France. Les protestants du Midi admettent plus d'ornements dans l'intérieur de leurs temples que ceux du Nord. Le protestantisme dans le Sud de la France peut être considéré comme la continuation, ou le contre-coup de la doctrine des Albigeois. Rappelons-nous que le désert sablonneux a eu la même action sur ses habitants et a conduit aux mêmes résultats, que le désert des régions neigeuses. Dans les deux cas la nature uniforme et monotone, ne développa pas chez les habitants l'amour de l'art figuratif, ni la faculté d'exprimer par lui leurs idées et leurs aspirations religieuses ; elle les porta au contraire — à chaque manifestation de leurs aspirations véritables lors du réveil de leur vie intellectuelle — à rejeter cet art qui avait été porté du déhors, à la suite de circonstances particulières, et à le considérer comme un principe condamnable. Nous avons pu le voir dans les pays septentrionaux de l'Europe, lors de l'apparition de la Réforme, et chez les Arabes quand ils adoptèrent la loi de Mahomet. Les iconoclastes du Sud et du Nord ont agi sous l'influence des mêmes causes.

Cette différence dans la manière d'envisager l'art dans les pays septentrionaux et dans les méridionaux apparaît très clairement dans les personnalités de quelques papes du XVIᵉ siècle. Pour les papes italiens, comme Jules II, Léon X la peinture et la sculpture servaient à glorifier Dieu et la religion, tandis que le pape Adrien VI, né à Utrecht, successeur du pape Léon X, considérait les œuvres d'art, créées sous les pontificats de ses prédécesseurs, comme dangereuses et voulait les anéantir. Par bonheur son pontificat ne dura qu'une année et quelques mois.

Les idées iconoclastes se manifestèrent déjà dans les premiers siècles du christianisme chez plusieurs évêques et écrivains de l'Orient sémitique, mais en ce qui concerne le mouvement iconoclaste dans le Bas-Empire, qui prit une si grande extension au commencement du VIIIᵉ siècle, il est évident qu'il fut suscité par le contact avec les Arabes, aussi ennemis des images que les Hébreux. On sait que les Mahométans reprochaient aux chrétiens de retourner à l'idolâtrie en adorant des images et des statues. À cette accusation étaient exposés surtout les chrétiens qui habitaient les provinces limitrophes des Arabes, alors très fanatiques, pleins de zèle religieux et fiers de leurs conquêtes. Le premier empereur iconoclaste, Léon l'Isaurien, ancien soldat et de basse extraction était originaire de l'Isaurie, province de la partie méridionale de l'Asie Mineure, dont les habitants étaient en continuel contact avec les Arabes et pouvaient facilement être soumis à leur influence. Les autres empereurs iconoclastes étaient aussi originaires de l'Asie Mineure et de la Syrie. Léon V naquit en Arménie ; Michel II en Phrygie. Les évêques iconoclastes, de même, venaient de ces contrées. Les légions que ces empereurs byzan-

202

tins envoyaient dans les provinces pour détruire les images se recrutaient en Asie. Au contraire les empereurs et les impératrices qui rétablirent le culte des images étaient originaires des provinces européennes du Bas-Empire. Ainsi, par exemple, l'impératrice Irène était athénienne, et l'empereur Basile Ir naquit en Macédoine.

Les papes se montrèrent hostiles aux idées iconoclastes des Byzantins, et en Italie elles furent rejetées par le peuple et par le clergé. Malgré les menaces des empereurs de Byzance les papes ne cédèrent pas. Ainsi nous voyons, que les idées iconoclastes apportées du désert de l'Arabie aux habitants de l'Europe méridionale, c'est-à-dire dans la péninsule des Balkans et en Grèce, où la nature excite l'homme à l'activité artistique, furent vite étouffées et l'art religieux reconquit ses droits, tandis que ces mêmes tendances iconoclastes répandues dans les pays protestants de l'Europe septentrionale, où la nature est pauvre de formes et de couleurs, se sont conservées jusque de nos jours.

Pour ces mêmes raisons la Réforme prêchée à la fin du XVᵉ siècle par Savonarole à Florence échoua. Sa doctrine se basait sur l'ascétisme [1]; selon lui l'homme ne doit se préoccuper que de ce qui peut contribuer à sauver son âme. Il était hostile à la culture classique; d'après ce moine dominicain toute la civilisation gréco-romaine est entachée de paganisme et ce vice d'origine suffit pour entraîner sa condamnation. Il admettait seulement l'étude de quelques écrivains de la Grèce et de Rome; comme par exemple: Homère, Virgile, Cicéron et même ceux-ci dans des limites très restreintes. La science est nuisible, disait Savonarole, au moins pour la masse du peuple. Dans un accès de ferveur religieuse il lui arrive de condamner la philosophie n'admettant par sa morale [2]. Vers la fin de sa carrière, quand les principes sémitiques du catholicisme du moyen âge, contenus dans sa doctrine, commencèrent à s'accentuer plus fortement, Savonarole témoigna du dedain pour

[1] Burckhardt, Die Cultur der Renaissance in Italien, Leipzig 1869, zw. Auf.
[2] La Storia di Girolamo Savonarola da P. Villari seconda edizione, Firenze 1887-1888.

les déductions de la raison, pour la poésie et en général pour toutes les connaissances humaines, exigeant la destruction des œuvres d'auteurs classiques, dans lesquelles on glorifie les faux dieux. " Laissez Marcile Ficin „ dit Savonarole, chercher l'appui de la doctrine chrétienne dans le Platonisme ; malgré tout, lui, Platon, Aristote et autres philosophes brûlent dans l'enfer. Dans le domaine de la foi chaque vieille femme en sait plus long que Platon même „. Pour Savonarole, ainsi que pour ses prédécesseurs du moyen âge la littérature, l'art, toutes les formes de la pensée devaient servir la théologie [1]). Quelques tableaux de maîtres, des statues, beaucoup de portraits et d'autres productions artistiques, des écrits, entre autres ceux de Pétrarque ; des parures de dame, des ornements, des instruments de musique, des masques et autres objets, servant à des jeux et à des récréations d'un caractère très innocent, auxquels on donnait le nom de " Vanités „ furent brûlés par les Florentins sur des bûchers, selon l'ordre de Savonarole dans les années 1497 et 1498. Vasari insiste sur la beauté de beaucoup de peintures et de sculptures détruites à cette occasion. Savonarole faisait en général peu de cas de la liberté et lâchait la bride aux persécutions au nom de la religion, menaçant, par exemple, du bûcher les astrologues. On devine facilement en lui le fanatique religieux, et on peut dire, sans exagération, que ce moine dominicain, qui après tout n'était qu'un inquisiteur manqué, et auquel sa fin tragique et son opposition à un pape empoisonneur ont donné une certaine auréole, aurait brûlé les autres s'il n'avait pas été brûlé lui même. Pendant son exécution un citoyen florentin s'écria : " Enfin le voilà qui brûle celui qui aurait voulu me brûler „. Bien des personnes à Florence auraient pu dire la même chose. S'il se fut rendu maître de la république, sans aucun doute il aurait vite substitué sur les bûchers aux soi-disant " Vanités „ ceux qu'il considérait comme des hérétiques.

Dans sa campagne contre l'art contemporain, le réformateur part d'un principe analogue à celui qui l'a inspiré dans ses attaques contre les savants, les poètes, les philosophes [2]).

[1]) Les Précurseurs de la Renaissance par E. Müntz, Paris 1882.
[2]) Les Précurseur de la Renaissance par E. Müntz.

204

Savonarole admettait uniquement l'art religieux mystique ¹), et c'est pour cela qu'il était l'adversaire du réalisme dans l'art qui, selon lui correspond au rationalisme dans la littérature. Savonarole condamna également les figures païennes et les représentations d'un caractère réaliste; il était contraire à l'introduction dans l'art de scènes de la vie journalière, et de portraits de contemporains dans les tableaux religieux. Les figures byzantines stéréotypées suffisaient à ses aspirations artistiques.

Beaucoup se déclaraient alors pour Savonarole et le tenaient pour un réformateur des mœurs, pour un ennemi des abus du clergé, pour un prédicateur éloquent et pour le champion d'une réforme morale et religieuse. Mais la culture de la Renaissance à Florence était déjà trop avancée, elle avait atteint des résultats trop évidents pour que les idées ascétiques de Savonarole, sa réprobation de la civilisation classique renaissante, — toujours si sympathique à l'esprit des Aryens européens quand il commence à s'éveiller, — pour que sa haine pour l'art figuratif et pour tout ce qui n'est par chrétien, dans la poésie et dans les arts, pour que ses efforts pour convertir la vie en une continuelle pénitence et la ville en un vaste couvent, pour que, en un mot, tout ce qui aurait dû faire rétrograder la société vers le moyen âge pût prendre pied à Florence. Savonarole n'admettait pas l'introduction du principe philosophique dans le catholicisme; le triomphe de sa doctrine n'aurait pas amené l'affranchissement de la pensée, ni donné au christianisme un caractère plus aryen, comme le fit la Réforme de Luther.

Ce qui ne réussit pas à Savonarole à Florence fut accompli à Genève par Calvin, c'est-à-dire qu'il réussit à introduire une morale ascétique et des principes iconoclastes dans les mœurs des habitants de cette ville. Mais Calvin malgré son fanatisme religieux admettait comme réformateur, jusqu'à un certain point les investigations de la pensée critique dans les préceptes de la foi, ce qui est le premier pas fait vers l'af-

¹) Gustave Gruyer, Les Illustrations des écrits de Jerôme Savonarole publiés en Italie au XVᵈ et au XVIᵈ siècles et les paroles de Savonarole sur l'art, Paris 1879.

franchissement de l'esprit dans les pays franco-germaniques, tandis que Savonarole ne s'écartait pas de ce qui était établi par le catholicisme. Il n'avait pas subi l'influence de la culture classique renaissante, et sa réforme ne contenait aucune garantie de la liberté de la pensée. Dans son idéal dominaient des principes ascétiques et mystiques d'un caractère entièrement sémitique.

L'éveil de l'esprit aryen, qu'on nomme la Renaissance, porta aussi l'Italie à une réforme, mais à une réforme d'une tendance philosophique qui commença, non par une transformation du catholicisme, comme en Allemagne, mais par l'extension de la liberté de la pensée. N'ayant pas un caractère aussi positif que la réforme religieuse en Allemagne, ne se distinguant pas par un détachement si marqué des religions qui existaient déjà, cette réformation italienne n'a pas été aussi remarquée ; mais nous pouvons la suivre dans les modifications qui s'accomplirent à cette époque dans le catholicisme. Impossible de ne pas remarquer que, dans le communes italiennes, dès le XIV⁰ siècle, le catholicisme perd le caractère exclusif et fanatique, qui y dominait au moyen âge, et graduellement se montre plus tolérant, prend une teinte plus poétique. A l'époque de la Renaissance les idées religieuses des Italiens deviennent moins ténébreuses, l'idéal de leur foi se modifie, leur conception des sujets sacrés prend une direction philosophique, et tout cela se manifeste de la manière la plus claire et la plus décisive, comme nous le verrons plus loin, dans l'art religieux. Dans les républiques italiennes, le catholicisme était envisagé et pratiqué plus largement, avec plus de liberté que dans les autres pays catholiques de ce temps. C'est ainsi, que l'affranchissement des esprit en Italie, qui commença par une compréhension plus philosophique du catholicisme, conduisit par la suite à des systèmes spéculatifs fondés sur une activité intellectuelle indépendante.

Même le clergé, en Italie, n'était pas, à l'origine, hostile au mouvement intellectuel de la Renaissance et s'efforçait plutôt de s'approprier ses résultats que de s'opposer à leur diffusion. On peut en juger par sa tolérance pour l'adoption de nouveaux types dans l'art, se rapprochant, davantage de la nature humaine, et s'éloignant des images byzantines, consacrées par le temps et les traditions. Il y eut même des papes protecteurs zélés de l'art.

Ce ne fut que quand la doctrine de Luther commença à se répandre dans les pays germaniques, et à envahir des États entiers, menaçant le catholicisme d'un entier anéantissement, que le clergé regarda avec défiance et même avec hostilité l'affranchissement de l'esprit italien. Effrayées par de si rapides progrès de la Réforme, les puissances ecclésiastiques de l'Italie condamnèrent les idées que jusqu'alors elles avaient tolérées, et se jetèrent dans la réation. La situation de l'Italie, à cette époque, facilita les efforts de cette réaction. Deux siècles après que se furent éteintes les premières lueurs de l'affranchissement de l'esprit aryen dans les républiques italiennes, leurs libres institutions furent anéanties, parfois par suite de l'animosité des partis, comme par exemple en Lombardie, mais parfois aussi par suite de l'impuissance à résoudre la question sociale, ainsi que cela eut lieu à Florence. Le pouvoir despotique d'un seul remplaçait presque partout les anciens gouvernements populaires, ce qui amena la désorganisation de la société. L'Italie était en même temps ruinée, dévastée par des guerres continuelles; et finalement une grande partie de la péninsule fut définitivement assujettie à l'étranger. Tout cela effraya et humilia le peuple italien, arrêta son développement et rendit possible la réaction catholique. Pour combattre la libre pensée le clergé fut contraint, en Italie, à chercher un appui dans ceux qui l'avaient asservie, et nous voyons que même jusqu'à nos jours les puissances ecclésiastiques se mettent toujours, en Italie, du côté de ses oppresseurs nationaux ou étrangers ce qui les rendit, et les rend encore maintenant impopulaires.

Dans le courant du XVIᵉ siècle la liberté des républiques italiennes — là où elle existait encore, — comme par exemple à Florence, fut définitivement étouffée. Les Espagnols, parmi lesquels les idées de la Renaissance et de la Réforme n'avaient pas pénétré, s'établirent dans le royaume de Naples et en Lombardie, mais leur influence s'étendait sur toute la péninsule, à l'exclusion de Venise, qui conserva son indépendance, mais qui ne fut jamais le centre d'une culture intellectuelle, philosophique et littéraire, comme Florence. À Venise une aristocratie tyrannique assujettissait la masse des citoyens, en entravant leur vie intellectuelle et en paralysant leurs forces morales, au même degré que le pouvoir despotique d'un seul le fit dans les autres républiques italiennes, après la perte de leur liberté. La puissance du pape augmenta considérablement par suite de la réaction catholique. Tout cela devait naturellement paralyser le développement de la pensée en Italie ; par la perte de la liberté et de l'indépendance sa vie intellectuelle fut interrompue. À cette époque le catholicisme prend visiblement en Italie un caractère sémitique plus accentué que dans les siècles précédents. En Allemagne une pareille réaction n'était pas possible, parce qu'un certain affranchissement de la pensée avait déjà pénétré dans l'Église réformée, qui en triomphant sur ses ennemis était devenue une puissance.

Le triomphe du catholicisme paralysa en Italie les efforts pour rétablir la liberté civile. On voit plusieurs fois dans l'histoire, qu'avec la prépondérance de cette religion, le mouvement philosophique et le développement des institutions libérales s'arrêtent ou deviennent plus difficiles. C'est ce qui a lieu surtout quand le catholicisme devient religion d'État, et qu'il acquiert le pouvoir d'exclure toutes les autres religions, comme cela arriva en Espagne et en Italie à l'époque de la réaction catholique. Au contraire à chaque manifestation de la libre pensée chez les Aryens, qui professent le catholicisme, celui-ci perd une partie de sa force. Une religion d'un caractère sémitique — le catholicisme — donna aux Aryens les institutions sociales des Sémites et suscita parmi eux l'idée de la provenance divine du pouvoir temporel. Les principes du catholicisme appliqués aux institutions civiles des peuples aryens, peuvent créer une organisation sociale tout aussi immuable, ne permettant pas plus le développement de principes libéraux, tout aussi incapable de réformes progressives que les institutions sociales des peuples sémitiques. Ainsi, dans les pays catholiques, pendant plusieurs siècles et jusqu'à l'affranchissement de l'esprit, le pouvoir suprême du souverain fut considéré comme sacré, provenant de Dieu.

La consécration par la religion du pouvoir monarchique dans les pays catholiques, la formation du principe du droit divin qui existaient déjà à Byzance et dans l'Europe du moyen âge, reprirent une nouvelle force avec la réaction provoquée dans le monde catholique par le protestantisme. Le pouvoir suprême qui s'appuie sur la religion dans les pays protestants, là où il existe, n'est pas aussi stable que dans les pays catholiques. En Italie après la réaction, se manifestèrent de nouveau, et avec plus de force, dans le catholicisme, les principes sémitiques qui y sont contenus; mais cette religion ne pouvait déjà plus reconquérir parmi des peuples influencés par la Réforme ou par la Renaissance, cette force qu'elle avait au moyen âge. En Espagne seulement, restée en arrière du mouvement intellectuel de cette époque, le catholicisme, ayant un pouvoir extraordinaire — car il était devenu l'étendart de la nationalité pendant la lutte de sept siècles contre les Arabes — ne perdit rien de sa force et donna aux Espagnols, un caractère en partie sémitique; de sorte qu'on peut les appeler avec raison des Sémites aryens. Il est impossible en effet de ne pas remarquer, que les Espagnols d'Europe, ainsi que ceux d'Amérique, sont aussi incapables que les Sémites, d'une activité philosophique, de l'affranchissement de la pensée, de même que d'un développement régulier des institutions libérales. Leur vie sociale, est remplie comme celle des Sémites, quoique pas au même degré, de brusques contrastes.

Nous voyons par conséquent, que la pensée aryenne, ayant un caractère essentiellement différent de l'activité intellectuelle des Sémites, et en général des peuples d'autres races, se manifesta pour la première fois parmi les Grecs et les Romains, qu'elle perdit sa pureté, envahie par les éléments asiatiques, et, qu'enfin, elle apparut de nouveau, avec plus ou moins de plénitude, dans la Renaissance et la Réforme.

La description des productions de la peinture et de la sculpture de l'époque de la Renaissance italienne, à laquelle seront consacrées les pages qui suivent, nous prouvera que le changement qui s'opéra dans l'idéal religieux des Italiens de cette période fut la conséquence du réveil de l'esprit aryen, qui se manifesta, ainsi que nous l'avons vu, dans d'autres

branches de l'activité intellectuelle des Italiens, mais plus vivement, plus complètement, avec plus d'évidence dans leur
art religieux.

Avant de procéder à la description et à l'examen des
productions des maîtres italiens de la Renaissance, il est cependant indispensable de déterminer dans quel état se trouvait
l'art chrétien des trois premiers siècles, c'est-à-dire de l'époque
où existaient encore les traditions de la civilisation classique,
et de définir la formation d'un nouveau style, qui s'élabora
sous l'influence des éléments de l'Orient sémitique, et domina
en Europe tout le moyen âge. Il fut évincé d'abord en Italie,
et ensuite dans les pays franco-germaniques par l'art de la Renaissance.

Nous verrons ainsi comment l'art chrétien à son apparition prend le caractère classique, et plus tard au IVe siècle,
se transforme, sous l'influence des idées de l'Orient sémitique,
qui envahirent Rome. Par l'action des mêmes causes, mais
avec plus de force, se forme dans l'Empire d'Orient le style
byzantin, qui reste immuable jusqu'à nos jours; car à Byzance le réveil de l'esprit aryen ne s'est pas produit. Nous
verrons aussi comment, par suite du réveil chez les Italiens
de l'esprit aryen, surgit l'art philosophique de la Renaissance,
qui trois siècles plus tard, par suite de la réaction catholique,
favorisée par la désorganisation sociale de l'Italie, reflète de
nouveau les idées du christianisme sémitique, qui domina en
Occident tout le moyen âge.

SECONDE PARTIE

I.

L'Influence de la nature sur la formation des idées religieuses.

Tandis que le Vésuve ensevelissait sous ses cendres Pompéï et inondait de lave Herculanum — villes destinées à réapparaître à la surface de la terre, après plus de dix-sept siècles pour nous révéler tant de particularités intéressantes de la culture classique, et nous découvrir les côtés intimes de la vie des anciens Romains, tandis que ces villes disparaissaient pour longtemps, naissait à Rome, dans les Catacombes, l'art chrétien [1]. Sacrés pour les autorités romaines comme lieux de sépulture, les hypogées chrétiens, à l'entrée desquels jusqu'à la moitié du IIIe siècle s'arrêtaient les persécutions, furent les premiers témoins de la manifestation par l'art des idées religieuses des disciples du Christ. En examinant les types des figures représentées par les premiers chrétiens, on peut facilement observer que leur croyance avait le même caractère que les sentiments religieux des Grecs et des Romains de cette époque. La même différence qui existait, ainsi que nous l'avons déjà vu, entre la civilisation et le développement intellectuel des Aryens du monde antique et ceux des Egyptiens et des

[1] G. B. de Rossi, Roma Sott. Crist. T. I, II, III; Bullettino di Archeologia crist., 1863-1884; — P. R. Garrucci, Storia dell'Arte Cristiana; — Dr Carl Schnaase, Geschichte der bildenden Künste bei den Alten, zv. Aufl, Düsseldorf 1866; — Gottfried Kinkel, Geschichte der bildenden Künste, Bonn 1845.

peuples asiatiques, existait aussi entre leurs idées religieuses [1]), et par conséquent, entre leur manière de représenter la divinité.

Les dieux de la mythologie classique, comme nous l'avons déjà vu, prennent des figures humaines; ils sont animés par les sentiments et les passions des mortels, étant très rapprochés d'eux, capables de les comprendre et d'en être compris. Dans la manière de les concevoir il y a plus de données philosophiques, et en général les divinités ne sont pas si terribles pour l'homme, pas si absolues que les dieux de l'Orient sémitique et de l'Egypte, énigmatiques, éloignés de l'homme, séparés de lui par des ténèbres impénétrables, n'ayant ni sa nature physique, ni sa nature morale, terribles pour les mortels, ne se manifestant pas à eux si complètement, et d'une essence que la raison humaine ne peut pas concevoir.

Il est hors de doute que, sur la manière de concevoir la divinité, les phénomènes de la nature, l'aspect et les manifestations de celle-ci devaient avoir une influence décisive. Tout ce qui est incompréhensible pour l'homme, dont l'esprit ne possède pas les lumières de la science, tout ce qui lui semble impossible, il l'explique par le miracle, c'est à dire la manifestation d'une force surnaturelle [2]).

Les phénomènes de la nature, étant capables de frapper plus fortement l'imagination de l'homme, que les évènements de la vie journalière, les manifestations physiques qui lui sont incompréhensibles le conduisent le plus souvent à la création

---

[1]) Schnaase, Geschichte der bild. Künste; — E. V. Hartmann Des Religiöse Bewusstsein der Menschheit; — O. Peschel, Völkerkunde, Leipzig 1875; — Max Duncker, Geschichte des Alterthums; — G. Maspero, Histoire ancienne des peuples de l'Orient, Paris 1878; — Maury, Religions de la Grèce antique; — Taine, Philosophie de l'Art; — Ad Pictet, Les Origines Indo-Européennes, ou les Aryas primitifs; — Renan, Histoire générale et système comparé des Langues sémitiques; — Carrière, Die Kunst im Zusammenhang der Culturentwickelung und die Ideale der Menschheit; — Max Müller, Lectures on the Science of language; — Chips from a German Vorkshop; — Letture sopra la Mitologia Vedica, dal Prof. Angelo de Gubernatis, Firenze 1874.

[2]) C'est pourquoi on peut dire avec fondement que les religions primitives ont eu un caractère non pas monothéiste, ni polythéiste, ni panthéiste, mais pandémoniaque.

d'Êtres surnaturels. Ainsi par exemple, les changements des saisons; l'apparition de la lumière, c'est à-dire le lever du soleil; son coucher c'est-à-dire les ténèbres; la chaleur et le froid; la fertilité ou la stérilité du règne végétal, et d'autres phénomènes physiques, deviennent des figures divines, luttant l'une contre l'autre presque dans toutes les religions du monde antique.

Si on peut dire que le climat, l'aspect de la nature au milieu de laquelle vit l'homme le rendent soit gai, soit mélancolique; qu'il éprouve d'autres sensations s'il se trouve dans une forêt, ou dans une prairie, dans la plaine ou sur une montagne, dans le désert ou au milieu de champs cultivés; au bord de la mer, d'un grand fleuve, ou d'un ruisseau, de même nous avons le droit d'affirmer que les différents phénomènes de la nature, de force inégale, agissent diversement sur l'homme primitif et créent dans son imagination des Êtres surnaturels de différent caractère.

Si la philologie nous enseigne, que les dieux de beaucoup de religions ne sont que la personnification des phénomènes de la nature, la qualité même de ces derniers, favorables ou nuisibles à l'homme; la force plus ou moins grande avec laquelle ils frappent son imagination et agissent sur ses sentiments définissent le caractère de la divinité et déterminent la conception qu'il s'en forme. Les manifestations de la nature sont ainsi à la base des idées mythologiques, et celles-ci se forment selon l'impression produite sur l'homme par les divers phénomènes. Sous cette influence s'élaborèrent et, avec le temps, se modifièrent les religions. On peut facilement trouver les traces de cette action de la nature dans toutes les croyances des peuples anciens, et dans leur développement ultérieur; et même quand les religions se transforment cette influence ne perd pas sa force.

Les divinités païennes subirent des changements dans les principaux traits de leur caractère, ainsi que dans leurs attributs sous l'action de conditions climatologiques différentes, par suite de l'émigration des peuples qui les adoraient.

En Grèce, où la nature n'a pas les forces qui subjuguent l'homme dans les pays tropicaux; où tout est modéré, harmonieux, beau ; où les phénomènes effraient rarement, menacent rarement l'homme ; où les montagnes ne sont pas d'une hauteur démesurée ; où les orages ne prennent pas le caractère de cataclysmes ; où la végétation n'a pas des proportions gigantesques qui envahissent tout ; où on ne trouve ni des déserts sans fin, ni un Océan illimité, où les fleuves ne sont pas démesurément larges ; dans une telle nature qui n'écrase pas l'homme, mais l'invite à élever gaiement ses regards vers le ciel ; qui laisse à ses idées pleine liberté et qui éveille en lui l'énergie et l'indépendance ; dans cette nature riche en formes esthétiques, en tendres nuances et dont les manifestations sont modérées et pleines d'harmonie, devait se développer une conception claire de la divinité, d'une divinité favorable à l'homme. Les dieux de la Grèce se présentaient à l'imagination des Hellènes comme des Êtres rapprochés des mortels et leur essence pouvait être comprise par la raison humaine ; ils apparaissaient éternellement jeunes, invariablement beaux, revêtant de belles formes ; généreux dispensateurs des biens de ce monde, ayant les sentiments et les faiblesses des hommes, leurs qualités et leurs défauts. Les attributs des dieux helléniques rappellent les occupations et les plaisirs des mortels ; ils sont les protecteurs de leurs arts, de leurs goûts élevés, de leur activité intellectuelle. Quelquefois ils deviennent terribles à cause de la témérité, de la folie, de l'audace humaine, mais il ne sont pas toujours menaçants. Ils entrent en relation avec l'homme ; parfois ils l'admettent dans leur milieu, ou même luttent avec lui. Les dieux de la Grèce sont certainement plus forts et plus puissants que les mortels, mais leur force n'est pas employée à des actions monstrueuses ; ils sont arbitraires dans leurs actes, mais l'homme peut éviter leur courroux. Les Grecs osaient assimiler leurs actions à celles des dieux et les juger. Les héros ou les demi-dieux se tenaient entre les dieux et les mortels formant une transition des premiers aux seconds. Ce n'est que par exception que nous trouvons chez les Grecs des mythes qui n'ont pas tout à fait ce caractère et cela doit être attribué à l'influence des peuples sémitiques et de l'Egypte dans les temps primitifs ; peut-être faut-il y voir l'hérédité des anciens cultes, qui se formèrent en dehors de la Grèce dans les périodes des transmigrations, après l'abandon du berceau commun à tous les peuples aryens. Dans tous les cas ces principes étrangers au caractère de la mythologie grecque, disparaissent bientôt, vaincus par des éléments plus humanitaires, par des figures plus humaines du culte grec, développé sur le terrain hellénique. Les dieux de la Grèce étaient adorés dans des temples qui nous étonnent encore par leur beauté, par l'harmonie de leurs différentes parties, mais qui ne nous frappent pas par leurs dimensions colossales.

Une influence pareille des phénomènes de la nature se remarque dans la conception des dieux créés par l'imagination des peuples qui habitaient l'Italie, dont les parties méridionales et centrales diffèrent peu de la Grèce par leur climat et par l'aspect de la nature. C'est pourquoi les dieux des Romains et des Grecs avaient à peu près le même caractère et ne différaient que dans les détails.

Dans l'Inde, au contraire, l'aspect et les phénomènes de la nature frappent par leur force extraordinaire. Les tempêtes, les ouragans éclatent brutalement et exercent une action destructive, effrayante; les forêts sont impénétrables; la végétation apparaît comme un élément qui envahit tout. Les phénomènes physiques prennent dans l'Inde des proportion gigantesques et ont souvent le caractère de cataclysmes. Une telle nature, dans laquelle le terrible se présentait sous toutes les formes, remplissait l'homme d'épouvante, lui faisait regarder la vie comme une épreuve; considérer comme un bonheur d'en être délivré; désirer avec ardeur l'anéantissement, et créait dans l'imagination des mortels des divinités redoutables. Le culte du dieu le plus terrible de la Triade indienne — de Siva — était plus répandu dans l'Inde que celui des autres dieux moins épouvantables. On représentait Siva comme un monstre à trois yeux; ceint de serpents, un collier d'ossements humains autour du cou. Tenant dans la main un crâne humain, il erre comme un fou; sur son épaule gauche est posé le plus vénéneux des serpents. Les dieux hindous sont terribles pour l'homme; ils s'en détournent et n'ont rien de commun avec lui. Quoiqu'on les représente sous la figure humaine on leur donne des formes qui ne sont pas naturelles; ainsi par exemple un autre membre de la Triade indienne — Vichnoù — est représenté avec quatre bras, et le dernier, Brahma, avec cinq têtes. Le courroux de ces dieux éclate sans aucun motif et est terrible pour l'homme. Leurs actions sont monstrueuses et sortent des limites du possible. Le mortel n'ose pas comparer ses œuvres à celles des dieux. Leurs temples sont énormes et correspondent aux idées qu'on se fait de la divinité.

La nature a eu en Egypte la même influence sur le caractère des dieux. Dans ce pays nous ne voyons pas des phénomènes aussi terribles que dans l'Inde; mais dans la vallée du Nil s'accomplit périodiquement le même phénomène — le débordement de ce fleuve — bienfaisant quand l'inondation ne dépasse pas certaines limites, mais qui était incompréhensible et mystérieux pour les habitants. La nature est en général plus favorable à l'homme en Egypte que dans l'Inde, et l'existence y est plus facile. Cependant les conditions climatériques ne sont pas partout et toujours clémentes pour l'homme. Là où les inondations se produisent, règne l'abondance; où l'eau manque — la stérilité. Les vents qui soufflent du désert dessèchent et recouvrent de sable les champs fertiles; en été le soleil brûle et détruit la végétation. Ces phénomènes extraordinaires conduisirent les Egyptiens à créer des dieux mystérieux, dont la nature est incompréhensible à l'homme; les bons et les méchants sont en guerre continuelle. La lutte avec les éléments nuisibles n'était pourtant pas en Egypte, aussi rude que dans l'Inde, et les dieux malfaisants n'avaient pas sur les bords du Nil autant de pouvoir que sur ceux du Gange. Les dieux bienfaisants, ceux de la lumière, du soleil, de l'abondance finissent en Egypte, par être vainqueurs des dieux des ténèbres, et de la stérilité, car après l'obscurité apparaît la lumière; après la sécheresse de l'été le débordement du Nil qui fertilise la terre, et ainsi divers phénomènes, contraires au bien-être de l'homme, sont remplacés par d'autres qui lui sont favorables.

La lutte entre le bon et le mauvais principe s'est accentuée davantage dans la religion des anciens Perses, sous l'influence des manifestations de la nature, plus nettement favorables ou nuisibles. En Perse comme nous l'avons déjà dit plus haut, la stérilité et l'abondance se touchent, pour ainsi dire ; les contrastes y sont plus tranchés, et le passage du sol fertile au désert, de l'hiver rigoureux, des vents glacials au tiède printemps ; de la chaleur accablante de l'été à la fraîcheur de l'automne a lieu subitement, sans transition. Tout cela ne pouvait pas éveiller dans l'imagination de l'homme l'idée de placer à l'origine du monde un principe unique, ne présentant aucune contradiction, comme dans la religion des Hindous, mais devait nécessairement conduire à la conception du bon et du mauvais principe. Les idées religieuses des anciens Perses étaient, en effet, basées sur ce dualisme. Les dieux bienfaisants, sèlon la doctrine de Zoroastre, donnaient la vie à la nature ; aux hommes la terre fertile, l'abondance, l'eau, une température modérée, des animaux utiles. Les forces divines ennemies, au contraire, s'opposaient à ces bienfaits ; elles recouvraient du sable du désert les champs labourés ; envoyaient les froids rigoureux, les chaleurs accablantes, la sécheresse et les animaux nuisibles. Dans la vallée de la Bactriane et dans la Sogdiane régnait l'abondance ; à côté s'étendait le désert aride, où rôdaient les bêtes fauves, où soufflaient des vents dévastateurs. Contre ce principe nuisible l'homme ne pouvait lutter qu'au moyen d'un travail assidu ; en plantant des arbres ; en labourant la terre ; en conduisant l'eau, en arrachant au désert des terrains susceptibles d'être cultivés ; en detruisant les animaux nuisibles à l'agriculture et en multipliant ceux qui lui sont utiles. Par de tels travaux l'homme amoindrissait la puissance des dieux malfaisants et entrait en lutte avec eux avec l'appui du bon principe.

En Syrie, au contraire, la nature ne développait pas l'idée du dualisme dans la religion. Les phénomènes y sont d'une grande force, mais ne présentent pas des contrastes ; les rayons brûlants du soleil dessèchent en été toute végétation ; les orages ne viennent pas comme en Perse, rafraîchir l'atmosphère et le soleil devient une divinité terrible à laquelle ses adorateurs offrent, pour l'apaiser, leurs premiers-nés, — hommes et animaux — qu'ils brûlent, rappellant par là, la nature du dieu auquel ils sacrifient. Les idées ascétiques, qui dominent toujours, avec plus ou moins de force, dans les religions de l'Orient sémitique, et qui sont inconnues aux Aryens occidentaux, ont leur origine dans le désir d'apaiser le dieu terrible par les souffrances de la chair.

Une influence semblable a été exercée sur la formation des idées religieuses par le désert. Monotone et peu figuratif, son aspect uniforme poussait l'imagination de ses habitants à adorer un dieu unique. De même le renouvellement continuel, là où le climat est modéré, d'une vie exubérante de la nature, crée au contraire une tendance aux idées polythéistes ; tandis qu'une végétation d'une grande richesse, qui menace de tout envahir, fait naître le plus souvent des idées panthéistes. Dans l'air sec et limpide du désert l'imagination de l'homme n'est pas exposée à ces illusions qui conduisent à la création d'êtres surnaturels. Dans la forêt, par exemple, les sons produits par le choc des branches et le murmure des feuilles des arbres ; de même que les formes variées de leurs troncs et de leurs racines qu'on aperçoit sous divers éclairages, suscitent l'idée d'êtres vivants et engendrent une quantité de figures fantastiques. Rien de pareil ne peut avoir lieu dans le désert. Les images que la fantaisie de l'homme y évoque ne sont pas nombreuses, mais gracieuses. Majestueux dans son invariable uniformité le désert éveille l'idée de l'infini, mais ne suggère pas à ceux qui l'habitent la conception d'une divinité continuellement productive, comme cela arrive dans une nature riche et fertile. Le nom d'un dieu ne dérive pas, dans le désert, de quelque phénomène physique ; selon ses habitants la nature n'a pas de vie et Dieu séparé d'elle devient une idée abstraite plutôt qu'une personnalité ; il est éloigné de l'homme et si on le nomme maître et Seigneur on ne lui attribue pourtant pas des qualités et des forces spéciales ; comme par exemple : le pouvoir d'envoyer la foudre, de dispenser la pluie et ainsi de suite.

Dans le monothéisme Dieu est plus loin du mortel que dans le polythéisme ; dans celui-ci la discorde règne souvent parmi les dieux, et à cause de cela l'homme redoute moins les forces des immortels, qui sont divisées par leur inimitié. Chez les habitants du désert chaque manifestation de la nature ne prend pas l'aspect divin ; mais la somme des impressions pro-

218

duites par ces phénomènes conduit souvent à la création d'un Dieu unique.

Ainsi donc nous voyons que les dieux se forment sous l'influence des phénomènes de la nature [1]), et le caractère de ces phénomènes détermine celui de la divinité. Le soleil, par exemple, devient, selon le pays où on l'adore, un dieu bienfaisant, ou destructeur. L'influence des phénomènes physiques, sur les idées religieuses des peuples, peut être vérifiée pendant leurs migrations. Le caractère des dieux change quand leurs adorateurs émigrent dans un pays où le climat, différent de celui d'où ils sont venus, est pour eux nouveau. Les Aryens primitifs, dans les idées religieuses desquels se manifestèrent tout aussi clairement les influences climatologiques, voyaient dans les phénomènes qui leur étaient favorables l'action des divinités bienfaisantes, et dans les phénomènes nuisibles l'influence des forces ennemies. La lumière excitait leur joie; l'obscurité, leur tristesse. La nuit et les ténèbres les effrayaient; la clarté leur donnait du courage; ils saluaient d'un coeur joyeux l'apparition de l'aurore, le lever du soleil rappelant à la vie la nature. La disparition de cet astre derrière les nuages les agitait, les épouvantait. Mais ils n'eurent pas de dieux terribles, destructeurs des hommes. Leurs idées religieuses étaient généralement lucides. Une telle conception de la divinité se transforma, dans la branche de la race aryenne qui peupla l'Inde, et prit, ainsi que nous l'avons déjà vu, un caractère entièrement différent, sous l'influence de phénomènes physiques tout autres de ceux qui se produisent sur le plateau élevé de l'Asie centrale, berceau commun, comme on le suppose, de tous les peuples aryens. De même sous l'influence de conditions climatologiques nouvelles, se transformèrent les religions des autres branches du tronc aryen, comme par exemple l'hellénique, la latine etc., après leur migration en Europe. Le culte des anciens Perses fut celui qui s'éloigna le moins des religions primitives des Aryens, car de toutes les branches

[1]) L'action des phénomènes naturels est pourtant plus puissante dans la première période de la formation des mythes, qu'aux époques successives.

de la famille aryenne ce sont eux qui sont toujours restés
le plus près du berceau de leur race. Mais dans les religions
des Perses le dualisme, c'est-à-dire la lutte entre le principe
du bien et le principe du mal se définit avec plus de force
que chez les anciens Aryens, tandis qu'il s'efface presque complètement dans la mythologie gréco-romaine, qui se développa
au milieu d'une nature ne présentant pas de transitions brusques entre les phénomènes bienfaisants pour l'homme, et ceux
qui lui sont nuisibles. L'histoire nous prouve aussi que les
idées monothéistes se précisent et prennent une nouvelle force
chez un peuple, pendant son séjour et ses migrations dans le
désert.

II.

Ce ne sont certainement pas les seules conditions climatologiques et l'aspect du pays dans lequel l'homme vit, qui
contribuent à la formation de ses dieux. Beaucoup d'autres
manifestations du monde qui l'entoure y contribuent: par exemple la mort et la destruction, et en général tout ce qui l'effraie, le menace, ou lui est incompréhensible. C'est ce qui
conduisit plusieurs peuples à déifier les esprits des trépassés
et quelques animaux particulièrement nuisibles ou extrêmement utiles à l'homme. Les facultés intellectuelles des diverses
races contribuent aussi d'une manière décisive à la création
de leurs dieux. Les mêmes phénomènes et les mêmes manifestations du monde extérieur, en frappant l'imagination d'hommes
appartenant à diverses races, et n'ayant ni les mêmes capacités intellectuelles ni le même langage [1] ne produisent assu-

---

[1] Les langues participent aussi à la formation des idées religieuses
et peuvent conduire les peuples aryens au morcellement de la conception de Dieu, c'est-à-dire au polythéisme; les Sémites, au contraire, à
sa condensation, c'est-à-dire au monothéisme; mais elles ne peuvent pas
déterminer définitivement le caractère de la divinité. De même, lors de
la transformation du mot en un mythe, ainsi que nous le montre la
philologie, le caractère de celui-ci se forme selon la nature des hommes
parmi lesquels a lieu la transformation de la parole en divinité.

rément pas les mêmes résultats. Les Israélites dans l'Attique ne seraient pas devenus des Athéniens, comme ceux-ci dans le désert ne seraient pas devenus des Israélites. Les Sémites n'auraient pas élaboré en Grèce un polythéisme philosophique, de même que les Grecs dans le désert ne seraient pas parvenus au monothéisme pur et n'auraient pas accordé dans leur vie intellectuelle et sociale une place prépondérante aux principes religieux. Ce n'est pas uniquement le ciel de la Grèce qui conduisit les Hellènes à créer un Olympe peuplé de divinités à forme humaine, d'Êtres idéalement beaux et supérieurs aux mortels, quoique rapprochés d'eux, mais ce fut aussi leur faculté extraordinaire de déduire de chaque phénomène de la vie des idées philosophiques. Les dieux du polythéisme grec étaient quelquefois cités au tribunal des hommes; mais si, chez les anciens Grecs, la divinité n'était pas à la même hauteur que dans quelques unes des religions des Perses et des Indous, l'homme, d'autre part y était placé beaucoup plus haut.

Nous pouvons observer aussi que des cultes de caractère différent se forment parfois dans le même milieu, sous le même climat, mais parmi des peuples de race différente. Les Etrusques et les anciens Romains, qui leur succédèrent en Italie, habitaient le même pays, et cependant le culte des premiers, ténébreux et mystérieux différait beaucoup de la mythologie claire et poétique des derniers; car les Etrusques n'appartenaient pas, comme les Romains à la race aryenne. On peut aussi remarquer, qu'une religion qui ne s'est pas formée dans le peuple qui l'a adoptée, mais qui lui a été apportée par un peuple étranger, se transforme d'après le caractère et l'état moral de ceux qui la reçoivent, Moins doués, que les peuples de race aryenne, de facultés philosophiques, les Sémites non seulement à cause de l'influence de la nature, dans laquelle ils vivaient, mais par suite de leurs capacités intellectuelles, se représentaient un dieu plus abstrait, plus éloigné de l'homme; tandis que les Aryens introduisant le principe philosophique dans toutes les fonctions de leur vie morale, créèrent dans leur imagination un dieu se tenant plus près d'eux; un Être qui leur était compréhensible.

Les phénomènes de la nature et les conditions climatologiques ne perdent pourtant jamais entièrement leur force, et peuvent, ainsi que nous l'avons déjà vu, faire subir dans le courant des siècles des transformations sensibles aux facultés intellectuelles de l'homme. Les manifestations physiques d'une grande force l'effraient, il sent devant elles toute son impuissance; son énergie se paralyse; par là l'affranchissement de sa pensée est entravé et il en résulte des superstitions. Plus l'esprit de l'homme est fortement impressionné par les phénomènes physiques, plus sont inébranlables ses convictions religieuses. Effrayé par les manifestations de la nature celui-là même qui est capable d'un raisonnement philosophique, d'activité scientifique, n'ose pas analyser ces manifestations; c'est ce que nous avons vu, par exemple, dans l'Inde. Au contraire, là où le climat est tempéré, où les phénomènes physiques n'épouvantent pas l'homme, ne lui inspirent aucune crainte, n'ébranlent pas sa raison, où la nature ne l'épuise pas mais l'excite au contraire à l'activité, comme par exemple en Grèce, dans un tel climat l'homme prend conscience de sa force, conçoit une plus haute opinion de lui-même; son esprit agit librement et il commence à étudier la nature, à la soumettre à l'analyse. L'indépendance de l'individu vis-à-vis de la nature – point de départ de toute science – peut se développer seulement dans les pays où elle ne le subjugue pas. Dans ces conditions le développement de la pensée philosophique est possible pour les races qui en général sont capables d'activité intellectuelle. Deux peuples de race aryenne, les Grecs et les Hindous, ne parvinrent pas aux mêmes résultats intellectuels, et eurent une civilisation d'un caractère entièrement différent sous l'influence des manifestations physiques qui en Grèce excitaient l'homme à l'activité et dans l'Inde l'anéantissaient.

Cependant, bien que les religions aryennes du monde antique, en Grèce, en Perse, dans l'Inde etc., s'éloignent beaucoup l'une de l'autre, elles conservent pourtant toujours malgré leurs transformations le même caractère philosophique, qui se manifeste déjà dans les cultes des anciens Aryens; tandis que cet esprit spéculatif est toujours absent des croyances et de la civilisation des peuples sémitiques. C'est ce qui a rendu de tout temps, sur le terrain religieux, les Sémites plus intolé-

222

rants, que les peuples de race aryenne, jusqu'à l'adoption par ces derniers d'une religion sémitique — le christianisme.

La somme des idées religieuses qui se sont formées sous l'influence de la nature, des phénomènes du monde extérieur et des facultés intellectuelles d'un peuple ne change pas complètement à mesure que sa vie avance. Une nouvelle croyance qui pénètre chez lui soit comme résultat d'une réforme, soit par une transformation morale, ou à cause d'un sentiment religieux, qui s'accentue davantage, ne se détache jamais entièrement de la religion déjà existante; de même un culte étranger qui est introduit dans une nation se transforme, jusqu'à un certain point, selon les idées religieuses qui l'avaient précédé.

On peut facilement observer, que les principes qui dominaient dans les anciennes religions, se sont manifestés dans le christianisme des peuples qui acceptèrent la nouvelle foi. Ainsi par exemple, le caractère ascétique et intolérant que le christianisme prit en Syrie, en Egypte, dans l'Afrique romaine existait dans les religions primitives des habitants de ces contrées. Déjà Tertullien [1]), qui parle comme un inquisiteur, énonce l'opinion que la beauté contient un principe pernicieux et donne prise à la séduction. En parlant avec dédain de la beauté il ajoute que le croyant ne doit se réjouir que de son corps macéré et exténué par les pénitences. La manière abstraite d'envisager la divinité, éloignée des mortels, qu'ont les peuples de l'Orient sémitique se reflète aussi dans leur idéal chrétien; tandis que la nature plus accessible des dieux des Romains, l'aversion pour l'intolérance religieuse, la modération et le sens pratique du culte de ces grands conquérants du monde antique, se retrouvent chez eux dans la nouvelle foi. Si plus tard, par suite de circonstances extraordinaires, les idées chrétiennes des peuples latins et des Grecs changèront de caractère, ainsi que nous le verrons plus loin, elles conservèrent pourtant toujours la tendance à retourner à leur ancien idéal. La survivance, dans le christianisme, d'idées religieuses qui existaient avant son apparition peut être constatée

[1]) De cultu feminarum.

dans les sectes chrétiennes qui constituent presque toujours des écarts vers les cultes anciens, écarts tellement accentués que l'essence du christianisme en est altérée et que des schismes s'en suivent. Tout cela peut être prouvé par l'histoire de la diffusion du christianisme et par les ouvrages des écrivains de l'Eglise, mais est confirmé, comme nous allons le voir de la manière la plus claire et la plus positive, par les productions véridiques et sincères de l'activité intellectuelle des premiers chrétiens, c'est-à-dire par les monuments de leur art religieux, qui apparurent avant leur littérature.

III.

Caractère classique de l'art chrétien des premiers siècles.

Les productions de l'art chrétien — peinture et sculpture — des trois premiers siècles, ont à l'origine, en Grèce et en Italie, le caractère éminemment classique. Les figures du Sauveur, sur les murs des Catacombes et sur les bas-reliefs des sarcophages, se distinguent par leur simplicité et par leur caractère idyllique [1]). Le Christ n'est pas placé au Ciel, mais apparaît dans un milieu terrestre, près de l'homme et favorablement disposé envers lui. Il est représenté comme le Bon Pasteur, portant au bercail avec soin, sur ses épaules, la brebis égarée ; parfois, la houlette à la main, il fait paître son troupeau sur une verte prairie, à l'ombre d'arbres touffus, près d'un ruisseau limpide, jouant du chalumeau ; il se tient au milieu de ses brebis, plein de sollicitude pour elles. Le Sauveur apparaît quelquefois aussi comme un jeune et beau Romain, drapé dans le pallium classique, accomplissant des miracles entouré de ses disciples. Parfois on le représente comme Orphée apaisant par son chant mélodieux la fureur des bêtes fauves.

Dans les Catacombes la Vierge est représentée comme une

[1]) Roma Sotterranea Cristiana, G. B. de'Rossi, 3 volumi ; Bullettino di Archeologia cristiana, du même.

tendre mère ; elle donne le sein à l'enfant Jésus, ou bien le presse avec tendresse sur son coeur. Parfois l'enfant dieu est assis sur les genoux de sa mère. Elle revêt le costume simple des femmes romaines, sans aucun ornement. Habillée de la sorte la Vierge reçoit souvent l'adoration des Mages, assise sur un siège ordinaire, sans apparat. Cette scène se voit sur les murs des Catacombes et dans les bas-reliefs des sarcophages des trois premiers siècles du christianisme ; une grande simplicité y règne et elle n'a aucun caractère officiel. Il faut en convenir, l'idéal religieux exprimé dans tous ces sujets se rapproche beaucoup des idées sur la divinité des peuples classiques. Nous ne parlons pas ici d'une imitation technique de l'art gréco-romain, ni de l'emprunt fait à celui-ci de ses figures et de ses types pour exprimer les espoirs et les aspirations des chrétiens, mais bien du côté intime des scènes religieuses représentées dans les Catacombes, de la parité de caractère des idées qu'elles expriment et des sentiments religieux du monde classique.

Les fresques des Catacombes et les bas-reliefs des sarcophages, se rapprochent beaucoup par leur naturel de la peinture et de la sculpture du monde antique. L'amour du beau, de l'ornementation, de la vie y domine constamment. Quelques peintures des chambres sépulcrales des Catacombes, comme par exemple celles de la crypte Lucina, au cimetière de S. Calixte, exécutées probablement à la fin du premier, ou au commencement du second siècle, pourraient être prises pour des peintures apportées là de Pompéi. Dans les fresques de la Rome souterraine le paradis est représenté comme un jardin éclairé d'une vive lumière, plein de plantes exubérantes, de fleurs aux couleurs éclatantes ; et souvent dans ce cadre joyeux le peintre a représenté les trépassés les uns à côté des autres, dans l'attitude de la prière. La plus grande simplicité règne partout dans l'art des Catacombes, dans les fresques, aussi bien que dans les inscriptions, et partout transpire l'espoir d'un monde meilleur, séjour éternel des fidèles après leur mort.

Une des principales causes de la prompte diffusion du christianisme, on pourrait même dire sans exagération, sa principale cause fut en effet la promesse positive, contenue dans la doctrine du Christ, d'une existence au delà du tombeau et des jouissances du paradis. Le christianisme, nous le savons, fit son apparition au moment du déclin de la foi dans les dieux du paganisme, qu'on bafouait au théâtre et auxquels on reprochait maintes actions blâmables; c'était une période de complète désorganisation de la société. Tous ceux qui souffraient de la perte de la foi, et des troubles dans les institutions civiles, tous ceux que les sévères déductions philosophiques ne satisfaisaient pas, et qui cherchaient de nouvelles puissances spirituelles capables d'être pour eux un soutien moral dans cette vie, devaient inévitablement se tourner vers ce culte oriental, qui commençait alors à apparaître à Rome et dans l'Empire, et qui, plus positivement que les autres religions, promettait l'existence au delà du tombeau, toujours si chère à l'humanité, et les joies de la vie future en compensation des souffrances et des malheurs de celle-ci. Ce besoin de la société de cette époque apparaît de même, dans la faveur que rencontrèrent alors d'autres cultes orientaux, comme le culte du dieu persan Mithras et celui de la déesse égyptienne Isis qui promettaient aussi la vie future, quoique pas si positivement et si clairement que le christianisme. Ces cultes avaient aussi des adeptes dans l'Empire romain, bien qu'assurément il ne fussent pas si nombreux que ceux de la doctrine du Christ. Plus une de ces religions orientales promettait positivement la vie future, plus son existence fut de longue durée. Le culte de Mithras marchait de pair avec le christianisme, bien que sur une voie moins large, et ne disparut qu'à la fin du V.e ou au commencement du VIe siècle, laissant après lui de nombreux monuments, surtout des bas-reliefs en pierre représentant le dieu Mithras immolant le taureau. Le culte d'Isis était beaucoup moins répandu, mais il ne faut pourtant pas le perdre de vue quand on parle des religions orientales, qui apparurent dans l'Empire romain, avant le christianisme.

Il faut aussi remarquer, que l'initiation à beaucoup des cultes orientaux était accompagnée d'épreuves, quelquefois très pénibles; l'initiation aux mystères de Mithras, par exemple, se faisait après des épreuves tellement difficiles et doulou-

15

reuses que, si on les eût accomplies à la lettre, le néophyte aurait pu perdre la santé et même quelquefois la vie. Dans le christianisme, au contraire, on était initié sans aucune épreuve. Le judaïsme qui de même n'exigeait pas de pénible initiation, trouvait aussi, nous le savons, d'assez nombreux adeptes dans la société romaine. Le Dieu unique, le strict monothéisme des Hébreux devaient satisfaire les aspirations religieuses de ceux qui avaient perdu la foi dans les nombreuses divinités de l'Olympe ; mais les promesses d'une vie future, contenues dans l'Ancien Testament sont vagues et indécises, et ne pouvaient, par conséquent, contenter ceux qui aspiraient à une vie meilleure au delà du tombeau. C'est pourquoi le Judaïsme fut évincé par le christianisme.

On comprend facilement, que l'espoir d'une vie future et d'une récompense après la mort portât les chrétiens à persister dans leur foi. Les persécutions, les tourments, les supplices auxquels on les soumettait ne servaient qu'à augmenter leur fermeté et contribuaient à la diffusion de leur religion. Il n'est donc pas étonnant, que dans les fresques des Catacombes, on trouve si souvent la représentation du séjour des bienheureux sous la forme de beaux jardins, pleins de plantes et de fleurs.

L'idée de la miséricorde divine domine également dans les productions de l'art classique des chrétiens des trois premiers siècles ; elle transpire dans leurs fresques, dans les bas-reliefs de leurs sarcophages, dans les inscriptions de leurs tombeaux. La plus grande partie de ces monuments se trouvent dans les Catacombes de Rome et de l'Italie; un petit nombre en Grèce et en Orient. Nous avons cependant le droit de supposer, que, dans les pays helléniques, les représentations religieuses des premiers chrétiens ne différaient pas essentiellement de celles des artistes des cimetières souterrains de Rome, car les conditions dans lesquelles furent conçus les types religieux étaient les mêmes en Grèce qu'en Italie. En parlant des images et des scènes religieuses représentées par les fidèles des pays helléniques, les écrivains de l'Eglise, comme Clément d'Alexandrie, Astère, S. Ephrem, S. Cyrille d'Alexandrie, les décrivent précisément comme elles étaient en Italie et en général en Occident. Il ne faut pourtant pas perdre de vue, que l'art des premiers chrétiens ne pouvait prendre un grand développement, avant le triomphe de l'Eglise, que là où le terrain permettait de creuser des cimetières souterrains. Dans les pays où ce n'était pas possible, où les hypogées chrétiens se trouvaient à la surface de la terre, exposés aux yeux des païens, les fidèles ne pouvaient employer que des signes symboliques très simples, ayant une signification cachée, et le peintre n'avait pas l'opportunité d'exercer son art. Il est probable, que dans les églises, ou plutôt dans les lieux de réunion des chrétiens, qui furent construits à Rome et dans les provinces à la surface de la terre durant des périodes de tranquillité, c'est-à-dire entre une persécution et une autre — périodes qui parfois furent assez prolongées — il y eut des fresques, mais en tout cas elles ne sont pas parvenues jusqu'à nous, car ces constructions furent détruites pendant les persécutions, et il n'en reste que quelques vestiges. Nous savons que la dernière persécution — celle de Dioclétien — fut la plus fatale aux monuments chrétiens, et que leur destruction se fit alors systématiquement.

IV.

La transformation de l'art classique chrétien sous l'influence des idées de l'Orient sémitique.

Dans le christianisme, qui se répandit en Asie et en Afrique, se reflétèrent également des idées religieuses, qui existaient déjà parmi les peuples de ces contrées. On peut s'en rendre compte par les ouvrages des écrivains de l'Eglise originaires des ces pays. Il est probable que l'art religieux des fidèles d'Orient était différent de celui des Grecs et des Italiens. Mais jusqu'à présent on n'a pas encore découvert assez de monuments de l'art chrétien de l'Asie et de l'Afrique pour nous permettre de définir son caractère. Nous verrons pourtant, que leurs idées religieuses, qui, par la suite, se manifestèrent plus complètement dans l'art byzantin, commencèrent à apparaître dans les productions de l'art figuratif des fidèles d'Italie bientôt après le triomphe de l'Eglise. C'est ce qui nous donne le droit de supposer que, parmi les premiers chrétiens d'Orient, le style des représentations sacrées — sous l'influence de leurs anciennes idées religieuses — transportées dans la nouvelle foi avait déjà un caractère particulier.

La transformation qui s'opéra, à Rome dans l'idéal chrétien, sous l'influence des idées de l'Orient sémitique, bientôt après le triomphe de la nouvelle religion, peut facilement se remarquer si on examine les représentations religieuses des fidèles, à partir du IVᵉ siècle, et nous pouvons déjà la voir dans les Catacombes de Rome. Dans les fresques de ces cimetières souterrains commencèrent alors à se manifester des idées tout à fait inconnues jusqu'à cette époque. Ainsi, dans une peinture des Catacombes de S. Agnès [1]), représentant la S. Vierge, et qu'on croit de la première moitié du IVᵉ siècle, domine déjà le caractère officiel et représentatif. La Vierge a le type oriental; elle est parée de riches bijoux; ses bras sont étendus et élevés comme ceux d'une Orante. L'Enfant Jésus, assis sur ses genoux, regarde le spectateur; sa tête est peinte sur la poitrine de la Vierge. Les relations entre la mère et le fils sont officielles. Dans cette figure, on voit exprimées des idées entièrement différentes de celles qu'on remarque dans les représentations de la Vierge des siècles précédents. Mais ce changement s'observe surtout dans les mosaïques des basiliques chrétiennes, depuis la fin du IVᵉ siècle. Les Catacombes ayant cessé, après le triomphe de la nouvelle foi, d'être des lieux de réunion des chrétiens, les fidèles s'assemblaient dans les églises et les basiliques, construites souvent par ordre de l'empereur et ornées de mosaïques.

La transformation à laquelle nous faisons allusion ne concerne pas la valeur artistique des monuments des premiers siècles du christianisme, mais bien les idées qui y sont exprimées et le caractère donné aux représentations religieuses. La simplicité classique qui prédominait dans les fresques des Catacombes, le caractère idyllique qui s'y manifestait disparais-

[1]) G. B. de Rossi, Imagines Selectae Deiperae etc. Roma 1863.

sent. Le Sauveur n'est plus le Pasteur tendre et miséricordieux plein de sollicitude pour ses brebis; il n'apparaît plus comme un jeune et beau Romain drapé dans sa toge, accomplissant des miracles, entouré de ses disciples dans un décor terrestre; on ne le rencontre plus représenté comme Orphée apaisant par son chant mélodieux les animaux sauvages. Dans les mosaïques le Christ se transforme en un potentat céleste; il apparaît dans la gloire, sur les nues, dans un ciel étoilé, comme dans le centre de son royaume, bénissant d'un geste majestueux les hommes éloignés de lui. Ses vêtements sont tissés d'or et d'argent; quelquefois il est assis sur un trône richement orné de pierres précieuses et de splendides étoffes, comme un souverain oriental; souvent des Apôtres et des Saints l'entourent, comme des courtisans, et des anges sont près de lui comme ses gardes du corps prêts à exécuter ses ordres. Tout ce qui rapproche de la vie, de l'existence terrestre disparaît de ces représentations célestes, grandioses et imposantes qui inspirent la vénération et la terreur. Le Sauveur y apparaît comme un juge appelant avec sévérité les croyants à rendre compte de leurs actions et semble leur demander s'ils se croient dignes d'approcher des lieux saints. Sa figure colossale se présente aux yeux des fidèles aussitôt qu'ils franchissent le seuil du temple et son regard les suit partout dans la vaste enceinte. C'est un Dieu terrible; son image paraît inspirée par les paroles du Psalmiste: " La crainte du Seigneur est le commencement de la sagesse [1] „. Une main qui sort des nuages représente le Père éternel; sa figure est invisible.

De même la Sainte Vierge n'est plus représentée comme une tendre mère, ainsi qu'on la voyait dans les fresques des Catacombes et sur les bas-relief des Sarcophages, nourrissant de son sein l'enfant Jésus, le pressant avec tendresse sur son cœur, vêtue du simple costume des femmes romaines, recevant l'adoration des rois Mages. Elle se transforme en Reine des Cieux, éloignée des mortels; on la représente en de riches habits et couverte de précieuses parures; souvent elle est couronnée et assise sur un siège somptueux comme une princesse

[1] Psaume CX, 10.

orientale. Des anges l'entourent et empêchent les mortels de s'approcher d'elle sans accomplir le cérémonial prescrit. Le Christ enfant est assis sur les genoux de sa Mère, pour ainsi dire indépendamment, comme sur un trône ; il est correctement drapé dans le pallium ainsi qu'un adulte. Par les traits de sa figure et par les formes du corps c'est plutôt un homme en miniature qu'un enfant. Il regarde avec sérieux les fidèles qui s'approchent ; de la main gauche il tient un rouleau de parchemin, comme un législateur, ou un globe — symbole de sa domination sur le monde — et il bénit de la droite. Son aspect est officiel ; les tendres liens qui l'unissaient à sa mère n'existent déjà plus.

Les productions artistiques des Catacombes, pleines de naturel et de simplicité, et qui se rapprochaient beaucoup de la peinture et de la sculpture classiques, ne se répètent plus dans les fresques et dans les mosaïques après le triomphe de l'Eglise. Le caractère joyeux et animé des compositions chrétiennes des premiers siècles est graduellement remplacé par la tristesse ; les figures sont mornes et ascétiques. Le paradis n'est plus représenté comme un jardin fleuri, inondé de lumière, mais on le rend d'une manière mystique par un fond d'or.

Dès le IV⁴ siècle un changement pareil a lieu graduellement dans le caractère des autres représentations chrétiennes, exécutées sur les murs des églises et des couvents, en peinture et en mosaïque. Les figures des Catacombes, qui jusqu'alors exprimaient l'amour de la vie, la joie, et non pas la haine et le mépris pour tout ce qui est terrestre, deviennent raides, perdent leur animation ; elles prennent des poses conventionnelles, parfois majestueuses, mais toujours peu naturelles et elles ont une expression indifférente, impassible. La splendeur et la gloire remplacent l'ancienne simplicité ; les Apôtres et les Saints sont représentés avec des nimbes autour de la tête. Le fond d'or, sur lequel on représente les scènes religieuses, les éloigne de la terre. Il est impossible de ne pas reconnaître que l'idéal chrétien s'est transformé, et ce changement s'est opéré dans les premiers temps du triomphe de la nouvelle foi, quand les chrétiens purent bâtir des temples et qu'ils eurent la possibilité de les orner. Prenons, par exemple la scène de l'Adoration des Mages. Dans les cimetières souterrains des chrétiens de Rome elle est représentée sur leurs tombeaux de la manière suivante: la Vierge vêtue simplement, sans aucun ornement, est assise sur un siège ordinaire et presse sur son sein l'Enfant Jésus; les Mages s'approchent d'elle, portant leurs dons. Dans les mosaïques ce même sujet est représenté d'une toute autre manière: la Madone est couverte de riches habits; elle apparaît sur un trône magnifique, comme une reine, et est entourée d'Anges; on peut la supposer au Ciel. Pour se persuader du changement radical qui s'est opéré dans l'art des fidèles des premiers siècles dans leur compréhension de l'idéal chrétien, il faut comparer la scène de l'Adoration des Mages, représentée dans la fresque du IIIe siècle des Catacombes de SS. Marcellin et Pierre, avec la mosaïque de la moitié du Ve siècle dans la basilique Libérienne à Rome, représentant le même sujet. Dans la peinture des Catacombes respire la simplicité, la tendresse. La Vierge baisse le yeux; elle avance son bras droit en un geste plein de grâce, comme si elle craignait que les Mages, qui s'approchent, en portant leurs offrandes sur de grands plats, puissent heurter son enfant. Dans la mosaïque Libérienne, le Christ n'est pas représenté comme un petit enfant, mais bien comme un adolescent; vêtu d'habits somptueux il est placé sur un trône; près de lui sur un siège séparé est assise la Vierge, couverte de riches ornements. Quatre Anges se tiennent derrière le Sauveur. La scène entière a ce caractère officiel qui domine dans l'entourage somptueux d'une cour orientale. L'aspect du Christ est celui du fils en bas âge d'un empereur asiatique; les Mages en s'approchant de son trône s'arrêtent comme pour demander la permission d'avancer.

On pourrait supposer que cette transformation eut lieu parce que dans les nouvelles églises, les grands espaces, exigeaient une autre décoration que les parois, de dimensions tellement plus restreintes, des chambres sépulcrales des Catacombes et que les figures et les sujets, très simples peints autour des tombeaux, ne pouvaient pas être reproduits dans les basiliques; mais on serait dans l'erreur. Il est difficile de dire pourquoi certaines des figures qu'on voit dans les Catacombes, comme par exemple le Bon Pasteur portant la brebis égarée sur ses épaules, le Christ sous l'aspect d'un jeune Romain opérant des miracles n'auraient pas pu être représentées de dimensions plus grandes que nature, ainsi que l'image du Sauveur assis sur le trône, ou debout sur les nuages; tandis que d'autres sujets empruntés aux peintures des Catacombes, comme par exemple la Vierge dans la pose de l'Orante, ou recevant l'adoration des Mages furent reproduits dans des proportions beaucoup plus grandes dans les mosaïques des basiliques et des églises chrétiennes du moyen âge, en Orient et en Occident. Ce n'est donc pas l'aspect extérieur des représentations qui change, mais bien leur caractère moral, leur signification. Dans l'ornementation en mosaïque de quelques églises on trouve des motifs empruntés aux peintures des cimetières souterrains, comme par exemple: dans l'église de Sainte Constance à Rome; dans le baptistère de Naples; dans les chapelles dédiées à S. Jean l'Evangéliste et à S. Jean Baptiste, annexées au baptistère de S. Jean de Latran; dans l'église de S. S. Nazaire et Celse à Ravenne, etc. Dans ces édifices sont représentées, de dimensions beaucoup plus grandes, les mêmes scènes et les mêmes figures que dans les Catacombes. C'est une preuve qu'il était possible d'orner les églises de peintures et de mosaïques reproduisant les sujets des Catacombes, et que l'apparition des figures imposantes du Christ, de la Vierge, des Saints, après le triomphe de la nouvelle foi, et en général la transformation du style chrétien, eurent lieu non pas à cause des nouvelles conditions architecturales et pour des motifs uniquement matériels, mais parce que le caractère des idées religieuses des fidèles, leur compréhension de l'idéal chrétien s'étaient transformés, et par conséquent la manière de les représenter avait aussi changé.

Si nous analysons les changements qui se sont effectués dans l'idéal chrétien des Italiens, nous nous persuaderons facilement, que cet éloignement de tout ce qui est terrestre dans les représentations religieuses s'est opéré sous l'influence des idées de l'Orient sémitique, et que dans ces nouvelles représentations, inconnues aux fidèles des trois premiers siècles, se refléta l'idéal de la divinité qui exista de tout temps chez les peuples de race sémitique, et qu'ils transportèrent dans leur nouvelle foi. En Italie, ce caractère particulier des représentations religieuses, s'accentua davantage à mesure que s'éteignaient les traditions de la civilisation classique.

Le contact avec l'Orient sémitique fut toujours fatal, ainsi que nous l'avons vu, aux anciens Romains. Après sa conquête les mœurs, les coutumes, les idées, l'art de l'Orient envahirent Rome et avec raison on pouvait dire, que les vaincus firent la loi aux vainqueurs. " Il y a longtemps „ dit Juvénal, " que l'Oronte coule dans le Tibre „. La civilisation classique a été, pour ainsi dire, étouffée par les principes venus de l'Orient. Dans le domaine de la religion cette influence orientale s'est accentuée, peut-être, avec plus de force que partout ailleurs. Les cultes asiatiques et le Judaïsme commencèrent à pénétrer dans Rome dès la fin de la république. L'organisation sociale, sévère et exclusive, intimement liée aux institutions religieuses de l'Etat et le culte officiel parvinrent à refouler pendant longtemps les religions étrangères ; mais à la fin, surtout grâce à l'affaiblissement de la foi dans les dieux du paganisme classique, ces religions parvinrent dans les premiers siècles de l'Empire, à vaincre tous les obstacles et elles apparurent sur le Capitole, trouvant des adeptes même parmi les empereurs. Les premiers chrétiens de Rome subirent la loi commune et leur foi prit un caractère sémitique, comme on peut le vérifier par les monuments de leur art religieux.

Cette apparition, dans l'art des fidèles de Rome, des idées religieuses de l'Orient sémitique se remarque déjà au IVe siècle, et on peut en voir les traces même dans les Catacombes, c'est-à-dire, avant la formation de ce qu'on est convenu d'appeler le style byzantin, dans lequel ces éléments asiatiques se sont développés avec une force prépondérante. Quand fut exécutée la fresque des Catacombes de S. Agnès, représentant la Vierge avec l'Enfant, dont nous avons déjà parlé, et qu'on suppose de la première moitié du IVe siècle, la capitale de l'Empire venait d'être transférée à Constantinople, le type byzantin n'était pas encore formé et cette figure ne peut, par conséquent, être considérée comme marquée de son influence. Dans quelques mosaïques chrétiennes de Rome de la même époque, par exemple celle de l'église de Sainte Prudentienne, qu'on attribue à la fin du IV⁴ siècle, on voit exprimées des idées du même caractère sémitique, quoique ces mosaïques n'aient pas pu être exécutées sous l'influence de l'art byzantin qui ne faisait alors que commencer. Ces exemples viennent à l'appui de notre supposition, que ces principes, qui s'exprimèrent plus tard dans l'art byzantin et constituèrent son caractère distinctif, s'étaient déjà manifestés dans les peintures des fidèles de Rome, et qu'ils devaient avoir déjà fait leur apparition parmi les chrétiens de l'Orient sémitique au moment de la diffusion de la nouvelle religion.

V.

L'origine du style byzantin.

Avec la translation de la capitale de l'Empire sur les bords du Bosphore, il se forma sur les limites des deux mondes asiatique et européen, un nouveau centre de culture dans lequel les éléments de la civilisation classique commencèrent à être remplacés — et dans la suite furent définitivement évincés — par les principes de l'organisation sociale et par les idées religieuses des peuples de l'Orient sémitique. Ces éléments orientaux, qui s'étaient manifestés avant Constantin avec assez d'évidence à Rome, envahie déjà par les mœurs, les coutumes et en général par les formes de la vie orientale, parvinrent à Byzance à leur complet épanouissement.

Le caractère de la culture latine subissant toujours davantage l'influence orientale, devait sans doute se transformer définitivement; mais cette transformation fut accélérée par le rapprochement avec l'Asie, à la suite de la fondation de Constantinople, où l'état social et les idées des peuples orientaux étouffèrent les principes de la civilisation classique qui y avaient été apportés [1]). L'apparition dans le monde hellénique, dans la

[1]) Burckhardt, Die Zeit Constantin 's des Grossen ; — Herm. Riegel, Ueber die Darstellung des Abendmahles ; — Ed. Dobbert, Die Darstellung des Abendmahles durch die byzantinische Kunst ; — Kugler, Hand-

période de sa désagrégation, des principes orientaux, qui se manifestèrent surtout à l'époque d'Alexandre le Grand, et qui y furent alimentés par les relations avec les grands centres de la culture gréco-asiatique, comme Alexandrie, Antioche etc., servit, pour ainsi dire, de préparation au régime byzantin. Les germes en existaient déjà à cette époque, ainsi que dans la Rome impériale, envahie par les idées et les coutumes orientales ; mais ces principes de la vie sociale et intellectuelle des peuples de l'Asie — étrangers aux Aryens méditerranéens — ne se développèrent si complètement ni en Grèce, ni à Rome et n'y etouffèrent pas au même degré les éléments de la civilisation aryenne comme à Byzance.

Les libres institutions sociales de la Rome républicaine avaient depuis longtemps déjà perdu leur force, quand Constantin transféra la capitale à Byzance. Mais le pouvoir de l'empereur n'avait jamais pris à Rome le caractère absolu qu'il revêtit à Constantinople, où les traditions républicaines, qui subsistaient encore dans l'ancienne capitale de l'Empire, ne pénétrèrent jamais pour entraver la puissance absolue du souverain.

Le représentant de l'Etat, l'autocrate byzantin apparaît déjà avec tous les attributs d'un potentat asiatique et s'entoure de la même pompe qu'un roi de Perse. Il siège sur un trône élevé, précieux et richement orné, placé sous un dais. Un cérémonial pédantesque et compliqué, converti en système, règle les moindres détails des rapports du monarque avec le monde extérieur, le sépare de la masse des simples mortels et le place dans un éloignement presque divin à peu près comme les Pharaons en Egypte. A Rome, nous l'avons vu, sous les derniers empereurs, on voit déjà poindre ces habitudes orientales. Primitivement leur maison était conduite suivant

buch der Kunstgeschichte ; Friedländer, Sittengeschichte Roms ; — Schnaase, Geschichte d. bild. Künste ; — Semper, der Stil ; — Kinkel, Geschichte d. bild. Künste ; — Ersch und Gruber, Encyklopaedie, B. 25 ; Carriere, Die Kunst im Zusammenhang der Culturentwickelung ; — Didron, Iconographie chrétienne, Paris 1843 ; Bayet, Recherches pour servir à l'Histoire de la Peinture et de la Sculpture chrétiennes en Orient ; — Bayet, L'Art Byzantin.

236

des règles patriarcales, mais avec le temps elle se transforma en un palais de souverain absolu et devient enfin la cour d'un potentat asiatique. Dioclétien appréciait beaucoup ce cérémonial compliqué et somptueux, et aimait à s'entourer d'un luxe oriental qui interdisait l'accès de sa personne. Son palais était placé sous la surveillance de gardes qui y maintenaient l'ordre. Ceux qui étaient admis en présence de l'Empereur devaient en l'apercevant se prosterner. Même avant Dioclétien Rome avait tout l'aspect de Byzance, mais d'une Byzance païenne, surtout pendant les règnes des empereurs syriens. Mais ce qui à Rome n'était qu'une exception, s'érigea en principe sur les bords du Bosphore.

Le pouvoir de l'empereur ne prit jamais à Rome un caractère sacré; jamais il ne fut considéré comme provenant de Dieu ainsi qu'à Byzance. Il est vrai, que les Romains de la décadence, par leur vile adulation et leur servilité convertissaient les empereurs en divinités après leur mort, parfois même de leur vivant, et leur rendaient les honneurs dûs aux immortels, mais personne ne croyait à leur divinité et jamais elle ne constitua un dogme officiel. Faire d'un mortel un dieu n'est possible que dans le polythéisme. Avec le triomphe du christianisme on ne pouvait plus y penser; mais le potentat byzantin recevant sa puissance directement de Dieu, étant son élu, son oint, devenait un personnage sacré, un objet d'adoration à l'égal des souverains asiatiques, qui aux yeux de leurs sujets avaient le caractère divin.

La demeure de l'empereur byzantin, son palais, tous les objets qu'il employait dans la vie journalière étaient considérés comme sacrés. Douter de sa sagesse, de sa justice, de ses capacités pour le gouvernement équivalait à un sacrilège. Il était au dessus de la loi. Ceux qui l'approchaient devaient se prosterner devant lui et considéraient comme un bonheur de pouvoir toucher le bord de son vêtement, ou baiser ses pieds. Les membres de la famille impériale, les courtisans, les serviteurs jouissaient d'une part des honneurs qu'on rendait aux souverains, occupaient généralement les plus hautes fonctions de l'Etat et avaient une grande influence sur les affaires publiques. Ces mêmes principes prédominaient en Egypte et dans les monarchies asiatiques. L'importance de la cour impériale, constituée sur le modèle de celle de la monarchie persane, et empruntant beaucoup, dans la suite, à la cour des Califes arabes, augmenta continuellement à Byzance ; les courtisans deviennent toujours plus nombreux et une hiérarchie compliquée les divise en plusieurs catégories. Comme à la cour des monarques asiatiques on trouve parmi eux des eunuques, qui entourent l'empereur et quelquefois occupent les emplois les plus élevés dans le gouvernement et l'armée. Une pompe somptueuse accompagne chaque action, chaque manifestation de la volonté de l'empereur ; même l'étiquette de cour reçoit un caractère sacré, et les rites de l'Eglise orientale se modèlent sur les cérémonies du palais.

Les formes de la vie romaine furent transportées dans l'empire de Byzance, mais non leur âme. Les institutions républicaines, qui depuis l'établissement de l'empire n'existaient plus à Rome que nominalement, y avaient pourtant, aux époques précédentes exercé leur pouvoir et laissé de glorieux souvenirs. À Byzance, au contraire, où parvint uniquement le nom de ces institutions ; où elles ne furent plus que lettre morte, elles ne prirent pas racine. De sa capitale l'autocrate de Byzance gouvernait l'Etat au moyen de ses envoyés ; dans les provinces il n'y avait point de vie indépendante ; elle se concentrait à Constantinople, ou pour mieux dire, dans le palais de l'empereur, et en lui-même. Un réseau de nombreux fonctionnaires de divers grades se répandait, comme des ramifications de l'autocratie du trône dans tout l'Etat. Toutes les forces de l'empire étaient distribuées bureaucratiquement et la centralisation était parfaite. Les institutions municipales indépendantes, qui s'étaient conservées dans plusieurs villes de l'empire d'Occident, même après sa chute, furent anéanties dans l'empire d'Orient par la centralisation. Un des résultats de cette dernière fut, que beaucoup de constructions publiques, comme par exemple, les aqueducs, les ponts, les ports etc., n'étant plus entretenus dans les villes de l'Orient ni par les citoyens, ni par l'Etat se détériorèrent et finirent par tomber en ruine.

Mais cette centralisation développée systématiquement et

profitant habilement de toutes les ressources de l'Empire Byzantin, avait aussi son côté utile; elle donna à la monarchie la force de résister au choc incessant des peuples barbares, force que l'Empire d'Occident divisé ne possédait pas. C'est pour cela que les éléments de civilisation, le riche dépôt de la culture des Grecs et des Romains, les trésors de leur science et de leur art, accumulés pendant plusieurs siècles et préservés, bien qu'en fragments, après la destruction du monde classique, se conservèrent à Byzance dans une pureté relative; tandis que les peuples barbares du Nord et du Sud, dans différentes parties de l'ancien Empire romain, détruisirent et anéantirent les résultats de cette culture séculaire, ou bien les défigurèrent en se les assimilant. C'est à ce dépôt byzantin que les Germains, les Arabes, les Slaves et d'autres peuples qu'on voit apparaître comme des barbares sur la scène de l'histoire, empruntèrent les éléments de leur civilisation.

Byzance resta immobile dans la forme sociale qu'elle avait adoptée comme les monarchies asiatiques, comme l'Egypte. Les révoltes militaires et les révolutions de palais, auxquelles Constantinople assistait souvent, n'avaient pas pour but un changement dans le mode de gouvernement; leur mobile était de renverser une dynastie et d'élever au trône un nouveau souverain. Rien ne changeait alors que l'autocrate et ses courtisans; les nombreux fonctionnaires répandus comme un filet sur tout l'Empire, restaient en place. Ni les principes de l'Etat, ni le système de gouvernement ne subissaient de changement.

Le peuple de Byzance n'avait aucune vie sociale et n'aspirait pas aux libres institutions. Le respect de la dignité humaine et l'indépendance individuelle ne pouvaient se développer sur le terrain byzantin. Les discussions théologiques, les courses de chars — divertissement favori des Byzantins — voilà ce qui surtout les intéressait et les émouvait. Rien qu'à cause de ces dernières ils se révoltèrent maintes fois contre les empereurs et les renversèrent. La tendance aux discussions théologiques domine aussi à Byzance tout le temps de son existence. En se répandant dans l'Orient hellénique le christianisme y trouva la philosophie dégénérée des Grecs de la décadence, abâtardie par de vaines disputes dialectiques et la nouvelle foi dut faire usage dans la lutte avec la philosophie des mêmes armes qu'elle, c'est-à-dire avoir recours à des finesses théologiques, à des minuties de définition. L'Eglise occidentale en contact surtout avec des peuples barbares de race germanique, qu'il fallait avant tout civiliser, dirigeait principalement son attention vers le côté pratique de la religion et ne s'occupait pas de subtiles questions dogmatiques. Les discussions théologiques envahirent au contraire à Byzance non seulement la cour, qui s'ingérait dans ces questions et les tranchait, puis le clergé et les classes cultivées, mais même le peuple qui s'intéressait vivement à ces disputes, y aiguisait son esprit et s'adonnait avec passion à la solution de questions théologiques.

Mais en même temps que ce penchant pour l'analyse des mystères de la religion et pour les subtlités théologiques, les superstitions les plus grossières s'étaient répandues parmi le peuple. On peut dire que les facultés mentales des Byzantins étaient absorbées par ces disputes théologiques; il n'existait pas chez eux de vie intellectuelle proprement dite. Les poètes chantaient les événements politiques et ce qui se passait à la cour des empereurs; les historiens écrivaient des chroniques arides; dans le domaine des sciences on ne faisait aucune découverte; la philosophie était abandonnée, et sous le règne de Justinien on en ferma les écoles. L'époque byzantine a été appelée, avec raison, la période caduque de la civilisation classique.

Les éléments asiatiques se remarquent aussi dans les mœurs byzantines. Celles-ci deviennent plus rudes qu'elles n'étaient à Rome, même du temps des derniers empereurs, et à mesure que Byzance s'éloigne de l'Occident et se rapproche de l'Orient, elles se font plus cruelles. D'atroces supplices, inconnus aux Grecs et aux Romains, et employés seulement par les Asiatiques, comme par exemple: des mutilations, la privation de la vue, différents modes de mort cruelle, commencent peu à peu à être en usage à Costantinople et dans tout l'Empire d'Orient. On infligeait surtout ces peines barbares aux criminels d'Etat et aux hérétiques. Ni un grade élevé, ni une haute position sociale, ni même des liens de parenté avec l'empereur ne pouvaient préserver de ces atrocités qui accom-

pagnaient ordinairement les révolutions de palais et les persécutions religieuses.

Mais avec les cruautés des Asiatiques, s'introduisit aussi
à Byzance leur mollesse; elle se manifeste, par exemple, dans
le costume des Byzantins. Les ornements royaux de Constantin étaient très riches, et rappelaient le costume des potentats asiatiques. Eusèbe dit que cet empereur portait un diadème,
un collier de perles, des bracelets, en somme des ornements
somptueux. La chaussure même était brodée de perles fines.
Les empereurs byzantins ajoutèrent, ensuite, au diadème des
rangées de perles ou de pierres précieuses, qui tombaient le
long des joues. Naturellement les sujets imitaient autant qu'ils
le pouvaient l'exemple donné par l'empereur, et le costume des
Byzantins imita peu à peu celui des Asiatiques. Les riches
étoffes de soie et d'autres matières de prix, aux couleurs éclatantes, bigarrées, avec des fils d'or tissés dans l'étoffe, que de
tout temps les peuples asiatiques ont aimées, et qui sont encore de nos jours très appréciées par eux, furent alors adoptées par les Byzantins, et plus était élevée la dignité d'un
fonctionnaire, plus riches étaient ses habits et ceux de sa femme.
À Rome déjà avant cette époque des personnes riches et efféminées adoptèrent le costume oriental, qui s'accordait complètement avec leur genre de vie. Les femmes romaines elles aussi
prirent les vêtements somptueux des femmes grecques dégéné-
rées, qui dès l'époque d'Alexandre le Grand, quand des rapports plus fréquents s'établirent entre le monde hellénique et
l'Asie, avaient adopté le costume des femmes asiatiques.

Nous savons que dans l'Empire d'Orient, déjà au Ve siècle,
les costumes des gens riches, hommes, femmes et enfants
étaient faits d'étoffes où toute espèce de figures étaient tissées.
C'était pour la plupart des fleurs éblouissantes; des lions, des
panthères, des chiens et d'autres animaux; des forêts, des ro-
chers, des chasseurs; parfois des scènes entières avec d'in-
nombrables figures. Les personnes pieuses représentaient sur
leurs habits des sujets tirés des Saintes Écritures; ainsi par
exemple, dans la mosaïque de l'église de S. Vital à Ravenne,
sur la bordure du riche manteau de l'impératrice Théodora,
femme de l'empereur Justinien, on voit représentée l'Adoration

des Mages. La richesse des habits était grande surtout au temps de Justinien, qui, comme nous le savons, introduisit l'élevage du ver à soie dans ses États. L'habillement du peuple et des gens pauvres se transforma aussi à Byzance, quoique plus lentement, et prit la coupe des vêtements des peuples de l'Asie occidentale. Ce fut assurément au détriment de la beauté du costume byzantin, que s'opéra ce changement, et que les habits simples mais élégants du monde classique — le pallium et la toge — furent remplacés par les vêtements asiatiques, lourds et bigarrés, qui laissaient difficilement deviner les formes du corps. Déjà dans les plus anciens monuments de l'art byzantin nous voyons des figures disparaître sous les plis pesants des habits. Non seulement dans la coupe des vêtements, mais aussi dans la vaisselle, et en général dans tous les objets d'un usage journalier, apparaît à Byzance le reflet du goût asiatique ; leur forme est massive et l'ornementation en est lourde. Les sièges, les lits perdent, dans les habitations des riches, leurs anciennes formes classiques, sous les étoffes de pourpre brodées d'or et sous les tapis orientaux qui les recouvrent.

L'élément asiatique prend graduellement le dessus parmi les Grecs de Byzance, sur l'élément classique. L'ancien principe cède la place au nouveau, sans aucune lutte. Peu de temps après le partage par Théodose le Grand de ses possessions en Empire d'Orient et Empire d'Occident, Byzance devenant le centre d'un État, dont les provinces les plus importantes étaient situées en Asie et en Afrique, offre par son organisation sociale, par le caractère de sa culture tous les traits distinctifs d'une monarchie asiatique. La Grèce, qui dans le monde païen, présente le type le plus pur et le plus complet de la civilisation aryenne, prit donc au contraire, dans la période chrétienne le caractère asiatique et montra les traits les plus caractérisques de la civilisation des peuples de l'Orient sémitique.

VI.

On comprend sans peine, que dans ce milieu entièrement asiatique, dans ce centre tout aussi voisin de l'Asie, par sa position géographique que par le caractère de sa civilisation, le terrain était favorable au développement de ces éléments orientaux, qui se manifestèrent, ainsi que nous l'avons déjà vu, dans les représentations religieuses des premiers chrétiens, même avant la translation de la capitale de Constantin sur les bords du Bosphore. En effet, examinons le caractère de l'idéal de l'art religieux qui se forma dans ce milieu, et qui reçut le nom d'art byzantin; nous verrons que les idées contenues dans ses représentations se rapprochent beaucoup de celles qui dominaient parmi les peuples de race sémitique. C'est ainsi que les sentiments religieux des Grecs et des Romains de l'Empire d'Orient changèrent comme avaient changé leurs mœurs et leurs coutumes.

De même que dans les représentations religieuses des premiers chrétiens dans les Catacombes, se développèrent certains côtés de l'idéal de la nouvelle foi, de préférence à d'autres, ainsi dans l'art byzantin, quelques particularités de la doctrine chrétienne, s'accentuèrent davantage et y prirent le dessus. Cette disposition correspond au sentiment religieux qui a précédé le christianisme, et prouve que cette religion se forma sur un fonds de croyances qui existaient déjà avant elle.

Les principes orientaux, qui se manifestèrent dans l'art des fidèles de Rome, après le triomphe de la nouvelle foi, se développèrent particulièrement dans le style byzantin. Nous le voyons clairement dans les mosaïques religieuses exécutées soit par des artistes byzantins, soit sous leur influence, surtout si nous comparons ces sujets à ceux des peintures des Catacombes, ou des sculptures des sarcophages.

Les représentations idylliques du Bon Pasteur — le Christ aryen — rapportant au bercail la brebis égarée, ou opérant des miracles, drapé dans sa toge, comme un jeune Romain; ou bien, sous la figure d'Orphée apaisant, de son chant mélodieux, les bêtes fauves ; la représentation de la Vierge dans un costume simple sans aucun apparat, tenant sur ses genoux son enfant, toutes ces figures de la période classique de l'art chrétien, qu'on voit sur les murs des Catacombes et sur les sarcophages des trois premiers siècles, n'apparaissent pas dans l'art byzantin.

Les idées que nous avons déjà vues exprimées dans les monuments chrétiens de Rome, après le triomphe de l'Eglise, sous l'influence des idées religieuses des peuples sémitiques de l'Asie, qui commençaient alors à y apparaître, nous les retrouvons développées plus complètement dans l'art byzantin.

Le même contraste éclate entre les types adoptés par les sculpteurs romains dans les représentations de l'Adoration des Mages, avant le triomphe du christianisme, et ceux que choisirent les artistes byzantins. Dans les nombreuses reproductions de cette scène sur les bas-reliefs des sarcophages romains, domine la simplicité ; le caractère officiel est absent. Sur un bas-relief de la fin du IVe siècle de l'Ambon de Thessalonique, l'Adoration des Mages est rendue, d'une manière toute différente. La Madone est représentée dans une niche ; sa pose est majestueuse ; elle tient l'Enfant Jésus sur ses bras et semble ne prendre aucune part à ce qui se passe autour d'elle, n'appartenir pas à ce bas monde.

Si le sculpteur voulait représenter la Vierge et l'Enfant en dehors de l'épisode évangélique il ne pouvait pas le faire différemment. Le petit Jésus semble avoir conscience de sa dignité royale. L'ange, intermédiaire entre Dieu et l'homme, conduit les rois Mages comme un maître de cérémonies à la cour de Byzance. Les principes hiérarchiques, sur lesquels sont basées les sociétés orientales, et qui dominaient dans les palais des potentats asiatiques, sont ici transportés au ciel. L'artiste a exécuté son œuvre dans les mêmes conditions et choisi les mêmes dimensions que les sculpteurs des sarcophages de Rome et de la Gaule méridionale, ses contemporains ; si donc il a représenté différemment cette scène et lui a donné un autre caractère, c'est parce que ses idées religieuses étaient différentes. Le bas-relief de l'Ambon de Thessalonique rappelle, par son caractère intime, les représentations du même sujet des mosaïques de la basilique Libérienne de Rome et de S. Apollinare

Nuovo de Ravenne. Le Christ et la Madone des mosaïques byzantines regardent avec tranquillité et indifférence ce qui s'accomplit sur la terre. L'élément triomphal prend le dessus sur les
sentiments intimes, qui ont inspiré les artistes des Catacombes.

Dans l'art byzantin on trouve assurément des Vierges qui
expriment beaucoup de commisération pour les souffrances des
hommes, une immense tristesse pour leurs péchés et leurs erreurs. On en voit d'autres représentées comme de tendres mères
nourrissant de leur sein l'enfant Jésus, l'embrassant parfois avec
tendresse, par exemple, dans les fresques des monastères du
Mont Athos [1]). Mais même quand on lui donne ce caractère
affectueux et miséricordieux, la Vierge apparaît dans les habits somptueux d'une Reine, la couronne sur la tête entourée
de toute la pompe des impératrices byzantines; le titre de
Reine des Cieux ne peut pas lui être refusé, et on voit un
personnage officiel plutôt qu'une simple mère. De même le Christ
est représenté par les artistes byzantins dans des sujets évangéliques qui se passent sur la terre; par exemple dans les
épisodes de la femme adultère, de la Samaritaine etc. avec
toutes les particularités qui l'éloignent des mortels. Souvent
il est assis sur un globe céleste — symbole de sa puissance
sur le monde; quelquefois aussi il est vêtu de riches habits,
un disque d'or autour de la tête. Les Saints qui apparaissent
devant lui couvrent leurs mains de leurs habits, comme des
courtisans devant un potentat oriental. Dans les représentations de ce genre le Saveur est Dieu bien plus qu'homme; tandis
que dans les peintures et les sculptures des Catacombes il est
bien plus homme que Dieu. En un mot, le Christ et la Vierge
dans l'art religieux byzantin, même représentés parmi les hommes sont toujours éloignés des mortels et gardent leur dignité
royale. On évite de les représenter dans un entourage terrestre croyant que cela peut nuire au respect qu'on leur doit.
Le Sauveur, étant le roi des Cieux il faut que cette dignité
soit exprimée dans ses représentations. Les mêmes idées se
manifestent aussi dans les ouvrages des écrivains byzantins

[1]) Les copies de ces Madones se trouvent dans le Musée chrétien
de l'Académie des Beaux-Arts, à S. Pétersbourg.

contemporains. Déjà Eusèbe, au commencement de son panégyrique de Constantin, parle de Dieu comme d'un monarque du ciel, c'est-à-dire comme de l'image agrandie d'un potentat terrestre ; la voûte des cieux lui sert de trône ; la terre est son marchepied ; les armées célestes montent la garde autour de sa personne ; les forces de la nature sont ses auxiliaires ; elles le considèrent comme leur souverain, leur seigneur. Eusèbe continue ainsi ces comparaisons avec une grande richesse de métaphores.

Dans l'art byzantin le Christ, même sur la croix, est quelquefois représenté sans souffrances ; l'air triomphant ; le nimbe autour de la tête ; attaché à la croix par des clous d'or, consommant son sacrifice non comme un mortel, mais comme un Être divin ; souvent avec des particularités qui soulignent encore davantage sa divinité, ainsi que son triomphe sur la mort et sa prochaine résurrection.

L'idée des peuples classiques, que la divinité n'est pas soumise aux souffrances des mortels, se refléta dans l'art chrétien des Catacombes et pendant longtemps on n'y rencontre pas de représentations des souffrances et du crucifîment du Sauveur. Quoique ces idées subsistent pendant plusieurs siècles parmi les fidèles, elles disparaissent pourtant peu à peu et sont déjà oubliées à Byzance, ainsi que dans l'Occident, après la période des iconoclastes. On commence, en effet, à cette époque, à rencontrer fréquemment, dans les miniatures des livres liturgiques, la représentation des souffrances et de la mort du Christ. Cependant, à cause de certaines idées religieuses d'un caractère oriental-sémitique, la tendance à représenter le Sauveur sans souffrances se conserva à Byzance. On le voit parfois devant la croix et s'y appuyant dans une pose pleine de majesté ; il n'est pas cloué à l'instrument de son supplice ; son corps ne pend pas, mais se tient droit et est recouvert d'un manteau de pourpre. Nous pouvons dire, que les idées du monde classique sur la divinité qui subsistaient encore parmi les chrétiens d'Occident, les éloigna de la représentation des souffrances et du supplice de Jésus-Christ, et que ce ne fut que par degrés qu'ils s'habituèrent à la pensée des humiliations du Sauveur.

Au XIIᵉ siècle les artistes byzantins tombèrent dans l'excès contraire et commencèrent à représenter le Christ crucifié, exhalant sur la croix le dernier soupir dans d'affreuses souffrances. On peut expliquer ce penchant à rendre des horreurs de ce genre par les mœurs cruelles des Byzantins de cette époque et par l'habitude qui existait alors de faire subir des châtiments et des tourments atroces.

La toute-puissance du Très Haut apparaît toujours avec évidence dans les productions des artistes byzantins. Autour de ce centre se groupent d'autres sujets, dans lesquels prédomine de même la puissance de Dieu et son éloignement de tout ce qui est terrestre. Un caractère grave, monumental règne constamment dans les productions de l'art byzantin, qu'elles soient de grandes ou de petites dimensions. Les mêmes procédés, les mêmes traits caractéristiques, la même manière de figurer les personnages et les sujets sacrés se recontrent dans les mosaïques monumentales des églises et des basiliques, et dans les miniatures des manuscrits. En examinant les monuments de l'art byzantin on verra que le but principal de l'artiste est toujours de glorifier les puissances célestes, et que les autres idées religieuses sont reléguées au second plan.

Aucune trace, par exemple, dans les productions des artistes byzantins de l'élément gai, animé, radieux qu'on trouve dans les peintures des Catacombes. Point de représentations de paysages, point de témoignage d'amour pour la nature, pour la vie dans la peinture monumentale, ainsi que dans les miniatures de l'école byzantine. Si on y rencontre des représentations de plantes, d'arbres, de fleurs, ou d'objets empruntés à la nature, ce ne sont que des figures conventionelles, servant de motif de décoration, sans aucun rapport entre elles et ne pouvant pas être considérées comme des reproductions de la nature. Les exceptions sont rares et uniquement fournies par des copies des monuments de l'art classique. Tout est sévère, froid, grandiose, plein de gravité dans l'art byzantin; l'homme est comme écrasé, anéanti par ces figures majestueuses, imposantes. L'élément ascétique y apparaît toujours davantage; on y voit des visages amaigris par les privations, ridés, tristes, aux joues creuses, aux pommette saillantes; les yeux enfoncés avec une expression sévère et sombre; voilà ce qu'on trouve souvent chez les artistes byzantins, de même que des figures aux membres décharnés; en un mot tous les indices d'une vieillesse prématurée — conséquence de la mortification de la chair. Nous devons aussi noter ce fait qui, à première vue, semble extraordinaire, que l'art chrétien dans les cimetières souterrains, durant les persécutions, mais dans la période classique de son existence, a eu un caractère joyeux, lucide, animé, enjoué, tandis qu'au contraire quand il apparaît sur la terre, après le triomphe de la foi — à cause des éléments de l'Orient sémitique et des idées ascétiques qui dominaient dans cette religion — il prit une tournure sombre, triste, ténébreuse.

Dans l'art byzantin on peut remarquer deux principes dominants; le classique et l'oriental. Le premier est le résultat de cette disposition des Byzantins — héritiers des anciens Grecs — à adopter les formes, à s'assimiler les procédés de l'art gréco-romain pour exprimer les idées de la foi nouvelle. C'est ce qui les conduisit à représenter des figures mythologiques, des allégories, des Saints-guerriers majestueux, des anges et d'autres figures qui rappellent les statues de l'art classique et sont drapées comme celles-ci. Le second de ces principes se forma et fut constamment prépondérant dans l'art byzantin à cause de cette répercussion dans leur esprit des idées religieuses des peuples sémitiques, qui les amena à représenter le Christ, la Vierge, les Saints dans le Ciel, éloignés de la terre et des mortels. La forme classique, employée parfois avec beaucoup de tact et d'habilité, sert continuellement d'enveloppe, dans l'art byzantin, à des idées religieuses, qui n'ont pas le caractère aryen; et ainsi que dans les institutions du Bas-Empire se trouvent côte à côte les charges et les appellations de la Rome républicaine et le despotisme des monarchies asiatiques, de même dans le style byzantin les formes de l'art classique s'associèrent aux idées religieuses de l'Orient sémitique.

VII.

Jusqu'à la chute de l'Empire d'Orient l'art byzantin passa par plusieurs phases, et eut des périodes florissantes et des époques de décadence, sans qu'il changeât pour cela essentiellement de caractère, et cessât d'exprimer des idées de même nature.

L'art byzantin se développa sur le terrain grec, et on peut le considérer, en ce qui concerne la forme, mais non l'idée, comme la continuation de l'art hellénique, duquel il hérita beaucoup par voie directe sans l'intermédiaire de Rome. Entre les civilisations qui se succèdent dans le même pays, il n'existe pas de limites infranchissables; en les observant attentivement on découvre des liens intimes qui les unissent, même si au premier abord elles semblent irréconciliables et opposées l'une à l'autre. Quand un style a dominé pendant plusieurs siècles chez un peuple il est tellement uni à sa vie intellectuelle que même en disparaissant il doit inévitablement exercer une influence sur la formation du nouveau style qui lui succède, aidé en cela par les traditions, et par les monuments qu'il a laissés après lui. Les souvenirs du passé devaient naturellement se conserver parmi les artistes byzantins; devant leurs yeux ils avaient les monuments de ce passé, et il n'est pas étonnant que pour exprimer les idées de la nouvelle foi, ils aient employé les formes de l'art hellénique qui n'avaient pas perdu pour eux leur signification.

Nous trouvons souvent dans les mosaïques byzantines, dans les peintures, surtout dans les miniatures des livres liturgiques des figures allégoriques, des personnifications des éléments, des sentiments, des qualités, qu'on ne rencontre pas dans la peinture et dans la plastique des anciens Romains et qui certainement ne furent pas créées par les artistes byzantins, car elles ont un caractère éminemment païen ce qui prouve qu'elles ont été empruntées à l'art grec ancien. De même, dans les figures grandioses des mosaïques byzantines on voit, pour ainsi dire, le reflet de ces statues imposantes, en or et en ivoire, des divinités helléniques, ouvrages des sculpteurs de la belle époque de l'art grec. Il est aussi hors de doute, que quelques figures du Christ, de la Vierge, d'anges de l'art byzantin, dans sa meilleure période, ont cette beauté régulière et calme, cette grandiosité que nous admirons dans les productions de la sculpture hellénique, parvenues jusqu'à nous. Cette analogie est surtout surprenante entre quelques figures de Vierges byzantines et les types de Minerve et de Junon, et entre des archanges et la figure d'Apollon. Dans les draperies et dans les motifs décoratifs nous voyons aussi constamment chez les Byzantins l'imitation du classique.

En étudiant les monuments de l'art byzantin, on est surtout étonné de l'adresse des artistes à imiter la beauté et la grandeur de l'art classique; — beauté et grandeur qu'ils ne trouvaient plus dans le monde qui les entourait, — ainsi que leur habileté à adapter ces éléments à des compositions chrétiennes. Mais cette influence de l'art classique sur l'art byzantin a surtout un caractère plastique, même quand elle se manifeste dans la peinture des chrétiens orientaux. Dans les fresques, dans les mosaïques, dans les miniatures de style byzantin, nous voyons constamment les figures dans des poses qui rappellent des statues et des bas-reliefs, et on peut l'expliquer par le plus grand nombre de productions de la sculpture que de la peinture des anciens Grecs, parvenues aux Byzantins, car les monuments plastiques se sont mieux conservés, souffrant moins du temps et des accidents que ceux de la peinture. Peut-être doit-on attribuer cela aussi aux tendances plastiques du pinceau hellénique. On sait que l'empereur Constantin, après avoir transféré sa capitale sur les bords du Bosphore, l'orna de nombreuses statues prises dans les différentes villes d'Europe et d'Asie. Ses successeurs imitèrent son exemple de sorte que Constantinople se remplit de productions remarquables de la sculpture hellénique. Quoique la Grèce eut déjà été pillée par les Romains elle était encore essez riche en magnifiques statues. C'est à cause de cette influence de l'art grec que l'art byzantin a pu se maintenir si longtemps; elle se manifesta surtout à sa belle époque, et s'effaça peu à peu. Les traces en sont encore visibles dans les productions des artistes byzantins jusqu'au XIIᵉ siècle, allant toujours en diminuant dans les siècles suivants. La beauté de l'art hellénique ne pouvait assurément pas être transmise intacte à d'autres peuples moins capables de la comprendre et de l'apprécier, par conséquent de la reproduire. Même les Romains, n'étant pas doués d'un goût esthétique aussi raffiné que les Grecs, en imitant leur art s'en écartèrent et l'abaissèrent. En parlant d'emprunts faits par les artistes byzantins à l'art grec nous ne voulons donc pas dire qu'ils aient pu s'assimiler les qualités esthétiques de cet art, mais uniquement quelques unes de ses formes; le plus souvent ce ne sont que les poses et la draperie des vêtements qui rappellent chez eux l'art hellénique.

Dans les productions des artistes byzantins, qui se rapprochent de l'art classique, ou furent exécutées sous son influence, on ne sent généralement pas l'énergie d'une création spontanée, d'un art productif vivant; elles ne sont que le fruit d'une imitation habile et non du travail indépendant d'un peintre ou d'un mosaïste. Cependant, même dans ces conditions les figures de l'art byzantin ne manquent pas de beauté, de noblesse, de majesté, et même dans l'imitation, il faut en convenir, apparaît parfois quelque chose d'original.

Il est facile de reconnaître dans la peinture byzantine les figures qui n'ont pas été empruntées à l'art hellénique, mais qui sont originales, et dans lesquelles l'influence de ce dernier n'est que très faible. Leur mérite artistique est minime; elles sont maigres, raides, sans aucune beauté; le manque d'inspiration de l'artiste et son peu d'habilité y sont palpables. Le penchant pour l'ascétisme, qui dominait à cette époque, faisait voir dans l'amaigrissement, dans l'exténuation, dans l'épuisement une marque de la sainteté, et probablement les artistes byzantins, parmi lesquels il y avait beaucoup de moines plus occupés d'idées religieuses que du mérite artistique de leurs productions, et pour lesquels peindre des images n'était qu'un acte de piété agréable à Dieu choisissaient souvent pour modèles des ascètes qui se soumettaient à des privations et à de cruelles macérations, si bien que leur corps était d'une extrême maigreur, leur visage triste et exténué. Tel est en effet, surtout à une époque postérieure, l'aspect des figures des saints dont les types n'ont pas pu se former sous l'influence de l'art classique. Ces figures ont le torse allongé; les extrémités fines et petites, le visage maigre, ridé, long, sévère. Les chairs prennent un ton orange-foncé, quelquefois même la couleur d'une momie. Les figures allégoriques, les personnifications, tout ce qui en général a été inspiré par les productions de la sculpture grecque, sont d'un aspect tout à fait différent.

Ces deux types si divers sont très visibles dans les œuvres religieuses des artistes chrétiens de l'Orient. Le type byzantin prend enfin le dessus et remplace peu à peu l'hellénique, mais jusqu'à nos jours, pourtant, on rencontre encore dans la peinture des chrétiens d'Orient des figures d'anges et de Saints-guerriers, dans lesquelles il faut reconnaître des formes classiques, et à côté de celles-ci des types ascétiques, maigres et exténués. Ces dernières figures pourtant se rachètent parfois par un reflet de l'art classique, qui apparaît soit dans la pose calme et grandiose, soit dans les traits nobles du visage, soit dans la simplicité et la clarté de la composition, ou dans la manière de draper les vêtements. Même à l'époque la moins prospère de l'art byzantin, même dans les productions les plus médiocres ce reflet de l'art classique ne s'efface jamais complètement, et il compense tous ses défauts, toutes ses imperfections, précisément comme le reflet de la civilisation hellénique dans la culture romaine fait oublier tout ce que cette dernière avait de grossier, de rude et de matériel.

Dans l'art byzantin, on note constamment la répétition des mêmes types, des mêmes sujets. Chaque Saint a des traits déterminés, comme dans un portrait, et l'artiste ne peut pas s'écarter du type consacré. Cette uniformité ne provient pourtant pas de la pauvreté d'idées, ou de l'incapacité du peintre. La constante répétition des mêmes types constitue le trait distinctif de tous les arts religieux. Ces types prennent aux yeux du peuple un caractère sacré et s'en écarter est considéré un outrage fait à ses sentiments pieux.

Nous avons pu remarquer, que dans les premiers siècles du christianisme, les artistes jouissaient d'une grande liberté dans le choix des sujets; mais quand, après le triomphe de la nouvelle foi, les représentations chrétiennes devinrent plus nombreuses et qu'elles furent employées comme moyen d'instruction pour les fidèles, l'Eglise ne pouvait plus laisser à l'artiste le soin de choisir les sujets, qui devaient expliquer les dogmes. C'est ce qu'on peut observer surtout à Byzance, où l'art religieux se figea, s'immobilisa chaque jour davantage dans des formes hiératiques. Mais le penchant à conserver les mêmes types religieux, une fois adoptés, fut toujours plus fort chez les peuples asiatiques que chez les Aryens occidentaux, car chez les premiers l'idée était immuable, tandis que chez les seconds elle se renouvelait toujours. C'est pourquoi le propre des religions orientales a constamment été de conserver les types consacrés par le temps ; tandis que les cultes occidentaux tendent à les transformer et à en créer de nouveaux. Les figures hiératiques des dieux grecs de l'art archaïque se transformèrent, à mesure que le goût esthétique des Hellènes se développait, de même qu'à l'époque de la Renaissance les maîtres italiens s'éloignèrent des types byzantins et en créèrent de nouveaux. Les représentations religieuses de l'Egypte, de l'Assyrie, ne changent pas, au contraire, pendant plusieurs siècles [1]. Nous voyons quelque chose d'analogue dans l'art byzantin, qui a toujours conservé plutôt le caractère oriental que celui occidental.

La répétition des mêmes types consacrés par l'Eglise et par le temps, plus fortement accentuée encore dans la période de décadence de l'art byzantin qu'à son époque florissante, devait indubitablement conduire à la raideur, à l'immobilité. Dans de telles conditions toute originalité était exclue, mais en même temps le type byzantin revêtait par là une certaine gravité religieuse, une certaine dignité sacrée.

Les événements historiques contribuèrent aussi à Byzance à la conservation pieuse des types établis et fortifièrent la tendance à ne pas s'écarter des représentations religieuses consacrées. On peut citer au premier rang la lutte contre les iconoclastes qui agita pendant si longtemps l'Empire d'Orient. Quand commencèrent les persécutions de ceux qui adoraient les images et la destruction de celles-ci, l'art byzantin avait déjà eu une période de production florissante. Cette épreuve lui apporta la consécration et la gloire du martyre. La vénération du peuple pour les représentations sacrées augmenta et la reproduction exacte des images détruites devint, pour ainsi

[1] Le même phénomène peut être observé, comme nous l'avons vu, dans les institutions sociales des peuples de l'Asie et des Aryens d'Europe ; chez les premiers nous voyons l'immobilité dans les formes sociales une fois établies ; chez les seconds une évolution continuelle et l'élaboration de nouveaux principes sociaux.

dire, une protestation contre leur destruction, en même temps qu'un témoignage de piété.

Il ne faudrait pourtant pas aller jusqu'à supposer qu'après la formation des types religieux, dans l'art byzantin, tout écart devenait impossible. Quoique depuis des siècles ils aient une uniformité apparente, on peut après un mûr examen, y découvrir des variantes. L'artiste, il est vrai, n'avait pas la possibilité de changer à son gré les types consacrés. L'Eglise le surveillait et le dirigeait. Il n'était que la main qui exécutait et non la tête qui concevait. Le même principe d'absolutisme et de centralisation qui était à la base des institutions sociales de l'Empire byzantin se manifestait aussi dans l'art religieux, où seuls se répétaient les types acceptés par les autorités ecclésiastiques.

Mais si l'artiste dépendait de l'Eglise et devait travailler selon ses indications, celles-ci n'étaient pourtant pas immuables. Ainsi, par exemple, quand après l'époque des Iconoclastes, l'ascétisme augmenta à Byzance, il eut pour conséquence la création de nouveaux types religieux. Même la Vierge, que d'abord on représentait avec des traits réguliers, avec une expression calme et tranquille, parfois d'une beauté classique, se transforme par la suite, sous l'influence des idées ascétiques et prend une attitude de tristesse, d'affliction, de douleur causée par les péchés des hommes. Il faut aussi observer que l'uniformité commença surtout à dominer dans l'art byzantin à l'époque de son déclin et augmenta à mesure que celui-ci s'accentua. Dans la période de sa pleine décadence, c'est-à-dire après la prise de Constantinople par les croisés et le pillage de cette ville, les artistes n'étaient plus entravés seulement par les prescriptions de l'Eglise et par les traditions religieuses, mais aussi par leur propre incapacité. À cause de l'appauvrissement des habitants les commandes se faisaient rares et les artistes n'avaient pas l'occasion de s'exercer dans leur art.

Les maîtres byzantins ne reproduisaient assurément pas ce qu'ils voyaient dans la nature. Des êtres aux poses raides et engourdies, à l'aspect ascétique, comme ceux qu'ils représentaient, n'auraient pas pu exister; la vie dans des corps raidis et exténués par les macérations est contraire aux lois de la nature. Mais cet engourdissement, cette maigreur, ce manque de mouvement exprimaient, selon leur conception et celle de leurs contemporains, la dignité, la grandeur et diverses qualités morales, et en regardant ainsi la nature à travers le prisme de leurs idées ils l'assujettissaient à leur idéal. Le penchant pour l'ascétisme existait assurément à Byzance, mais pas au même degré que dans les productions des artistes byzantins. Les portraits d'empereurs et d'autres personnages, qu'on rencontre parmi leurs œuvres, ont un aspect beaucoup plus animé et bien moins raide et ascétique que les figures religieuses, les images des Saints, des martyrs, etc. Les Pharaons, ainsi que leurs sujets, que nous voyons sur les monuments égyptiens n'avaient certainement pas cet air momifié, ne prirent jamais ces poses raides que les artistes leur ont donnés en les représentant, car dans de tels corps le sang n'auraient pas pu circuler; mais la disposition de l'esprit chez les Egyptiens était telle que, ces poses inanimées et uniformes, ces gestes monotones avaient pour eux une signification morale. Sous l'influence de ces idées les peintres et les sculpteurs, en voulant atteindre leur idéal, exagérèrent dans leurs productions ce qu'ils voyaient autour d'eux et créèrent en Egypte, ainsi qu'à Byzance, des figures qui ne peuvent pas exister dans la nature.

Dans l'art byzantin on rencontre cependant aussi des figures qui rappellent les productions de l'art grec archaïque. C'est la même immobilité imposante, ce sont les mêmes poses raides et pourtant grandioses; les mêmes figures hiératiques; la même gravité sévère. Ce qui peut expliquer cette ressemblance c'est, qu'à l'époque primitive, l'art hellénique reproduisait les éléments artistiques des peuples de l'Asie; mais ces éléments des Asiatiques méditerranéens et des Egyptiens, transportés sur le terrain hellénique, furent développés par les Grecs ainsi qu'ils le firent de tout ce qu'ils empruntèrent à d'autres peuples, à d'autres centres de culture déjà avancés, alors qu'eux-mêmes ne faisaient que leurs premiers pas dans la civilisation; tandis que dans l'art byzantin les mêmes éléments asiatiques ne se transformèrent pas, mais conservèrent intact leur caractère tout le temps de son existence.

C'est avec raison qu'on compare entre eux l'art byzantin et l'art égyptien; bien que les forces productives de ce dernier fussent épuisées déjà depuis plusieurs siècles, quand le premier commençait à naître et que l'art égyptien se développât dans le monde païen et l'art byzantin dans le monde chrétien, il est impossible pourtant de ne pas reconnaître qu'entre les deux arts il y a quelque chose de commun; ce qui sert à prouver, de la manière la plus évidente, que dans l'art byzantin entrent des éléments artistiques des peuples asiatiques, et montre en même temps l'identité des idées religieuses des anciens Egyptiens et des Byzantins. Les artistes égyptiens et les maîtres byzantins devaient suivre dans les représentations religieuses certaines règles; s'en écarter était considéré comme une infraction à la loi consacrée par le temps et les traditions. En Egypte comme à Byzance les prêtres dirigeaient les artistes et contrôlaient leurs travaux. Dans l'un comme dans l'autre de ces arts on s'efforçait d'exprimer la majesté par l'immobilité de l'attitude; on y trouve également la répétition constante des mêmes types avec très peu de changements, et la prédominance des figures raides et engourdies. L'art byzantin étant dans les mêmes rapports avec l'art de la Renaissance, que celui des bords du Nil avec l'art hellénique naissant, se rapproche aussi de l'art égyptien en ce que les artistes tout en n'introduisant dans leurs compositions que très peu de sentiment individuel, atteignent, en ce qui concerne la technique, une grande perfection. Même les types dans les deux peintures, l'égyptienne et la byzantine, ont quelquefois une certaine ressemblance. Ainsi dans les figures peintes sur quelques sarcophages en bois, contenant des momies, et dans les peintures des bas-reliefs des Egyptiens en voit déjà le type, qui se rencontrera plus tard souvent dans la peinture byzantine. En Egypte comme à Byzance l'immobilité dans l'art correspond à l'immobilité des institutions, et on a le droit de dire que l'art byzantin se rapproche tout autant de l'égyptien, que l'organisation civile du premier de ces pays, ressemble à celle du second.

Le déclin graduel du type humain, qu'on remarque dans l'art byzantin, fut la conséquence de la désorganisation sociale de l'Empire byzantin. De même qu'un beau type peut être la preuve d'un état prospère de la société, de l'harmonie dans le développement de toutes ses parties, un indice de son existence normale et du progrès de ses forces intellectuelles, ainsi la laideur du type est la marque du déclin moral de la société, de la perte de ses vertus civiques et des entraves qui sont mises à son activité mentale. Nous pouvons nous en convaincre en examinant la série des bustes des empereurs romains qui se trouve au Musée du Capitole à Rome, ainsi que divers autres monuments artistiques.

À Byzance le type perdit aussi sa noblesse à cause du mélange qui s'était opéré entre les Byzantins et des peuples barbares. Les hauts fonctionnaires de l'Etat, les courtisans, des personnages de l'entourage de l'empereur, que dans les derniers siècles de l'Empire d'Orient, on représentait avec lui étaient quelquefois d'origine barbare, parfois même des eunuques. Les familles régnantes qui se succédaient si fréquemment n'étaient d'ailleurs pas toujours pures de tout alliage avec des peuples asiatiques.

Héritiers des traditions de l'art hellénique les artistes byzantins les continuèrent longtemps sans les altérer, mais ne purent pas puiser de nouvelles forces dans la nature. L'étude du nu, de cette chair maudite et vouée à la perdition, cause de la chute de l'humanité, était considérée comme une œuvre condamnable. C'est ce qui éloigna les artistes byzantins de la représentation de la nature et fut un des motifs de la décadence de leur art. Les maîtres de Byzance évitaient avec soin de représenter des figures nues. Cette seule raison suffirait pour expliquer le caractère caduc qu'eut toujours l'art byzantin, même à sa meilleure époque, et n'eut jamais toute cette force que la peinture et la sculpture peuvent acquérir, quand elles se consacrent à l'imitation de la nature. Ainsi, on exécutait au X.ᵉ siècle à Byzance des miniatures ayant une certaine valeur artistique, et qui ne le cédaient en rien aux productions des premiers artistes de l'époque de la Renaissance, peut-être même les surpassaient; mais pourtant dans ces œuvres des peintres byzantins, on ne remarque aucun indice d'un futur développement artistique. Nous voyons, par exemple, dans ces minia-

tures des scènes dans lesquelles les personnages sont bien
distribués, les figures bien drapées, ont l'aspect de statues imposantes, mais malgré cela la composition en est froide, insignifiante; les personnages qui y sont représentés ne prennent
aucune part à l'action; en un mot on n'y remarque pas cette
originalité qu'on trouve dans les fresques et les tableaux de
Giotto et de son école; originalité, peut-être, un peu gauche
et naïve, mais expressive et forte comme tout ce qui est puisé
à la source vivifiante de la nature, et non pas emprunté à la
tradition d'un art qui a déjà fait son temps. L'art byzantin
c'est un retour continuel vers le passé; celui de la Renaissance
un élan vers l'avenir.

La conservation des formes de l'art grec eut pourtant
son côté positif; nous voyons que les figures du style byzantin, même les plus grossières, les plus imparfaites conservent, malgré l'incorrection du dessin, et l'ignorance de l'anatomie, des poses majestueuses, de belles draperies, une certaine
dignité, une noblesse, que ni l'imperfection des détails, ni la
médiocre exécution ne peuvent altérer. C'est pour cela que la
décadence dans l'art byzantin n'est pas si évidente que celle
de l'art italien, à la fin de la Renaissance. Cependant, se mou-
vant toujours dans la sphère du solennel, de l'imposant, sans
une exacte définition de l'individualité, les maîtres byzantins
devaient inévitablement aboutir à une représentation de la nature fausse et incorrecte.

Pendant plusieurs siècles, mais surtout au IXe, au Xe et
au XIe Byzance fut l'unique centre de l'activité artistique du
monde chrétien. Là se formaient les meilleurs peintres et sculpteurs, les fondeurs de métaux, les mosaïstes, les architectes.
Si nous jetons un regard vers l'Occident nous verrons qu'il n'y
avait pas, comme dans l'Empire d'Orient un développement
ininterrompu dans le domaine des arts. Il ne pouvait pas en
être autrement; car des calamités de toute espèce et surtout
la ruine et l'envahissement de l'Italie par les barbares mettaient obstacle au développement de l'activité intellectuelle
et artistique. Seule Byzance jouissait à cette époque d'un
calme et d'un bien-être relatifs, réussissant à repousser les invasions des peuples barbares du Nord et du Sud. En Italie, où

258

les institutions civiles se relâchaient, où les rapports sociaux étaient interrompus, on n'avait pas la tranquillité d'esprit nécessaire pour goûter des jouissances intellectuelles. Alors, que pendant plusieurs générations, se procurer des moyens d'existence devient le principal souci de la vie, on comprend aisément, que le sentiment esthétique, l'amour du beau, de tout ce qui est raffiné, délicat se perde. On peut vérifier le même fait de nos jours dans les basses classes du peuple, même parmi les nations les plus cultivées. À Byzance, au contraire, où se conservaient au moins les principes des institutions sociales que les civilisations précédentes avaient transmises; où s'était concentré l'héritage de la culture classique; dans cette ville qui fleurissait et s'enrichissait par le commerce et l'industrie, l'art tout en prenant un caractère différent de celui qu'il avait avant le triomphe de l'Eglise conserva l'héritage des traditions de l'art hellénique, se maintint après avoir atteint une certaine élévation, dans les formes élaborées.

En Italie et à Byzance l'art se trouvait au IVe siècle, pour ainsi dire, au même niveau, mais déjà au VIIIe, une différence considérable s'y fait sentir. Ce fut l'époque de la décadence en Occident de la peinture et de la sculpture. Des figures raides et dépourvues de vie apparaissent alors dans les mosaïques de Rome. Les productions plastiques deviennent hideuses jusqu'à l'impossible. On observe une complète négligence de l'imitation de la nature; en voulant rendre les formes du corps humain on ne tâche nullement de se rapprocher du vrai. Le déclin de la littérature et de la langue marchait de pair en Italie avec la décadence de l'art, et ce déclin provenait des mêmes causes, c'est-à-dire de la dévastation du pays par les barbares et du manque de vie indépendante, intellectuelle et sociale.

L'art byzantin, à toutes les époques, se distingua par la richesse et la somptuosité. Dans la peinture on emploie, très fréquemment, l'or. Le fond du tableau, les nimbes sont dorés; les habits rayés d'or. Les dorures, les plaques en métaux précieux et en marbres fins, de diverses couleurs étaient employées dans l'architecture. Dans son ornementation nous trouvons des motifs empruntés aux peuples asiatiques; comme par exemple la représentation tout à fait conventionelle de plantes et d'animaux. Ces éléments d'ornementation rappellent aussi ceux qu'on trouve sur les vases grecs de l'époque archaïque.

La richesse des matières employées par les sculpteurs byzantins, la difficulté de les travailler, le fini de l'exécution; les brillantes couleurs des miniatures, la perfection des émaux et des mosaïques frappaient les peuples encore peu civilisés de l'Europe occidentale, avec lesquels Byzance était en relations; de même l'organisation sociale des Byzantins les surprenait par sa régularité et sa précision.

À la belle époque de l'art hellénique, on employait pour la sculpture, ainsi que nous l'avons vu, des métaux précieux, de l'or, de l'ivoire, dans le seul but d'exprimer la vénération qu'on avait pour les dieux. À Byzance, au contraire, les métaux précieux devaient rehausser le mérite artistique de la production. De même dans la Rome païenne, au temps de la décadence de l'art classique, la cherté du matériel et la difficulté du travail devaient remplacer la valeur artistique de l'œuvre. Ces goûts ont toujours existé parmi les peuples asiatiques, et leur apparition dans l'art des Romains détermina sa décadence. À Byzance, plus rapprochée par le caractère de sa civilisation de l'Asie que Rome, cette appréciation du beau des peuples asiatiques se développa plus complètement. On peut dire qu'en général les figures de l'art byzantin avec leur aspect sévère, leurs visages exténués et amaigris par l'abstinence, correspondaient aux idées religieuses qui dominaient au moyen âge parmi les nations de l'Europe occidentale, chez lesquelles était encore prédominant le christianisme sémitique, c'est-à-dire le catholicisme médiéval, qui ne s'écartait pas beaucoup de la foi orthodoxe byzantine. Mais la splendeur de l'art religieux des chrétiens de l'Orient, était, il faut en convenir, plus apparente que réelle et ne servait souvent qu'à cacher la monotonie et la pauvreté du contenu.

Celui qui cherche dans l'art byzantin la fécondité, un mouvement de vie et de l'inspiration pourra souvent être déçu; mais celui qui désire y trouver des procédés étudiés, l'observation des règles établies, la perfection de la technique, celui-là sera rarement désappointé. Même aux époques de décadence, les productions des artistes byzantins se distinguent presque

toujours par une technique extrêmement soignée et très développée ; sous ce rapport elles surpassent les ouvrages contemporains des autres pays chrétiens de l'Europe. Cette technique
remarquable est, sans aucun doute, un des mérites de cet art
et constitue l'héritage du monde classique, complété par les
connaissances acquises pendant plusieurs siècles chez les peuples asiatiques, surtout chez les Perses, qui eux mêmes étaient
les héritiers des Chaldéo-Babyloniens.

Il est hors de doute, que la prise de Costantinople par
les Croisés, en 1204, et la création qui s'en suivit d'un État
latin sur les bords du Bosphore, portèrent un coup décisif à
l'art byzantin. Même avant cette catastrophe on peut remarquer sa décadence ; elle provenait en partie de l'appauvrissement de l'Empire et des guerres désastreuses avec des peuples
barbares ; mais la chute de l'Empire et son partage achevèrent
ce qui avait déjà commencé. L'art à Byzance ne déclina pas
uniquement parce que beaucoup de monuments de la sculpture
des Grecs et des Romains, ayant été détruits, ou brisés pendant le pillage de Costantinople, les artistes manquaient de
ces modèles qui jusq'alors avaient exercé une si grande influence sur leurs productions, mais aussi parce qu'à la place
des Grecs byzantins — efféminés mais pourtant aimant toujours
les arts et le luxe — s'installèrent des chevaliers francs, encore
grossiers et à demi barbares. Les artistes devaient donc satisfaire les goûts de ces nouveaux maîtres, ou bien travailler pour
des Grecs appauvris et démoralisés par les malheurs de leur
patrie. En Italie, à la même époque, c'est-à-dire au XIIIe siècle,
commença la Renaissance des arts ; pour l'art byzantin ce même
siècle fut aussi une époque décisive, mais le mouvement eut
lieu en sens inverse.

Après le rétablissement de l'Empire d'Orient, en 1261,
peut-être un peu plus tôt, l'art prit à Byzance une nouvelle
direction, qui sauva d'une ruine définitive quelques unes de ses
branches. D'une tendance déjà beaucoup plus religieuse que
civile, cet art devint, dans la seconde moitié du XIIIe siècle,
encore plus décidément ecclésiastique. Aux premiers temps de
l'existence de l'Empire d'Orient, quoique l'art byzantin eût le
caractère religieux, il reflétait pourtant aussi les principes de

l'autocratie, la magnificence de la cour impériale, de même que les réminiscences de la splendeur romaine, les traditions de l'art classique et de la beauté hellénique. Dans la période qui suivit la prise de Costantinople, ces principes et ces traditions perdirent leur force primitive, et commencèrent à être oubliés; tandis que l'organisation ecclésiastique acquit, dans la lutte avec le catholicisme, une nouvelle importance pour la nation qui considéra l'orthodoxie une des affirmations de sa nationalité vis-à-vis des Latins oppresseurs. Un rapprochement se produisit alors entre l'art et la religion. Ce rapprochement se manifesta encore avec plus de force après la chute de l'Empire d'Orient et sa conquête par les Turcs. La religion fut dès lors le seul centre moral, et autour d'elle durent se grouper toutes les forces vives de la nation, tous les vestiges de la culture byzantine anéantie, et cela pour continuer à vivre tout autant que pour potester contre la barbarie turque. L'art s'unit alors, à Byzance, encore plus étroitement à cette puissance qui maintenait avec une grande force l'étendard de la nationalité, c'està-dire, à l'Eglise.

Dans quelques branches de l'art, par exemple la peinture sur bois et la peinture à fresque se manifesta alors plus d'activité, que dans les autres, car les productions de ce genre ont un caractère populaire et n'exigent pas autant de dépenses que les mosaïques, les émaux et les ouvrages en métaux précieux. Cette nouvelle union de l'art byzantin et de l'Eglise porta à garder encore plus jalousement les types consacrés par le temps; ce qui eut son côté défavorable, privant l'art de vitalité. Mais d'un autre côté la répétition des mêmes figures et des mêmes sujets conçus à une meilleure époque de l'art byzantin, par des artistes incapables d'en créer de nouveaux, et qui en copiant constamment d'anciens modèles avaient acquis une grande sûreté de main, préserva l'art byzantin d'une complète décadence, et lui offrit la possibilité de subsister dans les conditions les moins propres à une activité artistique quelconque.

Byzance était au moyen âge le centre d'une activité artistique très puissante et l'influence de son art rayonnait dans les pays voisins et même dans les contrées éloignées. Tant que Constantinople fut la ville la plus riche et la plus florissante du monde et que les Grecs byzantins restèrent le peuple le plus cultivé et le plus actif de l'Europe, ils exercèrent une véritable influence sur le développement intellectuel et artistique des nations avec lesquelles ils entraient en rapports, que ces relations fussent hostiles ou amicales. Il n'est donc pas étonnant que nous trouvions dans l'art religieux de tous les peuples chrétiens du moyen âge, les traces de l'influence du style byzantin. Sans son soutien, que serait devenu, en effet, l'art chrétien dans les pays occidentaux de l'Europe depuis le V⁴ siècle ? Cette influence ne s'exerça pourtant pas partout avec la même force. Quelques nations adoptèrent le style byzantin pour leurs représentations religieuses; d'autres n'en empruntèrent que les formes principales et en tirèrent leur propre art national. Ces variations dépendaient du degré de civilisation et des facultés artistiques du peuple qui subissait l'influence byzantine. Cette influence se manifestait surtout là où le christianisme avait été introduit par les Grecs, comme par exemple parmi quelques branches de la famille slave. Là, principalement dans les premiers temps, l'art religieux était adopté sans aucune modification avec toutes les particularités qui le distinguaient à Byzance.

Grande fut aussi l'influence de l'art byzantin dans les pays occidentaux de l'Europe, dans lesquels à cause de leur appauvrissement et de l'invasion des barbares l'activité artistique était presque entièrement interrompue. L'art byzantin était conforme, dans ces pays, à la nature des sentiments religieux des croyants; il exprimait bien leur conception sémitique de la divinité. Il était admiré, imité, adopté. Byzance par sa magnificence, sa richesse, par ses productions artistiques, par sa technique perfectionnée frappait l'imagination des peuples occidentaux encore à demi-barbares. On comprend facilement que leurs artistes, convaincus de leur incapacité se soient tournés vers les Byzantins. Certains objets, comme par exemple, de riches tissus, des émaux, des productions en métaux précieux, en ivoire etc. étaient fabriqués presque exclusivement à Byzance. En Occident on tâchait d'imiter, et pas toujours avec succès, ce qui venait de Constantinople soit par échange, soit comme présent. Ce fut surtout par les miniatures des livres ecclésiastiques, qui se transportaient facilement, que l'art byzantin donna le ton aux travaux artistiques de l'Occident; dans les mosaïques et dans les fresques du moyen âge de l'Italie et de la Sicile nous trouvons des scènes directement copiées des miniatures des missels byzantins, antérieures à ces mosaïques et à ces fresques.

L'influence byzantine dans l'art fut, sans aucun doute, plus grande dans les provinces, qui pendant longtemps avaient été soumises à Byzance, comme par exemple en Sicile, dans la partie méridionale de la péninsule, à Ravenne, à Venise. Il faut observer pourtant, que les productions artistiques du style byzantin en Italie sont inférieures à celles qu'on exécutait à la même époque à Byzance, car la péninsule n'était qu'une province et Constantinople la capitale. C'est pour cela qu'on serait dans l'erreur si on voulait juger de la valeur artistique des monuments de l'art byzantin par ceux qui se trouvent en Italie.

Il serait faux d'autre part de supposer que l'art religieux en Italie, et en général dans les pays occidentaux de l'Europe, exprimât les idées des peuples sémitiques sur la divinité à cause de la prépondérance dans ces contrées de l'art byzantin et de sa technique. Les éléments orientaux, ainsi que nous l'avons déjà vu, se sont manifestés dans l'art des premiers chrétiens avant la formation du style byzantin et ne furent que le résultat de l'envahissement continuel de l'Occident aryen par les idées de l'Orient sémitique. C'est pour cela que l'influence byzantine trouva en Italie et chez les peuples franco-germaniques, qui avaient adopté le christianisme dans la période où cette religion avait un caractère éminemment sémitique, un terrain déjà préparé.

VIII.

L'art italien de la Renaissance.

Durant plusieurs siècles la doctrine chrétienne marquée d'un caractère sémitique, domina parmi les peuples franco-germaniques – encore à demi barbares – ainsi que parmi les Italiens, chez lesquels la culture classique s'éteignit peu à peu sous l'influence des éléments asiatiques, et céda la place au catholicisme du moyen âge. Chaque fois, cependant, que la vie intellectuelle indépendante se manifesta parmi ces peuples Aryens qui professaient un christianisme sémitique et que commencèrent à apparaître les premiers symptômes de leur développement, ils s'éloignèrent des types byzantins et en général des types asiatiques et créèrent leur idéal religieux, dans lequel se manifestent déjà des idées d'un caractère plus aryen que sémitique.

C'est ainsi que sous le règne de Charlemagne, avec le réveil de la culture classique, ou pour mieux dire, avec le désir d'imiter tout ce qui était romain, alors que se ranimèrent la vie intellectuelle et l'activité artistique, quelques traits originaux apparaissent dans l'art [1]). Comme dans l'architecture romane de cette époque pénétrèrent quelques éléments classiques, ainsi dans la littérature on imita les écrivains romains. Le style des érudits de l'époque Carlovingienne porte des traces de cette imitation. Nous savons que Charlemagne protégeait les savants et les artistes. Aussi remarque-t-on alors un léger progrès dans les idées et, en conséquence, dans la peinture et la sculpture, mais ce mouvement n'eut pas de grands résultats, car le terrain, pour recevoir cette civilisation n'était pas bien préparé. Protégée par cet empereur, introduite par lui parmi ses courtisans, cette civilisation ne fut une renaissance qu'en comparaison des ténèbres du moyen âge. Au temps de

---

[1]) Schnaase, Geschichte der bild. Künste; dritter Band, erst Abth; Kugler Handbuch der Kunstgeschichte.

Charlemagne on ne pouvait profiter que de quelques éléments de la culture romaine, tandis que parmi les Italiens, comme nous le verrons plus tard, avec les premiers symptômes du réveil de l'esprit aryen se manifesta le désir d'étudier tout ce qu'avaient laissé après eux leurs glorieux ancêtres et ce désir est spontané; il n'est pas le résultat de l'initiative ou de la protection d'un personnage haut placé, mais bien l'expression de la volonté consciente des classes éclairées de la société. La vénération pour les ancêtres est professée en Italie par la nation entière. Les éléments de la civilisation classique et les principes originaux s'unirent et formèrent, dans ce pays, une culture d'un genre à part, donée d'une grande force vitale. De l'autre côté des Alpes, au contraire, à l'époque de Charlemagne, les éléments de la civilisation romaine ne se fondirent pas avec les tendances du peuple, ne prirent pas racine, et disparurent sous les successeurs immédiats de cet empereur sans laisser aucune trace, anéantis par la barbarie féodale des siècles suivants.

Les idées indépendantes dans l'art religieux des peuples franco-germaniques se font remarquer avec plus d'évidence à l'époque, où leurs villes commencent à acquérir du bien-être et une certaine indépendance, c'est-à-dire au XIIe siècle. Les citoyens, jouissant alors de la liberté, construisent ces cathédrales gothiques, qui excitent encore notre admiration, et ornent ces édifices de bas-reliefs et de statues, dans lesquels ils expriment leurs idées originales [1]. La plastique de l'époque, qu'on nomme avec raison, la demi-renaissance gothique, tout en conservant un caractère éminemment religieux, fut soumise à l'architecture; mais on y remarque déjà des éléments originaux et l'abandon des traditions. Dans les œuvres de ces sculpteurs inconnus on découvre des idées nouvelles et une nouvelle conception de l'idéal chrétien. Cette transformation dans le style de l'art religieux, qui fut le résultat de l'affranchissement intellectuel, se manifeste surtout au commencement

---

[1] Schnaase, Geschichte d. bild. Künste, 5 Theil; — Lübke, Geschichte der Plastik; — Carriere, Die Kunst im Zusammenhang der Culturentwickelung.

266

du XIIIe siècle, quoiqu'on en voie déjà plus tôt quelques légers indices.

Les sculptures des cathédrales gothiques nous prouvent, que les Franco-Germains, réveillés intellectuellement, s'eloignèrent des idées religieuses de caractère sémitique et qu'ils développèrent des principes plus en harmonie avec les aspirations pieuses des peuples aryens. En effet, si nous comparons les figures gothiques matérielles, il est vrai, mais pleines de vie et de force, qui semblent regarder hardiment le monde qui les entoure, avec les figures religieuses des siècles précédents, du style byzantin ou local, dans lesquelles sont exprimés des principes ascétiques — conséquence de l'influence des idées asiatiques — nous verrons que dans les premières dominent des idées religieuses de caractère aryen; tandis que dans les autres prévalent des idées sémitiques. Mais l'indépendance des communes, dans les pays franco-germaniques, fut très vite étouffée par le pouvoir central, et avec la perte de la liberté cessé aussi le mouvement intellectuel qui commençait déjà à se manifester. A l'époque de la Renaissance, cependant, la pensée italienne s'éveilla dans la péninsule avec des résultats bien plus importants que dans la période gothique; ce mouvement eut pour conséquence l'abandon de l'ancien idéal chrétien et la création d'un nouveau, mieux en rapport avec les exigences des esprits affranchis; et c'est ce qu'on voit se manifester avec évidence dans l'art italien de cette période [1]).

Durant tout le moyen âge l'art eut en Italie un caractère éminemment byzantin et fut soumis à l'influence du centre d'activité artistique, qui s'était formé sur les bords du Bosphore. Mais à l'élément byzantin dans l'art italien et dans

[1]) Geschichte der neuen Philosophie, Kuno Fischer 1^r B. er. Theil, dritte Auf. 1878; Schnaase, Geschichte d. bild. Künste; — Lübke, Geschichte der Plastik; — Carriere, Die Kunst im Zusammenhang der Culturentwickelung und die Ideale der Manschheit; — Burckhard, Die Cultur der Renaissance in Italien, dr. Auf.; — Vitet, Journal des Savants, Décembre 1862, Janvier, Juin, Août 1863; — Les Vierges de Raphaël et l'Iconographie de la Vierge par F. A. Gruyer, 3 V.; — La Peinture italienne par G. Lafenestres, Paris; — Riegel, Uber die Darstellung des Abendmahles, besonders in der toscanischen Kunst; — Kinkel, Geschichte d. b. Künste.

celui des Franco-Germains, se joignit un principe original, quoique barbare. Les peuples, sous le choc desquels s'effondra l'Empire romain d'Occident, donnèrent à la décadence de l'art romain son caractère véritable. Ils n'ont rien construit, ils n'ont rien créé; au contraire ils détruisirent. C'est pour cela qu'on peut dire qu'il n'existe point de style barbare, mais bien une influence des peuples barbares sur les productions artistiques de ce temps en Italie; ainsi elle se manifeste dans la disparition du style romain en Occident, où dès le VI⁰ siècle, les œuvres artistiques perdent tout mérite esthétique. L'art en Italie, à cette époque, se trouvait, pour ainsi dire, sous la protection des barbares; c'étaient eux qui payaient les artistes. Les puissances ecclésiastiques s'adressaient aux rois goths et lombards pour les prier d'orner les temples chrétiens. Peu à peu ces peuples commencèrent à imiter les Romains qu'ils avaient subjuqués, et à adopter leur culture. Les Lombards mêmes, qui étaient plus grossiers et moins civilisés que les Goths apprirent à apprécier les arts. Les richesses du pays se concentraient entre les mains des barbares; leurs chefs convertis au christianisme devenaient quelquefois des protecteurs généreux de l'Eglise. Par zèle religieux, ou par ostentation, ils construisaient des temples, des palais; les ornaient, encourageaient les artistes, stimulaient leur activité. Mais ceux-ci devaient se soumettre aux goûts de ceux pour lesquels ils travaillaient; adopter leurs idées, contenter leurs caprices, descendre à leur niveau intellectuel. Ils devaient aussi dans leurs compositions représenter les types barbares, que ces derniers, naturellement, trouvaient plus beaux et supérieurs à ceux des Romains. Cela sert à nous expliquer pourquoi dans les œuvres artistiques de Rome, par exemple dans les mosaïques, nous voyons, à partir du VI⁰ siècle, des figures grossières qu'on ne rencontre pas avant cette époque dans les représentations religieuses des chrétiens. On peut dire sans exagérer, que les barbares envahissant l'Italie, ont nui davantage à l'art par ce qu'ils ont fait construire et exécuter que par ce qu'ils ont détruit.

C'est pour toutes ces raisons, que dans les siècles qui précédèrent la Renaissance, les productions artistiques avaient en

268

Italie, un mérite extrêmement médiocre; la puissance grandissante des papes ne pouvait contribuer ni à améliorer, ni à
changer cet état de choses. L'art, à cette époque, était dans
la péninsule à un niveau bien inférieur à celui des autres pays
occidentaux; et tandis que dans les contrées franco-germaniques,
à l'époque carlovingienne, et plus tard dans la période gothique,
la peinture et la sculpture semblent renaître, et qu'on commence à créer quelque chose d'original, à donner de la vie aux
êtres qu'on représente, en Italie, au contraire, on répète toujours
les mêmes figures grossières et barbares et des types qui n'ont
du style byzantin que les défauts sans en avoir les mérites.

IX.

Une vie nouvelle, une nouvelle activité intellectuelle commencèrent à se manifester dans les villes italiennes dès qu'elles
furent parvenues à un certain degré d'indépendance [1]). Les
premiers symptômes de leur affranchissement se manifestent
à l'époque où les citoyens rétablissent les enceintes de leurs
cités pour se défendre contre les incursions des Hongrois et
des Sarrasins. Les Lombards, comme tous les peuples barbares,
éprouvaient de la répugnance pour la vie des villes, qui à leurs
yeux étaient des prisons; c'est pour cela, que dans les contrées
de l'Italie qu'ils avaient conquises, ils détruisirent les murailles
des cités, comme s'ils craignaient d'y être enfermés et défen-
dirent aux habitants de construire de nouvelles enceintes sans
la permission du roi.

Au Xe siècle, cependant, les Hongrois commencent à faire
des incursions en Italie; ils y apparaissent pour la première
fois en l'an 900. La faiblesse de Louis, fils d'Arnoul, roi de
Germanie, leur avait ouvert au commencement du Xe siècle,
l'accès de l'Allemagne et de l'Italie. Ce peuple sauvage, alors
encore idolâtre, n'avait à ce qu'il paraît, d'autre but, en faisant des incursions [2]), que de piller et de dévaster le pays,

[1]) Villani Cronaca.
[2]) Histoire des Républiques italiennes du moyen âge par J. B. L.
Simonde de Sismondi, Paris 1818.

brûlant les villes ouvertes ou peu fortifiées sans faire de conquêtes durables. Après avoir amassé du butin les Hongrois se retiraient, même s'ils n'étaient pas inquiétés, dans les forêts de la Pannonie. Leur armée se composait d'une cavalerie légère, extrêmement agile, ce qui leur permettait d'éviter les rencontres avec les forces ennemies qu'on envoyait contre eux.

Les Sarrasins, qui déjà possédaient la Sicile, prirent pied, un peu avant le milieu du IXᵉ siècle, dans quelques endroits de l'Italie méridionale et s'avancèrent même jusqu'à Rome, se rencontrant parfois avec les Hongrois. En général les Sarrasins, venant du Sud, arrivaient jusqu'au Tibre; et les Hongrois atteignaient le même fleuve, du côté du Nord. Apparaissant tout à fait accidentellement sur les rivages de la Ligurie, les Sarrasins dévastèrent aussi le Piémont. Comme les Hongrois les Arabes quand ils s'avançaient en Italie pillaient, mais ne faisaient pas de conquêtes. Les invasions de ces deux peuples permirent aux habitants des villes italiennes de conquérir leur indépendance. La conquête du royaume des Lombards et sa destruction par Charlemagne, mirent un grand désarroi dans le centre et le Nord de l'Italie qui se divisa en un grand nombre de duchés et de comtés. Abandonnés à leur sort, à cause de la faiblesse du pouvoir central, les citoyens des villes ne pouvant compter que sur leurs propres forces, commencèrent à fortifier leurs cités et à les entourer de murailles. Ce fut le premier pas vers l'affranchissement. Jusqu'aux incursions déprédatrices des Hongrois les cités — ou comme on les nommait à cette époque, les communes — de l'Italie septentrionale et centrale étaient ouvertes et sans défense; leurs habitants désarmés ne prenaient aucune part à leur administration; mais après le rétablissement des enceintes et quand les citoyens purent, sans le secours du pouvoir central, repousser l'ennemi, ils commencèrent à prendre conscience de leur force, à se sentir indépendants, à élire eux mêmes les membres du gouvernement, à attirer dans la ville de nouveaux habitants, à organiser un gouvernement municipal, limitant peu à peu le pouvoir de l'empereur, du roi, ou du duc. Les classes inférieures de la population des cités furent alors appelées à l'activité, ce qui éleva le peuple dans sa propre opinion et donna de l'énergie à son caractère. Contester ces droits, qui s'affermirent toujours davantage avec le temps, devint assez difficile au pouvoir central, car les citoyens constituaient déjà une force militaire organisée. Cet affranchissement des communes s'accentua encore plus sous les règnes de l'empereur Othon le Grand et de ses successeurs, et même sous leur protection, sans que pourtant les empereurs, les rois, ou les comtes reconnussent formellement ces droits. Les habitants des communes s'approprièrent ainsi peu à peu les privilèges des suzerains; la marche de cette conquête fut lente; les citoyens tâchaient plutôt de dissimuler l'indépendance de leurs institutions que de la manifester et de s'en enorgueillir. De nouveaux privilèges furent acquis de jour en jour sans bruit et sans éclat.

La patrie des citoyens de cette époque était leur cité. Oubliant qu'ils appartenaient à un Etat, qu'ils ne connaissaient presque pas, et avec lequel ils avaient des rapports très mal définis, ils s'habituèrent à l'idée que dans l'enceinte de leur commune se concentraient tous leurs intérêts politiques et sociaux.

Aussitôt que les habitants des villes italiennes commencèrent à acquérir l'indépendance, se manifesta chez eux un vif penchant pour le gouvernent républicain. Ils se rassemblent au son de la cloche sur la grande place de leur cité, nomment par élection les membres du gouvernement [1]), décident des affaires publiques; désignent les chefs de leur milice, composée de tous les citoyens en état de porter les armes. Les institutions municipales républicaines, dont le modèle se trouvait dans la Rome antique et qui avaient été introduites dans les villes et dans les colonies par les Romains, n'y furent en effet jamais totalement anéanties. Un des derniers empereurs d'Occident — Majorien — les confirma et elles se conservèrent après la chute de l'Empire.

Les invasions des barbares troublèrent, jusqu'à un certain point, l'état social des habitants des cités italiennes [2]), mais

[1]) Geschichte der Stadt Rom im Mittelalter von Ferdinand Gregorovius, IV[er] Band.
[2]) F. T. Perrens, Histoire de Florence, T. 1[r].

ne détruisirent pas complètement leur vie civique. De même que les ruines des monuments romains, détruits par les barbares, devaient dans les siècles postérieurs former le goût de ceux qui se dédiaient à l'art, de même plusieurs institutions civiles de l'ancienne Rome continuant à exister, bien que sous une forme défigurée, apparurent de nouveau lors du retour à la vie des cités italiennes. Aussitôt après la conquête du pays par les barbares, les citadins frappés d'épouvante se dispersèrent, mais par la suite, tranquillisés en partie, ils commencèrent de nouveau à se rassembler dans les villes et à former des groupes à l'instar de l'ancienne organisation civile. Ni les Goths, ni les Lombards n'apportèrent avec eux aucune nouvelle forme de vie sociale apte à remplacer celles qu'ils trouvèrent dans l'Empire romain. Ce, qu'avec le temps, les barbares ajoutèrent aux institutions anciennes, les altéra, peut-être, mais ne put pas les anéantir complètement. Ces peuples jeunes trouvaient même, que pour établir leur pouvoir l'organisation civile romaine était favorable, et d'autre part elle était à un tel point ébranlée, qu'elle ne pouvait pas mettre des bornes à leur volonté arbitraire. Les peuples barbares en faisant des conquêtes en Italie ne s'établissaient pourtant pas dans toutes les villes; de sorte que dans quelques unes d'entre elles, la vie municipale romaine ne fut presque pas interrompue et se ranima sourtout quand les ducs lombards commencèrent à faire des tentatives pour s'affranchir de leurs rois, quand les comtes de l'Empire ébranlèrent le pouvoir du souverain en guerroyant contre lui, quand les évêques — dont la puissance, à cause des privilèges accordés par les empereurs, prit un caractère séculier — commencèrent à remplacer les comtes.

Les institutions républicaines revivaient, avons-nous dit, dans les cités italiennes à mesure qu'elles acquéraient l'indépendance; cette forme de gouvernement était une imitation des institutions sociales romaines et n'avait pas été apportée, ou empruntée, aux peuples germaniques envahisseurs de l'Italie. Des corporations sociales volontaires, comme celles qui existaient déjà chez les anciens Romains, s'organisèrent alors parmi les habitants des villes. Des personnes exerçant la même profession, le même métier, la même industrie, s'occupant du même commerce s'unissaient entre elles pour former des associations ; elles s'organisèrent dans plusieurs villes de l'Italie septentrionale et centrale. Ces corporations [1]) avaient leurs statuts ; leurs membres payaient une taxe déterminée ; en entrant dans la corporation ils juraient de se conformer à ses statuts. Le président élu par les membres administrait les affaires de la société et représentait la corporation devant le gouvernement. L'association assistait les pauvres, les malades, les vieillards ; ensevelissait les morts [2]), et fournissait tout ce qui était nécessaire pour les réunions et les banquets qui avaient lieu à jour fixe, précisément comme dans les associations des anciens Romains, auxquelles les corporations des cités italiennes devaient, en général, ressembler. Comme à Rome les sociétés se plaçaient sous la protection de quelque divinité, de même les corporations italiennes se choisissaient un protecteur parmi les Saints et les martyrs de l'Eglise. Dans les villes d'Italie ces sociétés prirent, avec le temps, un caractère politique ; elles furent quelquefois en lutte avec la noblesse et commencèrent à prendre part à l'administration de la commune ; leurs chefs devinrent des autorités municipales. À Florence et à Milan, par exemple, l'organisation sociale était primitivement une imitation des sociétés commerciales et des corporations des différents métiers.

Acquérant quelque indépendance par suite du rétablissement des enceintes de la cité et de la formation des milices, les citoyens, dans les villes de l'Italie septentrionale et centrale, obtinrent peu à peu dans les siècles suivants des droits toujours plus nombreux et finirent par transformer les communes en républiques municipales complètement indépendantes.

La lutte des papes contre les empereurs fut surtout fa-

---

[1]) Geschichte der Stadt Rom im Mittelalter, von Ferdinand Gregoroyius II[er] u. V. B.

[2]) Déjà chez les anciens Romains existaient des corporations funéraires ; (De Collegiis et Sodaliciis Romanorum ; accedit Inscriptio Lanuvina, Th. Mommsen, Kiliae 1843) et c'est en formant des sociétés ayant le même but et la même forme, que les chrétiens purent avoir des Catacombes et des réunions même au temps des persécutions. Bullettino di Archeologia cristiana ; Roma sotterranea G. B. de Rossi).

vorable à l'émancipation ultérieure des cités italiennes. Profitant de cette inimitié, les communes s'appropriaient parfois des privilèges qu'ils obtenaient des deux partis ; d'autres en restant fidèles à l'un de ces partis arrivaient aux mêmes résultats. Dans quelques communes ce fut l'opposition au pouvoir du pape qui conduisit à l'émancipation ; dans d'autres, au contraire — la lutte contre les empereurs. Pour parvenir à la liberté on passait aussi d'un parti à un autre. Chaque ville contenait des partisans de l'empereur appelés Gibelins et des partisans du pape, qu'on nomma Guelfes. Selon les événements, un des deux partis prédominait. L'intérêt général, consistant dans l'acquisition par la commune de la plus grande somme possible d'indépendance, profitait du choc des opinions politiques.

La lutte du pape Grégoire VII (Hildebrandt) avec l'empereur Henri IV contribua pour beaucoup à l'émancipation des villes de l'Italie centrale. Dans ce combat du pouvoir temporel avec le spirituel la comtesse Mathilde, qui possédait alors la Toscane était favorable au pape. S'appuyant sur les villes elle dut plusieurs fois appeler aux armes leurs milices pour porter secours à Grégoire VII, et pour pouvoir le faire elle devait penser au bien-être des citoyens, ne par les opprimer et tolérer qu'ils s'appropriassent certains droits. C'était d'après le conseil du pape qu'elle agissait ainsi, et lui-même suivait cette politique dans ses domaines. L'empereur Henri IV, de son côté, donna de grands privilèges à beaucoup de villes de Toscane qui appartenaient au parti Gibelin, comme Lucques et Pise. La dispute que suscita la succession de la comtesse Mathilde, entre l'empereur Henri IV et le pape Pascal II, eut le même effet sur le sort des républiques municipales. Désirant l'un et l'autre conserver l'alliance des cités italiennes, ils leur accordèrent différents droits rivalisant entre eux, de sorte que les communes italiennes, dans la lutte des papes avec les empereurs, devinrent plutôt les alliées soit des uns, soit des autres, que leurs sujets.

Il serait pourtant erroné de supposer que dans les républiques italiennes qui appartenaient au parti du pape le catholicisme prît une nouvelle force et qu'il y entravât l'activité in-

18

tellectuelle des citoyens. L'influence des papes en Italie n'était pas aussi considérable qu'au delà des Alpes ; on peut même dire qu'on trouvait leur pouvoir moins grand à mesure qu'on s'approchait de Rome. Tandis que les papes soumettaient à leur volonté les plus puissants potentats de l'Europe et ébranlaient leurs trônes, en Italie ils avaient à lutter non seulement contre la population turbulente de Rome, qui souvent se révoltait contre eux, les injuriait et quelquefois même les chassait de cette ville, mais aussi contre les républiques italiennes les plus insignifiantes ; en cela il n'y avait aucune distinction entre les Guelfes et les Gibelins. Une alliance uniquement politique unissait les communes guelfes au pape. Les républiques municipales italiennes purent ainsi subir quelques années l'excommunication sans presque le remarquer, et subordonner leur clergé aux lois séculières. Si celui-ci, par exemple, refusait de payer les impôts, les autorités républicaines ouvraient de force les caisses des églises, et quand les prêtres voulaient cacher les sommes qui s'y trouvaient, on les porsuivait comme recéleurs. Il arrivait aussi parfois, que les autorités de la commune, étant en lutte avec l'évêque, défendaient aux citoyens de conclure avec lui des contrats, même de lui vendre des vivres, et menaçaient d'un enterrement ignominieux ceux qui à leur lit de mort faisaient soumission à l'Eglise. Le voisinage de Rome, et par suite, une plus grande connaissance de ce qui se passait d'irrégulier et de blamable à la cour des papes, ainsi que leur immixtion continuelle dans les affaires politiques des républiques et dans la lutte des différents partis, devaient naturellement nuire à la dignité du chef de l'Eglise et diminuer le respect que seuls pouvaient lui porter les catholiques des pays plus éloignés. Déjà les anciens Romains avaient toujours été enclins à distinguer le pouvoir ecclésiastique du sentiment religieux, et en cas de lutte à se placer en traitant celui-là au point de vue social, sans rien perdre pour cela de leur piété. En outre, la diffusion des idées philosophiques, qui se manifesta déjà en Italie au commencement de la Renaissance — alors que dans les pays franco-germaniques la pensée critique n'avait pas encore pu se réveiller — rendait les Italiens plus indifférents aux foudres du Vatican.

Ce ne fut pas seulement la lutte des papes avec les empereurs qui aida les communes italiennes à parvenir à l'indépendance ; des événements d'une bien moindre importance eurent le même résultat comme, par exemple, leurs querelles avec l'évêque et avec des villes voisines ; quelquefois l'unique désir d'agrandir leurs domaines. On pourrait dire que pour les communes italiennes tout était une occasion d'augmenter leurs privilèges. En continuant à reconnaître l'autorité des empereurs ou des papes les républiques municipales italiennes finirent par s'affranchir définitivement.

Venise, et quelques unes des villes maritimes de l'Italie méridionale, comme par exemple Naples, Amalfi, Gaète, assujetties encore aux empereurs byzantins, furent pressées par ceux-ci de se défendre lors de l'invasion des Lombards. Les idées d'affranchissement ainsi éveillées chez les citoyens, les amenèrent à rétablir des droits municipaux favorables à leur émancipation. Ces communes arrivèrent de cette manière à une certaine indépendance avant les cités de l'Italie septentrionale et centrale. Il faut pourtant remarquer que là aussi les communes éloignées de la mer s'affranchirent plus tard que les villes maritimes. Pour quelques unes de celles-ci, comme par exemple Pise et Gènes le premier pas vers l'indépendance fut, dès le IXe siècle, leur enrichissement par le commerce.

Florence qui présente le type le plus complet d'une république municipale et qui devint, dans la suite, le centre de l'activité intellectuelle et artistique de la Renaissance, en se mettant, pour ainsi dire, à la tête de ce mouvement, s'avança bien plus lentement vers l'émancipation que beaucoup d'autres communes italiennes, surtout que celles de la Lombardie. Au commencement Florence se contenta de l'indépendance que lui accordait l'administration d'un évêque, choisi par les citoyens. Milan, Crémone, Pavie, Brescia avaient déjà dépassé cette phase d'affranchissement, se libérant dans le courant du Xe et du XIe siècle de la prépondérance de l'évêque, et aspiraient déjà à plus de liberté. Au temps de la lutte du pape Grégoire VII contre l'empereur, Florence, ville guelfe, obtint moins de droits municipaux de la comtesse Mathilde que plusieurs villes du parti gibelin n'en reçurent d'Henri IV. En outre, ne pouvant communiquer avec la mer dont sa rivale, Pise, lui barrait le chemin et aussi à cause du manque de routes praticables et de leur peu de sûreté, Florence ne pouvait pas voir son commerce et son industrie se développer à l'égal d'autres cités placées dans des conditions géographiques plus favorables; ses citoyens devaient s'enrichir plus lentement et se pénétrer plus tard, que ceux de plusieurs autres communes, des idées d'indépendance. Mais si l'acquisition des droits municipaux fut lente à Florence elle fut du moins plus complète, plus sensée que partout ailleurs; les institutions libérales qu'on parvint à acquérir s'affermirent plus solidement dans les mœurs et dans les idées des citoyens et conduisirent à des résultats plus importants. Il arriva dans ce cas à Florence ce qui se produit généralement dans la vie de l'individu, plus son développement intellectuel est lent, plus il est complet.

Une première conséquence de l'affranchissement des communes fut la lutte des citoyens contre les seigneurs féodaux, leurs voisins; ceux-ci recevaient leurs fiefs de l'empereur, vivaient enfermés dans leurs châteaux; exigeaient des impôts de ceux qui traversaient leurs domaines, quelquefois même dévalisaient les marchands. Les communes italiennes étaient obligées de guerroyer avec ces seigneurs, non seulement parce qu'ils se conduisaient envers elles comme des brigands, mais aussi parce que l'approvisionnement des villes était entre leurs mains et qu'ils pouvaient, s'ils le voulaient, leur couper les vivres. Après avoir détruit le château les citoyens des communes obligeaient généralement le seigneur féodal à s'établir dans la cité et à s'inscrire dans une des corporations.

Dès le XIe siècle déjà non seulement les principales communes mais même les plus petites villes de l'Italie exécutent de grands travaux. On entoure la cité de murailles, de hautes tours et de profonds fossés; on érige des palais municipaux, des cathédrales, des églises, des couvents; on construit des conduites d'eau, des fontaines, des égouts; des ponts en pierre sont jetés sur les fleuves; les villes maritimes creusent des ports et établissent des quais.

À toutes ces constructions d'utilité publique on donne de belles formes et un aspect monumental. Le gouvernement des

républiques municipales se croyait obligé d'embellir la cité.
Quand les autorités ecclésiastiques ou des particuliers construisaient des monastères ou des églises la commune donnait.
des sommes considérables à la condition, pourtant, que la nouvelle construction fût digne de la ville et des monuments qui
y existaient déjà. La commune acheta même quelquefois des
maisons pour les démolir afin d'élargir des places et de re-
dresser des rues. On établit des impôts spéciaux pour la construction d'édifices d'utilité publique; à Sienne il existait une
commission nommée spécialement pour s'occuper de l'embel-.
lissement de la commune [1] La république de Florence surtout
s'occupait d'embellir la ville et de procurer à ses habitants,
autant de confort qu'on le pouvait à cette époque. Le gouvernement, à quelque parti qu'il appartînt, y consacrait de grandes.
sommes [2]. Même les républiques moins importantes ne négligeaient pas d'embellir la ville et d'améliorer les conditions de
l'existence. Pas une seule des communes ne voulait rester en
arrière sous ce rapport, et chaque ville désirait surpasser sa
voisine par la splendeur et la beauté de ses monuments. La
Seigneurie florentine exempta, en 1300, l'architecte de la cathédrale, Arnolphe, du paiement des impôts parce que, comme il
est dit dans l'arrêté, la commune espère par son talent pouvoir
avoir un temple plus magnifique que ceux des autres villes de
la Toscane. La décision de la Seigneurie de Florence, par laquelle
elle décrète la construction de la cathédrale Santa Maria del
Fiore est surtout digne de remarque; il y est dit, que comme
la sagesse des citoyens se reconnaît à leurs actions, on prescrit
à l'architecte de la commune Arnolphe de construire un temple,
dont la beauté, la splendeur ne puissent pas être surpassées
nulle part et dans lequel doit être exprimé le désir de la majorité
des citoyens, réunis en une seule volonté. Presque tous les
monuments importants des villes d'Italie ont été érigés pendant
la période de liberté par les républiques municipales.

A une époque assez reculée, s'organisent déjà dans les
communes italiennes des institutions de crédit, qui n'existent

[1] Milanesi. Documenti per la Storia dell'arte senese.
[2] Gaye. Carteggio inedito d'artisti dei secoli XIV, XV, XVI.

278

pas encore dans les grandes villes d'au delà des Alpes. On encourage le commerce et l'industrie ; la distribution des impôts se fait avec une grande sagacité ; étant progressifs ils n'accablent pas les petites fortunes. De vastes connaissances économiques et statistiques étaient nécessaires pour la répartition des impôts et pour établir ce qu'ils pouvaient rapporter. Les Florentins se distinguaient surtout par de solides connaissances financières et avaient déjà recours aux emprunts. Au XIV° siècle Florence était si riche, que le produit de ses impôts surpassait, l'année 1330, le revenu de tout le rayaume de Naples. Les archives étaient tenues, dans les communes italiennes, avec un tel ordre et avec tant d'exactitude que jusqu'à présent nous avons des notions beaucoup plus complètes sur ce qui les concerne, par exemple sur le nombre de leurs habitants et en général sur leurs institutions sociales, que sur les affaires publiques de plusieurs Etats d'Europe même dans les temps modernes. Chaque commune italienne, quelque peu importante, avait déjà au XIII° siècle et même plus tôt des ambassadeurs à la cour de beaucoup de souverains européens ainsi qu'auprès des autres républiques italiennes. De toutes les communes d'Italie, par exemple, de Milan, de Sienne, mais surtout de Florence, sortirent de remarquables diplomates.

La lutte des partis, les discordes intérieures, les guerres continuelles avec les républiques voisines ne portèrent aucun préjudice à la prospérité des communes italiennes. Les agitations politiques n'arrêtèrent par leur activité intellectuelle et ne firent pas tort à leur bien-être matériel. Dans les républiques municipales la population augmentait continuellement et la richesse de leurs citoyens s'accroissait en même temps. Au XIII° siècle, plusieurs communes durent élargir leurs enceintes. Florence au XIV° siècle était agitée par de continuels tumultes ; les partis politiques se combattaient avec beaucoup d'acharnement et malgré cela la prospérité grandissait, le commerce et l'industrie élargissaient leur sphère d'action ; les arts fleurissaient et les sciences étaient brillamment cultivées.

La conséquence naturelle de l'établissement des institutions libérales fut l'extension de l'horizon intellectuel des habitants des communes. L'habitude de prendre part à la vie politique de la république, à son administration; de s'occuper des affaires publiques, d'organiser des associations accoutuma les citoyens, même ceux des basses classes de la société, à raisonner et à examiner. La prospérité matérielle des habitants de la commune augmentant continuellement, par suite du développement de l'industrie, les délivra de la pénible nécessité de s'inquiéter trop des besoins journaliers de la vie, qui constitue toujours un obstacle au développement intellectuel des classes inférieures. La connaissance d'autres pays, d'autres peuples, avec lesquels ils entraient en rapport au moyen du commerce, augmenta la somme de leur savoir et eut pour conséquence d'élargir leurs idées. On ne peut pas dire pourtant, que ce fut dans les communes que s'élabora l'affranchissement de l'individu vis-à-vis de la société et de l'Etat, mais la lutte continuelle pour acquérir la liberté d'association retrempa fortement le caractère des citoyens. L'hostilité presque incessante des partis; la perte ou l'acquisition de la liberté; les brusques changements — dans les affaires publiques comme dans les particulières — du succès à l'insuccès et vice-versa, du pouvoir au bannissement, rendaient les citoyens entreprenants, intrépides dans l'accomplissement de leurs projets et habiles à trouver les moyens d'atteindre leur but.

Libres et aisés, les habitants des communes italiennes commencèrent à regarder le monde autour d'eux avec plus de confiance et de hardiesse que leurs ancêtres, dont l'existence s'était écoulée dans des circonstances moins favorables, et graduellement s'affranchirent des liens qui jusqu'alors avaient assujetti leurs idées. L'esprit aryen des Italiens s'éveilla; les entraves du christianisme sémitique se relâchèrent peu à peu, et ils commencèrent à envisager les questions religieuses avec plus de liberté. Ils rejetèrent graduellement les idées ascétiques, s'éloignant du mysticisme du moyen âge, et purent se soustraire à la soumission inconditionnelle des autorités de l'Eglise. Ils passèrent de la scolastique au libre examen, recherchant la science vivante, cessant de considérer l'existence et la nature de l'homme comme des principes mauvais, et s'efforcèrent avec une ardeur juvénile d'affirmer leur personnalité et d'acquérir le bonheur terrestre. Chaque citoyen veut manifester son opi-. nion, aspire à affirmer son droit à la discussion des affaires publiques, et à la liberté de la pensée, tient, en un mot, à manifester sa personnalité, et fuit ainsi l'oisiveté. L'élévation de l'individualité est l'idée principale de la société de cette époque. On ne rencontre pas avant la Renaissance de caractères d'une personnalité aussi fortement trempée que ceux qui se développèrent alors en Italie, ce qui explique les tempêtes et les luttes qui accompagnèrent ce réveil moral et social.

Au XII⁰ siècle déjà, on commence en Italie, à organiser des universités sous la protection des autorités municipales. La plus ancienne, non seulement de l'Italie, mais de l'Europe entière est l'université de Bologne; viennent ensuite celles de Modène, de Vicence, d'Arezzo, de Padoue, de Naples, de Sa-. lerne, de Rome, de Pavie, de Pise, etc. Leur administration avait le caractère républicain; les autorités en étaient choisies par les étudiants, et, fait digne de remarque, tandis qu'au delà des Alpes on étudie surtout la théologie et que les universités deviennent les centres de la doctrine scolastique, dans celles d'Italie on s'occupe principalement de l'étude du droit et de la médecine. À la même époque commencent à se montrer en Italie des libres penseurs, des réformateurs religieux, des adeptes des différentes sectes qui précédèrent le protestantisme.

X.

L'affranchissement de la pensée, l'envahissement d'idées nouvelles et l'abandon des superstitions du moyen âge, de-vaient infailliblement modifier l'idéal religieux, qui s'était formé dans d'autres conditions et correspondait à un autre état d'esprit. Ils allaient créer un nouvel idéal en rapport avec les changements qui s'étaient effectués dans les idées des Italiens. Des hommes qui avaient pu se libérer des frayeurs supersti-tieuses, qui envisageaient la nature avec plus de confiance et plus de hardiesse qu'auparavant, dont l'esprit commençait à philosopher, devaient naturellement dégager leur âme de la crainte des puissances célestes.

Ce changement se manifeste avec évidence dans l'art italien de cette époque, car chez ce peuple si richement doué par
la nature de facultés artistiques, l'éveil de la vie intellectuelle
fut toujours accompagné d'un redoublement d'activité dans le
domaine des arts. Ils prennent alors un grand développement
et la forme esthétique ressuscite en Italie en même temps que
l'affranchissement moral. Les premiers artistes de la Renaissance commencent à joindre aux sujets religieux des idées philosophiques, et ce mouvement va toujours en augmentant.
L'idéal chrétien n'est plus relégué au ciel, mais se rapproche
de la terre; les diverses propriétés de la nature morale de
l'homme se nuancent, et les personnages sont représentés dans
un milieu terrestre, parmi des objets de la vie journalière.

L'abandon des idées ascétiques, qui faisaient considérer la
nature, la chair comme les principes du mal firent naître dans
la société de la Renaissance, affranchie intellectuellement,
l'amour de la nature, propre aux peuples de race aryenne
beaucoup plus qu'aux Sémites. Les artistes de cette époque
retournèrent graduellement à son étude et les manifestations
de la vie qui les entourait s'unirent, dans leurs représentations religieuses, à l'idéal céleste.

Ce fut dans les productions des maîtres florentins que cette
transformation se montra avec le plus d'évidence. A partir de
Cimabue (1240-1310) les types byzantins, qui jusqu'alors dominaient dans la peinture italienne, se modifient graduellement
et deviennent plus vivants; déjà les idées qu'animent les figures
religieuses ne sont plus les mêmes que celles qu'ont exprimées,
dans leurs productions, les artistes précédents.

L'œuvre la plus remarquable de Cimabue, qui produisit de
son temps une grande impression sur les Florentins c'est le tableau représentant la Vierge avec l'enfant Jésus et des Anges [1].
Dans cette Madone le type byzantin est encore très visible et
elle ne se distingue des représentations contemporaines des
peintres grecs, qui se trouvaient alors en Italie, que par une
exécution plus soignée et par les belles têtes des Anges.

[1] Ce tableau se trouve maintenant dans l'église de Santa Maria
Novella à Florence.

282

Ce changemement prend un caractère plus déterminé et se réalise définitivement dans la peinture de l'élève de Cimabue — Giotto (1276-1336). Les nombreuses représentations de la Madone exécutées par ce peintre, ainsi que les scènes empruntées à la vie de la Vierge et du Sauveur expriment avec une grande clarté les idées nouvelles. Nous trouvons chez lui des Madones ayant le type des femmes italiennes, sans l'entourage de toute la pompe byzantine. La tendresse et la mélancolie remplacent la majesté et la splendeur. Cette tendance nouvelle est encore plus facile à remarquer chez les artistes italiens des siècles suivants.

Avec Giotto le naturalisme s'introduit dans l'art de la Renaissance, et à partir de ce moment, il y dominera toujours, plus ou moins. La forme qu'il préfère est celle qu'il voit dans la nature. Cet artiste brisa avec les traditions qui guidaient ses prédécesseurs et c'est dans cette particularité que se manifeste le caractère de son talent. Dans la peinture de Giotto les figures se dépouillent de leur masque byzantin, abandonnent leur expression conventionelle et s'animent. Ce peintre étudie le côté réel de la vie. Le paysage, généralement exclu des peintures byzantines, forme souvent le fond de ses tableaux et de ses fresques, et il le représente avec amour comme tout ce qui est la nature.

Chez un peuple moins bien doué que les Italiens de facultés artistiques, le réveil de l'esprit, et en conséquence, la modification de l'idéal religieux, n'auraient pas été suivis d'une transformation aussi rapide des œuvres sacrées. Les anciennes formes auraient encore continué longtemps à exister, avec très peu de changements, comme cela eut lieu dans les pays franco-germaniques ; ou bien l'impulsion serait venue du dehors ; mais en Italie les forces artistiques étaient assez puissantes pour opérer rapidement cette transformation.

Déjà dans celles de ses premières œuvres qui sont parvenues jusqu'à nous, Giotto se montre maître de sa méthode, capable de composer une scène, de distribuer les figures, d'indiquer leurs mouvements. Dans sa peinture nous ne trouvons pas seulement un dessin plus correct, un coloris moins tranchant, plus d'expression dans les figures, et en général un mérite artistique supérieur à celui de la peinture byzantine de la même époque, mais nous pouvons aussi remarquer que dans les productions de son pinceau se manifeste une compréhension philosophique des sujets religieux toute nouvelle et toute aryenne. Sous ce rapport le pas qu'il a fait est décisif et aucun des maîtres de la Renaissance venus après lui, malgré les perfectionnements de la forme et de la technique, ne s'élevèra autant au-dessus de Giotto qu'il s'est élevé au dessus de son maître Cimabue, et de ses prédécesseurs. Les peintres qui l'ont suivi le surpassent certainement dans l'exécution, dans le dessin, dans le coloris, dans la forme artistique, mais peu d'entre eux iront plus loin que Giotto dans l'analyse des facultés morales de l'homme, dans la définition de son état d'âme et dans l'union du principe philosophique au sentiment religieux. Dans les productions de ce peintre la vie spirituelle de l'homme est si complètement exprimée; les pensées qui traversent son esprit sont rendues avec tant de plénitude, que celui qui les contemple, entraîné involontairement par le côté psychique de la représentation, oublie l'imperfection de la forme, les erreurs du dessin et son modelé incomplet.

Giotto a été l'illustrateur de la vie de S. François d'Assise, et il est indispensable de dire ici quelques mots de ce Saint, qui a eu une influence indirecte sur la renaissance de l'art en Italie. Il naquit en 1182 et mourut en 1226, c'est-à-dire quarante ans avant la naissance de Giotto. Il fut vénéré non seulement en Ombrie, sa patrie, mais dans toute l'Italie. La grande popularité de ce Saint, qu'on a comparé au Christ, s'explique par les principes aryens qu'il a introduits dans l'idéal chrétien du moyen âge. François d'Assise apparut à l'époque où l'esprit aryen commençait à se réveiller, et c'est pourquoi son éloignement pour la sévérité et l'intolérance du catholicisme médiéval devait être approuvé par ses concitoyens. La terreur que la doctrine catholique austère et aride avait inspirée pendant plusieurs siècles, se transforma dans l'enseignement de ce Saint, basé sur l'amour et l'indulgence, en une douce espérance. L'enthousiasme religieux s'unissait dans cet homme extraordinaire à la tendresse, à des sentiments délicats et à un grand amour de la nature. Il a été en cela complètement

Aryen. À son amour pour Dieu il unissait celui pour le prochain et même pour les égarés et pour ses ennemis. Il se sen-
tait fortement attiré par les animaux, par les plantes. Tout
dans la nature avait pour S.ᵗ François une signification, un
charme puissant et éveillait en lui des transports de tendresse;
pour chaque objet il a eu un mot d'affection et de bénédiction.
Les fleurs le ravissaient, il était plein de compassion pour chaque créature et il protégeait les animaux. Son plus grand plaisir
était de donner la liberté à des oiseaux; de délivrer un animal
d'un piège, de sauver un agneau du couteau, ou d'apprivoiser
une bête féroce.

Le sentiment poétique qui dominait dans Saint François
animait pour lui toute la nature, et il s'adressait aux oiseaux,
aux animaux, aux fleurs, aux arbres, à la terre et à tout ce
qu'elle produit d'utile et d'agréable pour l'homme; au soleil,
à la lune, aux étoiles, au ciel, à l'eau, au feu, à l'air les ap-
pellant ses frères et ses soeurs. Dans l'hymne au soleil, ou
pour mieux dire, à toute la création S. François glorifie Dieu
et la nature entière.

Il est vrai de dire qu'un sentiment mystique s'unissait à
cet amour de François d'Assise pour la nature, mais il était
pourtant sincère et poétique. Il ne prêchait pas un ascétisme rigoureux; il n'approuvait pas une mortification et une macération impitoyable de la chair pour plaire à Dieu; son abstinance
avait plutôt le caractère stoïque qu'ascétique. Selon lui, Dieu
préfère les œuvres de miséricorde à une piété extérieure. Il
conseillait à ses disciples d'éviter autant que les excès les privations exagérées. On peut dire que François d'Assise restitua
à l'Italie une foi sereine, poétique comme celle des premiers
chrétiens, qui avait été obscurcie pendant longtemps par l'influence sémitique. En cela, il satisfaisait les aspirations de
l'époque, et bien qu'avec une teinte de mysticisme, il inaugura
une vie nouvelle dans le catholicisme sémitique du moyen âge.
C'est à cause de cela que la poésie et l'art en Italie s'inspirè-
rent longtemps de ses préceptes.

La vie de S. François ayant beaucoup d'épisodes extraordinaires et miraculeux offrait un vaste champ au développement de la fantaisie des artistes et les mettait dans la nécessité

de créer de nouveaux types [1]). Les modèles byzantins, que les maîtres italiens imitèrent jusqu'à Giotto, ne contenaient pas de formes aptes à représenter les scènes de la vie de ce Saint, car il s'agissait d'un Italien, presque d'un contemporain, qui avait vécu dans le même entourage que les artistes qu'il inspirait. Il fallait donc composer au lieu d'imiter, et le génie de Giotto montra alors toute sa force. On a donc le droit de dire que François d'Assise eut une influence indirecte sur l'art renaissant de l'Italie. Des épisodes empruntés à la vie de ce Saint; des allégories concernant sa doctrine et ses actions sont le sujet de nombreuses œuvres d'art de la seconde moité du treizième siècle et d'une grande partie du quatorzième.

Ce qui attire surtout l'attention dans les productions de Giotto — qui inaugure une ère nouvelle dans l'art italien — c'est le milieu entièrement terrestre dans lequel il place les scènes qu'il représente avec les particularités qu'il a pu observer autour de lui dans la vie journalière. Le Christ, la Vierge, les Saints, les Apôtres il ne les place pas au Ciel, éloignés de la terre, comme des personnages royaux, mais parmi les autres hommes. L'art prend à cette époque en Italie un caractère laïque. Au lieu des moines, qui jusqu'alors — comme cela se faisait à Byzance — s'occupaient presque exclusivement de l'art religieux, surgissent des peintres qui n'appartiennent pas au clergé.

Le retour vers la nature dans l'art, l'affranchissement des formes conventionnelles, ainsi que d'autres traits distinctifs de la peinture de Giotto se développeront toujours de plus en plus dans les productions des peintres italiens des siècles suivants, et parviendront enfin plus tard à leur complète manifestation. Des scènes rappelant par leur composition celles que représentaient les artistes byzantins, se recontreront encore pendant longtemps dans la peinture de l'époque de la Renaissance, mais elles seront transformées par l'influence des nouvelles idées qui sont nées parmi les Italiens, et qui ont apporté un changement dans leurs sentiments religieux.

[1]) Franz von Assisi und die Anfänge der Kunst der Renaissance in Italien, H. Thode, Berlin 1885.

XI.

La Renaissance de la sculpture précéda en Italie celle de la peinture, bien que celle-ci soit plus capable d'exprimer les idées chrétiennes que les formes plastiques; probablement parce qu'il existait encore en Italie des monuments de la sculpture classique, tandis que les productions des peintres grecs et romains, plus fragiles et plus exposées à la destruction que les œuvres plastiques, ne s'étaient pas conservées et ne pouvaient, par conséquent, servir de modèles aux maîtres de l'époque de la Renaissance. On comprend aisément, que quand les sculpteurs italiens se sentirent assez forts pour s'éloigner des types byzantins, que jusqu'alors ils avaient reproduits, ils furent enclins — avant de chercher dans la nature des types originaux — à copier des modèles plus parfaits que ceux de l'art byzantin, et plus aptes à exprimer les idées qui commençaient à surgir dans leur esprit à l'aube de la Renaissance. Les monuments de la sculpture antique, existaient déjà en Italie, avant cette époque, mais il n'avaient eu aucune influence sur la plastique du moyen âge; le réveil de l'esprit aryen et du goût artistique des Italiens était nécessaire pour que ces monuments pussent attirer leur attention et éveiller chez eux le désir de recourir aux formes de la sculpture classique pour rendre leurs nouvelles idées. Quand un artiste commence une ère nouvelle, que ses forces ne sont pas encore suffisamment déterminées, et qu'il cherche le chemin qui le conduira le plus près possible de la nature, il se laisse entraîner à imiter les productions artistiques dans lesquelles ce travail a déjà été accompli, et avec une perfection qu'il ne peut pas encore atteindre. Il fallait aussi que les Italiens eussent conscience de l'imperfection de ces représentations religieuses, si éloignées de la nature, qui avaient satisfait leurs ancêtres, pour que les monuments de l'art classique pussent leur servir de guide dans la création de nouvelles productions artistiques.

L'influence des monuments de la sculpture antique sur la plastique italienne à son début se manifeste d'une manière évidente. Le premier des sculpteurs italiens qui commença à imiter, dans ses travaux, les formes de la plastique classique fut Niccolò Pisano né vers 1207. Dans ses bas-reliefs qui ornent la chaire du Baptistère de Pise il a représenté des scènes de la vie de Jésus et de la Vierge, en adoptant les formes classiques qu'il a empruntées aux bas-reliefs des sarcophages grecs et romains, qui se trouvaient autour de la Cathédrale de Pise et dans le Camposanto. La figure à demi-couchée de la Vierge, dans la scène de la naissance du Christ, est tout à fait classique. Dans ses autres œuvres il s'est inspiré également des monuments de la sculpture antique.

Les mêmes spécimens de la plastique classique qui frappèrent Niccolò Pisano, stimulèrent son génie, et donnèrent un caractère original à ses créations, avaient déjà été pendant plusieurs siècles sous les yeux de beaucoup de sculpteurs du moyen âge, sans produire sur eux aucune impression, précisément parce que les goûts artistiques qui les rapprochaient des artistes du monde classique, ne s'étaient pas encore manifestés parmi eux.

Après Niccolò Pisano, d'autres sculpteurs italiens donnèrent plus d'animation aux formes classiques qu'ils avaient adoptées, et par là préparèrent le terrain à l'art nouveau. Nous pouvons l'observer déjà dans les œuvres du plus remarquable des élèves et des aides de Niccolò — Fra Guglielmo d'Agnello — par exemple dans les bas-reliefs de la chaire de l'église San Giovanni " fuor civitas „ à Pistoie. Giovanni Pisano, fils de Niccolò, alla plus loin dans cette voie et transforma les modèles de la sculpture antique, en y introduisant des motifs pris à la nature.

La sculpture italienne de la Renaissance devint chaque jour plus réaliste, mais elle n'oublia jamais ses débuts, et dans les productions de ses plus grands maîtres, comme par exemple Donatello et Michel-Ange, on remarque toujours l'influence de la sculpture classique. N'oublions pas cependant, qu'en général les idées chrétiennes, et par conséquent les transformations qui s'opérèrent dans l'idéal religieux, au temps de la Renaissance, pouvaient être mieux exprimées par la peinture que par la sculpture.

288

Moins évidente est l'influence qu'exercèrent les monuments de l'art gréco-romain sur les productions des premiers peintres de la Renaissance. Ainsi, par exemple, dans les œuvres de Giotto on voit de nouvelles idées, de nouvelles formes, mais on n'y sent pas l'imitation de l'antique. L'imitation de l'art classique qui se manifesta chez les maîtres italiens dans les siècles suivants, se fait généralement bien plus sentir dans le domaine de la sculpture que dans celui de la peinture; car les monuments de la peinture murale des Romains étaient alors beaucoup moins connus en Italie que ceux de la plastique. Il ne s'agit même pas d'une réelle imitation, mais bien plutôt de l'emploi des mêmes formes pour exprimer des idées analogues.

Chez les artistes byzantins, l'imitation des monuments de l'art classique, a un caractère différent de l'adoption, par les maîtres italiens de l'époque de la Renaissance, des types de l'art romain. Les Italiens empruntèrent des éléments à l'art grec et romain pour exprimer des idées nouvelles et s'assimilèrent ces formes, tandis que les artistes byzantins ne les employèrent que comme une formule dont ils ne pénétraient pas le sens. Les maîtres de la Renaissance travaillaient sous l'influence des modèles légués par le monde antique, et ils s'y soumettaient involontairement en exprimant dans leurs œuvres les nouvelles idées dont ils étaient pénétrés. Ne disons donc pas que l'imitation des modèles classiques conduisit à la Renaissance des arts en Italie, mais plutôt que la pensée aryenne, s'éveillant parmi les Italiens, trouva dans les œuvres classiques, qui avaient subsisté de belles formes qui lui permirent de s'exprimer dans l'art.

Giotto, comme nous l'avons dit, fit le premier pas dans la nouvelle voie, et s'écarta résolûment des modèles du style byzantin et des anciennes traditions. Ses créations sont inspirées par les idées nouvelles, mais on ne peut pas dire pourtant qu'il se soit détaché complètement du catholicisme médiéval. Comme Dante, qui probablement eut avec ce peintre des rapports intimes à Padoue, n'est pas entièrement un homme de la Renaissance et a encore un pied dans le moyen âge scolastique, de même Giotto, dans quelques unes de ses productions, comme par exemple, dans la représentation des châtiments de l'enfer, dans les fresques de la chapelle de la " Madonna dell'Arena „ à Padoue, retourne au catholicisme du moyen âge.

Une autre sommité de la peinture italienne de la Renaissance sut s'affranchir encore davantage de ces influences, nous voulons parler de Masaccio. Les scènes religieuses prennent chez lui un caractère éminemment philosophique, et aucun artiste de cette époque ne le surpasse dans ce domaine; aucun n'exprime des idées plus profondes, si ce n'est Raphaël.

Masaccio, dans ses fresques de la chapelle Brancacci dans l'église del Carmine à Florence, inaugure une manière toute nouvelle, surtout dans la scène qui représente le Christ au milieu de ses disciples, ordonnant à Pierre de retirer de la bouche du poisson la monnaie pour payer l'impôt. Au centre de la fresque le Christ, vêtu d'une tunique et d'un pallium jeté sur son épaule gauche, est entouré de ses disciples qui écoutent attentivement ses paroles. Le percepteur des impôts se tient devant le Sauveur; il tend vers lui la main gauche et de la droite indique l'entrée de Capharnaüm. La figure du Christ se distingue par la noblesse, par la souplesse des mouvements, et par l'aisance et le naturel de la pose. C'est plutôt un philosophe entouré de ses disciples qu'un Dieu au milieu de ceux qui croient en lui. Il cède à une exigence, qui selon lui est injuste, pour ne pas susciter de scandale [1]. Son beau et noble visage, pensif, avec une teinte de mélancolie, est illuminé par une idée philosophique, et déjà il a le type que nous retrouverons par la suite chez les meilleurs peintres de la Renaissance.

Pierre drapé de même à la manière antique est debout près du Sauveur. Sa figure est énergique. Tous les autres disciples sont groupés autour du maître, tous ont les regards fixés sur lui et chacun d'eux a une expression complètement individuelle. Dans cette représentation ce ne sont pas les attributs royaux qui distinguent le Christ de la foule qui l'entoure, comme dans l'art byzantin, mais l'expression de sa su-

---

[1] Évangile selon S. Matthieu XVII, 27, " Afin que nous ne les scandalisions point „.

périorité, de sa sagesse qui l'élève au-dessus de ses disciples. Les autres productions de Masaccio ont le même caractère. L'idée philosophique prévaut toujours sur le sentiment mystique.

Pour mieux voir en quoi consiste précisément cette transformation dans l'art italien de la Renaissance, examinons comment les peintres byzantins et les maîtres de la Renaissance ont représenté les principaux sujets religieux : le Christ, la Vierge etc. Les premiers choisissent de préférence les sujets qui représentent le triomphe et la gloire du Sauveur ; on le place en dehors de la vie terrestre ; c'est un juge inexorable. La Madone est la Reine des Cieux ; elle est recouverte de riches parures, d'ornements précieux, éloignée de la terre et séparée des mortels, même dans les scènes terrestres. Les Saints sont représentés le plus souvent rangés l'un à côté de l'autre, sans aucune relation entre eux, dans une attitude imposante ; comme un cortège officiel dans des scènes de triomphe.

Chez les peintres de la Renaissance, au contraire, Jésus-Christ est descendu sur la terre ; c'est un maître miséricordieux ; il instruit ses disciples ; il accomplit des miracles pour soulager les souffrances des hommes, s'affligeant comme un mortel ; il pardonne à la femme adultère ; il parle avec bonté à la Samaritaine au puits ; il répond à la question du Pharisien qui lui montre la monnaie. Il agit comme un simple mortel et non comme un Dieu, et ne porte aucun des attributs de la divinité ou de la royauté.

Dans l'art de la Renaissance on trouve plus souvent que dans celui de Byzance la représentation des souffrances du Sauveur ; comme par exemple : la Prière au jardin de Gethsémani, la Flagellation, le Couronnement d'épines, le Chemin du Golgotha, la Descente de croix et la Mise au tombeau. Ces sujets ont été compris différemment par les chrétiens d'Occident et par ceux d'Orient. De même qu'il est impossible de ne pas voir une différence entre les Bons Pasteurs des Catacombes et les figures du Christ dans les absides des basiliques médiévales, de même il est impossible de ne pas remarquer une grande diversité entre les représentations byzantines du Crucifiment, dans lesquelles le Christ est généralement triomphant, sans souffrances, les yeux ouverts, le corps droit dans une attitude calme, accomplissant la rédemption non comme un homme, mais comme un Dieu apparu sur la terre et s'incarnant dans un corps mortel sans prendre les faiblesses propres à la nature humaine, et le Sauveur crucifié dans d'horribles et cruels tourments comme on le voit dans l'art de la Renaissance.

Les figures du Christ sans souffrances ne se rencontrent en Occident que dans la période de la domination du style byzantin. Déjà les premiers maîtres de la Renaissance représentent le Sauveur mourant sur la croix dans d'horribles tortures. Dans les productions des artistes byzantins le Christ apparaît sur la terre parmi les hommes comme un monarque, et n'a rien de commun avec eux. Enfin, si dans l'art religieux des Byzantins on rencontre des représentations du Sauveur dans un milieu terrestre et non au Ciel, elles n'ont pas le même caractère simple que celles des maîtres de la Renaissance. Ainsi, dans les scènes évangéliques qui représentent la guérison de l'aveugle; la rencontre au puits avec la Samaritaine; l'absolution de la femme adultère etc, le Christ est assis sur une sphère, dans un manteau royal et a tous les attributs de la divinité. Même les procédés artistiques et l'exécution technique des Byzantins, par exemple les fonds d'or, les nimbes dorés, ôtent aux figures sacrées tout caractère terrestre; ainsi que la représentation du Sauveur de dimensions plus grandes que celles des Apôtres, des Saints et des autres personnages placés près de lui. Ce procédé est la continuation de celui en usage chez les peuples asiatiques, qui exprimaient par des formes colossales le pouvoir et la grandeur morale de la divinité.

De même la différence est grande entre la Transfiguration, comme l'a interprétée Raphaël et la représentation du même sujet dans la mosaïque de l'abside de la basilique de S. Apollinare in Classe près de Ravenne. Ici domine le symbolisme qui a toujours régné davantage dans l'art byzantin que dans celui de la Renaissance.

On ne représente que rarement, à l'époque de la Renaissance, dans les églises d'Italie, des figures grandioses du Sauveur, comme celles des absides des basiliques du moyen âge, recevant l'adoration des Anges et des Saints, debout sur les

292

nuages ; ou des figures du Christ, qui tout en apparaissant
parmi les hommes est pourtant éloigné d'eux par son aspect
impassible et son caractère royal. Sur le doux visage du Sauveur, représenté par les maîtres de la Renaissance, sont exprimés ses sentiments délicats, et les différents états d'âme où il
s'est trouvé sur la terre.

La position du Christ ici bas est éminemment dramatique,
si on développe le côté philosophique du dogme de la rédemption au lieu du principe mystique. Le Sauveur est apparu sur
la terre, prenant la forme et la nature humaines ; il n'a pas
été délivré de tout ce qu'éprouvent et souffrent les hommes,
et en même temps il sait que son existence terrestre doit se
terminer par une mort douloureuse et ignominieuse. Il a toute
l'amertume de celui dont les paroles annoncent des vérités éternelles et qui ne rencontre que de l'indifférence, et voit sa doctrine
rejetée. La douleur d'assister à la trahison d'un de ses disciples ne lui a pas été épargnée, il n'a pas été délivré des angoisses à l'approche du supplice. Quel vaste champ pour l'étude
psychique, pour l'analyse de la nature morale de l'homme et
pour la représentation des différents états de son âme ! Toutes
les particularités de ces situations du Christ sont exprimées
dans les productions des maîtres de la peinture de la Renaissance, et surtout dans l'école florentine.

Même les sujets entièrement mystiques, comme par exemple, les " Fiançailles de l'Enfant Jésus avec Sainte-Cathérine „
et d'autres du même genre furent représentés, par les artistes
de l'époque de la Renaissance, dans un milieu terrestre. Les
Anges tiennent généralement à la main des fleurs, ou bien
jouent de la musique ; parfois ils chantent ; souvent ils regardent pensifs le petit Jésus ; mais jamais ils n'ont de riches
vêtements ; jamais ils ne tiennent à la main des baguettes d'or
ou d'argent comme les courtisans des empereurs orientaux ; ils
ne sont pas cuirassés et armés de glaives, comme dans les
peintures et les mosaïques byzantines, et ne forment pas une
garde autour du souverain. Quand les maîtres de la Renaissance représentent la foule on voit qu'ils ont étudié le caractère de chaque individu qui la compose ; chaque figure a son
expression propre ; chaque homme son individualité ; tandis que

les artistes du moyen âge et les Byzantins représentaient la foule composée de figures toutes pareilles, de rangées de têtes placées maladroitement les unes au-dessus des autres.

Les absides et en général les espaces qui dans les basiliques byzantines étaient ornés des figures colossales du Christ, de la Vierge dans la gloire céleste, sont partagés à l'époque de la Renaissance, et dans ces cadres on représente des scènes de la vie terrestre du Sauveur et de la Vierge. Les personnages n'y ont pas un aspect effrayé et humilié comme dans les peintures du moyen âge, alors que sur leurs visages se reflétaient la terreur des forces divines, et la frayeur des châtiments dont l'Eglise menaçait alors ceux qui ne se soumettaient pas à ses préceptes. Tout autant que les membres de la Sainte Famille et de saints personnages des hommes ordinaires prenaient part à l'action dans ces scènes; ceux-ci semblent quelquefois douter du miracle qui s'accomplit devant eux, et examinent attentivement ce qui se passe. C'est un trait caractéristique de la peinture de la Renaissance, et qu'on peut déjà remarquer chez Giotto. Rien de pareil ne se rencontre assûrément dans l'art byzantin.

Cette division des grands espaces dans les églises, à l'époque de la Renaissance, et la représentation de sujets séparés, qui s'y détachent comme dans des cadres, rappelle le procédé employé par les artistes des Catacombes, qui ornaient de peintures les parois et les plafonds des chambres sépulcrales.

Le caractère des Madones de cette époque en Italie est tout autre que celui des Vierges byzantines. La tendre sollicitude d'une mère pour son enfant est rendue, dans les Vierges de la Renaissance, de la manière la plus poétique. Les rapports que ces Madones ont avec le petit Jésus sont ceux que chaque mère a avec son propre enfant. Ici ce n'est plus la Reine des Cieux, mais une simple femme, une mère aimante, vêtue du costume ordinaire des Italiennes de ce temps, et dont l'entourage rappelle le monde d'ici bas et non les sphères célestes. Le fond du tableau est généralement formé par un gracieux paysage, dans lequel apparaît la vie journalière.

Ces Madones captivent souvent par la beauté de leurs traits, par leur grâce naïve, par la sincérité et la tendresse de leurs sentiments. Parfois elles ont à la main un livre, qu'on doit tenir pour celui des prophéties, où elles lisent le sort futur de leur Enfant; celui-ci pressé sur leur cœur inquiet, ne sachant pas ce qui l'attend dans l'avenir, s'amuse et s'égaie. Cette scène touchante est pleine d'un sentiment dramatique. Quelquefois même l'Enfant joue avec les pages du livre qui contient les prédictions sur sa terrible destinée terrestre. Toutes les fois que dans la main de la Vierge on voit un livre, dans lequel elle lit, qu'elle soit représentée seule, ou dans la scène de la Sainte Famille, il faut y voir une allusion aux prophéties concernant le Messie.

Le petit Saint-Jean est souvent représenté à côté de l'enfant Jésus comme le camarade de ses jeux; ainsi, dans le tableau de Raphaël connu sous le nom de " La Perle „, qui se conserve au Musée du Prado à Madrid, le petit Jésus, que la Vierge vient de soulever de son berceau, plein d'une vivacité enfantine tend joyeusement ses mains vers les fruits que lui apporte le petit St. Jean, et en même temps regarde sa Mère comme pour lui demander la permission de les prendre.

Les peintres italiens de la Renaissance représentent parfois la Vierge jeune et gracieuse, presque enfant, avec une figure naïve et mélancolique, mais rayonnante de pureté et baissant modestement les yeux. Vêtue simplement elle porte dans ses bras l'Enfant Jésus. C'est ainsi qu'elle apparaît, par exemple, dans le tableau de Raphaël connu sous le nom de " Madonna del Granduca [1]) „. Souvent aussi l'enfant Jésus joue à côte de la Vierge, tenant dans sa main une fleur ou un petit oiseau et par sa gaieté amène un triste sourire sur les lèvres de sa mère.

Peut-on imaginer quelque chose de plus touchant que la situation créée à la Vierge par l'idéal chrétien? Elue pour engendrer le Rédempteur, qui doit racheter le péché originel, elle devient mère du Fils de Dieu, et ses sentiments maternels ne sont pas affaiblis par sa mission céleste; de plus elle connaît le sort qui attend le Sauveur du monde et c'est pour elle une source continuelle d'émotions, d'angoisses, d'alarmes. L'enfant

---

[1]) Dans la Galerie Pitti à Florence.

Jésus grandit; chaque action de sa vie rappelle sa vocation et retentit douloureusement dans le cœur de la Mère. Il ignore encore le sort qui l'attend, et cela augmente la douleur de la Vierge. La vivacité, la gaieté de l'enfant; ses jeux forment un contraste avec la tristesse de la mère qui regarde son fils avec un sourire mélancolique. Saint Joseph contemple pensif et triste la Mère et l'Enfant. Plus émouvante encore, si c'est possible, est la scène dans laquelle l'enfant Jésus saisit comme un jouet l'instrument de son futur supplice — la croix — que tient dans ses mains le petit Jean-Baptiste.

Rien de plus gracieux, et en même temps de plus touchant que la scène tout à fait réaliste, peinte par Andrea del Sarto dans le couvent " de la SS. Annunziata „ à Florence, et à laquelle on a donné le nom de " Madonna del Sacco „. Dans cette fresque l'artiste a représenté le repos de la Sainte Famille fuyant en Egypte. La Vierge, assise sur le sol, arrête, d'un mouvement involontaire de la main, l'élan joyeux du petit Jésus. Sur son beau et jeune visage passe une ombre de tristesse, car elle écoute la lecture que lui fait des prophéties, qui prédisent le sort du Sauveur, S. Joseph assis par terre et s'appuyant sur un sac.

Dans d'autres sujets du même genre, comme par exemple, dans la scène de l'Annonciation, dans celle de la Présentation au temple, du Mariage [Sposalizio], etc., la Vierge, depuis les peintures de Giotto, (fresques de la " Madonna dell'Arena à Padoue), est toujours représentée par les maîtres des siècles suivants comme une simple femme, sans nimbe doré, sans riches vêtements, sans aucun des attributs de la royauté, dans un milieu entièrement terrestre, et entourée de personnages habillés tout aussi simplement qu'elle. Toutes ces scènes se déroulent au milieu d'une belle nature devant une modeste habitation; ou bien dans une chambre très simple, où on n'aperçoit que des objets propres à donner de l'agrément à la vie, par exemple des fleurs dans des pots, de beaux vases, des oiseaux en cage etc.

Dans la scène de l'Annonciation, où l'Ange annonce à Marie son élection, les peintres de la Renaissance représentent une jeune fille naïve, qui au premier moment est effrayée tout autant qu'étonnée; ses lèvres tremblent, ses yeux se remplissent de larmes. Elle est anéantie et se dit à elle même, en approchant de son sein la main droite: " Est-ce possible que ce soit moi? „

Il existe assurément des Madones de la Renaissance représentées dans les Cieux, entourées d'Anges et de Saints, mais bien qu'éloignées de la terre elles ne se rapprochent point des Vierges byzantines; dans le triomphe et dans la gloire elles conservent leur simplicité et sont des femmes placées au Ciel et non des souveraines du monde qu'elles gouvernent du haut de leur trône.

XII.

Les mêmes idées philosophiques, basées, sur l'analyse de l'âme humaine, que les maîtres de la Renaissance ont exprimées dans les traits des Madones terrestres, apparaissent aussi dans ceux des Vierges célestes. Ces dernières sourient également avec mélancolie en contemplant l'insouciance naïve de l'enfant Sauveur. Elles continuent à exprimer les sentiments qui les animaient sur la terre: un tendre amour pour leur Enfant, de la tristesse en pensant au sort qui l'attend. C'est ce que nous voyons, par exemple dans la Madone de Raphaël qu'on nomme " de Foligno „ et qui se trouve au Vatican. Elle est représentée au Ciel, assise sur les nuages. En un mouvement gracieux, elle cache dans les plis du voile qui lui descend de la tête, l'enfant Jésus plein de vivacité. Pensive elle regarde les Saints qui placés sur la terre adorent le divin Enfant, et dans la gloire elle ne perd par sa modestie. Le fond du tableau est formé par un gracieux paysage; on y voit de vertes prairies arrosées par des ruisseaux, entrecoupées de sentiers, et sur lesquelles paissent des brebis, gardées par leur berger; un chevalier chevauche sur le chemin; devant lui marche un homme; deux autres parlent entre eux. Dans le lointain on peut distinguer les édifices d'une ville et à l'horizon des montagnes.

Sur les visages des Madones qui sont représentées au Ciel

on voit parfois leur frayeur d'avoir été élues, le doute timide qu'elles conçoivent de leur propre mérite, et la crainte de manquer de courage au moment suprême. D'autres Vierges sont en extase à la pensée de participer par leur sacrifice au salut de l'umanité. La lutte entre l'amour maternel et la soumission à la prédestination se reflète sur leur visage de la manière la plus touchante.

Ces Madones ne sont déjà plus des Vierges byzantines, régnant avec majesté dans les Cieux, ou bien sur la terre, mais avec un entourage royal, loin des mortels; exprimant quelquefois de l'amour pour le divin Enfant, ou s'affligeant des péchés des hommes, mais sans qu'apparaisse chez elles la lutte entre l'amour maternel et la soumission à la volonté céleste, sans qu'on remarque en elles le manque de confiance dans leurs propres forces, l'extase, ni aucun de ces mouvements de l'âme qui se produisent chez celui qui est appelé à un grand sacrifice, à une mission sublime mais douloureuse.

Voilà le caractère général des Vierges de la Renaissance, et si nous examinons les meilleures productions des maîtres italiens de cette époque, ainsi que les plus médiocres, nous verrons que l'idéal de leurs Madones conserve toujours les mêmes traits distinctifs.

Il serait faux de supposer que les images du Christ, de la Madone, représentées par les maîtres de la Renaissance, et dont un grand nombre se voit maintenant dans les différents Musées d'Europe, étaient privées de caractère religieux, et n'étaient pas destinées à orner des églises et des cloîtres, mais des palais publics ou privés. Au contraire, ce fut uniquement le sentiment pieux qui inspira ceux qui commandèrent et ceux qui exécutèrent, à cette époque, ces sculptures et ces peintures de caractère religieux, et elles prirent place sur les autels des églises et des chapelles, dans les portiques et les réfectoires des cloîtres, où la plus grande partie est encore de nos jours. Le peuple prie en Italie jusqu'à nos jours, dans les enceintes sacrées, devant les représentations des artistes de la Renaissance, ayant le même caractère que celles qu'on voit dans les palais et dans les galeries de tableaux des divers pays.

Aucun des peintres de la Renaissance n'a mieux exprimé

le caractère touchant de la Madone que Raphaël. Après Giotto et Masaccio c'est lui qui a le plus complètement traité les sujets religieux en se plaçant au point de vue philosophique. Raphaël est par excellence le peintre aryen de cette époque, le peintre penseur. L'idée philosophique n'apparaît pas avec la même évidence dans ses grandes fresques, comme par exemple " La Disputa „ et l'" École d'Athènes „, pour la composition desquelles il suivit probablement les conseils d'un savant humaniste de son temps. Mais c'est dans ses Cartons pour des tapisseries, et surtout, dans ses Madones que Raphaël, analysant les mouvements de leur âme, se montre penseur profond.

Examinons ses deux plus remarquables Madones, l'une terrestre e l'autre céleste. La première connue sous le nom de " Madonna della Seggiola [1]), est assise et tient sur ses genoux, l'Enfant Jésus qu'elle presse sur son cœur. Elle est d'une beauté idéale; son costume est simple; autour de sa tête il n'y a ni nimbe, ni cercle doré. Sentant battre sur son cœur le cœur enfantin de son Fils elle tourne ses regards vers les spectateurs et semble leur dire: " Je ne vous donnerai pas ce trésor pour le rachat de vos péchés „. Le petit Jésus regarde avec une naïveté enfantine le monde qui attend de lui le grand sacrifice, et ce contraste est d'un dramatique achevé. La lutte qui se livre dans l'âme de la Mère entre ses sentiments maternels et la soumission, exigée par le prédestination, est exprimée dans ce tableau de la manière la plus poétique et la plus touchante. On dirait même que dans ce moment l'amour maternel prend le dessus sur l'obéissance à la volonté divine.

La Madone de Raphaël qu'on nomme " Sixtine „ apparaît sur les nuages, tenant dans ses bras l'enfant Jésus; le pape S. Sixte et Sainte Barbe écartent un rideau. Derrière la Vierge on voit une imposante auréole; le fond du tableau se compose d'une multitude de têtes de Chérubins. La Madone se montre au seuil du paradis, devant ce monde, pour la rédemption duquel elle offre son Fils. Sur le visage enfantin du petit Jésus est exprimé l'effroi que provoque en lui ce que S. Sixte lui fait voir sur la terre, c'est-à-dire, l'iniquité et le triomphe du

[1] Dans la Galerie Pitti à Florence.

mal parmi les hommes, pour lesquels il doit se sacrifier; tandis que sur le figure de la Vierge, d'une beauté incomparable, dans ses traits presque enfantins, sont exprimés une pureté inaltérable et l'étonnement de son élection qui l'effraie par l'immensité de la tâche à accomplir. Elle considère avec émotion le monde, dans lequel elle doit descendre, et où l'attendent de si cruelles angoisses. Les tendres liens qui l'unissent à son Enfant dans la Madone " della Seggiola „ n'existent pas ici. Elle est anéantie par sa mission; on dirait même qu'elle doute de ses forces. En exécutant ce tableau Raphaël s'est rapproché, de l'auteur d'Hamlet. Deux charmants petits Anges, qui apparaissent au-dessous de la Vierge, tournent leurs regards, vers le haut du tableau et contemplent avec mélancolie l'enfant Jésus, dont ils prévoient le sort.

Celui qui regarde les Madones peintes par Raphaël et par d'autres peintres de l'époque de la Renaissance seulement comme des types d'une beauté idéale, et n'observe pas l'expression sur leur physionomie des sentiments, qui les animent; de cette lutte intérieure qui a lieu dans leur cœur; celui dont l'attention n'est pas retenue par l'analyse psychique renfermée dans des formes esthétiques, celui là ne comprend pas les Madones de la Renaissance.

Nous trouvons aussi dans les Cartons de Raphaël, que, malheureusement, il a exécutés pour des tapisseries et non pour des fresques, et qui sont conservés au Musée South-Kensington de Londres, tout autant d'idées philosophiques et une aussi complète étude des sentiments humains dans les différentes circonstances de l'existence. Ils représentent des épisodes de la vie de Jésus et des Actes des Apôtres. Le Carton le plus caractéristique, sous ce rapport, est celui dans lequel Jésus-Christ charge S. Pierre de paître ses brebis. Le noble visage du Sauveur est calme et plein de bonté. On voit derrière lui un troupeau de brebis qu'il indique de la main à Pierre. L'Apôtre se tient devant lui à genoux, les clefs à la main. Ses traits reflètent l'agitation de son âme. Les autres disciples se tiennent derrière Pierre. Leurs figures sont expressives et individuelles; on y lit l'impression produite par les paroles du Maître. Dans ce Carton on note une analyse des divers mouvements de l'âme tout aussi complète que dans la S. Cène de Léonard da Vinci. Quelques uns des Apôtres sont étonnés et se regardent l'un l'autre comme s'ils voulaient s'interroger; d'autres sont mécontents que Pierre, qui trois fois a renié le Christ, soit choisi par lui de préférence aux autres disciples, et ne cachent pas leur désappointement. On en voit aussi qui regardent le Sauveur avec attendrissement, persuadés qu'il ne peut faire qu'un bon choix. La scène se passe dans un gracieux paysage sur les bords d'un lac; et dans le lointain apparaissent les constructions d'une ville.

XIII.

Cette tendance philosophique de la peinture de la Renaissance, cette transformation de l'idéal religieux ressortent surtout clairement de la manière de représenter le dernier repas du Christ avec ses disciples. Il est intéressant d'étudier comment la Cène byzantine, mystique et cérémonieuse se transforme graduellement, à l'époque de la Renaissance, en un tableau au plus haut point dramatique.

Observons d'abord comment la Cène est représentée dans l'art byzantin et par les maîtres italiens avant la Renaissance. Nous pouvons le voir, par exemple, dans les miniatures d'un Evangile Syriaque de la fin du VIe siècle, qui se conserve à la bibliothèque " Lorenziana „ de Florence. Ici Jésus-Christ officie comme un prêtre et l'Ange qui l'accompagne remplit l'office du diacre. Le Sauveur est représenté debout, tenant de la main gauche une coupe et donnant de la droite le pain aux Apôtres qui s'approchent de lui. Dans la mosaïque de l'église de S. Sophie à Kieff, de la première moitié du XIe siècle, exécutée par des artistes byzantins, nous voyons dans le centre un autel de la forme en usage dans l'Eglise orientale, recouvert d'une étoffe de pourpre, dans laquelle sont brodés des cercles et des fleurs. Une croix équilatérale est placée sur l'autel, derrière lequel s'élève un auvent soutenu par quatre colonnettes. De chaque côté de ce dernier est représenté un Ange tenant dans la main un flabellum. Dans cette mosaïque le Christ est représenté deux fois, à droite et à gauche de l'autel devant les Anges ; une fois il tient la coupe, l'autre fois le pain. Il est vêtu d'une tunique bleue et d'un pallium tissé d'or ; sa tête est entourée d'un nimbe divisé par une croix. Six Apôtres d'un côté et six de l'autre, tous revêtus du pallium blanc, s'approchent du Sauveur l'un après l'autre, se courbant avec humilité et exprimant par leurs gestes leur profonde vénération et leur anéantissement devant le Fils de Dieu. Dans une inscription en langue grecque, aussi en mosaïque, on lit les paroles que le Christ prononça en offrant à ses disciples le pain et le vin après les avoir bénis. Les figures du Sauveur et des Anges sont d'un très beau type et très nobles, tandis que les Apôtres avec leurs corps courbés et leurs visages vulgaires n'ont rien d'attrayant.

Nous voyons aussi une Cène de ce même caractère sur la Dalmatique impériale conservée dans la sacristie de S. Pierre à Rome. C'est un vêtement de diacre en étoffe de soie bleue, sur laquelle sont brodés divers sujets religieux, entre autres la Cène : le Christ le nimbe cruciforme autour de la tête, vêtu de la tunique et du pallium se tient derrière l'autel ; il tend une coupe à Pierre. Les autres Apôtres vêtus du pallium s'approchent du Christ, en s'inclinant respectueusement, s'humiliant devant le Sauveur et le sacrement qui s'accomplit. C'est avec une pareille humilité que les courtisans des empereurs byzantins devaient s'approcher de leur maître. On ne connaît pas l'origine de cette dalmatique ; selon la tradition les empereurs la portaient à leur couronnement. La forme des caractères grecs brodés dans l'étoffe indique le XIe siècle, et le style des figures ramène à la même époque. Dans tous les cas l'influence byzantine, et même celle de la belle période, ne peut pas y être mise en doute.

Des représentations de la Sainte-Cène empreintes du même caractère mystique se voient dans les mosaïques byzantines des églises de Sicile, dans les monastères du Mont Athos, dans ceux du Caucase et dans beaucoup d'autres endroits éloignés les uns des autres, où l'influence du style byzantin avait pénétré.

Il existe assurément aussi dans l'art byzantin des représentations de la Sainte-Cène, d'un genre différent, dans les-

302

quelles le souci historique s'unit à l'élément mystique. Ainsi, dans quelques mosaïques du moyen âge représentant la Cène, le Sauveur est assis à une table avec les Apôtres; mais la vie et l'animation manquent complètement dans ces scènes, ce qui est dû, en grande partie au fond d'or sur lequel elles sont représentées. Les figures n'ont aucune expression et aucune individualité; l'analyse de l'âme humaine et les idées philosophiques y font entièrement défaut. Parfois on donne au Christ des dimensions plus grandes qu'aux disciples, comme par exemple dans la mosaïque de la cathédrale de Monreale près de Palerme (XII° siècle), et dans les miniatures d'un Evangile grec, qui est conservé dans un des monastères du Mont Athos. On représente aussi quelquefois le Sauveur sur une élévation pour indiquer sa puissance et sa supériorité sur les Apôtres, ainsi que nous le voyons dans la mosaïque de S. Marc à Venise, du XI° siècle, et dans un bas-relief en or, d'un travail allemand assez grossier du X° siècle, qui est conservé dans la cathédrale d'Aix-la-Chapelle. Ici le nimbe est donné seulement au Christ. On trouve cette particularité aussi dans la mosaïque de Monreale, dans laquelle Judas est représenté à genoux près de la table, et où le Sauveur semble triompher de celui qui l'a trahi. Dans le bas-relief du commencement du XI° siècle de l'église de S. Germain-des-Prés à Paris, Judas est également représenté à genoux devant le Sauveur, tenant à la main une coupe — symbole de la passion du Christ. Dans ces représentations de la Cène on ne voit ni mets, ni rien de ce qui est nécessaire pour un repas; le poisson mystique et des pains sont seuls sur la table. Elles sont toutes le produit d'artistes grecs, ou créées sous l'influence de l'art byzantin et des idées venues de l'Orient sémitique, à l'époque où ces idées étaient prépondérantes parmi les chrétiens occidentaux. Nous voyons que dans les pays de l'Occident, éloignés les uns des autres, se répète toujours, dans les représentations de ce sujet, le type byzantin.

Tel est le caractère général de la Cène dans les pays franco-germaniques, plus réaliste que pompeux, mais pourtant, constamment mystique, et ce caractère se conservera pendant tout le moyen âge jusqu'à l'époque de la Renaissance italienne.

On doit remarquer, que dans les représentations de la Cène de style byzantin, le Christ est représenté au moment où il offre le pain aux disciples en prononçant les paroles: " Prenez et mangez, ceci est mon corps „ ; ou bien en tenant la coupe et disant: " Buvez-en tous car ceci est mon sang . . . . . [1]), „ tandis que chez les maîtres de la Renaissance en Italie, le Christ prononce les paroles: " Un de vous me trahira [2]), „ ce qui donne un champ plus grand à l'analyse de l'état moral de chacun des Apôtres, et permet de développer le côté dramatique de cette scène.

Dans les productions des premiers maîtres de la Renaissance l'élément mystique est déjà relégué au second plan et c'est le principe philosophique qui commence à apparaître. C'est ce qu'on peut voir, par exemple, chez le peintre siennois du commencement du XIVe siècle — Duccio di Buoninsegna. Une image de la Vierge, qu'il peignit sur bois, opéra une révolution dans la peinture ; du côté opposé à cette image il représenta quelques sujets de la vie du Sauveur et parmi ceux-ci la Cène. Quoique peinte encore très gauchement on y voit déjà en germe l'idée nouvelle qui, avec le temps, se développera plus complètement dans les productions de l'école florentine. Dans la peinture de Duccio le Christ a déjà prononcé les paroles: " l'un de vous me trahira „ ; il tient dans la main droite un morceau de pain, qu'il est sur le point de tremper, et Judas fait de même. Les Apôtres sont assez individualisés et sur leurs visages le peintre a réussi à exprimer l'étonnement et la tristesse. L'un d'eux regarde avec indignation le traître. Cette scène est empruntée à la vie réelle ; elle se passe dans une chambre simple d'une modeste maison italienne du moyen âge ; on peut encore y remarquer une certaine roideur, de la sécheresse, mais le caractère officiel, le conventionnel byzantin s'effacent déjà sous l'empreinte de la vie, et le tout a quelque chose de calme, même de majestueux.

Giotto de même, dans la Cène qu'il a peinte au commencement du XIVe siècle, dans la chapelle de " la Madonna del-

[1]) Ev. selon S. Matthieu XXVI, 26, 27.
[2]) Ev. selon S. Matthieu XXVI, 21.

l'Arena „, à Padoue, s'est éloigné de la manière byzantine. Il a représenté cette scène sous un auvent, et à chacun des Apôtres il a donné une expression individuelle, bien définie, quoique calme. La figure énergique de Pierre est pleine d'indignation, tandis que celle de Jean qui penche sa tête sur la poitrine de Jésus, exprime une grande tristesse. La distribution des figures est simple et naturelle. Judas séparé du Christ par un des disciples, porte en même temps que lui la main au plat. Rien de conventionnel dans la composition de cette scène; le peintre a placé les figures selon son idée et les a animées d'après son inspirations sans se laisser entraver par la tradition.

Le même caractère se remarque aussi dans une autre représentation de la Cène, peinte à fresque, également au commencement du XIV⁴ siècle, par Giotto, selon les uns, selon d'autres par Taddeo Gaddi. Elle se trouve dans le réfectoire de l'ancien couvent de S. Croce à Florence. Les figures sont plus grandes que nature. Dans la salle où la scène se passe, on ne voit aucun objet de la vie journalière, ni aucun ornement architectural. Le Sauveur est assis au centre d'une longue table; il bénit de la main droite et de la gauche soutient S. Jean qui se penche vers lui. Les Apôtres dans des poses raides et sans animation sont assis autour de la table. Judas de petite taille et laid de figure, seul sans nimbe, est placé vis-à-vis du Christ, séparé des autres disciples. Les regards des Apôtres ne sont pas dirigés sur Judas, mais devant eux avec indifférence. Cette scène, est en général froide et sans vie, mais l'élément de cérémoniel byzantin n'y domine pourtant pas.

Dans les représentations de la Cène par les maîtres florentins on voit, qu'avec le temps, le réel prend le dessus sur le mystique. Ainsi dans la fresque peinte par l'artiste florentin du XV⁴ siècle — Andrea del Castagno sur une des parois du réfectoire du couvent de S. Apollonia à Florence, la Cène est représentée de la manière suivante: Les Apôtres sont assis à une longue table; au milieu d'eux est le Sauveur. S. Jean se penche sur le sein du Maître, qui incline la tête avec tristesse et vient de prononcer les paroles: " Un de vous me trahira „. Les figures des Apôtres sont énergiques, pleines de naturel et d'expression. Judas est assis à part du côté opposé de la table;

son visage est rusé et perfide. Les nimbes ne sont indiqués que par des cercles à peine visibles. La chambre où la scène se passe est ornée de motifs d'architecture dans le style de la Renaissance. Cette peinture manque assurément de finesse, comme toutes les productions d'Andrea del Castagno, mais l'action est pleine de vie; aucune des figures n'est indifférente, chacune d'elles exprime un sentiment particulier, suscité par les paroles du Christ; elles ont aussi beaucoup de relief. Comme étude des différents états de l'âme humaine, cette fresque, conçue hardiment, malgré son exécution très médiocre, se rapproche pourtant par certains côtés de la Sainte-Cène de Leonardo da Vinci, dans le couvent de S. Maria delle Grazie à Milan, et lui ressemble comme une tragédie d'Eschyle à une de Sophocle.

Les mêmes principes philosophiques prédominent dans deux fresques de Domenico Ghirlandajo, exécutées aussi au XVᵉ siècle, mais postérieurement à la Sainte-Cène d'Andrea del Castagno. L'une d'elles se trouve dans l'ancien cloître d'Ognissanti à Florence, l'autre dans le couvent de S. Marc, de cette même ville. Dans la première de ces fresques, de l'an 1480, le peintre a représenté le dernier repas du Sauveur avec ses disciples dans une belle salle voûtée; dans le fond, par des fenêtres au-dessus des têtes du Christ et des Apôtres, on voit le ciel, des arbres et des oiseaux qui volent. Le Sauveur est assis avec ses disciples à une table; ceux-ci regardent le spectateur. Jean se penche vers Jésus qui prononce, en bénissant, les paroles déjà citées: " un de vous me trahira „, ainsi qu'on peut le supposer par l'expression des visages des disciples; on voit sur leurs figures les divers sentiments que ces paroles provoquent. Dans cette fresque de Ghirlandajo l'Apôtre Pierre, assis à côté de Jésus et s'adressant à lui, tient dans la main droite un couteau et lève la gauche en un geste interrogateur, comme s'il voulait menacer le traître. La figure du disciple qui joint les mains, à côté de Jean, exprime le désespoir. L'Apôtre qui suit appuie tristement sa tête sur la main. Les autres disciples semblent tous se demander: " Mais ce n'est pas moi? „ et se regardent l'un l'autre ou bien fixent des yeux le Christ comme s'ils voulaient l'interroger. Toutes les figures représentées dans cette fresque ont de l'animation; leurs visages sont expressifs; leurs mouvements variés et toutes sont impressionnées par les paroles du Sauveur.

Dans la Cène que Ghirlandajo exécuta quelque temps après, sur un des murs du couvent de S. Marc, il ne s'écarta que très peu de la fresque précédente. La scène se passe de même dans une salle; à travers les fenêtres on distingue un paysage. La distribution des figures est presque identique. Judas étend la main sur la table. Les Apôtres ne prennent aucune part à ce qui se passe; leurs visages sont peu expressifs; ils regardent tranquillement le traître, ou bien Jean qui se penche devant Jésus; les regards des autres Apôtres sont dirigés vers le spectateur. Quelques uns d'entre eux baissent les yeux; seulement le disciple assis au bout de la table du côté droit, semble dire, en se désignant: " ce n'est pas moi „.

La fresque qui représente la Cène dans le réfectoire de l'ancien couvent de S. Onofrio à Florence est très caractéristique. La scène a lieu sous un portique; entre les pilastres, ornés dans le style de la Renaissance, qui soutiennent la voûte on aperçoit un gracieux paysage ombrien, au centre duquel, sur une élévation, est représentée la prière du Sauveur dans le jardin de Gethsémani; trois Apôtres sommeillent sous un arbre; le Christ à genoux prie regardant l'Ange descendre du ciel, la coupe à la main. Au premier plan le Sauveur et les disciples, ayant autour de la tête des cercles lumineux au lieu de nimbes, sont assis sur des sièges très ornés, dans le goût de la Renaissance. La distribution des figures est la même que dans les fresques de del Castagno et du Ghirlandajo. La table est richement ornée. Le Christ est au centre; Judas comme toujours sans nimbe, tient à la main une bourse; il est assis seul devant la table vis-à-vis de Jean, qui se penche vers Jésus. Le Sauveur lui met la main gauche sur l'épaule et bénissant avec la droite regarde le traître avec tristesse et en même temps avec une grande compassion. Les regards de quelques uns des Apôtres se portent sur Judas et leurs visages expriment du chagrin et de la commisération; Pierre seulement, tenant dans la main droite un couteau, est plein de colère. Les têtes des disciples sont très individuelles, quoique leurs visages aient tous la même expression de douceur. La

scène qui se passe devant leurs yeux ne les émotionne pas,
et toute la représentation est empreinte de froideur et d'indifférence. Un des Apôtres verse tranquillement du vin dans un
verre; un autre coupe un fruit sur son assiette; un troisième
mange. Le disciple assis au bout de la table à gauche, dé-
tourne la tête et joignant les mains regarde avec calme le
spectateur. Ici comme dans la fresque du Ghirlandajo, dans
le couvent de Saint-Marc, on ne voit ni unité dans les sentiments, ni communauté d'action, mais par contre beaucoup de
douceur et de grâce. On ne connaît pas le nom de l'artiste
qui a peint cette fresque. Elle fut exécutée dans les premières
années du XVI⁰ siècle, mais on ne peut l'attribuer ni à Raphaël ni au Pérugin, quoiqu'il soit facile de signaler dans
cette peinture beaucoup de traits qui rappellent la manière
de ce dernier peintre, comme par exemple: l'absence d'énergie
et de force virile dans les figures, leur expression sentimen-
tale et quelque peu doucereuse. Surtout la scène du Christ en
prière, dans le jardin de Gethsémani a le caractère des œuvres du Pérugin. Nous croyons être dans le vrai en supposant,
que cette fresque fut exécutée par un des élèves de ce peintre,
peut-être par lui même et probablement avec l'aide de Raphaël, car des traces de son pinceau, encore peu exercé, peuvent être observées dans quelques parties de cette peinture,
bien qu'il ne soit pas possible de les reconnaître dans l'exécution générale [1]. Malgré l'indifférence répandue sur les représentations de la Cène des monastères de S. Onofrio et de
S. Marc, la vie, la nature et l'idée y dominent sur l'élément
mystique.

Dans une autre représentation de la Cène, peinte l'an 1497,
dans le réfectoire de l'ancien couvent de S. Maria delle Grazie
à Milan, par l'artiste florentin Léonardo da Vinci, on voit le
principe philosophique dans son complet développement. Le
peintre se préoccupe ici uniquement du côté dramatique du
sujet et il le représente avec une vérité émouvante, exprimant

[1] On peut aussi observer une grande ressemblance entre la tête
de S. Pierre dans cette fresque et celle de ce même Apôtre, dans les
peintures de la Libreria de la cathédrale de Sienne, exécutées par
Pinturicchio.

de la manière la plus vive, sur la figure de chacun des Apôtres, l'impression différente produite par les paroles du Sauveur.
Tous les disciples ont une expression individuelle et toute
l'action se concentre sur un seul point – dans la figure du Christ.
Cette scène est complètement terrestre ; elle contient l'étude
approfondie des divers mouvements de l'âme humaine, et ne
s'inspire pas des idées mystiques. Le dernier repas du Sauveur
avec ses disciples a lieu dans une chambre d'une modeste
maison ; trois fenêtres dans le fond s'ouvrent sur un joli paysage, qui se termine par un horizon de collines. La table,
placée au premier plan, est mise simplement ; on y voit des
plats avec des mets, des fioles remplies de vin, des verres, des
assiettes, des petits pains et des fruits. Sur les têtes du Christ
et des Apôtres n'apparaît déjà plus le nimbe. Le Sauveur est
assis au centre de la table en face du spectateur, ayant six
disciples de chaque côté ; ses traits expriment une tristesse
calme mais profonde [1]. Il penche la tête à gauche, relevant
les doigts de la main droite posée sur la table et ouvrant la
gauche d'un geste qui semble dire: " voilà ce qui va arriver
de terrible. „ Il prononce les paroles: " Je vous le dis en vérité, l'un de vous me trahira „, qui frappent les Apôtres comme
un coup de foudre. En les entendant le disciple qui est à
l'extrémité gauche se soulève troublé, s'appuyant sur la table ;
il semble n'avoir pas encore bien saisi les paroles du maître.
L'Apôtre assis à côté de lui met la main sur l'épaule de Pierre
en lui demandant. " Qui est le traître ? Le troisième, tout
ému de ce qu'il vient d'entendre, lève les mains et regarde le
Sauveur. Pierre saisit un couteau de la main droite et s'adresse
courroucé à Jean, l'excitant à demander à Jésus qu'il montre
de la main gauche, qui doit le trahir. Judas se voyant découvert est étonné et s'efforce de paraître tranquille en regardant
le Christ ; d'un mouvement de la main droite, dans laquelle il
tient le sac d'argent, il renverse sur la table la salière. Le

[1] Dans la fresque la tête du Christ est presque complètement ef-
facée, mais on peut rétablir l'expression de son visage par le carton de
Léonard, qu'on conserve dans la Galerie Brera à Milan. Dans la gravure
de Morgen, seulement la tête du Sauveur, est rendue d'une manière
peu satisfaisante.

visage de l'Apôtre Jean, qui joint les mains et penche triste- ment la tête, exprime une profonde douleur. Le premier dis- ciple à la gauche de Jésus, étonné étend les bras; celui qui est derrière lui et dont on ne voit que la tête, lève un doigt de la main droite et s'adressant au Sauveur semble vouloir promettre de venger la trahison; un troisième se soulève et en s'indiquant demande: " Est-ce moi? „ assurant en même temps le Christ de son dévouement. Le quatrième disciple s'adresse aux deux Apôtres qui sont assis à l'extrémité de la table et indiquant des deux mains le Sauveur leur parle avec tristesse comme s'il voulait leur dire: " Avez vous entendu les paroles du maître? Le cinquième soupçonne quel est le traître, et le regardant de travers, élève la main pour l'in- diquer. Le sixième doute encore; il s'adresse à ses deux voi- sins et par l'expression du visage et le mouvement des mains on dirait qu'il leur demande: " Est-que c'est possible? „ Dans cette fresque l'action n'est pas divisée comme dans la repré- sentation de la Cène de Ghirlandajo dans le couvent de S. Marc, et dans celle de S. Onofrio; on y voit une complète unité. Pas un des disciples n'est représenté distrait par quelque action secondaire; tous les sentiments exprimés sont provoqués par les paroles du Christ. Impossible de rendre cette scène d'une manière plus complètement terrestre, et avec un dra- matisme plus émouvant.

Nous voyons ce même caractère dans une autre représen- tation de la Cène, exécutée dans la première partie du XVIe siècle, par Andrea del Sarto, dans le réfectoire de l'ancien cou- vent de San Salvi près de Florence. Dans cette fresque le Christ et les Apôtres sont également sans nimbe. Assurément on ne voit pas ici cette animation, ni cette expression de sen- timents énergiques répandues sur les figures du Sauveur et de ses disciples dans la peinture de Léonard da Vinci, mais la Cène d'Andrea del Sarto nous attire par sa simplicité, sa spontanéité, son calme, on pourrait même dire par une cer- taine grâce comme toutes les productions de ce peintre. Une teinte douce, tranquille, mélancolique plutôt qu'énergique est répandue sur toute cette peinture. Les Apôtres sont saisis des paroles du maître; pas un n'est représenté indifférent ou distrait; mais c'est tranquillement, avec calme qu'ils expriment leurs sentiments. Les caractères ne sont pas distinctement définis, de sorte qu'il est même difficile d'indiquer lequel parmi les disciples est Judas. Dans l'ensemble pourtant il y a quelque chose d'intime, de sincère, de captivant. Le Sauveur et les Apôtres sont assis à une table couverte modestement. Jésus, tenant un morceau de pain dans sa main, s'adresse avec calme et bonté au jeune Apôtre placé à côté de lui; il vient de prononcer les paroles: " Un de vous me trahira „, et il dit dans ce moment: " .... celui à qui je présenterai du pain que j'aurai trempé ... ¹) „. La scène a lieu dans une salle, dans le haut de laquelle on voit trois fenêtres, et à celle du milieu apparaissent deux personnages.

La représentation de la Cène, qui permet d'exprimer les divers mouvements de l'âme humaine, les nuances délicates de sa nature morale, en général le développement des idées philosophiques se rencontre plus souvent dans la peinture de la Renaissance que dans l'art byzantin. Dans les productions des maîtres florentins en particulier les idées philosophiques se manifestent toujours davantage que dans les œuvres des artistes italiens des autres écoles de peinture. Ainsi par exemple, tandis que la Cène, comme nous venons de le voir, est représentée par les maîtres florentins avec une grande simplicité, toute l'attention du peintre étant concentrée dans l'expression qu'il donne à ses figures, dans la manière de rendre la partie philosophique du sujet, par contre dans l'école vénitienne, qui se distingue surtout par le charme du coloris et non par la richesse des idées, cette scène perd sa signification.

Nous avons pu voir par ces exemples que l'art chrétien commença, à l'époque de la Renaissance, à représenter des idées d'un tout autre caractère que celles exprimées dans la peinture et dans la sculpture des siècles qui la précédèrent, et dont les productions furent créées sous l'influence des idées religieuses des peuples de l'Orient sémitique. Dans l'art de la Renaissance on peut observer comment les Italiens se sont affranchis de ces influences, et sont retournés aux idées religieuses de caractère aryen, idées qui déjà étaient exprimées

¹) Ev. de S. Jean XIII, 26.

dans l'art des Catacombes avant qu'il eût subi l'influence orientale et qui continuaient, pour ainsi dire l'idéal religieux des peuples classiques.

En effet, une certaine ressemblance peut se remarquer entre les représentations religieuses des premiers temps du christianisme et les productions des maîtres de la Renaissance en Italie. L'art des Catacombes ressuscite dans les créations de ces derniers. Les artistes italiens représentent de nouveau la Vierge, comme nous l'avons vue sur les murs des cimetières souterrains, et si nous comparons les images de la Madone, découvertes dans les Catacombes, avec n'importe laquelle des Vierges de la Renaissance, nous verrons que, indubitablement, il y a beaucoup de rapport entre elles, de sorte que si les représentations de la Vierge des premiers chrétiens eussent été connues du temps de Raphaël on aurait probablement supposé qu'il les avait imitées.

Le Christ, de même, chez les maîtres de la Renaissance, apparaît rapproché des mortels. En lui renaît de nouveau le caractère miséricordieux, touchant, humanitaire du Bon Pasteur des Catacombes dans toute sa simplicité. De nouveau nous voyons le Sauveur vêtu simplement au milieu de la nature, instruisant les hommes qui se pressent autour de lui comme auprès d'un bon berger plein de sollicitude pour leur salut. Les artistes de la Renaissance ont exprimé entre le Sauveur et ses disciples cette union intime, qui n'apparaît pas dans l'art du moyen âge ni dans l'art byzantin, mais qu'on remarque dans les fresques des Catacombes et dans les bas-reliefs des sarcophages des premiers chrétiens. Quelques scènes, comme par exemple: l'Annonciation, nos premiers parents après leur chute, peintes sur les parois des Catacombes de Rome et de Naples, rappellent beaucoup ces mêmes sujets reproduits par les maîtres de l'époque de la Renaissance.

En comparant les œuvres des artistes inconnus des cimetières souterrains avec les productions des peintres et des sculpteurs de la Renaissance en Italie, et en signalant la ressemblance qu'elles ont entre elles il ne faut cependant pas perdre de vue que l'art des premiers chrétiens, dans sa période classique, eut à peine le temps de se manifester et qu'il se modifia bientôt, ainsi que nous l'avons vu, sous l'influence des idées religieuses des peuples de l'Orient sémitique. Il ne faut pas chercher dans les fresques et dans les sculptures des premiers fidèles les idées profondément philosophiques exprimées dans l'art de la Renaissance; ce qu'on y trouve ce sont des allusions à ces idées; on y voit transpirer ces pensées qui ensuite seront développées dans les productions des maîtres italiens. Mais, quand même, dans les représentations religieuses des premiers chrétiens de Rome et de Naples, se voient en germe les idées, qui après la période de l'art chrétien inspiré par les principes de l'Orient sémitique, se manifesteront de nouveau avec plus d'évidence. On ne trouve pas dans l'art des Catacombes la même variété de sujets que dans les œuvres des artistes de la Renaissance; on n'y rencontre pas la représentation de la Sainte Famille, car les liens entre le Christ, la Vierge et S. Joseph ne se sont pas encore établis. Le Sauveur n'apparaît que dans quelques scènes, les légendes chrétiennes n'étant pas encore formées. Il est cependant indubitable qu'il existe entre le caractère des productions de l'art des Catacombes et de celles des artistes de la Renaissance une certaine affinité; et il est hors de doute qu'elles sont inspirées par les mêmes idées, et que le Bon Pasteur des Catacombes et le Christ en jeune Romain, opérant des miracles, entouré de ses disciples, ainsi que nous le voyons dans les bas-reliefs des sarcophages, se rapproche beaucoup plus du Sauveur des fresques de Masaccio et des peintures d'autres maîtres de la Renaissance que du Christ des absides des basiliques du moyen âge et de celui de l'art byzantin.

L'amour de la nature, de la vie; le goût des belles formes que nous avons signalés en parlant des fresques des Catacombes, apparaissent de nouveau dans les productions des artistes de la Renaissance italienne. Ils adoptent les motifs de l'ornementation classique comme un bien déjà acquis et ils les emploient dans leurs compositions. Les œuvres des artistes chrétiens des premiers siècles étaient inconnues aux maîtres de la Renaissance, mais appartenant à la même race, habitants de la même contrée, chez eux se manifestent, lors de leur éveil, les mêmes instincts artistiques.-

L'époque de la Renaissance reste donc incompréhénsible et il est impossible d'en parler si on ne prend pas en considération les monuments de l'art chrétien des Catacombes.

XIV.

Ce fut surtout à Florence que la transformation de l'idéal religieux des Italiens, produite par l'éveil de l'esprit aryen, reçut sa forme artistique. Florence a été l'Athènes de la Renaissance. Cette ville fut à la tête du mouvement intellectuel de l'Italie; le centre et l'âme de la culture de cette époque. C'est à Florence que commença à s'éveiller l'esprit aryen des Italiens après l'éclipse du moyen âge, là aussi commença l'étude des monuments de l'art et de la littérature classiques, là se manifestèrent les premiers symptômes de l'affranchissement de l'esprit des liens dogmatiques, des étaux scolastiques qui entravaient la pensée. Présentant le type le plus complet d'une république italienne municipale, avec toutes ses particularités, avec la lutte continuelle des partis et la collision des personnalités énergiques, avec ses aspirations persistantes au développement des institutions libérales, avec son existence toujours agitée, mais riche, splendide, artistique, variée, féconde, Florence était en même temps la source de toute idée nouvelle, de toute nouvelle tendance. De cette ville vint l'initiative de tout ce qui s'accomplit d'original et d'extraordinaire à cette époque en Italie.

Plusieurs circonstances contribuèrent à faire de Florence, pendant la Renaissance, le centre de la culture, de l'activité littéraire et artistique [1]. Ce fut d'abord l'esprit de liberté qui s'affermit dans la lutte avec les tyrans des autres communes de l'Italie. Sans la discipline politique, sans la forte trempe sociale qui se développèrent dans cette lutte, Florence aurait

[1] Die Widerbelebung des classischen Alterthums von Georg Voigt, Berlin 1880; Dr. C. Schnaase, Geschichte der bild. Künste, B. 7, zw. Auf.; F. Gregorovius, Geschichte der Stadt Rom; P. Villari, Niccolò Macchiavelli.

314

perdu la liberté beaucoup plus tôt, dans les temps si agités des querelles des partis au XIV° siècle, et n'aurait pas eu au XV° un développement intellectuel et matériel si important. À Florence, en outre, dominait une noblesse commerçante et populaire qui devint, non dans un but politique, mais à cause de ses goûts raffinés et de ses tendances élevées, la protectrice des arts et des sciences. Ce fut le trait distinctif de la république florentine et nous ne trouvons rien de pareil dans les autres communes de l'Italie. À Venise, par exemple, les membres de la noblesse se tenaient à l'écart des autres classes et du peuple comme des conspirateurs. La masse des citoyens de la république vénitienne se soumettait avec frayeur à un gouvernement jaloux et soupçonneux constitué par un nombre restreint de familles aristocratiques. La noblesse à Florence, se composait, pour la plupart de familles de seigneurs féodaux; attaqués dans leurs châteaux par la commune ils étaient obligés de venir s'établir dans la cité, et non seulement de s'inscrire dans une des corporations, mais de s'occuper de commerce ou d'une industrie. Quand cette noblesse pouvait s'adonner à une vie oisive, elle n'avait ni cette importance, ni ce pouvoir que donnaient l'activité commerciale et la culture intellectuelle. Des familles qui s'étaient enrichies formaient dans la république florentine une classe de citoyens à part, mais ce n'était pas elle qui en dirigeait les affaires; parfois mêmes, elle cherchait dans le peuple un appui et avait des rapports constants avec les autres classes de la société, car elle ne dédaignait ni le commerce, ni l'industrie, comme la noblesse de Rome et de Naples, et ne constituait pas une noblesse rurale comme celle de Gênes. Les Florentins étaient en général fiers de leur esprit d'entreprise dans le commerce, et de leur activité industrielle; souvent le négociant était en même temps homme d'Etat. La considération qu'ils avaient pour la richesse provenait de ce qu'elle favorisait le développement intellectuel et ils l'appréciaient quand elle pouvait être employée d'une manière raisonnable et contribuait à l'activité de l'intelligence en servant à protéger les arts et les sciences. Un des historiens de la seconde moitié du XIV° siècle, Goro Dati, qui occupa les plus hautes charges de la république, dit que la cause pour laquelle

Florence est plus riche et plus peuplée que les villes voisines doit être attribuée à ce fait que les jeunes gens voyagent pour connaître d'autres pays et en y exerçant le commerce acquièrent de grandes richesses. On les rencontre dans tout les pays chrétiens et même infidèles. Ils apprennent à connaître le monde et gagnent de l'expérience étant jeunes; de retour dans leur patrie ils constituent une classe de citoyens riches et instruits. Élevés de cette manière il leur était impossible de mener une vie oisive; ils aimaient les plaisirs intellectuels et se plaisaient à orner avec goût leur ville et leurs palais. Dans de telles conditions les familles nobles se liaient avec les citoyens enrichis, qui sortaient du peuple; ayant les mêmes occupations ils étaient en relations continuelles, et souvent même contractaient entre eux des mariages. On peut dire, en général, que dans les communes italiennes on ne trouve pas une division si tranchée entre la noblesse et les autres classes de la population que de l'autre côté des Alpes.

Le commerce, l'industrie et une grande circulation de capitaux répandant à Florence, à l'époque de la Renaissance, le bien-être même parmi les classes inférieures de la société, donnaient à la masse des citoyens la possibilité de prendre part au mouvement intellectuel qui se produisait dans les classes élevées et d'en profiter. Ce fut aussi une des causes de la primauté de Florence et contribua à y produire, plus tôt que dans les autres républiques municipales de l'Italie, une activité intellectuelle, donnant à la culture de la Renaissance un développement important et fécond, que les agitations et les luttes politiques, si fréquentes alors, ne paralysèrent nullement. En effet, si on considère les troubles continuels qui se produisaient à Florence, les luttes internes et extérieures, les guerres civiles jusque dans la ville, l'hostilité des partis qui éclatait parfois tout d'un coup et souvent pour des motifs futiles, les changements fréquents dans la forme du gouvernement républicain, l'entraînement et la passion avec lesquels tout cela s'accomplissait[1]), les vengeances qu'exerçait le parti triomphant,

[1]) On disait alors: " à Florence il y a trop de têtes, trop de fêtes, trop de tempêtes „.

316

on pourrait croire que Florence marchait vers l'anarchie, et
cependant c'était le contraire qui avait lieu. Les guerres extérieures n'étaient ni longues, ni sanglantes; la lutte des partis
ne concernait généralement qu'un nombre limité de personnes
et non la masse des citoyens; les tempêtes agitaient la surface, mais le calme régnait au-dessous. L'organisation sociale
avait une si grande élasticité qu'après des ébranlements, en
apparence très violents, l'équilibre se rétablissait de nouveau,
l'ordre et la tranquillité revenaient pour quelque temps. Le
commerce et l'industrie qui se ressentent généralement beaucoup
de l'état troublé de la société, reprenaient leur activité. Les
arts aussi fleurissaient et dans les diverses branches du savoir
le progrès se faisait sentir. Les convulsions sociales auxquelles
Florence était exposée ne concernaient ni les artistes, ni les
savants; les œuvres d'art naissaient malgré les agitations politiques, et la science n'en souffrait pas.

A l'aube de la Renaissance commença à Florence le mouvement intellectuel, qui prit dès le XIV⁴ siècle un sensible développement. Dans cette ville se forment alors des sociétés
d'hommes éclairés et de savants, et leurs réunions ont lieu
dans les palais, dans les villas et dans les couvents. Une des
plus remarquables de ces sociétés se réunissait, en 1389, dans
la Villa Alberti, près de Florence, qu'on nommait. " le Paradis ¹) „. Antoine Alberti, riche négociant était en même temps
poète et il a composé des sonnets et des chansons. Dans les jardins de sa villa se réunissaient de nobles dames et des cava-
liers, des négociants, des savants, des hommes de lettres, des
membres du clergé et des étrangers. Pendant que la jeunesse
s'amusait à faire de la musique, à danser, à chanter, à jouer
à différents jeux, à déclamer des vers, ou à écouter des récits,
pendant ce temps, des personnages plus sérieux et d'un âge
plus mûr, s'assemblaient en cercle et discutaient sur les sciences
et la philosophie. Des dissertations animées avaient lieu; on
analysait les poètes et les historiens romains, les ouvrages des
auteurs de l'Eglise et la Divine Comédie de Dante; on parlait
du caractère des héros de l'antiquité et des contemporains re-

¹) Vecelovsky, Villa Alberti, Moscou 1870.

marquables. Dante, Pétrarque, Boccace jouissaient d'une grande
renommée dans ces réunions, et leurs œuvres étaient souvent
citées. On voit par là que la société assemblée dans le Paradis des Alberti ne dédaignait pas, comme les humanistes du
siècle suivant, la littérature nationale, tout en appréciant les
auteurs classiques.

Remarquable au même degré était la société savante et
littéraire, composée de moines et de laïques, qui se réunissait
aussi dans la seconde moitié du XIV⁵ siècle au couvent de
Santo Spirito, de l'ordre des Augustins, à Florence. Elle avait
déjà le caractère et l'organisation d'une Académie. Au commencement de chaque réunion on annonçait le sujet de la discussion qui allait avoir lieu ¹). Cette société se maintint indépendante de l'Eglise et de l'université. Ses membres étaient
des savants et des hommes éclairés appartenant à toutes les
classes de citoyens. Dans ces réunions on discutait sur la philosophie, sur la théologie; on y lisait des traités. La tendance
scolastique apparaissait parfois dans ces discussions, mais elle
n'y était pas prépondérante et c'étaient plutôt des vues larges
et libérales sur la nature qui y dominaient, ainsi que dans les
réunions qui avaient lieu dans la Villa Alberti. C'est au couvent de Santo Spirito que Boccace légua les manuscrits qu'il
avait réunis avec tant de peine.

À la fin du XIV⁵ siècle l'instruction publique avait atteint
à Florence, selon l'historien Giovanni Villani ²), un haut degré
de développement. Il nous dit que de son temps il y avait
dans cette ville des écoles pour 8000 garçons et filles, auxquels
on enseignait à lire et à écrire; de 550 à 600 garçons apprenaient le latin et 1200 l'arithmétique. Une si grande diffusion
de l'instruction publique ne se retrouve à Florence que dans
ces dernières années. À l'époque de la Renaissance il n'était
pas rare de rencontrer dans cette ville des personnes qui con-
nussent à fond le latin; plus rarement le grec. Les filles des
citoyens aisés recevaient une instruction très soignée et très
variée; parfois même elles apprenaient les langues classiques.

¹) Tiraboschi, Storia della Letteratura italiana.
²) Giovanni Villani, Cronaca XI, 94 T. VI.

Des hommes d'une haute culture, à l'époque de la Renaissance, se rendant de Florence dans les autres parties de l'Italie, y répandaient les nouvelles idées, le nouveau langage. Les personnalités politiques les plus remarquables, les administrateurs, les diplomates venaient de Florence. Il y avait dans cette ville beaucoup d'hommes de talent qui se distinguaient dans plusieurs branches du savoir et dans les arts; des politiques, des financiers et des hommes d'Etat. On peut dire sans exagérer que tout ce qui se produisait dans les autres républiques municipales, par exemple: à Sienne, à Pise, à Pérouse, à Bologne etc., s'accomplissait à Florence dans des proportions bien plus grandes. Dans cette dernière ville la masse des citoyens prenait part au gouvernement du pays. L'exclusion des affaires publiques de classes entières de citoyens qu'on trouve à Venise et dans plusieurs républiques municipales ne se voit pas à Florence, où la majorité des habitants pouvait être appelée par le sort à toutes les charges de la commune, sans en excepter les plus importantes. La vie communale ne pouvait se développer à Venise aussi complètement qu'à Florence à cause du gouvernement oligarchique qui tenait le peuple éloigné des affaires publiques. À Rome les institutions populaires ne purent s'établir à cause des luttes continuelles de la commune avec la papauté, qui ne cessèrent que dans la première moitié du XVᵉ siècle, quand le peuple perdit la liberté. À Gênes l'inimitié constante des familles nobles, plus acharnée que dans les autres villes de l'Italie, empêcha les forces des citoyens de s'organiser. À Milan, ainsi que dans beaucoup d'autres communes d'Italie, le pouvoir tyrannique d'un seul remplaça l'administration populaire bien plus tôt qu'à Florence. Dans cette république seule la vie communale, en passant par plusieurs phases, se développa complètement et se prolongea bien plus longtemps que dans les autres républiques municipales italiennes. On peut observer qu'un événement qui à Florence intéresse la masse des citoyens et captive leur attention, à Rome, à Milan, à Venise, à Gênes, en général dans les communes qui ont perdu la liberté, n'intéresse que les tyrans, leur famille, leurs courtisans, et dans les républiques oligarchiques — les seules familles nobles. Une si grande diffusion du savoir, une telle participation aux affaires du pays nous ne les rencontrons qu'à Athènes. S'agissait-il d'un changement dans la forme du gouvernement de la république, de l'établissement d'une nouvelle loi, de quelque entreprise guerrière ; devait-on décider la construction d'une cathédrale, d'une église, ou d'un édifice public ; le gouvernement municipal voulait-il commander une œuvre d'art, une statue, une fontaine monumentale, des portes de bronze pour une église pas un seul citoyen de Florence n'était indifférent à de tels événements ; il n'y en avait pas un qui n'y prît la plus vive part et ne les considérât comme ses propres affaires.

Dans aucune des communes d'Italie il n'y eut autant de protecteurs des arts et des sciences qu'à Florence. Presque tous les Florentins riches et considérables étaient au XVe siècle des Mécènes, et aimaient les arts et la littérature classique. Parmi les membres des familles nobles il y avait beaucoup de savants et des personnalités d'une haute culture. Les citoyens riches fournissaient aux érudits les moyens de faire des recherches, de collectionner et de copier des manuscrits grecs et latins. Cosme de Médicis chargeait les nombreux agents de ses comptoirs, qui se trouvaient dans les différents pays, de rechercher et d'acheter des manuscrits d'auteurs classiques, ainsi que des raretés archéologiques. La découverte d'un ouvrage d'un écrivain grec ou romain se célébrait à Florence presque avec autant de solennité, qu'une victoire sur l'ennemi. Les palais des Florentins illustres devenaient l'asile des savants, des artistes, et les lieux de réunion des étrangers de marque qui visitaient Florence. C'est cette ville qui communiqua, à Rome la vie intellectuelle ; on peut dire qu'alors la culture y avait le cachet florentin. Les papes et les cardinaux étaient les Mécènes de Rome ; les familles nobles se tenaient à l'écart ; parmi leurs membres il n'y avaient ni savants, ni protecteurs des arts et des sciences.

À Venise, ville commerciale et occupée surtout de questions politiques, ayant un gouvernement oligarchique et une aristocratie soupçonneuse, pour les membres de laquelle il était toujours très dangereux de se distinguer par quelque action noble, ou quelque initiative éclairée, les sciences et les arts

trouvaient difficilement des protecteurs. Dans de telles conditions, des vues larges et étendues sur la culture, comme à
Florence, ne pouvaient exister à Venise.

A Naples la noblesse menait une vie oisive et ne s'occupait ni de ses terres, ni du commerce, qu'elle considérait comme
une profession indigne des nobles. Sous l'influence de la dynastie d'Aragon qui monta sur le trône de Naples au milieu
du XV° siècle, on commença à envisager tout travail comme
dégradant, et à attacher une grande importance aux titres de
noblesse. Naples resta en dehors du mouvement intellectuel de
la Renaissance. En Lombardie non plus la noblesse ne s'occupait ni de commerce, ni d'agriculture.

Les universités italiennes étaient les centres de l'érudition
scolastique du moyen âge, et la culture de la Renaissance commença en Italie en dehors des universités et souvent en opposition avec elles. La seule université de Florence, tout le
temps qu'elle exista, fut le centre de ce mouvement intellectuel indépendant qui se manifesta à l'époque de la Renaissance.
Nulle part, dans la péninsule italienne la lutte avec les superstitions, avec les anciennes formes de la vie et de la pensée
ne fut conduite avec autant de succès qu'à Florence, et, on
peut dire que les mœurs y étaient plus douces, la vie moins
rude et plus raffinée que dans les autres communes d'Italie.

L'idée d'organiser des bibliothèques publiques où chaque
citoyen pût avoir accès et travailler, fut réalisée à Florence.
On accordait, dans cette ville, une grande importance aux
bibliothèques. Pétrarque fut le premier en Italie, qui montra
la nécessité des bibliothèques publiques. C'est à Florence seulement que pouvaient être réunies les conditions indispensables
à la formation d'une bibliothèque publique, c'est-à-dire une
grande instruction et beaucoup de richesse. Le savant humaniste Niccola Niccoli, ami de Cosme de Médicis, employa toute
sa fortune à l'achat de manuscrits. Quand ses moyens furent
épuisés, la caisse des Médicis lui fut ouverte et il pouvait y
puiser autant qu'il voulait pour l'acquisition de manuscrits
rares. Déjà de son vivant la bibliothèque qu'il avait réunie
était ouverte non seulement à ses amis, mais même aux étrangers. Elle contenait 800 manuscrits; en mourant il la légua

au couvent de Santa Maria degli Angeli de Florence [1]), à condition que tous ceux qui le désireraient, pussent en profiter; et il confia à seize de ses amis le soin de choisir l'emplacement le meilleur pour y placer sa bibliothèque. Cosme de Médicis était du nombre et sur son conseil elle fut placée dans une salle du monastère de S. Marc, qui existe encore de nos jours et que construisit dans ce but l'architecte Michelozzo Michelozzi. Ce fut la première bibliothèque publique de l'Italie [2]) et bientôt plusieurs autres villes de la péninsule suivirent l'exemple de Florence. Avant la découverte de l'imprimerie, alors que les manuscrits étaient très rares, très chers et qu'il était difficile de s'en procurer, les bibliothèques publiques avaient assurément beaucoup plus d'importance que de nos jours, car en posséder une quelque peu considérable n'était possible qu'aux têtes couronnées, ou aux gens très riches et aux couvents, dans lesquels les moines étaient des copistes non rémunérés. Il était assez difficile, en effet, de trouver de bons copistes; à Florence il en existait déjà une école du temps de Pétrarque; elle était très connue et fut la première en Italie. Dans cette école se formaient les meilleurs copistes et dans cette ville seule on pouvait en trouver de capables de copier les textes classiques. Plus tard il y en eut à Venise et à Rome. Florence au XVe siècle devint ce que Paris avait été au XIIIe — un centre d'activité bibliographique où on trouvait toute une classe de copistes, et où on pouvait commander des manuscrits, ornés parfois de miniatures. La remarquable bibliothèque du duc d'Urbin avait été copiée presque entièrement à Florence; de cette ville le roi de Hongrie, Matthias Corvin, reçut au XVe siècle un grand nombre de manuscrits pour sa riche bibliothèque. C'est un fait digne de remarque que longtemps après la découverte de l'imprimerie les gens riches et les personnages princiers, qui possédaient des bibliothèques, dédaignaient les livres imprimés, considérant l'imprimerie comme un moyen trop vul-

[1]) Ce couvent est maintenant enclavé dans l'hôpital de S. Maria Nuova.

[2]) Ces manuscrits forment maintenant la meilleure partie de la célèbre bibliothèque Laurenziana de Florence.

21

gaire pour la diffusion de productions scientifiques et littéraires, et préféraient les manuscrits aux livres imprimés.

Florence était aussi la résidence de nombreux savants qui
traduisaient les auteurs classiques grecs en latin, et les écrivains latins en italien. C'était en partie des Grecs de Byzance,
qui enseignaient à Florence la langue et la littérature helléniques; en partie aussi des Florentins leurs élèves. Le premier
musée artistique public fut organisé par Cosme de Médicis dans
les jardins de sa villa; il contenait une riche collection de
statues, de bustes, de bas-reliefs et de pierres gravées.

Ce fut à Florence aussi qu'apparurent les premiers historiens et les premiers poètes de l'Italie. Tandis que Giovanni
Villani écrivait sa chronique, Dante composait la Divine Comédie. L'étude des humanités prit dans cette ville, au commencement du XVᵉ siècle [1]), un grand développement. En
opposition à la culture du moyen âge, qui s'appuyait sur la religion, apparut en Italie une nouvelle culture humanitaire ayant
des attaches avec la civilisation qui précédait celle du moyen
âge. Florence, plus que tous les autres centres de cette époque,
pouvait s'adonner aux investigations humanitaires, précisément
parce que les membres des familles riches et nobles protégeaient les savants. En outre les Florentins du XVᵉ siècle
étaient enclins à étudier tout ce qui s'était conservé de la
culture classique, de la littérature, ainsi que de l'art, et se
livraient à cette étude avec un grand entraînement. Toutes
les classes de la société s'y intéressaient et si tous n'étudiaient
pas les langues et la littérature classiques, tous cependant leur
accordaient une grande importance, attendant des études humanitaires, la solution de toutes les questions intellectuelles.
Dans les couvents italiens régnait la même activité scientifique;
ainsi les moines du monastère " degli Angeli „ à Florence
étaient renommés pour leur savoir et on les prenait pour conseillers et pour guides dans toutes les questions scientifiques.

Les humanistes étaient très appréciés à Florence; on ad-

[1]) J. Burckhardt, Die Cultur der Renaissance in Italien, Leipzig 1869; G. Voigt, Die Wiederbelebung des Klassischen Alterthums,
Berlin 1880.

mirait beaucoup la pureté de leur latin et ils étaient recherchés partout. Ils occupaient les chaires dans les universités et étaient à la tête des institutions d'éducation ; parfois on leur donnait les plus hautes charges de la république et ils étaient envoyés comme ambassadeurs. Les humanistes dans leurs écrits glorifiaient leurs protecteurs. Ils ne s'occupaient pas de théologie et éludaient les dogmes, se bornant à tourner en ridicule les moines et les prêtres ignorants.

La culture humanitaire fut importée de Florence à Rome et ne sortit pas du sol romain, quoique cette dernière ville fût aussi devenue un centre d'études humanitaires, et que même un des papes — Niccola V, Parentuccelli (1445-1455), originaire de la petite ville de Sarzana fût un humaniste. Mais à Rome l'humanisme n'a été qu'une faible imitation du grand mouvement qui s'effectua à Florence, et non une manifestation spontanée. La culture florentine, à la moitié du XV⁰ siècle, apparut à Rome de la même manière que la culture hellénique fut transportée dans la Rome antique après son contact avec la Grèce. On peut dire que sur le sol romain n'a jamais poussé une culture romaine originale, mais qu'il y a fleuri uniquement une civilisation pour la plupart empruntée. Les humanistes appelés par les papes, même par ceux d'Avignon, pour leur servir de secrétaires étaient des Florentins ou des Toscans, qui avaient reçu leur éducation à Florence. C'est dans cette ville que se formaient alors les meilleurs latinistes.

L'humanisme ne trouva pas un terrain propice à Venise, ville riche et commerçante, occupée à étendre ses possessions en Orient et dans l'Italie même, surtout dans un but de trafic, gouvernée par un groupe de familles aristocratiques, qui gardaient jalousement leur pouvoir et n'admettaient aucune autre classe à la direction des affaires de la république. La vie matérielle avait, dans cette ville, le dessus sur la vie intellectuelle, et l'humanisme n'y prit pas racine aussi profondément qu'à Florence ; il y prit plutôt un caractère aristocratique pareil à celui du gouvernement de la république vénitienne. Les humanistes à Venise n'étaient pas soutenus par les autorités ; ils ne rencontraient chez elles que de l'indifférence. Parmi les familles nobles, dans le courant du XV⁰ siècle, ils ne trouvèrent

324

que peu de protecteurs, qui ne suffisaient pas à retenir dans cette ville les rares humanistes remarquables, qui de temps en temps y apparaissaient. Il n'y avait aucun cercle d'érudits; quelques membres de la noblesse étudiaient seuls les langues classiques, mais par là ils ne s'élevaient pas dans l'opinion de leur classe, car ils constituaient une exception, bien que comme aristocrates, riches et membres du gouvernement leur position fût plus indépendante que celle des humanistes des autres villes de l'Italie. A Venise, on élevait surtout les jeunes gens pour le commerce; le latin n'était enseigné qu'à ceux qui se préparaient à entrer dans le clergé. La bibliothèque que Cosme de Médicis donna au couvent de Saint-Georges à Venise, en témoignage de sa reconnaissance pour l'asile qu'il y avait trouvé pendant son exil de Florence, ainsi que la collection de livres que le Cardinal Bessarione laissa à cette ville, au XVᵉ siècle, ne contribuèrent pas à la diffusion des études humanitaires à Venise. Les éditions d'Alde Manuce n'apparurent qu'à la fin du XVᵉ siècle, quand l'étoile de l'humanisme était déjà à son déclin.

A Gênes le terrain était encore moins favorable à la culture humanitaire. L'humanisme qui y fut apporté de Florence ne s'y établit qu'avec peine et n'y prit qu'un faible développement. Les humanistes de Gênes n'étaient pas dans l'aisance comme ceux de Florence, et devaient chercher, loin de leur patrie, des moyens d'existence.

On a souvent regretté que la culture purement italienne, plus originale que la culture humanitaire, et qui fleurit à Florence au XIVᵉ siècle, fût reléguée au second plan par l'imitation de l'antiquité latine. En effet, au premier abord, il peut sembler étrange que les Italiens, qui déjà avaient la Divine Comédie de Dante, les productions poétiques de Pétrarque et le Décaméron de Boccace dédaignassent ces ouvrages remarquables, et qu'ils se missent à imiter les auteurs classiques, et à écrire non dans leur langue nationale, mais en latin. Déjà dans les productions de Dante, de Pétrarque et de Boccace se manifeste le penchant à admirer tout ce qui était antique. Dans la Divine Comédie, que le poète commença en hexamètres latins, et pour laquelle il se décida seulement après à employer la langue italienne, toute l'antiquité classique est vénérée, presque adorée. De même chez Pétrarque, qu'on peut considérer comme le premier des humanistes. Selon lui les écrivains du monde antique étaient la source de toute science. Dans le style du Décaméron on sent l'imitation des auteurs latins. En vénérant l'antiquité latine, les humanistes ne développèrent donc que ce qui existait déjà chez les écrivains italiens. Cette admiration des hommes de la Renaissance — dont la culture ne faisait que poindre — pour tout ce qui s'était conservé de la civilisation romaine, d'un type éminemment aryen, est très compréhensible. Les auteurs de l'ancienne Rome voyaient le monde, non à travers le prisme fantastique des illusions mystiques, mais de leurs propres yeux, se guidant par leur raison et n'étant les esclaves d'aucune autorité. Au moyen âge dominait la tendance à dédaigner la vie et la société ; la philosophie était soumise à la théologie, l'Etat à l'Eglise. On rejetait tout ce qui rappelait le paganisme. La raison était assujettie aux syllogismes de la scolastique et plongée dans les ténèbres du mysticisme. Le retour au passé — c'est-à-dire à la civilisation de type aryen de l'ancienne Rome — de l'esprit italien, son abandon des idées mystiques, engendrées par le christianisme du moyen âge et de caractère sémitique, était donc tout à fait dans l'ordre des choses, et il n'est pas étonnant que cet engouement pour les auteurs classiques outre-passât parfois la mesure. Les Romains transmirent aux Italiens une littérature qui s'inspirait de la nature, de la réalité, guidée par la raison, libre dans son action, et non obscurcie par le mysticisme. Imiter leurs auteurs c'était affranchir la pensée des entraves scolastiques. Il ne faut pas voir là uniquement l'admiration des Italiens pour leur glorieux passé, dont ils se considéraient comme les héritiers. Le caractère de leur nouvelle civilisation et leur conception de la vie, avaient déjà beaucoup de points de contact avec les idées des Romains et avec leur culture. Ainsi tout poussait les Italiens de la Renaissance vers le monde antique romain ; dans ce dernier se reflétait la culture hellénique, le type le plus pur de la civilisation aryenne, libre de l'influence sémitique, ainsi que de toute autre influence ; type qui malheureusement ne s'est jamais plus présenté dans l'histoire, et qui exerça toujours un grand attrait sur les classes éclairées des Aryens européens. L'humanisme n'a pas péri ; il n'a fait que changer d'aspect, et il existe encore dans la société contemporaine. Nous en trouvons la preuve dans l'intérêt qu'éveille, parmi les personnes éclairées des nations européennes, tout ce qui s'est conservé de la culture hellénique, et dans l'étude continuelle qu'on en fait.

On peut pourtant supposer, que la Renaissance des arts et de la littérature se serait produite en Italie même sans l'étude des monuments du monde gréco-romain. Le peuple italien, doué à cette époque d'une grande force intellectuelle et de beaucoup d'énergie, aurait pu rejeter la caducité du moyen âge et commencer une nouvelle vie, sans l'aide de ce qui était resté du monde antique. Il faut pourtant convenir que l'étude des auteurs grecs et romains fut peu favorable au développement indépendant de la littérature italienne ; commencé avant que les auteurs grecs et latins fussent connus, ce développement eut un caractère beaucoup plus original lors de son apparition que dans la suite. Cette tendance à se conformer, dans la philosophie comme dans la littérature, aux modèles classiques, conduisit les Italiens à rechercher la solution de toutes les questions qui se présentaient à leur esprit, non en eux mêmes, mais chez les auteurs gréco-romains. La littérature érudite des Italiens de cette époque, privée d'indépendance se transforme en une longue série de citations.

Le même goût pour le monde antique se remarque aussi, ainsi que nous l'avons dit, dans l'art de la Renaissance. Le lien entre le monde antique et la civilisation italienne ne fut jamais définitivement brisé. Plus que les peuples franco-germaniques les Italiens eurent toujours des rapports avec la culture romaine. Il existait en Italie des couvents qui s'étaient organisés à l'époque où la culture classique n'était pas encore tout à fait éteinte, et qui conservèrent, et transmirent ensuite à la société italienne de la Renaissance, beaucoup de ce qui avait survécu de la civilisation antique. L'Italie n'a pas connu les cinq ou six siècles de ténèbres qui suivirent, dans les pays franco-germaniques, l'invasion des barbares. Jamais dans la péninsule, on n'a oublié le passé ; même pendant les temps les plus calamiteux du moyen âge, avant la formation des communes, la grandeur de la Rome antique continuait à frapper l'imagination des Italiens. C'est pour cela qu'à l'époque de la Renaissance l'intérêt pour tout ce qu'on connaissait du monde classique était bien plus grand en Italie qu'au delà des Alpes.

Les œuvres des écrivains classiques étaient déjà connues au moyen âge, mais les savants de cette époque les envisageaient autrement que ceux de la Renaissance. Le nombre limité des ouvrages des auteurs latins — pour la plupart des derniers siècles de l'Empire romain — qu'on connaissait au moyen âge, étaient interprétés en vue de soutenir et de fortifier la doctrine chrétienne. Les Italiens du XVᵉ siècle ne s'efforcèrent pas, comme les savants du moyen âge, de transformer le monde païen en monde chrétien ; au contraire, ils tâchèrent de retourner à ce monde païen et de descendre du ciel sur la terre.

L'œuvre des humanistes, il est vrai, priva pour quelque temps la culture italienne d'originalité. Ils étaient persuadés, et ils l'assurèrent pendant deux siècles, qu'on ne pouvait écrire qu'en latin. Pétrarque accordait beaucoup plus d'importance à ses poèmes latins qu'à ses sonnets italiens ; ces derniers sont lus jusque de nos jours ; les premiers sont oubliés depuis longtemps. Les humanistes se laissaient séduire à un tel point par la littérature classique, que leur principale occupation consistait à imiter les auteurs anciens pour former leur goût. Copier leur style et les citer sans cesse était leur plus grand souci. En étudiant les écrivains latins ils dédaignaient la littérature italienne et l'histoire de leur pays. Ils se sentaient si éloignés de la langue nationale et de sa poésie, qu'ils évitaient même de parler l'italien. Les humanistes eurent quelques générations de poètes, et répandirent en Italie, et dans d'autres pays d'Europe, le culte de l'antiquité ; ils fondèrent la méthode de l'éducation classique et jouèrent un grand rôle dans le domaine politique. Leur influence fut très grande dans le courant du XVᵉ siècle ; elle se refléta aussi dans les arts, mais faiblement, et surtout dans des sujets mythologiques.

Les humanistes parlaient au peuple une langue qu'il ne comprenait pas, le latin. Sous ce rapport ils ne différaient pas du clergé catholique. De même que le prêtre, en célébrant la messe, prononce des paroles incompréhensibles pour les fidèles, ainsi les humanistes écrivaient des vers, des lettres, des traités des discours dans un idiome inconnu de la masse du peuple. La culture italienne, au temps de Dante, pénétrait plus profondément dans les classes populaires; alors tout le monde à Florence savait lire, et même les âniers chantaient des strophes de la Divine Comédie, ainsi que le raconte Sacchetti.

Une réaction contre l'humanisme ne tarda pourtant pas à se produire. De même que les sculpteurs italiens de la Renaissance, après avoir imité les monuments de l'art classique retournèrent à l'imitation de la nature, ainsi les Italiens, revenant à la langue nationale, désapprouvèrent les humanistes, leur admiration outrée pour les auteurs classiques, leurs vues exclusives et de nouveau s'éprirent de la poésie nationale. Ce mouvement commença à Florence quand on eut aussi une plus ample connaissance de la philosophie de Platon.

Les humanistes se firent du tort dans l'opinion publique par leurs continuelles querelles, par leurs calomnies réciproques, et par les scandales que ces disputes provoquaient. Ils ne se gênaient pas, dans la polémique, pour passer rapidement des arguments savants aux injures les plus vulgaires, aux accusations les plus graves. Ils ne s'efforçaient pas tant de réfuter les opinions de l'adversaire sur le terrain scientifique que de ternir son honneur et de le perdre dans l'opinion de leurs concitoyens. Leur vie privée, non plus, n'était pas exempte de reproche; on les accusait, et non sans raison, d'orgueil, d'avidité, de fausseté, de parler sans conviction, d'être ingrats pour leurs bienfaiteurs, de flatter les grands et les puissants dans l'espoir d'obtenir leur protection et de riches dons. Leurs louanges n'avaient pas de bornes quand ils sollicitaient quelque chose, et elles se changeaient en grossières injures, s'ils étaient déçus dans leur attente.

Il n'y eut point de lutte ouverte entre les idées nouvelles et le christianisme sémitique du moyen âge. Les puissances ecclésiastiques ne persécutèrent pas les adeptes de la culture classique, mais ceux-ci devaient quelquefois leur céder, tout en défendant leurs propres idées. Les membres du clergé signa-

lerènt souvent le danger dont la diffusion des idées des humanistes menaçait la société. Déjà avant Savonarole des moines
fanatiques s'effrayaient du progrès des nouvelles idées. Ils as-
suraient que l'étude des poètes païens était nuisible à la jeunesse et regrettaient qu'on lui parlât plus souvent de Jupiter,
de Saturne, de Vénus que de Dieu, de Jésus-Christ et du Saint-
Esprit. L'introduction d'éléments païens dans l'art chrétien,
surtout dans les productions de la peinture et de la sculpture
destinées aux églises, les révoltait. La plupart des citoyens
éclairés n'étaient pourtant pas de leur côté, et on peut dire
en général, que les humanistes ne furent pas trop inquiétés
par les autorités de l'Eglise.

C'est également à Florence que commença, à l'époque de
la Renaissance, l'étude de la langue grecque; mais les Italiens
connaissaient alors mieux l'antiquité romaine que celle hellénique. La Grèce était loin; les communications avec elle étaient
difficiles et la langue grecque, au moyen âge, n'était que très
peu connue en Italie. Après l'invasion des Lombards cette
langue était à peu près oubliée dans la péninsule. A l'époque
de Charlemagne, quand se manifesta la tendance à étudier l'antiquité classique on commença à trouver plus souvent des personnes sachant le grec et cette langue fut étudiée, quoique
rarement avec suite, et principalement par des ecclésiastiques.
La connaissance de quelques mots grecs augmentait l'autorité
d'un érudit. Après la séparation de l'Eglise en occidentale et
orientale tout ce qui était grec s'éloigna de l'Italie septentrionale et centrale et surtout de Rome. En Calabre, en général
dans le Sud de la péninsule, où la domination byzantine se
maintint plus longtemps que dans le reste de l'Italie, la langue
grecque se conserva pendant tout le moyen âge par des rapports continuels avec Byzance. Dans quelques localités de la
Calabre, jusqu'à la fin du XVᵉ siècle, on célébrait la messe en
grec. Des couvents, dans lesquels on étudiait la langue grecque, existaient dans le midi de l'Italie; mais comme ce n'était
que dans le domaine ecclésiastique, cette étude ne conduisit
pas à la connaissance des auteurs classiques et n'aida nullement à les comprendre.

Les premiers Byzantins qui émigrèrent en Italie de leur

pays déjà menacé par les Turcs, ne purent contribuer que très peu à l'étude du grec. Ces Byzantins ne connaissaient pas l'italien, à peine le latin; leurs rapports avec les habitants étaient, par conséquent, difficiles. Ce ne fut qu'après l'arrivée dans la péninsule de Grecs savants, que s'éveilla en Italie l'étude de leur langue. La première chaire pour son enseignement fut instituée à Florence sur la proposition de Boccace. Cette étude marcha pourtant assez lentement jusqu'à la fin du XIVᵉ siècle; elle fut alors ranimée par l'activité du professeur Emmanuel Chrysoloras. Depuis lors une ère nouvelle commença pour la connaissance de la langue grecque en Italie. Il comptait parmi ses élèves les littérateurs et les humanistes les plus remarquables de Florence; celui qui alors ne savait pas le grec n'était considéré que comme un demi-érudit.

L'étude de la langue et de la littérature grecques découvrit un nouveau monde. La comparaison entre les idiomes grec et latin, et les déductions qu'on en tirait amenèrent à des conclusions philosophiques et excitèrent l'activité de la pensée. Avec le temps de nouveaux émigrants arrivèrent de Byzance et, parmi eux, beaucoup de savants. Plusieurs vinrent en Italie avec l'empereur byzantin Jean Paléologue pour assister au concile de Florence en 1439, concile convoqué pour tenter de réunir l'Eglise occidentale avec l'orientale, ce qui, comme nous le savons, ne se réalisa pas, mais le résultat en fut l'union entre les savants grecs et les italiens. De la théologie on passa à la philosophie, qui intéressait davantage les penseurs grecs que la littérature. Quelques uns de ces derniers restèrent en Italie et dans le nombre il y avait des Platoniciens. Les idées philosophiques de Platon furent adoptées avec enthousiasme par les Florentins, et surtout par les membres de la famille des Médicis, ce qui conduisit à la fondation de l'Académie platonicienne de Florence sous la protection de Cosme de Médicis et dans la suite sous celle de son petit-fils Laurent. Cette Académie, fondée par Cosme, et dont Marsile Ficin, devint l'âme, fut continuée et protégée, après l'exil des Médicis, par Bernardo Rucellai. Elle reçut d'abord asile dans son palais, en suite dans ses jardins — Orti Oricellari. Plutôt que les traditions de l'Académie de " Santo Spirito, „ elle continuait celles du " Paradiso degli Alberti „. La philosophie de Platon fut ainsi connue en Italie après la philosophie d'Aristote ; il est sûr que même avant le concile de Florence on connaissait son existence ; déjà Pétrarque parle de Platon, mais l'arrivée des Grecs byzantins à Florence ranima l'étude du système de ce philosophe. Les Platoniciens se séparèrent des humanistes ; quelques uns passèrent du côté des Grecs. Les adeptes de la philosophie de Platon blâmaient l'étude superficielle que faisaient les humanistes des classiques romains, leur admiration inconditionnelle pour Cicéron, comme modèle de style latin, ainsi que comme philosophe moraliste. La littérature et la philosophie romaines, n'étant qu'un reflet de la littérature et de la philosophie grecques, les Platoniciens, se trouvant à la source de la culture classique, devaient considérer avec un certain dédain des hommes qui s'extasiaient sur des œuvres qui ne provenaient que de seconde main. Nous avons déjà vu pourtant, que les membres de l'Académie platonicienne de Florence considéraient le Platonisme comme une révélation mystique, capable plutôt de conduire à l'extase religieuse qu'au développement philosophique. Ce n'était pas véritablement un système platonicien, mais un néo-platonisme alexandrin, une sorte de religion, dans laquelle le principal dogme était la provenance de l'âme issue de Dieu et son aspiration à se réunir de nouveau à lui, comme à son principe. Les Platoniciens, développaient et élaboraient la langue populaire et la poésie italienne que dédaignaient les humanistes admirateurs exclusifs de l'idiome latin. Mais ce mouvement philosophique, comme nous l'avons vu plus haut, ne laissa pas de trace, et ce ne fut pas lui qui engendra la philosophie de la Renaissance. Elle fut provoquée par des penseurs placés en dehors des universités et des académies, qui s'adressaient à la raison, soumettant les dogmes au libre examen, comme par exemple : Pomponazzi, Telesio, Giordano Bruno, Campanella et d'autres. Cette activité intellectuelle, beaucoup plus fertile que celle des humanistes et de l'Académie platonicienne des Médicis, conduisit à l'affranchissement de l'esprit et à de nouveaux systèmes philosophiques, ce qui constitue le résultat ordinaire de la libre activité de la raison. Ce mouvement

philosophique ne fut pas complètement arrêté ni par la désorganisation sociale, ni par les calamités de l'Italie, qui commencèrent avec l'invasion du roi de France Charles VIII et
qui conduisirent définitivement à l'asservissement du pays, au
sac de Rome, et à la perte de la liberté de la république de
Florence.

Nous l'avons déjà dit, la Renaissance des arts commença
à Florence ; son principal mobile fut le retour à l'étude de la
nature, et le premier peintre qui marcha hardiment sur ce
chemin fut le florentin Giotto. Il travailla dans plusieurs villes
du Nord et du Sud de la péninsule, et les productions de son
pinceau donnèrent l'impulsion à l'art et engendrèrent des écoles
de peinture locales. Outre Giotto, beaucoup d'autres peintres
florentins travaillèrent dans les diverses provinces de l'Italie.
Il existe bien peu de villes dans la péninsule qui ne contiennent pas les traces de l'activité de quelques maîtres florentins,
soit peintres, soit architectes, soit sculpteurs. Les artistes de
Florence définirent les lois de la perspective, étudièrent l'anatomie du corps humain dans tous ses mouvements, et introduisirent de riches motifs d'architecture dans leurs compositions, et comme fond de tableaux représentèrent de charmants
paysages. Tout cela offrait matière à exprimer des sentiments
variés et des idées de caractère philosophique. Ce qui prédomine dans la peinture florentine, ce par quoi elle se distingue
des autres écoles de peinture italiennes, créées ou seulement
inspirées par elle, c'est la pensée philosophique toujours contenue dans les productions du pinceau des maîtres de Florence,
et cela ne doit pas surprendre, car cette peinture a fleuri sur
un terrain philosophique, ce qui ne fut pas le cas pour les
autres écoles du reste de l'Italie, comme par exemple pour
celle de Venise, de Sienne, de l'Ombrie.

Dans l'école de peinture siennoise domine la tendance
mystique ; dans l'ombrienne — une piété douce et rêveuse ; dans
la vénitienne nous voyons un brillant coloris et une mise en
scène somptueuse avec une teinte de sensualité ; dans l'école
de Parme — la grâce et le charme féminin ; dans celle de Padoue — le réalisme réuni à l'imitation de l'antiquité classique ;
dans l'école lombarde on observe l'absence de caractère original

et l'influence des maîtres florentins et padouans; dans l'école florentine enfin apparaissent les idées philosophiques unies aux sujets religieux [1]). Transformés par l'esprit aryen des Italiens qui s'était éveillé, ces sujets offraient un riche terrain pour le développement de la pensée.

Il suffit de remarquer le choix des sujets des maîtres de l'école florentine pour juger de sa tendance philosophique. Une des scènes de l'Evangile qui donne le plus de place à l'analyse de l'âme humaine est sans contredit, comme nous l'avons déjà dit, la Cène; elle a été représentée surtout par les peintres florentins. Ils en ont créé le type et ont développé son côté psychique; c'est sous la même forme qu'elle se répète jusque de nos jours. Dans la seule ville de Florence se trouvent dix fresques [2]), qui représentent ce sujet et constamment au moment, où le Sauveur prononce les paroles: " Un de vous me trahira „. La plus remarquable représentation de cette scène, qu'on peut appeler, sans exagération, un poème psychologique, fut peinte à Milan par le peintre florentin Leonardo da Vinci.

Représenter les différents mouvements de l'âme humaine, les soumettre à l'analyse, exprimer l'idée engendrée par un certain état psychique de ceux qu'on met en scène n'est pas possible, cependant, sans un dessin correct, sans l'étude de la nature et c'est à cause de cela que dans l'école florentine nous voyons l'effort continuel des peintres pour perfectionner le dessin, pour étudier la perspective et se rapprocher le plus

[1]) Je ne nomme pas l'école génoise, car on peut dire qu'elle n'a pas existé. Un grand nombres d'artistes et très peu d'art; une grande richesse et une absence complète de goût, voilà les traits distinctifs de l'art de la Renaissance à Gênes, et en géneral en Ligurie. Les Génois s'adressaient constamment aux artistes des autres villes d'Italie. Les architectes florentins, les peintres flamands et lombards travaillèrent à Gênes.

[2]) Dans le couvent de S. Croce par Taddeo Gaddi; dans celui de S. Apollonia par Andrea del Castagno; dans le monastère d'Ognissanti par Domenico Ghirlandaio; dans celui de S. Marco — par le même. Dans le couvent S. Onofrio, auteur inconnu; dans le monastère degli Angeli par Ridolfo Ghirlandajo; dans celui della Calza, par Franciabigio; dans le couvent Santa Maria a Candeli — du même; dans le couvent de S. Salvi par Andrea del Sarto; au Carmine par Allori.

possible de la nature, de la vérité. De même que dans la littérature, pour l'exposition d'une idée, la clarté du style est indispensable, ainsi dans la peinture, pour exprimer sa pensée par les formes et les couleurs la correction du dessin est nécessaire. Tout est harmonieux dans l'école florentine ; le dessin, le coloris, la composition, l'expression, et aucune partie n'y est développée au détriment d'une autre comme cela a lieu dans les différentes écoles de peinture. Des qualités saillantes qui affaiblissent tous les autres côtés d'une production ne se trouvent pas dans l'école florentine, car le but principal de ses maîtres n'était pas de frapper par quelque particularité, mais d'établir une harmonie entre les diverses parties de la peinture pour exprimer une idée.

On doit considérer Raphaël comme appartenant à l'école florentine, après qu'il se fut élevé au-dessus du mysticisme ombrien, en complétant son éducation artistique à Florence, où il séjourna de 1504 à 1508, étudiant les productions des peintres florentins et surtout au Carmine les fresques de Masaccio, avec lequel il a tant de points de contact. Il travailla ensuite à Rome, mais, à proprement parler, il n'y a pas eu d'école de peinture romaine ; il y a bien eu une école siennoise, ombrienne, florentine, mais point d'école romaine. On ne trouve pas à Rome, comme à Sienne, dans les villes de l'Ombrie et à Florence des artistes locaux qui aient peint dans un style particulier, imité parfois par les maîtres des autres pays. Toutes les peintures les plus remarquables qui se trouvent à Rome ne furent pas exécutées par des artistes romains, mais par des peintres venus de Florence, de Sienne, de l'Ombrie, de Venise, comme par exemple : Pérugin, Pinturicchio, Luca Signorelli, Sandro Botticelli, Beato Angelico, Bazzi, Peruzzi, Michel-Ange, Cosimo Rosselli, Domenico Ghirlandajo, Sebastiano del Piombo, et enfin Raphaël. En arrivant à Rome il n'y trouvèrent pas d'école de peinture locale, et chacun d'eux travailla dans sa propre manière. Leurs travaux et ceux de leurs élèves constituent ce qu'à tort on a nommé école de peinture romaine. On ne peut pas nommer les élèves de ces peintres qui se sont montrés inférieurs à leurs maîtres, comme par exemple : Giulio Romano, créateurs d'un style nouveau et de l'école de peinture romaine. Si quelque chose de nouveau s'est ajouté à Rome à la manière de Raphaël, on doit l'attribuer à l'étude qu'il y fit des monuments classiques. Ceux-ci ont toujours eu une grande influence sur le développement artistique des maîtres de la Renaissance. Donatello aussi rapporta un grand profit des quelques mois passés à Rome, et dans ses ouvrages, exécutés après son retour à Florence, se reflète l'étude des monuments de la Rome antique. Mais les productions de l'art classique ne changèrent pas essentiellement le style de Raphaël, et dans les peintures qu'il exécuta à Rome ce ne fut que ce qu'il avait acquis à Florence qu'il développa plus complètement. Une des particularités de l'école florentine c'est l'idée philosophique qui apparaît toujours dans les œuvres de ses peintres. Elle est évidente dans les productions de Raphaël de l'époque florentine, et encore davantage dans les Madones qu'il peignit à Rome; mais on ne peut pourtant pas dire, que Sanzio soit redevable à cette ville du progrès qu'on observe dans son développement philosophique, et que ce progrès ne se serait pas produit, si après avoir visité Rome il fut retourné à Florence. Déjà dans la Rome antique, comme dans celle de la Renaissance, avaient été transplantées des cultures, qui avaient fleuri dans d'autres terrains. La Rome antique, comme la Rome chrétienne, n'a vécu que d'emprunts dans le domaine de la civilisation et dans celui des arts.

XV.

Une autre école de peinture de la Renaissance, celle de Venise, la plus importante, peut-être, après celle de Florence, est en complète contradiction avec cette dernière et se rapproche assurément davantage de l'école hollandaise que de la florentine.

La pensée ne domine pas dans l'école vénitienne; la tendance philosophique n'apparaît pas dans ses productions, et ce par quoi elles nous frappent surtout c'est par leur coloris, par la force et la chaleur des tons; par la beauté des types, les féminins spécialement; par la richesse et la somptuosité de la mise en scène, par le grand nombre des figures, et par-

fois, par leurs immenses dimensions. Dans la peinture vénitienne se reflète l'état moral de la société dans laquelle elle
a fleuri. Venise n'a pas été — ainsi que nous l'avons déjà vu
— le centre d'une culture intellectuelle et indépendante à l'époque de la Renaissance, comme le fut Florence ; mais un centre
commercial plein d'une vie splendide et fastueuse. Les soucis
matériels dominaient à Venise les intérêts intellectuels. Dans
cette ville, éminemment commerçante et industrielle, tout ce
qui était intellectuel était relégué au second plan et ne trouvait
dans la société vénitienne ni sympathies, ni un terrain adapté
à sa propagation. L'humanisme ne prospéra pas à Venise.
L'activité de Alde Manuce, de ses fils et de son petit-fils, qui
perfectionnèrent l'imprimerie et imprimèrent les ouvrages de
beaucoup d'auteurs grecs et latins, avec une grande correction
du texte, constitue l'unique exemple de développement intellectuel des Vénitiens, et du reste, l'entreprise de la famille
Manuce avait pour base le commerce. Dans la peinture, par
conséquent, ne pouvait pas être exprimé ce qui n'existait pas
dans la société.

Le coloris et l'éclairage deviennent dans les productions
du pinceau des maîtres vénitiens le principal souci ; par eux
ils étonnent et ils charment ; mais pour poétique et agréable
que soit le coloris, il ne peut qu'agir sur les sens et est incapable à lui tout seul d'exprimer une idée, un état d'âme.
En harmonie avec les autres éléments de la peinture, le coloris
et l'éclairage aident à rendre la pensée et contribuent à la
définition de la situation morale des personnes représentées.
Nous le voyons, par exemple, dans quelques tableaux du Pérugin, et précisément dans la " Prière au jardin de Gethsémani „ qui se trouve à l'Académie des Beaux Arts à Florence,
et dans la fresque du Crucifîment au couvent de Santa Maria
Maddalena dei Pazzi de cette même ville. Mais quand le coloris est l'unique but de la peinture, comme souvent chez
Titien et chez d'autres peintres vénitiens, alors l'idée fait complètement défaut. Le coloris peut être comparé à la musique ;
elle aussi est capable d'éveiller des idées mais uniquement
celles qui déjà existent et elle est incapable d'en susciter des
nouvelles.

De même, les beaux types, si une idée ne les anime pas, et s'ils apparaissent dans un tableau uniquement à cause de leur beauté, bien qu'ils puissent satisfaire les exigences d'une production artistique — car la représentation de la vie, de la nature sous des formes esthétiques peut déjà constituer le but d'une œuvre d'art — ces beaux types dis-je, auront toujours un côté sensuel, moins de mérite artistique, et ne nous plairons pas autant, que les figures qui expriment une idée, même alors qu'elles n'auront pas tant de charme. Une Madone de Raphaël nous intéressera davantage, aura pour nous plus d'attrait que toutes les Madones du Titien, car le but de ce dernier était en les représentant, de peindre de belles femmes sans aucune analyse du caractère et de l'état d'âme de la Vierge. Ses belles figures malgré leurs charmes, leurs riches costumes, leur merveilleux coloris, ne nous procureront pas autant de plaisir qu'une représentation de la Vierge par un maître de l'école de Florence. Nous voyons donc, que les peintres vénitiens ont développé certains côtés de la peinture au détriment d'autres; et c'est à cause de cela que leurs productions ont un caractère exclusif, incomplet; l'harmonie des parties entre elles est par là détruite.

Des tableaux tels que le " Christ à la monnaie „ de Titien, — maintenant dans la galerie de Dresde, — illuminés par une idée, constituent une exception dans la peinture vénitienne. Les portraits y prirent une grande importance. On peut le dire; dans les portraits, les peintres de Venise se sont montrés plus penseurs que dans les sujets religieux. Mais l'artiste qui exécute un portrait dépend du sujet qu'il doit peindre. Il se peut que son pinceau doive rendre un type caractéristique et remarquable; un visage dans lequel est concentré un cycle d'idées, où est exprimé le cachet d'une certaine société, ainsi qu'on peut le remarquer dans quelques portraits du Titien, par exemple dans celui d'un jeune et noble Vénitien, élégant dans sa pose et dans son costume, qui se trouve maintenant au Palais Pitti à Florence. Dans ses yeux d'un vert-clair, dans l'expression de son visage se reflète cette politique de l'aristocratie vénitienne adroite, rusée, soupçonneuse, impitoyable dans ses vengeances, peu scrupuleuse dans le choix de ses moyens, pleine de confiance en elle-même. Malgré sa jeunesse — on peut lui donner à peu près 30 ans — on voit qu'il a déjà étudié tous les principes, qui doivent guider les hommes de son parti; qu'il est initié aux secrets de sa politique, et qu'il est prêt à agir dans ce sens. Ses yeux vous suivent; on dirait qu'ils voudraient deviner vos pensées, vos intentions, et restent longtemps gravés dans votre mémoire, ainsi que le pli dédaigneux de sa lèvre, dans lequel on devine le mépris du jeune patricien pour tout ce qui n'appartient pas à sa caste. Le portraitiste, cependant, peut aussi être appelé à reproduire des traits communs et sans distinction; un visage, qui même représenté dans un merveilleux éclairage, malgré le coloris le plus splendide ne pourra jamais être illuminé par une idée quelconque. Plusieurs portraits de ce genre se rencontrent parmi ceux du Titien, de Paul Véronèse, du Tintoret et d'autres peintres vénitiens.

Le gouvernement de la république et les nobles Vénitiens, désirant faire montre de leur richesse, répandaient à profusion, dans les salles de leurs palais, de luxueux ornements, et couvraient les plafonds non de fresques légères, mais de tableaux à l'huile, entourés de lourds cadres dorés. Le choix des sujets, ainsi que la manière de les représenter aident à définir le caractère de l'école vénitienne. Les scènes religieuses qui permettent d'exprimer une idée philosophique, de définir l'état moral de l'homme, comme par exemple la Cène et d'autres épisodes de la vie de Jésus, furent rarement représentées par les maîtres vénitiens, et quand ils le firent, ce fut d'une manière incomplète, sans donner aux figures assez d'expression, et en introduisant dans le tableau bien des choses inutiles et des détails anecdotiques; de sorte que le sujet principal est refoulé au second plan et perd beaucoup de son intérêt. Le dernier repas du Sauveur avec ses disciples devient, pour les peintres vénitiens, prétexte à représenter de riches habits, aux couleurs éclatantes; des objets somptueux et pittoresques; des animaux qui ne sont pas du tout à leur place, ni dans le caractère de la Cène; tandis que les Apôtres assistent parfois à cet épisode dramatique comme des étrangers ne prenant aucune part à l'action. L'élément réaliste, pas du tout nécessaire du point de vue philosophique dans ce sujet, et qui même nuit au développement de son idée principale, se mêle chez les maîtres vénitiens à une splendide mise en scène. Plus souvent que la Cène ils ont représenté les Noces de Cana et d'autres festins auxquels prend part le Sauveur. Le premier de ces sujets, même si on le conçoit d'une manière très superficielle, exige pourtant l'expression d'une idée et des déductions de l'esprit, tandis que la représentation du banquet des Noces de Cana, de celui chez Simon et d'autres de ce genre, n'ayant pas la même signification morale que le dernier repas du Christ avec les Apôtres, permet une mise en scène élégante et variée, avec un grand nombre de personnages des deux sexes, richement vêtus. Tout cela les maîtres vénitiens l'ont peint dans un éclairage à grand effet, avec un coloris merveilleux. De pareils tableaux sont assez fréquents dans l'école de Venise.

Les sujets mythologiques, dans lesquels on développe de préférence le côté sensuel, alternent dans la peinture des maîtres vénitiens avec des scènes qui représentent la glorification, la richesse et la puissance de la république, et où l'officiel s'unit au mystique. En regardant des tableaux de ce genre — généralement de grandes dimensions — qui reproduisent la protection accordée à Venise et à ses doges par le Christ, par la Sainte Vierge et par quelques Saints, on regrette malgré soi, que de si grandes forces artistiques aient été gaspillées dans l'exécution de ces immenses peintures si froides et si pauvres d'idées.

Après Titien l'école vénitienne suivit toujours davantage la direction dans laquelle s'était engagé ce peintre, c'est-à-dire la tendance à la peinture décorative. Cet élément est encore peu visible chez Giorgione; il commence à apparaître avec Titien, avec Tintoretto, et d'une manière beaucoup plus prononcée dans la peinture de Paul Véronèse. Dans les œuvres des artistes vénitiens, des époques postérieures, cette particularité devient prédominante. C'est dans les productions de Tiepolo (1696-1770) que l'école vénitienne parvint à l'apothéose de la peinture décorative; nous y voyons la dernière étincelle d'une flamme qui s'éteint. La peinture de Tiepolo, qui a représenté des scènes historiques, et le plus souvent des figures allégoriques sur les plafonds des palais, peut assurément nous charmer, nous captiver, mais elle est déjà la peinture décorative par excellence ; elle vise uniquement à l'effet, et est entièrement privée de substance.

L'architecture même, avait à Venise, où l'on accordait une si grande importance à la richesse et aux ornements somptueux, un caractère essentiellement ornemental. C'est pourquoi l'architecture arabe, éminemment décorative, captivait les Vénitiens ; c'est ainsi qu'on rencontre ses éléments dans les façades des palais et des églises de Venise. Les lignes architecturales de ces édifices se perdent et se confondent souvent dans les ornements, comme cela a lieu dans les constructions arabes.

On peut remarquer une certaine ressemblance entre la peinture vénitienne et la peinture hollandaise. Dans les productions de ces deux écoles on trouve peu d'idées ; elles contiennent peu de données intellectuelles, et nous captivent, la première par son coloris, la seconde par des effets de lumière. À l'école vénitienne a manqué le terrain philosophique sur lequel s'est développée la peinture florentine ; à l'école hollandaise a fait défaut cette faculté, que les peuples du Nord ne possèdent pas, au même degré que les méridionaux, d'exprimer leurs idées par la peinture et la sculpture. Pour pouvoir rendre, au moyen des couleurs et des formes plastiques, des pensées philosophiques il est indispensable de posséder une plus grande force artistique, que pour représenter des sujets privés de signification psychique. C'est pour cela que les peintres hollandais ont constamment représenté où la vie gaie et insouciante du peuple ; ou des scènes de famille dans un éclairage artificiel, très difficile à reproduire ; ou des paysages d'une exécution merveilleuse, mais qui ne peuvent exprimer aucune idée. Les tableaux du peintre hollandais qui a possédé le plus de force artistique — Rembrandt — dans lesquels perce une idée philosophique, et qui nous montrent l'étude de la nature morale de l'homme, ne sont pas nombreux. C'est par exemple : la " Leçon d'Anatomie [1] " ; mais ici, il faut le remarquer, nous ne voyons que

[1] Musée de la Haye.

des portraits; " l'Apparition des trois Anges à Abraham [1] „ ;
le " Retour du Fils prodigue [2] „ ; " l'Ange abandonnant Tobie [3] „.
Les tableaux de Rembrandt de ce caractère disparaissent, pour
ainsi dire, dans le nombre infini de ses productions où il a
donné plus d'importance aux effets de lumière qu'à la signification morale. Nous pouvons indiquer comme type de ces tableaux celui qu'on nomme: la " Ronde de Nuit [4] „, dans lequel
tout l'intérêt repose sur l'éclairage à grand effet. Cette peinture perd tout son intérêt dans la gravure ou dans la photographie; car ni l'une ni l'autre ne sont capables de rendre,
comme les couleurs, les effets merveilleux des ombres et de
la lumière. On peut dire le contraire du tableau: la " Leçon
d'Anatomie „ du même peintre; dans la gravure et dans la photographie cette toile offre presque le même intérêt que dans
la peinture. De même les tableaux de l'école vénitienne perdent
pour nous leur attrait dès qu'on les reproduit par la gravure
ou la photographie, car leur principal charme consiste dans le
coloris, et cette particularité prédominante ne peut exprimer
aucune idée, et ne procure qu'une jouissance des yeux. Si on
exclut des tableaux de l'école hollandaise le jeu des ombres et
de la lumière, et de ceux de l'école vénitienne le coloris, on
les privera de leurs parties essentielles, et il faut avouer, que
bien peu en restera pour pouvoir nous satisfaire. Par contre,
ôtez le coloris des tableaux de Raphaël, de Léonard de Vinci,
ou de tout autre peintre remarquable de l'école florentine, le
dessin restera toujours, et il peut jusqu'à un certain point
exprimer la pensée, le contenu du tableau. Dans l'école hollandaise, comme dans la vénitienne, la forme prédomine sur
l'idée. En Hollande, ainsi qu'à Venise il n'existait pas d'école
de sculpture, ce qui donna à la peinture quelque chose d'incomplet. Dans l'art de ces deux pays dominait le portrait; et
de même que dans l'école hollandaise, un coloris et un éclairage particuliers se développèrent à cause de certaines conditions atmosphériques, ainsi chez les Vénitiens, s'introduisirent

[1] À l'Hermitage de Pétersbourg.
[2] Même Galerie,
[3] Au Louvre.
[4] Au Musée de la Haye.

par suite également de particularités spéciales de l'atmosphère
un éclairage et une harmonie de couleurs tout à fait exceptionnels.

XVI.

La transformation de l'idéal religieux du moyen âge, qui
se produisit en Italie à l'époque de la Renaissance, ainsi que
l'adoption d'un nouvel idéal répondant mieux aux exigences
de l'esprit émancipé des Italiens, n'eurent pas lieu sans resis-
tance. On peut voir en effet, que dans les couvents de l'Italie,
qui s'organisèrent au moyen âge, dans lesquels on se tenait
obstinément attaché au passé et où les idées répandues dans
le monde ne trouvaient pas d'écho, l'idéal religieux ne changea
pas si promptement et les représentations byzantines, ainsi
que les compositions religieuses des siècles précédents, continuèrent à se produire; quoique la forme extérieure ait changé,
cédant aux exigences artistiques de la société, la substance
pourtant est restée la même.

Nous le voyons surtout avec évidence dans les œuvres du
moine dominicain Beato Angelico da Fiesole (1387-1455). Dans
ses productions on retrouve les formes byzantines éclairées par
l'influence de l'art italien de la Renaissance et unies aux idées
entièrement mystiques du moyen âge. Il représente les sujets
préférés des Byzantins; il peint sur fond d'or le Couronnement
de la Vierge par le Sauveur au milieu d'une multitude d'Anges;
ou bien la Madone sur le trône, tenant l'Enfant Jésus; des
Anges apparaissent constamment dans ses tableaux, car ce
moine dominicain est le peintre des Anges par excellence; en
les représentant il a souvent atteint une pureté de style et
une beauté qui n'ont jamais été surpassées. Le paradis est
rendu dans ses tableaux par un splendide jardin, dans lequel
les Anges dansent avec les élus sur un gazon parsemé de fleurs.
En général on peut dire, que chez les maîtres de la Renaissance, la représentation du séjour des bienheureux est toujours
assez fade, assez insignifiante. Un seul peintre de cette époque
a su exprimer les délices du paradis, et précisément, parce qu'il

ne les a pas représentées ; je veux parler de Luca Signorelli. Dans sa fresque de la cathédrale d'Orvieto il a peint les bienheureux conduits par des Anges vers les lieux de la béatitude céleste. Le Paradis est invisible aux spectateurs ; il n'y a que les élus qui l'aperçoivent, et sur leurs visages on voit l'extase et un suprême ravissement.

L'idéal de Beato Angelico est dans le Ciel et non sur la terre, parmi les hommes ; il est étranger à tout ce qui est terrestre. La compréhension de la nature est conventionnelle, ou bien extrêmement naïve. Dans toutes ses compositions, même dans celles qui sont placées sur la terre et dans lesquelles les idées psychologiques auraient pu être développées, domine toujours l'élément mystique. On peut le voir clairement dans sa fresque qui représente la Cène, au couvent de S. Marc à Florence. Huit Apôtres sont placés à une table sur laquelle on ne voit que douze coupes. Ils regardent le spectateur. Le Christ, le nimbe cruciforme autour de la tête se tient devant la table ; dans la main gauche il a une coupe en forme de calice ; elle est couverte d'une soucoupe contenant des hosties ; il en donne une à l'un des Apôtres. Trois autres disciples, n'ayant pas trouvé place à la table, se tiennent à genoux à l'une de ses extrémités. Du côté opposé est représentée une femme également à genoux, joignant les mains dans l'attitude de la prière ; c'est probablement la Sainte Vierge.

Une autre représentation de la Cène ayant le même caractère mystique, mais de petite dimension fut exécutée sur bois par Beato Angelico. Ce tableau se conserve dans la Galerie des Beaux-Arts à Florence. La scène se passe dans une salle voûtée ; six Apôtres sont assis à une table sur laquelle on ne voit qu'une salière et des petits pains ; six autres disciples ont quitté leurs sièges et se tiennent agenouillés assistant à la préparation du S. Sacrement. Le Christ a autour de la tête un nimbe divisé par une croix rouge ; il est représenté devant la table et distribue les Saintes Hosties aux Apôtres qui joignent les mains avec vénération. Les compositions de la Cène de Beato Angelico ont le même caractère mystique que les représentations du même sujet exécutées par les artistes byzantins sur la dalmatique impériale, dans la mosaïque de Sainte-Sophie à Kieff, et dans d'autres productions que nous avons citées plus haut. Les Saintes-Cènes du moine dominicain ne diffèrent de celles des byzantins que dans la distribution des figures, tandis que par leur caractère intime, par l'élément mystique qui y domine elles ont avec elles, il faut en convenir, beaucoup de traits communs.

Même quand il veut représenter le dernier repas du Sauveur avec ses disciples, au point de vue historique, Beato Angelico ne peut s'affranchir de l'élément mystique, ainsi que nous pouvons le voir dans une Cène de petite dimension, qu'il a peinte sur bois avec d'autres sujets évangéliques. Ce tableau se trouve également dans la galerie des Beaux-Arts à Florence. La chambre, où le repas a lieu, est assez ornée ; dans le fond sont représentées des plantes. Le Christ, le nimbe partagé par une croix rouge autour de la tête, est assis à une table avec dix de ses disciples ; le onzième se tient debout ; le douzième porte un plat avec des mets qu'il va poser sur la table. Leurs têtes sont entourées de disques d'or. Jean se penche vers le Christ ; quatre Apôtres tournent le dos au spectateur, les visages des autres disciples n'ont aucune expression ; les paroles du Maître ne les émeuvent pas et tous sont froids et impassibles.

Beato Angelico, comme beaucoup de peintres byzantins, était moine, et comme eux se préparait à l'activité artistique par le jeûne et la prière ; il travaillait non par amour de l'art, mais sous l'influence d'aspirations pieuses.

On peut donc le dire, les traditions de l'art byzantin n'ont jamais été entièrement oubliées dans les couvents italiens, qui furent organisés à l'époque de la complète domination dans ce pays des éléments orientaux. Il n'y eut pourtant pas d'antagonisme entre l'art laïque et celui des monastères. Le clergé, non seulement ne fut pas hostile à l'art de la Renaissance, mais souvent fit orner les églises et les couvents de fresques, de tableaux et de bas-reliefs exécutés par les maîtres italiens de cette époque. Non seulement dans les cloîtres, mais même dans le monde, — malgré l'affranchissement de la pensée, — les idées mystiques du moyen âge se conservent en Italie et se manifestent dans les ouvrages de plusieurs générations de peintres. Ces deux courants, l'un mystique, inspiré par le christianisme sémitique du moyen âge, et l'autre philosophique, peuvent facilement s'observer dans l'art de la Renaissance en Italie. Au premier appartiennent: Bernardo Daddi, qui peignit dans le Camposanto de Pise la fresque du Jugement dernier; Orcagna, qui représenta le même sujet et le Paradis dans la chapelle Strozzi de l'église S. Maria Novella de Florence; Luca Signorelli, le peintre des fresques de la cathédrale d'Orvieto, qui nous montrent les terribles châtiments et les souffrances des damnés, l'activité malfaisante de l'Antéchrist et toutes les épouvantes des derniers moments de l'existance du monde. Tous ces peintres dans leurs œuvres continuent les idées terrifiantes du catholicisme du moyen âge; mais chez aucun des maîtres de la Renaissance ces principes ne se manifestent avec autant d'évidence que dans les productions de Michel-Ange. Les sujets qui permettent le développement des idées philosophiques, comme par exemple: la Sainte Famille et le dernier repas du Christ avec les Apôtres, il ne les a pas représentés. Dans son unique tableau, qui nous montre la Madone avec l'Enfant Jésus et S. Joseph, maintenant à la Galerie degli Uffizi à Florence, la Vierge, dans une position incommode, reçoit à genoux le petit Jésus que S. Joseph, se tenant derrière elle, lui présente par dessus son épaule. Le but évident de l'artiste a été de vaincre dans cette peinture les difficultés du dessin et de représenter une étude anatomique dans les figures nues qu'il a placées au fond du tableau. Cette Sainte Famille peut servir à nous prouver que de pareils sujets ne convenaient pas à son pinceau; tandis que dans sa fresque du Jugement dernier, de la chapelle Sixtine, Michel-Ange se montre dans son véritable élément et aucun des peintres de la Renaissance n'a mieux représenté que lui le désespoir des damnés et le courroux du Sauveur. Son Dieu est le Dieu vengeur, le Dieu terrible, le Dieu des Hébreux. Jamais il n'a représenté le Christ miséricordieux, pardonnant les péchés des hommes et recommandant l'oubli des offenses. Les peintres de ce courant ont choisi leurs sujets surtout dans l'Ancien Testament, livre sémitique par excellence.

Le second courant, c'est-à-dire le courant philosophique,

commence à se manifester, ainsi que nous l'avons vu, dans les œuvres de Giotto, apparaît avec plus d'évidence dans la peinture de Masaccio; atteint son entier développement chez Leonardo da Vinci, Raphaël et Andrea del Sarto; ces artistes ont choisi de préférence leurs sujets dans l'Evangile — livre moins exclusivement sémitique que l'Ancien Testament. D'autres peintres de l'école florentine, comme par exemple, Ghirlandajo, Verrocchio, Sandro Botticelli, Benozzo Gozzoli, Fra Filippo Lippi, Filippino Lippi suivirent le courant philosophique, bien que parfois, ils aient aussi exprimé des idées mystiques. On peut dire en somme que Michel-Ange est le peintre le plus sémitique du dernier siècle de la Renaissance, comme Raphaël en est le plus aryen.

XVII.

Dans les œuvres des maîtres italiens de la Renaissance on rencontre souvent des figures et des scènes inspirées par le poème de Dante. L'influence de la Divine Comédie sur les productions de quelques peintres et sculpteurs de cette époque est indiscutable; elle apparaît clairement à tous ceux qui connaissent, même superficiellement, le poème de Dante. Ainsi que l'Iliade, la Divine Comédie est apparue au moment où une nouvelle culture commençait, et elle est tout aussi sincère, tout aussi spontanée que le poème d'Homère. Comme celui-ci, elle a fourni un nombre considérable de sujets aux artistes des siècles postérieurs.

Mais la figure colossale de Dante qui apparaît à l'aube de la Renaissance, pose encore un pied dans le passé, auquel elle appartient plus qu'aux temps nouveaux. La scolastique a pénétré dans le poème de Dante; il ne s'est pas encore détaché définitivement de l'esprit du moyen âge et tout en témoignant d'une forte individualité, ses idées sont celles de cette époque. Dante était animé et inspiré par la pensée de la gloire et par le désir d'immortaliser son nom. Cette idée dominait dans beaucoup d'esprits au temps de la Renaissance, et elle se fondait sur le réveil de la culture classique, sur

l'imitation des héros et des grands hommes de Rome et de la
Grèce, parmi lesquels aussi dominait le désir d'illustrer leurs
noms.

Comme beaucoup de ses contemporains Dante admirait
l'antiquité classique. Il avait un véritable culte pour Virgile
qu'il prend pour guide dans l'enfer et c'est à lui qu'il s'adresse
comme à un maître. L'Alighieri comprenait que la langue latine était plus magistrale, plus grandiose que la langue populaire de son temps, c'est-à-dire l'italien, qui n'était encore ni
élaboré, ni définitivement formé. On sait qu'il commença à écrire
la Divine Comédie en hexamètres latins; si ensuite il se servit
de l'italien ce fut, probablement, pour être compris par un plus
grand nombre de ses compatriotes. L'amour de l'antiquité
s'unit aux tendances du moyen âge dans le poème de Dante.
Pas une des productions littéraires de cette époque n'accorda
une si grande place au monde antique que la Divine Comédie.
Malgré cela Dante, par ses idées scolastiques, est un homme
du moyen âge.

Pétrarque appartient à la Renaissance plus que l'Alighieri.
Il ne s'inspire pas du christianisme médiéval. On peut même
dire que dans ses œuvres et dans ses lettres il apparaît comme
le premier écrivain de la Renaissance[1]). Beaucoup moins original que Dante, n'ayant pas sa force poétique, il introduisit,
cependant, dans la culture de son époque une plus grande
somme d'idées que l'auteur de la Divine Comédie. Pétrarque
s'éloigna de l'intolérance du moyen âge, de la scolastique; il
méprisa cette dernière et lui donna les épithètes les plus dures
à cause de la langue barbare dont elle se sert. Il pressent
que la littérature deviendra une puissance dans la nouvelle
société. Tout cela s'unit chez lui à une grande admiration,
on peut même dire à un vrai fanatisme pour les auteurs latins, qu'il étudie constamment, cherchant dans leurs ouvrages
l'affirmation de ses déductions et un appui pour ses opinions.
La diffusion de la culture classique lui semblait indispensable
au progrès intellectuel des Italiens. Pétrarque voulait ressusciter la civilisation de Rome et même sa politique. Son idéal

[1]) Die Wierderbelebung des classischen Alterthums von Georg
Voigt, Berlin 1880, 2. B.

était Cicéron; à lui et à Virgile il rendait des honneurs presque
divins. Pour découvrir des anciens manuscrits Pétrarque faisait de continuelles recherches dans les bibliothèques des couvents. Très peu d'auteurs classiques étaient connus à cette
époque et ceux-là seulement par des manuscrits incomplets et
inexacts. Il fallait les trouver, les confronter, les commenter.

L'étude des auteurs classiques conduisit Pétrarque à l'affranchissement de la pensée. Il écrit alors sur l'histoire, sur
l'archéologie, sur la philosophie, sur plusieurs pays et plusieurs peuples, parlant de tout avec hardiesse. Peut-être écri-
vît-il trop et sur trop de sujets, mais il le fit toujours en se
plaçant à un point de vue nouveau. Pour la première fois il
donna à la nature sa vraie signification et, ainsi que les premiers peintres de l'époque de la Renaissance, remplacent dans
leurs tableaux le fond d'or mystique par un paysage, de même
chez Pétrarque se manifestent l'amour et l'étude de la nature
au lieu de l'éloignement scolastique pour elle, considérée comme
principe condamnable. Du mysticisme il passa au monde réel,
au raisonnement indépendant et personnel. Il repoussa l'appui,
ou pour mieux dire, les liens de la scolastique qui jusqu'alors
avaient entravé les esprits, et marcha librement sans se baser
sur ses déductions. Il osa se soulever contre l'autorité illimitée
d'Aristote, l'idole du moyen âge, ce qui l'éleva au-dessus des
superstitions du siècle. On peut dire que Pétrarque était plus
savant que pieux. Dans ce qui concerne la religion son indulgence côtoie l'indifférence, et les sentiments religieux n'entravent nullement son développement intellectuel, ni ses investigations. Dans ses écrits Sénèque et Cicéron sont plus souvent
cités que les auteurs ecclésiastiques. Avant tout c'était un
homme intelligent, et ses opinions furent partagées par beaucoup d'érudits italiens de son temps. Ce nouveau mouvement
intellectuel trouva immédiatement à Florence un grand nombre
d'adhérents dans toutes les classes de la société, et se répandit ensuite dans l'Italie entière.

En nous résumant nous pouvons dire, que si Pétrarque
fut l'homme de la Renaissance, Dante, au contraire, appartint
encore au passé; les racines de son développement intellectuel
ont poussé dans le moyen âge; c'est pourquoi les idées du

christianisme sémitique, c'est-à-dire du catholicisme du moyen âge, dominent dans ses principes religieux. C'est dans ce domaine qu'il exerça son influence sur les créations des maîtres de la Renaissance, et spécialement sur les productions des artistes de cette époque, dans les aspirations religieuses desquels, prédominaient ces mêmes principes du catholicisme médiéval, et qui, par conséquent choisissaient des sujets dans lesquels ils pouvaient exprimer des pensées en rapport avec ces sentiments. L'influence de la Divine Comédie se fait surtout sentir dans les œuvres de ces peintres et de ces sculpteurs qui représentent le Jugement dernier et l'enfer; les terribles épisodes des punitions des pécheurs; la figure de Satan; les scènes effrayantes de l'accomplissement des sentences inexorables du juge céleste. Elle se manifeste aussi dans les sujets qui expriment des idées mystiques, idées qui se trouvent en abondance dans le poème de Dante, et cela, par exemple, dans la représentation du séjour des bienheureux, dans les figures allégoriques de l'Eglise, de la théologie, des vertus, des vices, etc. Par contre cette influence ne se voit nullement dans les peintures religieuses qui représentent la Sainte Vierge, l'Enfant Jésus, S. Joseph; dans ces tableaux dans lesquels est exprimé l'amour maternel, en lutte avec la prédestination, où sont rendus les tendres sentiments de la Madone pour son divin Fils, et encore moins dans ces compositions où percent des idées philosophiques et dans lesquelles le sujet religieux sert de cadre à l'analyse de l'âme humaine et de ses différents sentiments, comme par exemple la Cène.

Dans le domaine religieux, Dante est le poète de la terreur. Nous avons pu voir les traces de son influence dans les fresques de Giotto dans l'église de Santa Maria dell'Arena, (chapelle Scrovegni) à Padoue [1]), qui représentent le Jugement

[1]) Giotto, comme nous l'avons dit plus haut, exprimait quelquefois dans ses peintures des idées du christianisme sémitique. Dans l'église de Santa Maria " dell'Arena „ il l'a fait, peut-être sous l'influence de son contemporain l'Allighieri. Un des premiers commentateurs de la Divine Comédie — Benvenuto da Imola — dit que Dante visitait Giotto, quand cet artiste peignait les fresques de la chapelle Scrovegni, et qu'il passait avec lui plusieurs heures.

universel et l'enfer; dans celles qui rendent ces mêmes sujets au Camposanto de Pise, et dans la chapelle Strozzi de l'église S. Maria Novella à Florence. Luca Signorelli, en représentant les tourments des pécheurs, dans ses fresques de la cathédrale d'Orvieto, s'inspira également à la Divine Comédie. Mais c'est principalement dans les productions de Michel-Ange qu'est évidente l'influence de Dante. Dans son Jugement dernier de la chapelle Sixtine on voit non seulement des figures empruntées directement au poème de Dante — dont elles constituent, pour ainsi dire, l'illustration — mais la composition entière est pénétrée de la terreur du catholicisme médiéval qui domine avec tant de force et si impitoyablement dans toute la Divine Comédie. Le Christ du Jugement dernier de Michel-Ange, d'un mouvement énergique de la main droite, repousse les condamnés et les précipite dans l'enfer. On peut facilement remarquer, que les productions de Michel-Ange, ainsi que nous l'avons déjà dit, sont inspirées au christianisme sémitique du moyen âge. C'est à cause de cette communauté d'inspiration, qu'entre Dante et Michel-Ange il y a une certaine ressemblance qu'il est impossible de ne pas remarquer. Le style du poète est tout aussi sévère, tout aussi énergique que le dessin de l'artiste; tous les deux sont terribles dans leurs œuvres, et tous les deux frappent avec une égale force, l'un par sa poésie, l'autre par son pinceau et son ciseau comme jadis les prophètes d'Israël frappaient par leur parole et leurs prédictions. Michel-Ange peut être appelé le Dante de l'art figuratif. Il existe une analogie, même dans le caractère de l'artiste et du poète. Tous les deux sont également orgueilleux, intolérants, inflexibles dans leurs opinions. On sait que Michel-Ange lisait continuellement la Divine Comédie il qu'il orna en marge de dessins à la plume un exemplaire de ce poème. Malheureusement ce volume s'est perdu dans un naufrage entre Livourne et Gênes. Ainsi c'est surtout dans les travaux de cet artiste, que nous sentons l'influence de l'œuvre de Dante, qui par ses idées appartenait au moyen âge, tandis que par contre, dans les productions d'un autre maître, de Raphaël, qui sous ce rapport forment un complet contraste avec les œuvres de Michel-Ange, l'influence de la poésie de Dante ne transpire nullement. Des idées de caractère entièrement aryen ont inspiré les tableaux de Raphaël; il a été le peintre des tendres mouvements de l'âme, le peintre de la pensée exprimée par des formes d'une beauté inimitable.

XVIII.

L'affranchissement de l'esprit italien qui se manifeste aussi dans l'art à l'époque de la Renaissance, peut être comparé, ainsi que nous l'avons déjà vu, à la Réforme. De même que cette dernière introduisit des changements dans le catholicisme du moyen âge, rejetant quelques uns des dogmes, développant les principes aryens de préférence aux sémitiques, adaptant la religion romaine aux exigences de la pensée qui s'éveille des peuples germaniques; ainsi le changement qui s'opéra dans l'idéal chrétien, la diminution de la frayeur inspirée par le catholicisme du moyen âge, le penchant pour l'étude de l'antiquité classique, l'amour de la nature, en un mot, tout ce qui se manifesta parmi les Italiens à l'époque de la Renaissance constitue un genre de Réforme. En Italie, cependant l'affranchissement de la pensée ne conduisit pas directement à une transformation essentielle du catholicisme, ainsi que cela eut lieu en Allemagne; il ne fit qu'exciter la pensée philosophique, l'idée aryenne. Dans les pays germaniques, le mouvement spéculatif fut la conséquence de la Réforme; tandis qu'en Italie ce mouvement, bien que d'abord sans de grands résultats, se manifesta aux premières lueurs de la Renaissance. N'ayant pas le même caractère positif que la réforme religieuse de l'autre côté des Alpes, ne se distinguant pas par un détachement complet des anciennes croyances, cette réforme italienne fut peu remarquée quoiqu'il faille pourtant avouer, que dans les idées des Italiens, à l'époque de la Renaissance, s'accomplit une transformation radicale qui laissa des traces profondes dans leur culture.

Comme conséquence inévitable du réveil des forces intellectuelles des Italiens se développa chez eux un art figuratif d'un caractère religieux, dans lequel on voit se refléter vivement ce mouvement des facultés morales. Pour les habitants d'un pays méridional, comme l'Italie, où la nature riche, belle et fertile développe les goûts artistiques, le penchant pour l'art figuratif fait partie essentielle de leur nature. La peinture et la sculpture devinrent à cause de cela chez eux un mode tout aussi propre à transmettre leurs idées, tout aussi capable d'exprimer leurs sentiments religieux que la parole.

Dans les pays germaniques, par contre, l'éveil de l'esprit aryen, c'est-à-dire la Réforme, conduisit à de tout autres résultats dans le domaine de l'art, et en particulier à rejeter les représentations religieuses. Les habitants d'un pays moins riche que les rivages de la Méditerranée en formes esthétiques, où la nature pauvre en beautés plastiques et en coloris ne provoque pas les aspirations artistiques, les peuples germaniques, en un mot, n'eurent pas au même degré que les Italiens le goût de l'art figuratif. Plus on remonte vers le Nord et moins on trouve dans l'homme le penchant à exprimer ses idées par les formes plastiques et les couleurs, à employer dans son habitation l'art figuratif comme élément décoratif. Qu'on compare, par exemple, le mode d'ornementation des plafonds des maisons dans les contrées meridionales à celui qui est employé dans les pays septentrionaux, là où ce mode d'ornementation est national et non importé. Il faut aussi convenir, que l'art de plusieurs centres artistiques de l'Europe du Nord, peut se comparer à une plante transplantée d'un pays méridional, qui cesserait d'exister si elle ne pouvait se renouveler par le contact avec le Midi. Les hommes du Nord, qui n'ont jamais quitté leur patrie, sont sourds au language du pinceau et du ciseau. Ils ne sont pas capables de comprendre comment on peut, avec les couleurs et les formes plastiques exprimer ses pensées; car le coloris qu'ils voient dans la nature qui les environne ne possède pas pour cela la force nécessaire, et de même les formes plastiques ne présentent pas essez de netteté à cause du peu de transparence de l'atmosphère. Les lignes ont leur harmonie comme les sons; mais cette harmonie ne peut pas être perçue par les septentrionaux, car l'air autour d'eux n'est pas assez limpide pour que ce phénomène puisse se produire. Ce n'est que graduellement que se développe dans

l'homme du Nord la faculté de comprendre les formes plastiques et de sentir vivement les couleurs quand, quittant sa
patrie, il séjourne dans les pays méridionaux. Ce n'est que dans
ceux-ci qu'on peut acquérir cette compréhension. On peut dire,
sans exagérer, que presque tous les artistes remarquables des
différents pays de l'Europe, depuis la Renaissance des arts en
Italie, ont reçu, ou au moins complété leur éducation artistique
dans ce pays.

Nous pouvons aussi voir que la peinture et la sculpture,
ne constituant pas un besoin essentiel des habitants des pays
du Nord de l'Europe, comme de ceux des rivages de la Méditerranée, elles n'eurent jamais chez les premiers un caractère
populaire; jamais elles n'intéressèrent et n'entraînèrent au même
degré que chez les seconds la masse du peuple. Ce n'est qu'en
Italie, que de nos jours, on peut rencontrer parmi le peuple
des individus capables de comprendre les productions artistiques, d'en découvrir les beautés et d'y puiser des jouissances.
On peut dire, que jusqu'à la Réforme, les représentations religieuses furent en Allemagne plus rapprochées du peuple que
plus tard les productions de l'art séculier. Mais si les représentations religieuses eussent été un besoin de la nature morale des peuples germaniques au même degré que des Italiens,
la Réforme n'aurait pas pu les rejeter et elle n'aurait pas excité
le peuple à détruire les images, comme cela eut lieu dans
quelques contrées de l'Allemagne. Il faut aussi remarquer, que
plus on va vers le Nord, plus le protestantisme devient iconoclaste; comme par exemple: en Ecosse, en Suède, en Nor-
vège, en Finlande.

En ressuscitant la loi de Moïse, la Réforme put, dans les
pays germaniques, condamner comme coupables, ainsi que nous
l'avons vu, les représentations religieuses peintes et sculptées,
mais elle se barra par là le chemin au delà des Alpes. Les
Italiens appelés à une nouvelle vie ne pouvaient que blâmer
ces idées ascétiques et cette aversion pour l'art figuratif. C'est
une des raisons pour lesquelles la réforme de Savonarole, qui
avait un caractère iconoclaste, ne put prendre pied à Florence [1]).

[1]) Dans la première moitié du XIX⁰ siècle le protestantisme commença à trouver des adeptes en Italie, parce qu'il devint une des formes

354

L'épanouissement de l'art dépend de beaucoup de conditions. La nature des pays méridionaux est assurément favorable à son développement, mais il est tout aussi certain que les seules conditions climatologiques ne peuvent provoquer et continuer le progrès des forces artistiques. La nature contribue beaucoup à leur développement mais n'en est pas l'unique agent. Un peuple peut existe longtemps dans un pays favorable à l'éclosion des arts, sans avoir conscience de ses facultés artistiques, ainsi que cela eut lieu en Grèce et en Italie. L'art fleurit dans une nation quand elle parvient à un état moral tout à fait stable, à une certaine maturité de sa vie intellectuelle; quand elle est inspirée par des idées d'un ordre élevé et quand rien n'entrave le développement de ses forces physiques et morales. Si toutes ces conditions se réalisent chez un peuple qui habite une nature riche et fertile, dans ce cas l'art figuratif atteindra certainement à un degré plus élevé que dans une nation qui au point de vue moral est tout aussi favorablement placée, mais qui vit au milieu d'une nature pauvre de formes et de coloris incapable de provoquer la création d'œuvres artistiques. Par contre, quand ces conditions ne se réalisent pas, l'art ne peut pas fleurir; si quelques unes seulement se trouvent réunies, l'art prend un caractère exclusif; si toutes font défaut, l'art décline même au milieu d'une nature belle et favorable à son éclosion. Il n'est donc pas étonnant que, tout en étant placé au milieu d'une nature immuablement belle, l'art ait eu en Grèce et en Italie des périodes florissantes et des époques de décadence. Nous avons pu voir qu'en Italie, ce fut dans la seule école florentine que l'art, placé dans des conditions extraordinairement favorables, atteignit à une grande perfection; tandis que dans l'école vénitienne, à cause de la prépon-

de l'opposition aux gouvernements impopulaires, alliés du clergé catholique. Celui-ci fut toujours, en Italie, contraire aux aspirations nationales, dans lesquelles il croyait voir un libéralisme dangereux pour lui même, et toujours il secourut les étrangers qui asservissaient le pays. Mais la propagande protestante n'a plus eu le même succès dans la péninsule après qu'elle a été affranchie, quoique maintenant on ne soit plus exposé à la persécution à cause de ses opinions religieuses comme dans les temps passés.

dérance des impulsions matérielles sur les forces intellectuelles, la peinture prit un caractère exclusif. Tel fut aussi le caractère des écoles siennoise, ombrienne, de celle de Padoue et de Parme ; la première à cause de sa tendance mystique qui exclut toute idée philosophique ; la seconde par suite de sa disposition à la rêverie religieuse qui exclut de même la libre analyse de l'état moral de l'homme ; la troisième prit ce caractère par la prépondérance du réalisme uni à la servile imitation des monuments classiques, enfin la quatrième par l'excessive recherche de la grâce et des charmes féminins, et par l'absence de force dans les figures masculines. Il est aussi hors de doute qu'une des causes de la décadence artistique en Italie fut la perte de la liberté, principale condition pour que les arts fleurissent dans un Etat. La liberté perdue, l'art quitta le terrain populaire et se mit au service des potentats.

Il est évident aussi que la nature des contrées méridionales de l'Europe est plus favorable à l'éclosion de l'art figuratif que celle des pays de l'Europe centrale, et surtout septentrionale, et que l'art des artistes méridionaux doit avoir de l'influence sur les productions artistiques de ceux du Nord quand ils entrent en contact avec eux.

XIX.

L'art peut perfectionner ses formes et sa technique sans qu'un changement s'opère dans les idées qui l'animent. Un exemple frappant de ce phénomène nous est fourni par l'école de peinture espagnole. En Espagne la pensée ne s'éveilla pas comme en Italie à l'époque de la Renaissance et elle ne fraya pas à l'art une nouvelle voie. Le renouvellement des idées — résultat du réveil intellectuel de la nation — ne se manifeste pas dans l'école espagnole ; ses formes se créèrent par une impulsion venue du dehors, sous l'action de l'art italien et hollandais. On le sait, les productions des artistes hollandais et italiens eurent de l'influence sur les peintres espagnols, même sur les plus habiles d'entre eux. La peinture italienne avait déjà connu une période brillante quand commencèrent à apparaître les peintres qui donnèrent de l'importance à l'école espagnole. Vélasquez visita deux fois l'Italie ; ce peintre n'eut pas de prédécesseur parmi les artistes espagnols ; Murillo fut son élève.

Pendant plusieurs siècles, les Espagnols se trouvèrent en lutte continuelle avec les plus fervents adeptes de la loi de Mahomet — les Arabes — il en résulta que leurs aspirations patriotiques et que leurs sentiments religieux, se fondirent en un tout, de sorte que le catholicisme devint une des formes de patriotisme. Dans les guerres avec les Mahométans les prêtres portaient à la tête de l'armée des reliques des Saints et d'autres objets sacrés, en guise de drapeaux. Dans cette lutte, de presque huit siècles, le clergé se montra le plus ferme allié de la nation, combattant pour son indépendance. Son importance augmenta par là considérablement, car on lui obéissait d'autant plus volontiers qu'il se fit le centre de la lutte contre l'islamisme. L'intolérance du clergé pour les infidèles était approuvée par le peuple. La vie de chaque Espagnol s'écoulait alors dans les guerres incessantes avec les Arabes tant qu'il avait assez de vigueur pour porter les armes, et elle se terminait soit sur le champ de bataille, soit dans un cloître. La seule carrière des armes et l'état ecclésiastique jouissaient alors de la considération publique.

De pareilles conditions n'étaient, naturellement, que très peu favorables au développement de la mentalité de la nation ; la pensée était entravée, la vie intellectuelle paralysée. Un clergé tout-puissant, ennemi des nouvelles idées, entretenait dans le peuple, avec le fanatisme religieux, les préjugés du moyen âge et les aspirations mystiques. Jamais il n'y a eu en Espagne de réformateurs, ni pendant la guerre avec les Arabes, ni après qu'ils furent vaincus. Jamais n'est sorti de la nation espagnole un homme qui tentât de développer dans le christianisme les éléments aryens qu'il contient, au préjudice de ses principes sémitiques. C'est pourquoi on ne trouve pas même, dans l'art espagnol, la trace de ce travail intellectuel, de ces efforts, qu'on remarque déjà dans les premiers maîtres de la Renaissance en Italie, pour créer un nouvel idéal, répondant aux aspirations religieuses suscitées par l'esprit aryen qui s'éveille.

Il peut sembler extraordinaire qu'en Espagne, dans les conditions que nous venons de signaler, aient pu apparaître des peintres aussi remarquables que Vélasquez et Murillo; mais, il faut le dire, leurs productions appartiennent à la Renaissance uniquement par l'apparence, par la technique et non par l'idée. Les peintres espagnols ont constamment représenté ou des sujets mystiques, qui se rapprochent par le sentiment des produits des artistes byzantins, ou des scènes religieuses d'un complet réalisme [1]), et cela en créant de belles formes, en faisant preuve d'une excellente technique, avec un coloris d'un charme particulier, et un jeu savant des ombres et de la lumière.

Les Madones de Murillo, ou s'élèvent vers les régions célestes, portées sur les nuages, les yeux dirigés vers le ciel, les mains jointes dans l'attitude de la prière, pleines d'extase religieuse, entourées d'Anges, foulant aux pieds le croissant — emblème de l'islamisme; — ou bien ce sont des mères, montrant avec orgueil leur enfant, occupées parfois de soins tout à fait matériels. Sur leur beau visage on ne voit pas même l'ombre de cette mélancolie rêveuse, provoquée ailleurs par l'idée du sort futur du Sauveur du monde, ni de la frayeur en face de la mission qui leur est confiée, ni du manque de confiance dans leurs propres forces, ni de la lutte entre les sentiments maternels et la soumission à la prédestination; en un mot aucunes de ces idées qu'ont exprimées les maîtres italiens de la Renaissance dans les traits de leurs Madones, qui leur donnent tant de charme et les rendent si touchantes.

Le principe mystique domine dans la peinture de l'école espagnole; nous voyons cette tendance dans la plupart de ses tableaux. Les sujets qu'ils représentent de préférence sont, par exemple: l'Adoration par Saint-Antoine de Padoue de l'Enfant Jésus; l'Apparition du Christ enfant à ce même saint; la Préparation miraculeuse des mets par des Anges; la Madone nourissant un moine; la Fuite en Egypte sous une escorte

---

[1]) En dehors des sujets religieux, chez les peintres espagnols, domine la représentation réaliste — quelquefois même assez grossière — de la nature. Il faut voir là l'influence de l'école de peinture hollandaise.

d'anges; Saint-François embrassant, dans une extase religieuse, le Christ crucifié; les Anges flagellant Saint-Jérôme à cause de son grand amour pour la littérature classique; un Ange aidant un Saint compatissant à porter un blessé; des miracles accomplis par de saints personnages, leurs extases, leurs visions etc. Dans l'école espagnole, le mysticisme touche au réalisme; ainsi, par exemple une des Madones de Murillo, maintenant au musée de Séville, est représentée emmaillottant avec soin l'Enfant Jésus qui par ses mouvements tâche de se dégager, comme font généralement les enfants, tandis que des Anges descendent du ciel en jouant de divers instruments. Dans le tableau de l'Assomption de la Vierge les petits Anges qui sont à ses pieds sur les nuages, ont un aspect très matériel, qu'on ne rencontre jamais dans les productions des maîtres italiens de la Renaissance. Comparez, par exemple, les Anges représentés dans les tableaux de l'Assomption de la Vierge [1]), de Murillo ou ceux de l'Annonciation du même peintre [2]), ayant l'air d'enfants bien portants, joufflus et robustes qui s'ébattent dans les nuages comme dans leur élément, aux Anges représentés près de la Madone et du Christ par les maîtres de la Renaissance italienne, et spécialement avec les chérubins, qui pensifs contemplent le Sauveur franchissant le seuil de ce monde pour s'offrir en sacrifice, dans le tableau de la Madone Sixtine de Raphaël, et on se persuadera de l'immense différence qui existe dans leur nature intime entre les Anges de Murillo et ceux des artistes italiens; on verra combien de naturalisme insignifiant dans les premiers; combien d'expression dans les seconds.

L'élément mystique, la nature passionnée du catholicisme ont été revêtus, de très belles formes, par quelques uns des peintres de l'école espagnole, et exprimés avec un coloris chaud, aérien, transparent, séduisant. D'autres artistes, par contre, comme par exemple Zurbaran, ont exprimé ces mêmes aspirations religieuses par des figures de moines ascétiques, som-

[1]) Un de ces tableaux se trouve au Musée du Prado à Madrid, l'autre au Louvre.
[2]) Ce tableau est à l'Ermitage à Pétersbourg.

bres, fanatiques, qui dans un délire pieux macèrent et flagellent leur corps, s'élevant par la pensée vers Dieu, et l'adorant du fond de l'âme, abîmée dans la douleur et une profonde humiliation.

On trouve assurément aussi dans l'art italien de la Renaissance des tableaux mystiques, mais ils n'y prédominent pas et à côté d'eux on rencontre des sujets religieux traités d'après une conception terrestre et philosophique. Plusieurs des scènes mystiques qu'on voit représentées par l'école espagnole, par exemple l'Enfant Jésus adoré par Saint-Joseph, par Saint-Antoine de Padoue et par d'autres Saints, qui le portent dans leurs bras et l'embrassent; ou bien leur apparaissant dans les Cieux, parfois sur le livre ouvert des Evangiles [1]), de pareils sujets, d'un mysticisme raffiné, sont inconnus aux peintres italiens de la Renaissance. Dans les productions des artistes espagnols on ne peut indiquer une seule représentation dans laquelle des idées philosophiques soient unies aux sentiments pieux. Les scènes des souffrances et des humiliations du Sauveur ne se rencontrent pas dans les tableaux des peintres espagnols, et à l'exception de Murillo c'est bien rarement qu'ils ont représenté des sujets tirés de la vie terrestre de Jésus, de la Vierge et des Saints. A côté d'une activité assez considérable dans le domaine de la peinture, la sculpture n'a pas pu se développer en Espagne, car il est impossible, ou pour le moins, très difficile de rendre par des formes plastiques cette exaltation dans la piété, cette extase religieuse que les artistes espagnols voulaient exprimer. Des bas-reliefs et des statues en bois peint, une espèce de plastique qui se rapproche de la peinture, voilà ce qu'on recontre en Espagne, mais ces productions sont d'un mérite artistique très médiocre.

Ce caractère particulier de la peinture espagnole la rapproche de l'art byzantin. Nous y voyons en effet les mêmes figures inspirées par la piété, les mêmes aspirations mystiques, des idées religieuses du même caractère mais exprimées sous des formes différentes. Les représentations de la Vierge et du Christ crucifié, surtout celles exécutées en bois, sont recou-

[1]) Dans la galerie de l'Ermitage à Pétersbourg.

360

vertes en Espagne de riches vêtements, de parures précieuses, des insignes royaux, comme dans l'art byzantin. En Espagne dominaient donc, ainsi qu'à Byzance, des idées religieuses d'un caractère sémitique.

La Cène — sujet qui permet le développement de la pensée et qui provoque l'analyse de la nature morale de l'homme — a rarement été représentée par les peintres espagnols et invariablement avec une tendance purement mystique. Nous voyons, par exemple, que dans le tableau du peintre Vicente de Juanes, mort à la fin du XVIe siècle, le dernier repas du Sauveur avec ses disciples est représenté de la manière suivante. Le Christ élève l'Hostie et semble dire: " Prenez, mangez..... 1) Il tient la main gauche sur sa poitrine; une coupe est devant lui; sur la table on voit des mets et des pains. Pierre et Paul sont aux côtés du Christ; ils regardent la sainte Hostie avec une émotion et une ferveur religieuse. Quelques uns des disciples l'adorent en joignant les mains; d'autres expriment par leurs gestes leur pieux enthousiasme. Les noms des Apôtres sont écrits dans leurs nimbes. Judas, sans nimbe, tient dans sa main le sac d'argent et regarde l'Hostie avec une expression haineuse. Le Christ apparaît ici comme un prêtre célébrant la liturgie devant l'autel; ce n'est pas proprement la Cène que nous voyons ici, mais l'adoration de l'Hostie. Jamais les peintres espagnols n'ont représenté la Cène au moment où le Sauveur prononce les paroles: " Un de vous me trahira „.

L'école espagnole, dans laquelle le mysticisme le plus subtil s'unit ou plus complet réalisme, sans qu'il y ait de milieu entre ces deux extrêmes, et qui jamais ne s'éleva jusqu'aux sphères de la pensée philosophique, peut donc nous montrer, de la manière la plus évidente, comment les idées mystiques du moyen âge ont pu se conserver avec les formes et la technique de l'art de la Renaissance.

1) Ev. selon S. Matthien XXVI, 26.

XX.

Deux siècles après les premières lueurs de la Renaissance de l'art et de la pensée en Italie, les libres institutions des républiques municipales tombèrent, et le pouvoir tyrannique d'un seul remplaça presque partout les anciens gouvernements populaires, ce qui conduisit à la désorganisation de la société.

Les causes de la perte de la liberté dans les républiques italiennes furent diverses. Au Nord de la péninsule ce fut principalement la lutte incessante des partis. Les collisions continuelles, dans les cités, des partisans de l'Empereur — c'est-à-dire des Gibellins — avec ceux du pape — les Guelfes; de la noblesse avec les corporations des négociants et celles des métiers; l'inimitié des familles puissantes, qui parfois éclatait à cause de prétextes tout à fait futils, tout cela conduisait à des sanglantes échauffourées, qui prenaient quelquefois le caractère d'une guerre civile. Par là le séjour des villes devenait peu sûr, presque dangereux. Les citoyens vivaient dans de continuelles alarmes, ce qui leur faisait désirer un pouvoir assez fort pour maîtriser les passions et maintenir l'ordre. Ils étaient ainsi disposés à obéir à la volonté d'un seul, et une fois la puissance absolue établie il devenait difficile de s'en libérer. Ainsi plusieurs communes de l'Italie centrale et septentrionale perdirent la liberté et se soumirent à un tyran. Mais celui-ci, pour se maintenir au pouvoir, devait avoir recours à la violence, au despotisme, aux persécutions et favoriser tantôt un parti, tantôt un autre.

Méfiants et soupçonneux, tremblant toujours de perdre leur puissance ces tyrans étaient entraînés à employer des moyens d'une cruauté inouïe contre des ennemis réels ou supposés, comme par exemple les Visconti, maîtres de Milan dès le XIV° siècle. Parfois la tyrannie des oppresseurs comblait la mesure et poussait à bout la patience des citoyens; parfois l'esprit républicain s'éveillait. Des révoltes éclataient et le tyran tombait sous le poignard des conspirateurs. mais les anciennes institutions libérales ne se rétablissaient pas; le peuple restait indifférent à ce mouvement, car la noblesse et la bourgeoisie riche l'avaient peu à peu privé des droits et privilèges qu'il avait acquis pendant la lutte des communes pour l'indépendance. Après la chute du tyran ce n'était qu'un gouvernement oligarchique qui pouvait s'établir, de sorte que la masse des citoyens ne soutenait pas le nouveau régime, et le pouvoir tyrannique se rétablissait après un court espace de temps.

À Florence le gouvernement républicain se maintint plus longtemps que dans beaucoup d'autres communes d'Italie, et le pouvoir de la famille des Médicis s'affermit graduellement et non par la violence. La question sociale qui préoccupe à un si haut point la société contemporaine, avait déjà apparu chez les Romains et dans quelques communes italiennes. Chez les premiers, l'inaptitude à la résoudre conduisit au césarisme; dans les secondes les mêmes causes eurent pour résultat l'établissement du pouvoir d'un seul sur les ruines des institutions républicaines.

Dans ces centres de culture peu considérables mais doués d'une force vitale extraordinaire, s'accomplirent des révolutions sociales, qui de notre temps ne s'effectuent que dans les grands Etats. À Florence, la question sociale s'élabora plus complètement, et si on peut employer ce mot, plus artistiquement qu'ailleurs, mais l'impossibilité de la résoudre fut une des causes de la perte de la liberté de cette république. Comme Florence à l'époque de la Renaissance était à la tête du mouvement philosophique et artistique de ce temps, et que l'activité intellectuelle s'y développa plus complètement que dans les autres communes italiennes, la question sociale y reçut une forme plus définie, plus complète et porta des résultats plus décisifs, plus évidents que dans les autres républiques municipales de l'Italie.

Pour arriver au triomphe de la démocratie, à la destruction complète du pouvoir féodal, Florence passa par une série de révolutions. Les familles féodales, obligées de s'établir dans la cité, devaient s'inscrire dans une des corporations — arti — et ne jouissaient que des privilèges accordés aux autres citoyens. Il n'y avait pas alors à Florence une grande disproportion entre les fortunes, et encore moins entre les droits civiques, dans les différentes classes de la société.

Tant qu'il n'y eut pas à Florence un grand développement du commerce et de l'industrie, les institution républicaines purent fonctionner régulièrement et sans obstacles; aucun des citoyens ne possédait une grande fortune qui le fit aspirer à la prépondérance et se soustraire aux lois. Mais, quand au commencement du XIVᵉ siécle, le commerce et l'industrie, ainsi que les opérations de banque, qui prirent alors de grandes proportions, eurent enrichi quelques familles, elles commencèrent à se détacher de la masse des citoyens et la population de Florence se divisa en citoyens riches — popolo grosso — et en citoyens pauvres — popolo minuto. Les premiers appartenaient aux corporations supérieures — arti maggiori; ils s'occupaient du commerce, de l'industrie en gros et des opérations de banque. Les seconds formaient les corporations inférieures — arti minori — et s'occupaient du petit commerce, des petites industries et des métiers. Cet état de choses amena le choc et la division des intérêts, et par suite la formation de nouveaux partis politiques. La bourgeoisie riche des " arti maggiori „ s'étant déjà séparée des " arti minori „ dans la première moitié du XIVᵉ siècle et s'alliant parfois aux anciennes familles féodales, grâce à sa richesse et à son influence, s'efforçaient d'exclure du gouvernement de la république et d'éloigner des emplois publics les arts mineurs et de limiter leurs droits civiques.

Les classes inférieures de la population, dans la république florentine comme dans beaucoup d'autres communes de l'Italie, commencèrent alors à perdre leur importance et furent facilement évincées des affaires publiques, en partie aussi parce qu'au XIVᵉ siècle, la milice, composée de citoyens libres, était remplacée par les armées mercenaires des condottieri, de sorte que les classes riches n'avaient plus besoin de l'aide du peuple pendant les guerres, et commencèrent à dédaigner sa force. Cette lutte, dans laquelle les membres ambitieux des corporations supérieures entraient dans les rangs des corporations inférieures, cherchant par ce moyen à établir leur pouvoir personnel, comme le firent les membres de la famille de Médicis, s'accentua davantage à la fin du XIVᵉ siècle, et un élément nouveau s'ajouta à cette guerre des intérêts personnels.

Avec l'augmentation du commerce et de l'industrie et l'enrichissement croissant de quelques particuliers, les petits industriels, les négociants et les petits propriétaires étaient submergés par les grandes entreprises, par les grands capitaux, et il se forma une classe d'ouvriers et de prolétaires. Il furent peu à peu privés des droits civiques qu'avaient acquis leurs ancêtres, lors de la lutte des communes pour leur indépendance, et leur état matériel empira chaque jour davantage. La culture était hors de leur portée, à cause de leur pauvreté. Pour la plupart ces prolétaires étaient ouvriers dans les fabriques de drap, très nombreuses alors à Florence. Ils ne constituaient pas une corporation et étaient exclus du gouvernement. On les nommait les Ciompi. Cette appellation, quelque peu dédaigneuse, provient, suppose-t-on de l'altération du mot français Compère; c'est ainsi que nommaient ces ouvriers en les régalant les soldats du duc d'Athènes, Gauthier de Brienne, tyran éphémère de Florence en 1343, et qui basait son pouvoir sur la haine des basses classes pour la bourgeoisie riche. Les ouvriers se donnaient le nom de peuple de Dieu — " Popolo di Dio „. — Connaissant leur nombre et leur force ils se soulevèrent en 1878, exigeant d'être affranchis de la soumission aux fabricants, qui ne leur payaient pas ce qui leur était dû pour leur ouvrage; ils demandaient en outre le droit de former une corporation; de choisir eux mêmes leurs consuls; de nommer deux membres de la Seigneurie, et l'introduction de l'impôt progressif[1]). La Seigneurie, composée alors des membres de la bourgeoisie riche, n'était pas en état de s'opposer au soulèvement du peuple et était contrainte de faire des concessions; mais à mesure que la Seigneurie cédait, les exigences des Ciompi augmentaient. Voyant enfin l'impuissance du gouvernement, les Ciompi envahirent le palais municipal, chassèrent la Seigneurie et choisirent un des leurs, le cardeur de laine Michele di Lando, pour gonfalonier, c'est-à-dire qu'ils l'investirent de la plus haute charge de la république. Macchiavelli a dit que Michele di Lando mérite la reconnaissance de ses concitoyens, car par sa modé-

[1]) Marchionne di Coppo Stefani Ist. Fior. t. XIV; — Gino Capponi, Caso o tumulto de' Ciompi; — Muratori. Script. Italii, t. XVIII; Macchiavel, Ist. Fior. lib. III; E. Quinet, Les Révolutions d'Italie.

ration il détourna de la république un grand malheur. Mais cet homme du peuple se montra incapable d'organiser un nouvel ordre de choses et il adopta aveuglément la politique de la réconciliation entre les arti maggiori, les arti minori et le peuple. Par là il ne contenta ni les premiers qui ne se considéraient pas vaincus, ni le peuple, non satisfait des droits acquis par sa victoire. Les arti minori, qui d'abord étaient du côté des Ciompi, ou du moins sympathisaient avec eux, s'en séparèrent, effrayés par leurs exigences toujours croissantes et par les incendies des palais qui appartenaient aux familles des arti maggiori. Non satisfaits des procédés de Michele di Lando les Ciompi se soulevèrent de nouveau; mais cette fois ils furent vaincus par lui; ils s'enfuirent de Florence et se dispersèrent dans les environs de la ville. L'émeute des Ciompi fut ainsi étouffée; ils ne surent pas profiter de leur victoire, en partie parce qu'ils n'avaient pas de plan d'action et qu'ils ne se rendirent pas compte de ce qu'ils pouvaient exiger, ainsi que cela arrive souvent dans les révolutions sociales, et aussi parce qu'il leur manqua la force et le talent d'appliquer leurs idées à la réalité. Ils n'eurent pas de chef capable et ils commirent l'imprudence de se mettre sous la conduite d'un homme dont le seul mérite était de s'être trouvé à la tête de la foule qui envahit le palais municipal.

Après la défaite des Ciompi la bourgeoisie riche prit courage. On ne redoutait plus Michele di Lando qui n'était plus soutenu par les Ciompi, et la réaction ne tarda pas à suivre la défaite du peuple. Peu à peu, et d'abord avec beaucoup de prudence, les arti maggiori privèrent les Ciompi des droits qu'ils avaient acquis pendant leur insurrection. Les membres de la Seigneurie, qui avaient été élus par le peuple furent démis de leur charge et remplacés par des représentants de la bourgeoisie riche; on supprima les nouvelles corporations des ouvriers. Au commencement les arti maggiori agissaient uniquement contre les Ciompi; quand ceux-ci furent définitivement anéantis elles dirigèrent leurs hostilités contre les arti minori. Michele di Lando fut le témoin et même l'instrument de cette réaction; mais le parti oligarchique, c'est-à-dire les arti maggiori, aussi conséquent dans ses actions qu'impitoyable dans sa vengeance ne l'épargna pas et quand il sortit de sa charge — le terme légal était de deux mois — la Seigneurie nouvellement élue l'exila à Chioggia, près de Venise, où il mourut pauvre et oublié.

On retourna à l'état dans lequel on était avant le soulèvement des Ciompi; la bourgeoisie riche s'empara de nouveau du gouvernement; mais les arti minori ne firent plus aucun effort pour reconquérir leurs droits. À Florence alors, ainsi que dans la Rome antique, se forma dans le peuple une classe nombreuse indifférente aux institutions républicaines qui ne lui accordaient plus aucun droit et n'apportaient aucune amélioration à son état matériel. Cette classe populaire était toujours disposée à suivre celui qui la protégeait, qui la comblait de bienfaits, espérant établir, sur les ruines de la république oligarchique, son pouvoir personnel. C'est ainsi que dans la république florentine la voie était ouverte à un homme décidé à s'emparer du pouvoir. Déjà, lors du soulèvement des Ciompi, apparaît parmi eux, et devient leur conseiller un membre d'une famille qui appartenait à la haute bourgeoisie — Silvestro Médici. Il fut considéré par les Ciompi comme un protecteur. À l'époque de la réaction qui suivit la défaite des Ciompi, le parti oligarchique exila Silvestre de Florence, comme partisan de la petite bourgeoisie et du peuple, mais cela ne fit qu'augmenter la popularité des Médicis.

Les fils et les petits-fils de Silvestro suivirent la même politique, mais avec plus de prudence, s'efforçant toujours de faire adopter des lois favorables aux masses populaires, et d'empêcher les arti maggiori d'opprimer les arti minori et le peuple. Dans la répartition des impôts les Médicis tâchèrent aussi de protéger les pauvres et ne permirent pas aux riches de les surcharger. Ils furent les zélés champions de l'impôt progressif. Ils ne négligeaient pas en même temps leurs propres affaires, et leur fortune qui augmentait continuellement par le commerce, leur permettait de se faire par leurs largesses des partisans parmi le peuple. Ils apparaissaient ainsi comme les défenseurs et les bienfaiteurs des classes populaires. Macchiavelli [1]) dit de Vieri de Médicis, fils de Silvestro, qu'il était

---

[1]) Macchiavelli, Storie, Vol. I, lib. III.

si populaire, et que son influence était si grande parmi le peuple que s'il avait été plus ambitieux, il aurait pu devenir le Seigneur de Florence. Le petit-fils de Vieri — Cosme (1389-1464), agit déjà avec plus de décision et se heurta à une plus grande résistance de la part des arti maggiori, ou pour mieux dire, du parti oligarchique à la tête duquel se trouvait la famille Albizzi. Ce parti n'eut qu'un succès temporaire; en 1433 il exila de Florence Cosme de Médicis; celui-ci se réfugia à Venise mais après un peu plus d'une année retourna de nouveau à Florence. Il sut profiter des fautes commises par ses adversaires; ceux-ci ayant fait un mauvais emploi de leur pouvoir, furent à leur tour exilés de Florence. Cosme de Médicis à son retour n'était déjà plus un simple citoyen, il commença dès lors à établir sa puissance d'une manière plus positive. Il prima par la force de l'opinion publique, comme défenseur de tous ceux qu'opprimait le parti oligarchique. Il profita habilement de cette position pour s'affermir au pouvoir. Cosme vit très bien qu'il n'était pas possible de modifier violemment l'organisation civile de Florence. Le seul moyen d'arriver au pouvoir absolu était d'organiser un parti assez fort pour introduire dans le gouvernement un grand nombre de ses partisans. Par ses largesses il les rendait toujours plus dévoués. Il n'y avait personne à Florence qui s'adressât à lui en vain et qui ne fût de quelque façon son obligé. Dépensant très peu pour ses propres besoins, il prévenait les désirs de ceux qui lui étaient dévoués et se distinguait par sa grande affabilité.

N'ayant ni le tact politique, ni la discipline des Arti maggiori, le peuple et les Arti minori ne pouvaient disposer de moyens suffisants ni d'assez de loisir pour acquérir des connaissances; ils se trouvaient souvent dans la gêne et soutenaient avec ardeur les Médicis, ne comprenant pas le but final de la politique des membres de cette famille. Sans sortir de sa position d'homme privé, Cosme voyait tous les jours croître son pouvoir et affaiblissait toujours davantage le parti oligarchique. Quand il se sentit assez fort il introduisit quelques changements dans l'organisation de la république et par là affermit sa position, sans que cela fût remarqué par les citoyens, car ils commençaient à s'habituer à sa puissance. Bien des choses devinrent alors possibles qui n'auraient pas été réalisables plus tôt; et graduellement Cosme remplaça les anciennes institutions libérales par sa propre autorité. En se faisant le maître de Florence il garda pourtant l'extérieur d'un simple citoyen. Il gouverna la république avec une grande sagesse, sans recourir à des mesures sévères, ni arbitraires. Il se montra tout aussi habile dans la politique extérieure que dans l'administration intérieure et avec beaucoup de tact contracta des alliances; parfois même il prédisait avec justesse les événements. Par sa sage politique il releva considérablement le prestige de la république florentine, et réussit toujours à éviter des guerres; par là il captiva les sympathies et la reconnaissance des citoyens.

Le petit-fils de Cosme, Laurent le Magnifique, qui déjà fut le souverain absolu de Florence, continua la politique de ses pères. Comme eux il s'occupe du bien-être du peuple, lui procure des spectacles, des fêtes; lui facilite l'alimentation et satisfait en même temps les goûts raffinés, les aspirations artistiques des citoyens; il encourage avec magnificence les artistes, les savants et les littérateurs.

À Florence, ainsi que dans toutes les autres républiques italiennes, les membres des familles qui s'emparaient du pouvoir devenaient les protecteurs des arts. Par l'éclat qu'ils donnaient à leur domination ils tâchaient de faire oublier l'origine illégale de leur puissance. Le meilleur moyen d'atteindre ce but était d'accorder une large protection aux arts, devenus une des nécessités de l'existence des Italiens de cette époque.

Aussitôt que les communes de l'Italie eurent acquis l'indépendance on vit promptement s'y manifester l'amour des arts. Tous ceux qui le pouvaient participaient à ce mouvement artistique; les murs des églises et des couvents se couvrirent de fresques; sur les autels prirent place des tableaux aux nombreux personnages. Les communes s'efforçaient d'orner et d'embellir la cité d'édifices monumentaux, de fontaines, de portiques, de statues. Cela se faisait indépendamment de la lutte des partis; chacun de ceux-ci, arrivé au pouvoir montrait le même zèle dans la protection qu'il accordait aux arts que celui qui l'avait précédé. L'achèvement de quelque édifice public ou d'une œuvre d'art devenait une réjouissance pour la masse de la population et son inauguration se faisait avec une grande pompe. Les habitants d'une ville étaient fiers des artistes qui étaient leurs concitoyens. Rien que la présence dans la cité d'un peintre, d'un sculpteur, ou d'un architecte remarquable augmentait son importance. Pise, par exemple, bien que toujours menacée de perdre sa liberté et d'être subjuguée par Florence, ce qui à la fin arriva en effet, nonobstant sa position si précaire, s'occupait d'embellir les deux monuments qui lui étaient les plus chers — la cathédrale et le Camposanto. Même les communes moins importantes, comme par exemple, San Gimignano, Pérouse, Arezzo, Orvieto, Gubbio et d'autres dont l'indépendance était toujours en danger d'être anéantie par des communes voisines plus fortes, engageaient des artistes en renom pour construire des palais, des églises, y peindre des fresques et les orner de statues et de bas-reliefs. Les particuliers aussi bâtissaient des chapelles dans les églises et les enrichissaient de peintures et de sculptures. Leurs maisons, leurs villas n'étaient pas construites uniquement pour y habiter commodément mais aussi, ainsi qu'on peut le voir par leurs dimensions et leur ornementation, pour la satisfaction du goût esthétique. Dans la vie journalière des Italiens de ce temps dominait le sentiment artistique. On donnait de belles formes, ainsi qu'on le faisait chez les Grecs et les Romains, à chaque objet d'un usage journalier. Des artistes remarquables ne dédaignaient pas de faire des modèles pour des ustensiles de ménage. Les coffres, qui contenaient le trousseau d'une mariée, étaient peints par d'habiles artistes, ou ornés de bas-reliefs en bois. Les anneaux et les marteaux en fer des portes des palais, les supports pour les flambeaux ; les grilles des fenêtres, les clefs étaient parfois de véritables objets d'art et travaillés avec autant de finesse que des parures de femme. On voit donc que dans la nature des Italiens de la Renaissance dominait le désir de satisfaire leur amour du beau, et les hommes qui étaient au pouvoir s'efforçant de contenter ce sentiment élevé, se faisaient les protecteurs des arts tout autant par inclination que pour se rendre populaires dans les républiques qu'ils avaient subjuguées.

24

On se demande, quelle fut l'influence que la protection des potentats eut sur les arts? Les faits nous prouvent qu'elle ne contribua pas à leur état florissant, mais plutôt détermina leur décadence.

L'art de la Renaissance eut d'abord en Italie un caractère populaire. Les communes bâtirent des palais pour les assemblées des membres du gouvernement, pour le " Podestà „ érigèrent des cathédrales, des campaniles, des églises, des baptistères, des " Camposanti „, des portiques, des fontaines ornées de statues et de bas-reliefs; firent exécuter des tableaux et des fresques. Ces monuments étaient accessibles à tous les citoyens; ils étaient considérés comme le bien de la commune. Tout le monde pouvait les voir, les apprécier, les juger. L'artiste choisissait des sujets qu'il savait devoir plaire à toutes les classes de la population. Il n'était pas assujetti aux caprices et aux fantaisies des particuliers. Travaillant, au contraire pour les potentats et protégé par eux l'artiste devait se soumettre à leur goût et exécuter ce qu'on lui commandait; son choix n'était plus libre; autour de lui se formait le vide; son public se composait de courtisans toujours prêts à approuver et à admirer ce que choisissaient les hommes au pouvoir.

L'art italien de la Renaissance a eu le même sort que l'art hellénique à l'époque des successeurs d'Alexandre. Avant ce monarque les peintres, les sculpteurs et les architectes de la Grèce travaillaient pour les citoyens; leurs œuvres ornaient les édifices publics et les lieux de réunion du peuple; on ne les plaçait pas dans des demeures privées où personne n'aurait pu les voir, mais elles étaient exposées à l'admiration de tous les citoyens. Après la perte de la liberté des républiques helléniques, les rapports entre les artistes et la population changèrent. Perdant leurs droits, leur indépendance, leur importance les citoyens ne prennent plus aucune part au gouvernement de la république, deviennent indifférents à sa gloire, à son sort même et s'intéressent davantage à leurs propres affaires qu'à celles de l'Etat. Au lieu de faire de grands sacrifices, comme autrefois, pour l'embellissement de la ville, dont ils sont des citoyens libres, et d'être fiers des merveilles des œuvres d'art qu'elle contient, ils s'occupent d'orner leurs maisons, de rendre leurs habitations plus confortables. Les artistes séparés de l'opinion publique sont obligés de satisfaire le goût d'un seul, de se soumettre à ses fantaisies, privées souvent de sentiment artistique. Tout cela devait infailliblement conduire au déclin de l'art.

Avec l'établissement du pouvoir des Médicis, l'art perd à Florence le caractère populaire qu'il avait eu dans les siècles précédents, et devient un art de cour. La décision d'un seul remplace l'opinion publique ; la libre concurrence cède la place au choix du souverain. Les membres de la famille de Médicis sont réputés comme protecteurs éclairés des arts ; mais ont-ils réellement mérité cette réputation ? Quand, au milieu du XVᵉ siècle ils se firent les Mécènes des arts, ceux-ci avaient déjà pris à Florence un grand développement indépendant. Les fresques de Giotto, de Masaccio, les meilleures œuvres de Donatello exis-taient déjà; Ghiberti avait déjà exécuté ses remarquables tra-vaux, c'est-à-dire les deux Portes de bronze du Baptistère et les bas-reliefs de la châsse de S. Zénobius. Les citoyens de Florence s'intéressaient à toutes ces productions artistiques et les admi-raient en connaisseurs intelligents. Les Médicis en s'établissant au pouvoir profitèrent adroitement de l'état prospère dans lequel se trouvaient les arts à ce moment, leur protection n'était pas sincère, ce n'était qu'un moyen d'acquérir de la popularité. Ils pouvaient bien faire des commandes aux artistes, leur donner l'occasion d'exécuter des travaux, mais il n'était pas en leur pouvoir de créer de nouveaux talents. Les artistes italiens, comme ceux de l'époque des successeurs d'Alexandre, devaient ériger des monuments temporaires, qu'on détruisait en-suite, construire des arcs de triomphe en l'honneur de l'arrivée de quelque personnage important, les orner de figures colossales des dieux païens et des héros du monde ancien. Tout cela devait être exécuté à la hâte et achevé en quelques jours. Lors de l'arrivée de Charles Quint à Rome le sculpteur Ra-faello da Montelupo dut faire en peu de temps quatorze grandes statues pour le pont du château Saint-Ange; et à peine avait-il fini cet ouvrage qu'il se rendit en toute hâte à Florence, où il exécuta en cinq jours deux figures allégoriques

colossales de fleuves.' À l'occasion de l'arivée de Charles Quint,
à Florence, outre ces deux figures, on en exécuta beaucoup
d'autres, et parmi celles-ci la statue équestre dorée de l'empereur. L'artiste Beccafumi modela en pâte de papier sur un
squelette en fer une statue colossale de Charles Quint à cheval, en costume romain, avec trois figures allégoriques. Des
statues colossales, parfois même équestres, furent exécutées
avec des matières défectueuses et en peu de temps, au XVIᵉ
siècle, à la cour des Médicis et d'autres princes à l'occasion
d'une noce, ou d'une entrée triomphale dans quelque ville.
Nous savons que Pierre de Médicis, fils de Laurent, commanda
à Michel-Ange une statue de neige. On sait de même que ce
sculpteur n'évita que fortuitement de devoir sculpter un colosse en marbre, que le pape Clément VII de Médicis, voulait
placer à côté du palais de cette famille sur la place Saint-
Laurent à Florence, devant l'église. On comprend aisément
que dans de telles conditions les artistes travaillaient plutôt
comme des ouvriers et des décorateurs.

On a reproché, avec raison, au pape Léon X d'avoir fait
parfois à Raphaël des commandes indignes de son talent ;
ainsi quand ils le chargea de peindre les décorations de son
théâtre, et de peindre à fresque, de grandeur naturelle, un
éléphant sur la façade d'une des tours du Vatican. Cet animal
avait été donné au pape par le roi de Portugal en 1514.
Léon X voulait par là rappeler au peuple romain ce pachy-
derme qui l'avait beaucoup amusé et avait vécu à Rome
pendant deux ans. Raphaël chargea Giulio Romano, le plus
important de ses élèves, d'exécuter ce travail en lui donnant
les instructions nécessaires.

En admirant les Cartons de Raphaël, qui se conservent
au Musée South-Kensington de Londres, on ne peut s'empêcher
de regretter que ces magnifiques productions de son pinceau,
unique dans leur genre, et dans lesquelles il se montre un
penseur profond, aient été destinées non à des fresques, mais
à servir de modèles à la fabrication de riches tapis, tramés
d'or, et cela uniquement dans le but de satisfaire le goût du
luxe d'un pape. Bien des mérites des cartons disparaissent
dans les tapis, ce qui était inévitable ; ni le modelé, ni le des-

sin, ni le coloris ne pouvaient être rendus dans le tissage d'une étoffe comme ils étaient indiqués sur les Cartons de Raphaël. Une centaine d'années plus tôt, alors que l'art italien était populaire, ils auraient pu être reproduits dans des fresques, qui encore de nos jours seraient exposées à l'admiration du public, et orneraient soit l'intérieur d'une cathédrale, soit le portique d'un couvent, soit celui d'un Camposanto.

L'activité artistique, très considérable au XVᵉ siècle, n'augmenta pas aux siècles suivants par la protection des princes souverains et des papes, mais plutôt elle diminua. Au XVIᵉ siècle elle se concentra dans quelques personnalités remarquables, et avec les élèves de ces artistes de talent commença la décadence de l'art de la Renaissance. Tous les élèves de Léonard da Vinci, de Michel-Ange, de Raphaël, d'Andrea del Sarto ont été inférieurs à leurs maîtres. Au quatorzième et au quinzième siècle le contraire se produit dans le domaine de l'art; alors nous voyons du maître à l'élève un mouvement ascendant, tandis qu'au seizième, alors que l'art populaire se fait art de cour, le mouvement est descendant.

Dans les œuvres des artistes de la seconde école bolonaise, dont les représentants sont: Lodovico Carracci, ses cousins Agostino et Annibale Carracci, Domenichino, Guido Reni, Albani, Guercino, se manifeste déjà d'une manière évidente le déclin de l'art.

La technique, élaborée dans le courant des siècles, reste excellente chez les maîtres italiens jusqu'à la moitié du XVIIᵉ. Mais cet effort artistique est consacré à des œuvres vides de contenu, sans vérité, dans lesquelles prédominent la pose, la fausseté, le manque de naturel, le désir de produire de l'effet, de frapper l'œil du spectateur par le coloris ou par l'habileté à vaincre une difficulté technique. Dans l'expression des sentiments on dépasse la mesure et on représente des figures faisant des mouvements violents, pas du tout en rapport avec le but qu'elles se proposent. Les draperies tombent en plis larges et raides, sans souplesse. On exagère tous les sentiments; la douceur devient de la fadeur, la force se transforme en violence, en brutalité. La peinture décorative, sans idées, prend une importance de plus en plus grande. Dans les tableaux de cette époque les figures, qui dans la composition occupent une place secondaire, sont mises en évidence et elles attirent l'attention du spectateur, ce qui nuit à l'effet de l'ensemble. On y voit aussi des sourires affectés, des regards levés au ciel avec sentimentalité. On pense involontairement à la poésie de cour, aux sonnets maniérés, aux madrigaux pleins de banalités qui prirent la place de la poésie de Dante et de Pétrarque.

L'état politique de l'Italie à cette époque était lui aussi peu favorable au développement des arts. Bientôt après la perte de la liberté des communes, des guerres incessantes dévastèrent l'Italie; elle souffrit cruellement de ce fléau et plusieurs de ses contrées furent enfin définitivement subjuguées par l'étranger. Toutes ces calamités épouvantèrent le peuple italien, l'humilièrent et arrêtèrent son développement rendant possible la réaction catholique organisée par le clergé.

Le réveil des esprits en Italie, à l'époque de la Renaissance, n'ayant pas conduit à des changements essentiels dans la religion existante, ainsi que cela eut lieu dans les pays germaniques, la réaction y fut plus facile. Le clergé italien, ayant d'abord, comme nous l'avons dit plus haut, des dispositions libérales, cédait aux exigences du siècle, mais effrayé par le grand développement que le protestantisme prenait au delà des Alpes, il commença à condamner les idées qu'il admettait auparavant et devint intolérant. Cette réaction se manifesta définitivement dans les décisions du Concile de Trente (1545-1563), et dans la création de l'ordre des Jésuites.

Nous avons vu que la conséquence directe de l'affranchissement des communes italiennes et de l'acquisition d'un certain bien-être fut l'élargissement de leur horizon intellectuel. L'esprit aryen s'éveilla; on s'éloigna des idées religieuses médiévales et on admit le libre examen. L'apparition de la pensée indépendante transforma l'idéal religieux des Italiens de la Renaissance, ce qui se refléta dans leur art et conduisit à la création de nouvelles formes capables d'exprimer des idées philosophiques. Après l'asservissement de l'Italie et toutes les calamités qui l'assaillirent la vie intellectuelle du peuple déclina et s'obscurcit, les idées mystiques reprirent le dessus sur les idées philosophiques; on revint à l'ascétisme, et de nouveau on commença à considérer la chair comme principe du mal.

L'impulsion donnée à l'esprit des Italiens à l'époque de la Renaissance ne fut pourtant pas arrété définitivement dans les sphères cultivées de la nation; il s'écarta de la route commune, en se développant indépendamment, sans subir ni l'influence de la réaction catholique, ni celle des événements qui obscurcirent les idées des masses, et se continua dans les personnalités de certains philosophes et mathématiciens, comme par exemple Pomponazzi, Bernardino Telesio, Giordano Bruno, Campanella, Vico, Galilei etc. Ils précédèrent, et peut-être déterminèrent ce mouvement philosophique qui, commencé dans les pays franco-germaniques après la Réforme, continue jusqu'à nos jours. La science aussi, après l'époque de la Renaissance se conserva plus indépendante qu'auparavant et conduisit à des découvertes remarquables. Mais ce développement intellectuel ne s'étendait qu'aux seules sphères intelligentes de la nation; on peut même dire à des personnalités isolées douées d'une haute culture. Mais dans la masse du peuple italien cette éclipse de la libre pensée, causée par les désastres du pays et continuée par la réaction cléricale, se refléta dans ses sentiments religieux et se manifesta dans l'art figuratif. Déjà à la fin du XVIᵉ siècle, les éléments mystiques remplacent les principes spéculatifs.

Nous pouvons en effet remarquer que les artistes italiens sont de nouveau attirés par des sujets mystiques et, s'il n'était plus possible du retourner aux formes de l'art byzantin, on exécutait pourtant des tableaux qui se rapprochaient beaucoup, par leur contenu, des productions de cet art. On trouve alors dans la peinture italienne des sujets tout autres que ceux qu'on choisissait auparavant et les mêmes scènes qu'avaient représentées les maîtres de la Renaissance furent rendues par ceux de la période de la réaction jésuitique d'une manière très différente. A cette même époque commença à apparaître dans l'architecture et dans l'ornementation le style somptueux inspiré et protégé par les Jésuites, qui voulaient par ce moyen frapper l'imagination des masses et les attirer par la richesse et la splendeur. Des marbres précieux, des dorures, des couleurs éblouissantes remplacent les belles formes. Nous trouvons des églises de ce genre dans presque toutes les villes d'Italie. En général ce sont de vastes temples richement ornés intérieurement. Les tableaux d'autel, du beau temps de la Renaissance, d'une simplicité idéale, sont remplacés par des peintures qui représentent l'extase mystique, le délire religieux. Aux scènes terrestres et journalières on préfère les transports mystiques, les visions surnaturelles, ou la représentation de miracles accomplis par des saints [1]).

Le dernier repas du Sauveur avec ses disciples, que les maîtres de la Renaissance représentaient d'une manière si dramatique, avec une si grande connaissance des divers états de l'âme humaine, est de nouveau rendu, par les artistes de l'époque de la réaction catholique, avec le caractère mystique qui dominait dans cette scène avant la Renaissance. On représente de nouveau la Cène au moment quand le Christ prononce les paroles: " Prenez, mangez.... „ et non quand il dit: " Un de vous me trahira „. Le peintre Giovanni Balducci, par exemple, représenta, sur fond d'or, vers l'année 1590, dans un tableau qui se trouve sur un des autels de la cathédrale de Florence, une Cène d'un caractère tout à fait mystique. Le Christ et les Apôtres ont au-dessus de la tête des disques d'or. Au second plan, à gauche du spectateur on voit des personnages sans attributions spéciales, et des préparatifs pour le souper. Comme souvent dans l'école espagnole, et dans l'art de l'époque de la réaction catholique, parfois même dans l'art byzantin, on peut remarquer ici l'union du réalisme et des idées mystiques. Ce même mélange peut être observé aussi en partie dans l'art égyptien. Le mysticisme, c'est-à-dire le remplacement du raisonnement par la contemplation et l'inspiration religieuse, quand il est rapproché de la réalité — excluant par sa propre essence toute activité intellectuelle — ne peut entrer en contact qu'avec le côté réaliste de l'existence, qu'aucune idée n'anime.

Le peintre Federigo Baroccio (1528-1612) représenta la

[1]) Chez les auteurs de notre temps de l'ordre des Jésuites, — voyez par exemple: P. R. Garrucci, Storia dell'Arte Cristiána, Teorica, p. 51-55, — nous trouvons la condamnation de l'art religieux de la Renaissance.

Cène dans un tableau qui se trouve dans la cathédrale d'Urbino, de la manière suivante: Le Christ a autour de la tête le disque lumineux; il tient dans la main gauche du pain et de la droite bénit une coupe avec du vin placée devant lui. On ne voit pas autre chose sur la table. Des Anges descendent des cieux et regardent l'accomplissement de ce mystère; les Apôtres entourent le Christ. Dans le fond à droite et à gauche, par des portes ouvertes on voit des personnages étrangers à l'action: une femme avec un enfant sur ses bras, des hommes regardant avec curiosité; au premier plan des serviteurs lavent la vaisselle, remplissent d'eau un bassin dont s'approche un chien. Un jeune garçon s'adresse à un des Apôtres en lui présentant un objet. C'est une scène entièrement mystique dans un entourage réaliste; impossible de rencontrer un plus complet mélange du mysticisme et du réalisme.

Ces deux principes sont réunis de même, de la manière la plus évidente, dans la Cène du Titien. Au-dessus de la tête du Christ, entourée d'un nimbe, dans une auréole et au milieu des nuages est représenté le Saint-Esprit sous la forme d'une colombe. Sur la table on voit des mets et tout ce qu'il faut pour un repas. Quelques uns des Apôtres regardent le Christ; d'autres ont les yeux tournés à droite et à gauche avec indifférence. Saint-Jean est assis à côté du Sauveur, la tête inclinée avec mélancolie. Un chien apparaît sortant de sous la table; deux servantes portent des mets dans des plats.

Dans le dessin exécuté par le peintre Alexandre Allori, surnommé Bronzino (1535-1607), pour un gobelin qui se trouve maintenant dans la collection des Arazzi à Florence, représentant la Cène nous voyons également le mélange du mysticisme et du réalisme. Le Christ, la tête entourée de rayons, tient dans la main droite une soucoupe avec des pains, et dans sa gauche un calice contenant du vin. On aperçoit sur la table des gobelets, des plats avec des aliments et des fruits, des salières d'une forme gracieuse parmi des fleurs et des feuilles éparses. Un des disciples est représenté à genoux les mains jointes; un autre se tient debout s'appuyant avec indifférence à un bâton, le menton posé sur ses mains. Les autres Apôtres tournent les yeux vers le Sauveur, ou bien se regardent entre eux. Leurs figures n'expriment rien de défini. Judas donne un morceau de pain à un chat qui sort de sous la table.

La Cène représentée par le peintre Francesco Bellani (1688-1768), dans un tableau maintenant à la galerie de Modène, a aussi un caractère mystique. Le Christ distribue le saint Sacrement aux Apôtres; l'un d'eux reçoit à genoux l'Hostie; les autres, — excepté Judas qui se tient à l'écart, — expriment par leurs poses et leurs gestes la profonde vénération qui les anime. Au second plan on voit une table préparée pour un repas.

Les sujets mystiques représentés par les maîtres italiens de l'époque de la réaction catholique ont le même caractère que les scènes religieuses exécutées au moyen âge. Ce n'est que dans leur mérite artistique et dans l'exécution qu'elles varient. Des formes différentes expriment les mêmes idées. Le trait dominant dans le sentiment religieux des peuples de l'Orient sémitique — le mysticisme — se manifeste constamment dans les compositions de style byzantin, ainsi que dans les productions des artistes occidentaux, avant et après l'époque de la Renaissance, c'est-à-dire, avant le réveil de l'esprit aryen et pendant la période de son éclipse. Ce n'est qu'après l'affranchissement de l'Italie, qui a commencé à s'effectuer vers la moitié du siècle passé, lors du nouveau réveil de l'esprit aryen qu'apparaissent de rechef des tableaux représentant des sujets religieux traités du point de vue philosophique, et par là même excluant les idées mystiques.

XXI.

Il est hors de doute que les œuvres des maîtres italiens de l'époque de la Renaissance exercèrent de l'influence sur l'art des peuples franco-germaniques. On peut dire en général, que l'art italien de cette période donna le ton à l'activité artistique des habitants de plusieurs pays de l'Europe; car les Italiens, dans le domaine de l'art figuratif, sont bien plus forts que les autres branches de la famille áryenne appelées alors à la vie. Il est facile de s'en convaincre en examinant les productions de l'art des Franco-Germains avant leur contact avec

les Italiens, avant l'apparition au delà des Alpes des peintres
et des sculpteurs de l'Italie. Quand les artistes franco-germaniques connurent les productions des maîtres italiens de l'époque
de la Renaissance, leurs propres ouvrages furent, pour ainsi
dire, comme touchés par une baguette magique et ils prirent
des formes esthétiques qu'ils n'avaient pas eues jusqu'alors.
Selon beaucoup d'historiens allemands l'art germanique, au
contact de l'art italien et par son imitation, est sorti de ses
ornières et a perdu son originalité. Mais s'il y a là quelque
chose de vrai, il faut aussi avouer, que ses forces n'étaient
pas considérables, et que ce qu'il a pu perdre ainsi n'était pas
de grande valeur.

Les œuvres de la plastique apparurent au delà des Alpes
plus tôt qu'en Italie et précisément à l'époque gothique; en
France pourtant en plus grand nombre qu'en Allemagne. Mais
les statues des cathédrales gothiques sont assujetties à l'architecture; éloignées de leur place ou examinées séparément
elles ne peuvent généralement pas supporter une appréciation
artistique. Ce sont ou des figures longues, sans corps, entourées de vêtements qui entravent leurs mouvements et tombent en des plis parallèles et monotones, ou bien des figures
d'un grossier matérialisme. On n'y voit ni la hardiesse, ni
l'aisance qui sont le résultat de la connaissance approfondie
de la construction du corps humain, et de l'exacte définition
de sa position dans les différents mouvements qu'il exécute.
Si le sculpteur veut exprimer dans une statue des sentiments
et des passions il outre-passe souvent la mesure et il ne parvient pas à en définir complètement le caractère. Les statues
des cathédrales gothiques ne peuvent être considérées comme
des productions plastiques indépendantes; elles ne parviennent
pas à se dégager de l'architecture, en développant leur personnalité et leurs forces et ne sont qu'une partie de l'édifice.
L'école de sculpture gothique subissait le sort de l'architecture qui l'avait appelée à la vie. Avec la décadence de celle-ci
les œuvres plastiques perdent toujours davantage leur mérite
et on les produit à la douzaine.

Dans les ouvrages des peintres germaniques, jusqu'au commencement du XVIᵉ siècle, c'est-à-dire jusqu'à ce qu'ils eus-

sent connu les œuvres des maîtres italiens, on peut remarquer l'expression de sentiments violents et de l'énergie mais constamment rendus par des formes rudes et grossières. En représentant, par exemple, Jésus-Christ bafoué et flagellé, le peintre exprime la méchanceté, la cruauté, le naturel bestial des bourreaux par leur laideur et leur difformité. Nous trouvons de pareilles monstruosités même dans les tableaux de Hans Holbein le jeune (1497-1543), le plus remarquable des peintres de cette époque en Allemagne, par exemple dans son tableau représentant la Flagellation du Sauveur — maintenant au Musée de Bâle — mais, il faut le dire, c'est un de ses premiers ouvrages.

Les artistes allemands de ce temps, sans en exclure les mieux doués, par exemple, Lucas Cranach (1472-1553), et son fils appelé aussi Lucas (1515-1586), qui jamais ne furent en Italie, représentent toujours des types masculins et féminins laids et vulgaires. Des tableaux de ces peintres se conservent dans les galeries de Dresde, de Vienne, de Leipzig, de Munich, de Weimar. Les peintres de l'ancienne école flamande, par exemple, Van-Eyck (1398-1440), son frère Hubert (1366-1426), Memling vers l'année 1477, ont de même représenté des types sans beauté et surtout des femmes privées de tout charme. Ce n'est que dans les peintures de Rubens et de Van-Dyck, après que ces peintres se furent inspirés de l'art italien de la Renaissance, qu'on voit apparaître de beaux types d'homme et de femme. L'école de peinture de Prague fut sous l'influence des maîtres italiens que l'empereur Charles IV fit venir à sa cour (1316-1378). L'école de Nuremberg, au XIVᵉ siècle, renferme plus d'éléments germaniques. L'école de Cologne, à la même époque, avec ses fonds d'or, ses figures maigres aux mains effilées et aux yeux à mi-clos rappelle beaucoup le style byzantin et aussi les ouvrages des peintres siennois, dans les productions desquels les éléments byzantins se maintinrent plus longtemps que dans les autres écoles italiennes de la Renaissance.

L'influence de l'art italien est plus évidente dans les ouvrages du peintre Albert Dürer (1471-1528). Il suffit de regarder les affreuses figures exécutées par son maître le peintre Wohlgemuth (1434-1519), le fondateur de l'école de peinture de Nuremberg, et les productions de son élève, pour se convaincre combien fut grande l'influence de l'art italien sur les artistes germaniques. Le style de Dürer se transforma après qu'il eût visité l'Italie et vu les œuvres des maîtres italiens. C'est surtout au moyen de gravures que les tableaux de ces derniers purent être connus des peintres allemands. Le séjour qu'Albert Dürer fit à Venise (1505-1507) eut une grande influence sur son éducation artistique et perfectionna sa manière. Les portraits qu'il peignit dans cette ville n'ont plus cette raideur, cette dureté qu'avaient ceux exécutés avant cette époque. Ses figures deviennent plus élégantes, plus poétiques. Dans les représentations des édifices on voit alors aussi apparaître les éléments de l'architecture de la Renaissance italienne.

Dans les productions de Hans Holbein, et en particulier dans les fresques [1] du palais Hertenstein à Lucerne on trouve des groupes empruntés au " Triomphe de César „ peint par Mantegna. On ne sait pas positivement si Hans Holbein visita l'Italie. Sa Cène [2] rappelle beaucoup, par la disposition des figures et par la pose du Christ, celle de Léonard da Vinci. Mais Holbein peut avoir connu cette fresque par un dessin. Dans tous les cas l'influence de l'art italien de la Renaissance sur les ouvrages de ce peintre est évidente.

Il en est de même des productions plastiques des artistes allemands de cette époque. Leurs formes sont grossières, leurs poses manquent de naturel, quoique parfois elles puissent exprimer des sentiments avec énergie et sincérité. C'est avec peine en effet qu'on pourrait indiquer dans la sculpture de la Renaissance des productions dans lesquelles les sentiments soient rendus avec plus de force et de vérité que dans le bas-relief du sculpteur Krafft (1440-1507) représentant la Madone baisant le visage du Sauveur mort, qui se trouve sur le monument funéraire de la famille Schreyer à Nuremberg, en dehors de l'église Saint-Sébald. Mais comme les types de ces figures sont rudes et peu attrayants, et leurs poses exagérées et dépourvues de naturel! Le spectateur se sent plutôt disposé à sourire en re-

[1] Elles n'existent plus, mais on les connaît par des copies.
[2] Ce tableau se trouve au Musée de Bâle.

gardant de pareilles figures, qu'à partager les sentiments que l'artiste a voulu exprimer. Ce n'est que dans la caricature qu'on a le droit de rendre des idées par des formes défectueuses. En dehors de son domaine les artistes qui introduisent dans leurs représentations des figures difformes et anormales n'atteignent pas le but qu'ils se proposent, car de telles figures ne suggèrent au spectateur aucune idée; elles ne font que provoquer son sarcasme ou son aversion. Mais dans les ouvrages en bronze des sculpteurs, presque contemporains de Kraft, de la famille Fischer et du plus habile parmi eux — Pierre (1455-1529) — on trouve de belles figures créées sous l'influence de la Renaissance italienne, ainsi que des motifs d'une ornementation légère et gracieuse qui semble empruntée à la nature meridionale, plutôt qu'à la septentrionale. C'est ce qu'on peut voir, par exemple, dans l'ouvrage le plus important de Pierre Fischer, c'est-à-dire dans le monument en bronze de Saint-Sébald dans l'église qui lui est consacrée à Nuremberg.

La laideur domine aussi dans la peinture hollandaise. Le plus remarquable des peintres de cette école — Rembrandt — a toujours choisi ses modèles, quand il a voulu représenter des déesses de la mythologie classique, parmi des femmes du peuple laides et disgracieuses. En examinant ses tableau et ses dessins on dirait vraiment qu'il avait un culte pour la laideur. La beauté de l'art classique lui était parfaitement inconnue, et il était incapable de comprendre ce qui peut justifier la représentation de sujets mythologiques. À un de ses amis il dit un jour, en lui montrant sa collection d'étoffes, d'armes et d'ustensiles anciens: " Voilà mes antiques „. Il connaissait très peu la mythologie classique; par bonheur il a rarement représenté des scènes qui lui soient empruntées. On dirait que c'est à dessein qu'il a négligé la beauté des formes et choisi, même en représentant des sujets religieux, des types vulgaires et grossiers, qu'il a pris assurément parmi ses compatriotes les plus laids et les plus dépourvus de tout attrait.

XXII.

Parmi les sciences qui prirent une certaine importance dans le courant du siècle qui vient de finir, l'histoire de l'art n'occupe pas la dernière place. S'étant manifestée, avec assez de précision, à la fin du XVIIIᵉ siècle, dans les travaux de Winckelmann, de Séroux d'Agincourt et d'autres érudits, elle attira toujours davantage l'attention durant le XIXᵉ siècle.

De nos jours il est impossible d'écrire l'histoire d'une nation sans examiner les monuments de son art. Mieux que ses guerres et ses conquêtes ils peuvent nous expliquer et nous faire comprendre son état d'âme, la nature de ses idées, ses aspirations, ses forces créatrices, et nous indiquer clairement le degré de son développement intellectuel. Des peuples depuis longtemps éteints, dont aucune œuvre littéraire n'est parvenue jusqu'à nous, mais desquels se sont conservés les monuments de l'art figuratif ressusciteront, pour ainsi dire pour nous, avec toutes leurs particularités et leur culture, si nous examinons, si nous étudions ces monuments qu'ils ont laissés après eux. Le langage des formes et des couleurs nous transmet aussi complètement que la parole écrite ou parlée les sentiments et les idées ; et comme ce qui s'opère dans l'art a lieu aussi dans les autres branches de l'activité d'une nation, il nous devient possible, par les monuments artistiques, de déterminer les sources de la culture d'un peuple, la marche de son développement, l'influence que des éléments étrangers peuvent avoir eue, au début, sur sa civilisation, et comment ils se sont transformés en culture originale. Nous pouvons ainsi par les monuments de l'art des anciens Grecs indiquer, à l'époque primitive de leur culture, la prépondérance des éléments de la civilisation égyptienne, et en général des peuples de l'Asie méditerranéenne, de même que la graduelle émancipation qui libéra les Hellènes de ces éléments étrangers, et la formation d'un art indépendant et d'une civilisation originale ; il nous est aussi possible de discerner dans leur culture et dans leur art, au moment de leur déclin, une nouvelle apparition des éléments orientaux. Si les monuments des anciens Grecs n'étaient pas parvenus jusqu'à nous, bien des côtés de leur état moral nous seraient inconnus. La découverte, dans ces derniers temps, des statuettes de Tanagra nous a révélé certaines particularités des goûts artistiques des Hellènes, et leur compréhension de la beauté et de la grâce féminines, au commencement de l'époque de la décadence de leur art.

De même les emprunts faits par les Romains à la culture des Etrusques et des Grecs peuvent être déterminés par leurs monuments. Rome a vécu tout autant par ses rapines, que par ses imitations. La civilisation des Romains offre peu d'originalité; on y remarque d'abord les éléments de la culture étrusque qui ensuite, après le contact des Romains avec les colonies grecques de l'Italie méridionale, sont remplacés par les principes de la civilisation hellénique. C'est par les productions artistiques des anciens Romains que nous pouvons le vérifier, ainsi que l'envahissement de Rome, à l'époque de son déclin, par les éléments de la culture des peuples orientaux. Nos notions sur le caractère des anciens Romains seraient très incomplètes, si jusqu'à nous n'étaient pas parvenues les productions de leur sculpture, dans lesquelles la force, l'énergie, avec une teinte de rudesse, étouffe parfois la beauté idéale, noble et raisonnée de l'art grec emprunté par les Romains aux Hellènes avec leur culture. Combien peu nous saurions des Romains si nous n'avions pas les ruines de leur architecture, le seul art dans lequel ils aient été tout à fait originaux. Toutes ces pierres si solidement liées entre elles, que les siècles n'ont pu les arracher l'une à l'autre; ces colonnes qui restent obstinément debout défiant les intempéries et les ravages du temps; ces arcs hardis et ces voûtes téméraires nous montrent cette audace, cet amour de l'ordre, ce sens pratique et raisonnable, cette patience obstinée, cette constance pour parvenir au but qui étaient les bases de l'organisation sociale des Romains.

Les monuments de l'art acquièrent une grande importance quand ils deviennent l'expression des idées religieuses du peuple qui les a créés. Ils nous permettent de plonger dans la profondeur de son âme, de déterminer les côtés les plus intimes de son état moral, ses croyances sur l'existence au delà du tombeau et de définir les évolutions qui se sont produites dans ses sentiments religieux. En examinant les monuments de l'art figuratif des premiers chrétiens dans les Catacombes, nous avons pu voir, que dans leurs sentiments religieux dominaient les idées qu'avaient de la divinité, les peuples classiques. De même nous avons remarqué, qu'ensuite, sous l'influence des éléments de l'Orient sémitique, qui envahirent la société romaine, ces idées religieuses se transformèrent et prirent graduellement un caractère sémitique plus déterminé, en formant définitivement le catholicisme du moyen âge. Par les monuments de l'art de la Renaissance nous pouvons également juger de l'éveil de l'esprit aryen chez les Italiens de cette époque; de son affranchissement des idées du christianisme sémitique; de la formation d'un nouvel idéal religieux se rapprochant des idées des premiers chrétiens, que ces derniers ont exprimées dans la peinture et dans la sculpture des Catacombes; idéal dans lequel l'élément philosophique prédomine sur les aspirations mystiques. Vers la fin de l'époque de la Renaissance nous voyons de même, par les productions artistiques de cette période, apparaître de nouveau les idées mystiques du moyen âge résultat de l'obscurcissement de l'esprit aryen de Italiens, provoqué par la réaction jésuitique.

Par conséquent, l'art chrétien, aux diverses époques, nous prouve, que dans la nouvelle foi se manifestèrent des idées religieuses qui déjà existaient parmi les peuples qui l'adoptèrent; que le christianisme a été compris différemment par les diverses nations qui l'embrassèrent, et qu'il a changé de caractère sous l'influence de causes extérieures.

D'après les productions de la peinture des diverses écoles italiennes de l'époque de la Renaissance on peut déterminer les tendances qui dominaient dans les différentes républiques de l'Italie. Ainsi, les œuvres des maîtres de Florence nous indiquent la prépondérance des idées philosophiques parmi ses citoyens; les peintures des artistes de Venise nous rendent manifestes la sensualité et l'amour du luxe des habitants de cette ville; les productions de l'école ombrienne nous montrent des tendances mystiques. Les monuments de l'art deviennent donc de puissants auxiliaires pour l'étude de l'histoire des peu-

25

386

ples, et aident à déterminer avec exactitude leur état moral. Les œuvres littéraires remplissent assurément la même fonction, mais elles sont souvent rares et parfois font tout à fait défaut, comme, par exemple, aux premiers temps du christianisme ; en outre ces productions n'ont ni la spontanéité, ni la sincérité des œuvres artistiques. Celles-ci peuvent plus difficilement être modifiées ou contrefaites au cours des siècles dans un but quelconque ; ce sont donc elles qui représentent le plus fidèlement et le plus complètement l'état social de la société qui les a créées.

L'histoire de l'art ne s'occupe du mérite artistique d'une œuvre qu'autant qu'il peut servir à déterminer son caractère et à expliquer les conditions sous l'influence desquelles elle a été produite. La seule appréciation esthétique nous démontrera la beauté d'une œuvre d'art, ou nous indiquera si elle en est privée, mais ne pourra pas nous renseigner sur sa signification historique, nous dire assez clairement quelles idées elle exprime. Dans la beauté ainsi que dans la laideur d'une production de l'art, que la critique esthétique discute sans se livrer à aucune autre analyse, se manifeste un côté du caractère du peuple qui l'a créée, et se détermine son degré de développement intellectuel. Les belles statues grecques nous expliquent la vie et les goûts des Hellènes tout autant que les figures raides, difformes, parfois même hideuses, de l'art égyptien, nous révèlent l'état moral de la société au temps des Pharaons. Nous pouvons juger du développement d'un peuple et de son état intellectuel par la décadence de l'art, tout aussi bien que par son état florissant. C'est pourquoi les plus belles productions artistiques et les monuments qui ne peuvent soutenir aucune critique ont la même importance pour l'histoire de l'art. L'appréciation esthétique en constitue une partie, mais non son principal but, et elle est reléguée au second plan, précisément parce que l'étude des monuments de l'art des divers peuples nous prouve que la seule définition abstraite et absolue des lois du beau n'est pas capable de nous conduire à un résultat satisfaisant. Chaque peuple se crée son idéal esthétique d'après sa mentalité, ses aspirations, d'après les conditions qui imposent une direction à sa vie intellectuelle et la développent. On peut dire, sans exagérer, qu'autant il y eut de peuples sur la terre, autant il y eut de civilisations diverses, et de conceptions différentes du beau, ou pour le moins de nuances diverses dans cette conception. Si on a pu dire avec justice que tel est l'homme, tel est son Dieu, on a aussi le droit de dire que tel est l'homme, tel est son idéal de beauté.

Mais s'il est impossible de se représenter l'existence d'un seul idéal esthétique dans tous les siècles, pour tous les peuples et toutes les civilisations, et d'en établir les règles immuables et absolues, on peut pourtant, d'après les différentes idées sur le beau, et d'après les monuments de l'art dans lesquels elles se sont manifestées avec évidence, déterminer le caractère du peuple, définir la direction et le degré de son développement, découvrir ses forces indépendantes et l'influence qu'a pu exercer sur sa culture la civilisation des autres peuples.

FIN.

TABLE DES MATIÈRES

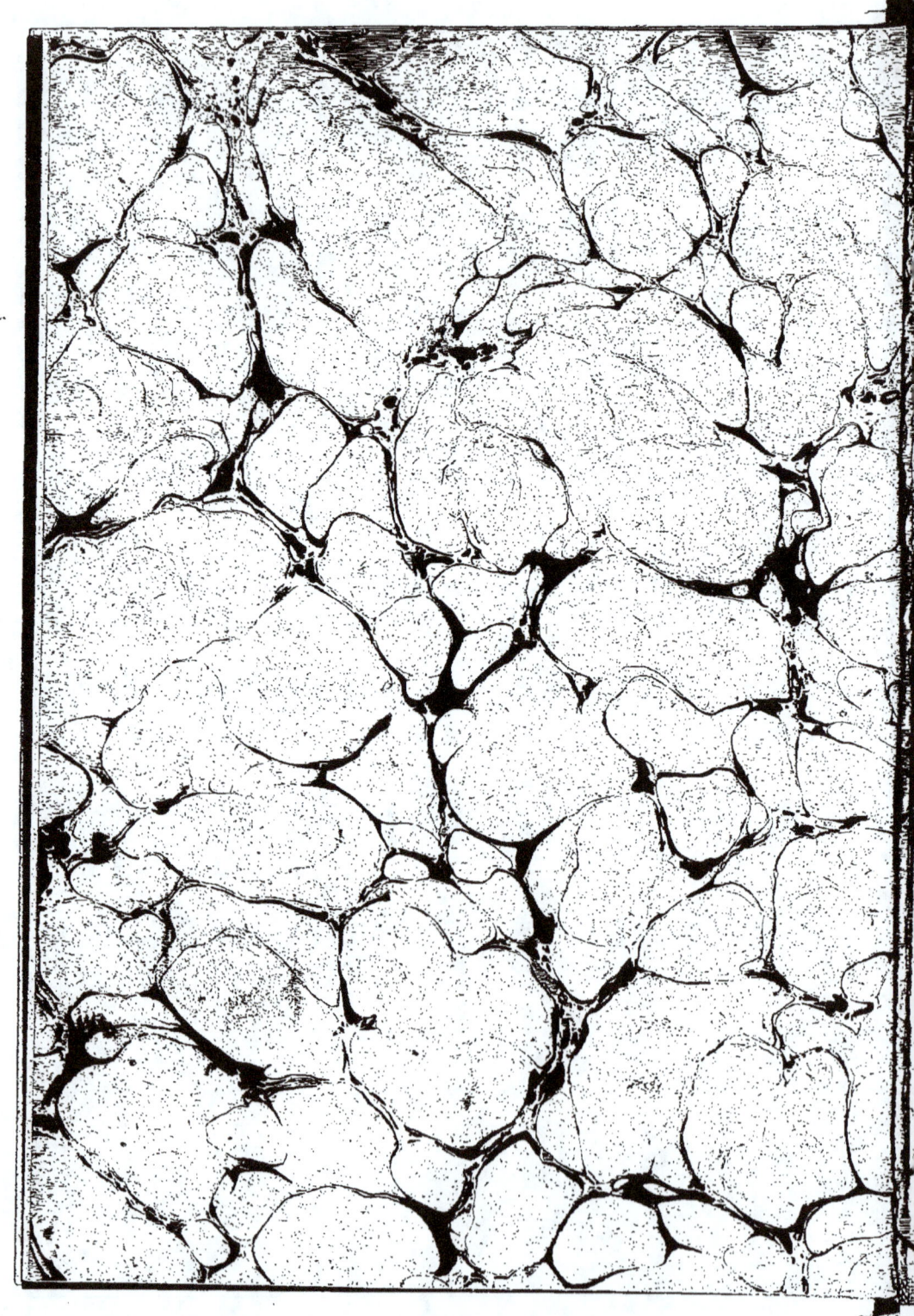

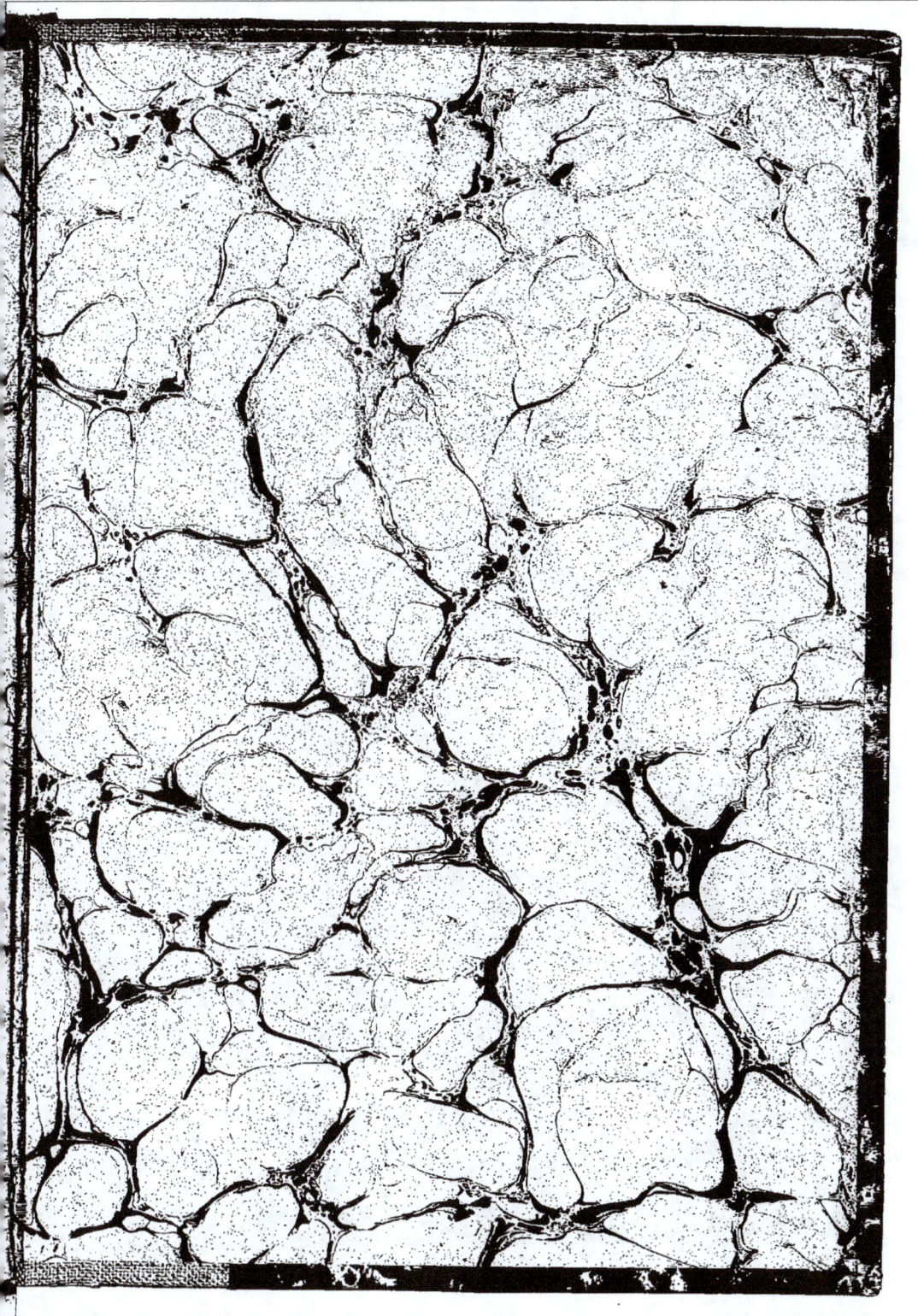

www.ingramcontent.com/pod-product-compliance
Lightning Source LLC
Chambersburg PA
CBHW050750030726
47505CB00002B/486